KNAUR

CHRISTOPH LODE

DAS VERMÄCHTNIS DER SEHERIN

ROMAN

KNAUR

Besuchen Sie uns im Internet:
www.knaur.de
Facebook: https://facebook.com/KnaurFantasy/
Instagram: @KnaurFantasy

Aus Verantwortung für die Umwelt hat sich die Verlagsgruppe Droemer Knaur zu einer nachhaltigen Buchproduktion verpflichtet. Der bewusste Umgang mit unseren Ressourcen, der Schutz unseres Klimas und der Natur gehören zu unseren obersten Unternehmenszielen. Gemeinsam mit unseren Partnern und Lieferanten setzen wir uns für eine klimaneutrale Buchproduktion ein, die den Erwerb von Klimazertifikaten zur Kompensation des CO_2-Ausstoßes einschließt. Weitere Informationen finden Sie unter: www.klimaneutralerverlag.de

FSC www.fsc.org
MIX
Papier aus verantwortungsvollen Quellen
FSC® C083411

Originalausgabe Januar 2021
Knaur Taschenbuch

Ein Imprint der Verlagsgruppe
Droemer Knaur GmbH & Co. KG, München

Covergestaltung: Nele Schütz Design, München,
Satz: Adobe InDesign im Verlag
Druck und Bindung: CPI books GmbH, Leck
ISBN 978-3-426-52625-5

2 4 5 3 1

Wer einen Spielmann hereinlegen will,
Sollte viel besser als dieser betrügen können;
Denn es kommt ausgesprochen häufig vor,
Dass derjenige ausgeschmiert wurde,
Der versuchte, einen Spielmann hereinzulegen,
Und deshalb seine Börse geleert fand.
Ich kenne keinen, dem das je geglückt wäre.

– Der französische Spielmann Rutebeuf, 13. Jahrhundert

Auf zweiunddreißig Pfaden hat Wunderwerke der Weisheit eingegraben Jah, der Ewige Zebaot, der lebendige Gott, der Hohe und Erhabene, der in Ewigkeit Thronende, des Name Heiliger ist, und hat seine Welt geschaffen in drei Formen: Zahl, Buchstabe und Rede.

– Aus dem Sefer Jezirah

PROLOG

Rouen
Jüdisches Jahr 5017
Anno Domini 1256

Das Mädchen kauerte in der Fensternische und beobachtete die brüllende Menge vor Ben Ephraims Haus.

Dutzende von Menschen standen auf der Straße, und immer noch strömten von der Pforte des Judenviertels neue herbei. Bei den meisten handelte es sich um Handwerker aus der Rue St-Romain, aber es waren auch Leute darunter, die Rahel noch nie gesehen hatte: Tagelöhner mit verhärmten Gesichtern, Hausknechte und Mägde aus den Patrizierhäusern der Oberstadt, sogar zwei Mönche hatten sich dem Menschenauflauf angeschlossen. Sie alle drängten sich vor dem Gebäude zusammen, zertrampelten den Schnee zu Matsch und brüllten ihre Wut heraus.

Rahel legte sich auf den Bauch und kroch in der Nische so weit nach vorne, dass der eisige Wind ihre Nase kitzelte und ihr schwarzes Haar zerzauste. So etwas war im Viertel noch nie geschehen. Sie war fest entschlossen, nichts zu verpassen.

Es war ein gewöhnlicher Morgen gewesen, bis Louis, der Schuster, plötzlich mit seinen vier Söhnen vor dem Haus auf der anderen Straßenseite erschienen war und geschrien hatte, Ben Ephraim solle herauskommen. Der Geldverleiher hatte ihn zum Teufel gewünscht und die Tür und alle Fensterläden zugeschlagen. Daraufhin war der Schuster verschwunden, aber wenig später kam er mit den anderen Handwerkern der Rue St-Romain zurück, die ebenfalls wütend auf Ben Ephraim waren. Während Rahel noch darüber nachdachte, was Ben Ephraim getan haben könnte, das so viele Leute verärgert hatte, wurde die Menge immer größer. Offenbar war nicht nur die Rue St-Romain zornig auf den Geldverleiher, sondern die halbe Stadt.

Rahel mochte Ben Ephraim. Er war ein freundlicher älterer Mann, der einmal in der Woche zu Besuch kam und ihr stets Honiggebäck mitbrachte. Es war schwer vorzustellen, dass er etwas tat, das andere Menschen in Wut versetzte. Sie hatte ihre Mutter gefragt, aber keine Antwort bekommen. Das Haus war seit zwei Tagen voller Menschen. Leute, die ihr über den Kopf strichen und sagten, sie sei groß geworden seit dem letzten Mal, obwohl sie sich nicht daran erinnern konnte, auch nur einen von ihnen schon einmal gesehen zu haben. Von morgens bis abends saßen sie mit ihrer Mutter hinter verschlossenen Türen und redeten über Dinge, die eine Sechsjährige nichts angingen. Auch wenn ihre Mutter einmal nicht mit den Fremden zusammensaß, hatte sie so viel zu tun, dass sie für Rahels Fragen keine Zeit hatte. Inzwischen war Rahel davon überzeugt, dass man sie vergessen hatte. Es machte ihr nichts aus. Solange Mutter und Mirjam beschäftigt waren, schrieb ihr niemand vor, was sie tun sollte. Warum die Christen so zornig auf Ben Ephraim waren, fand sie schon selbst heraus. Wenn sie etwas wirklich wissen wollte, fand sie es *immer* heraus.

Der Lärm der Menge ließ nicht nach. Jemand schrie, Ben Ephraim sei ein gottloser Teufel, woraufhin Dutzende die Fäuste in Richtung der verrammelten Tür schüttelten. Ben Ephraim zeigte sich nicht. Mit klopfendem Herzen hoffte Rahel, dass er klug genug war, drinnen zu bleiben.

Die Fensternische im Dachstuhl war der beste Platz, um das Geschehen zu beobachten. Von hier aus konnte sie fast das ganze Viertel überblicken. Ihre Mutter war eine wohlhabende Händlerin und ihr Haus das größte der Straße. Zahlreiche Räume enthielt es sowie einen Keller voller englischer Wolle, die ihre Mutter zu feinen Stoffen verarbeiten ließ und nach Paris, Brabant und Lothringen verkaufte. Seit Rahels Vater vor zwei Jahren gestorben war und ihre Mutter die Geschäfte allein führte, herrschte in einigen Zimmern ein heilloses Durcheinander aus Pergamentstapeln und verstaubtem Plunder. Niemand setzte einen Fuß hinein, nicht einmal Mirjam, Mutters Gehilfin. Mirjams Reich umfasste die Küche und die Kräuterbeete im Innenhof, die das große Mosaik umgaben, auf dem der Lebensbaum abgebildet war. Manchmal war Rahel den ganzen Tag bei ihr und lauschte den abenteuerlichen Geschichten, die Mirjam mit rauer Stimme erzählte. Meistens jedoch saß sie hier im Fenster, ihrem Lieblingsplatz, und träumte vor sich hin.

Ein Gewirr aus Balken verlor sich im ewigen Halbdunkel; hier und da sickerte Licht durch Ritzen im Dachschiefer. Es roch nach feuchtem Holz und Moder, und es zog unentwegt, auch wenn das Fenster geschlossen war. Körbe, Fässer und muffige Wollsäcke, in denen Ratten nisteten, stapelten sich unter den Dachschrägen. Spinnen woben ihre Netze zwischen den Balken, schwarze Scheusale so groß wie ihr Handteller, mit haarigen Beinen. Obwohl der Dachstuhl ein unheimlicher Ort war, liebte sie ihn. Wenn man geduldig suchte, konnte man interessante Dinge finden. Im Frühjahr war sie auf ein Amselnest gestoßen, versteckt in einer Mauerritze. Jeden Morgen hatte sie nach den Jungvögeln gesehen – ein piepsendes Knäuel aus gierig aufgerissenen Schnäbeln, das alles verschlang, was sie mitbrachte –, bis sie eines Tages verschwunden waren. »Sie brauchen ihre Mutter nicht mehr«, hatte Mirjam erklärt. »Sie sind flügge geworden. So wie du eines Tages.« Rahel hatte nicht verstanden, was das bedeutete.

Sie begann zu frieren. Sie wollte gerade nach unten laufen und ihren Umhang holen, als die Menge anfing, mit Unrat zu werfen. Sie vergaß die Kälte und beobachtete gebannt, wie ein Hagelschauer aus fauligen Rüben und stinkenden Fischabfällen gegen die Fensterläden prasselte. An der Tür zerplatzte ein Nachttopf und hinterließ einen braunen Fleck.

Ben Ephraim musste wirklich etwas *sehr* Schlimmes getan haben.

Erst jetzt fiel Rahel auf, dass auch die Fenster und Türen der Nachbarhäuser geschlossen waren. Ihre Hände umklammerten den Sims, während sie den Kopf weiter nach draußen reckte. Ja, sämtliche Häuser bis zur *Mikweh* am Ende der Straße waren verrammelt worden, als stünde ein schwerer Sturm bevor. Von den Bewohnern war niemand zu sehen, dabei hatte eben noch vor den Krämerstuben Gedränge geherrscht. Jetzt war die Gasse wie leer gefegt, abgesehen von der tobenden Menge vor Ben Ephraims Haus.

Rahels Herz klopfte schneller. Was hatte das alles zu bedeuten?

Die Christen hörten auf, Abfall zu werfen. Die Menge teilte sich und machte Louis Platz, der eine Axt in den Händen hielt. Er stieg die Stufen zum Hauseingang hinauf und hackte auf die Tür ein. Jubelrufe begleiteten jeden Hieb.

Rahel musste ihrer Mutter sagen, was draußen vor sich ging. Sie war so beschäftigt, dass sie es vielleicht nicht bemerkt hatte. Sie würde nicht zulassen, dass Ben Ephraim etwas zustieß. Sie war angesehen in der Gemeinde, sie kannte den Erzbischof und die Ratsleute des Magistrats. Sie würde Louis und den anderen sagen, dass sie aufhören sollten.

Rahel kroch rückwärts aus der Fensternische. Als sie sich umdrehte, stieß sie mit Mirjam zusammen.

»Was machst du hier?«, fragte die rothaarige Frau scharf.

»Ben Ephraim … die Christen … sie wollen ihm wehtun! Ich muss sofort zu Mutter!«, sprudelte es aus Rahel hervor. Sie wollte an Mirjam vorbeilaufen, doch die Magd hielt sie fest.

»Wieso bist du nicht in deiner Kammer, wie sie es dir gesagt hat?«

Alle waren so beschäftigt gewesen, dass sie gedacht hatte, niemandem würde es auffallen, wenn sie für eine Weile auf den Dachboden stieg. Aber natürlich hatte Mirjam es bemerkt. Ungehorsamkeiten bemerkte sie *immer*. Rahel blickte die Magd schuldbewusst an.

»Komm jetzt«, sagte Mirjam. »Deine Mutter will mit dir reden.«

Sie nahm Rahel an der Hand, während sie zur Leiter gingen. Mirjams Hände waren stark und schwielig von der Arbeit in der Küche und im Kräutergarten, ihr Haar hatte sie am Hinterkopf zusammengebunden. Allerdings waren die roten Locken widerspenstig; stets befreite sich eine aus dem Bändchen und fiel ihr ins Gesicht. Mirjam hatte die größten Brüste, die Rahel je gesehen hatte. Prall wölbten sie sich unter der Schürze. Rahel hoffte, dass ihre Brüste einmal nicht so groß werden würden. Es musste schrecklich unpraktisch sein, so große Brüste zu haben.

Mirjam war vor zwei Jahren zu ihnen gekommen, nach Vaters Tod, als Rahels Mutter sich um die Geschäfte kümmern musste. Anfangs hatte Rahel die Magd mit den grünen Augen nicht sonderlich gemocht. Mirjams laute Stimme hatte ihr Angst gemacht, außerdem war es unmöglich, etwas vor ihr zu verbergen. Rahel hatte versucht, sie zu vertreiben, indem sie Rattendreck und tote Fledermäuse in ihrem Bett versteckte. Aber sie hatte damit nur erreicht, dass Mirjam abfällig lachte und ihr Ratschläge gab, was man anstellen musste, wenn man jemanden *wirklich* ärgern wollte. *Tue ihm*

Froschlaich in die Schuhe, hatte sie vorgeschlagen. Ratschläge für Streiche – und das aus dem Mund eines Erwachsenen! Unter diesen Umständen war ihr nichts anderes übrig geblieben, als sich mit Mirjam anzufreunden. Und das waren sie nun: Freunde.

Allerdings nicht in diesem Augenblick. Unsanft zerrte Mirjam sie zur Leiter.

»*Au-aa!*«, beschwerte Rahel sich.

»Geh schon. Na los«, sagte die Magd mit Nachdruck, »deine Mutter wartet.«

Sie kletterte die Leiter halb hinab und sprang dann, weil sie wusste, dass sie Mirjam damit ärgern konnte. Rahel lief zum Eingangsraum. Der Saal erstreckte sich über beide Stockwerke des Hauses, eine Treppe aus dunklem Kiefernholz führte vom Ober- zum Erdgeschoss. Auf der obersten Stufe blieb sie stehen. Die beiden Fenster und die Tür waren verrammelt wie bei den anderen Häusern der Straße, zwei Fackeln brannten, gedämpft drang das Grölen der Menge herein. Die Gäste ihrer Mutter standen herum, drei Männer und vier Frauen. Sie waren Juden und kamen aus der ganzen Normandie. Ihre Namen hatte Rahel schon wieder vergessen.

Sie entdeckte ihre Mutter und lief die Treppe hinunter. Keiner der Gäste schien sie zu bemerken. Aufgeregt redeten sie miteinander. Ihre Mutter sprach leise mit einer jungen Frau mit langem, blondem Haar und ernsten Augen, bis sie Rahel bemerkte.

»Dem Ewigen sei Dank, da bist du ja.«

»Du musst Ben Ephraim helfen!«, rief Rahel atemlos. »Sie haben einen Nachttopf gegen sein Haus geworfen! Und Louis schlägt seine Tür entzwei. Mit einer Axt!«

»Ich weiß«, erwiderte ihre Mutter traurig. Sie drückte Rahel an sich und strich ihr über das Haar.

Sie wusste es? Warum half sie Ben Ephraim dann nicht?

»Geh jetzt«, sagte ihre Mutter zu der blonden Frau. »Sag dem Erzbischof, dass ich dich geschickt habe. Aber nimm den Tunnel zur *Mikweh,* das ist sicherer.«

»Ja, Hohe Hüterin«, erwiderte die blonde Frau.

Welcher Tunnel?, dachte Rahel. *Und was bedeutet »Hohe Hüterin«?*

»Komm«, murmelte ihre Mutter. »Ich muss dir etwas sagen.« Sie ergriff Rahels Hand und führte sie zu einer offenen Tür.

Rahel war unbehaglich zumute, während sie den Saal durchquerten. Ihre Mutter öffnete die Tür zum Innenhof, und sie stapften den schneebedeckten Pfad zwischen Mirjams Kräuter- und Gemüsebeeten und dem Mosaik des Lebensbaums entlang zur Brunnenkammer. Kostbare Wandteppiche mit verschlungenen rot-grünen Mustern verhüllten die Wände. Auf einem Sockel gegenüber der Tür kauerte ein steinerner Seraph mit ausgebreiteten Schwingen. Ein leise plätschernder Strahl füllte ein Becken zu Füßen des Engels. Die Flammen des Kaminfeuers spiegelten sich auf dem dunklen Wasser.

Ihre Mutter setzte sich. Sie war eine schöne Frau, groß, schlank, mit heller Haut, dunklen Augen und langem, schwarzem Haar, das glatt und seidig schimmernd die Schulterblätter bedeckte. Sie arbeitete jeden Tag außer am *Shabbat* von Sonnenaufgang bis spät in die Nacht und war immer müde. Heute wirkte sie erschöpfter denn je.

Sie nahm Rahel auf den Schoß. »Sag den Vers auf«, forderte sie ihre Tochter auf.

»Warum? Ich habe ihn doch erst heute Morgen aufgesagt.«

»Sag ihn auf. Bitte.«

Widerwillig gehorchte Rahel.

»Hamakom bo yikpotz ha'dolfin
Hamakom bo yipagschu nakhash we'drakon
Hamakom bo yischte Jokhanan Ben Zekharya
Hamakom bo kawur Oyand
Hamakom bo yischkon Gratyan
Yar'eka Aharon Ben Yischma'el ha'natiw la'or«

Sie lernte Hebräisch, seit sie drei Jahre alt war. Doch im Judenviertel wurde fast nur Französisch gesprochen, sodass ihr die ungewohnten Worte nur stockend über die Lippen kamen. Trotzdem machte sie keinen Fehler. Ihre Mutter hatte vor drei Wochen begonnen, ihr diesen seltsamen Vers beizubringen, und ließ Rahel ihn mehrmals täglich aufsagen. Inzwischen konnte sie ihn im Schlaf. Wenn sie nur gewusst hätte, was er bedeutete …

»Du darfst ihn niemals vergessen«, sagte ihre Mutter. »Versprich mir das.«

Da war etwas in ihrer Stimme, das Rahel nie zuvor gehört hatte. Ihre Mutter *fürchtete* sich. Dabei war sie es doch, die von allen um Rat gefragt wurde, die immer ein offenes Ohr für die Sorgen der Nachbarn hatte und stets wusste, was zu tun war. Sie hatte sich noch nie gefürchtet, nicht einmal an Vaters Totenbett.

Rahel bekam Angst.

Die Tür öffnete sich. Mirjam kam herein. »Ich fürchte, uns bleibt nicht mehr viel Zeit«, sagte sie.

Rahels Mutter streifte sich das Lederband mit dem *Kami'ah* über den Kopf. Das kupferne Amulett schimmerte im Feuerschein. Es war Mutters Glücksbringer. Sie trug es immer bei sich. »Hör mir jetzt gut zu, Rahel«, sagte sie eindringlich. »Das Judenviertel ist in großer Gefahr. Damit dir nichts geschieht, wird Mirjam dich in Sicherheit bringen. Es sind Gaukler in der Stadt. Sie werden sich um dich kümmern, bis die Gefahr vorüber ist. Ich möchte, dass du das *Kami'ah* trägst. In zwei Wochen komme ich dich holen. Wenn ich es nicht schaffe, gehst du zur Synagoge von Barentin. Dort waren wir im Sommer, weißt du noch? Du zeigst Rabbi Meir das *Kami'ah*. Er wird dich bei sich aufnehmen, wenn er es sieht. Zum Dank sagst du den Vers auf. Hast du das verstanden?«

Rahel konnte nicht sprechen. Ihr war, als hätte sie jedes Wort, das sie jemals gelernt hatte, auf einen Schlag vergessen.

»Wiederhole, was ich gesagt habe«, verlangte ihre Mutter.

»Ich will nicht fortgehen«, brachte Rahel hervor. »Ich will bei dir bleiben!«

»Es ist nur für zwei Wochen. Es muss sein.« Sie hängte ihr das *Kami'ah* um. »Es gehört dir. Es ist jetzt dein Glücksbringer.«

Mirjam trat vor. »Komm. Wir müssen gehen.«

Ihre Mutter schickte sie fort. *Schickte sie einfach fort,* mit nichts als diesem dummen Amulett. Rahels Augen füllten sich mit Tränen. Nein. Das würde sie sich nicht gefallen lassen.

Sie rutschte vom Schoß ihrer Mutter und lief los, vorbei an Mirjam, durch die Tür. »Bleib hier!«, rief die Magd. Doch sie lief weiter, durch den Innenhof, den Eingangsraum mit den Fremden; das *Kami'ah* hüpfte auf ihrer Brust. Sie würde sich verstecken, an einem Ort, wo weder ihre Mutter noch Mirjam sie fanden. Dort würde sie bleiben, bis die Gefahr vorüber war.

Niemand brachte sie von hier fort. Niemand.

Sie wollte zur Treppe laufen, überlegte es sich aber anders. Auf dem Dachboden würde man als Erstes nach ihr suchen. Sie kannte bessere Verstecke. Geheime Schlupfwinkel, in denen sie vor Entdeckung sicher wäre.

Vor der Kellertreppe befand sich eine Tür, die meistens verschlossen war. Rahel wusste jedoch, wo der Schlüssel aufbewahrt wurde: in einer Nische hinter einem dreiarmigen Kupferleuchter. Sie hatte Mirjam einmal dabei beobachtet, wie sie ihn dort versteckte. Doch zu ihrer Überraschung stand die Tür offen, als sie dort ankam. Fackellicht erhellte die schmale Treppe. Hatten Mirjam oder ihre Mutter vergessen, sie zu schließen? Was taten sie an einem Tag wie diesem im Wollkeller?

Rahel hörte Mirjam nach ihr rufen. Sie kümmerte sich nicht länger darum, warum die Tür offen stand, und lief die Stufen hinab.

Die Kellerräume waren bis zur steinernen Decke mit Wollballen gefüllt, sodass man nur einen Schritt hineingehen konnte, ehe man vor einer wollenen Wand stand. Doch es gab Spalten zwischen den Quadern, die Tunnel bildeten. Tiefe Tunnel, viel zu eng für einen Erwachsenen. Sollte Mirjam doch versuchen, sie da herauszuholen. Rahel stellte sich vor, wie die Magd sich fluchend und schimpfend durch die Spalten zwängte. Wäre sie nicht so verzweifelt gewesen, hätte sie darüber gekichert.

Ihre Mutter hatte erst vor einigen Tagen eine neue Lieferung bekommen, und die vorderen Gewölberäume waren übervoll, sodass die Lücken zwischen den Ballen selbst für Rahel zu eng waren. Sie lief tiefer in den Keller. Vor der hintersten Kammer blieb sie verblüfft stehen.

Jemand hatte die Ballen so aufeinandergestapelt, dass sie eine schmale Gasse bildeten, die zur Rückwand des Raumes führte. Dort befand sich eine offene Tür, aus der ebenfalls Fackellicht fiel.

Rahel hatte diese Tür noch nie bemerkt. Dabei hatte sie immer geglaubt, jeden noch so unzugänglichen Winkel des Hauses zu kennen.

Der Tunnel zur Mikweh!, durchzuckte es sie. *Das also hat Mutter gemeint.*

Angst und Verzweiflung waren plötzlich vergessen. Stattdessen war sie genauso aufgeregt wie bei der Entdeckung des Amselnests. Hier gab es ein Geheimnis. Ein Geheimnis, das nur darauf wartete, von ihr ergründet zu werden.

Bedächtig folgte sie der Gasse. Ein Luftzug ließ die Fackel flackern. Je näher sie der Tür kam, desto stärker roch es nach Moder. Doch da war noch ein anderer Geruch, bei dem sie an hohe Festtage denken musste, an *Chanukka* und *Purim*, an köstliche Speisen und Abende im Kerzenschein: der Duft von verbranntem Sandelholz.

Ihr Herz klopfte bis zum Hals, als sie durch die Türöffnung schlüpfte. Vor ihr lag ein Raum, ein Saal beinahe, so groß war er. Der Fackelschein fiel auf einen Tisch. Ein Bild des Lebensbaumes befand sich an der Decke darüber, viel größer und prachtvoller als das Mosaik im Garten. Die Wand zu ihrer Rechten war mit einem gewaltigen Doppeldreieck versehen, einem Davidstern wie auf dem *Kami'ah*.

Was war das für ein Ort? Warum hatte Mutter ihn ihr nie gezeigt?

Mit angehaltenem Atem betrat Rahel das Gewölbe und hatte dabei das wohlig-schaurige Gefühl, etwas Verbotenes zu tun.

Kostbare Teppiche zierten die Steinmauern. Kupferbeschlagene Truhen und vielarmige Leuchter mit armdicken Talgkerzen standen davor. Auf dem Tisch, in zwei Schalen, lagen die verkohlten Reste von Sandelholz. Jemand hatte die Stühle verschoben. War ihre Mutter mit ihren Gästen hier gewesen?

An der gegenüberliegenden Wand entdeckte sie eine weitere Tür. Rahel war davon überzeugt, dass sich dahinter der geheimnisvolle Tunnel zur *Mikweh* befand. Sie durchquerte den unterirdischen Saal, um nachzusehen.

»Rahel!«

Erschrocken fuhr sie herum. Mirjam stand in der Tür, mit wütender Miene und einem Beutel in der Hand.

Schlagartig kehrte die Verzweiflung zurück. Warum hatte sie sich nicht versteckt, als sie noch die Gelegenheit dazu gehabt hatte? Jetzt war es zu spät. Alles nur wegen ihrer dummen Neugierde.

Mirjam versperrte ihr den Weg zurück in den Keller, also blieb ihr nur die andere Tür. Sie versuchte, den Türknopf zu drehen, doch er bewegte sich nicht. Wütend rüttelte sie daran.

»Nein!«, schrie sie, als Mirjam sie hochhob. »Ich will nicht. Lass mich runter. Ich will zu Mutter!«

»Sei nicht kindisch. Du hast doch gehört, was sie gesagt hat.« Die Magd schulterte den Beutel und nahm sie auf den Arm. Rahel wehrte sich, doch Mirjams Griff war unnachgiebig. Mit der freien Hand holte sie einen Schlüssel aus ihrer Schürze und schloss die Tür auf. Dahinter erstreckte sich ein Gang, der sich nach wenigen Schritten in der Dunkelheit verlor.

Rahel gab die Gegenwehr auf. Gegen Mirjam kam sie nicht an. Schluchzend vergrub sie ihr Gesicht in deren Halsbeuge, obwohl sie Mirjam in diesem Moment hasste wie niemals zuvor. Warum tat ihre Mutter das? Es gab doch keinen Ort auf der Welt, wo Rahel sicherer gewesen wäre als an ihrer Seite.

»Schsch, alles wird gut«, flüsterte Mirjam. Sie strich Rahel über den Kopf, während sie dem dunklen Tunnel folgte.

Nein, gar nichts wird gut!, wollte Rahel rufen, doch die Wut in ihr war Erschöpfung gewichen. Sie fühlte sich so einsam wie beim Tod ihres Vaters.

Bald lichtete sich die Finsternis. Rahel hob den Kopf. Sie hatten das Ende des Tunnels erreicht. Trümmer bedeckten den Boden, die Reste einer Mauer, die einst den Gang verschlossen haben musste. Mirjam stieg über die Steinbrocken.

Durch eine offene Tür am oberen Ende einer kurzen Treppe fiel schwaches Tageslicht.

»Wo sind wir?«

»Unter der *Mikweh*. Du musst jetzt leise sein, hörst du?«

Mirjam setzte sie ab, nahm ihre Hand und stieg mit ihr die Stufen hinauf. Hinter der Tür befand sich das Wasserbecken der *Mikweh*. Es füllte den Boden eines runden Schachtes aus, in dem sich eine Treppe nach oben wand. Rahel war zum letzten Mal vor einigen Wochen hier gewesen, als Judith, Ben Ephraims Tochter, sich am Vorabend ihrer Hochzeit gereinigt hatte. Wie bei jedem Besuch des rituellen Badehauses hatte sie sich gefragt, was sich hinter der Tür befand, die niemals geöffnet wurde.

Ben Ephraim … Ihr fiel wieder ein, was gerade in der Straße geschah. Gleichzeitig nahm sie das Gebrüll von draußen wahr, das gedämpft zum Grund des Schachtes drang. Ihr Griff um Mirjams Hand wurde fester.

Sie gab keinen Laut von sich, während sie die Treppe emporstiegen. Mit jeder Stufe wurden die Schreie lauter. Das konnte nicht die Menge vor Ben Ephraims Haus sein. Das Anwesen des Geldverleihers war viel zu weit weg. Gab es etwa noch eine Meute?

Über dem Schacht der *Mikweh* stand ein schlichtes Gebäude mit einem hölzernen Dach. Mirjam ließ Rahels Hand los, ging seitlich an eines der Fenster heran und spähte vorsichtig hinaus. Rahel lief der Magd nach und stellte sich auf die Zehenspitzen, um über den Fenstersims blicken zu können.

Die ganze Straße war voller Christen. Sie waren ins Tanzhaus eingedrungen und schleuderten Stühle und Musikinstrumente aus den Fenstern. Eine andere Gruppe bewarf die Synagoge mit Steinen und Unrat. Die Männer brüllten Rabbi Abrahams Namen und forderten ihn auf, herauszukommen, damit er den Dreck von ihren Stiefelsohlen leckte, wie es einem Judenschwein gebührte. Rahel entdeckte Noah, den Fleischer. Die Christen zerrten ihn aus seinem Haus und zwangen den wimmernden Alten auf die Knie, während ein Mann ihm ein Kruzifix vors Gesicht hielt. »Küss das Kreuz, du Hund!«, brüllte der Christ. »Küss es, oder wir schneiden dir die Lippen ab!«

»Gerechter Herr aller Himmel«, flüsterte Mirjam. Ein harter Zug lag um ihren Mund, ihre grünen Augen schienen zu glühen.

Rahel ergriff ihre Hand. »Warum tun sie das?«, fragte sie leise. »Warum tun sie Noah weh?«

»Weil sie voller Hass sind. Geh vom Fenster weg.« Mirjam drückte Rahel an sich. Mehr zu sich selbst sagte sie: »Hoffentlich hat Ruth es noch rechtzeitig geschafft.«

Ruth musste die blonde Frau sein, die ihre Mutter zum Erzbischof geschickt hatte, begriff Rahel. Plötzlich wurde ihr die gefährliche Lage bewusst, in der sie steckten. Mirjam wollte sie fortbringen, aber ein Tor des Judenviertels befand sich nicht weit von Ben Ephraims Haus und das andere gleich neben der *Mikweh*. Andere Wege gab es nicht. Sie mussten an den brüllenden Christen vorbei.

Schluchzend flehte Noah um Gnade. Die Männer schrien. Rahel hielt sich die Ohren zu, bis Mirjam ihr die Hände wegnahm. Die Magd ging vor ihr in die Hocke.

»Hör zu«, sagte sie ernst. »Du musst allein zu den Gauklern gehen. Sie sind am Marktplatz in einem alten Lagerhaus hinter einer Schenke, der ›Tanzenden Jungfer‹. Weißt du, welche ich meine?«

Rahel verstand kein Wort. »Ich soll allein gehen?«

»Zu zweit schaffen wir es nicht.«

»Was ist mit dir?«

»Ich lenke die Christen ab, damit du zum Tor laufen kannst.«

»Aber ich will nicht ohne dich gehen!«

»Du musst. Ich öffne jetzt die Tür, laufe nach draußen und mache tüchtig Lärm. Wenn alle in meine Richtung schauen, läufst du, so schnell du kannst, zur Pforte und weiter zur ›Tanzenden Jungfer‹. Der Anführer der Gaukler heißt Yvain. Er erwartet dich. Hier sind deine Kleider.«

Rahel nahm den Beutel entgegen. Abermals stiegen ihr die Tränen in die Augen, doch diesmal kämpfte sie dagegen an. Sie wollte nicht weinen. Sie wollte mutig sein, so mutig wie Mirjam.

»Deine Mutter hat den Erzbischof verständigt. Sie hofft, dass er uns hilft, aber wenn du mich fragst, wird der fette Pfaffe keinen Finger für uns krumm machen. Wir sind auf uns gestellt. Deshalb musst du alles so machen, wie ich es dir gesagt habe. Also, wohin gehst du, wenn die Christen fort sind?«

»Zur ›Tanzenden Jungfer‹«, wiederholte Rahel folgsam. »Zu Yvain.«

Mirjam strich ihr lächelnd über die Wange. »Du schaffst das, ich weiß es. Du bist ein kluges Mädchen.« Sie richtete sich auf und legte die Hand auf den Riegel. Holte tief Luft und öffnete die Tür. »Ihr Christenschweine!«, brüllte sie mit ihrer rauen Stimme, die für Beschimpfungen wie geschaffen war. »Ihr verkommenen Feiglinge und stinkenden Aasfresser! Kommt her, wenn ihr euch traut!«

Für einen Herzschlag setzte das Gebrüll der Meute aus. Dann rief jemand: »Schnappt euch das Weib!« Überall brach wütendes Geschrei los.

Rahel kauerte zitternd neben der Tür. Sie wagte nicht, daran zu denken, was mit Mirjam geschehen würde, wenn die Meute sie ergriff. Vorsichtig lugte sie am Türpfosten vorbei. Sämtliche Christen schwenkten Heugabeln, Sensen und Äxte, während sie die Magd verfolgten.

Rahel wäre am liebsten wieder die Treppe hinuntergelaufen, durch den Tunnel, zurück nach Hause. Aber sie wollte, dass Mirjam und ihre Mutter stolz auf sie sein würden. Deshalb durfte sie jetzt nicht ängstlich sein. Sie würde all ihren Mut zusammennehmen und tun, was Mirjam gesagt hatte.

Sie stand auf und rannte auf die Straße.

Die Pforte des Judenviertels bestand aus einem Torbogen zwischen zwei Häusern. Dahinter lag der Marktplatz, auf dem sich gerade eine neue Menge sammelte. Mit Äxten, Messern und Sicheln in den Händen strömten die Christen aus den Gassen und scharten sich um einen mageren, bärtigen Mann, der ein schimmerndes Kruzifix in die Höhe reckte und immer wieder schrie: »Seid Werkzeuge unseres Herrn! Straft die Mörder Seines Sohnes!«

Rahel presste sich den Beutel an den Bauch und lief noch schneller. In der Mitte der Straße jedoch blieb sie ruckartig stehen.

Zwischen den zertrümmerten Stühlen und Musikinstrumenten aus dem Tanzhaus kauerte Noah. Der alte Fleischer atmete schwer und presste sich eine Hand auf den Bauch; sein faltiges Gesicht war grau. Er wandte den Kopf in ihre Richtung.

Rahel fürchtete sich ein wenig vor Noah. Mirjam ging einmal in der Woche zu ihm, um koscheres Fleisch zu kaufen. Er mochte keine Kinder und bedachte Rahel stets mit einer finsteren Miene, wenn die Magd sie in den Laden mitnahm.

Nun lag keinerlei Abneigung in seinem Blick. Seine Augen waren wässrig und trüb. »Bei allen Höllen, was machst du hier?«, krächzte er, hustete und schwenkte die Hand. »Lauf, Kind! Lauf um dein Leben!«

Da war etwas in seiner Stimme, das sie mit Grauen erfüllte. Sie lief los, rannte schneller als je zuvor in ihrem Leben, ihre kurzen Beine trugen sie zur Pforte, unter dem Torbogen hindurch, auf den Marktplatz. Hinter einem Karren versteckte sie sich und beobachtete die Menschenmenge. Der bärtige Alte hielt sein Kruzifix wie ein Feldzeichen in die Höhe. Vor ihm erhob sich ein Wald aus Sensen, Forken und Dreschflegeln.

Zur »Tanzenden Jungfrau« und zu den Gauklern, deren Anführer Yvain hieß, hatte Mirjam gesagt. Rahel versuchte, sich zu erinnern, wo genau sich die Schenke befand. In einer Seitengasse des Marktplatzes, aber das war alles, was ihr einfiel.

Sie schlüpfte in die nächstbeste Gasse – Hauptsache, fort von der Meute. Ihr begegnete keine Menschenseele, auch dann nicht, als sie in eine breitere Straße einbog, die von Läden und Weinstuben gesäumt wurde. Alle Christen mussten zum Marktplatz gegangen sein, wo sie in das Geschrei des Alten mit dem Kruzifix einstimmten.

Ihre Finger wurden taub, die Zehen auch. Geschmolzener Schnee hatte ihre Schuhe durchgeweicht. Bei jedem Schritt gaben sie schmatzende Geräusche von sich. Als sie »Die tanzende Jungfer« endlich fand, klapperten ihre Zähne.

Ein Schild hing über dem Torbogen, der zum Hof der Schenke führte. Die grüne Farbe war abgeblättert, und man konnte nicht mehr erkennen, was es darstellte. Erleichtert folgte Rahel einer engen Gasse, die an dem Gasthaus vorbeiführte. Da – das musste die alte Lagerhalle sein, in der die Gaukler wohnten: ein flaches Gebäude mit Wänden aus Holzbalken.

Rahel fand eine Tür, die schief in den Angeln hing. Mirjam hatte gesagt, Yvain erwarte sie, also wäre es wohl am besten, sie klopfte an. Von der Eiseskälte waren ihre Hände jedoch so schwach, dass sie nur ein jämmerliches Pochen zustande brachte. Als sie schon davon überzeugt war, dass niemand es gehört hatte, erklangen drinnen Schritte. Ein Türflügel öffnete sich knarrend, und ein Mann erschien. Seine Hosen und das Wams bestanden aus bunten Flicken.

Unverwandt starrte er auf sie herab. »Wer bist du?«, fragte er mit einer Stimme, die sich, davon war sie überzeugt, noch besser zum Fluchen eignete als Mirjams.

Sie sagte ihren Namen, aber durch das Zähneklappern klang er wie *kkk-Ra-kk-he-kk-el-kkk*. Trotzdem schien der bunte Mann sie zu verstehen, denn er brüllte über die Schulter:

»Yvain! Das Kind ist da!«

Rahel versuchte, mit dem Zähneklappern aufzuhören, aber je mehr sie sich bemühte, desto schlimmer wurde es. Ein zweiter Mann erschien in der Tür, älter als der erste und weniger bunt.

»Herrgott, Copin, warum hast du sie nicht hereingelassen? Das Kind friert sich ja zu Tode.«

Eine Entschuldigung brummend, verschwand der Buntgekleidete im Innern des Lagerhauses. Yvain lächelte sie freundlich an. »Komm mit mir. Wir haben schon auf dich gewartet.« Raue Finger schlossen sich um ihre Hand. Der alte Gaukler führte sie hinein und schloss die Tür. »Warum bist du allein? Wo ist Mirjam?«

Rahel hörte die Frage nicht. Gebannt betrachtete sie die Gestalten, die um die Feuerstelle kauerten. Sie hatte schon oft Gaukler gesehen; an hohen Festtagen waren immer welche im Viertel und machten im Tanzhaus Musik. Es waren lustige Gesellen, die unzählige Lieder kannten, waghalsig mit Fackeln und Messern jonglierten und immer schaurige Geschichten auf Lager hatten. Die Männer und Frauen am Feuer jedoch sahen alles andere als lustig aus. Sie hatten schmutzige Gesichter und schlechte Zähne, einer kratzte sich unentwegt, ein anderer schabte sich mit der Messerspitze den Dreck unter den Fingernägeln weg. Alle starrten Rahel an. Sie bekam wieder Angst und wünschte sich zum hundertsten Mal zurück nach Hause.

»Warum nehmen wir sie mit?«, rief jemand aus dem Halbdunkel. »Sie wird uns nur Ärger machen.«

»Jetzt fang nicht wieder damit an«, erwiderte Yvain. »Wir waren uns doch einig.«

»Das war, bevor diese Verrückten auf die Juden losgegangen sind.«

»Ich habe mein Wort gegeben, Gaufrey. Jetzt will ich nichts mehr davon hören.«

Yvain brachte sie zu einer Frau am Feuer. Er legte Rahel die rauen Hände auf die Schultern und sagte: »Sieh zu, dass sie trockene Kleider bekommt, Sorgest. Ich will, dass ihr einigermaßen warm ist, wenn wir aufbrechen.«

»Gewiss.« Die Frau war unglaublich dick und trug mehrere Röcke und ein geschnürtes Mieder, das aussah, als könnte es jeden Moment platzen. Ihre kurzen schwarzen Haare standen in alle Richtungen ab, ihre Wangen glänzten, und sie stank nach ranziger Butter. Wenigstens lächelte sie freundlich. »Du bist Rahel, nicht wahr?«

Rahel nickte. Ihre Zähne klapperten noch immer.

»Sind das deine Kleider?«

Sie nickte erneut.

Sanft nahm ihr die Frau den Beutel aus den zitternden Händen. »Bei allen Heiligen, du frierst ja wie ein geschorenes Lamm. Hier, nimm die Decke und setz dich ans Feuer.«

Auch die Decke stank. Wuschen diese Leute nie ihre Sachen? Die Frau hielt ihr Zögern für Begriffsstutzigkeit, nahm ihr die Decke wieder aus der Hand und wickelte sie darin ein. »Jetzt setz dich schon ans Feuer, Kindchen, sonst holst du dir noch das Fieber.«

Noch nie hatte sie jemand »Kindchen« genannt. Was war das überhaupt für ein albernes Wort? Sie setzte sich. Die Frau zog ihr die durchgeweichten Schuhe aus und rieb ihre Füße mit einem Tuch trocken. Es kribbelte in ihren Zehen, als die Taubheit nachließ. Die Frau öffnete den Beutel und schüttelte die Kleider heraus. Anschließend zog sie Rahel Wollstrümpfe an und forderte sie auf, ihren Überwurf abzulegen. Fassungslos starrte Rahel sie an. Sie sollte sich vor allen Leuten entkleiden? War die fette Frau verrückt geworden?

Die Gauklerin schien ihre Gedanken zu lesen und lachte fröhlich. »Daran gewöhnst du dich besser, Kindchen. Wir sind keine feinen Leute wie deine Mutter. Wir haben keine Vorhänge und Ankleidekammern.«

Am Feuer lachten einige. Rahel spürte, wie sie rot wurde, halb vor Scham und halb vor Zorn. An gar nichts würde sie sich gewöhnen! Mit einer Hand hielt sie die Decke um ihren Leib fest, während sie mit der anderen den Überwurf abstreifte.

»Ganz schön gelenkig«, sagte die Frau anerkennend. »Wir sollten eine Fesselakrobatin aus dir machen.«

Wieder lachten die Gaukler. Rahel verstand nicht, was daran so lustig gewesen sein sollte. Sie streifte die Decke erst ab, als sie ein Unterkleid anhatte, zog ein Gewand aus Leinen darüber und schlüpfte in trockene Schuhe. Endlich wurde ihr warm.

Während sie sich umgezogen hatte, war Unruhe unter den Gauklern ausgebrochen. Sie stopften ihre Habseligkeiten in Beutel, warfen sich Mäntel über und fluchten darüber, dass sie hinaus in die Kälte mussten. Die fette Frau führte Rahel zu drei Planwagen im hinteren Teil der Lagerhalle. Die Gaukler spannten Pferde ein.

»Wohin gehen wir?«, fragte Rahel beunruhigt.

»Wir verlassen Rouen«, antwortete Sorgest. »Und dann … Ich weiß nicht, welche Pläne Yvain hat. Vielleicht fahren wir nach Paris.«

Rouen verlassen? Davon hatte ihre Mutter nichts gesagt. Rahel blieb stehen. »Ich will nicht nach Paris.«

Seufzend ging Sorgest in die Hocke und legte ihr die Hände auf die Oberarme. »Aber in Rouen kannst du nicht bleiben, Kindchen. Das verstehst du doch. Es ist ja nicht für immer. Komm, ich will dir jemanden vorstellen, den du mögen wirst.« Sie nahm Rahel auf den Arm und trug sie zu den Wagen. Rahel fühlte sich hilflos und kämpfte mit den Tränen. Warum kümmerte es niemanden, was sie wollte?

Sorgest setzte sie auf dem mittleren Wagen ab. Unter der Plane herrschte ein Durcheinander aus Kästen, Säcken, Musikinstrumenten und seltsamen Gerätschaften. »Bren!«, rief die Gauklerin. »Sag unserem Gast Hallo.«

Zwischen den Kisten voller Plunder erschien ein Junge. Er war blass und mager und so schmutzig wie die Erwachsenen. Er mochte etwas älter als Rahel sein und hatte dunkelblondes Haar, das ihm bis zu den Schultern reichte.

»Das ist Rahel«, stellte Sorgest sie vor. »Sie bleibt ein paar Tage bei uns. Zeig ihr deine Puppe.«

Jemand rief: »Sorgest!« Die Gauklerin strich Rahel über den Kopf, bevor sie davoneilte.

Der Junge musterte sie schweigend – ob neugierig oder misstrauisch, vermochte sie nicht zu sagen.

Yvain kletterte auf den Wagenbock, ließ die Leine knallen und rief »Ho!«. Ruckelnd setzte sich der Karren in Bewegung. Rahel fiel beinahe herunter. Sie hielt sich an den Kisten fest, stieg über das Gerümpel und setzte sich zu dem Jungen auf die Pritsche.

»Ich heiße Brendan. Aber du kannst Bren zu mir sagen«, stellte er sich vor. »Das ist der Einarmige Saladin.« Er nahm eine Gliederpuppe in die Hände. Sie stellte einen Sarazenenkrieger dar, mit purpurnem Rock, einem Säbel am Gürtel, spitzem Kinnbart und schwarzen Knopfaugen. »Willst du mit ihm spielen?«

Der blasse Junge hielt ihr die Puppe hin, deren Arme und Beine hölzern klapperten. Zögernd nahm Rahel sie und setzte sie sich auf den Schoß.

Schweigend saßen sie sich gegenüber, während der Wagen durch die Gassen rumpelte, gefolgt von den beiden anderen Fuhrwerken, auf denen der Rest der Gauklerschar saß. Das Spital La Madeleine zog an ihnen vorbei, der Bischofspalast und schließlich das Stadttor.

Sie verließen Rouen. Rahel begann wieder zu frieren, und diesmal war die Kälte von einer Art, die kein Feuer dieser Welt vertreiben konnte. Sie presste die Puppe an sich und betrachtete die Stadt, die langsam in die Ferne rückte. Als sie die Hügel erreichten, sah sie Rauch über den Dächern: eine schwarze Säule, die himmelwärts stieg und sich mit den Wolken vereinte.

Der Junge setzte sich neben sie. »Ist das dein Haus, das brennt?«

Rahel wusste es nicht. Tränen rannen über ihre Wangen.

Brendan nahm ihre Hand in seine.

Kapitel 1

Vierzehn Jahre später

Es schneite den ganzen Morgen. Erst gegen Mittag, als sie ein schmales Flusstal erreichten, wurde es wärmer. Die Schneeflocken verwandelten sich in wässrige Klumpen, die die Segeltuchplanen der beiden Wagen durchweichten. Die Räder hinterließen schlammige Furchen in der weißen Landschaft.

Rahel saß neben Brendan auf dem Bock des vorderen Wagens und hatte wie der Bretone die Umhangkapuze tief ins Gesicht gezogen. Es half kaum etwas; die Nässe fand einen Weg durch den Filzmantel, sodass es inzwischen kaum noch eine Stelle ihres Körpers gab, die nicht feucht und klamm war. Sie sehnte sich nach einem Feuer, nach heißem Wein und einem Schlaflager aus trockenem Stroh. Nicht gerade drei unerfüllbare Wünsche, hatte sie bis vor zwei Stunden gedacht. Aber da hatte Brendan auch noch nicht die falsche Abzweigung genommen.

»Es war die richtige Abzweigung«, hatte er gesagt. »Ich erinnere mich genau. Letztes Jahr sind wir auch an den drei Fichten vorbeigekommen.«

»Letztes Jahr sind wir überhaupt nicht durch dieses Tal gefahren«, hatte Rahel erwidert. »Wir sind von Süden gekommen. Von Limoges. Die drei Fichten bildest du dir ein.«

»Ich bilde mir überhaupt nichts ein. Das ist der richtige Weg.«

»Ist er nicht. Wir halten an und fragen Schäbig. Er erinnert sich bestimmt.«

»Wenn sich Schäbig überhaupt an etwas erinnert, dann

höchstens an sein letztes Bier. Wir fahren weiter. Bourges taucht jeden Moment hinter der Hügelkette auf, du wirst schon sehen.«

Aber Bourges war nicht aufgetaucht – ebenso wenig eine andere Stadt oder wenigstens ein Gehöft. Die Gegend schien menschenleer zu sein. Rahel fror erbärmlich und flehte Brendan an, umzukehren, woraufhin sich das Gespräch fast wortwörtlich wiederholte, allerdings mit anderem Ausgang: Sie nannte ihn einen bretonischen Steinschädel, einen blinden Esel und einen Tölpel von einem Spielmann, riss ihm die Zügel aus den Händen und hielt den Wagen an. Schäbig kam vom hinteren Wagen angelaufen und wollte wissen, was los sei. Rahel erklärte es ihm. Schäbig nickte zustimmend und sagte, der Weg sei ihm auch schon merkwürdig vorgekommen. Schließlich hatten sie die Wagen gewendet – ein mühseliges Unterfangen auf dem verschneiten Pfad – und waren zurückgefahren. Seitdem schwieg Brendan beleidigt.

Es verging keine Woche, in der sie sich nicht in die Haare gerieten – sowohl Bren als auch Rahel waren ausgeprägte Hitzköpfe –, aber so oft wie in den letzten Tagen hatten sie sich noch nie gestritten. Die Stimmung in der sechsköpfigen Gauklerschar war schlecht.

Seit einem Monat verfolgte sie das Pech. Angefangen hatte es in einem kleinen Nest bei Chartres, wo sie zum Namenstag von Baron Abuillon auftreten sollten. Kaum waren sie in der Ortschaft angekommen, wurden sie von einer aufgebrachten Menge davongejagt. Rahel vermutete, dass die Dörfler von den Predigern, die seit einiger Zeit durch das Land zogen, aufgehetzt worden waren und ihre Wut in Ermangelung von Juden am fahrenden Volk ausließen. In Montargis wurde es nicht besser. Es hatte die Aussicht bestanden, auf dem dortigen Adventsmarkt zu spielen, doch bei ihrer Ankunft stellte sich heraus, dass bereits zwei andere Gauklergruppen in der Stadt waren und für eine dritte kein Bedarf bestand. Dann, auf dem Weg nach Orléans, verendete plötzlich eines ihrer Pferde. Sie waren auf beide Wagen angewiesen, also mussten sie ein neues Pferd beschaffen. Der Kauf verschlang fast ihr gesamtes Silber. Vom kümmerlichen Rest erstanden sie Vorräte, die inzwischen fast aufgebraucht waren. Noch zwei, höchstens drei Tage, und sie konnten anfangen, ihre Stiefelsohlen zu kochen. Und das im härtesten Winter seit zwanzig Jahren.

»Ich hab's nicht so gemeint«, sagte Rahel nach einer Weile. »Tut mir leid, Bren.«

»Schon vergessen«, erwiderte er aus dem Schatten seiner Kapuze. Der Bretone mochte stur und eitel sein, nachtragend war er nicht.

Es rumorte im Innern des Wagens. Die Plane wurde zur Seite geschlagen, und Joanna streckte ihren blonden Schopf heraus. Sie hatte sich kurz nach Rahels und Brendans Streit hingelegt und wirkte verschlafen. »Na, vertragt ihr euch wieder?«

»Nein«, antwortete Brendan. »Der Zweikampf ist im Morgengrauen.« Er küsste Joanna auf den Mund. Sie blieb hinten auf der Pritsche, denn auf dem Kutschbock war zu wenig Platz für drei. Sie schlang die Arme um Brendans Schultern, als er sich wieder nach vorne umwandte.

»Wie weit ist es noch?«

»Ein paar Wegstunden, schätze ich«, erwiderte Rahel.

»Was machen wir, wenn wir in Bourges wieder kein Glück haben?«

Ich weiß es nicht, wäre die Antwort gewesen, die der Wahrheit entsprach. Aber Rahel wollte Joanna nicht entmutigen. »Dann fahren wir weiter bis Limoges. Dort hatten wir bisher immer Glück.«

»Aber Limoges ist sechs oder sieben Tagesreisen entfernt. So lange reichen unsere Vorräte nicht.«

»In Bourges gibt es ein Armenhaus. Ich habe mich letztes Jahr dort umgesehen. Die Brüder weisen Fahrende nicht ab. Sicher geben sie uns Brot, das für ein paar Tage reicht.«

Das schien Joanna zu beruhigen, und sie plapperte munter drauflos. So war es immer: Die ganze Schar mochte noch so tief in Schwierigkeiten stecken, sobald Rahel ihnen sagte, was zu tun war, hörten sie auf, sich Sorgen zu machen. Sie war die unumstrittene Anführerin der Gruppe, obwohl niemand sie je gewählt hatte. Aber wer hätte es sonst werden sollen? Brendan interessierte sich nur für Joanna und Joanna nur für Brendan, Vivelin und Kilian wollten nichts als Musik machen, und Schäbig war laut eigener Aussage schlicht zu faul dafür. Also traf Rahel alle wichtigen Entscheidungen, und die anderen hörten auf sie – meistens wenigstens.

Gegen Abend erreichten sie endlich Bourges. Die Stadt war klein, bemerkenswert allein wegen der gewaltigen Kathedrale, die zwischen den zahlreichen Holz- und wenigen Steingebäuden emporragte wie ein gestrandetes Schiff aus einer anderen Welt. Der Schnee war weggeräumt worden und bildete schmutzig weiße Haufen vor den Häusern. Da Bourges abseits der wichtigen Handelsrouten lag, bekamen die Bewohner nicht oft Fahrende zu Gesicht. Während die beiden Wagen über die Hauptstraße rumpelten, blieben die Leute am Wegesrand stehen und begafften die sechs Gaukler in ihren bunten Kleidern. Die meisten Blicke galten Rahel, die selbst für eine Fahrende auffällig aussah. Brendan hatte einmal gesagt, beim Anblick ihrer olivfarbenen Haut, der mandelförmigen Augen und der schwarzen Locken denke man an glühende Sonne, an Paläste im Wüstensand, rätselhafte Gärten und verschleierte Tänzerinnen. Dabei war sie in

Frankreich geboren, als Kind französischer Juden. Die Locken trug sie kurz wie ein Mann, denn wer auf einem gespannten Seil in zehn Klaftern Höhe mit Fackeln jonglierte, wusste Haare zu schätzen, die nicht bei einer falschen Bewegung in Flammen aufgingen. Damit nicht genug, auch ihre Kleidung war nicht gerade das, was man von einer Frau erwartete: Stiefel, ein zerschlissener brauner Mantel, darunter ein Hemd und – Herr, sei uns gnädig! – Hosen.

Brendan dagegen wäre auf der Straße kaum aufgefallen. Das kinnlange, dunkelblonde Haar hatte er zu einem Zopf gebunden. Mit seinen einundzwanzig Jahren hatte er den Bartwuchs eines Jünglings; obwohl seine letzte Rasur schon zwei Wochen zurücklag, bedeckte lediglich heller Flaum das Kinn. Seine Haut war sommers wie winters blass, das hagere Gesicht und seine magere, feingliedrige Gestalt verstärkten den Eindruck von Kränklichkeit noch. Dabei war er kerngesund und konnte Unmengen essen. Im Grunde unterschied er sich nur durch die schwarz-rot gestreiften Beinlinge, das beige und rostrot karierte Wams und die Laute auf seinem Rücken von den Leuten am Wegesrand.

»Fahren wir zum Armenhaus?«, fragte er, als sie sich der Kathedrale näherten.

»Zur Herberge, in der wir letztes Jahr waren«, antwortete Rahel.

»Ich dachte, wir haben kein Geld mehr.«

»Ein paar Deniers sind noch übrig. Sie sollten reichen, dass man uns im Stall schlafen lässt.«

Sie hielten vor einem einstöckigen Gebäude mit grauen Steinmauern und einem hölzernen Dach. Rahel und Brendan fanden den Wirt im Schankraum, wo er gerade frische Binsen ausstreute. Er überließ ihnen den Stall für zwei Deniers am Tag und das Versprechen, dass sie seine Gäste jeden Abend mit Musik unterhielten. Das war mehr als letztes Jahr, aber Rahel war zu müde und durchgefroren für langwierige Verhandlungen und nahm an.

Als sie zu den Wagen zurückgingen, sprach Joanna gerade mit einem Mann, der von Kopf bis Fuß Schwarz trug.

»Wer ist das?«, fragte Brendan argwöhnisch. Er mochte es nicht, wenn Joanna von fremden Männern angesprochen wurde.

Rahel kannte ihn nicht. In diesem Moment deutete Joanna mit dem Finger auf sie und sagte: »Da. Das ist sie.«

Der Fremde wandte sich um. Er war jung, höchstens siebzehn Jahre alt, trug ein Schwert am Gürtel und kostbare Ringe an den blassen Fingern. Auf seinem Wams prangte ein silberner Greif. Er musterte Rahel mit der Herablassung eines Edelmanns. Sie machte sich auf Schwierigkeiten gefasst. Bei allem, was in den letzten Wochen geschehen war, fehlte es noch, dass sie sich Ärger mit einem Edlen eingehandelt hatten.

»Du bist die Anführerin dieser Spielleute?«, sprach der Jüngling sie an. Seine Stimme war zu hell, um so arrogant zu klingen, wie er es vermutlich gerne gehabt hätte.

»Schon möglich«, antwortete Rahel vorsichtig.

»Ich bin Marbod de Corbeil, Knappe von Gilbert de Villon, Kreuzritter unseres geliebten Königs. Mein Herr will seine Heimkehr nach Frankreich feiern. Er wünscht, dass ihr seine Gäste mit Musik und Gaukelspiel erfreut.«

Ihre Gefährten hörten der Unterhaltung mit gespannten Gesichtern zu. Rahel mochte es nicht, bei Verhandlungen beobachtet zu werden. »Geht schon hinein«, sagte sie zu Brendan. »Ich komme gleich nach.«

Die Gaukler kletterten auf die Wagen und fuhren zum Stalltor. Rahel wandte sich wieder an den Knappen. »Wir hatten nicht vor, lange in Bourges zu bleiben«, log sie. »Wann ist dieses Fest?«

»Am Tag der heiligen Barbara.«

Das war übermorgen. »Eigentlich wollten wir morgen nach Montargis aufbrechen. Dort ist Adventsmarkt, auf dem wir jedes Jahr auftreten.«

»Mein Herr ist ein großzügiger Mann. Er wird euch angemessen entlohnen, wenn ihr stattdessen auf seinem Fest auftretet.«

Waren sie etwa die einzigen Gaukler in Bourges? Rahel konnte es kaum fassen. »Daran zweifle ich nicht«, sagte sie bedauernd. »Allerdings rechnet der Bischof von Montargis fest mit uns. Es würde ihn verärgern, wenn wir nicht kämen.«

Anstelle einer Antwort zog der Knappe einen klimpernden Lederbeutel hinter dem Gürtel hervor. »Das bekommt ihr, wenn ihr bleibt und für meinen Herrn spielt. Wenn er zufrieden mit euch gewesen ist, verdoppelt er euren Lohn.«

Rahel öffnete den Beutel. Darin war mehr Silber, als sie seit Wochen gesehen hatte. Ihr Gesicht blieb unbewegt. »Wenn er zufrieden ist, bekommen wir noch mal so viel, sagt Ihr?«

Der Jüngling nickte. »Also nimmst du sein Angebot an, Gauklerin?«

Rahel verneigte sich. »Richtet Eurem Herrn aus, dass wir ihm am Tag der heiligen Barbara zu Diensten sein werden, mit Musik und Gaukelspiel, wie er es so bald nicht wieder erleben wird.«

»Er erwartet euch in zwei Tagen in seinem Haus. Ich rate dir, enttäusche ihn nicht.« Damit wandte sich der Jüngling ab und stolzierte mit der Hand auf dem Schwertknauf die Straße hinab.

Ihre Müdigkeit war wie weggewischt, als sie durch das offene Tor in den Stall der Herberge schlenderte. Wohltuende Wärme und der Geruch von frischem Heu und Pferdemist schlugen ihr entgegen. Die beiden Wagen standen unter dem offenen Dachgebälk, das hoch über ihrem Kopf im Halbdunkel verschwand. Ihre Gefährten hatten die Pferde ausgespannt und luden Decken, Musikinstrumente und die restlichen Vorräte aus. Fünf Köpfe wandten sich ihr zu, als sie ins Licht der Fackel trat.

»Und?«, fragte Brendan. »Spielen wir für diesen Gilbert de Villon?«

»Ich habe zugesagt. Was bleibt uns schon anderes übrig?«

Kilian trat nach vorne, eine Kiste in den Händen. Der Fackelschein schimmerte auf seinem kahl geschorenen Schädel. »Was soll das heißen?«, fragte er mürrisch. »Wieder ein Auftritt, für den wir nur ein paar Rüben bekommen?«

»Ein bisschen mehr ist es schon.« Rahel warf den Beutel auf den Boden. Silbermünzen kullerten ins Heu, mehr als ein Dutzend davon.

Für einen Herzschlag herrschte Stille. Dann brach die Schar in donnernden Jubel aus.

Am nächsten Morgen erwachte Rahel vor ihren Gefährten. Bren und Joanna lagen eng umschlungen im Heu. So laut, wie Schäbig schnarchte, grenzte es an ein Wunder, dass sie und die Zwillinge nicht längst aufgewacht waren. Aber die Mutlosigkeit der letzten Tage und das ziellose Umherwandern hatten sie alle tief erschöpft.

Rahel hatte in den Kleidern geschlafen. Sie schlüpfte in ihre Stiefel, ging zu den Pferden und füllte die Futterbeutel mit frischem Hafer. Während die Tiere fraßen, rieb sie den Hals der gescheckten Stute. Yvain hatte sie einst »Mira« getauft; sie war alles, was ihr und Brendan von dem alten Gaukler geblieben war. Vor zwei Jahren war er gestorben, in einer verregneten Sommernacht irgendwo an der Küste. In den Tagen vor seinem Tod war sein Verstand so vernebelt gewesen, dass er Rahel und Bren für seine eigenen Kinder hielt. Sie weinten um ihn wie um ihren Vater, denn nichts anderes war er für sie gewesen. Er hatte sie aufgenommen, als ihre leiblichen Eltern nicht mehr am Leben gewesen waren, er hatte sie die Liebe zur Musik gelehrt und sie zu dem gemacht, was sie heute waren. Nach dem Begräbnis zerstreute sich seine Schar. Copin und die anderen jüngeren Gaukler zogen allein weiter oder schlossen sich anderen Gruppen an; Sorgest ging in ein Armenhaus in Paris, der Wanderschaft müde. Rahel wünschte, Sorgest und Yvain wären dabei gewesen, wie sie dem Knappen das Silber entlockt hatte. Sie wären geplatzt vor Stolz.

Sie hatte lange geschlafen; es war bereits spät am Morgen, draußen ging das Stadtvolk seinen Geschäften nach. In das Stimmengewirr, das leise durch die Fensterschlitze drang, mischte sich plötzlich eine laute Stimme. Rahel öffnete einen Flügel des Stalltors und trat ins Freie.

Die Menschen auf dem Marktplatz hatten sich einem Mann zugewandt, der auf der breiten Treppe vor dem Kathedralenportal stand. Er schlug die Kapuze seines zerschlissenen Filzmantels zurück, wodurch ein längliches, bleiches Gesicht mit stechenden Augen zum Vorschein kam. Helles, fast weißes Haar fiel strähnig auf seine Schultern. Seine Rechte umklammerte einen Stab, der in einem Kreuz endete.

Der Mann musste einer der Prediger sein, die seit einigen Monaten durch Frankreich wanderten. Rahel hatte schon viel von ihnen gehört, aber noch keinen gesehen. Wo sie auftauchten, war das Unheil nicht weit, erzählte man sich unter den Fahrenden. Sie verschränkte die Arme vor der Brust und wartete ab, was geschah.

Dutzende von Augenpaaren richteten sich erwartungsvoll auf den bleichen Mann, die Rufe der Händler verstummten, die Handwerker legten ihre Werkzeuge aus der Hand. Der Prediger wartete, bis die Aufmerksamkeit der Menge allein ihm galt. Schließlich, als Stille den Platz erfüllte, hob er die Nase zum Himmel und schnüffelte.

»Ich rieche etwas«, rief er mit wohlklingender Stimme. »Ein übler Geruch, der über den Gassen eurer Stadt liegt. Der Gestank von Lügen und Fäulnis. Von Verrat und Teufelsknechtschaft. Riecht ihr es auch?«

Die Leute schwiegen abwartend. Sie schienen nicht zu wissen, was sie von dem Fremden halten sollten.

»Riecht ihr es auch?«, wiederholte der Prediger.

»Ja! Ja, ich rieche es auch!«, plärrte jemand, vermutlich kein Einheimischer. Rahel hatte gehört, dass die Prediger Helfer in der Menge platzierten, die ihnen Stichworte zuriefen.

Der bleiche Mann schaute in die Richtung, aus der der Ruf gekommen war. »Sag mir, woher er kommt, dieser Gestank, der die Luft eurer Stadt verpestet.«

»Von der Synagoge!«, ertönte eine andere Stimme.

»Ja, von der Synagoge«, sagte der bleiche Mann. »Aber nicht nur von dort. Er strömt aus den Stuben der Geldverleiher, die feist und zufrieden auf ihren Truhen voller Wucherzinsen sitzen. Er quillt aus den Badehäusern, wo sich eure jüdischen Nachbarn den Schmutz ihrer verderbten Praktiken abwaschen. Er steigt aus den Kaminen der Talmudschulen auf, wo der Rabbiner Tag für Tag listenreich seine Lügen verbreitet. Überall sickert er hervor, aus jedem Haus des Judenviertels, bis er eines Tages so stark ist, dass er euch den Atem nimmt.«

Rahel hatte schon lange nicht mehr solch einen himmelschreienden Unsinn gehört. Aber lachten die Leute den Prediger aus? Wandten sie sich ab? Nein, sie blieben stehen und blickten gebannt zu dem Fremden auf, und Rahel kannte auch den Grund dafür: Ihm war es gelungen, das Unbehagen in Worte zu fassen, das viele Christen empfanden, wenn sie am Judenviertel vorbeigingen: *Sie gehören nicht zu uns. Niemand weiß, was in der Synagoge vor sich geht. Wer sagt uns, dass es nicht bedrohlich ist? Dass diese Leute mit ihren seltsamen Bräuchen nicht Übles im Schilde führen?*

Plötzlich wünschte Rahel, sie wäre nicht nach draußen gegangen. Erinnerungen stiegen in ihr auf, Erinnerungen an einen anderen Tag, als sie ähnliche Worte gehört hatte, an einen Wintertag vor vielen Jahren, eine Hatz durch verlassene Gassen und das erstickende Gefühl von Furcht und Einsamkeit. Sie musste die Augen schließen, als vergessen geglaubte Bilder auf sie einströmten. *Hör auf!*, dachte sie. *Du darfst daran nicht denken! Geh wieder hinein und stopf dir etwas in die Ohren, bis dieser Albtraum vorbei ist!*

Aber sie konnte nicht hineingehen. Es war wie ein Zwang, stehen zu bleiben und zu beobachten, wie es weiterging.

Langsam stieg der Prediger die Treppe herab; das Pochen seines Kreuzstabes auf den Stufen ertönte laut in der gespannten Stille.

»Ich will euch eine Geschichte erzählen«, fuhr er fort. »Auf meinen Reisen kam ich in eine Stadt weit im Süden. Eine Stadt wie Bourges, bewohnt von gottesfürchtigen Christen und beherrscht von einer prächtigen Kathedrale. ›Warum duldet ihr die Juden in eurer Mitte?‹, fragte ich die Leute. ›Wisst ihr nicht, zu welcher Niedertracht sie fähig sind?‹ ›Was sollen sie schon tun?‹, sagte man mir. ›Es sind arme Teufel. Hat uns der Herr nicht gelehrt, auch den Schwachen und Unwissenden die Hand zu reichen?‹ Ja, die Bewohner dieser Stadt sind wahrhaftig gute und arglose Christen. Aber wisst ihr, was dann geschah? Was der Dank für ihre Nächstenliebe war?«

Der bleiche Mann ließ seine Worte auf die Menge wirken.

»Eines Tages verschwand ein Kind«, erzählte er weiter. »Die Trauer unter den Leuten war groß, doch niemand kam auf den Gedanken, ein Bewohner der Stadt könnte dahinterstecken. Es war Winter, und man dachte, ein Wolf habe das Kind geholt. Doch einige Tage später fand man die Leiche. Scheußlich zugerichtet war sie, mit Wunden bedeckt, die ihm kein Tier zugefügt haben konnte. Es waren Verletzungen von Zangen und Messern, von eisernen Dornen und siebenschwänzigen Peitschen. Man hatte dem Kind die Zunge herausgerissen und die Augen ausgestochen, die Finger abgehackt und die Haut abgezogen.«

Die Menge stöhnte auf. Frauen drückten ihre Kinder an sich. Bebende Lippen murmelten Gebete. Mit schriller Stimme zählte der Prediger noch grausigere Einzelheiten auf.

»Der Bauch war geöffnet und die Gedärme in einem heidnischen Muster auf dem Waldboden ausgebreitet worden. Rostige Nägel waren dem Kind durch Hände und Füße getrieben worden, eine höhnische Nachahmung der Leiden unseres Erlösers. Aber wisst ihr, was am seltsamsten war? Der kleine Körper enthielt keinen einzigen Tropfen Blut. Die Mörder hatten ihm die Adern geöffnet und das Blut sorgfältig aufgefangen.«

»Warum?«, schrie ein Stichwortgeber. »Welcher Teufel tut so etwas?«

Die Stimme des Predigers wurde leise und sanft, als wäre er immer noch erschüttert über das, was er gesehen hatte. »Ja, warum?«, wiederholte er. »Wer ist zu solch einer Bluttat fähig? Ein Dämon? Ein Knecht Luzifers? Dies fragten sich auch die Leute der Stadt. Nun erwachte endlich ihr Mut. Entschlossen machten sie sich auf die Jagd nach den Mördern des Kindes. Tag und Nacht durchsuchten sie unermüdlich jedes Haus, jeden Keller, jeden finsteren Winkel. Glaubt ihr, sie fanden etwas? Nein, nichts! ›Ihr sucht am falschen Ort‹, sagte ich ihnen. ›Eine solche Grausamkeit kann kein Christ begangen haben. Nur ein Jude ist imstande, einem unschuldigen Kind solches Leid zuzufügen.‹ Die Leute zögerten. ›Warum suchst du die Schuld bei den Juden?‹, fragten sie. ›Seit hundert Jahren leben sie in unserer Mitte. Sie sind unsere Nachbarn. Niemals würden sie einem Kind etwas zuleide tun.‹ Doch schließlich fand sich eine kleine Schar zusammen, die nach Einbruch der Dunkelheit zur Synagoge schlich. Es waren mutige Männer, die sich da versammelt hatten. Sie hatten in Kriegen gefochten und schon so manchen Schrecken gesehen. Doch was sich ihnen in den Fenstern der Synagoge darbot, übertraf alles, was sie je erlebt hatten.« Der Prediger verstummte und umklammerte seinen Stab mit beiden Händen, als sei er mit seinen Kräften am Ende.

»Was haben sie gesehen?«, rief jemand. »Sag es uns!«

Der Adamsapfel des bleichen Mannes bewegte sich auf und ab. Seine Lippen öffneten sich und schlossen sich wieder, als ringe er um Worte.

»Im Innern der Synagoge saßen die Juden im Kreis«, sagte er leise, beinahe flüsternd. »Sie lachten und verhöhnten die Heilige Schrift und die Leiden unseres Erlösers. Sie hatten Hostien gestohlen und quälten sie mit Zangen und Hämmern. Der Rabbiner hob seinen Rock und pisste auf das Kreuz. Doch noch grausiger als all das war der Becher, den sie herumreichten. Er enthielt …« Seine Stimme versagte, und er schien den Tränen nahe zu sein. Schließlich rief er: »Er enthielt das Blut des Kindes, an dem sich die Juden gierig labten!«

Gesichter erbleichten. Rufe des Entsetzens brachen aus aufgerissenen Mündern hervor. Hände schlugen das Zeichen des Kreuzes. Eine junge Frau mit einem Säugling auf den Armen wimmerte: »Nein, nein, das kann nicht sein!«

Der Prediger schien seine Kräfte wiedergefunden zu haben. Er richtete sich auf und deutete mit ausgestrecktem Arm auf die Frau. »Du da, Weib!«, schrie er. »Glaubst du mir etwa nicht?«

»Doch!«, rief die Frau unter Tränen. »Ich glaube dir!«

»Und ihr anderen!«, schrie er mit in die Höhe gerecktem Kreuzstab. »Glaubt ihr, was ich gesehen habe?«

»Ja!«, ertönte es aus vielen Kehlen. »Ja!«

... Das Kreuz über den Köpfen der Menschen, das Geschrei, der Hass in den Gesichtern – genau wie vor vierzehn Jahren, genau dasselbe Bild ... Übelkeit stieg in Rahel auf. Sie musste fort, fort von diesem Platz und dem Gebrüll. Sie taumelte durch das Stalltor und schlug es hinter sich zu.

Ihre Gefährten waren wach und drängten sich an den Fensterschlitzen zusammen. Sie brachte kein Wort heraus, eilte an ihm vorbei, zu einem Winkel des Stalls, wohin das Geschrei nicht drang. Dort stützte sie sich auf einen niedrigen Balken und atmete mit hängendem Kopf schwer ein und aus.

Die schrecklichen Ereignisse in Rouen lagen so viele Jahre zurück, dennoch hatte sie den Verlust ihres Zuhauses und den Tod ihrer Mutter und Mirjams nie wirklich verwunden. Yvains und Sorgests Liebe, Brendans Freundschaft und das aufregende Leben bei den Gauklern hatten ihr jedoch geholfen, das Grauen jener Tage allmählich zu vergessen.

Vergessen? Hatte sie das wirklich geglaubt? All die Erinnerungen waren noch da, sie schlummerten nur in ihr, und nicht einmal sonderlich tief. Die Hassrede eines Predigers und das Gebrüll einer Menge genügten schon, sie aufzuwecken.

Es sind nur Erinnerungen, versuchte sie sich zu beruhigen. *Was damals geschehen ist, ist vorbei.*

Nein, nichts war vorbei. Was damals in Rouen geschehen war, wiederholte sich jetzt in Bourges. Sie hatte die Gesichter der Leute auf dem Marktplatz gesehen. Sie wusste, wozu

Menschen fähig waren, wenn man es ihnen nur überzeugend genug einredete.

Allmählich hörte sie auf zu zittern. Als sie den Kopf hob, stellte sie fest, dass ihre Gefährten bei ihr waren und sie besorgt anschauten.

»Alles in Ordnung?«, fragte Brendan.

»Nichts ist in Ordnung«, erwiderte sie mit rauer Stimme. »Hast du nicht gesehen, was da draußen los ist?«

»Nur ein verrückter Prediger«, sagte der Bretone schulterzuckend. »Kein Grund zur Sorge.«

»Und die Geschichten, die wir gehört haben?«, fuhr sie ihn an. »Sind die auch kein Grund zur Sorge?«

»Welche Geschichten?«, fragte Joanna.

»Wir haben unterwegs Gerüchte aufgeschnappt«, erklärte Brendan. »Dass in Amiens das Judenviertel niedergebrannt wurde, nachdem ein Prediger die Christen aufgehetzt hat.«

»Das ist kein Gerücht«, sagte Rahel. »Alfric von Metz hat uns davon erzählt. Er war in Amiens, als es geschah.«

»Alfric übertreibt gern.«

»Bei dieser Geschichte hat er nicht übertrieben. Warum sollte er so etwas erfinden?«

Die Zwillinge und Schäbig hatten schweigend zugehört. Schließlich fragte Kilian: »Was sollen wir jetzt tun?«

»Packt eure Sachen«, antwortete Rahel. »Ich will, dass wir in einer Stunde von hier fort sind.«

Ihre Gefährten waren fassungslos. Sie schob sich an ihnen vorbei und stapfte zu den Wagen.

»Und was ist mit Gilbert de Villon?«, rief Vivelin ihr hinterher.

»Soll sein Knappe für ihn singen.«

Brendan lief ihr nach und holte sie bei den Wagen ein. »Wir können nicht weg. Wir brauchen diesen Auftritt. So eine Gelegenheit bietet sich uns so bald nicht wieder.«

»Wir haben zehn Sous von Villons Knappen bekommen. Reicht dir das nicht?«

»Zehn Sous sind nicht viel. Wir brauchen Vorräte und Hafer für die Pferde. Das Hinterrad von Schäbigs Wagen sieht aus, als würde es nicht mehr lange halten. Lampenöl haben wir auch keins mehr.«

Rahels Wut wich Niedergeschlagenheit. »Und das da draußen?«, fragte sie mit einer Handbewegung in Richtung der Fenster. »Was, wenn der Prediger die Leute aufhetzt wie in Amiens?«

»Dann können wir immer noch gehen. Außerdem haben sich die Leute schon wieder beruhigt. Du weißt doch, wie sie sind: Man muss nur laut den Namen des Teufels rufen, und schon machen sie sich nass vor Angst, aber im nächsten Moment ist der Spuk wieder vergessen.«

Sie trat zum Fenster. Tatsächlich, der Prediger war nicht mehr zu sehen, und die Leute gingen ihrem Tagwerk nach, als wäre nichts geschehen. Außer einigen kleinen Gruppen, die sich aufgeregt unterhielten, hatte sich die Menge zerstreut. Niemand forderte den Kopf des Geldverleihers oder schrie nach Rache für den Mord an Gottes Sohn. Nirgendwo sammelte sich eine bewaffnete und mordgierige Meute. Doch Rahel war nicht völlig beruhigt. »Der Prediger wird wiederkommen. So leicht wird er nicht aufgeben.«

»Vielleicht. Vielleicht auch nicht.« Brendan blickte zu ihren Gefährten. »Du musst auch an sie denken. Sie sind müde. Sie haben sich einige Tage Ruhe verdient. Das kannst du ihnen nicht verwehren.«

Sie musterte Joanna, die Zwillinge und Schäbig, die zu ihnen geschlurft kamen. Hunger und Entbehrungen waren nicht spurlos an ihnen vorübergegangen. Ihre Gesichter waren hohlwangig, die Kleider hingen schlaff an ihren abgemagerten Leibern. Von ihnen zu verlangen, auf der Stelle die Wagen zu besteigen und in die Ungewissheit aufzubrechen mit nichts als einer Handvoll Silbermünzen, wäre grausam – besonders jetzt, da das Ende ihrer Pechsträhne zum Greifen nah war.

»Also gut«, sagte Rahel. »Wir bleiben bis zu Villons Fest. Aber wir lagern nicht in der Stadt. Ich will, dass wir weit genug weg sind, falls etwas geschieht.«

Der Bretone nickte. »Ich kenne einen Ort, wo uns so schnell niemand findet.«

Die Gaukler murrten, als sie erfuhren, dass sie die bequeme Unterkunft im Stall zugunsten eines Lagerplatzes im Freien aufgeben sollten. Rahel fiel es jedoch nicht schwer, sie zu überzeugen. Wenn das die Bedingung dafür war, dass sie nicht darauf bestand, weiterzureisen, nahmen sie eine Nacht in der Kälte gern in Kauf.

Brendan führte sie zu einer Lichtung in einem Fichtenwald außerhalb der Stadt, die von umgestürzten, halb in der Erde versunkenen Grabsteinen übersät war. Es handele sich um die Überreste eines ungeweihten Friedhofs für Mörder und Ungetaufte, erklärte er. Nicht gerade ein behaglicher Ort, aber sie hatten schon an ungastlicheren Plätzen gelagert. Immerhin bot die alte Friedhofsmauer Schutz vor dem schneidenden Wind, der über die Hügel pfiff und den Schnee von den Bäumen schüttelte, und Feuerholz war im Überfluss vorhanden.

»Wir brauchen neue Vorräte«, sagte Vivelin am nächsten Morgen. Der Spielmann, der wie sein Zwillingsbruder einen kahl geschorenen Schädel hatte, kauerte am Feuer, schälte eine schrumpelige Rübe und warf sie in einen Topf. »Ich kann keine Rüben mehr sehen.«

Kilian und Schäbig brummten zustimmend.

»Ist heute nicht Markt in Bourges?«, warf Brendan ein.

Joanna nickte. »Der Wirt hat es gestern erwähnt.«

»Für ein Stück frisches Brot würde ich einen Mord begehen«, sagte Schäbig. »Wisst ihr, wann wir das letzte Mal frisches Brot hatten? Oder Wein! Für einen Schlauch Wein würde ich sogar eine Kirche schänden.«

»Geräucherten Fisch hatten wir auch schon ewig nicht mehr«, meinte Kilian.

»Und vor zwei Wochen ist uns der Honig ausgegangen«, ergänzte Joanna.

Keiner der Gaukler machte Anstalten aufzustehen.

»Wer geht?«, fragte Brendan schließlich in die Runde.

»Rahel«, sagte Schäbig.

»Warum ich?«, protestierte sie. »Warum nicht du?«

»Du hast das Geld. Außerdem ist es deine Schuld, dass wir hier im Wald sitzen.«

Fluchend stand Rahel auf. Es hatte keinen Sinn, mit Schäbig zu streiten. Er hatte immer das letzte Wort.

Während sie den Handkarren aus dem Wagen lud, erklärten sich Brendan und Joanna bereit, sie zu begleiten. Einerseits war Rahel dankbar für die Hilfe, andererseits wäre es ihr lieber gewesen, Vivelin und Kilian hätten sich angeboten. Mit Bren und Joanna allein zu sein, konnte unerträglich werden. Sie teilten nun schon seit zwei Jahren das Bett, turtelten aber immer noch wie ein frisch verliebtes Paar, was Rahel unentwegt daran erinnerte, wie wenig Glück sie bisher mit Männern gehabt hatte. Es hatte einige Männer in ihrem Leben gegeben. Aber sie hatten sich stets als Dummköpfe, Lügner oder Feiglinge erwiesen, und keinen hatte sie länger als ein paar Monate ertragen.

Der Weg nach Bourges war so schlimm, wie sie befürchtet hatte. Brendan sang Joanna eine neue Ballade vor, die er gerade für sie schrieb. Joanna schmiegte sich an ihn, kicherte pausenlos und küsste ihn etwa zweihundertfünfzig Mal. Missmutig marschierte Rahel einen halben Steinwurf vor ihnen und zog den Handkarren. Schließlich fuhr sie die beiden an, sich zu beeilen, was nur dazu führte, dass sie sich den Rest des Weges flüsternd über sie lustig machten.

Der Markt begann am Stadttor und erstreckte sich die Hauptstraße entlang. Rahel und ihre Gefährten hatten lange geschlafen; der größte Andrang an den Verkaufsständen war längst vorüber. Die Fischer bauten ihre Stände bereits ab. Schwarz glänzende Aale, Lachse, Forellen, Karpfen und Krebse verschwanden in Fässern voller Eis, die auf Karren geladen wurden. Auch die Bäcker beendeten allmählich das Tagesgeschäft und verstauten ihre Ware in Körben und Säcken. Die Gelegenheit wäre günstig gewesen, altes Brot billig zu bekommen. Aber dann hätten sie auch weiter verschrumpelte Rüben essen können. Rahel, Brendan und Joanna schlenderten an den Ständen mit Messern, Hufeisen, Wetzsteinen, Töpfen, gefärbtem Tuch und Lederschuhen vorbei. Händler riefen ihnen günstige Angebote zu, zählten Geld oder brüllten ihre Gehilfen an.

Als sie den Platz vor der Kathedrale erreichten, vergaß Rahel schlagartig ihren Ärger. Vor dem Portal des mächtigen Gebäudes hatte sich wieder eine Menge eingefunden. Andächtig lauschte sie dem bleichen Prediger auf der Treppe.

Sie hatte es gewusst! Sie hatte gewusst, dass er so schnell nicht aufgeben würde.

Er schien gerade erst mit seiner Rede angefangen zu haben. Erneut gab er eine Geschichte von seinen Reisen zum Besten. Diese handelte davon, wie arglistige Juden brave christliche Jungfrauen entführten, um sie an ihre lüsternen Glaubensbrüder jenseits des Meeres zu verkaufen. Sie war noch wirrer und unsinniger als die letzte Geschichte, doch das hielt die Leute auf dem Platz nicht davon ab, ihre Zustimmung herauszubrüllen. Noch mehr als das erschreckte Rahel die Tatsache, dass die Menge um einiges größer war als gestern.

Sie wandte sich zu Bren und Joanna um, denen sichtlich unbehaglich zumute war. »Ich will hier nichts kaufen. Gehen wir.«

»Aber wir brauchen Vorräte«, sagte Brendan.

»Die bekommen wir auch im Judenviertel.«

Das Judenviertel von Bourges bestand aus einer einzigen Gasse mit höchstens hundert Einwohnern. Sie hatte nur einen Eingang, der mit einem roten Seil abgesperrt werden konnte. So wollte es ein neues Gesetz, das König Ludwig vor einem Jahr erlassen hatte. Der König war kein Freund der Juden und hatte ihnen in den vierundvierzig Jahren seiner Herrschaft pausenlos das Leben schwer gemacht. Ein anderes Gesetz schrieb allen männlichen Juden einen gelben Gürtel und den weiblichen eine gelbe Haube vor, damit sie sich deutlich von den Christen unterschieden.

Natürlich war den Israeliten das Auftauchen des Predigers nicht entgangen. Die Furcht war allgegenwärtig. Rahel sah sie in den Gesichtern der Händler, als sie Brot, getrocknetes Fleisch und Wein einkauften. Sie hörte sie in den geflüsterten Gesprächen am Straßenrand und bemerkte sie in den argwöhnischen Blicken, die man ihr und ihren Freunden im Vorbeigehen zuwarf.

Der Händler, bei dem sie Stockfisch und geräucherten Lachs kauften, machte seiner Wut Luft, indem er auf die Christen und den König schimpfte.

»Der Prediger ist nur ein einzelner Mann«, sagte Rahel. »Warum vertreibt ihr ihn nicht aus Bourges?«

»Das würde nichts ändern«, erwiderte er mürrisch. »Rampillon würde einfach einen neuen schicken. Oder er käme selbst, was noch schlimmer wäre.«

»Rampillon? Meinst du Guillaume de Rampillon, den Siegelbewahrer?«

»Wen sonst?«

Rahel hatte schon von Rampillon gehört. Er war Erzdiakon von Paris. König Ludwig hatte ihn zum *Garde des Sceaux de France* ernannt, zum Siegelbewahrer des französischen Throns, bevor er das Kreuz genommen und nach Nordafrika aufgebrochen war. Damit war Rampillon zu seinem Stellvertreter und zum mächtigsten Mann des Landes aufgestiegen. »Was hat er damit zu tun?«

»Er hasst uns noch mehr als der König, falls das überhaupt möglich ist.«

»Du glaubst, er ist es, der die Prediger durch das Land schickt?«

»So erzählt man sich, ja. Der Ewige allein weiß, was dieser Teufel damit im Sinn hat. Hier ist dein Fisch. Sei klug und verlass Bourges, solange du noch kannst.«

»Hab Dank.« Sie nahm den Beutel und verließ den Laden.

Draußen warteten Brendan und Joanna auf sie. Rahel legte den Fisch zu den anderen Vorräten in den Handkarren. Sie wollte nichts mehr, als das Judenviertel so schnell wie möglich zu verlassen, und zog den Karren in Richtung des Ausgangs.

»Warte«, sagte Joanna. »Wir brauchen noch Honig.«

»Was wir haben, reicht«, entgegnete Rahel schroffer als beabsichtigt.

Verwirrt von der ruppigen Erwiderung, schwieg die blonde Gauklerin. Auch Brendan sagte nichts, während sie die Gasse entlanggingen. Er kannte Rahel gut und wusste, wann es besser war, sie in Ruhe zu lassen.

Auf dem Rückweg zum Stadttor machten sie einen Bogen um den Marktplatz, denn keiner von ihnen war erpicht darauf, noch einmal den Prediger zu sehen. Als sie sich einem kleinen, von ärmlichen Holzhäusern umstandenen Platz näherten, schob sich Brendan plötzlich neben Rahel.

»Jemand folgt uns«, sagte er leise.

Sie war versucht, über die Schulter zu spähen, riss sich aber zusammen. »Wer?«

»Ein Mann. Ich kenne ihn nicht.«

»Wie lange schon?«

»Seit wir das Judenviertel verlassen haben.«

»Ein Beutelschneider?«

»Glaube ich nicht«, sagte der Bretone. »Er sieht eher wie ein Soldat aus.«

Der kleine Platz war voller Menschen, die sich um einen Ziehbrunnen drängten. Hühner und Schweine suchten im Schnee nach Futter, ein Schmied schüttete dampfend heißes Wasser vor der Tür seiner Werkstatt aus. Rahel ging zu einer alten Frau, die, in mehrere Decken gehüllt, vor einem Haus kauerte und Nüsse und Rüben verkaufte. Sie schöpfte eine Handvoll Nüsse aus einem der Säcke, gab der Alten einen Denier und schaute sich dabei unauffällig um.

Zwischen den einfachen Stadtbewohnern war ihr Verfolger nicht zu übersehen. Der Mann war gedrungen, sein Haar blond und kurz, unter dem sandfarbenen Wams zeichneten sich kräftige Muskeln ab. Er trug keinen Waffenrock, aber ein Schwert und eine kürzere Klinge am Gürtel. Das Gesicht war breit, kantig und bartlos, mit Augen in der Farbe von Kupferpatina. Als er bemerkte, dass Rahel in seine Richtung schaute, blieb er vor der Schmiede stehen und begutachtete die Hufeisen an einem Balken.

Auch sie kannte den Mann nicht. Etwas an seinem Gesicht wirkte fremdländisch, und sie hätte ihr restliches Silber darauf verwettet, dass er nicht aus Frankreich kam.

Sie steckte die Nüsse ein und zog den Karren weiter über den Platz.

»Was machen wir jetzt?«, fragte Brendan flüsternd.

»Ich will nicht, dass jemand erfährt, wo wir lagern. Wir gehen zurück zum Marktplatz. Dort hängen wir ihn ab.«

Der Fremde folgte ihnen in einem Abstand von einem halben Steinwurf. Er verhielt sich sehr geschickt. Einem weniger aufmerksamen Beobachter als Brendan wäre er vermutlich nicht aufgefallen.

Der Prediger hatte seine Rede beendet, aber anders als gestern löste sich die Menge nur schleppend auf. Rahel, Brendan und Joanna schoben sich ins dichteste Gedränge und arbeiteten sich zur anderen Seite des Platzes vor. Als ihr Verfolger sie für einen Moment aus den Augen verlor, rannten sie zu einer winzigen Gasse zwischen einer Weinstube und der Werkstatt eines Zimmermanns. Dort verteilte Rahel die Vorräte an Brendan und Joanna und nahm selbst zwei Beutel an sich.

»Und der Karren?«, fragte Brendan.

»Lassen wir hier. Jetzt lauft!«

Sie hasteten durch das Gassengewirr. An jeder Wegkreuzung warf Rahel einen Blick über die Schulter. Niemand folgte ihnen. Aber wirklich sicher, dass sie den Fremden abgehängt hatten, war sie erst am Südtor von Bourges.

»Wer war der Kerl?«, fragte Joanna, während sie Atem schöpften. »Was *wollte* er?«

»Gehen wir zurück zum Lager«, sagte Rahel. »Vielleicht können die anderen es uns erklären.«

Kapitel 2

Die Männer brüllten vor Begeisterung.

Rahel ließ die Fackeln in einem flammenden Bogen durch die Luft wirbeln. Zu schnell für jedes Auge fing sie die brennenden Bündel aus Reisig und Pech auf und warf sie erneut in die Luft, ihre nackten Füße balancierten über die Tafel, suchten sich einen Weg zwischen Zinntellern, Krügen und Bierpfützen, während Vivelin die gewaltige Trommel vor seinem Bauch schlug und Kilian auf der Schalmei eine ausgelassene Melodie spielte. Am Ende des Tisches schleuderte sie eine Fackel so hoch hinauf, dass die Flammen an den Dachbalken leckten, und vollführte dabei eine halbe Drehung, sodass der geschlitzte, purpurne Rock aufflog, mit dem Saum über die Gesichter der johlenden Männer strich und sich abermals um ihre bronzenen Schenkel schlang. Sie spürte eine Hand auf ihrem Knie und erhaschte einen flüchtigen Blick auf ein grinsendes Gesicht. Ohne auch nur bei einer Fackel danebenzugreifen, trat sie dem Mann gegen die Brust, sodass er von der Bank nach hinten wegkippte. Die Männer grölten. Gilbert de Villon am anderen Ende der Tafel lachte so sehr, dass sein Gesicht über dem schwarzen Vollbart rot anlief.

Rahel jonglierte, bis sie die Diener mit dem gebratenen Hirsch hereinkommen sah. Sie fing zwei Fackeln mit der linken und drei mit der rechten Hand auf, verbeugte sich mit ausgebreiteten Armen vor dem Gastgeber und sprang vom Tisch. Villons Gäste, seine Kriegsknechte und Schildknappen brüllten nach mehr, doch im nächsten Moment wurde der gewaltige Braten auf die Tafel geschoben. Sofort vergaßen die Männer Rahel und drängten sich mit ihren Messern um das Fleisch.

Vivelin und Kilian hörten auf zu spielen. Rahel traf sich mit den Zwillingen, Brendan, Joanna und Schäbig in einer Nische des von Rauch vernebelten Saals. Schweiß rann ihr über das Gesicht. »Wie war ich?«, fragte sie in die Runde.

»Miserabel«, sagte Brendan.

»Erbärmlich«, ergänzte Schäbig.

»Beschämend«, fügte Joanna hinzu.

»›Beschämend‹?«, wiederholte Rahel enttäuscht. »Das ist alles, was euch einfällt?«

»Na schön«, sagte Brendan. »Du warst schauderhaft. Abstoßend. Grässlich. Schlimmer als siebzehn betrunkene Bettelmönche und ein an Brechruhr leidender Abt.«

»Schon besser.« Zufrieden löschte sie die Fackeln und setzte sich auf die Bank. »Wer macht nach dem Essen weiter?«

»Ich«, bot Schäbig an.

Rahel hatte lange darüber nachgedacht, ob Schäbig vor Villon auftreten sollte. Seine Späße waren grausam und derb und nicht wenige Edelleute überaus empfindlich; Schäbigs Possen hatten ihnen schon mehr als einmal Ärger eingebracht. Aber Villon konnte offensichtlich einiges vertragen. »Gut. Aber übertreib es nicht. Ich will nicht wieder von einer wütenden Meute aus der Stadt gejagt werden wie in Rennes.«

»Ich übertreibe nie«, erwiderte der Gaukler. Doch sein Grinsen verhieß nichts Gutes.

Während Schäbig sich für seinen Auftritt fertig machte, sah Rahel sich noch einmal unauffällig im Saal um. Sie hatte befürchtet, der Mann, der sie in Bourges verfolgt hatte, könnte auf dem Fest erscheinen, doch er befand sich weder unter Villons Gästen noch unter den Bediensteten. Auch Schäbig und die Zwillinge konnten sich nicht erklären, wer der Fremde gewesen sein könnte. Nachdem sie ihn abgehängt hatten, war er nicht wieder aufgetaucht. Rahel begann zu glauben, dass er doch nur ein gewöhnlicher Dieb gewesen war. Vielleicht ein verarmter ausländischer Söldner, der es auf ihr Silber abgesehen hatte. Keine ernsthafte Gefahr, wie es schien.

Das Essen zog sich lange hin. Nachdem sich die Männer an dem gebratenen Fleisch satt gegessen hatten, stachen die Diener ein Weinfass an. Zinnbecher wurden gefüllt, ausgetrunken und von Neuem gefüllt, und nach einigen Runden krakeelten die Männer nach Musik und Gaukelspiel.

Brendan trat vor und kündigte gestenreich und wortgewaltig Graf-Lang-und-Schäbig an, den größten Spötter zwischen dem Atlantik und den Alpen, woraufhin Vivelin und Kilian einen Karren mit einer geräumigen Holzkiste zur Saalmitte schoben. Brendan und die Zwillinge entfernten sich, und vier Dutzend Augenpaare ruhten gespannt auf der Kiste. Schließlich erschien Schäbigs Kopf mit der Schellenkappe. Er bedachte die Männer an der Tafel mit einer verschlagenen Miene, bevor er sich zu seiner vollen Größe aufrichtete. Er trug seinen Namen zu Recht: Ungefähr vier Ellen maß der unglaublich dürre Gaukler in den schreiend bunten Kleidern, und als Brendan ihn als den Fürsten unter den Schmährednern vorstellte, hatte er nicht übertrieben. Bereits mit dem ersten Satz beleidigte Schäbig sämtliche Anwesenden, verhöhnte Villon für seine Fressgier und seine Gäste für ihre Gewänder, ihre dicken Bäuche oder hässlichen Gesichter, was sich gerade anbot.

Rahel konnte kaum hinsehen. Sie sah Villon schon aufspringen, sein Schwert ziehen und mit zornesrotem Gesicht den Befehl brüllen, Schäbig zu ergreifen. Doch der Ritter blieb auf seinem Platz und das Schwert in der Scheide, sein Gesicht war ausschließlich vom Wein gerötet. Er lachte. Er lachte sogar noch heftiger als bei ihrem Fackeltanz, als sie den Knecht von der Bank gestoßen hatte. Auch die anderen Männer johlten, denn Schäbig verteilte seinen Spott gerecht auf alle. Hin und wieder, wenn sein Hohn allzu treffend und grausam ausfiel, verfinsterte sich eine Miene. Doch der Ärger des Getroffenen währte nie lange, denn Schäbig knöpfte sich stets jenen als Nächsten vor, der am lautesten gelacht hatte.

»Ich werde es nie verstehen«, sagte Brendan. »Sag einem Mann, dass er ein Hurensohn ist, und er schlägt dir den Kopf ab. Zieh dir vorher eine Narrenkappe auf, und er gibt dir zum Dank einen Beutel voll Silber.«

Rahel gab ihren Gefährten die Anweisung, nach Schäbigs Auftritt mit Musik weiterzumachen, und verließ den Saal, in dem es so sehr nach Rauch, Bratenfett und Starkbier stank, dass ihr allmählich das Atmen schwerfiel.

Villons Haus befand sich außerhalb der Stadtmauern auf einem Hügel am Waldrand, umgeben von einer Mauer aus lose aufeinandergeschichteten Steinen. Bedienstete eilten über den Hof, schafften Bier- und Weinfässer die Kellertreppe herauf und trugen Platten mit gebratenen Äpfeln von der Küche zum Haupthaus. Rahel schlüpfte in Mantel und Stiefel und stapfte über den festgetretenen Schnee zu den Ställen, wo ihre Wagen standen. Sie wollte nach den Pferden sehen. Bei ihrer Ankunft hatte Villon einem Knecht befohlen, sich um die Tiere zu kümmern. Die Anweisung hatte den Mann nicht gerade mit Begeisterung erfüllt, und sie wollte sich davon überzeugen, dass sie ordentlich abgerieben worden waren und genug Futter hatten.

Es war alles in bester Ordnung. Sie strich Mira und der anderen Stute, der sie nie einen Namen gegeben hatten, über den Hals und ging zurück zum Stalltor.

Zwei Männer standen in der offenen Tür. Einer hielt eine Laterne aus blindem Glas, die schwaches Licht verströmte, der andere eine Seilrolle.

»Da ist sie«, sagte der mit der Laterne.

Rahel erkannte die Männer; sie gehörten zu Villons Gesinde und hatten den ganzen Abend die Gäste bedient. Warum waren sie ihr gefolgt? War das Lüsternheit in ihren Augen? Vielleicht. Ihr Fackeltanz kam bei Männern gut an. Manchmal *zu* gut.

»Was wollt ihr?«, fragte sie schroff.

»Das ist ein Haus von guten Christen«, knurrte der Laternenträger, ein bullig gebauter Mann mit schwarzem Vollbart. »Jüdische Huren sind bei uns nicht willkommen.«

Ein Schlag ins Gesicht hätte sie nicht schmerzhafter treffen können. Nein, der Fackeltanz hatte nichts damit zu tun. Das waren die Worte des Predigers, deren Gift zu wirken begann. Doch woher wusste der Bärtige, dass sie Jüdin war? Vielleicht eine Bemerkung ihrer Gefährten, die er aufgeschnappt hatte. Oder es lag an ihrem Aussehen. Für Männer wie ihn waren vermutlich alle Frauen mit dunkler Haut jüdische Huren.

»Lasst mich in Ruhe!« Sie wollte sich an den Männern vorbei zur Tür schieben, doch der Bärtige stieß sie zurück.

»Wir dulden euch Judenpack schon viel zu lange. Es wird Zeit, dass sich das ändert. Nicht wahr, Garin?«

»Ja, Étienne. Schon viel zu lange«, stimmte der andere zu. Er hatte hängende Schultern, ein fliehendes Kinn und kaum noch Haare auf dem Kopf; die Feigheit stand ihm ins Gesicht geschrieben. Rahel hatte gelernt, Männer wie ihn zu fürchten. Bei der entsprechenden Gelegenheit waren sie zu Schlimmerem fähig als der grausamste Söldner.

Die Männer schlossen die Stalltür hinter sich. Rahel wich zurück. Sie brauchte einen Fluchtweg. Wenn sie sich nur erinnern könnte, ob es noch andere Ausgänge gab! Die Fenster kamen nicht infrage. Sie waren zu eng, selbst für jemanden, der so gelenkig war wie sie.

»Was machen wir mit ihr?«, fragte der Schmächtige, dessen Stimme vor Vorfreude zitterte. »Hängen wir sie am Dachbalken auf? Sag schon, Étienne.«

»Ja, Aufhängen ist gut. Aber erst später. Sie hat so schön

jongliert. Ich frage mich, ob sie das auch mit gebrochenen Händen kann.«

Rahel stieß mit dem Rücken gegen die Holzwand eines Verschlags. »Ich bin Gast eures Herrn«, sagte sie scharf und hoffte, dass die Männer ihre Furcht nicht heraushörten. »Wenn er erfährt, was hier vor sich geht, lässt er euch auspeitschen.«

»Er wird es nicht erfahren«, erwiderte der Bärtige. »Dafür sorgen wir schon. Schnapp sie dir, Garin!«

Rahel holte Luft und schrie, so laut sie konnte, um Hilfe.

Das Gesicht des Schmächtigen verzerrte sich vor Wut. Er versuchte, sie zu packen. Er war langsam. Sie wich der zugreifenden Hand mühelos aus, wirbelte herum und rannte die Stallgasse zurück, während sie weiterhin um Hilfe rief.

Eine Tür! Hier musste doch irgendwo eine Tür sein! Sie war sicher, dass der Stall mehr als einen Ausgang hatte. Aber auf der einen Seite waren nichts als leere Verschläge und auf der anderen die nackte Mauer.

Es war so finster, dass sie am Ende der Stallgasse beinahe gegen die Wand gelaufen wäre. Sie saß in der Falle. Der Schmächtige kam auf sie zu, gefolgt von seinem Kumpan.

Das zuckende Laternenlicht fiel auf eine Heugabel an der Wand. Eine Waffe! Rahel riss die Forke aus der Halterung und stieß sie in die Richtung des Schmächtigen. Er schrie vor Schmerz auf, ließ das Seil fallen und riss die Arme schützend vor das Gesicht.

Er war so plötzlich stehen geblieben, dass der Bärtige mit ihm zusammenstieß. Er keuchte einen Fluch, die Laterne flackerte und erlosch. Im Stall war es auf einen Schlag stockdunkel.

Kurz vor dem Zusammenprall der beiden Männer hatte Rahel eine Leiter entdeckt. Sie schleuderte die Forke ihren Verfolgern entgegen, sprang über das Gatter des hintersten

Verschlags und tastete sich durch die Finsternis, bis ihre Hände die Leiter berührten. So schnell es die Dunkelheit zuließ, kletterte sie hinauf.

Ein Rumpeln und scharrende Schritte erklangen. Eine Hand streifte ihr Bein, packte den Mantelsaum. Sie rutschte ab, als der Mann zog, hielt sich mit beiden Händen an der Sprosse fest und trat blind nach unten. Ihr Fuß traf auf Widerstand, der Mann ließ sie los. Sie erklomm die letzten Sprossen und schob sich durch die Öffnung.

Vor ihr lag der Heuboden. Schwaches Fackellicht vom Hof fiel durch zwei Fensterschlitze. Strohbündel türmten sich bis zum Gebälk auf, dazwischen lagen tiefe Schatten. Rahel wollte die Leiter durch die Öffnung ziehen, doch einer der Männer hielt sie von unten fest, während der andere hinaufkletterte.

Sie ließ die Holme los und hastete zwischen den Strohbündeln entlang. Hier oben musste es eine Tür mit einer Treppe oder Rampe nach unten geben; schließlich musste das Stroh irgendwie heraufgelangt sein. Nur wo? Das Licht von draußen reichte gerade aus, den Weg zu erkennen. Eine Tür mochte sich genau neben ihr befinden, sie würde sie trotzdem nicht ausmachen können.

Ihr Weg endete jäh vor aufgetürmten Strohbündeln. Rahel fuhr herum. Einer ihrer Verfolger kletterte aus der Luke. Der Bärtige. Trotz des schwachen Lichts war seine breite, gedrungene Statur deutlich zu erkennen. Sie blieb reglos stehen, in der Hoffnung, er würde sie im Dunkeln nicht sehen. Doch er kam auf sie zu.

Sie konnte sich im Stroh verstecken, aber damit gewann sie bestenfalls etwas Zeit. Denn der Rückweg war ihr versperrt: Inzwischen war auch der Schmächtige die Leiter hinaufgeklettert und hatte sich neben der Luke postiert. Sie hatte gehofft, ihn mit der Forke so schwer verletzt zu haben, dass er die Verfolgung aufgab. Offenbar war er zäher, als sie angenommen hatte.

Gehetzt sah sie sich nach einem Ausweg um. Natürlich, die Fenster! Sie führten aufs Dach. Sollten die Männer ruhig versuchen, ihr dorthin zu folgen. Sie konnte auf einem Seil balancieren, das dünner als ihr Handgelenk war, und bezweifelte, dass ihre Verfolger das auch von sich behaupten konnten.

Sie kletterte an dem Haufen aus Strohbündeln hinauf. Ihr Verfolger begriff, was sie vorhatte, und erklomm das Stroh von der anderen Seite, um ihr den Weg abzuschneiden. Aber sie war flinker. Oben angekommen, trat sie nach seinem Kopf. In dem Versuch, auszuweichen, verlor der Bärtige den Halt und rutschte ein Stück nach unten. Rahel nutzte den kurzen Vorsprung, sprang vom Haufen und lief zur Dachschräge.

Angelockt von ihren Hilferufen, hatten sich mehr als ein Dutzend Diener und Mägde vor dem Stallgebäude versammelt. Der Pferdeknecht rüttelte an der verriegelten Tür. Als Rahel aus dem Fenster schlüpfte, fingen sie an zu brüllen.

Sie überlegte, ob sie springen sollte. Nein, zu hoch; bis zum Erdboden waren es gut und gerne zehn Ellen. Die Gefahr, dass sie sich dabei verletzte, war zu groß. Um sicher vom Dach zum Hof zu gelangen, musste sie einen Umweg über die Umfassungsmauer des Anwesens machen. *Bin gespannt, ob du das auch hinkriegst, Fettsack,* dachte sie, während sie zum Dachfirst kletterte.

Die Dachschrägen waren nicht sonderlich steil, aber der Schnee erschwerte das Klettern ungemein. Mehrmals rutschte sie beinahe ab, ehe sie schließlich den Giebel erreichte, sich rittlings daraufsetzte und Atem schöpfte. Die eisige Luft brannte in ihrer Kehle.

Der Bärtige hatte wie erwartet Schwierigkeiten, aufs Dach zu gelangen. Unter dem höhnischen Johlen der Diener zwängte er sich aus dem Fenster, fand mühsam Halt und kroch auf allen vieren schwerfällig die Dachschräge hinauf, während er ihr hasserfüllte Blicke zuwarf.

Er hatte die Verfolgungsjagd verloren, auch wenn er es noch nicht wusste. In der Zeit, die er bis zum Giebel brauchte, konnte sie mit Leichtigkeit auf der anderen Seite des Dachs hinunterklettern, von dort auf die Mauer springen und sich in Sicherheit bringen. Doch sie wollte ihn nicht so leicht davonkommen lassen. Für die »jüdische Hure« hatte er sich einen Denkzettel verdient.

Sie ließ ihn aufholen. Erst als er nur noch eine Armeslänge entfernt war, richtete sie sich auf und balancierte leichtfüßig zur Dachkante. Anstatt aufzugeben, zog sich dieser Narr mit hochrotem Kopf zum Giebel hoch, wo er sich ebenfalls aufrichtete und ihr, um sein Gleichgewicht ringend, nachsetzte.

Nun war es Rahel, die vor Vorfreude lächelte. Sie wartete, bis ihn nur noch wenige Schritte von ihr trennten, dann rutschte sie in einer Wolke aus Schnee die Dachschräge hinunter, stieß sich im richtigen Moment ab und landete auf der Mauer des Anwesens. Sie schwankte ein wenig, dann hatte sie festen Stand. Die Menge jubelte über dieses Kunststück. Rahel verneigte sich, wie es sich für eine Gauklerin gehörte.

Spätestens jetzt hätte ein vernünftiger Mann seine Niederlage akzeptiert; der Bärtige jedoch versuchte tatsächlich, ihr zu folgen – sei es, weil sein Hass ihn geradezu auffraß, sei es, weil er sich vor der schadenfrohen Menge keine Blöße erlauben wollte. Wäre er die Dachschräge vorsichtig heruntergeklettert, wäre sein Vorhaben vielleicht von Erfolg gekrönt gewesen; stattdessen wollte er ihr Kunststück nachahmen. So viel Torheit ging ihr über den Verstand. In dem Versuch, etwas zu tun, was ihr nur dank jahrelanger Übung gelungen war, rutschte er über die Dachkante hinaus und landete in der Brombeerhecke jenseits der Mauer. Eigentlich hatte Rahel ihm zu dem Absturz verhelfen wollen. Dass er es aus eigener Kraft geschafft hatte, gefiel ihr allerdings noch besser.

Brüllend vor Wut, versuchte er, sich aus der Hecke zu befreien, und rief damit bei der Menge nur noch mehr Hohn und Spott hervor. Eine dicke Magd lachte so sehr, dass ihr Kopf puterrot anlief und sie nach Luft japste. Zufrieden mit sich, kletterte Rahel auf das flache Dach der Küche und ließ sich von dort auf den Erdboden hinab.

Als sie sich umdrehte, standen Marbod de Corbeil – Villons Knappe – und zwei Waffenknechte vor ihr.

»Ergreift sie«, befahl Corbeil, und die Männer packten sie an den Armen.

»Was soll das?«, fuhr sie den Jüngling an.

»Diese Schweinerei wird dich teuer zu stehen kommen, Gauklerin.«

»Welche Schweinerei? Dass ich mich gewehrt habe, als dieser Hurensohn mich umbringen wollte?«

»Schafft sie zum Herrn«, sagte Corbeil.

Die Männer zerrten Rahel an den gaffenden Dienern vorbei zum Haus.

»Étienne wollte mir die Kehle durchschneiden!«, schrie sie. »Fragt die Leute. Sie haben alles gesehen –«

»Maul halten«, knurrte einer der Waffenknechte und verdrehte ihren Arm, was sie vor Schmerz aufkeuchen ließ.

Es war wie immer. Sie war eine Fahrende, eine Rechtlose, und ihr Wort stand gegen das eines ehrbaren Knechts. Dass Étienne sie angegriffen hatte und nicht umgekehrt, würde ihr niemand glauben. Sie konnte nur hoffen, dass er sich nicht schwer verletzt hatte. Denn fiele er für die Arbeit auf dem Herrenhof aus, war ihr eine empfindliche Strafe sicher.

Im Saal hatte man von alldem nichts mitbekommen. Schäbig wurde gerade von Brendan abgelöst, der mit seiner Laute an die Tafel trat und ein Lied anstimmte. Die Gäste grölten fröhlich mit, und Corbeil musste sich mit einem lauten Ruf Gehör verschaffen.

Brendan hörte auf zu spielen. Seine Lippen formten einen lautlosen Fluch, als er sah, in welcher Lage sich Rahel befand.

»Herr«, wandte sich Corbeil an Villon. »Wir haben die Gauklerin dabei erwischt, wie sie sich mit Garin und Étienne geschlagen hat. Étienne ist dabei vom Dach des Stalls gefallen. Die Männer holen ihn gerade aus der Brombeerhecke.«

Einige Männer an der Tafel fingen an zu lachen. Corbeils Augenbrauen zuckten missbilligend. »Er hat sich verletzt, Herr. Das können wir ihr nicht durchgehen lassen.«

Wie ein Berg aus Muskeln, Leder und Barthaaren saß Villon am Tafelende. Sein Gesicht war rot vom Wein, den er getrunken hatte. Schwerfällig hob er die Hand, woraufhin die Waffenknechte Rahel zu ihm führten.

»Wünscht Ihr, dass wir sie auspeitschen?«, fragte Corbeil. »Oder wollt Ihr zuvor Étienne anhören?«

Villon rülpste vernehmlich. Dann sagte er: »Sie soll uns den Fackeltanz zeigen.«

»Wie bitte?«, fragte sein Knappe verwirrt.

»Den Fackeltanz. Hast du was an den Ohren, Junge?«

»Mit Verlaub, Herr«, protestierte Corbeil. »Sie muss bestraft werden. Étienne ist unser bester Knecht –«

»Étienne ist ein Schweinefurz. Wollt ihr sie tanzen sehen, Freunde?«, dröhnte der Kreuzritter.

Grölend schlugen die Männer ihre Krüge auf den Tisch.

Es war weit nach Mitternacht, als Rahel und ihre Gefährten zum Lager zurückkehrten. Schäbig schlief bereits. Er hatte den Tumult um Rahel genutzt, um aus Villons Keller zwei Weinschläuche zu stehlen, und war sturzbetrunken. Bei ihrer Ankunft wachte er für kurze Zeit auf. Während die anderen Feuer machten und die Schlaflager herrichteten, stand der lange Gaukler auf der Friedhofsmauer und sprach lallend einen Segen über all die Diebe und Mörder, die unter ihren Füßen verrotteten. Gerührt von seiner eigenen Ansprache, wischte er sich eine Träne aus dem Auge; dann verkündete er, es sei seine heilige Pflicht, diesen Ort zu weihen, woraufhin er seine Hose herunterließ und ins Feuer pisste, bevor er bewusstlos zusammenbrach.

Rahel sorgte dafür, dass er einen Schlafplatz im Wagen bekam. Sie legte sich zu ihm. Sie hatte noch zweimal den Fackeltanz tanzen müssen, bis Villon endlich zufrieden gewesen war, und sie war so erschöpft, dass sie trotz Schäbigs Schnarchen augenblicklich einschlief.

In ihrem Traum war sie wieder ein sechs Jahre altes Kind. Sie saß neben Yvain auf dem Kutschbock, während die Wagen durch das verschneite Land fuhren. Sie vermisste ihre Mutter. Wie viel Zeit war seit ihrem Abschied vergangen? Drei Wochen, vielleicht vier, Rahel wusste es nicht genau. Ihre Mutter hatte ihr Versprechen nicht gehalten. Sie war nicht gekommen, um sie zu holen.

Yvain brachte sie nach Barentin. Doch wo die Synagoge und Rabbi Meirs Haus hätten stehen sollen, lagen nichts als schwarze Trümmer. Im Judenviertel hausten nur noch wenige Menschen, furchtsame Gestalten, die sich beim Auftauchen der beiden Fremden rasch in die Überreste ihrer Häuser zurückzogen. Keiner von ihnen hatte Rahels Kami'ah *je gesehen. Hatte sie etwas falsch gemacht? Die Anweisungen ihrer Mutter nicht richtig verstanden? »Komm, wir gehen«, meinte Yvain angesichts ihrer Verzweiflung. »Es ist besser, wenn du bei uns bleibst.«*

Sie wollte nicht bei den Gauklern bleiben; sie wollte nach Rouen, zu ihrer Mutter. In der Nacht lief sie fort vom Lager, in den Wald. Sie lief, bis der Atem in der Brust stach und ihre Beine sie kaum noch trugen. Der Wald wollte nicht aufhören, und als sie nicht mehr konnte, kauerte sie mit angezogenen

Knien an einem Baumstumpf, fror und dachte, die Dunkelheit werde niemals enden. Schließlich fand sie sich im Lager der Gaukler wieder, gehüllt in mehrere Decken und mit einem Becher heißen Wein in den Händen. Am nächsten Morgen zogen sie weiter. Yvain ließ sie nicht mehr aus den Augen, bis er sie einige Tage später wieder an die Hand nahm. Diesmal brachte der alte Gaukler sie nach Rouen – nach Hause.

Am Stadttor riss Rahel sich von ihm los, rannte durch die Straßen. Am Tor des Judenviertels blieb sie stehen und versuchte zu begreifen, was sie dort vor sich sah. Sie rief nach ihrer Mutter, doch es kam keine Antwort. Nur Stille und der Wind, der Schnee und Asche vor sich hertrieb. Hände legten sich von hinten auf ihre Schultern, raue, knotige, sanfte Hände. Yvain sagte nichts, er nahm nur ihre Hand und wollte sie fortführen. Rahel schüttelte sie ab, und als sie sein zerfurchtes Gesicht voller Mitleid erblickte, packte sie der Zorn. Sie schrie und schlug mit den Fäusten auf ihn ein, auch dann noch, als der alte Gaukler sie hochhob und in seinen Armen forttrug, fort von Rouen und der Asche im Wind …

»Rahel!«

Eine Hand schlug ihr sanft auf die Wange.

»Rahel, wach auf!«

Sie blinzelte. Von irgendwoher kam rötliches Licht. Über ihr spannte sich die Wagenplane, und sie roch einen unverwechselbaren Geruch von feuchtem Holz, Rüben und ungewaschenen Körpern. »Sorgest?«, krächzte sie.

»Ich bin's, Joanna«, sagte die Stimme. »Wach endlich auf!«

Sie hob den Kopf und erkannte das feenhafte Gesicht der Gauklerin. Allmächtiger, es musste zehn Jahre her sein, dass sie diesen Traum das letzte Mal geträumt hatte! »Was ist denn?«

»Schwierigkeiten.«

Sie kletterte aus dem Wagen. Die eisige Nachtluft vertrieb

ihre Schlaftrunkenheit schlagartig. Joanna war zur Mauerbresche vorausgelaufen, wo der Pfad begann. Dort traf Rahel auf Brendan und die Zwillinge. Sie starrten auf ein Glühen in der Ferne, weit hinter den Bäumen.

Eine Glocke aus Feuerschein, genau über Bourges.

Rahel schloss die Augen. *Nein,* dachte sie, *allmächtiger Gott, bitte nicht.* Sie hatte gehofft, die Leute von Bourges wären nicht empfänglich für die Hassreden des Predigers. Sie hatte es auch dann noch gehofft, als Étienne sie töten wollte. Wieso musste das geschehen? Wieso waren die Herzen der Christen nur so voller Hass?

»Wann hat es angefangen?«, fragte sie mit brüchiger Stimme.

»Ich weiß es nicht«, antwortete Vivelin. »Ich bin zufällig wach geworden und habe den Feuerschein gesehen.«

Sie dachte an den alten Fischhändler und all die anderen Juden mit ihren kleinen Läden und Werkstätten, und ihr war, als könnte sie ihre Schreie hören. »Packt alles zusammen«, befahl sie. »Beeilt euch. Wir verschwinden von hier.«

Keiner der Gaukler zögerte. Sie alle hatten schon einmal erlebt, wozu eine mordgierige Meute fähig war. Niemand brachte den Einwand vor, dass sie keine Juden seien und somit nicht in Gefahr. Denn sie alle wussten, dass sich entfesselter Hass bald neue Ziele suchte, wenn das ersehnte Blutvergießen zu schnell vorüber war.

Die Schar war eine eingespielte Gemeinschaft, die besonders bei Gefahr gut zusammenarbeitete. Die Zwillinge spannten die Pferde ein, während Rahel, Joanna und Brendan ihre Sachen einsammelten. Zu guter Letzt löschte Bren das sterbende Feuer mit einem Eimer Wasser.

»Rahel, da!«, rief Joanna. Die Gauklerin wies auf eine Reihe von Lichtern zwischen den Bäumen. Fackeln. Sie kamen näher.

Jähes Entsetzen packte Rahel. Dass ausgerechnet jetzt jemand hierherkam, konnte kein Zufall sein. Man suchte sie.

»Da drüben sind sie!«, rief ein Mann.

Sie kannte die Stimme, kannte sie nur zu gut. Es war Étienne, natürlich. Er musste herausgefunden haben, wo sie lagerten. »Macht schneller!«, schrie sie, während sie zu den Wagen lief.

»Sie kommen über den einzigen Weg«, rief Vivelin vom Wagen herunter. »Was machen wir jetzt?«

»Durch den Wald.« Sie stieg zu ihm auf den Bock.

»Dort gibt es keinen Weg. Die Pferde schaffen das nicht!«

»Versuch es!«

Vivelin ließ die Zügel auf Miras Rücken klatschen. Das klobige Gefährt setzte sich unendlich langsam in Bewegung und holperte schließlich durch die Mauerbresche. Kilians Wagen blieb dicht hinter ihnen. Außerhalb des Friedhofs ging es etwas zügiger voran, aber immer noch nicht schnell genug. Der Fackelzug war ihnen bereits sehr nahe.

Rahel kletterte in den Wagen hinein, wo Schäbig schlief. »Aufwachen!«, schrie sie und schüttelte ihn, schlug ihm ins Gesicht. Er regte sich nicht.

Der Wagen rollte immer noch gemächlich dahin.

»Warum geht das nicht schneller?«, rief sie Vivelin zu.

»Hier ist alles voller Wurzeln!«, schrie der Spielmann mit sich überschlagender Stimme und ächzte, als eines der Räder hart über eine Unebenheit holperte.

Ihr Herz schlug wild gegen die Brust. Sie gab es auf, Schäbig zu wecken, und suchte stattdessen nach ihren Dolchen. Der Aufbruch war so überstürzt gewesen, dass sie Vorräte und Ausrüstung lediglich auf die Pritschen geworfen hatten, statt sie sorgfältig zu verstauen. Sie verfluchte sich jetzt dafür, dass sie nicht daran gedacht hatte, vorher die Waffen aus den Wagen zu holen. Gehetzt wühlte sie in dem Durcheinander aus Decken, Verkleidungen, Musikinstrumenten, Säcken, Töpfen und Pfannen, als der Wagen mit einem Ruck anhielt. »Was ist los?«, schrie sie, doch sie bekam keine Antwort.

Sie kroch nach vorne, zerschrammte sich dabei die Hand an etwas Scharfkantigem. »Vivelin, wo bist du?«

»Das Rad! Es sitzt fest«, ertönte es aus der Dunkelheit. Rahel entdeckte Vivelins schwarze Gestalt, die sich an dem Rad zu schaffen machte.

Nein, nein, nein, nicht auch noch das!

Gezwungenermaßen hatte auch Kilians Wagen angehalten. »Lauft!«, erklang Brendans Stimme von hinten. Dem Knacken und Rascheln nach zu schließen, liefen er, Joanna und Kilian bereits durch das Unterholz.

Fackellicht floss um Kilians Wagen herum, leuchtete auf hasserfüllte Gesichter, ließ Axt- und Messerklingen aufblitzen. Étienne führte die Meute an, einen Arm in der Schlinge, in der freien Hand ein schartiges Schwert. »Schnappt euch das Pack, und schlagt jeden Einzelnen tot!«, brüllte er.

Vivelin war bereits geflohen. Rahel wollte ihm gerade nachsetzen, als ihr Schäbig wieder einfiel. O Gott, nein, der Gaukler lag noch immer im Wagen, schlief tief und fest inmitten des Durcheinanders. Sie konnte ihn nicht zurücklassen. Sie sprang auf die Ladefläche und versuchte, ihn herunterzuziehen. Er war so entsetzlich schwer, dass sie es nicht schaffte. Tränen der Verzweiflung schossen ihr in die Augen. Sie musste ihn liegen lassen. Wenn sie es nicht tat, starben sie beide.

Sie warf eine Decke über ihren Freund, schickte ein Stoßgebet zum Himmel, dass er durch irgendeinen glücklichen Zufall nicht gefunden wurde, und rannte in den Wald.

Im gleichen Moment erreichte die Meute den Wagen. Ein Mann mit glühendem Gesicht, dem die Haare wirr vom Kopf abstanden, versuchte, sie zu packen. Ihr Fuß schnellte hoch und traf ihn am Kinn. Klackend schlugen seine Zahnreihen aufeinander, und er fiel in den Schnee. Seine Fackel erlosch zischend.

Schon drängten andere heran, aber zu ihrem Glück behinderten sie sich in Gestrüpp und Dunkelheit gegenseitig. Sie tauchte unter einem armdicken Ast hindurch, sprang eine Böschung hinunter und hastete zwischen Gebüsch und Baumstämmen entlang.

Durch die schneebeladenen Baumkronen drang nur wenig Mond- und Sternenlicht. Sie sah kaum etwas, und unaufhörlich peitschten ihr Zweige ins Gesicht, rissen Dornen an ihrer Kleidung, brach sie in Löcher unter dem eisverkrusteten Schnee ein. Sie lief immer weiter, ignorierte Schmerz und Kälte, kämpfte gegen die Verzweiflung an.

Die Meute gab nicht auf. Die Fackelträger verteilten sich und verfolgten sie in einer breiten Reihe wie Bluthunde. Ihre Rufe, das Knacken von Zweigen unter ihren Stiefeln waren dicht hinter ihr. »Kreist sie ein!«, rief jemand, und sie sah aus dem Augenwinkel, dass die Männer an einem Ende der Reihe schneller vorankamen. Nicht mehr lange, und sie wäre umzingelt.

Sie brauchte ein Versteck … einen Baum! Wenn es ihr gelang, unbemerkt in einer Baumkrone zu verschwinden, würde die Meute unter ihr vorbeihetzen. Das war gefährlich, denn wenn ihre Verfolger mitbekamen, was sie tat, saß sie in der Falle. Aber sie hatte keine Wahl.

An einer ausladenden Tanne zog sie sich hinauf. Unter anderen Umständen wäre es ein Leichtes für sie gewesen, in kurzer Zeit bis ganz nach oben zu gelangen. Doch wenn sie sich zu schnell bewegte, fiel der Schnee in großen Fladen von den Ästen, womöglich einem ihrer Verfolger genau vor die Füße. Also kletterte sie langsam und vorsichtig, obwohl alles in ihr danach schrie, sich zu beeilen.

Als sie sich mehr als zwei Mannslängen über dem Erdboden befand, stellte sie plötzlich fest, dass die Meute ihr nicht mehr folgte. Die Fackellichter bewegten sich von ihr fort. Ein Ruf drang durch den verschneiten Wald, zu weit weg, als dass sie einzelne Worte hätte verstehen können.

Sie hatten sie verloren. Rahel setzte sich rittlings auf einen armdicken Ast, lehnte den Kopf gegen den Baumstamm und schöpfte Atem. Die Erleichterung hielt jedoch nicht lange an. Was, wenn die Meute nur von ihr abgelassen hatte, weil sie ein anderes Opfer gefunden hatte, Bren, Joanna oder die Zwillinge? Aber wenn es so wäre, was könnte sie tun? Nichts. Ihre Gefährten mussten auf sich selbst aufpassen, so schwer es ihr auch fiel, untätig hier zu sitzen.

Der Lärm der Meute entfernte sich, bis er kaum noch zu hören war. Jetzt, da sie sich nicht mehr bewegte, begann sie die Kälte zu spüren. Die oberste Schicht ihrer Kleidung war nass von geschmolzenem Schnee; an manchen Stellen drang die Feuchtigkeit bis auf die Haut. Gegen die Kälte konnte sie vorerst nichts unternehmen, doch ein angenehmerer Sitzplatz lag im Bereich des Möglichen. Rahel streckte sich nach einem höheren Ast – und sackte, begleitet vom Bersten und Splittern von Holz, nach unten weg. Ihr Rücken, ihre Arme und Beine trafen auf harte Rinde und weichen Schnee, Äste dämpften ihren Fall, brachen, gaben sie wieder frei. Ihre Hände griffen nach allem, das Halt versprach, und bekamen nur Büschel von Tannennadeln zu fassen. Der Aufprall auf dem Boden presste alle Luft aus ihren Lungen.

Bohrender Schmerz pflanzte sich von ihrem Rückgrat in den Schädel fort, bis es dunkel um sie wurde.

Kapitel 3

»Sieh mal, wer da liegt.«
Schritte näherten sich knirschend, blieben stehen.

»Ja, sie ist es.«

»Soll ich die anderen holen?«

»Nein. Wir kümmern uns allein um sie.«

Die beiden Stimmen kamen Rahel bekannt vor. Wer waren die Männer? Sie konnte sich nicht erinnern. In ihrem Kopf schien alles durcheinanderzuwirbeln.

Sie drehte sich auf den Rücken. Wenigstens bewegen konnte sie sich noch, wenn auch unter Schmerzen.

»Sie wacht auf.«

»Das sehe ich, Dummkopf.«

»Was machen wir mit ihr?«

Was machen wir mit ihr … Rahel hatte diese Frage schon einmal gehört, erst vor kurzer Zeit. Wenn sie sich nur erinnern könnte! Sie hatte sich gefürchtet, so viel wusste sie noch, aber mehr nicht.

Blinzelnd öffnete sie die Augen. Sie lag unter der Tanne im Schnee, umgeben von abgebrochenen Zweigen und Ästen. Zwei Männer standen vor ihr, graue Schemen im Dämmerlicht.

Es waren Garin und Étienne. Mit einem Schlag fiel ihr alles wieder ein. Keuchend vor Entsetzen kroch sie rückwärts, bis sie gegen den Baumstamm stieß.

Étienne rammte sein Schwert in den Schnee und beugte sich zu ihr herunter. Er sah schrecklich aus. Durch den Sturz in die Brombeerhecke hatte er sich außer dem gebrochenen Arm unzählige Schrammen zugezogen. Die Dornen hatten ihm Arme, Hände und das Gesicht zerkratzt. »Ich habe da die ein oder andere Idee«, knurrte er. »Ich bin gespannt, wie sie ihr gefällt. Gib mir dein Messer.«

Rahels Hände gruben sich in den Schnee, als sie versuchte, sich hochzustemmen. Ihre Arme waren zu schwach. Sie musste lange hier gelegen haben. All ihre Muskeln waren taub vor Kälte. »Wagt es nicht, mich anzurühren!« Es sollte ein zorniger Schrei werden, doch die Worte, die ihren Mund verließen, waren nicht viel mehr als ein klägliches Krächzen.

Der Bärtige schlug sie so hart, dass ihr Kopf zur Seite flog. »Du wirst schön den Mund halten, hast du verstanden?«

Garin hielt ihm sein Messer hin. »Wofür brauchst du es, Étienne?« Abermals war diese abscheuliche Vorfreude in seiner Stimme, wie gestern im Stall.

»Ich schneide ihr die Kniesehnen durch. Mal sehen, ob sie dann immer noch so schön laufen und springen kann. Halt sie fest.«

Allmählich kehrte das Leben in ihre Glieder zurück, aber es war nicht annähernd genug. Als sie sich aufrappeln wollte, musste Étienne nur sein Knie auf ihr Bein pressen, und schon konnte sie sich nicht mehr bewegen.

»Nimm ihre Arme«, befahl Étienne seinem schmächtigen Kumpan.

Rahel wand sich und schlug nach Garin, doch ihre Arme waren viel zu schwach, um etwas auszurichten. Der Schmächtige packte ihre Handgelenke, zog sie vom Baumstamm weg und umschlang sie von hinten in einem unerbittlichen Griff. Sie spürte seinen widerwärtigen Atem in ihrer Halsbeuge. Er ging keuchend und stoßweise. Garin gefiel nicht nur, was er tat, es *erregte* ihn.

Um an ihre Kniesehnen zu gelangen, musste Étienne ihr Bein freigeben. Rahel mochte nahezu hilflos sein, doch selbst in diesem Zustand war sie noch gelenkiger als die meisten

Menschen. So fest ihr halb taubes Bein es erlaubte, trat sie zu. Sie traf den Arm in der Schlinge. Étienne heulte vor Schmerzen auf und fiel rückwärts in den Schnee.

»Du verdammte Hure!«, brüllte er und rappelte sich schwerfällig auf. Sein zugerichtetes Gesicht war vor Hass und Schmerz verzerrt. Seine unversehrte Hand packte das Messer. »Du sollst sie festhalten, du Narr!«, fuhr er Garin an.

»Mach ich doch!«, erwiderte der Schmächtige eingeschüchtert. »Ich kann entweder ihre Arme festhalten oder ihre Beine. Aber nicht beides.«

»Dann halt ihre Beine fest!«

Garins Griff lockerte sich. Ein fleischiges Geräusch erklang, gefolgt von einem Keuchen. Garin sackte gegen sie und kippte in den Schnee, wo er reglos liegen blieb.

Étiennes Augen weiteten sich. »Was zum Teufel –«, begann er. Dann sprang er auf, ließ das Messer fallen und langte nach seinem Schwert. Er riss es aus dem Schnee und hieb nach einer Gestalt, die neben ihm erschienen war. Stahl prallte klirrend auf Stahl. Étiennes Schwert flog durch die Luft und fiel Rahel vor die Füße. Er brüllte und taumelte zurück. Der Angreifer war kleiner als er, schemenhaft im Dämmerlicht, seine Arme liefen in Dornen aus. Einer der Dornenarme beschrieb einen Bogen, Étienne krümmte sich zusammen und stürzte zu Boden. Er wälzte sich auf den Bauch und versuchte, fortzukriechen, doch er kam keinen Schritt weit. Die Gestalt stellte ihm den Fuß auf den Rücken und trieb ihm den Dorn zwischen die Schulterblätter. Étienne verkrampfte sich, als wollte er sich aufrichten, dann erschlaffte er endgültig.

Der Schemen wandte sich Rahel zu. Neues Entsetzen durchfuhr sie. *Lauf!*, dachte sie, *lauf, du Närrin!*, und endlich gehorchten ihr ihre Beine wieder, sodass sie aufstehen konnte. Aber sie war langsam, langsam und schwach, und als sie stand, schwankte sie so sehr, dass sie zu stürzen drohte.

Die Dornenarme der Gestalt wurden zu einem Schwert und einem Dolch in den Händen eines Mannes, der auf sie zutrat. Mit einem leisen Schaben verschwanden die Klingen in den Lederhüllen an seinem Gürtel. Er war nicht viel größer als sie, aber wesentlich muskulöser. Das kantige, bartlose Gesicht mit den hellen Haaren und den Augen wie Kupferpatina … Sie kannte es.

Sie wirbelte herum – *versuchte* es wenigstens –, doch bevor sie loslaufen konnte, packte der Mann sie am Arm. Sie wollte sich losreißen, aber hier hatte sie es nicht mit einem tölpelhaften Knecht zu tun. Der Griff war so unnachgiebig, dass es schmerzte. Er riss sie herum und hielt sie an beiden Schultern fest.

In Bourges waren sie ihm entwischt. Doch er hatte nicht aufgegeben, und der Ewige allein wusste, wie er sie gefunden hatte.

Sie wand sich. »Lass mich –«, begann sie. Der Mann presste ihr die Hand auf den Mund.

»Still. Vielleicht sind noch andere in der Nähe.« Er sprach ruhig, mit einem Akzent, den sie noch nie gehört hatte. Hart, mit den Betonungen nicht ganz an den richtigen Stellen. »Wirst du ruhig sein?«

»Wer bist du?«, fragte sie. Durch seine Finger drangen jedoch nur undeutliche Laute.

»Nur einmal nicken.«

Sie war ihm ausgeliefert, ob es ihr gefiel oder nicht. Sie nickte.

Er nahm seine Hand von ihrem Mund und zog sie mit sich, so plötzlich, dass sie die ersten Schritte nur stolperte. Seine Finger umschlossen ihr Handgelenk wie eine Klammer aus Stahl.

»Wohin bringst du mich?«, keuchte sie.

»Du wolltest ruhig sein.« Kein Ärger in der Stimme, nur

dieser seltsame, gleichförmige Tonfall. Der Tonfall eines Mannes, der selten sprach und es am liebsten ganz vermied.

»Lass mich los! Ich kann allein gehen.«

Der Fremde blieb stehen und musterte sie. Schließlich gab er ihre Hand frei, sagte: »Dicht bei mir bleiben«, und setzte sich wieder in Bewegung.

Sie folgte ihm. Schritt halten konnte sie mühelos, denn der Mann rannte nicht, er ging nur zügig und schien seinen Weg genau zu kennen. Ihre Furcht legte sich allmählich. Wenn er ihr etwas antun wollte, hätte er sie kaum gerettet.

Wer ist er? Was will er von mir? Und wohin, bei allen Grotten der Unterwelt, gehen wir?

Zumindest die letzte Frage beantwortete sich wenig später. Als sie zu einer Lichtung gelangten, wurde der Mann langsamer. Rahel wusste schon lange nicht mehr, in welchem Teil des Waldes sie sich befand. Ein gutes Stück weiter in den Hügeln, so viel stand fest, denn der Boden war mit der Zeit immer unebener geworden, mit felsigen Erhebungen, Senken voller Schnee und Rinnen, die Wasserläufe hineingegraben hatten.

Mauerwerk ragte wie Zahnstümpfe aus der Schneedecke, die Reste eines Gebäudes. Feuerschein lag auf den weißen Mänteln der Bäume. Er kam aus dem Innern der Ruine.

Zögernd folgte Rahel ihrem Retter, der einen Schritt über die niedrige Mauer machte. Die Ruine, vielleicht das Haus eines Köhlers oder Einsiedlers, war nicht mehr als ein Rechteck aus hüfthohen Steinen. Lediglich in einer Ecke erhob sich die Mauer noch bis zum einstigen Dach. Dort, dicht bei den Flammen und eingehüllt in mehrere Lagen Kleider, kauerte eine Frau.

»Wer ist das?«, fragte Rahel argwöhnisch.

Der Mann gab keine Antwort. Er setzte sich ans Feuer, warf sich einen Umhang über die breiten Schultern und begann, seine beiden Waffen mit einem Tuch zu reinigen.

Die Frau hob den Kopf und sah Rahel an.

Wallende, schwarze Locken lugten aus ihrer Kapuze hervor. Sie umgaben ein ebenmäßiges Gesicht mit vollen, sinnlichen Lippen und dunklen Augen, in denen ein Schimmern lag, als lodere ein verborgenes Feuer darin.

»Setz dich«, forderte sie Rahel mit angenehmer Stimme auf.

Rahel rührte sich nicht von der Stelle. Verstreut um das Feuer lagen Beutel, Kochgeschirr, Kleidung, Decken. »Wer seid Ihr?«

»Mein Name ist Madora. Das ist Jarosław, mein Leibwächter. Bitte«, fügte die Frau mit einer Geste in Richtung des Feuers hinzu, »du musst frieren.«

Die Hatz durch den Wald hatte die Eiseskälte in ihren Gliedern kaum gemindert. Rahel setzte sich und hüllte sich in die Decke, die Madora ihr anbot. *Jarosław,* dachte sie mit einem verstohlenen Blick auf den Krieger, der ganz in die Reinigung seiner Klingen versunken war. *Was für ein seltsamer Name …*

»Er ist Polane«, sagte Madora, als hätte sie ihre Gedanken erraten. »Hab keine Angst vor ihm. Er tut nur das, was ich ihm befehle.«

»Er wollte uns gestern auflauern.«

»Er hat dich gesucht, Rahel. Er wollte dir nichts tun.«

»Wieso hat er dann nicht einfach –« Sie stockte. »Woher kennt Ihr meinen Namen?«

Madora bedachte sie mit einem warmen Lächeln. »Ich suche dich seit mehr als dreizehn Jahren. Eine lange Zeit – lange genug, um so manches über dich herauszufinden. Heute Nacht habe ich dich endlich gefunden. Dafür danke ich dem Ewigen.«

Seit dreizehn Jahren? Allmächtiger Gott. Wer war diese Frau?

»Ruh dich aus«, sagte Madora. »Jarosław, gib ihr etwas zu essen. Du hast Schürfwunden am Arm. Hast du dich verletzt?«

Der Polane legte seine Klingen zur Seite, öffnete einen Beutel und hielt ihr in Tuch eingeschlagenes gebratenes Fleisch hin. Sie beachtete weder ihn noch Madoras Frage. »Warum habt Ihr mich gesucht? Ich meine, ich kenne Euch überhaupt nicht. Wer sagt mir, dass Ihr nicht noch schlimmer seid als diese Hunde da draußen im Wald?«

Jarosław tat das Fleisch in den Beutel zurück und widmete sich wieder seinen Waffen. Madora wandte den Blick von ihr ab und sah in die Flammen.

»Ich suche dich, weil deine Mutter es so gewollt hätte.«

Rahel rieb sich unter der Decke die Stelle, wo Jarosław sie festgehalten hatte. Bei Madoras Worten schlossen sich ihre Finger so fest um das Handgelenk, dass es erneut schmerzte. »Ihr kanntet … *meine Mutter?*«

»Ich war eine ihrer Gefährtinnen. So wie Mirjam.«

Das ist unmöglich, wollte Rahel sagen, doch es gelang ihr nicht. Die Bilder aus ihrem Traum fielen ihr ein, das zerstörte Judenviertel von Rouen, rußgeschwärzte Mauern, Asche in der Luft. »Alle, die meine Mutter kannten, sind tot.«

»Ja, alle«, bestätigte Madora. »Bis auf mich.«

»Ich glaube Euch nicht.«

Eine Hand in einem weißen Handschuh kam unter den Decken zum Vorschein. Etwas schimmerte im Licht der Flammen. »Erinnerst du dich daran?«

Ein dreieckiges Kupferamulett, bedeckt mit Schriftzeichen: das *Kami'ah*. Nein, nicht *das Kami'ah – ein Kami'ah*. Es war dem ihrer Mutter sehr ähnlich und doch ein klein wenig anders.

»Esther gab dir eines, bevor sie dich fortschickte«, sagte Madora. »Hast du es noch?«

Esther war der Name ihrer Mutter. Rahel wollte ihn nicht hören – nicht aus dem Mund dieser Fremden. »Ich habe es verkauft, vor ein paar Jahren«, sagte sie schroff.

»Das hättest du nicht tun sollen.«

»Ich brauchte Geld.«

Das Amulett verschwand wieder unter den Decken. »Sie gab dir nicht nur das *Kami'ah*. Sie lehrte dich auch einen Vers, nicht wahr?«

Rahel war, als brenne das Lagerfeuer immer höher, bis es ihre Welt vollständig ausfüllte. Eben noch hatte sie so sehr gefroren, dass ihre Finger taub waren, jetzt aber war ihr heiß. »Ich weiß nichts von einem Vers.« Sie stand auf und warf die Decke von sich.

»Wohin gehst du?«, fragte Madora.

»Ich muss meine Gefährten finden.«

»Da draußen ist es nicht sicher. Es sind immer noch Leute im Wald.«

Rahel drehte sich nicht um. Sie eilte zu den Bäumen, lief schneller und versuchte, Madoras Worte fortzuschieben; dahin, wo auch die Erinnerung an das Amulett gewesen war, bevor Madora sie hervorgezerrt hatte. Warum hatte sie das getan? Sie war eine Fremde. Sie hatte kein Recht dazu.

Die kalte Nachtluft stach ihr in der Lunge, und sie ging langsamer. Der Schmerz in ihrem Rücken und im Arm ließ nach; offenbar hatte sie sich nicht ernsthaft verletzt. Wie viel Zeit war vergangen, seit sie von ihren Gefährten getrennt worden war? Schwer zu sagen; ein paar Stunden vielleicht. Sie wusste nicht, wie lange sie bewusstlos gewesen war, bevor Garin und Étienne aufgetaucht waren. Sie war zornig auf sich selbst, dass sie sich auf ein Gespräch mit Madora eingelassen hatte. Sie hätte sich gleich auf die Suche nach ihnen machen sollen.

Sie versuchte gar nicht erst, den Weg zu finden, den Jarosław genommen hatte. Sie ging in die Richtung, in der sie den Waldrand vermutete. Nach einer Weile lichtete sich das Unterholz, und hinter den Bäumen breiteten sich die Hügel aus. Weit im Osten hatte der Himmel die Farbe eines Blutergusses angenommen. Sie wusste wieder, wo sie war. Der Wald lag still; nirgendwo ein Ruf oder das Knacken von Zweigen unter Stiefelsohlen. Offenbar hatte die Meute die Jagd nach Brendan und den anderen aufgegeben und war nach Bourges zurückgekehrt.

Oder sie haben sie gefunden und … Nein! Daran durfte sie nicht denken.

Sie fand den alten Friedhof vor, wie sie ihn verlassen hatten. Graues Morgenlicht sickerte durch die Baumkronen. Voller Unruhe folgte sie der breiten Furche, die die Meute in den Schnee getrampelt hatte. Kurz darauf erreichte sie die beiden Wagen. Die Planen waren aufgerissen worden und hingen in Fetzen an den Gestellen. *O nein, Mira!,* dachte Rahel. Pferde und Ausrüstung der Gruppe waren fort, gestohlen. Was für die Meute keinen Wert besessen hatte, lag verstreut im Schnee.

O Gott, Schäbig!

Sie stürzte zum vorderen Wagen, kletterte hinauf. *Bitte lass ihn wohlauf sein! Lass ihn da liegen, wo ich ihn zurückgelassen habe! Bitte! Bitte! Bitte!*

Auf der Pritsche lag noch die Decke, die sie hastig über ihm ausgebreitet hatte. Von ihrem Freund keine Spur.

»Er ist hier.«

Sie fuhr herum. Zwischen den Bäumen stand Kilian. Vivelin kam hinter ihm aus dem Wald gestapft.

Zu Kilians Füßen lag etwas im Schnee, eine lange Gestalt in unverkennbaren Kleidern.

Sie sprang vom Wagen und eilte zu den Zwillingen, sank neben Schäbig auf die Knie. Der dürre Leib lag mit dem Gesicht nach unten. Unter seinem Kopf war der Schnee blutgetränkt.

Kilians Stimme klang schwer und belegt. »Sie müssen ihn aus dem Wagen gezerrt haben. Er war so betrunken, dass er es wahrscheinlich gar nicht mitbekommen hat.«

Tränen verschleierten ihre Sicht. Sie legte ihre Hand auf Schäbigs Hinterkopf und fuhr ihm durch das kurze, struppige Haar. »Ich habe ihn im Stich gelassen«, sagte sie leise. »Ich hätte bei ihm bleiben müssen.«

»Dann würdest du jetzt neben ihm liegen«, sagte Vivelin. Wie sein Bruder war er bleich vor Trauer und Erschöpfung. »Niemand gibt dir die Schuld.«

Sie wollte ihm glauben und wusste doch, dass ihr das niemals gelingen würde. Schäbig war Teil der Schar gewesen, für die sie verantwortlich war. Sein Tod bedeutete, dass sie versagt hatte.

Ruckartig richtete sie sich auf. »Wo ist Bren? Ist er auch –«

Kilian schüttelte den Kopf. »Er ist bei Joanna.«

Sie rannte in die Richtung, in die der Spielmann wies. Einen Steinwurf vor den Wagen, wo der Wald dicht zu werden begann, kniete Brendan im Schnee. Er hielt Joanna in den Armen. *Nein,* dachte Rahel. Sie ging langsamer, als könnte sie das, was Joanna angetan worden war, ungeschehen machen, wenn sie sich nur lange genug weigerte, es mit eigenen Augen zu sehen.

Blondes Haar fiel über Brendans Arm, verklebt von Blut, das in der Kälte gefroren war. Joanna hatte einen Schuh verloren. Ihr Fuß war klein und so weiß wie der Schnee.

Reglos stand Rahel da. Jede Bewegung schien unendlich viel Kraft zu kosten. Mühsam kniete sie sich neben Brendan, schlang die Arme um ihn, legte ihren Kopf an seinen. Er trug nichts als sein Wams und seine Hose und war eiskalt. Genau wie sie selbst.

»Ich dachte die ganze Zeit, sie läuft neben mir«, sagte er. »Es war dunkel. Später sah ich, dass es Vivelin war. Ich kehrte um und fand sie … so.«

Sie konnte nicht sprechen, nicht einmal weinen. Sie schloss die Augen, hielt ihn in den Armen und glaubte, ein riesiges schwarzes Nichts hüllte sie ein, um sie zu verschlingen.

Plötzlich rief Kilian nach ihr; seine Stimme klang voller Furcht. Sie hob den Kopf und sah Madora und Jarosław aus dem Dickicht kommen. Die Zwillinge beobachteten jede Bewegung der Neuankömmlinge, bereit, beim kleinsten Anzeichen von Bedrohung zu fliehen.

Rahel stand auf und winkte unauffällig ab – eine Geste, die jeder in ihrer Gruppe kannte und die »keine Gefahr« bedeutete.

Statt der dicken Kleider trug Madora jetzt einen bodenlangen, sahnefarbenen Mantel aus kostbarem Tuch. Sie hatte die Kapuze zurückgeschlagen und ihr volles, schwarzes Haar zu einem Zopf gebunden. Sie war eine kleine Frau, klein und schlank. Ihr Blick fand Joanna. Wenn sie beim Anblick der toten Tänzerin etwas empfand, so verbarg sie es gut. Kurz hob Brendan den Kopf. Er schien nicht einmal zu bemerken, dass ihn eine Fremde anstarrte, so gefangen war er in seinem Schmerz.

»Warum seid Ihr mir nachgegangen?«, fragte Rahel barsch.

»Ihr müsst fort von hier«, sagte Madora. »Es ist nicht ausgeschlossen, dass sie zurückkommen.«

»Ich weiß selbst, was zu tun ist. Ich brauche keine Hilfe!«

»Gewiss«, erwiderte die kleine Frau freundlich.

Unwillkürlich schaute Rahel zu Jarosław, der, misstrauisch beäugt von den Zwillingen, zwischen den Bäumen wartete. Ohne den Schwertkämpfer wäre es ihr ergangen wie Schäbig und Joanna. Und sie dankte es Madora, indem sie ihre Bitterkeit an ihr ausließ. Eine Bitterkeit, die nicht ihr galt, sondern Bourges, den Christen, der ganzen Welt. Ihr wurde bewusst, wie erschöpft sie war, als ihr Zorn verging. »Wir gehen, sowie wir die To… sowie wir Schäbig und Joanna begraben haben.«

Madora nickte. »Wir begleiten euch«, sagte sie, und ehe Rahel etwas einwenden konnte, fügte sie hinzu: »Alles, was ich von dir verlange, ist, dass du mich anhörst, ohne wieder fortzulaufen.«

»Das ist alles?«

»Das ist alles. Du hast mein Wort.«

Rahel rieb sich das Gesicht. Sie war entsetzlich müde. Am liebsten hätte sie sich an Ort und Stelle hingelegt und geschlafen.

Kilian trat zu ihr und zog sie am Arm einige Schritte von Madora fort. »Wer ist das?«, fragte er leise.

»Ihr Name ist Madora. Der Kerl ist Jarosław, ihr Leibwächter. Sie kommen mit uns.«

»Können wir ihnen trauen?«

»Ich weiß es nicht. Aber ich glaube nicht, dass sie vorhaben, uns etwas anzutun. Jarosław hat mir das Leben gerettet.«

Der Spielmann war nicht überzeugt. Er warf seinem Bruder, der sich zu ihnen gesellt hatte, einen Blick zu, doch Vivelin schien nicht weniger ratlos zu sein.

»Helft mir«, sagte sie. »Wir brauchen eine Trage.«

»Wofür?«, fragte Kilian.

»Für Joanna und Schäbig. Um sie zum Friedhof zu tragen.«

»Du willst sie begraben? Jetzt schon?«

Sie nickte.

»Was ist mit Gebeten? Einer Totenwache? Sie waren unsere Freunde, Rahel. Wir können sie nicht einfach verscharren wie zwei tote Hunde.«

Sie verstand ihn so gut und wünschte, sie könnte ihm recht

geben. »Uns bleibt nichts anderes übrig. Wir können nicht hierbleiben. Es ist zu gefährlich.«

»Und wenn wir sie mitnehmen?«, erwiderte der Spielmann.

»Wie, ohne die Wagen? Wir können sie nicht tragen. Nicht bei diesem Schnee.«

Kilian fixierte mit finsterer Miene die bunte Gestalt Schäbigs. »Das haben sie einfach nicht verdient«, murmelte er, doch schließlich half er ihr, eine Trage zu suchen.

Sie lösten die Seitenwände des Wagens und legten Joanna und Schäbig darauf. Jarosław ging ihnen dabei zur Hand, so schweigsam wie immer. Auch Brendan half. Sein Gesicht war hart, und er sprach kein Wort, als sie die beiden Toten kurz darauf zum alten Friedhof trugen. Sie dort zu begraben, war nicht möglich; die Erde war gefroren, und ohne geeignetes Werkzeug ließ sich kein Loch graben. Also sammelten sie trockenes Holz, schichteten es auf und betteten Schäbig und Joanna darauf. Jarosław machte Feuer und entzündete Schäbigs Haufen. Bald hüllten Flammen den Toten ein, und Rauch stieg zu den Baumkronen auf, wo der Wind ihn zerstreute.

Es war eine stille Bestattung, ohne dass jemand sprach oder zu Ehren des toten Gefährten ein Lied anstimmte. Rahel, die Zwillinge und Brendan standen um das Feuer, und jeder nahm auf seine Weise Abschied.

Als Jarosław die Fackel an Joannas Haufen halten wollte, hielt Brendan ihn zurück. »Nein, noch nicht.« Er schaute in die Runde. Seine Stimme war rau, als hätte er sie jahrelang nicht gebraucht. »Geht schon voraus. Ich komme nach.«

Rahel musterte ihn voller Sorge. Brendan hatte viele Frauen gehabt, so viele, dass sie irgendwann aufgegeben hatte zu zählen. Aber dann war Joanna gekommen, und von da an hatte es nur noch sie gegeben. Er hatte sogar darüber nachgedacht, sesshaft zu werden, damit er sie heiraten konnte. Und nun war sie fort.

»Wir gehen nach Süden, zu den Höhlen«, sagte sie. »Du weißt, wo das ist, oder? Dort warten wir auf dich.«

Er gab mit keiner Regung zu verstehen, dass er sie gehört hatte. Sie drückte ihm die Hand.

Kilian war der Erste, der sich abwandte, gefolgt von seinem Bruder. Die Zwillinge sammelten die verstreute Ausrüstung ein. Was noch brauchbar war, verschwand in einem Beutel, was nicht, fiel zurück in den Schnee. Als die kleine Gruppe schließlich bereit zum Aufbruch war, warf Rahel Brendan noch einmal einen Blick zu. Er hielt seine Laute in der Hand, die wie durch ein Wunder die Nacht überstanden hatte. Seine Finger strichen über Korpus, Hals und Saiten des Instruments, das ihn sein halbes Leben lang begleitet hatte – das er beinahe so sehr liebte wie Joanna.

Schließlich schwang er die Laute in einem weiten Bogen und zerschmetterte sie an einem Baum.

Kapitel 4

Sie folgten einem Pfad, der auf keiner Karte verzeichnet war: eine Furche, die Stiefel, Hufe und Karrenräder im Lauf der Zeit über das Land gezogen hatten, kaum wahrnehmbar unter der Schneedecke. Äcker wichen verschneiten Wäldern, je weiter sie sich von Bourges entfernten, Dörfer und Höfe wurden seltener, und um die wenigen Marktflecken machten sie einen weiten Bogen. Rahel hatte diesen Weg gewählt, weil er durch eine kaum besiedelte Gegend führte. Wo keine Menschen lebten, waren sie weitgehend in Sicherheit.

Während der Wanderung wurde kaum gesprochen; sie alle hingen ihren Gedanken nach oder waren zu erschöpft, sich zu unterhalten. Rahel machte sich Sorgen um Brendan.

»Wir hätten nicht ohne ihn aufbrechen dürfen«, sagte sie nach einer Weile zu Kilian.

»Vielleicht. Vielleicht auch nicht«, erwiderte der Spielmann wortkarg.

»Wer weiß, was er tut, wenn er allein ist.«

Kilian zuckte nur mit den Schultern und verfiel wieder in Schweigen.

Sie rasteten einmal. Rahel und ihre Gefährten hatten all ihr Geld und ihre Vorräte verloren, doch Madora und Jarosław hatten genug Brot und Bier für alle dabei. Mit seiner Armbrust schoss der Polane außerdem zwei Hasen, die er ausnahm und über dem Feuer briet. Rahel hatte seit einer Ewigkeit nichts gegessen und brachte trotzdem kaum einen Bissen herunter.

Die Dunkelheit kam früh. Beim letzten Licht des Tages erreichte die kleine Gruppe ihr Ziel, eine Reihe von Höhlen, deren Eingänge sich zwischen Nadelbäumen und haushohen Felsen an einer Hügelflanke befanden. Sie waren vielen Fahrenden bekannt und boten Platz für ein Dutzend Menschen. Zwei Kuhlen voller Asche und geschwärzten Holz- und Knochensplittern wiesen darauf hin, dass sie regelmäßig benutzt wurden.

Kilian und Vivelin aßen noch etwas Brot und legten sich nah am Feuer hin. Auch Jarosław schlief kurz nach ihrer Ankunft ein. Den ganzen Tag hatte Rahel nicht die kleinsten Anzeichen von Müdigkeit oder Erschöpfung an ihm beobachtet, sodass es sie geradezu überraschte, dass er wie ein gewöhnlicher Mensch Schlaf brauchte. Seine Gegenwart flößte ihr immer noch Unbehagen ein, mochte Madora noch so oft versichern, dass der Polane seine Waffen nur auf ihren Befehl hin gebrauchte. Etwas Tierisches haftete ihm an, und sie fragte sich, ob er überhaupt zu Regungen fähig war, die über Hunger, Durst und Müdigkeit hinausgingen.

»Worüber wollt Ihr mit mir reden?«, fragte sie Madora.

»Ruh dich aus.« Die kleine Frau legte einen Scheit ins Feuer. »Wir reden morgen.«

»Wir können jetzt reden. Ich bin nicht müde.«

Madora spähte über die auflodernden Flammen zu den Zwillingen, offenbar um sich zu vergewissern, ob sie wirklich schliefen. Wie bei ihrer ersten Begegnung lag Feuerschein auf ihrem Gesicht, eine Maske, die ihre Züge seltsam alterslos machte. *Sie muss so alt sein, wie Mutter jetzt wäre,* kam es Rahel in den Sinn. Madora hatte die weißen Handschuhe ausgezogen, und Rahel sah auf dem Rücken ihrer Rechten eine Art Mal: einen schwarzen Stern mit acht Zacken, der so verschwommen war, als wäre er mit Tinte auf feuchtes Tuch gezeichnet worden.

»Was ist das?«

»Ein Brandmal«, antwortete Madora. »Ein Geschenk des Erzbischofs von Avignon.«

»Wofür?«

»Ich sollte ihm die Sterne deuten. Was ich sah, gefiel ihm nicht.« Madora schob ihre Hände in die Ärmel des Gewands. »Ich möchte mir dir über deine Mutter sprechen. Über ihr Vermächtnis.«

»Ihr kanntet sie wirklich?«

»Ja. Ich habe dich nicht belogen. Sie gehörte dem Bund von En Dor an, genau wie ich. In den letzten Jahren war euer Haus in Rouen einer unserer Versammlungsorte. Deine Mutter saß im Rat der Höchsten.«

Der Bund von En Dor? Rahel hatte diesen Namen noch nie gehört. »Unser Haus war ein Geschäft«, sagte sie. »Meine Eltern waren Tuchhändler.«

»Dem äußeren Anschein nach, ja. In Wahrheit diente deine Mutter dem Bund.«

Rahel dachte an die Menschen, die an den Tagen vor dem Pogrom bei ihnen gewesen waren. Freunde aus anderen Städten, hatte sie immer gedacht. Dann fiel ihr wieder der seltsame Kellerraum ein, den sie bei ihrer Flucht vor Mirjam entdeckt hatte. Was meinte Madora mit Versammlungsort? »Was ist das, der Bund von En Dor?«

»Du meinst, was er *war*. Er existiert nicht mehr. Während der Pogrome von sechsundfünfzig, bei denen auch deine Mutter starb, wurden fast alle unserer Brüder und Schwestern getötet. Wer überlebte, floh nach Navarra oder Afrika. Ich bin die Letzte hier in Frankreich.«

Madora legte einen Scheit nach. »Der Bund entstand im alten Israel, vor mehr als zweitausend Jahren. Anfangs war er ein loser Zusammenschluss von Wahrsagern, Sterndeutern und Totenbeschwörern. Als Saul anfing, sie zu verfolgen, wählten sie eine Anführerin, die Seherin Jochebed. Von da an betrachteten sie es als ihre Aufgabe, ihr Wissen vor der Vergessenheit zu bewahren. Mündlich gaben sie es über die Jahrhunderte weiter und sorgten dafür, dass es nicht in die falschen Hände geriet. Sie trafen sich nur im Verborgenen, denn zu jeder Zeit hatte der Bund Feinde, die seinen Einfluss fürchteten oder sein Wissen stehlen wollten. Als sich unser Volk über die ganze Welt verstreute, verließen auch die meisten Bundleute Israel und ließen sich überall im Abendland nieder; die meisten im Heiligen Römischen Reich und in Frankreich, wo sie überall Zufluchtsstätten gründeten – so wie euer Haus.«

»Meine Mutter soll eine Wahrsagerin gewesen sein?«, fragte Rahel spöttisch.

»Nenn sie nicht so. Sie war eine sehr weise und mächtige Frau.«

»Mein Vater – gehörte er auch dem Bund an?«

»Nein. Er half uns, wo er konnte. Aber er besaß die Gabe nicht.«

Rahel war sechs Jahre alt gewesen, als sie ihre Mutter das letzte Mal gesehen hatte. Madora konnte ihr alles Mögliche erzählen – sie konnte es nicht nachprüfen ... oder doch? »Erzählt mir von ihm. Wie ist er gestorben?«

Die kleine Frau blickte sie über die Flammen hinweg an. »Warum fragst du das?«

»Es interessiert mich eben.«

»Er kam im Feuer um, das die Christen gelegt hatten. Er schaffte es nicht, rechtzeitig das Haus zu verlassen.«

Ihr Vater war zwei Jahre vor dem Pogrom gestorben. Entweder wusste Madora das nicht – oder sie log. »Habt Ihr es gesehen? Mit eigenen Augen?«

»Nein. Ich war nicht in Rouen, als all das geschah. Ich war im Süden unterwegs, im Auftrag deiner Mutter. Ich erfuhr erst viel später davon.«

»Wie lange wart Ihr fort?«

»Ich weiß es nicht mehr. Einige Monate vielleicht.«

Einige Monate. Weniger als zwei Jahre. Also hätte sie wissen müssen, dass ihr Vater schon nicht mehr am Leben gewesen war, als das Pogrom ausbrach.

Plötzlich wirkte Madora ungeduldig. »Wir müssen über andere Dinge sprechen. Was in Bourges geschehen ist, ist nicht zufällig geschehen. Die Christen wurden aufgehetzt – von einem Handlanger Guillaume de Rampillons. In den vergangenen Wochen ließ Rampillon die Judenviertel mehrerer Städte im Norden niederbrennen. Jetzt wendet er sich nach Süden, und bald wird kein Jude in ganz Frankreich mehr vor ihm sicher sein.«

»Ich habe davon gehört«, sagte Rahel. »Aber was hat das mit mir zu tun?«

»Rampillon sucht etwas, das du besitzt. Er sucht den Vers, den deine Mutter dir beibrachte, bevor sie starb.«

»Soll das heißen, er ist hinter mir her?«

»Rampillon weiß nicht, dass du den Vers kennst«, sagte Madora. »Er weiß nicht einmal, dass du existierst. Seine Handlanger durchsuchen die Judenviertel nach Spuren des Bundes. Er hofft, den Vers auf diese Weise zu finden.«

Die Unruhe wurde so groß, dass Rahel aufstehen und in der Höhle umhergehen musste. »Aber was erhofft er sich davon? Ich meine, ein alter Vers … Welchen Nutzen sollte er für einen Mann wie Rampillon haben?«

Ein Murmeln erklang. Es war Vivelin, der sich im Schlaf herumwälzte. Er träumte – quälende Träume, dem Schweiß auf seinem Gesicht nach zu schließen. Rahel träumte nicht oft, aber sie ahnte, dass es ihr wie Vivelin ergehen würde, wenn sie erst schlief. Sie brauchte nicht einmal die Augen zu schließen, um immer wieder dieselben Bilder zu sehen: die toten Gesichter von Joanna und Schäbig, ihre Leiber im Schnee.

Madora antwortete erst, nachdem der Spielmann zur Ruhe gekommen war und wieder Stille in der Höhle einkehrte. »Hast du dich nie gefragt, warum dir deine Mutter den Vers anvertraut hat? Und ausgerechnet in den Tagen vor dem Pogrom. Euer aller Leben war in Gefahr. Man könnte meinen, sie hätte Wichtigeres zu tun haben müssen, als ihrer sechsjährigen Tochter einen alten Vers zu lehren, nicht wahr?«

Natürlich hatte sich Rahel diese Frage gestellt, tausendmal, noch Jahre nach dem Tod ihrer Mutter. Doch wer hätte ihr eine Antwort geben können? Rabbi Meir, dem sie den Vers hatte anvertrauen sollen, war tot wie alle anderen, die sie kannte. »Ich weiß nicht, warum sie das getan hat«, sagte sie und wurde wieder ärgerlich. Warum konnte Madora nicht endlich sagen, was sie wollte? »Ich weiß nicht einmal, was der Vers überhaupt bedeutet.«

»Es ist nicht einfach nur ein Vers«, erwiderte die kleine Frau. »Es ist mehr ein … Wegweiser. Wer sein Rätsel löst, kennt den Weg zum *Schrein von En Dor,* dem machtvollsten Geheimnis des Bundes. Rampillon begehrt ihn seit vielen Jahren.«

Rahel konnte nicht mehr klar denken. Erst der Vorfall auf dem Fest, dann der Überfall auf das Lager und der Tod von zwei Gefährten – und jetzt das. Sie hob die prall gefüllte Schweinsblase auf, entfernte den Pfropfen und trank das kalte Wasser. Erst jetzt merkte sie, dass ihre Kehle vollkommen ausgedörrt war.

Madora musterte sie besorgt. »Geht es dir gut?«

Sie verschloss den Schlauch und spuckte aus. Den Aschegeschmack, der ihr seit der Bestattung von Schäbig auf der Zunge lag, würde sie wohl nie wieder loswerden. »Ihr habt mich wegen des Verses gesucht, nicht wahr? Ihr wollt Rampillon zuvorkommen und diesen … Schrein finden.«

»Ja«, antwortete Madora.

»Was ist, wenn ich mich nicht mehr erinnern kann? Das ist vierzehn Jahre her. Ich war noch ein kleines Kind. Ich habe seit einer Ewigkeit nicht mehr daran gedacht.«

Die kleine Frau schaute sie schweigend an. Schließlich sagte sie: »Ich weiß, dass du dich erinnerst.«

»Ihr irrt Euch«, erwiderte Rahel schroff. »Ich habe diesen verdammten Vers vergessen. Ich wünschte, ich könnte auch alles andere vergessen, was damals geschehen ist.«

Die helle Robe knisterte, als Madora aufstand. »Versuch es wenigstens. Was du in der vergangenen Nacht erlebt hast, ist erst der Anfang. Rampillon wird zu Dingen fähig sein, die du dir nicht vorstellen kannst, wenn er erst den Schrein besitzt.«

Bilder und Gefühle stiegen in Rahel auf, flüchtig, kaum mehr als Schatten und Ahnungen: eine Hetzjagd durch einen dunklen Tunnel. Geschrei. Feuer. Einsamkeit. Jähe Furcht umschloss ihr Herz. »Ich kann nicht«, flüsterte sie.

Madora legte den Arm um sie. »Denk an deine Mutter«, sagte sie sanft. »Denk daran, wie sie dir den Vers beibrachte.«

Die Berührung war ihr unangenehm. Sie setzte sich wieder und starrte in die Flammen. Das Holz ging allmählich zur Neige, und das Feuer verlor an Kraft; an einigen Scheiten fraß nur noch die Glut. So viele Jahre hatte sie geglaubt, so gut wie keine Erinnerungen mehr an ihre Kindheit zu haben. Doch sie machte sich etwas vor. Viele waren noch da, Erinnerungen an ihre Mutter; Bilder, die sie sorgsam in sich eingeschlossen hatte, denn es tat weh, sie zu betrachten.

Selbst wenn sie gewollt hätte, sie hätte die Erinnerungen nicht zurückhalten können. Madoras Worte hatten sie längst wachgerüttelt. Tränen rannen über ihre Wangen. Sie schloss die Augen.

Sie war in der Brunnenkammer. Flüsternd plätscherte Was-

ser in das Becken unter dem Seraph. Das Kaminfeuer schimmerte orangefarben auf den Wandteppichen. Ihre Mutter saß auf einem Stuhl. Wie schön sie war mit ihrem schwarzen Haar und den dunklen, rätselhaften Augen. Sie nahm Rahel auf den Schoß, strich ihr über die Wange und bat darum, dass sie den Vers aufsagte.

»Warum?«, protestierte Rahel. »Es ist langweilig. Sing mir ein Lied, Mutter.«

»Erst wenn du den Vers so gut kannst, dass du ihn nie mehr vergisst.«

»Ich vergesse ihn nie mehr. Wirklich!«

Ihre Mutter lächelte. »Dann zeig es mir.«

… und ihre Lippen begannen, die seltsamen Silben zu formen, bis sie Worte ergaben, so wie sie es gelernt hatte, und ja, ihre Mutter hatte recht: Sie würde den Vers nie mehr vergessen.

»Du erinnerst dich«, sagte Madora.

Rahel brach ab. Ihre Stimme klang belegt, als wäre sie gerade erst aufgewacht. »Es ist so lange her. Es ist … nicht leicht.«

»Du hast es fast geschafft. Versuch es noch einmal.«

Rahel schloss abermals die Augen. Beim zweiten Mal war es leichter:

»Hamakom bo yikpotz ha'dolfin
Hamakom bo yipagschu nakhash we'drakon
Hamakom bo yischte Jokhanan Ben Zekharya
Yar'eka Aharon Ben Yischma'el et ha'natiw la'or«

»Wo der Delfin springt
Wo sich Drache mit Schlange vereinigt
Wo sich Jochanan Ben Sacharjas labt
Weist dir Aaron Ben Ismael den Pfad zum Licht«

»›Wo der Delfin springt‹«, wiederholte Madora leise und versank in Schweigen.

Es war nicht so schwer gewesen, den Vers auszusprechen, wie sie gedacht hatte. Es tat weh, ja, aber sie konnte den Schmerz ertragen und fühlte so etwas wie Erleichterung. Vielleicht war es falsch gewesen, all die Jahre nicht an diese Dinge zu denken. »Was bedeutet der Vers?«, fragte Rahel nach einer Weile. »Ihr habt gesagt, er sei eine Art Wegweiser zum Versteck des Schreins. Für mich sind es nur sinnlose Worte.«

Gedankenverloren sah Madora auf. »Morgen«, sagte sie. »Du bist zu Tode erschöpft. Du solltest schlafen.«

Die kleine Frau hatte recht. Die Erinnerungen hatten sie mehr Kraft gekostet als die beschwerliche Wanderung. Nah am Feuer breitete sie ihre Decke aus. Sie dachte über den Vers nach, aber es dauerte nicht lange, bis sie einschlief.

Später in der Nacht weckten Geräusche sie auf. Das Feuer war bis auf die Glut heruntergebrannt; schwacher roter Schein erfüllte die Höhle. Eine Gestalt kam herein. Brendan. Er legte sich zu den Zwillingen.

Rahel schloss wieder die Augen. Von da an schlief sie ruhig und traumlos.

»Ich habe mir unsere verbliebenen Sachen angesehen«, sagte Kilian am nächsten Morgen. »Fast unsere ganze Ausrüstung wurde gestohlen. Selbst wenn wir zurückgingen und die Wagen holten – ohne Pferde nutzen sie uns nichts. Die meisten Musikinstrumente sind unbrauchbar. Geld haben wir auch keins mehr.«

Sie hatten viele Stunden geschlafen; inzwischen war es Mittag, und graues Winterlicht fiel durch die Höhleneingänge herein. Nur Jarosław war seit Sonnenaufgang auf den Beinen. Er hatte ein mageres Rehkitz erlegt, das sie über dem Feuer brieten und es mit dem restlichen Brot aßen.

»Bis Limoges müssten wir es schaffen«, sagte Kilian. »Vielleicht können wir uns dort ein paar Münzen verdienen, um uns wenigstens Essen und die wichtigsten Instrumente zu kaufen. Was meinst du, Bren?«

Der Bretone gab keine Antwort. Er saß in einem Winkel abseits der Gruppe, rührte keinen Bissen an und starrte stumm vor sich hin.

»Nehmt das«, sagte Madora und reichte Kilian einen Beutel. »Damit kommt ihr eine Weile über die Runden.«

Der Spielmann öffnete den Beutel und betrachtete die Münzen darin. »Danke«, erwiderte er reserviert. Er und sein Bruder misstrauten der kleinen Frau nach wie vor.

Vivelin ging zu einem der Eingänge und spähte hinaus. »Wir sollten so bald wie möglich aufbrechen«, sagte er, als er zurückkam. »Es sieht nach Unwetter aus. Wenn es richtig anfängt zu schneien, sitzen wir hier fest. Bist du dafür, dass wir es mit Limoges versuchen, Rahel?«

Sie hatte die ganze Zeit geschwiegen. Seit dem Aufwachen dachte sie über das Gespräch mit Madora nach. Nach ihrer Flucht aus Rouen und noch Jahre später hatte sie sich danach gesehnt, jemanden zu treffen, der ihre Mutter kannte – der wusste, was damals geschehen war. Jemanden wie Madora. Vivelin hatte recht; es wäre am klügsten, so bald wie möglich aufzubrechen. Aber jetzt zu gehen, würde bedeuten, die Antworten niemals zu bekommen. Und die Erinnerungen würden nicht wieder verschwinden. Rahel wäre allein mit ihnen und ihren Fragen.

»Limoges ist gut«, sagte sie. »Aber ihr müsst allein gehen. Ich komme später nach.«

Die Zwillinge schauten sie entgeistert an.

»Was soll das heißen, du kommst nach?«, fragte Kilian.

»Ich bleibe bei Madora. Wenigstens vorerst.« Sie warf Madora einen fragenden Blick zu. Die kleine Frau nickte.

»Aber die Gruppe –«, begann Vivelin.

»Es gibt keine Gruppe mehr«, unterbrach Rahel ihn. »Willst du weitermachen, als wäre nichts geschehen? Kannst du dich morgen auf einen Marktplatz stellen und tanzen und singen?« Sie verstummte und bereute, was sie gesagt hatte. »Es tut mir leid, Vivelin. Es ist nur … Ich verlasse euch ja nicht für immer. Nur für eine Weile.«

Der Spielmann vermied es sichtlich, Madora anzusehen. »Aber warum? Was erhoffst du dir davon?«

Sie wünschte, sie könnte ihm darauf eine erschöpfende Antwort geben. Aber was sollte sie sagen? Wegen ihrer Mutter? Wegen der Geheimnisse, die sie hatte? Als sie noch nach Worten suchte, antwortete Madora an ihrer Stelle: »Rahel und ich müssen uns um etwas sehr Wichtiges kümmern.«

»Und was ist das?«, fragte Vivelin gereizt.

Rahel setzte zu einer Antwort an, doch erneut kam ihr Madora zuvor: »Darüber können wir nicht sprechen.«

»Ach, so ist das.« Der Spielmann setzte sich und starrte missmutig ins Feuer. »Großartig.«

»Was spricht dagegen, dass wir bei euch bleiben?«, fragte Kilian.

Auch darüber dachte sie schon den ganzen Morgen nach. Jetzt, da Schäbig und Joanna tot waren, hatte sie nur noch Brendan und die Zwillinge. Sie waren ihre einzigen Freunde; sie brauchte sie. Aber wenn es stimmte, was Madora sagte, und Guillaume de Rampillon mit allen Mitteln nach dem Vers suchte, war jeder in Gefahr, der davon wusste. Noch einen ihrer Gefährten zu verlieren, würde sie nicht ertragen. »Es ist zu gefährlich«, sagte sie. »Ich will nicht, dass euch etwas zustößt.«

»Glaubst du, uns geht es anders?«, fuhr Vivelin sie an. »Auch wir machen uns Sorgen. Aber von uns verlangst du, einfach zu gehen.«

Ihr war nach Weinen zumute. »Bitte, Vivelin. Mach es mir nicht noch schwerer, als es ist.«

Der Spielmann warf einen Zweig ins Feuer und schwieg brütend.

Sein Bruder räusperte sich und blickte Rahel an. »Das ist dein letztes Wort?«

»Ja. Es ist besser so. Glaub mir.«

Kilian nickte bedrückt. »Also gut. Was ist mit dir, Bren?«

»Ich bleibe bei Rahel«, sagte der Bretone.

Sie hatte befürchtet, dass er das sagen würde. »Nein, Bren. Du gehst mit Vivelin und Kilian. Ich werde nicht zulassen, dass du dich –«

»Hör mir zu«, fiel er ihr ins Wort. »Es ist meine Entscheidung, wohin ich gehe. Von mir aus kannst du deswegen schreien und toben, aber ich bleibe bei dir. Und das ist *mein* letztes Wort.«

»Rahel hat recht«, mischte sich Madora ein. »Was wir tun müssen, ist gefährlich. Ich weiß weder, wohin wir gehen müssen, noch, was unterwegs geschehen wird. Du solltest dir das gut überlegen, Spielmann.«

Brendans Gesicht wirkte noch blasser und hagerer als sonst. »Rahel und ich waren noch nie getrennt. Und so wird es auch bleiben.«

Rahel hörte die Entschiedenheit in seiner Stimme und wusste, dass sie ihn niemals würde umstimmen können.

»So, er darf also bleiben«, murrte Vivelin. »Aber uns schickst du fort.«

»Ich schicke euch nicht fort«, erwiderte sie verzweifelt. »Ich bitte euch nur darum, eine Weile ohne mich weiterzuziehen. Allmächtiger, versuch doch, das zu verstehen!«

»Bren bittest du auch nicht«, fuhr der Spielmann fort.

»Hör auf, Viv«, sagte Kilian. »Das ist etwas anderes.«

Es *war* etwas anderes. Vivelin und Kilian zogen seit Jahren mit Rahel durch das Land und waren gute Freunde, doch Bren war ihr Bruder. Sie waren zusammen aufgewachsen, zwei Waisen, die niemand anderen hatten. Die Zwillinge konnte sie auffordern fortzugehen. Aber nicht Brendan. Jeder in der Gruppe wusste das, auch Vivelin. Sein Schweigen zeigte, dass er es einsah, sosehr es ihn auch schmerzen mochte.

Alles war gesagt, und sie aßen schweigend zu Ende. Danach packten die Zwillinge ihre Sachen. Weder sie noch Rahel wollten den Abschied hinauszögern. Außerdem zog das Unwetter herauf.

»Wenn es klappt, bleiben wir eine Weile in Limoges«, sagte Kilian, als sie zum Aufbruch bereit waren. »Wenn nicht, ziehen wir weiter nach Paris. Irgendwo unterwegs wirst du uns finden.«

»Das werde ich«, sagte Rahel traurig.

»Pass auf Brendan auf.«

Sie nickte stumm. Wenn sie auch nur ein weiteres Wort sagte, fürchtete sie, würde sie wieder anfangen zu weinen.

Der Spielmann legte den Arm um sie und führte sie einige Schritte vom Höhleneingang weg. »Wegen Madora«, sagte er. »Sei vorsichtig. Ich glaube, sie führt etwas im Schilde. Gib auch auf ihren Leibwächter acht.«

»Ja.«

Kilian küsste sie zum Abschied auf die Wange. »Glück auf deinem Weg.«

»Glück auch auf eurem«, erwiderte Rahel, und die Tränen begannen zu fließen.

Sie umarmte Vivelin, der kein Wort herausbrachte, dann trotteten die Zwillinge den Hang hinunter. Es fing an zu schneien. Kurz darauf waren die beiden Männer, mit denen sie unzählige Wegstunden gewandert war, zu deren Spiel sie in Hunderten von Schenken jongliert und getanzt hatte, zwischen den Kiefern verschwunden.

Wind verfing sich klagend zwischen den Felsen. Sie zog ihren Umhang vor der Brust zusammen, ging wieder in die Höhle und setzte sich ans Feuer. Jarosław zerteilte das restliche Fleisch und schlug es in Tücher ein, die er in seinem Rucksack verstaute. Madora hatte ein Pergament auf ihren Knien ausgerollt. Ein Tintenfass stand neben ihr auf dem Boden. Sie stellte den Federkiel hinein und reichte Rahel das, was sie geschrieben hatte. Es war der Vers.

Rahel wollte ihr das Pergament zurückgeben. Der Schmerz über Kilians und Vivelins Abschied war noch zu frisch. Dann entschied sie, es sich doch anzusehen. Jede Ablenkung von ihren düsteren Gedanken war ihr willkommen.

»Der Vers hat vier Zeilen«, sagte Madora. »Jede bezeichnet eine Station der Suche. Die erste Zeile muss den Hinweis enthalten, wo es beginnt.«

Wo der Delfin springt, las Rahel. Da kam ihr ein anderer Gedanke, und sie hob den Kopf. »Wieso kenne ich den Vers, und Ihr nicht?«

Madora saß mit untergeschlagenen Beinen am Feuer. Die kleine Frau schien nicht glücklich darüber zu sein, dass Brendan nicht mit den Zwillingen fortgegangen war, was nicht gerade dazu beitrug, Rahels Vertrauen zu festigen. »Er war nur den Höchsten des Bundes bekannt, deiner Mutter und einer Handvoll anderer«, erklärte sie. »Der Bund hat eigene Gesetze. Sie regeln genau, wer welches Wissen bekommt. Deine Mutter setzte sich darüber hinweg, als sie ahnte, was uns bevorstand. Sie brachte ihn nicht nur dir bei, sondern auch anderen Bundleuten in Rouen, um ihn vor dem Vergessen zu bewahren. Ich war jedoch nicht da. Als ich zurückkehrte, war niemand mehr am Leben.«

»Wenn sie geahnt hat, was geschehen würde, warum hat sie sich nicht einfach in Sicherheit gebracht?«

Madoras Augen verdunkelten sich. »Ihre Freunde und

Nachbarn waren ihr wichtiger als ihr eigenes Leben. Sie wollte bei ihnen sein, ihnen helfen … und dann war es zu spät.«

Rahel ließ nicht zu, dass neue Erinnerungen in ihr aufstiegen. Nicht heute. Sie vertiefte sich wieder in das Pergament. »›Wo der Delfin springt‹«, las sie laut. »Könnte ein Wappen gemeint sein?«

»Das ist auch meine Vermutung. Ich glaube, dass die Zeile für die Dauphiné steht.«

Die Dauphiné war ein Herzogtum zwischen Frankreich und dem Heiligen Römischen Reich. Rahel war noch nicht dort gewesen, aber sie kannte das Wappen: ein Delfin und drei Lilien. »Delfin« – Dauphin – war auch der Beiname des Herzogs. Wahrscheinlich traf Madoras Vermutung zu. »Und die nächste Zeile, ›Wo sich Drache mit Schlange vereinigt‹. Noch ein Wappen?«

»Ich kenne Wappen mit einem Drachen oder mit einer Schlange, aber nicht mit beidem«, sagte Madora. »Es muss etwas anderes sein.«

»Vielleicht eine Stadt?«

Sie gingen sämtliche Städte durch, die ihnen einfielen, und suchten nach Verbindungen zu der Verszeile. Als sie zu keinem Ergebnis kamen, machten sie mit Tälern, Gebirgszügen und Flüssen weiter. Schließlich durchforsteten sie Legenden und Lieder – vergeblich. Nach über einer Stunde gaben sie auf.

Madora war aufgestanden und vertrat sich die Füße in der Höhle. »Bist du sicher, dass du dich richtig erinnerst?«

»Ganz sicher.«

»Wir übersehen etwas.« Die kleine Frau nahm das Pergament und las den Vers noch einmal.

»Es sind zwei Flüsse«, sagte Brendan.

Die beiden Frauen wandten sich zu ihm um. Der Bretone saß auf einem Felsen am Eingang und hatte Jarosław bei seinen Waffenübungen auf dem Hang zugesehen. Wie lange er schon zuhörte, wusste Rahel nicht.

»Was meinst du mit zwei Flüssen?«, fragte Madora.

»Drac und Isère«, sagte er. »Sie fließen durch die Dauphiné.«

»Ich weiß, wo sie fließen. Was haben sie mit dem Vers zu tun?«

Rahel fiel etwas ein, woran sie lange nicht gedacht hatte: Brendans Französisch war makellos und ließ einen leicht vergessen, dass seine Muttersprache eine andere war, eine weitaus ältere …

»Es sind keltische Namen«, sagte der Bretone. »Drache und Schlange. Sie vereinigen sich bei Grenoble. Das ist der Ort, den ihr sucht.«

Kapitel 5

Feuer«, sagte Guillaume de Rampillon. »Es ist ein Ding ohne jegliche Substanz; gewichtslos, nur ein anderer Zustand des Nichts, und doch bewirkt es so viel. Seltsam, nicht wahr?«

»Ja, Exzellenz«, sagte Jean, sein Diener.

»Es verhält sich wie ein Tier. Immer auf der Suche nach Nahrung. Aber es kennt kein Maß und keine Sättigung. Nur Gier. Je mehr Futter es bekommt, desto mehr verzehrt es. Ich glaube, es gibt eine Abhandlung darüber. *Die reinigende Kraft* oder so ähnlich. Erinnere mich daran, dass ich nachschaue, wenn wir wieder in Paris sind.«

Der Wagen fuhr langsamer, seit er ins Judenviertel eingebogen war. Das Feuer flößte den Pferden Furcht ein, und der Fuhrknecht wollte nicht riskieren, dass sie durchgingen, wenn er sie zu sehr antrieb. Durch die beiden kreuzförmigen Fenster fiel rötlicher Schein, mal dunkler, mal heller. Jean sah nicht hinaus. Er saß Rampillon mit geradem Rücken gegenüber; die Hände hatte er in den Schoß gelegt. Er diente ihm seit mehr als zwanzig Jahren. Rampillon wusste nicht genau, wie alt er war. Vierzig, sicher nicht mehr als fünfundvierzig. Es war schwer zu schätzen, vielleicht weil Jeans Gesicht nie eine Regung zeigte.

»Fühlst du dich nicht wohl?«, fragte der Siegelbewahrer sanft.

»Es geht mir gut, Exzellenz.«

»Es sind nur Juden, Jean.«

»Ja«, sagte Jean.

Es fiel Rampillon nicht schwer, andere Menschen zu

durchschauen. Sein Diener jedoch gab ihm in dieser Hinsicht Rätsel auf, selbst nach all den Jahren. *Er fürchtet mich,* dachte er. *Oder er verabscheut mich. Eins von beidem.* Dennoch war Jean ein guter Diener. Der beste, den er je hatte.

Rampillon beugte sich nach vorne und sah aus dem Fenster. Es war warm wie im Sommer. Die Häuser, an denen sie vorbeifuhren, waren zweistöckig und aus Stein; Geldverleiher und Tuchhändler wohnten darin. Das Feuer hatte sie verschont, aber ihre Türen waren zertrümmert, und die Bewohner lagen davor, manche nackt. Die Meute war längst weitergezogen. Ihr Geschrei kam vom Fluss herauf, und in diesem Moment ging am Fuß der Anhöhe ein Dachstuhl in Flammen auf. Es war leicht gewesen, ihren Hass zu wecken, aber das war es immer. Die Schwierigkeit bestand darin, ihn in die richtigen Bahnen zu lenken. Heute Nacht war es Saudic und seinen Leuten gelungen, wie Rampillon wenig später feststellte: Die Synagoge und das Haus des Rabbiners waren unversehrt, wenn man vom zerstörten Portal absah.

Der Wagen hielt an. Der Knecht öffnete die Tür und half Rampillon beim Aussteigen. Zwei Häuser neben der Synagoge waren niedergebrannt; die Mauern schwelten noch, und Ascheflocken stiegen zum Sternenhimmel auf. Durch die Hitze war der hart gefrorene Boden aufgetaut und zu Schlamm geworden. Rampillon hob den Saum seiner Robe an, bis er feste Erde unter den Füßen hatte.

Eine massige Gestalt trat aus der Synagoge ins Freie. Ferner Feuerschein schimmerte auf dem Brustpanzer. Jean blieb in einiger Entfernung stehen. Diesmal gelang es ihm nicht, seine Furcht zu verbergen. Rampillon konnte es ihm nicht verdenken; auch ihm lief beim Anblick von Saudics Gesicht mitunter ein Schauder über den Rücken. Es hatte kaum etwas Menschliches an sich. Der Mund und ein Auge waren noch zu erahnen, der Rest bestand aus schrundigem Narbengewebe. Bei einem Scharmützel gegen englische Söldner vor Jahren hatte ihm ein Morgenstern das Helmvisier zertrümmert. Als der Feldscher später den Helm vom Kopf des Bewusstlosen löste, war das halbe Gesicht an dem zerschmetterten, scharfkantigen Stahl hängen geblieben. Ein anderer Mann wäre noch in der gleichen Nacht an Blutverlust gestorben, doch Saudic hatte sich mit der Zähigkeit eines verletzten Ebers ans Leben geklammert. Er hielt den Wundarzt, der längst die Hoffnung aufgegeben hatte, mit eisernem Griff fest, bis dieser das Wundgeschäft zu Ende gebracht hatte. Schon vier Wochen später saß Saudic wieder im Sattel. Die Wunde war verheilt, so gut eine solche Wunde eben heilen konnte, Rampillon ahnte jedoch, dass der Morgenstern mehr zerstört hatte als nur Fleisch und Knochen. Seit jenem Morgen auf dem Schlachtfeld war Saudics Seele so verwüstet wie sein Antlitz. Doch er war ein treuer Soldat, der seine Männer mit harter Hand führte, und das wusste der Siegelbewahrer mehr zu schätzen als angenehmes Aussehen.

»Exzellenz«, grunzte der Hüne.

»Saudic, mein Freund. Hast du etwas für mich?«

»Den Rabbi, wie Ihr befohlen habt.«

»Sehr gut. Ich hoffe, ihr habt ihn nicht zu hart angefasst. Ich möchte ein wenig mit ihm plaudern.«

Sie gingen in den Gebetsraum. Saudic hatte nicht zugelassen, dass die Plünderer hereinkamen. Der Chanukkaleuchter stand noch in seiner Nische; auch der Schrein mit den Thorarollen, die Teppiche, die Gebotstafel und die kupfernen Kerzenständer befanden sich an ihren Plätzen. Rampillon hatte schon Dutzende Synagogen betreten, und doch verspürte er angesichts der Kultgegenstände jedes Mal aufs Neue eine unwillkommene Ehrfurcht. Jede Kerze in diesem Raum, jeder Mauerstein und jede Teppichfaser stand für eine jahrtausendealte Tradition, der jeglicher Zweifel fremd war. Für

Gewissheiten, die durch nichts und niemanden ins Wanken gebracht werden konnten, nicht einmal durch Nächte voller Feuer und Blut. Eine Kraft im Glauben, die er nicht kannte. Nicht *mehr*.

Saudic führte sie zu einem Durchgang im hinteren Teil. Als sie den Saal verlassen hatten, fühlte Rampillon sich wohler. In einem Nebenraum hielten sich Saudics Männer auf. Sie trugen schlichte Kittel anstelle ihrer Waffenröcke. In ihrer Mitte kauerte der Rabbi.

»Ah, Rabbi Gabriel. Wie schön, dich hier anzutreffen.«

»Runter mit dir, wenn Seine Exzellenz mit dir spricht, Jude!«, knurrte einer der beiden Männer, die ihn festhielten. Er rammte dem Alten das Knie in den Rücken, woraufhin dieser nach vorne fiel.

Rampillon gab einem anderen Mann einen Wink, und man brachte ihm einen bequemen Stuhl. »Mein lieber Gabriel«, sagte er samtweich, »wie lange bist du jetzt Rabbi von Orléans?«

Der Alte ächzte, als er sich aufzurichten versuchte.

»Ich fürchte, ich verstehe dich nicht.«

Der Soldat, der Gabriel getreten hatte, zerrte ihn auf die Knie. »Rede!«

»Bitte, Yves«, sagte Rampillon. »Wir müssen es nicht übertreiben. Er hat schon verstanden. Nicht wahr, Gabriel?«

Der Rabbi war ein schmächtiger Mann, dessen Kopf etwas zu groß wirkte. Die abstehenden Ohren verstärkten diesen Eindruck noch. Er musterte Rampillon mit einem kalten Glanz in den Augen. »Dreiundvierzig Jahre«, antwortete er mit fester Stimme.

»Dreiundvierzig Jahre, *Exzellenz!*«, bellte Yves.

Yves' Eifer konnte ärgerliche Ausmaße annehmen. »Geh nach draußen und sorge dafür, dass keine Plünderer hereinkommen«, befahl Rampillon ihm.

Der Soldat ließ den Rabbi los und marschierte davon.

»Dreiundvierzig Jahre«, wiederholte der Siegelbewahrer. »Eine lange Zeit. Als Rabbi einer so großen Gemeinde hast du gewiss so manches erlebt. Erinnerst du dich noch an den Bund von En Dor?«

»Ich kenne diesen Namen nicht.«

Rampillon griff in den Kragen seiner Robe und holte das Amulett hervor – das *Kami'ah,* wie sie es nannten. Das Kupferdreieck schimmerte matt im Fackellicht. »Ach? Und wie erklärst du dir dies?«

»Woher habt Ihr das?«, fragte Gabriel.

»Von einem Rabbi, der mir ebenfalls weismachen wollte, den Bund von En Dor gebe es nicht.« Rampillon beugte sich nach vorne. Das Amulett pendelte langsam vor und zurück. »Der Bund hatte ein *Miflat* hier in Orléans. Das Haus von Jishak Ben Levi, dem Arzt. Was ist daraus geworden?«

Rabbi Gabriels Blick haftete an dem Kupferdreieck. »Es wurde niedergebrannt. Im Kreuzzug von achtundvierzig.«

»Niedergebrannt, so. Und was geschah mit den Schriftstücken des Bundes? Als Rabbi wirst du Sorge getragen haben, dass sie rechtzeitig in Sicherheit gebracht wurden, nehme ich an.«

Die grauen Augen waren bar jeder Regung. »Ich weiß nichts von Schriftstücken.«

Rampillon seufzte und lehnte sich zurück. »Was habt ihr gefunden, Saudic?«

»Nur dies, Exzellenz.« Der Hüne gab einem Mann ein Zeichen. Dieser trug eine Kiste herbei. Rampillon nahm eine Schriftrolle heraus und öffnete sie. Eine Thorarolle. Genau wie die nächste. Auch bei den anderen handelte es sich um den üblichen Plunder: Prophetenbücher, Psalmen, talmudische Traktate.

»Ist das alles?«

»Ja, Exzellenz.«

Rampillon warf die Rolle in die Kiste zurück und wandte sich wieder an den Rabbi. »Ich finde die Schriftstücke ohnehin. Du könntest es mir und dir erleichtern, wenn du mir einfach sagtest, wo sie sind.«

»Sie sind nicht hier«, sagte Rabbi Gabriel. »Sie sind mit Jishak Ben Levis Haus verbrannt.«

Rampillon nickte Saudic zu. Mit schweren Schritten stampfte der Hüne durch den Raum. Der Rabbi sah zu ihm auf. Ruhig wartete er ab, was geschah. Saudics Stiefel traf ihn am Brustbein und schleuderte den dürren Mann zu Boden. Der Rabbi blieb auf dem Rücken liegen. Er hustete; Blut und Speichel rannen ihm aus dem Mundwinkel. Als er sich auf die Seite drehen wollte, trat Saudic erneut zu. Diesmal keuchte der Rabbi vor Schmerz und regte sich nicht mehr.

»Die Aufzeichnungen des Bundes«, sagte Rampillon sanft. »Wo sind sie, Rabbi Gabriel?«

Eine Hand des Alten bewegte sich. Mühsam stützte er sich auf, drehte den Kopf. Er war bleich, und Schweiß glitzerte auf seiner Stirn, aber seine Augen waren klar und voller Abscheu. »Ihr seid ein Teufel, Rampillon«, flüsterte er. »Ein Dämon. Ihr seid der *Amalek* …«

Saudic setzte seine Arbeit schweigend fort. Jean, der in der Tür stand, wurde immer bleicher. Rampillon hatte Mitleid mit ihm und erlaubte ihm, nach draußen zu gehen.

Nach einer Weile kam der Siegelbewahrer zu dem Schluss, dass der Rabbi wirklich nichts wusste. »Hör auf, Saudic.«

Der Hüne trat zurück. Zu seinen Füßen lag die gebrechliche Gestalt des Rabbis, zusammengekrümmt und reglos. Der Anblick deprimierte Rampillon. Abermals hatte er nur Zeit vergeudet, Zeit und Kraft und Mühe für nichts und wieder nichts. Müde erhob er sich. »Gehen wir«, befahl er den Männern.

Saudic ergriff den Rabbi am Kragen des Gewands und hob ihn so mühelos hoch, als wären die Kleider mit nichts als ein paar trockenen Ästen gefüllt. »Was soll mit ihm geschehen, Exzellenz?«

Rampillon war schon bei der Tür und wandte sich um. Zu seiner Überraschung war der Rabbi noch bei Bewusstsein. Die Augen in dem zerschundenen Gesicht waren offen, wenigstens einen Spalt, und der Siegelbewahrer war sicher, dass sie ihn fixierten. Er ging näher heran, schob Zeige- und Mittelfinger unter das Kinn des Alten und hob den Kopf leicht an. Er suchte nach Furcht in den grauen Augen, nach einem Funken Entsetzen, aber da war nichts. Nur derselbe kalte Glanz wie zu Beginn. Rabbi Gabriels Lippen bewegten sich, formten drei unhörbare Silben, die Rampillon dennoch verstand: *A-ma-lek*. Ein Schauder lief ihm über den Rücken.

»Tötet ihn«, sagte er.

Eine halbe Stunde später stieg er die Treppe seiner Unterkunft hinauf. Das Haus hatte ihm Bischof Robert von Courtenay zur Verfügung gestellt. Es stand am Ufer der Loire, weit weg vom Bischofspalast. Damit wollte Courtenay ausdrücken, dass der Siegelbewahrer in Orléans nicht willkommen war. Karge Räume, spartanische Einrichtung und nur ein Kamin im ganzen Gebäude luden nicht dazu ein, lange zu verweilen. Jeder andere hätte die Unterkunft als Beleidigung empfunden, und so war sie auch gedacht. Rampillon jedoch störte sich nicht daran. In diesen Dingen war er anspruchslos.

Während er mit Saudic noch das ein oder andere besprochen hatte, war Jean vorausgegangen und hatte Feuer gemacht. Die Flammen im Kamin tauchten das Zimmer in unstetes Zwielicht. Er warf die Schriftrollen aus der Synagoge auf den großen Tisch zu den anderen: *Tanachs*, *Ketuvim*, noch mehr Prophetenbücher und Gesetzesrollen aus Montargis, Bourges und Vendôme. Hunderte von Pergamentblättern, eines so wertlos wie das andere.

Er setzte sich. Sein Rücken schmerzte. Er schaute aus dem Fenster, das auf den Fluss wies. In die Eisplatten war eine Rinne gebrochen worden, die gerade ein Kahn entlangfuhr. Der Mann darin sorgte mit einer Stange dafür, dass sein Gefährt den gezackten Eiskanten nicht zu nahe kam. In der Ferne, auf der anderen Seite der Stadt, sah Rampillon den glühenden Streifen über dem Judenviertel. Es wurde allmählich hell, und er konnte schon nicht mehr zwischen Feuerschein und Morgenröte unterscheiden.

Nach einer Weile stand er auf, öffnete die Truhe neben seinem Bett und entnahm ihr ein kleines ledergebundenes Buch, das er an einer markierten Stelle aufschlug. Seine Fingerkuppen strichen über das goldgerandete Pergament. Ein Kasten war darauf abgebildet, eine quaderförmige Lade aus dunklem Stein, versehen mit einer Schar von Seraphim mit ausgebreiteten Schwingen.

Der Schrein von En Dor. Das größte Vermächtnis des Bundes. Die letzte Wahrheit.

Einmal nur wollte er hineinsehen, bevor er starb. Ein einziges Mal.

Kapitel 6

Madora wollte nicht warten, bis sie den Rest des Verses entschlüsselt hatten. Als der Schneesturm nach einigen Stunden vorüber war, drängte sie zum Aufbruch, und keine Stunde später hatten sie den Kiefernwald mit den Höhlen hinter sich gelassen und befanden sich auf dem Weg nach Südosten. Bis nach Grenoble war es ein Fußmarsch von zwei Wochen. Madora hoffte, ihn zu verkürzen, indem sie an der Loire ein Schiff fand, das sie mitnahm.

Gegen Abend, als sie durch karges Hügelland wanderten und sich ihr Marschtempo etwas verringert hatte, ließ Brendan sich zurückfallen. Rahel begriff, dass er ungestört mit ihr reden wollte. Sie machte langsamer, bis sie neben ihm ging. Madora und ihr Leibwächter waren gut zwanzig Schritte vor ihnen. Das Rascheln des Windes im Gebüsch gewährleistete, dass ihr Gespräch vertraulich blieb.

»Was ist los?«

»Dieser Vers«, sagte Brendan, »was hat es damit auf sich?«

Madora hatte sie gebeten, mit niemandem darüber zu sprechen. Doch Rahel sah nicht ein, ihretwegen etwas vor Brendan geheim zu halten. In knappen Worten erzählte sie ihm vom Bund von En Dor, Guillaume de Rampillon und dem Schrein, den Madora zu finden hoffte.

Brendan hörte ihr schweigend zu. Schließlich sagte er: »Du traust ihr nicht, nicht wahr?«

Sie nickte. »Sie gibt vor, eine Gefährtin meiner Mutter gewesen zu sein. Vielleicht stimmt das. Aber dann frage ich mich, warum sie nicht weiß, was mit meinem Vater geschehen ist.«

»Was ist denn mit ihm geschehen?«

»Madora sagte, er sei an dem Tag umgekommen, an dem auch meine Mutter ermordet wurde. Aber da war er schon zwei Jahre tot. Er starb bei einem Unfall im Hafen; eine Kiste hatte sich vom Schiffskran gelöst und ihm den Kopf zerschmettert. Ich kann mich kaum an ihn erinnern, aber das weiß ich noch genau.«

»Es kann viele Gründe geben, warum sie das nicht weiß.«

»Merkwürdig ist es trotzdem.«

Ein Windstoß bauschte den alten Mantel auf, den Brendan von Jarosław bekommen hatte. Er zog ihn sich enger um den Leib. »Du verheimlichst ihr auch etwas.«

Sie warf dem Bretonen einen Seitenblick zu. »Ich weiß nicht, was du meinst.«

»Madora kannst du vielleicht etwas vormachen. Aber nicht mir. Wie viele Verszeilen hast du ihr verschwiegen?«

Es hatte keinen Zweck; Brendan kannte sie zu gut. Aber war es klug, ihm zu verraten, dass sie zwei Verszeilen für sich behalten hatte? Was, wenn Madora in ihn hineinblickte, wie sie es bei ihr getan hatte? Zu seinem eigenen Schutz war es besser, ihn zu belügen, mochte es ihr auch schwerfallen. »Eine.«

»Wozu?«

»Ich will mir einen kleinen Vorteil bewahren, bis ich sie besser kenne.«

Eine Weile folgten sie dem Pfad, ohne ein Wort zu sprechen. Rahel spürte, dass sich der Bretone verändert hatte. Es war keine kurzfristige Veränderung, verursacht durch Joannas Tod – es war mehr. Tiefgreifender. Etwas, das nicht in zwei Monaten wieder verschwunden sein würde. »Warum hast du deine Laute zerschlagen?«, fragte sie.

Brendan antwortete nicht sofort. »Ich brauche sie nicht mehr.«

»Du bist ein Spielmann, Bren«, sagte sie sanft. »Natürlich brauchst du sie.«

»Ich *war* ein Spielmann. Ohne Joanna ... Es ist vorbei. Wie soll ich ohne sie Musik machen?« Er stockte, als rufe schon ihr Name neuen Schmerz hervor. Seine Augenbrauen zuckten. »Reden wir nicht mehr davon.«

Rahel schwieg. Alle Worte kamen ihr töricht vor. Sie nahm seine Hand, und so gingen sie nah nebeneinander bis zum Einbruch der Dunkelheit.

Sie rasteten in einer alten, halb zerfallenen Zollburg, deren einziger übrig gebliebener Turm zu einer Herberge umgebaut worden war. Der Wirt, ein schlaksiger Mann, der Rahel schmerzlich an Graf Lang-und-Schäbig erinnerte, hatte außer ihnen kaum andere Gäste, sodass sie sich den zugigen Schlafraum im Obergeschoss nur mit einem fahrenden Ritter, dessen Knappen und zwei wandernden Mönchen teilen mussten. Rahel schlug vor, im Schankraum zu jonglieren, um etwas Geld für die Reise zu verdienen. Doch Madora sprach sich dagegen aus. Zum einen wollte sie kein Aufsehen erregen, zum anderen war ihre Geldkatze prallvoll mit Sous gefüllt – Silber, das sie mit Weissagungen verdient habe, wie sie später erzählte. Dabei ließ sie offen, ob sie sich wirklich darauf verstand oder die Leute lediglich betrog.

Die kleine Frau weckte sie vor Sonnenaufgang. Dem verschlafenen Wirt kaufte sie ein Pferd ab, das nicht mehr zum Reiten taugte, aber ihre Ausrüstung und Vorräte tragen konnte. Jarosław führte es am Zügel, als sie wenig später einem menschenleeren Tal ostwärts folgten. Brendan übernahm bald die Führung, was ihm einen Vorwand gab, die Gesellschaft der anderen zu meiden.

Im Lauf des Morgens fragte Madora Rahel: »Hast du ihm erzählt, warum wir diese Reise machen?«

»Natürlich.«

»Ich habe dich gebeten, das nicht zu tun.«

»*Er* hat das Rätsel gelöst«, sagte Rahel. »Ohne ihn säßen wir immer noch in der Höhle.«

»Es ist nicht gut, wenn zu viele von dem Schrein wissen.«

Rahel zog die Ärmel über ihre Hände und umschlang den Oberkörper mit den Armen. Sie wünschte, sie hätte einen weiteren Mantel. So einen Winter hatte sie noch nie erlebt. »Was ist überhaupt in dem Schrein?«

»Ein Zauber von großer Macht. Mehr weiß ich nicht. Ich war noch eine *Talmida,* als deine Mutter starb, und noch nicht für dieses Wissen bestimmt.«

»Ich glaube nicht an Zauberei.«

Madora lächelte. »Das solltest du aber. Deine Mutter verstand sehr viel von dieser Kunst.«

»Und Ihr? Versteht Ihr auch etwas davon?«

»Ein wenig.«

»Beweist es.«

»Totenbeschwörung und Wahrsagerei sind keine Jahrmarktskünste. Man kann sie nicht einfach vorführen wie einen billigen Zaubertrick.«

»Wie soll ich an etwas glauben, das ich noch nie gesehen habe?«

Madora gab keine Antwort. Kurz darauf durchschnitt ein zugefrorener Bach das Tal. Eine Holzbrücke überspannte das Bett, so schmal, dass sie hintereinandergehen mussten. Als Rahel als Letzte auf der anderen Seite ankam, dachte sie schon, Madora habe ihre Frage vergessen. Da sagte die kleine Frau: »Die Gliederpuppe, die Brendan dir schenkte, stellte einen Sarazenen dar. Ihr linker Arm fehlte. Du nanntest sie den ›Einarmigen Saladin‹, nicht wahr?«

»Was?«, fragte Rahel verwirrt.

»Bei Yvain war noch ein anderer Junge. Ein Waise wie du.

Brendan. Er wusste besser als die Erwachsenen, wie es dir nach dem Tod deiner Eltern ging. Er gab dir den Einarmigen Saladin, damit du nicht mehr so traurig warst.«

Sie war derart erschüttert, dass sie stehen blieb. »Woher wisst Ihr das?«

»Wahrsagerei«, sagte Madora und folgte weiter dem Weg.

Rahel holte sie ein. »Ich dachte, ein Wahrsager deutet die Zukunft.«

»Du hast merkwürdige Vorstellungen von Zauberei.«

»Ihr wisst das schon lange! Die Sache mit dem Einarmigen Saladin, meine ich. Ihr habt sie vor Jahren herausgefunden, als Ihr mich gesucht habt.«

»Du wolltest einen Beweis – da hast du ihn. Wenn du es nicht glauben willst, hätte ich mir die Mühe sparen können.«

Es dauerte eine Weile, bis sich ihre Bestürzung legte. Der Einarmige Saladin, Allmächtiger! So lange hatte sie nicht mehr an ihn gedacht … Die Puppe war vor vielen Jahren in einem Feuer verbrannt, das in Yvains Lager ausgebrochen war. Sie war untröstlich gewesen. Und wer hatte sie getröstet? Brendan. Immer Brendan.

Inzwischen führte der Weg einen Hang hinauf, der kürzlich gerodet worden war. Baumstümpfe, mit einer Schneehaube versehen, ragten aus der weißen Hügelflanke. Jarosław war etwas zurückgefallen. Er musste kräftig an den Zügeln ziehen, um das Packpferd zum Aufstieg zu bewegen.

»Warum wurde der Schrein versteckt?«, fragte Rahel.

Madora bedachte sie mit einem Blick, in dem ein Hauch von Spott lag. Dann konzentrierte sie sich erneut auf den Weg. »Der Bund versuchte, geheim zu bleiben, aber über die Jahrhunderte gelang das nicht immer. Gerüchte über angeblich gottlose Rituale machten bei den Christen die Runde. Sie fühlten sich davon bedroht und schlossen vom Bund auf alle Juden. So kam es im ganzen Abendland zu mehreren Pogromen, nach denen die Höchsten des Bundes beschlossen, den Schrein zu verstecken. Wenige Jahre später, während des ersten Kreuzzugs, ereignete sich das schlimmste Pogrom. Über die Hälfte der Bundleute wurden getötet. Das Versteck des Schreins geriet in Vergessenheit.«

Oben auf dem Hügelkamm standen die Bäume noch. Eine Fichte jedoch war umgestürzt und lag quer über dem Pfad. Madora kletterte über den Stamm. Als auch Rahel das Hindernis überwunden hatte, fragte sie: »Warum benutzt Ihr nicht Eure Wahrsagerei, um ihn zu finden?«

»Dazu reicht meine Kraft nicht aus.«

»Ihr könnt nur in andere hineinsehen.«

Die kleine Frau lächelte wieder. »So ungefähr.«

»Wieso habt Ihr nicht in mir nach dem Vers gesucht?«

»Ich kann mir nicht aussuchen, was ich sehe. Nur die mächtigsten Seher sind dazu in der Lage.«

»Und Ihr seid nur eine … wie habt Ihr es genannt?«

»Eine *Talmida*«, sagte Madora. »Eine Schülerin des alten Wissens.«

Eine Schülerin, dachte Rahel. *Und Mutter gehörte dem Rat der Höchsten an.* Mit Madora über ihre Mutter zu reden, verstörte sie jedes Mal aufs Neue. Jene Person, über die Madora sprach, schien nichts mit der Frau zu tun zu haben, die sie die ersten sechs Jahre ihres Lebens großgezogen hatte. »Was wollt Ihr mit dem Schrein machen, wenn Ihr ihn gefunden habt?«

»Dafür sorgen, dass Rampillon ihn nicht bekommt.«

»Das ist alles? Wollt Ihr ihn nicht behalten?«

»Nein. Ich bin noch nicht reif für seine Macht.«

Rahel glaubte ihr kein Wort.

Einige Tage später erreichten sie die Loire. Weiß und glitzernd lag das Tal unter ihnen, das Wasser ein stahlfarbenes

Band, das sich durch die Hügel schlängelte. Bis vor Kurzem war der Fluss zugefroren gewesen; am Ufer türmten sich Eisschollen, übereinandergeschoben und verkeilt wie Schieferplatten. Die eisfreie Rinne war breit genug für Schiffe. Am Anlegesteg eines kleinen Dorfes machte Madora einen Mann ausfindig, der für etwas Silber bereit war, sie zu befördern. Die Fahrt ging flussaufwärts, sodass der Treidelkahn von zwei Ochsen am Ufer gezogen werden musste.

Brendan war heilfroh, als sie zwei Tage später wieder von Bord gingen. Die Wanderung durch das winterliche Land war kräftezehrend, aber sie lenkte ihn wenigstens von seinem Schmerz ab. Auf dem Boot hatte es nichts gegeben, was ihn auf andere Gedanken gebracht hatte. Nur die immer gleichen verschneiten Hügel an den Ufern und von morgens bis abends das belanglose Geschwätz des Schiffers – endlose Stunden, in denen er sich unaufhörlich fragte: Warum hatte Joanna sterben müssen? Warum hatte er nicht bemerkt, dass sie nicht mehr neben ihm lief? Wäre sie noch am Leben, wenn es ihm frühzeitig aufgefallen wäre? Er wusste, er würde die Antworten niemals finden … und doch kreisten ohne Unterlass die immer gleichen Fragen in seinem Kopf. So war er dankbar für jede mühsame Steigung, die seine Kräfte forderte und ihn ablenkte.

Es war nicht das erste Mal, dass er jemanden verloren hatte. Seine Eltern – wohlhabende Bauern mit einem eigenen Gut – waren einer Fehde zwischen den Baronen der Bretagne zum Opfer gefallen. Damals war er noch ein Kind gewesen, vier Jahre alt, und hatte nicht begriffen, was es hieß, eine Waise zu sein. Monatelang hatte er geglaubt, seine Eltern kämen bald zurück; erst viel später war ihm klar geworden, dass das niemals geschehen würde. Heute wusste er, dass Joanna unwiederbringlich fort war, ausgelöscht. Mit ihrem Tod war sein Bedürfnis, neue Verse und Melodien zu schaffen, verschwunden. In Brendan war es still geworden. Es verging keine Stunde, in der er nicht daran dachte, sein Messer zu nehmen und allem ein Ende zu machen. Er glaubte nicht an ein Jenseits oder dass er Joanna nach dem Tod wiedersehen würde. Aber es würde den Schmerz beenden, die Kälte.

Und Rahel?, dachte er dann. *Was wird dann aus ihr?* Sie brauchte ihn – mit der Aufgabe, die sie sich gestellt hatte, sogar mehr denn je. Er konnte sie nicht im Stich lassen, auch wenn das hieß, die Trauer weiterhin zu ertragen.

Bei Einbruch der Dunkelheit fanden sie eine Pilgerherberge. Sie lag in der Nähe von Clermont-Ferrand, an der Kreuzung zweier Römerstraßen, und war, verglichen mit der alten Zollburg, recht komfortabel. Die Zimmer enthielten nicht mehr als zwei Betten, von denen jedes nur Platz für eine Person bot, und nicht für drei oder vier.

»… und sie sind obendrein frei von Ungeziefer«, erklärte der Mönch, der sie durch das Haus führte. »Meine Brüder und ich achten strikt auf Reinlichkeit. Wer seinen Leib vernachlässigt, vernachlässigt auch bald seine Seele, nicht wahr?« Er schloss zwei benachbarte Türen auf. Brendan war nicht überrascht, dass die Kammern gewisse Ähnlichkeit mit Mönchszellen hatten.

Rahel betrat eine der Kammern und legte ihre Sachen ab. Brendan wollte ihr folgen. In den vergangenen Tagen war es nicht möglich gewesen, mit ihr zu reden, ohne dass Madora und der Polane mithörten.

Da verstellte ihm der Mönch den Weg. »Ist sie Euer Weib?«, erkundigte er sich.

»Was?«, fragte Brendan; dann begriff er. »Natürlich.« Doch der Mönch hörte nur Madora, die gleichzeitig sagte:

»Ist sie nicht. Ich schlafe bei ihr. Jarosław, teile dir das andere Zimmer mit dem Spielmann.« Bevor Brendan etwas erwidern konnte, war Madora schon Rahel in die Kammer gefolgt. Rahel zuckte entschuldigend mit den Schultern, doch der Mönch zog eine finstere Miene. Während er davonschlurfte, brummte er etwas, von dem Brendan nur das Wort »Unzucht« verstand.

Er war sich sicher, dass Madora das mit Absicht getan hatte. *Der Spielmann* … so nannte sie ihn immer. Es passte ihr nicht, dass er dabei war. Sie und den Betbruder verfluchend, folgte er dem Polanen in die andere Kammer. Dort legte er sich auf das Bett und starrte an die Decke.

Der Mönch hatte ihnen eine Kerze angezündet. Jarosław machte keine Anstalten, sie zu löschen. Nach einer Weile erklang ein schleifendes Geräusch. Brendan drehte den Kopf. Sein Zimmernachbar kauerte mit untergeschlagenen Beinen auf dem Bett und zog einen Schleifstein über sein Schwert. »Ich versuche zu schlafen«, murrte er.

»Du schläfst nie«, erwiderte Jarosław, ohne aufzusehen. »Keine Nacht. Ich habe es gesehen.«

Das stimmte; seit der Nacht auf dem alten Friedhof war es mit seinem Schlaf nicht mehr weit her. Aber für Brendan tat das nicht das Geringste zur Sache. »Was hat das damit zu tun?« Er setzte sich auf. »Angenommen, ich könnte heute schlafen, dann würde mich dieser Höllenlärm ganz sicher daran hindern!«

Jarosław blickte ihn an. Dann glitt der Schleifstein zum wiederholten Male über das Schwert.

Brendan konnte den Polanen nicht leiden. Diese Schweigsamkeit, dieser unerschütterliche Gleichmut … all das regte ihn maßlos auf. »Es gibt da etwas, das nennt man Rücksicht. Schon einmal davon gehört?«

Jarosław griff neben sich und warf etwas auf Brendans Bett. »Hilf mir. Dann geht es schneller.«

Brendan betrachtete den Dolch und den zweiten Schleifstein vor sich und wurde noch wütender. »Hast du überhaupt verstanden, was ich gesagt habe …« – Schweigen –, »… du dämlicher Hornochse?«

Wieder sah der Polane auf … und stieg bedächtig vom Bett. Brendan federte hoch und machte sich bereit für den Angriff. Ein Teil von ihm wusste, dass er selbst bei wohlwollender Einschätzung seiner Chancen nicht mehr als einen Fausthieb Jarosławs überstehen würde. Aber der weit größere Teil – jener, der kurz davorstand, vor Schmerz verrückt zu werden – wollte nur eines: sich ohne Sinn und Verstand prügeln.

»Ja, komm ruhig her!«, schrie er. »Gewalt ist alles, was du kannst, richtig? Na los, zeig's mir, du verdammter Bastard, du Hurensohn von einem Polanen, du –«

Ohne eine erkennbare Gemütsregung nahm Jarosław den Dolch und den Schleifstein an sich und ging zu seinem Bett zurück. Dort setzte er seine Arbeit fort.

Es dauerte eine Weile, bis Brendan seine Fassung zurückgewann. »Feige bist du also auch noch! Kneifst du immer, wenn man dich beleidigt?«, fuhr er fort, aber er hatte einiges von seinem Schwung eingebüßt.

Die Tür flog auf, und die beiden Frauen stürzten herein. »Was ist hier los?«, fragte Madora scharf.

Ehe er antworten konnte, sagte Jarosław: »Der Spielmann wurde von der Trauer überwältigt. Aber er hat sich schon wieder in der Gewalt.«

Madora beäugte Brendan misstrauisch, bevor sie zu ihrer Kammer zurückging. Rahel blieb in der Tür stehen.

»Alles in Ordnung, Bren?«

»Natürlich. Mir geht es gut. Alles bestens.« Brendan stellte fest, dass er immer noch auf dem Bett stand. Hastig stieg er hinunter.

»Dann lege ich mich jetzt wieder schlafen.«

»Eine großartige Idee! Genau das solltest du tun.«

Als die Tür sich schloss, glaubte er, auf Jarosławs Gesicht so etwas wie ein Lächeln zu sehen.

»Gute Nacht«, knurrte Brendan und löschte die Kerze.

Der Himmel war schwarz, als sie aufbrachen; lediglich ein violetter Streifen im Osten kündigte den Sonnenaufgang an. Wie üblich hatte Brendan kaum ein Auge zugetan, und nicht nur deshalb, weil er die halbe Nacht erwogen hatte, Jarosław im Schlaf zu töten. Müde wanderte er hinter den anderen her und wechselte sich mit Rahel ab, das Pferd zu führen.

Je weiter sie nach Südosten kamen, desto milder wurde es. Es lag zwar noch überall Schnee, doch der Winter hatte das Land nicht so fest im Griff wie im Herzen des Königreichs. Bäche und Flüsse waren nicht zugefroren; zwei Lagen Kleidung genügten vollauf, um Kälte und Wind abzuhalten; auf den Straßen begegneten ihnen mehr Reisende als zuvor.

Nach vier Tagen überquerte die kleine Gruppe die Rhône. Der Fährmann war ein untersetzter Kerl, dem die Nase merkwürdig nach oben wuchs, sodass man ihm in die Nasenlöcher schauen konnte. Er riss einen dreckigen Scherz nach dem anderen auf Kosten der beiden Frauen. Als Madora drohte, ihn von Jarosław in den Fluss werfen zu lassen, antwortete er mit einem meckernden Lachen. Doch die Warnung verfehlte ihre Wirkung nicht; für den Rest der Überfahrt belästigte der Fährmann niemanden mehr.

Die Rhône bildete die Grenze der Dauphiné, einem Herzogtum, das nicht zu Frankreich gehörte. Offiziell ein Lehen des Kaisers des Heiligen Römischen Reichs, war es weitgehend unabhängig. Seine Herren folgten der französischen Krone nur, wenn es ihren Interessen diente, und selbst ein mächtiger Hofbeamter wie Guillaume de Rampillon hatte hier keine Macht. Brendan und Rahel waren froh, den Einflussbereich des Siegelbewahrers verlassen zu haben.

Jenseits der Rhône wurden die Hügel bald höher und zerklüfteter. In der Ferne waren die Alpen zu sehen, ein blaues, gezacktes Band, das jeden Morgen von der Sonne in Glut getaucht wurde. Um die letzte Etappe ihrer Wanderung rasch hinter sich zu bringen, erhöhten sie ihr Marschtempo. Nach drei Tagen und ebenso vielen Nächten, in denen er jeweils nur ein paar Stunden geschlafen hatte, war Brendan schließlich so erschöpft, dass er zusammenzubrechen drohte. Als sie nach Einbruch der Dunkelheit ihr Lager aufschlugen, schaffte er es gerade noch, sich in eine Decke zu wickeln, bevor der Schlaf mit Gewalt sein Recht forderte.

Nach viel zu kurzer Zeit wachte er auf. Es war kein langsames Hinübergleiten in die Wirklichkeit wie an den Tagen zuvor, wenn er erfüllt war von einem vagen Gefühl des Verlusts, bevor allmählich die Erinnerung zurückkam – er schreckte auf, schlagartig hellwach, als hätte man ihn mit Eiswasser übergossen.

Mit schmerzenden Gliedern stand er auf. Ein übler Geschmack lag ihm auf der Zunge, und er hielt nach dem Wasserschlauch Ausschau. Es wurde allmählich hell. Gestern Abend war er zu müde gewesen, um Einzelheiten wahrzunehmen. Jetzt sah er, dass sie am Rand eines Birkenwäldchens lagerten. Das Feuer war längst erloschen, Madora und Jarosław schliefen noch.

Alles war wie jeden Morgen, und doch kam ihm die ganze Reise plötzlich falsch vor. Falsch und unheilvoll. Sie liefen dem Verderben geradewegs in die Arme und waren unfähig, es zu sehen.

Er fand den Schlauch neben der Feuerstelle und trank. Mit dem Geschmack im Mund verschwanden auch die Vorahnungen. Er musste geträumt haben. Erinnern konnte er sich an nichts, aber das konnte er nur selten.

Er sah sich nach etwas Essbarem um und stellte dabei fest,

dass Rahel fort war. Ihre Decke lag zerknüllt an der Stelle, wo sie geschlafen hatte. Sie wachte oft vor ihm auf und streifte in der Dämmerung durch die Gegend. Er beschloss, sie zu suchen. An diesem merkwürdigen Morgen würde es ihm guttun, ihr nahe zu sein, ihre Stimme zu hören.

Er entdeckte Spuren im Schnee, die von den Birken wegführten, eine Anhöhe hinauf. Dort oben, zwischen Felsen, die mit ihren Hauben aus Schnee wie gewaltige Pilze aussahen, stand Rahel. Mit dem Rücken zu ihm, reglos, die Arme wärmend um den Oberkörper geschlungen.

Er stieg zu ihr hinauf. Sie schaute erst ihn an, dann wieder ins Tal, das sich vor ihnen ausbreitete. Winzige Lichter leuchteten in der Ferne zwischen den grauen Konturen von Mauern, Dächern und Türmen. Eine erwachende Stadt.

»Ist das Grenoble?«, fragte er.

»Wahrscheinlich«, murmelte sie.

Er fluchte bei dem Gedanken, dass er die Nacht in einem Bett hätte verbringen können, wenn sie nur eine halbe Wegstunde weitergewandert wären. Allerdings war er nicht sicher, ob er auch nur einen weiteren Schritt geschafft hätte.

Rahel rieb sich die Oberarme. Sie war seine Schwester, seine Seelengefährtin, weshalb er sie nie als Frau betrachtete, die er begehren konnte. Doch plötzlich wurde ihm bewusst, wie schön sie war.

»Glaubst du, meine Mutter hätte gewollt, dass ich das tue?«, fragte sie.

»Den Schrein zu suchen?«

»Ja.«

»Sie hat dir den Vers verraten. Das hätte sie nicht, wenn sie nicht darauf vertraut hätte, dass du das Richtige tust.«

»Ich war noch ein Kind, Bren. Sie wollte nur, dass mir nichts geschieht.«

»Dann hätte sie dir nicht die Verantwortung für solch ein Geheimnis übertragen.«

Rahel spähte an den Felsen vorbei zum Lager. Madora und Jarosław schliefen noch. »Hör zu«, flüsterte sie. »Die fehlende Verszeile ist ›*Hamakom bo kawur Oyand*‹. Das heißt ›Wo Oyand ruht‹. Hast du verstanden?«

»›Wo Oyand ruht‹«, wiederholte er. »Wie der heilige Oyand?«

»Ich glaube schon. Kein Wort zu Madora, hörst du?«

Er nickte. »Weißt du schon, was es bedeutet?«

»Nein. Aber das finden wir schon heraus. Gehen wir zurück, bevor die anderen aufwachen.« Sie stieg die Anhöhe hinunter.

Bevor er ihr folgte, schaute er noch einmal zur Stadt. Grenoble – wo sich Drache mit Schlange vereinigt. Sie hatten ihr Ziel erreicht, er kam endlich wieder in den Genuss städtischer Annehmlichkeiten, und obendrein versprach es ein schöner, sonniger Tag zu werden. Es gab nicht den kleinsten Grund für Ängste und Sorgen – und doch lastete die Trauer plötzlich schwerer auf ihm als jemals zuvor.

Kapitel 7

Sie erreichten Grenoble früh am Morgen, aber sie waren bei Weitem nicht die ersten Besucher. Pferde-, Ochsen- und Handkarren standen kreuz und quer an der Straße. Händler, eingemummt gegen die Kälte, luden Holzkäfige voller Tauben, Hühner, Enten und Kapaune ab oder trieben Schwäne und Gänse mit gestutzten Flügeln in die Gehege vor dem Stadttor. Place Grenette wurde der Marktplatz genannt, schnappte Rahel im Vorbeigehen auf. Heute war Geflügelmarkt, und ein tausendstimmiger Chor aus Schnattern, Quaken und Gurren erfüllte die Morgenluft.

Um zum Tor zu gelangen, mussten Rahel und ihre Gefährten durch eine Gasse aus aufeinandergestapelten Käfigen. Die Vögel reckten ihnen durch die Gitterstäbe die Köpfe entgegen; trotz der Kälte stank der Kot der nervösen Tiere bestialisch. Vor ihnen steuerte ein Händler seinen Eselkarren vorsichtig zu einer freien Stelle. Verängstigt durch den Lärm, bockte das Tier, wodurch die Ladung ins Rutschen geriet. Körbe voller Wachteln fielen zu Boden. Den Esel mit Flüchen belegend, sprang der Mann vom Karrenbock und lud die Behälter wieder auf. Rahel wollte ihm helfen, als ein Schrei erklang – ein bösartiger, dämonischer Laut, der ihr schier das Blut in den Adern gefrieren ließ. Mit dem Korb in der Hand fuhr sie herum. Kein Dämon oder Ungeheuer hatte den Schrei ausgestoßen, sondern ein Vogel – allerdings von einer Art, die sie nie zuvor gesehen hatte. Grün vom Kopf bis zur Spitze des dolchlangen Schwanzes, mit gelb durchsetzten Flügeln und einem gebogenen Schnabel, hockte das Tier neben einem Artgenossen auf einer Stange und beobachtete das Geschehen. Ein Mann, dessen Kleidung so bunt wie das Gefieder der beiden seltsamen Vögel war, trat aus einem Zelt heraus und stellte eine zweite Stange auf. Kohlepfannen verströmten heiße Luft, offenbar um dafür zu sorgen, dass die exotischen Geschöpfe in der Kälte nicht eingingen.

Rahel und ihre Gefährten ließen das Spektakel hinter sich. Am Tor kamen ihnen die ersten Kaufwilligen entgegen. Zwei Stadtbüttel mit breitkrempigen Helmen und geröteten Wangen stützten sich auf ihre Lanzen und wärmten sich mit Bechern heißen Weins. Auf ihren Waffenröcken prangte das Wappen der Dauphiné: drei Lilien und der springende Delfin. Wie immer bei Begegnungen mit Angehörigen der Obrigkeit überkam Rahel ein ungutes Gefühl. Kaum ein Stadttor, an dem sie nicht überprüft, schikaniert oder beschimpft wurden. Diese beiden Männer jedoch ließen sie ohne ein Wort passieren.

Grenoble lag auf flachem Schwemmland dicht an der Isère, nicht weit von der Mündung des Drac in den breiteren Fluss entfernt und umgeben von drei bewaldeten und schneebedeckten Massiven, Ausläufern der Alpen. Die Stadt war nicht viel größer als Bourges, ihr höchstes Gebäude war ebenfalls eine Kathedrale. Ein mächtiger Glockenturm überragte die Dächer, allerdings hatte das Gotteshaus nicht die gewaltigen Ausmaße seines Gegenstücks in Bourges. Die Grand Rue durchschnitt Grenoble in der Nähe der Nordmauer und verband die beiden wichtigsten Stadttore miteinander. Wohnhäuser, Läden aller Art, Handwerksstuben, Vorhöfe mit Schweinen und Hühnern und bienenhausförmigen Backöfen drängten sich an der Hauptstraße dicht an dicht; der Schlamm unter Rahels Schuhen war hart gefroren. Schnee lag auf Dächern und Mauerkronen, von der Straße war er in Winkel und Nebengassen geschaufelt worden, wo er schmutzige Haufen bildete.

Die Stadt erwachte. Der Wirt einer Weinstube unweit des Tors kehrte alte Binsen aus der Tür. Schimpfend trieb er einen halbwüchsigen Burschen an, Wasser zu holen, woraufhin der Junge mit einem Eimer in jeder Hand davoneilte. Frauen schütteten Nachttöpfe aus und riefen dabei ihren Nachbarinnen Grüße zu. Zimmermannsstuben wurden aufgeschlossen, Läden geöffnet. Hinter einem Hoftor bereiteten zwei junge Männer die Schlachtung eines Ochsen vor, schärften Messer und tauschten sich dabei fröhlich über die Vorzüge eines Mädchens namens Sylvie aus. Der Ochse stand teilnahmslos daneben und schlug mit dem Schwanz. Trüber Urin, dampfend in der Kälte, rann zwischen seinen Beinen zu Boden.

Nach wenigen Schritten führte die Grand Rue zu einer Kirche. Einer der genagelten Flügel des Portals stand offen, und zerlumpte Gestalten drängten sich auf der Treppe. Ein Priester verteilte Näpfe mit heißem Brei und nutzte die Gelegenheit, um die Bettler mit schneidender Stimme zu einem gottgefälligen Leben anzuhalten.

Madora und Jarosław waren vor einer Statue in der Mitte des Platzes stehen geblieben. Rahel und Brendan schlossen zu ihnen auf. »Da drüben gibt es eine Herberge«, sagte Rahel. »Sie scheint voll mit Händlern zu sein, aber vielleicht haben sie noch Platz für uns.«

Die Seherin blickte zur Statue auf. »In dieser Stadt gibt es ein *Miflat*.«

»Ein was?«

»Eine Zufluchtsstätte des Bundes. Ein Haus wie das deiner Eltern. Schau dir die Statue an. Fällt dir etwas auf?«

Die Statue bestand aus verwittertem Sandstein. Die eine Seite stellte einen Bischof mit gefalteten Händen dar, die andere einen Ritter, der sich auf seinen Schild stützte. Rücken an Rücken standen die beiden Figuren da, auf ewig miteinander verbunden, von Wind, Eis und Regen ihrer Konturen beraubt.

»Nein«, antwortete Rahel.

»Da. Am Sockel.«

Der Stein unter den Füßen der Figuren war mit Wappen versehen, mit lateinischen Inschriften, Drachen, Chimären und Engeln. Aber wenn man genau hinschaute, konnte man noch mehr entdecken. »Hebräische Buchstaben«, sagte Rahel. Sie waren so geschickt in das Relief eingefügt worden, dass sie jemandem, der tagtäglich daran vorbeiging, unmöglich auffallen konnten.

»In jeder Stadt mit einem *Miflat* gibt es diese Hinweise«, erklärte Madora. »Meist in der Nähe des Tors. Komm. Sehen wir nach, ob es noch steht.«

»Hofft Ihr, dort auf Bundleute zu treffen?«

»Es gibt keine Bundleute mehr in Grenoble.«

»Woher wollt Ihr das wissen?«

»Wenn sich der Bund hier gehalten hätte, hätte ich es erfahren.«

Offenbar hatte das Relief auch Hinweise enthalten, wo sich das *Miflat* befand, denn Madora bog zielstrebig in eine Gasse ein, die südwärts von der Grand Rue wegführte. Abseits der Hauptstraße mit ihren Läden, Handwerksstuben und Patrizierhäusern war Grenoble ärmlicher als die meisten Städte, die Rahel kannte, weil sie so weit entfernt von den wichtigen Handelsrouten lag. Sie kamen durch Gassen voller Unrat, in dem die Schweine wühlten, und passierten schäbige Hütten aus Lehm und Stroh, in denen Frauen mit ausgezehrten Gesichtern ein und aus gingen. Das Judenviertel, das sie kurz darauf erreichten, war in einem besseren Zustand. Sein Eingang lag zwischen zwei gedrungenen Rundtürmen mit zugemauerten Fenstern, die einst zu einem älteren Teil der Stadtmauer gehört haben mussten. Wie in Bourges konnte zwischen ihnen ein rotes Seil gespannt werden; jetzt hing es schlaff an einem eisernen Ring. Fast alle Häuser bestanden aus Stein, viele waren zweistöckig, mit Wohnräumen im oberen Stock und Läden im Erdgeschoss. Das Zentrum bildete ein kleiner Platz mit einer *Mikweh,* einem Tanzhaus sowie einer Synagoge.

Madora führte sie zu einer Schenke.

»Wieso gehen wir nicht zum *Miflat?*«, fragte Rahel.

»Wir warten, bis es dunkel wird. Ich will nicht, dass uns jemand sieht.«

Sie vertrieben sich die Stunden mit einer ausgedehnten Mahlzeit. Bei Einbruch der Dunkelheit füllte sich der Schankraum. Madora zahlte, und sie verließen das Wirtshaus.

Es hatte heftig angefangen zu schneien; draußen war kaum jemand unterwegs. Mit tief ins Gesicht gezogenen Kapuzen eilten sie zu einem Torbogen, der sich in den engen Innenhof eines turmartigen Hauses öffnete. Dunkle Fensterschlitze blickten auf sie herab. Der Himmel war ein schwarzes Quadrat hoch über ihnen. Eine der vier Wände war teilweise eingestürzt, die Räume dahinter lagen bloß. Trümmer bedeckten den Hof und türmten sich in einer Ecke.

»Wir brauchen Licht«, sagte Madora leise.

Jarosław entzündete eine Fackel, und Helligkeit legte sich auf die Mauern. Ein Feuer hatte hier vor langer Zeit gewütet: Kränze aus Ruß umgaben die Fenster; von der Treppe in einem zum Innenhof offenen Schacht war nur noch ein Gewirr aus schwarzen Balken übrig, ebenso vom Dach des Hauses. Die Spitze des Schutthaufens bildete ein Wasserspeier, der sich mit seinen vier Krallen an einen geborstenen Mauerbrocken klammerte. Rahel war, als lägen Hohn und Verschlagenheit in den steinernen Augen.

Madora nahm die Fackel und ging zum einzigen Eingang des Hauses. Zu Rahels Überraschung war die Tür nicht verbrannt, sondern recht neu. Außerdem war sie mit einem Vorhängeschloss versehen.

»Die Tür wurde nach dem Feuer eingebaut«, stellte sie fest.

»Ja. Jemand scheint auf das Haus aufzupassen.« Wider besseres Wissen versuchte sich Madora an dem Riegel. Er rührte sich nicht. Leise klappernd stieß das Vorhängeschloss gegen das Holz der Tür.

»Ein Mitglied des Bundes?«

»Ich sagte doch schon, es gibt keine Bundleute mehr in Grenoble. Brich es auf«, befahl die kleine Frau Jarosław.

Der Polane zückte seinen Dolch, stieß ihn in das Schlüsselloch und drehte ihn mehrmals hin und her. Als es ihm nicht gelang, das Schloss auf diese Weise zu öffnen, zwängte er die Klinge zwischen Holz und Riegel und rüttelte an der Waffe, bis sich knarrend die Nägel lockerten. Schließlich löste sich der Riegel samt Schloss. Jarosław warf ihn und seinen verbogenen Dolch auf den Schutthaufen. Dann öffnete er die Tür.

Die anderen folgten ihm in einen Raum mit hoher Decke, in der ein Loch klaffte. Trümmer lagen darunter, Mauerwerk und die Überreste von Möbeln.

»Wer auch immer auf das Haus aufpasst«, sagte Rahel, »er wird früher oder später herkommen und die aufgebrochene Tür bemerken.«

»Lass das meine Sorge sein«, erwiderte Madora.

Schweigend gingen sie weiter, durch Kammern und verwinkelte Flure. Das Haus war größer, als es von außen den Anschein hatte; einst mussten zahlreiche Menschen die Räume bewohnt haben. Doch jetzt waren sie verlassen, und überall bot sich ihnen der gleiche Anblick von Zerstörung und Verfall.

Miflat hatte Madora das Gebäude genannt, eine Zufluchtsstätte des Bundes von En Dor wie Rahels Geburtshaus in Rouen. Einerseits fiel es ihr immer noch schwer zu glauben, das Haus ihrer Mutter sei ein solches *Miflat* gewesen. Andererseits erklärte das vieles: den seltsamen Kellerraum etwa, oder die Anwesenheit der Fremden vor dem Pogrom. Auch erinnerte sie manches an diesem verfallenen Gemäuer an das Haus ihrer Kindheit. Gewiss hatte es auch hier einst prächtige Wandteppiche gegeben, Brunnen und einen Dachboden voller Geheimnisse.

In einem geräumigen Zimmer blieb Madora stehen. Schutt füllte einen Kamin aus; davor stand ein massiver Holztisch, der auf wundersame Weise das Feuer überstanden hatte. In der Mitte war die Platte gesplittert, als hätte jemand versucht, sie mit einer Axt in zwei Teile zu spalten, aber schon nach wenigen Hieben aufgegeben. Staub und Steinsplitter bedeckten die verschnörkelten Intarsien. Durch die beiden Fenster wehten Schneeflocken herein. Es zischte leise, wenn sie der Fackel zu nahe kamen.

Madora betrachtete das Wandbild über dem Kamin, ein vielschichtiges geometrisches Gebilde aus Linien, Kreisen und hebräischen Schriftzeichen. Rahel hatte so etwas schon einmal gesehen.

»Was ist das?«

»Ein Lebensbaum mit den Sephiroth, den zehn Ebenen der Schöpfung. Das Symbol immerwährenden Wachstums. Das machtvollste Siegel des Bundes.«

Ein Lebensbaum, hallte es in Rahel nach. *Ja.* Da war ein Mosaik gewesen, in ihrem Elternhaus. Ein Mosaik im Hof, umgeben von Beeten mit Kräutern und Gemüse. Ein zweites, größeres, im Keller. Sie erinnerte sich wieder.

»Es ist spät«, sagte Brendan. Er wirkte erschöpft und mürrisch. »Suchen wir eine Herberge.«

»Wir brauchen keine Herberge.« Madoras Blick haftete an dem Bild. »Wir bleiben hier.«

Rahel ging in die Hocke und hielt die Fackel hoch, während sie mit der anderen Hand den Deckel zurückschob. Staub wallte auf, als er polternd zu Boden fiel. Sie griff in die Kiste und nahm eine der Schriftrollen heraus. Das Pergament war unbeschädigt, bis auf einige Rußschlieren am Rand. Auch die anderen Rollen, etwa ein Dutzend, waren in gutem Zustand.

Als sie Schritte hörte, wandte sie sich um. Madora betrat den Kellerraum. Sie war die Einzige, die sich in den niedrigen Durchgängen nicht ducken musste.

»Hier sind noch mehr«, sagte Rahel.

»Wir sehen sie uns später an. Komm. Jarosław hat Essen gemacht.«

Sie folgte der kleinen Frau. Die oberen Stockwerke des Hauses hatten sich als unzugänglich erwiesen, nicht aber der Keller. In einem Winkel, den sie anfangs übersehen hatten, führte eine Treppe zu einem Gewölbe, das mindestens so groß wie das Erdgeschoss war. Madora glaubte, es habe sich bei den unterirdischen Kammern um das eigentliche Versteck des Bundes gehandelt. Sie waren frei von Schutt und, abgesehen von den Kisten mit den Handschriften, vollkommen leer.

»Jemand muss die Schriftrollen aus den Trümmern geborgen und in den Keller gebracht haben«, sagte Rahel.

»Vermutlich derselbe, der auch die Tür angebracht hat«, erwiderte Madora.

»Wer könnte das gewesen sein?«

»Ich weiß es nicht. Aber vielleicht lernen wir ihn ja bald kennen.«

Sie betraten den Raum, den sie zu ihrem Lagerplatz erkoren hatten. Es gab eine Feuerstelle mit einem Rauchabzug in der Gewölbedecke. Jarosław hatte im ganzen Haus Holz zusammengesucht und ein Feuer gemacht, auf dem Suppe köchelte. Es roch verführerisch. Während der letzten zwei Wochen hatte Rahel Jarosławs Kochkünste zu schätzen gelernt. Der Polane konnte selbst aus spärlichen Zutaten ein köstliches Mahl zubereiten. Und jetzt hatte ihm mehr zur Verfügung gestanden als nur Brot, Salz und Hafer, denn er hatte am Vormittag in den Läden des Judenviertels seine Vorräte aufgefüllt. Die Suppe, die er in ihre Schalen füllte, war dick wie Grütze und duftete nach Fisch und Pfeffer.

Während sie aß, betrachtete Rahel die Bilder auf den Steinwänden. Einst mussten sie farbenfroh und prachtvoll gewesen sein, Nässe und Moder hatten jedoch einen Großteil ihrer Schönheit zerstört. Sie konnte kaum etwas erkennen. Hier und da ein Mann mit einer Krone auf dem Haupt, ein Berg und etwas, das eine zerfallene Stadt sein mochte.

»Was stellen sie dar?«, fragte sie.

Madora setzte ihre Schale ab, nahm die Fackel und betrachtete die Bilder von Nahem. »Jochebeds Exil in En Dor«, erklärte sie. »Ihre Begegnung mit Saul. Das da weist auf die Gründung des Bundes hin.«

Jochebed. Die Wahrsagerin hatte diesen Namen schon einmal erwähnt. »Erzählt mir von Jochebed.«

Die kleine Frau setzte sich wieder. »Sie lebte vor über zweitausend Jahren und war eine Seherin und Totenbeschwörerin, vielleicht die mächtigste, die es jemals gab. Als König Saul alle Wahrsager und Zauberer aus Israel vertreiben ließ, versteckte sie sich in der verlassenen Stadt En Dor bei dem heiligen Berg Tabor.«

»Ich kenne die Geschichte«, warf Brendan ein. »Sie steht in der Bibel. Jochebed ist die *Hexe von En Dor*.«

Die Unterbrechung missfiel Madora sichtlich. »Sie war keine Hexe, Spielmann. Sie wurde nur so genannt – von Männern wie Saul, die ihre Existenz am liebsten ausgelöscht hätten. Aber Jochebed war zu klug, um Saul in die Falle zu gehen. Sie wartete und schwor Rache. Währenddessen wurde Israel von den Philistern angegriffen. Saul war ihrer gewaltigen Streitmacht nicht gewachsen. Er erkannte, dass er keine andere Wahl hatte, als Jochebed um Hilfe zu bitten. Er suchte sie in En Dor auf und fragte sie um Rat. Da verfluchte Jochebed ihn. Sie rief einen *Refa'im,* einen *Kraftlosen,* eine rastlose Seele aus dem Totenreich, die Saul allen Lebenswillen raubte. Seine Macht zerfiel, und wenige Jahre später nahm er sich das Leben.«

»Und Jochebed gründete den Bund«, fügte Rahel hinzu.

Madora nickte. »Sie versammelte alle Seher und Totenbeschwörer, die Saul verjagt hatte, in En Dor am Fuße des Tabors, und ließ sie einen heiligen Eid schwören, der ihnen die Pflicht auferlegte, einander beizustehen. Das war die Geburtsstunde des Bundes.«

»Schuf Jochebed auch den Schrein?«

»Die Geschichte des Schreins ist lang und verwirrend. Ich erzählte sie dir ein andermal. Wir haben Wichtigeres zu tun.« Die kleine Frau tunkte ihr Brot in die Suppe, biss noch einmal ab und stellte dann die Schale weg. »Morgen suchen wir den Ort, den die dritte Verszeile bezeichnet. ›*Hamakom bo yischte Jokhanan Ben Zekharya*‹. ›Wo sich Jochanan Ben Sacharjas labt‹.«

Brendan schluckte einen Bissen herunter. »Wer ist das, Jochanan Ben Sacharjas?«

»Eine Gestalt aus den Evangelien. Ihr Christen nennt ihn Johannes.«

»Johannes der Täufer?«

»Ja. Ich glaube, dass die Zeile auf ein Taufbecken hinweist. Wir sehen uns in den Kirchen der Stadt um, in Saint André und Notre-Dame.«

»Und was finden wir dort?«, fragte Rahel.

»Ich weiß es nicht«, sagte Madora. »Da ist auch noch die vierte Zeile. Sie gibt mir Rätsel auf. Ich habe noch nie von einem Aaron Ben Ismael gehört. Im *Tanach* kommt er nicht vor. Auch nicht in der christlichen Bibel oder den Schriften des Bundes, die ich kenne.«

»Vielleicht kennt man ihn in Grenoble«, sagte Rahel. »Bren und ich hören uns morgen um.«

»Gut. Aber seid vorsichtig. Niemand darf wissen, warum wir hier –« Die Wahrsagerin verstummte, als Jarosław ihr die Hand aufs Knie legte. Seine Miene war wachsam.

»Leise«, flüsterte er.

Rahel und Brendan hörten auf zu essen. Lautlos stand der Polane auf und huschte zum Durchgang, in dem sich die Treppe nach oben befand. Er lauschte in die Dunkelheit. »Jemand kommt.«

Madora erhob sich. »Versteckt euch.«

Rahel hastete zu einer Nische. Brendan hatte sich auf der anderen Seite des Kellerraums hinter einem Mauervorsprung versteckt. Jarosław war verschwunden. Madora stand immer noch bei der Feuerstelle.

»Die Fackel!«, rief Rahel leise. »Ihr müsst die Fackel ausmachen! Und das Feuer!«

Die kleine Frau reagierte nicht. Im gleichen Moment erklangen hallende Schritte. Rahel zog den Kopf ein und presste sich in die Nische.

»Wer seid Ihr?«, fragte ein Mann mit tiefer, kraftvoller Stimme.

»Wer will das wissen?«, erwiderte Madora.

Der Mann schien allein zu sein. Rahel hörte ihn langsam hereinkommen. »Niemand darf dieses Haus betreten. Wenn Ihr eine Unterkunft braucht, sucht Euch eine Herberge.«

»Gehört es Euch?«

»Ich bewache es«, sagte der Mann.

»Dann wisst Ihr sicher, was es einmal war. Eine Zuflucht für jene, die den Weg hierher finden.«

Der Mann schwieg. Brendan spähte an der Mauerkante vorbei. *Wer ist das?*, formte Rahel stumm mit den Lippen. Der Bretone zuckte ratlos mit den Schultern.

»Sagt mir Euren Namen«, forderte der Mann die Wahrsagerin noch einmal auf.

»Madora.« Nach einer Pause fügte sie hinzu: »Ich bin eine *Talmida* des Bundes von En Dor.«

Wieder herrschte Stille. Rahel riskierte einen Blick in den Raum. Der Mann war groß, und ein bodenlanges Gewand aus gelbem Tuch fiel über breite Schultern. Er hatte kurze, schwarze Locken; ein Vollbart bedeckte den kantigen Kiefer. In einer Hand hielt er eine Fackel, in der anderen ein kurzes Beil.

»Den Bund gibt es nicht mehr«, sagte er.

»Ich bin die Letzte, die nach Jochebeds Eid lebt.«

»Zeigt mir Euer *Kami'ah*.«

Madora holte das Amulett hervor. Der Mann schob das Beil hinter den Gürtel, nahm das Kupferdreieck in die Hand und betrachtete es. Der Argwohn war nicht aus seiner Miene verschwunden, als er die Wahrsagerin wieder ansah.

»Was wollt Ihr hier?«

»Ich suche Obdach in diesem *Miflat*.«

Der Blick des Mannes streifte die Suppenschalen und das Gepäck, das überall herumlag. »Ihr seid nicht allein. Wo sind Eure Gefährten?«

»Jarosław. Rahel. Brendan«, sagte Madora. »Kommt her.«

Der Polane tauchte aus der Finsternis des vorderen Durchgangs auf. Nach einem unauffälligen Nicken der kleinen Frau schob er die Schwerter in die Scheiden. Rahel entschied, dass sie es wagen konnte, die Nische zu verlassen. Auch Brendan kam aus seinem Versteck hervor.

Der Mann musterte sie der Reihe nach. »Wer ist das? Eure Diener?«

»Zuerst sagt Ihr uns, wer Ihr seid«, erwiderte Madora freundlich.

»Joshua Ben Salomo. Der Rabbiner dieser Gemeinde.« Er gab Madora das Amulett zurück. »Ein *Kami'ah* macht Euch noch nicht zu einer Angehörigen des Bundes.«

»Doch, das tut es. Und es gibt mir Einlass in jedes *Miflat*. So war es immer.«

»Das ist vorbei«, sagte der Rabbiner. »Heutzutage befinden sich zu viele Amulette in den Händen von Dieben und Plünderern.«

Madora seufzte. »Was kann ich tun, damit Ihr mir glaubt?«

»Nennt mir den Wortlaut von Jochebeds Eid.«

»Er ist geheim. Ihn auszusprechen ist ein schwerer Verstoß gegen den Kodex.«

»Nennt ihn mir oder verlasst dieses Haus«, beharrte Rabbi Joshua.

Eine tiefe Falte war zwischen Madoras Augenbrauen erschienen. Sie rieb mit dem Daumen über das Kupferdreieck in ihrer Hand. Schließlich hängte sie sich das Amulett wieder um den Hals und ging auf den Rabbi zu. Er beugte sich zu ihr herab, und sie flüsterte ihm etwas ins Ohr.

»Das ist der Eid.« Das Misstrauen in seinen Augen wich Ehrfurcht, und er verneigte sich vor der kleinen Frau. »Seit vierzehn Jahren warte ich auf diesen Tag. Seid willkommen im *Miflat* zu Grenoble, *Talmida*.«

»Das Haus ist über hundertfünfzig Jahre alt«, erzählte Rabbi Joshua später am Abend. »Es gehörte einem wohlhabenden Baumeister. Er hatte Verbindungen zu Bundleuten in ganz Frankreich und stellte es dem Bund nach seinem Tod zur Verfügung. So wurde es zum *Miflat*.«

»Ein Baumeister, der Jude war?«, fragte Rahel.

»Jüdische Handwerker gab es in der Dauphiné bis vor vierzig Jahren. Das änderte sich erst unter dem Haus Burgund. Sie erlegten uns Sondersteuern auf und zwangen uns, den gelben Gürtel zu tragen. Unter den Burgundern kam es auch zu einem Pogrom, bei dem das Haus zerstört wurde.«

Der Rabbi hatte darauf bestanden, sie in sein Haus einzuladen. Es stand neben der Synagoge und war eines der schönsten Wohnhäuser, die Rahel je betreten hatte. Sie saßen an einem runden Tisch in einem geräumigen Gemach mit Fenstern zur Straße. Ein Kaminfeuer sorgte für Wärme und Licht. Vorhänge aus schwerem, purpurnem Tuch hingen vor den Durchgängen zu den benachbarten Räumen; eine hölzerne Treppe führte zu einer höher gelegenen Tür. Rabbi Joshuas Frau Ariel hatte zu Ehren der Gäste ein fürstliches Essen zubereitet. Auf dem Tisch türmten sich Platten mit frischem Brot, gebratenem Huhn sowie Stockfisch, Zwiebeln, geräucherter Wurst und gekochtem Erbsenbrei. Die Flammen eines dreiarmigen Leuchters spiegelten sich in der Kupferkaraffe mit koscherem Wein. Ariel saß neben dem Rabbi. Sie war eine freundliche Frau mit blondem Haar, das sie sich wie Madora zu einem Zopf geflochten hatte.

»Eure Gemeinde scheint sich gut von dem Pogrom erholt zu haben«, sagte Madora. »Wir haben uns im Viertel umgesehen. Den meisten jüdischen Siedlungen geht es schlechter.«

»Verglichen mit unseren französischen und deutschen Brüdern, geht es uns gut, ja«, erwiderte der Rabbi. »Aber ich weiß nicht, wie lange noch. Vor dem Pogrom lebten zweihundertfünfzig Juden in Grenoble. Heute sind es weniger als hundertsechzig. Unser Wohlstand schwindet. Und die

Verbote erdrücken uns allmählich. Wir dürfen keine Waffen tragen und ohne die Erlaubnis der Stadtherren weder Häuser bauen noch Ehen schließen.«

»Wer herrscht heute über die Dauphiné?«

»Jean der Erste. Aber der Dauphin ist erst sechs Jahre alt, sodass die Herrschaft faktisch in den Händen seiner Mutter liegt, Gräfin Beatrix von Savoyen.«

»Wie steht sie zu Eurer Gemeinde?«

»Sie liebt uns nicht, aber sie lässt uns in Ruhe. Sie ist eine ängstliche Frau. Sie weiß, dass wir noch mehr Verbote und Steuern nicht hinnehmen würden.«

Madora schenkte sich noch etwas Wein ein. »Wie wurdet Ihr zum Hüter des *Miflat?*«

Rabbi Joshua lehnte sich zurück, in seine Augen trat ein kalter Glanz. Rahel hatte ihn beobachtet und war zu dem Schluss gekommen, dass er bei all seiner Höflichkeit und der Zärtlichkeit, mit der er seine Frau behandelte, kein sanfter Mann war. Die Ruhe, die ihn umgab, war die Ruhe eines Mannes, der durch harte Lektionen gelernt hatte, seinen Zorn zu bändigen. Aber tief in seinem Innern war der Zorn noch da, das konnte sie spüren.

»Nach dem Pogrom wussten nur noch mein Vater und ich, was es mit dem Haus auf sich hat«, antwortete er. »Alle anderen Vertrauten des Bundes waren tot. Mein Vater war davon überzeugt, dass die Bundleute eines Tages nach Grenoble zurückkehren würden. Darauf wollte er vorbereitet sein. Also sammelte und ordnete er die Handschriften, die den Brand überstanden hatten, und sorgte dafür, dass das Haus nicht abgerissen wurde. Als er starb, nahm er mir den Schwur ab, damit weiterzumachen.«

»Ihr habt nie daran gezweifelt, dass eines Tages jemand kommen würde? Obwohl Ihr wusstet, dass der Bund untergegangen war?«

»Natürlich hatte ich Zweifel. Aber hätte ich das Haus deshalb dem Verfall überlassen sollen?«

Hinter einem der Vorhänge erklang das Geräusch einer Tür, die geöffnet wurde.

Ariel lächelte. »Das ist Isaak.« Sie stand auf und verließ das Zimmer.

»Unser Sohn«, erklärte der Rabbi.

Gedämpfte Stimmen ertönten, und dann kam Ariel zurück, gefolgt von einem jungen Mann. Er trug Reisekleidung: Stiefel, Hosen aus abgewetztem Leder und ein ledernes Wams; an seinem Gürtel hing ein breites Jagdmesser. Wie Jarosław war er von gedrungener, kräftiger Gestalt. Abgesehen davon, dass er bartlos war und seine kurzen Locken die Farbe von Heu hatten, war die Ähnlichkeit zu seinem Vater unverkennbar.

Der Rabbi umarmte seinen Sohn, und zum ersten Mal sah Rahel ihn lächeln. »Wo warst du? Wir warten seit zwei Tagen auf dich.«

»Auf dem Rückweg war der Pass zugeschneit«, sagte Isaak. »Ich musste einen Umweg über den Thabor machen.«

»Isaak führt christliche Pilger über den Mont-Cenis-Pass nach Italien«, erklärte Rabbi Joshua. »Niemand kennt die Alpen besser als er. Das tröstet mich darüber hinweg, dass es mir nicht gelungen ist, einen Schriftgelehrten aus ihm zu machen.«

Der Neuankömmling wandte sich Rahel und ihren Gefährten zu. »Ich wusste nicht, dass wir Gäste haben.«

Der Gelehrte machte sie seinem Sohn bekannt. Es entging Rahel nicht, dass Isaaks Blick für einen Moment an ihr haften blieb, ehe er die anderen begrüßte. Daran war sie gewöhnt. Diese Wirkung hatte sie oft auf Männer.

»Madora ist eine *Talmida* des Bundes«, erklärte der Rabbi.

Isaak schaute ihn ungläubig an. »Eine *Talmida* des Bundes? Du nimmst mich auf den Arm.«

»Sie trägt das *Kami'ah* und kennt Jochebeds Eid. Heute ist geschehen, wofür wir so lange gebetet haben. Der Bund ist zurückgekehrt.«

Für einen Moment war der junge Jude sprachlos. »Es ist mir eine Ehre, *Talmida*«, sagte er schließlich und verneigte sich vor der kleinen Frau.

Der Rabbi forderte ihn auf, sich zu ihnen zu setzen. Isaak stieg die Treppe hinauf, um sich seiner Reisekleidung zu entledigen, und kam kurz darauf in einem Gewand aus feinem grauem Tuch zurück. Er nahm Platz und aß etwas Brot.

Rabbi Joshua nahm das Gespräch wieder auf. »Warum seid Ihr nach Grenoble gekommen?«, fragte er Madora.

»Es wäre mir lieber, allein mit Euch darüber zu sprechen«, erwiderte die Seherin nach kurzem Zögern.

»Meine Frau und mein Sohn wissen über den Bund Bescheid. Nichts, was Ihr sagt, verlässt dieses Haus. Ihr habt mein Wort.«

Die kleine Frau schwieg. Ihre Hände in den weißen Handschuhen schlossen sich um die Armlehnen. »Ich suche etwas«, sagte sie schließlich. »Einen Gegenstand, der für den Bund von großem Wert ist.«

»Den Schrein von En Dor«, sagte der Rabbi.

»Woher wisst Ihr das?«, fragte Madora mit leichtem Argwohn.

»Der Bund war in der Dauphiné nie stark vertreten. Er kam nur nach Grenoble, weil er eine abgelegene Stadt für das Versteck des Schreins suchte. Ich wusste, wenn die Bundleute jemals zurückkehren würden, dann nur seinetwegen.«

Die Wahrsagerin musterte ihn stechend. »Das Geheimnis des Schreins wurde zweitausend Jahre sorgfältig gehütet. Ihr solltet nicht einmal wissen, dass er existiert.«

»Man kann nicht Hüter eines solchen Vermächtnisses sein, ohne das eine oder andere zu erfahren.«

»Habt Ihr die Aufzeichnungen gelesen?«

»Ja«, sagte Rabbi Joshua. »Zumindest jene, die ich lesen konnte. Viele sind in Sprachen verfasst, die ich nicht kenne.«

Es schien Madora nicht zu gefallen, das zu hören. »Was wisst Ihr über das Versteck des Schreins?«

»Wenig. Es soll einen alten Vers geben, der den Weg dorthin weist. Und eine Reihe von Hinweisen in der Stadt.«

Rahel konnte die wachsende Unruhe der Wahrsagerin deutlich spüren. »Was sind das für Hinweise?«

»Steinmetzzeichen«, sagte der Rabbi. »Der Baumeister, dem das *Miflat* gehörte, hat sie an verschiedenen Stellen angebracht. An Orten, von denen er sicher sein konnte, dass sie die Jahrhunderte überdauern.«

»Welchen Zweck haben sie?«

»Das weiß ich nicht.«

»Könnt Ihr mir eines dieser Zeichen zeigen?«

Der Rabbi nickte. »In der Synagoge ist eines.«

Das Haus schloss sich direkt an die Synagoge an. Am Ende eines kurzen Gangs teilte Rabbi Joshua einen Vorhang, und sie betraten den Gebetsraum unter dem Kuppeldach. Wie das Äußere der Synagoge war auch er schmucklos und schlicht. An der Ostwand stand die Heilige Lade, eine geschnitzte Truhe, die die Thorarollen enthielt. Über der Lade brannte eine Talgkerze, das Ewige Licht. In der Mitte des Raums befand sich ein Podest mit dem Lesepult.

Der Rabbi ging zur Wand gegenüber und hob den Leuchter. Im Kerzenlicht sah Rahel ein Symbol, das in den Stein eingeritzt war: zwei miteinander verschmolzene Halbmonde.

»Was bedeutet das?«, fragte sie.

»Es ist sein Erkennungszeichen. Er hat es in allen Gebäuden hinterlassen, die er erbaut hat.«

Sie fuhr mit den Fingerkuppen über die Linien im Stein. Ihr kam eine Idee. »Wie hieß dieser Baumeister?«

»Er nannte sich Aaron von Chambéry«, sagte Rabbi Joshua. »Aaron Ben Ismael war der Name, den sein Vater ihm gab.«

»Aaron Ben Ismael«, wiederholte Madora mit leiser Stimme. »Der Pfad zum Licht führt über seine Steinmetzzeichen. So sagt es der Vers.«

Die Kerzenflammen flackerten, als sich der Rabbi zu ihr umwandte. »Ich bin sicher, dass der Schrein nicht in der Stadt versteckt wurde. Der Bund fürchtete die Machtgier des Dauphins zu sehr. Vermutlich hat man ihn in die Berge gebracht.«

»Aber der Pfad beginnt hier, in Eurer Stadt. Daran gibt es jetzt keinen Zweifel mehr.« Die kleine Frau blickte zu den verschmolzenen Halbmonden auf, und ein verborgenes Feuer erfüllte ihre Augen. »Der Ewige hat Euch mir geschickt, Rabbi Joshua. Ganz gewiss«, flüsterte sie. »Ganz gewiss.«

Es war schon weit nach Mitternacht, als Rabbi Joshua sagte: »Isaak, richte die Gästekammern her. Madora und ihre Gefährten wohnen von nun an bei uns.«

»Das ist nicht nötig«, erwiderte die Seherin. »Das *Miflat* genügt uns vollauf.«

»Diese zugige, alte Ruine? Nein. Eine *Talmida* des Bundes sollte in einer angemessenen Unterkunft wohnen.«

»Wir möchten Euch keinesfalls zur Last fallen.«

Der Rabbi tat ihren Einwand mit einer Handbewegung ab. »Ich bestehe darauf. Isaak, zeig unseren Gästen, wo sie schlafen werden.«

Aus irgendeinem Grund missfiel Madora das Angebot des Rabbis, und sie machte keine Anstalten, aufzustehen. Rahel dagegen erschien die Aussicht auf ein richtiges Bett überaus verlockend.

»Komm, Bren. Sehen wir uns die Kammern an.«

Sie und der Bretone folgten Isaak die hölzerne Treppe hinauf.

»Wir haben drei Gästekammern«, erklärte Joshuas Sohn, während sie einem kurzen Gang folgten, der nur von der Kerze in seiner Hand erhellt wurde. »Wir bekommen selten Besuch, und es wohnt fast nie jemand darin. Aber sie sind sauber und allemal gemütlicher als das *Miflat.*« Er öffnete eine Tür. »Hier kann Madora schlafen. Die benachbarte Kammer ist für dich und die am Ende des Ganges für Brendan und Jarosław.«

Sie lugte in die Kammer. »Das ist sehr freundlich von deinem Vater.«

Isaak erwiderte ihr Lächeln, und sie spürte, dass mehr als Freundlichkeit darin lag. Den ganzen Abend schon warf er ihr verstohlene Blicke zu. Es war offensichtlich, dass er sich zu ihr hingezogen fühlte. Aber anders als die meisten Männer zeigte er es nicht, indem er sie unverhohlen anglotzte, vor ihr prahlte oder anzügliche Bemerkungen machte. Er tat es auf zurückhaltende Art.

Das gefiel ihr. Er strahlte eine Ruhe und selbstsichere Gelassenheit aus, die sie bei einem Mann seines Alters selten erlebt hatte. Sie ertappte sich bei dem Gedanken, dass er ein Abenteuer wert sein könnte.

Hör auf! Dafür ist jetzt kaum die richtige Zeit. Außerdem, der Sohn eines Rabbis und eine Gauklerin – einfach lächerlich.

Aller Vernunft zum Trotz wurde ihr wieder einmal bewusst, wie einsam sie war.

»Kommt, ich zeige euch auch die anderen Kammern«, sagte Isaak. »Sie haben leider keinen eigenen Kamin. Aber wenn euch kalt ist, bringe ich euch Decken …«

»Rahel!«, rief in diesem Moment Madora, die die Treppe heraufkam. »Lasst uns gehen.«

»Und Rabbi Joshuas Einladung?«, erwiderte Rahel.

»Der Rabbi meint es gut. Aber es ist besser, wenn wir vorerst im *Miflat* bleiben.«

»Was ist daran besser? Dort ist es kalt und modrig.«

Madora trat zu ihnen. »Entschuldigst du uns kurz, Isaak?«

»Natürlich, *Talmida.*«

Während Isaak die Treppe hinabstieg, sagte Madora leise zu Rahel: »Ich will Joshuas Gastfreundschaft nicht in Anspruch nehmen, solange ich nicht sicher weiß, ob wir ihm trauen können.«

»Eben habt Ihr doch gesagt, der Ewige hat ihn Euch geschickt.«

»Vielleicht ist das so. Vielleicht auch nicht. Ich will kein unnötiges Wagnis eingehen.«

Also doch kein richtiges Bett. Rahel war jedoch zu müde, um sich mit der Seherin zu streiten, und murmelte nur: »Na schön, wie Ihr meint.«

Als Isaak sie kurz darauf zur Tür brachte, glaubte sie, Enttäuschung in seinen Augen zu erkennen.

Den nächsten Morgen verbrachten sie damit, das Taufbecken aus dem Vers zu suchen. Es gab drei Kirchen in Grenoble: Saint André gegenüber der Statue mit den Hinweisen auf das *Miflat,* die Kathedrale Notre-Dame sowie eine kleinere Kirche in der Nähe des Judenviertels. Madora und Jarosław nahmen sich Saint André und das namenlose Gotteshaus vor, Rahel und Brendan gingen zur Kathedrale.

Am späten Nachmittag trafen sie sich wieder im *Miflat.* Sie hatten in allen drei Kirchen Taufbecken gefunden, in Saint André und der Kathedrale sogar jeweils mehrere – aber an keinem befand sich ein Steinmetzzeichen oder ein anderer Hinweis, der auf eine Verbindung zum Vers hindeutete.

»Ich habe mich beim Priester von Saint André erkundigt«, sagte Madora. »Wir hätten alle drei Gotteshäuser von vornherein ausschließen können. Mit dem Bau der Kathedrale wurde erst vor sechzig Jahren begonnen. Auch Saint André und die andere Kirche sind noch keine hundert Jahre alt. Aaron Ben Ismael starb lange vorher.«

»Und wo suchen wir jetzt?«, fragte Rahel.

»Wir müssen herausfinden, ob es irgendwo in der Stadt eine ältere Kirche gibt oder wenigstens Reste davon. Ich fürchte, wir müssen den Rabbi einweihen.«

»Ich dachte, Ihr vertraut ihm nicht.«

»Wir haben keine Wahl. Ohne Hilfe kommen wir nicht weiter.«

Jarosław blieb im *Miflat* zurück und bereitete das Essen vor, während Madora, Rahel und Brendan zu Rabbi Joshuas Haus gingen. Isaak öffnete ihnen. Er lächelte, als er Rahel sah, dann erst schien er die Anwesenheit der anderen zu bemerken. »*Talmida.* Wie kann ich Euch helfen?«

»Ich muss mit deinem Vater sprechen.«

Er führte sie ins Kaminzimmer, wo der Rabbi bei flackerndem Feuer am Tisch saß und Schriftstücke ordnete.

»Madora«, begrüßte er sie.

»Wir brauchen Eure Hilfe. Der Vers weist auf ein Taufbecken hin. In der dritten Zeile heißt es ›*Hamakom bo yischte Jokhanan Ben Zekharya*‹. ›Wo sich Jochanan Ben Sacharjas labt‹. Gibt es in der Stadt ein Taufbecken, das mit einem Steinmetzzeichen versehen ist?«

»Taufbecken gibt es in jeder Kirche Grenobles«, antwortete der Rabbi. »Aber ein Steinmetzzeichen werdet Ihr in keiner davon finden. Die Kirchen sind nicht alt genug.«

»Das wissen wir bereits. Welche Gebäude hat Aaron Ben Ismael erbaut?«

Er dachte nach. »Den Palast des Dauphins. Einige Patrizierhäuser an der Grand Rue. Den Bischofspalast. Das sind alle, wenn ich mich richtig erinnere.«

»Gibt es in einem dieser Gebäude ein Taufbecken? Im Bischofspalast vielleicht?«

»Ich weiß es nicht. Bei meinen Besuchen bei Bischof Sassenage habe ich nur einen kleinen Teil des Palastes zu Gesicht bekommen, und darin war nirgendwo …« Der Rabbi verstummte. »Kommt in mein Studierzimmer. Ich muss etwas nachschlagen.«

Sie folgten ihm in ein Zimmer mit einem Schreibpult und zwei offenen Schränken voller Schriftrollen. Der Rabbi suchte eine heraus und setzte sich ans Fenster ins Licht.

»Was ist das?«, fragte Madora.

»Eine Stadtchronik. Mein Großvater hat sie im Auftrag des Dauphins geschrieben.« Er rollte das Pergament auf, bis er die Stelle fand, die er suchte. »Hier, der Bischofspalast wurde auf den Resten einer älteren Kirche erbaut. Einem Baptisterium aus der Zeit der ersten Christen.«

»Eine Taufkirche«, sagte die kleine Frau. »Was ist mit ihr geschehen? Wurde sie abgerissen?«

»Davon steht hier nichts.«

»Teile sind noch da«, sagte Isaak. »Ich kenne den Mann, der Wein für den Bischof liefert. Das Taufbecken befindet sich in den Gewölben unter dem Palast. Es dient jetzt als Eiskeller.«

Madora sah ihn an. »Wie oft geht dein Freund zum Palast?«

»Im Winter sicher nicht häufiger als einmal im Monat.«

»Kannst du ihn bitten, sich im Keller für uns umzusehen?«

»Er ist dem Bischof treu ergeben«, gab Isaak zu bedenken. »Wäre es klug, ihn wissen zu lassen, wonach Ihr sucht?«

»Du hast recht«, sagte Madora. »Wir gehen selbst.«

»In den Palast des Bischofs?«, fragte Rahel. »Wie wollt Ihr das anstellen, ohne dass jemand Verdacht schöpft?«

Die kleine Frau wandte sich an den Rabbi. »Erzählt mir vom Bischof. Was ist er für ein Mann?«

»Er ist noch nicht lange im Amt«, sagte Rabbi Joshua. »Im Gegensatz zu seinem Vorgänger respektiert er uns. Dafür liegt er in ständigem Streit mit der Gräfin.«

»Hat er außer einer Vorliebe für Wein noch andere Schwächen?«

»Ja. Eine recht ungewöhnliche für einen Kirchenmann.«

»Ich höre«, sagte Madora.

Kapitel 8

Es wurde gerade hell, als Rahel und Madora Isaak zu den Fischläden am Osttor folgten. In der Nacht hatte es aufgehört zu schneien, und es versprach ein klarer, sonniger Wintertag zu werden. Die Händler kehrten den Schnee vor ihren Läden weg. An einigen Ständen herrschte bereits Gedränge.

»Bischof Sassenage ist ein Mann mit strikten Gewohnheiten«, erklärte Isaak, während sie über den kleinen Platz schlenderten. Der Geruch von frischem Fisch lag in der Luft. »Sein Leibdiener kommt jeden Morgen hierher, und er fängt immer im gleichen Laden an. Da! Da ist er.« Er wies auf einen blassen Mann in schlichtem Gewand, der, gefolgt von zwei Trägern, über den Platz schritt.

»Der Bursche heißt Romain, richtig?«, erkundigte sich Madora.

»Ja. Nehmt Euch in Acht vor ihm. Er ist äußerst misstrauisch.«

»Gut. Lass uns allein. Es ist besser, wenn du nicht mit uns gesehen wirst.«

Isaak ließ Rahel und die Seherin auf dem belebten Platz zurück. Jarosław und Brendan waren im *Miflat* geblieben. Bei dem, was Madora vorhatte, wären sie keine Hilfe gewesen.

Die beiden Frauen schlenderten zu den Ständen der Werkzeugmacher, Schneider und Schuhmacher und plauderten mit den Händlern, während sie Romain beobachteten. Sorgfältig wählte der junge Diener einige Aale und Krebse aus. Einer der Träger brachte sie in einer Kiste voller Eis zum Palast, während Romain sein nächstes Ziel ansteuerte.

Bevor er den Fleischerladen erreichte, verstellte ihm Madora den Weg. »Seid Ihr Romain, der Leibdiener unseres frommen und gerechten Bischofs Guillaume de Sassenage?«

»Mag sein«, antwortete der Diener argwöhnisch. »Und wer seid Ihr?«

Die kleine Frau verneigte sich. »Madora von Avignon. Das ist meine Schülerin Anais. Ich bin nach Grenoble gekommen, um Eurem Herrn meine Dienste anzubieten.« Der Bischof mochte ein gutes Verhältnis zu den Juden haben, doch sie wussten nicht, wie sein Diener zu ihnen stand. Rahels richtiger Name hätte ihn womöglich noch misstrauischer gemacht.

Romain verzog keine Miene. »Worin bestehen Eure Dienste?«

»Ich bin Seherin und verstehe mich auf die Künste der Hellseherei, der Geisterbeschwörung und des Wahren Blicks.«

Der Bischof von Grenoble war dafür bekannt, dass er regelmäßig Wahrsager zurate zog. Rabbi Joshua hatte erzählt, er sei regelrecht besessen davon, über sein zukünftiges Schicksal Bescheid zu wissen. Allerdings schien Romain keinen Wert darauf zu legen, Gerede dieser Art zu bestätigen. »Mein Herr hat kein Interesse an solchem Unsinn«, erklärte er barsch. »Schert Euch zum Teufel.« Er wollte sich an Madora vorbeischieben, doch sie ließ ihn nicht gehen.

»In der ganzen Dauphiné gibt es niemanden, der die Kunst der Nekromantie besser beherrscht als ich. Es würde Eurem Herrn nicht gefallen zu erfahren, dass Ihr meine Dienste ausgeschlagen habt.«

»Lasst mich vorbei, oder ich rufe den Büttel!«, drohte Romain, und sein blasses Gesicht bekam rote Flecken. Er fuhr zu seinem Träger herum. »Unternimm doch etwas, du Tölpel!«

Der ältere Mann hatte der Auseinandersetzung gelangweilt zugeschaut. »Sie hat recht«, meinte er. »Es würde dem Herrn nicht gefallen.«

»Hört auf Euren Freund«, riet Madora lächelnd.

Romain unternahm einen zweiten Versuch, sich an ihr vorbeizudrängen, und diesmal ließ sie ihn. Als er die Tür zum Fleischerladen öffnen wollte, sagte sie: »Das Mädchen auf dem Markt in Chambéry … Ihr Name war Lucie.«

Der Diener erstarrte, drehte sich langsam um. »Was habt Ihr gerade gesagt?«

»Sie hatte langes Haar, rot wie Brombeeren. Ihr wart vierzehn oder fünfzehn und habt nicht den Mut aufgebracht, sie anzusprechen. Weshalb Ihr ihren Namen bis heute nicht wisst.«

Romain stand da wie vom Donner gerührt und war noch bleicher als zuvor. »Ihr habt mir nachspioniert!«, stieß er hervor. »Mein Bruder hat Euch diese Geschichte verraten!«

»Ihr habt ihm nie von Lucie erzählt«, erwiderte Madora.

Romain schwieg ratlos. Dann sagte er: »Erzählt mir etwas über ihn!«, und deutete auf seinen Träger.

Madora fixierte den Mann, der zu überlegen schien, wie er sich unauffällig davonmachen könnte. »Ihr habt Euch einen Ochsenzahn in die Bruche eingenäht«, sagte die kleine Frau. »Ihr glaubt, dass er Euch männlicher macht. Nicht wahr … Luc?«

Romain starrte ihn an. »Stimmt das, Luc?«, fragte er scharf. »Hast du wirklich einen Ochsenzahn in der Bruche?«

Lucs Zungenspitze fuhr über seine Oberlippe. »Nun ja –«, begann er, aber Romain hörte ihm schon nicht mehr zu. Der junge Diener wandte sich an Madora. In seinem Blick lag widerwillige Ehrfurcht.

»Na schön. Eure Fähigkeiten sind in der Tat überzeugend. Ich werde mit meinem Herrn sprechen. Aber ich warne

Euch – niemand darf erfahren, in welcher Angelegenheit Ihr den Bischof aufsucht!«

Madora deutete eine weitere Verneigung an. »Meine Fähigkeiten werden einzig von meiner Verschwiegenheit übertroffen.«

»Erwartet meine Nachricht bei Einbruch der Dunkelheit. Wo finde ich Euch?«

Madora nannte ihm eine Schenke an der Grand Rue, und Romain ging eilig seines Weges.

»Ein Ochsenzahn in der Bruche?«, fragte Rahel, als die beiden Männer verschwunden waren.

»Ist das nicht traurig? Komm«, sagte Madora schließlich. »Wir haben viel zu tun.«

Ein Knabe überbrachte Romains Nachricht gegen Abend. Bischof Guillaume de Sassenage erwarte sie in seinem Palast, schrieb der Leibdiener und erinnerte Madora nochmals an ihre Pflicht zur Verschwiegenheit. Die beiden Frauen machten sich sofort auf den Weg.

Der Palast war ein mächtiges, zweistöckiges Gebäude und wie alle größeren Häuser Grenobles aus grauschwarzem Stein erbaut, mit flachem Dach und schmalen Fenstern. Zu seiner Rechten erhob sich die Kathedrale, zu seiner Linken erstreckte sich der alte Friedhof. Ein verwitterter Engel überragte die Mauer. Schnee hatte sich auf den steinernen Schwingen angesammelt, und er reckte eine Hand in die Höhe, als wollte er nach der Mondsichel greifen.

Der gepflasterte Weg, der vom Palasttor durch den Garten verlief, war frei von Schnee. Madora schritt in ihrem sahnefarbenem Gewand voraus, Rahel folgte ihr mit drei Schritten Abstand, wie es sich für eine Schülerin geziemte. Sie trug den Beutel, der Tiegel mit Pulvern, Phiolen mit Ölen und allerlei seltsame Gerätschaften und Amulette enthielt. Madora hatte viel Geld für diese Dinge ausgegeben, obwohl nichts davon wirklich von Nutzen war. Aber beeindruckendes Blendwerk und Hokuspokus seien wichtige Bestandteile aller Zauberei, hatte sie erklärt.

Die kleine Frau stieg die Treppe hinauf und betätigte zwei Mal den Türklopfer. Das dumpfe Pochen war kaum verhallt, als sich der rechte Flügel auch schon öffnete. Romain erschien, in der Hand eine Öllampe, deren Flamme im Wind flackerte.

»Tretet ein. Mein Herr erwartet Euch.«

Romain führte sie durch eine Eingangshalle mit schweren Gobelins an den Steinwänden und einer Decke aus Holzbalken, dunkel von Ruß und Alter. Zwei Waffenknechte mit Lanzen und grünen Röcken waren darin postiert. Rahel prägte sich alles genau ein.

Über eine enge Treppe gelangten sie in eine fensterlose Kammer. Purpurne Banner mit lateinischen Sinnsprüchen zierten die Wände, ein Goldkreuz in einer Nische schimmerte im Licht zweier Talgkerzen. Der Leibdiener klopfte an eine der Türen. »Die Seherin, Herr.«

»Herein mit ihr!«, rief eine fröhliche Stimme. Rahel und Madora betraten das Gemach, und Romain schloss hinter ihnen die Tür.

In einem Kamin, in dem ein Reiter samt Pferd Platz gefunden hätte, flackerte ein Feuer. Ein prachtvoller Wandteppich mit biblischen Szenen von der Erschaffung Adams bis zur Auferstehung Jesu umlief den Raum. Kostbare geschnitzte Truhen standen an den Wänden, mehr als ein Dutzend ledergebundener Bücher reihten sich in einem offenen Schrank aneinander.

Der Bischof saß in einem massiven Stuhl, auf den Knien ein Buch. Er schlug es zu und legte es neben sich auf den Tisch. »Kommt näher«, forderte er seine Gäste auf. »Ich möchte sehen, wer Romain einen solchen Schrecken versetzt hat.«

Rahel hatte mit einem Mann in fortgeschrittenem Alter gerechnet, deshalb überraschte es sie zu sehen, dass der Bischof höchstens dreißig Jahre alt war. Seine beträchtliche Leibesfülle und der Vollbart ließen ihn älter erscheinen, die blauen Augen aber waren jung, beinahe knabenhaft.

»Vater«, sagte Madora. »Eure Güte und Frömmigkeit werden im ganzen Land gerühmt. Es ist mir eine Ehre, Euch zu Diensten sein zu dürfen.« Sie verneigten sich.

»So setzt Euch doch«, forderte der Bischof Madora auf, und sie nahm in einem geschnitzten Sessel Platz. Rahel blieb stehen. Der Bischof war so an die Anwesenheit von Bediensteten gewöhnt, dass er sie gar nicht beachtete. *Umso besser*, dachte sie.

»Wein?«, fragte der Kirchenmann. »Ich habe gestern ein Fass mit hervorragendem Roten von meinen Gütern in der Picardie bekommen. Es wäre mir eine Freude, ihn mit Euch zu teilen.«

»Danke, nein«, sagte Madora. »Die Kunst der Nekromantie erfordert einen klaren Geist. Schon ein halber Becher Wein könnte dazu führen, dass mir ein tödlicher Fehler unterläuft.«

»Natürlich«, erwiderte der Bischof mit fachmännischem Verständnis. »Gewissenhaftigkeit ist bei Eurer Profession unerlässlich. Nun sagt mir, wie ist es Euch gelungen, meinen Diener derart zu erschüttern?«

Madora legte die Hände auf die Armlehnen. »Ich habe einen Blick in seine Erinnerungen geworfen und ihm etwas gezeigt, von dem er glaubte, niemand außer ihm selbst wisse davon.«

»Der arme Romain!« Sassenage lachte schnaufend auf. »Er ist ein verbissener Skeptiker. Ich kann mir vorstellen, wie sehr ihn das schockiert hat.«

»Das war nicht meine Absicht. Ich wollte ihm lediglich mein Können demonstrieren.«

»Das ist Euch ganz zweifellos gelungen.« Der Bischof sah seinen Gast herausfordernd an. »Mir seid Ihr diesen Beweis aber noch schuldig.«

Madora tat, als dachte sie nach. »Es ist riskant, alte Erinnerungen aufzustören. Man weiß nie, ob man an etwas rührt, das besser verborgen geblieben wäre.«

Der Bischof schmunzelte. »Mein Glaube ist stark genug, die eine oder andere Erschütterung zu vertragen. Dafür quält mich die Neugier. Bitte, lasst mich nicht länger warten.«

Die kleine Frau starrte ihn schweigend an.

»Was seht Ihr?«, fragte der Bischof.

»Ihr seid noch ein Junge«, antwortete Madora. »Ihr seid krank. Ein starkes Fieber. Man hat Euch heiße Ziegelsteine ins Bett gelegt. Als Ihr einen beiseiteschieben wollt, verbrennt Ihr Euch die Hand. Eure Amme hört Eure Schreie und kommt herein. Sie kühlt Eure Hand mit einem Lappen. Als Ihr nicht aufhört zu weinen, hebt sie ihre Schürze und legt Eure Hand auf die nackte Haut ihres Bauches. Ihr könnt ihre schweren Brüste spüren, und obwohl die Amme Eure Berührung bemerkt hat, befiehlt sie Euch nicht, die Hand fortzunehmen.«

Sassenage glotzte seinen Gast an. Rahel war sicher, dass Madora zu weit gegangen war und man sie auf der Stelle hinauswerfen würde. Doch da hoben sich die Mundwinkel des Bischofs. Er fing an zu lachen, erst schnaufend wie eben, dann dröhnend und so heftig, dass ihm die Tränen über die Wangen rannen.

Die Tür flog auf, und Romain stürzte herein. »Geht es Euch gut, Herr?«

»Bestens!«, brüllte der Bischof. »Allmächtiger Jesus am Kreuz, so gelacht habe ich schon Jahre nicht mehr!« Nach

Luft japsend, wedelte er mit der Hand, und Romain zog sich zögernd zurück.

»Ich habe Euch gewarnt«, sagte Madora mit einem geheimnisvollen Lächeln.

»Ihr seid überwältigend! Brillant! Eine Seherin wie Euch hat die Dauphiné noch nicht gesehen.« Der Kirchenmann zog ein Tuch aus dem Ärmel seines Gewands und tupfte sich damit die Lachtränen ab. »Ich danke dem Herrn, dass er Euch geschickt hat. Ohne Euch hätte ich mich vielleicht erst wieder auf dem Sterbebett an diese alte Geschichte erinnert.«

Das Tuch verschwand wieder im Ärmel. Der Bischof wurde ernst. »Ich nehme an, dass sich Euer Können nicht darauf beschränkt, in alten Erinnerungen zu stöbern. Wie steht es mit den höheren Aspekten Eurer Kunst? Den wahrhaft mächtigen?«

»Ihr meint Hellseherei. Totenbeschwörung«, sagte Madora.

»Ein Mann meines Standes muss Entscheidungen treffen. Schicksalhafte Entscheidungen. Oftmals könnte ich weiser handeln, wenn ich wüsste, welches Geschick dem Bistum bevorsteht.«

»Es verlangt Euch danach, die Zukunft zu kennen.«

Sassenages Blick ruhte auf Madora, und zum ersten Mal sah Rahel die Klugheit darin. Der Bischof mochte wie ein gemütlicher, fröhlicher Mann erscheinen, aber es wäre ein Fehler, ihn zu unterschätzen. »Seid Ihr dazu fähig?«, fragte er. »Könnt Ihr meine Zukunft schauen?«

»Was Ihr eben erlebt habt, war nur eine kleine Kostprobe meiner Kunst«, sagte Madora.

»Zeigt mir mehr«, befahl der Bischof, und seine Stimme zitterte vor Aufregung. Rahel spannte sich innerlich an. Nun begann, weshalb sie gekommen waren.

»Lasst mich einige Vorbereitungen treffen.« Madora winkte Rahel zu sich und stand auf. »Zuerst das Salz, Anais.«

»Ja, Meisterin.« Rahel öffnete den Beutel und reichte ihr ein Ledersäckchen. Madora entnahm ihm eine Prise Salz und verstreute sie auf dem Boden.

Sassenage verfolgte jede ihrer Bewegungen genau. »Wofür ist das?«

»Salzkristalle sind ein Werk ordnender Kräfte. Sie halten Mächte fern, die uns nicht wohlgesinnt sind. Jetzt den zerstoßenen Skorpion.«

Rahel griff in den Beutel und wühlte fahrig darin herum. »Es ist nicht da, Meisterin.«

»Was soll das heißen, ›es ist nicht da‹?«, erwiderte Madora scharf.

»Es ist nicht im Beutel. Wir müssen es in der Herberge vergessen haben.«

»Ich habe gar nichts vergessen!«, schrie Madora. »*Du* hast es vergessen! Du törichte, kleine Göre, ich sollte dich züchtigen!«

»Sachte«, sagte der Bischof. »Kann sie es nicht rasch holen gehen?«

»Sie hat Eure Zeit verschwendet, Vater. Das kann ich ihr nicht durchgehen lassen.«

Rahel senkte den Kopf und tat, als würde sie jeden Moment in Tränen ausbrechen.

Sassenages Stimme klang beschwichtigend. »Nun ja, das ist ein ärgerliches Missgeschick. Aber nichts, wovon wir uns diesen interessanten Abend verderben lassen sollten. Lasst sie doch zur Herberge laufen und vertreibt mir derweil die Wartezeit mit einer Geschichte von Euren Wanderungen.«

»Eure Großmut beschämt mich. Diese Närrin hat ihn wahrhaftig nicht verdient.« Madora fuhr zu Rahel herum. »Nun lauf schon, du dumme Gans! Und wage es ja nicht, zu trödeln!«

Rahel riss die Tür auf. Romain, der draußen wartete, sah

ihr erstaunt hinterher, als sie zur Treppe lief. Sie hoffte, dass er nicht auf die Idee kam, ihr nachzulaufen. Aber sie hörte keine Schritte hinter sich, nur das Geräusch einer Tür. Offenbar hatte der Leibdiener abermals das Gemach des Bischofs betreten, um nach dem Rechten zu sehen.

Sie ging langsamer. Fast lautlos setzten ihre Sohlen auf den Stufen auf. Im Flur blieb sie stehen und spähte in die Eingangshalle. An den beiden Waffenknechten kam sie nicht unbemerkt vorbei. Sie musste es mit einer der beiden Türen im Gang versuchen und hoffen, dass sie dorthin führte, wo sich der Zugang zum Keller befand.

An die Wand gepresst, damit die Wachen in der Halle sie nicht sehen konnten, schob sie sich zur ersten Tür, drückte dagegen. Sie gab nicht nach. Von innen musste der Riegel vorgelegt sein. Vorsichtig bewegte sie sich zur nächsten Tür und versuchte dort ihr Glück.

Sie öffnete sich einen Spalt. Dahinter war es stockdunkel.

Rahel schlüpfte hinein und schloss die Tür hinter sich. Drinnen sah sie nichts als Schwärze. Dafür roch sie umso mehr: Zwiebeln, scharfer Pfeffer, kaltes Bratenfett, Fisch. Als sich ihre Augen an die Finsternis gewöhnt hatten, konnte sie die Konturen von Tischen, Schränken und einem Kamin ausmachen. Irgendwo an der Wand glaubte sie einen schmalen Lichtstreifen zu erkennen.

Behutsam tastete sie sich vor. Ihre Fingerkuppen berührten raues Holz. Eine Tür. Sie presste ein Ohr dagegen. Stille. Ihre Hand fand einen Eisenring, und sie öffnete sie.

Ein weiterer Flur verlief dahinter. Ein Stück von ihr entfernt brannte eine Fackel. Türen befanden sich auf der einen, Fenster auf der anderen Seite. Sie musste sich an der Rückseite des Palasts befinden. Dort, wo sie die Unterkünfte des Gesindes und die Wirtschaftsräume vermutete.

Voller Zuversicht folgte sie dem Gang. Hinter einer Tür

hörte sie aufgebrachte Stimmen. Hastig ging sie daran vorbei, als sich die Tür plötzlich öffnete.

»Zum letzten Mal, nein, nein, nein!«, sagte ein Mann barsch und trat auf den Gang. Rahel sah nicht mehr von ihm als den Stiefel und ein Stück seines Rocks, da war sie schon in der nächsten Fensternische verschwunden. Zwei Schritte Anlauf reichten gerade, dass sie es schaffte, auf den Sims zu springen. Sie machte sich so klein wie möglich. Der Sims fiel zum Flur hin schräg ab, sodass ihre Füße kaum Halt fanden. Länger als ein paar Augenblicke würde sie es in dieser Position nicht aushalten. Schon gar nicht, ohne einen Laut von sich zu geben.

Der Mann blieb an der Tür stehen und stritt mit den Frauen im Zimmer.

Jetzt geh endlich!, dachte Rahel verzweifelt. Abermals drohten ihre Füße abzurutschen. Der Fensterladen klapperte bei ihren Bewegungen. So laut, dass sie davon überzeugt war, man könne es im ganzen Haus hören.

Der Mann und die Frauen reagierten jedoch nicht auf das Geräusch; sie stritten noch immer lautstark. »Der Herr will es so, und damit hat es sich!«, rief der Mann. Die Tür fiel zu, und Schritte näherten sich dem Fenster.

Rahel wusste, wie erbärmlich ihr Versteck war – der Mann musste beim Vorbeigehen nur den Kopf drehen, um sie zu sehen.

Zügig ging der Mann an der Fensternische vorbei.

Sie hielt es nicht mehr aus, ließ sich aus der Nische fallen und landete beinahe geräuschlos. Der Mann drehte sich nicht um. Weiter vorne verschwand er in einer Kammer.

Sie dankte dem Ewigen und richtete sich auf. Sie durfte sich hier nicht aufhalten. Möglich, dass der Mann jeden Moment zurückkehrte oder eine der Frauen das Zimmer verließ. Leise hastete sie den Gang entlang und wagte es nicht, eine der angrenzenden Kammern zu betreten. Vorsichtig öffnete sie die Tür am Ende des Flures.

Der Raum dahinter war groß. Es musste die Remise sein, denn an den Wänden waren Fässer aufgestapelt, in einer Ecke lehnten Schaufeln, Rechen, Spitzhacken und Sensen. Es roch nach Erde. Der Reisewagen des Bischofs stand in der Mitte. Fackelschein überzog Wände und Decke mit dunklem Rot und zuckenden, sich immer neu verschiebenden Schatten.

Sie hörte Stimmen: zwei Männer, die sich leise unterhielten.

Sie schlich zum Wagen und ging auf die Knie. Zwischen den Speichen der Räder konnte sie zwei Stiefelpaare ausmachen. Einer der Männer stand, der andere saß auf einer Kiste. Unter dem grünen Saum seines Rocks blitzte ein Kettenhemd auf.

Die Remise hatte, soweit sie erkennen konnte, zwei weitere Türen: eine große, zweiflügelige – das Tor für den Wagen – und eine gewöhnliche Holztür.

Sie beschloss, bei der Tür ihr Glück zu versuchen. Der Wagen verbarg sie vor den Blicken der Waffenknechte, als sie den groben Holzriegel zurückklappte und die Tür aufzog.

Der Spalt war gerade breit genug für sie, da knarrten die Angeln.

Rahel verlor keine Zeit. Sie sprang zum Wagen, rollte sich darunter.

»Hast du das gehört?«, fragte einer der Waffenknechte. »Das Geräusch eben.«

»Warte mal.« Der Stehende ging um den Wagen herum, murmelte: »Verdammte Ratten!«

Sie hielt die Luft an. Der Waffenknecht erreichte die Tür. »Alles in Ordnung«, sagte er. »Hab nur vergessen, die Kellertür zuzumachen.«

Die Kellertür!, durchfuhr es Rahel.

»Dann geh doch gleich mal Nachschub holen, wenn du

schon da bist«, sagte der sitzende Soldat. »Nimm die hier mit.« Er rollte eine leere Flasche über den Boden. Sie sollte unter dem Wagen hindurchrollen, doch sie stieß gegen Rahel. Mit einem stummen Fluch griff sie nach der Flasche und rollte sie auf der anderen Seite weiter.

Der andere Waffenknecht hob sie auf. »Na, wenn der Herr mal nichts davon merkt«, sagte er und verschwand in der Türöffnung.

Wenn der Mann zurückkam und die Tür hinter sich schloss, würde sie keine Gelegenheit mehr bekommen, sie unbemerkt zu öffnen. Sie kroch unter dem Wagen hervor und hastete zur Kellertreppe. Schwaches Licht schien herauf. Der Soldat war nicht zu sehen.

Sie lief die Stufen hinunter und gelangte in eine muffige Kammer voller Kisten und Fässer. Der Lichtschein entfernte sich in einem Gewölbegang. Rahel folgte ihm.

Der Gang endete an einer schmalen Treppe, die in einen tiefer liegenden Saal führte. Die Fundamente des Palasts ruhten auf viel älterem Mauerwerk. Säulen trugen die Gewölbedecke, die einer neueren Bauweise entsprach. Der untere Teil der Mauern jedoch bestand nicht aus dem grauschwarzen Stein des Palasts, sondern aus gebrannten Ziegeln, die so verwittert waren, dass sie wie natürliches Felsgestein aussahen. Der Boden des Saals war uneben, zerfurcht, von Mauerresten und zerbröckelten Sockeln überzogen.

In seiner Mitte befand sich das Taufbecken: eine kreuzförmige Öffnung, gefüllt mit Eis.

Der Soldat war verschwunden. Das Licht seiner Lampe verriet, dass er sich in einem Winkel des Kellers aufhalten musste, verdeckt von einem Stapel Kisten. Rahel vernahm das Knarren von Nägeln, die aus einem Brett gezogen wurden.

Sie eilte die Treppe hinab, zum Taufbecken. An einer Säule lehnte eine Schaufel; daneben stand ein Eimer mit halb geschmolzenem Eis. Sie wusste nicht, wo sie mit der Suche nach dem Steinmetzzeichen anfangen sollte. Sie brauchte mehr Licht. In diesem Halbdunkel ein handtellergroßes Symbol zu finden, war nahezu unmöglich.

Sie musste warten, bis der Soldat fort war. Dann konnte sie die Kerze in ihrer Tasche anzünden und in Ruhe alles absuchen. Aber dann würde sie im Keller festsitzen, denn die Treppe zur Remise schien der einzige Ausgang zu sein.

Plötzlich flutete Lichtschein hinter dem Kistenstapel hervor. Mit der Lampe in der einen, einer Flasche in der anderen Hand kam der Waffenknecht zum Vorschein. Sie hastete zu einer Säule, schob sich dahinter – doch es war zu spät.

»Wer ist da?«, rief der Soldat.

Sie presste sich gegen das Mauerwerk, hielt den Atem an.

»Frederic, bist du das? Soll das ein Scherz sein oder was?« Der Mann kam um die Säule herum und hob die Lampe. Das Licht blendete Rahel. Sie wirbelte herum und wollte loslaufen, doch ihr Fuß verfing sich in einem Hindernis. Etwas polterte, als sie stürzte. Eisiges Wasser tränkte ihre Hose.

»Wen haben wir denn da? Eine Diebin?«

Sie rollte sich auf den Rücken und befreite ihren Fuß aus dem Henkel des Eimers. Der Soldat kam auf sie zu. Er war ausgesprochen hässlich, mit einer knorpeligen Nase und verschlagenen Augen.

»Wer bist du? Los, rede! Was hast du hier verloren?«

Eine Schaufel war umgefallen und lag neben ihr. Rahel griff danach und schmetterte dem Mann das Schaufelblatt gegen die Stirn. Die Armbewegung, mit der er den Schlag abwehren wollte, kam viel zu langsam. Er ließ Flasche und Öllampe fallen, taumelte einige Schritte zurück und glotzte sie aus verschleierten Augen an. Der zweite Schlag traf ihn an der Schläfe, und er brach zusammen.

Er war nicht tot. Er *konnte* nicht tot sein, dafür war der

Schlag nicht fest genug gewesen. Dennoch stieg Furcht wie Gift in ihr auf, als sie nach der Lampe griff und dem Reglosen ins Gesicht leuchtete. Einen Mann des Bischofs anzugreifen, war schlimm genug und würde ihr Pranger oder Kerker einbringen. Wenn sie ihn umgebracht hatte, drohte ihr nicht weniger als der Galgen.

Die Flamme flackerte von seinem Atem. Sie schloss die Augen und wartete, bis sich das aufkeimende Entsetzen legte. Dann hob sie die Lampe und machte sich auf die Suche nach dem Zeichen.

Sie schritt das Taufbecken ab. Als sie dort nichts fand, nahm sie sich die Säulen ringsherum vor.

An der zweiten entdeckte sie in Kopfhöhe die beiden Halbmonde. Sie war auf der richtigen Spur! Mit erhobener Lampe ging sie um die Säule herum. An der Rückseite fand sie ein weiteres Steinmetzzeichen. Es war ein hebräischer Buchstabe, *Gimel:*

ג

Sie suchte auch die übrigen Säulen ab, fand jedoch nichts. Es war ohnehin höchste Zeit, zurückzugehen. Sie war schon viel zu lange fort.

Als sie sich zur Treppe wandte, hörte sie hallende Schritte.

Sie befeuchtete Daumen und Zeigefinger und drückte die Flamme aus. Augenblicklich füllte Finsternis den gewaltigen Kellersaal aus; lediglich vom Eingang fiel etwas Licht herein: die Fackel des zweiten Soldaten. Rahel rollte den Bewusstlosen in das Eisbecken, lief zur Treppe und kauerte sich in einem Winkel unterhalb der Stufen zusammen. Lange würde das, was geschehen war, dem Soldaten nicht verborgen bleiben – aber vielleicht lange genug, dass sie fliehen konnte, bevor er Alarm schlug.

Unruhiges Fackellicht kroch über die Stufen; der Mann blieb über ihr stehen. »Jocelin«, rief er in die Dunkelheit. »Was treibst du denn so lange?«

Da keine Antwort kam, stieg er die Treppe hinab und betrat den Saal. Rahel wartete, bis er sich einige Schritte entfernt hatte, dann huschte sie die Stufen hinauf und hastete auf leisen Sohlen durch den Gang.

Der Waffenknecht hatte sie nicht gehört. Er rief noch einmal nach seinem Gefährten und folgte ihr nicht.

Die Kellertreppe hinauf, vorbei an dem Wagen, in den Flur! Rahel verschwendete keine Zeit mehr damit, leise oder vorsichtig zu sein. Wenn ihr ein Diener oder Soldat über den Weg lief und Fragen stellte, musste sie sich eben herausreden.

Doch sie hatte Glück; der einzige Palastbewohner, der ihr begegnete, war Romain, der immer noch im Vorzimmer der bischöflichen Gemächer wartete. »Na endlich!«, sagte er ungehalten. »Wie kannst du es wagen, den Herrn so lange warten zu lassen!«

Sie senkte schuldbewusst das Haupt. Romain öffnete ihr.

Madora und der Bischof führten offenbar ein angeregtes Gespräch. Als Rahel eintrat, fuhr die kleine Frau auf. »Da bist du ja endlich! Warum hat das so lange gedauert?«

»Der Wirt, Meisterin«, antwortete Rahel. »Er hat Schwierigkeiten gemacht.« Sie hob kurz den Kopf und schaute Madora durchdringend an. Die Wahrsagerin nickte kaum merklich. Sie hatte verstanden.

»Darüber unterhalten wir uns später. Jetzt gib mir schon den zerstoßenen Skorpion!« Die kleine Frau riss ihr den Beutel aus der Hand und verstreute seinen Inhalt – bei dem es sich in Wahrheit um Rost handelte – auf dem Boden. Dann hob sie die Arme, schloss die Augen und wisperte fremdartige Worte, wobei der Bischof sie interessiert beobachtete. Unter anderen Umständen wären vorher noch weitere Materialien aus Rahels Beutel zum Einsatz gekommen, aber dank ihrer Warnung wollte Madora das Spektakel zu einem raschen Ende bringen.

Energisches Klopfen unterbrach das Ritual. Mit einer Falte des Ärgers zwischen den Brauen wandte sich Sassenage zur Tür. »Was ist denn?«, rief er.

Romain und ein Waffenknecht kamen herein. Rahel hatte ihn nur von hinten gesehen, aber sie erkannte ihn dennoch als den zweiten Mann aus dem Keller wieder. *Ruhig,* sagte sie sich. *Er hat dich nicht gesehen. Es kann nichts geschehen.*

»Es ist eingebrochen worden«, berichtete der Soldat gehetzt. »Im Keller.«

»Wann?«, fragte Sassenage.

»Eben erst. Jocelin wurde niedergeschlagen. Ich habe ihn im Eisbecken gefunden.«

»Wurde etwas gestohlen?«

»Ich weiß es nicht, Herr. Ich habe mich sofort auf den Weg zu Euch gemacht.«

Der Bischof tippte sich mit den Zeigefingern gegen den Mund. »Romain«, sagte er, »benachrichtige die anderen. Lasst das ganze Haus durchsuchen.«

»Ja, Herr.« Romain wandte sich zum Gehen, gefolgt von dem Soldaten.

»Du nicht, Frederic«, sagte Sassenage, und der Waffenknecht blieb stehen. »Ich brauche dich hier.« Der Blick des Bischofs fand Rahel. »Vielleicht ist der Eindringling ja gar nicht so weit entfernt.«

Im gleichen Moment rief Madora: »Rahel, *lauf!*«

Überrumpelt von den Ereignissen, starrte der Waffenknecht sie an. Rahel nutzte seine Verwirrung und stürzte zur Tür.

»Worauf wartest du?«, brüllte der Bischof. »Ergreif sie, du Narr!«

Bei der Tür schlug sie einen Haken. Sie konnten nicht durch die Eingangshalle fliehen; dort würde es in wenigen Augenblicken vor Kriegsvolk nur so wimmeln. Sie lief zum nächsten Fenster, stieß den Laden auf. Zwei Mannslängen unter ihr erstreckte sich der Garten. Das war tief – aber nicht zu tief.

Hände packten sie an den Schultern. Sie stieß mit dem Ellbogen nach hinten, aber ein Kettenhemd schwächte den Hieb ab. Der Mann keuchte, ließ jedoch nicht locker. Er klemmte ihren Hals in der Armbeuge ein und drückte zu.

»Loslassen!«, rief Madora.

Mit Rahel im Schwitzkasten wandte sich der Soldat um. Rahel bekam keine Luft mehr. Verschwommen sah sie, dass Madora hinter Sassenage stand und dem Bischof ein Messer an den Hals hielt.

Frederic ließ Rahel los. Sie stolperte nach vorne, stützte sich auf einer Kommode ab und atmete keuchend ein.

»Verlass das Zimmer und schließ die Tür«, befahl Madora.

Frederic machte keine Anstalten, sich zu bewegen, behielt stattdessen die Hand auf dem Schwertgriff.

»Tu, was sie sagt«, krächzte Sassenage.

Widerstrebend zog sich der Soldat zurück. Rahel hatte sich von der Umklammerung erholt und legte von innen den Riegel vor. Madora nahm die Klinge vom Hals des Bischofs und lief zu ihr. Sassenage blieb sitzen. Er wirkte nicht verängstigt.

»Was für ein unschönes Ende eines vielversprechenden Abends«, sagte er mit ehrlichem Bedauern.

»Grämt Euch nicht«, erwiderte Madora. »Was ich gesehen habe, hätte Euch ohnehin nicht gefallen.«

Stimmengewirr erklang von der anderen Seite der Tür, das Holz erbebte unter einem Schlag. Rahel kletterte in die Fensteröffnung und sprang, landete im Schnee. Madora war keine Akrobatin, weshalb ihre Landung weniger geschmeidig ausfiel. Sie stöhnte vor Schmerz.

Rahel half ihr auf. »Seid Ihr verletzt?«

»Nein, es geht schon. Komm.« Hinkend setzte sie sich in Bewegung, doch schon nach wenigen Schritten konnte sie wieder normal laufen.

Als sie das Tor öffneten, wandte sich Rahel noch einmal zum Palast um.

Bischof Guillaume de Sassenage stand am Fenster, eine massige, schwarze Form im Schein des Kaminfeuers.

»Joshua hat von mehreren Zeichen gesprochen«, sagte Madora. »Bist du sicher, dass du nichts übersehen hast?«

»Ich habe alles abgesucht«, erwiderte Rahel. »Da war nur dieses eine Zeichen. Und die Halbmonde.«

Sie waren wieder in ihrer Unterkunft im *Miflat,* nachdem sie die bischöflichen Waffenknechte in den nächtlichen Gassen abgehängt hatten. Die Wahrsagerin kauerte bei der Feuerstelle, in ihre Decke gehüllt. Die beiden Männer schliefen bereits.

»Nur dieses eine Zeichen«, wiederholte die kleine Frau nachdenklich. »*Gimel.* Die Zahl Drei. Der zweite der sieben Planeten. Die Göttliche Mutter, die kosmische Gebärmutter, das Große Meer …« Sie starrte auf das Pergament mit ihren Aufzeichnungen auf den Knien und verfiel in brütendes Schweigen.

Rahel war nicht müde, sondern noch aufgewühlt von den Ereignissen des Abends. Vorsichtig öffnete sie eine der Kisten, die sie hier gefunden hatten. Wie die anderen enthielt sie Schriftrollen. Sie nahm die oberste heraus und rollte sie auf. Es war lange her, dass sie einen längeren hebräischen Text gelesen hatte, aber sie hatte es nicht verlernt.

… bald schon wird es den Schüler nach den Geheimnissen der Totenbeschwörung und Wahrsagerei verlangen, doch ein weiser Meister wird keinem noch so hartnäckigen Drängen

nachgeben. Er wird seinen Schüler lehren, dass am Anfang des Weges das sorgfältige Studium der zweiundzwanzig Buchstaben steht, die JHW, *der Gott Israels, der Allmächtige und Erhabene, unseren Vätern gab:* Alef, *das dem ersten Namen des Ewigen und der Zahl Eins entspricht;* Beth, *das die Engel zweiter Ordnung bezeichnet, die Zahl Zwei, die theoretische Vernunft;* Gimel, *die Zahl Drei, die praktische Vernunft …*

Sie bemerkte, dass Madora sie beobachtete.

»Du solltest das nicht lesen«, sagte die Seherin.

»Wieso nicht?«

»Du weißt nicht, womit du es zu tun hast. Schriften des Bundes können gefährlich sein.«

»Darin geht es nur um Buchstaben.«

»Es geht niemals nur um Buchstaben«, erwiderte Madora scharf. »Mit Buchstaben erschuf der Ewige die Welt. Buchstaben haben Macht. Merk dir das!«

»Schon gut«, sagte Rahel mit einem Anflug von Ärger.

Als sie das Schriftstück zurücklegen wollte, entdeckte sie zwischen den Pergamentrollen ein Amulett.

Sie nahm es in die Hand. Es war geschwärzt und leicht verformt, aber davon abgesehen, glich es Madoras *Kami'ah* aufs Haar – und jenem, das sie selbst besessen hatte, bis sie beschlossen hatte, ihre Vergangenheit ein für alle Mal hinter sich zu lassen.

Sie strich mit dem Daumen über das Kupfer. Der Ruß färbte ihre Haut schwarz. Es erschien ihr, als hätte sie es noch nie richtig betrachtet. Am Rand standen die zehn göttlichen Namen: *Ehieh, Iah, Ieve, El, Elohim Gibor, Eloha, Tetragrammaton Sabaoth, Elohim Sabaoth, Sadaï, Adonai Melech*. In der Mitte befand sich das Doppeldreieck, der Davidstern, auch Davidschild genannt, und darunter das magische Quadrat aus vier mal vier Zahlen, dessen Quersummen immer gleich waren … *gleich sein sollten*. Bei diesem war das nicht der Fall. Rahel stellte fest, dass sie einige Zeichen gar nicht kannte.

»Das Zahlenquadrat ergibt keinen Sinn.«

»Das soll es auch nicht«, erwiderte Madora. »Es steht für die Unvollkommenheit des Wissens, die das Streben nach größerer Erkenntnis in uns weckt. Die wahre Macht des Amuletts liegt im Davidschild.« Sie legte das Pergament mit ihren Notizen weg. Im Zwielicht des Kellerraums wirkten ihre Handschuhe noch heller als sonst. *Sie zieht sie selten aus,* dachte Rahel. *Nur nachts. Auch dann nicht immer.*

Die kleine Frau bog ihren Rücken durch. Die Weichheit war aus ihren Zügen verschwunden; die Erschöpfung ließ sie älter und strenger erscheinen. »Bist du sicher, dass du dich richtig erinnerst? An den Vers, meine ich. Du hast keine Zeile vergessen?«

»Meine Mutter hat mir vier Zeilen beigebracht. Wenn es mehr gibt, kenne ich sie nicht.«

Madora musterte sie schweigend.

»Seht Ihr gerade in mich hinein?«, fragte Rahel bissig.

»Nein. Selbst wenn ich wollte, könnte ich es nicht.«

»Wegen des Amuletts? Schützt es mich etwa?«

»Dafür wurde es gemacht.« Madora legte die Hände in den Schoß. Eine Regung flackerte in ihren Augen auf. Traurigkeit vielleicht. »Ich glaube, wir sollten reden.«

»Worüber?«

»Über dich. Über uns. Was wissen wir denn schon voneinander? Nicht viel, oder?«

Rahel kannte Madora inzwischen gut genug, um zu wissen, dass diese plötzliche Vertraulichkeit keinem Bedürfnis nach Freundschaft entsprang. Die Seherin verfolgte damit ein Ziel. Augenblicklich erwachte ihr Misstrauen. »Ihr wisst, wo ich als Kind gelebt habe, wer meine Eltern waren und warum sie tot sind. Reicht Euch das nicht?«

»Ich möchte gerne mehr wissen. Was ist geschehen, nachdem Yvain dich bei sich aufgenommen hat?«

»Darüber rede ich nicht gern.«

»Dann erzähl mir, wie du deine Freunde getroffen hast – Vivelin, Kilian und die anderen.«

»Was soll das werden?«, fragte Rahel spöttisch. »Ein Verhör?«

Ärger blitzte in Madoras Augen auf. »Ich versuche nur, dich besser zu verstehen. Verzeih mir, wenn ich zu freundlich gewesen bin.«

Vielleicht war es ungerecht, aber es tat gut, die Seherin zu verletzen. Sie tat immer so weise und überlegen; Rahel hatte es satt, von ihr wie ein Kind behandelt zu werden. »Warum erzählt Ihr nicht von Euch, wenn Ihr schon freundlich sein wollt?«

»Na schön, wenn das dein Wunsch ist. Was möchtest du wissen?«

»Ihr könntet damit anfangen, warum Ihr nie diese Handschuhe auszieht.«

»Das ist alles?«

»Passt Euch die Frage nicht?«

»Sie ist so gut wie jede andere«, entgegnete die Seherin, aber ihr Ton war ein wenig *zu* gleichgültig. »Ich will nicht, dass jemand das Mal sieht, das ist alles.«

»Wieso? Es ist doch nur das Brandmal irgendeines Bischofs. Hier weiß kein Mensch, was es bedeutet.«

»Ein Brandmal ist immer ein Zeichen der Schande. Ganz egal, von wem es stammt.«

»Warum versucht Ihr nicht, es zu entfernen? Ein guter Wundarzt könnte Euch gewiss helfen.«

»Dieses kann man nicht entfernen«, sagte Madora, und diesmal wies der Klang ihrer Stimme deutlich darauf hin, dass weitere Fragen unerwünscht waren.

Rahel hatte ohnehin genug von diesem Gespräch. Sie täuschte ein Gähnen vor. »Wir reden morgen weiter. Ich muss jetzt schlafen.«

Madora hielt sie nicht auf, als sie in den Nebenraum zu Brendan ging.

Sie bemerkte auch nicht, dass Rahel das Amulett in ihrem Ärmel verschwinden ließ.

Kapitel 9

Sie folgte einem Gang. Türen aus dunklem Holz befanden sich auf beiden Seiten, ein Teppich dämpfte ihre Schritte. Ich kenne diesen Teppich, *dachte Rahel. Er war weinrot und mit Mustern aus verschlungenen Ranken versehen. Sie kannte auch die Türen und den Raum, in den sich der Flur öffnete. Geschnitzte Stühle standen an einem Tisch – Stühle, auf denen sie schon einmal gesessen hatte. Obwohl die Tür gegenüber verschlossen war, wusste sie, dass sich dahinter ein Garten befand.*

Auf dem Wasser eines Brunnens spiegelten sich die Flammen des Kaminfeuers.

Natürlich – sie war im Haus ihrer Eltern. Sie war in Rouen.

Alles war kleiner als in ihrer Erinnerung. Sie hob die Hände, betrachtete sie. Es waren nicht die Hände eines Kindes, sondern die einer erwachsenen Frau.

Was ist geschehen? Warum war ich so lange fort?

»Rahel!«, rief eine Stimme. Sie erkannte sie sofort. Es war die Stimme ihrer Mutter.

Furcht umschloss ihr Herz, als sie den Garten durchquerte und die Treppe hinaufstieg. Ihre Erinnerung war nicht vollständig; etwas war falsch. Ihre Mutter sollte am Brunnen sitzen und sie bitten, den Vers aufzusagen. Warum nur rief sie nach ihr?

»Rahel, komm her!«

Schmerz lag in der Stimme, unsagbare Qual. Sie lief schneller, nahm mehrere Stufen auf einmal, bis sie zu einer Tür kam. Du darfst sie nicht öffnen!, *schrie es in ihren Gedanken.* Flieh, solange du noch kannst! *Aber dann rief ihre Mutter erneut nach ihr, wieder und wieder. Rahel legte die Hand um den Knauf, drehte ihn langsam. Flammen schlugen ihr entgegen, sengende, alles verzehrende Hitze, eine Wand aus Feuer …*

Keuchend fuhr sie hoch.

Die Treppe, die Tür, das Feuer, all das war fort. Sie lag auf kühlem Steinboden, umgeben von Dunkelheit. Sie war nicht in Rouen. Sie war im *Miflat* in Grenoble, und neben ihr schlief Brendan. Allmählich beruhigte sich das Pochen ihres Herzens. Sie kannte diesen Traum. In den ersten Wochen nach dem Tod ihrer Mutter hatte sie ihn Nacht für Nacht geträumt.

Sie schälte sich aus der Decke. Sie konnte nicht lange geschlafen haben, denn trotz des plötzlichen Aufwachens steckte ihr die Müdigkeit noch in den Gliedern. Dennoch verspürte sie nicht das Bedürfnis, sich wieder hinzulegen. Sie beschloss, nachzusehen, ob es schon Tag war, und ein wenig durch die Stadt zu streifen.

Als sie zum Ausgang des Kellerraums ging, wurde ihr klar, was den Traum ausgelöst hatte: Es roch nach Rauch. Der Geruch kam aus dem Nebenraum. War Jarosław etwa schon wach und machte Feuer? Sie ging den Gang entlang, der zur Feuerstelle führte.

Licht glühte rot. Madora kauerte inmitten von Schriftrollen, die sie der Reihe nach in die Flammen warf.

Rahel blieb im Durchgang stehen. »Was macht Ihr da?«

Jarosław tauchte aus der Dunkelheit auf, in den Armen noch mehr Rollen. Er warf Rahel einen flüchtigen Blick zu, lud die Schriftstücke ab und verschwand wieder in der Finsternis.

»Das siehst du doch«, sagte Madora.

Ärger regte sich in Rahel. »Habt Ihr Angst, ich könnte etwas lesen, das ich nicht lesen soll?«

»Viele dieser Schriftrollen berichten vom Schrein. Für meinen Geschmack wissen schon zu viele von ihm.«

»Ihr meint Rabbi Joshua? Ich dachte, Ihr habt beschlossen, ihn einzuweihen.«

Madoras Gesicht war eine Maske aus rotem Glühen und dunklen Schatten. »Vielleicht war das ein Fehler.« Als sie das nächste Pergament in die Flammen werfen wollte, riss Rahel es ihr aus der Hand.

»Was soll das?«, fragte die kleine Frau scharf.

Rahel sammelte die anderen Rollen auf. »Das sind Schriften des Bundes. Ihr könnt sie nicht einfach verbrennen.«

»Hast du nicht gehört, was ich eben gesagt habe?«

»Das ist mir gleich.«

Madora stand auf. »Gib mir die Rollen.«

Sie hatte etwa die Hälfte der Rollen aufgehoben, als Brendan im Durchgang erschien.

»Was ist hier los?«, fragte er schlaftrunken.

Rahel übergab dem verdutzten Bretonen die Rollen. »Versteck sie irgendwo. Da, wo Madora sie nicht findet.«

Jarosław war mit leeren Händen zurückgekommen. Er blickte Brendan an und schien nur auf den Befehl zu warten, ihm die Rollen wegzunehmen. Rahel machte sich bereit, ihn daran zu hindern. Sie konnte sich ihren Zorn selbst nicht recht erklären. Was Madora vorhatte, war einfach falsch.

Madora wollte etwas sagen, doch dazu kam es nicht. Hastige Schritte hallten im Treppenschacht, und sie fuhr herum. Jarosław bückte sich nach seinem Schwert. Für einen Moment herrschte gespannte Stille. Rabbi Joshua hatte nicht erzählt, ob er der Einzige war, der vom Keller unter dem *Miflat* wusste.

Es war Isaak. Er stürzte in den Raum, das Gesicht gerötet vor Kälte und Anstrengung. Er war so aufgeregt, dass er von den verstreut herumliegenden Schriftrollen keine Notiz nahm.

»Ihr müsst kommen«, stieß er hervor. »Rampillon ist in der Stadt.«

»*Der* Rampillon?«, fragte Madora. »Der Siegelbewahrer?«

»Er ist gerade angekommen. Er wartet darauf, dass die Gräfin ihn empfängt.«

»Führ uns hin«, sagte die Seherin.

Der Streit um die Schriftrollen war bereits vergessen, als sie Isaak nach draußen folgten. Die Nachricht vom Auftauchen Rampillons machte offenbar wie ein Lauffeuer die Runde. Obwohl es gerade erst hell wurde, waren bereits Dutzende Juden auf den Beinen. Die Alten standen in Gruppen zusammen und diskutierten aufgeregt; die Jungen strömten zur Grand Rue. Ihnen schlossen sich Rahel und ihre Gefährten an.

Rahel zog die Umhangkapuze tief ins Gesicht und wunderte sich, dass Madora nicht dasselbe tat. »Wir hätten die Kleider wechseln sollen – für den Fall, dass die Palastwachen des Bischofs noch immer nach uns suchen.«

»Tun sie nicht«, beruhigte die Seherin sie. »Jarosław hat sich in der Stadt umgeschaut, als du geschlafen hast. Sie haben die Suche längst aufgegeben. Wahrscheinlich nehmen sie an, dass wir Grenoble bereits verlassen haben. Solange wir uns nicht noch einmal beim Bischofspalast blicken lassen, sollten wir vor ihnen sicher sein.«

Sie kamen zu einem Prachtbau mit grauen Mauern, Spitzbogenfenstern und Schieferdächern, vor dem sich eine Menschenmenge eingefunden hatte. Viele waren Juden, zu erkennen am gelben Gürtel. Rabbi Joshua war aufgrund seiner Größe leicht zu finden. Er stand weit vorne, sodass sie sich einen Weg durch die Menge bahnen mussten, um zu ihm zu gelangen.

»Was geht hier vor?«, fragte Madora.

Der Rabbi hatte die Arme vor dem breiten Brustkorb verschränkt. Mit einer tiefen Falte zwischen den Brauen betrachtete er einen Reisewagen vor dem Palasttor. »Nichts Gutes, fürchte ich.«

Rahel reckte den Kopf. Bei dem Wagen handelte es sich um einen Vierspänner mit kreuzförmigen Fenstern. Kriegsknechte mit mandelförmigen Schilden, Piken, Stahlhauben und blauen Waffenröcken standen in Zweierreihen dahinter. »Wieso kommt Rampillon ausgerechnet jetzt nach Grenoble?«, fragte sie. »Das kann doch kein Zufall sein.«

»Nein«, bestätigte Madora. »Einer seiner Männer muss mir gefolgt sein. Oder er hat den Vers inzwischen selbst gefunden.«

Rabbi Joshua fixierte sie. »Heißt das, er sucht auch nach dem Schrein?«

»Er begehrt ihn mehr als sonst etwas unter dem Himmel.«

Rahel rieb sich die Arme. Sie fror. »Woher weiß er, dass Ihr nach ihm sucht?«

»Ich habe dieselben Spuren wie er verfolgt. Das ist ihm offenbar nicht verborgen geblieben.«

Neuer Zorn wallte in ihr auf. »Warum habt Ihr mir das nicht gesagt?«

»Hätte das etwas geändert?«, erwiderte die kleine Frau gelassen.

Nein, gab Rahel in Gedanken widerwillig zu. Das hätte sie nicht davon abgehalten, Madora zu begleiten. »Weiß er auch von mir?«

»Nein. Mach dir keine Sorgen.«

»Warum seid Ihr Euch da so sicher?«

Es war etwas im Blick der Seherin, das sie schaudern ließ. »Wenn es anders wäre, hätte er dich längst gefunden.«

Durch das Palasttor kam ein Reiter auf einem Schlachtross,

dessen Atem in der Kälte dampfte. Der Mann im Sattel war noch größer und massiger als Rabbi Joshua und trug eine Rüstung aus rußigem Stahl, die jeden Fingerbreit seines Körpers bedeckte. Das Helmvisier war offen, und als Rahel sein Gesicht sah, stockte ihr der Atem. Da war nichts als rohes Fleisch mit einem lidlosen Auge und einer klaffenden Öffnung, wo sich normalerweise der Mund befand.

»Bei allen Dämonen, wer ist das?«

»Saudic«, antwortete Madora. »Rampillons Handlanger. Ein gefürchteter Krieger.«

Der Missgestaltete brüllte etwas, woraufhin die Soldaten Haltung annahmen. Durch das Palasttor schritten eine Frau und ein etwa sechsjähriger Junge inmitten einer Dienerschar. Der blasse Knabe steckte von Kopf bis Fuß in kostbaren Kleidern. Die Frau trug ein eng geschnürtes blaues Gewand und eine Haube aus durchscheinendem Tuch, die von einem kupfernen Stirnreif gehalten wurde. Sie schien keine nennenswerten Rundungen zu besitzen; ihr bleiches Gesicht wirkte verbittert.

»Ist das die Gräfin?«, fragte Rahel.

»Ja«, antwortete Isaak. »Der Junge ist der Dauphin.«

Der Fuhrknecht kletterte vom Wagenbock und öffnete die Tür. Zwei Männer stiegen aus. Der erste war unscheinbar, ein Diener, der Kleidung nach zu schließen. Der andere musste Rampillon sein.

Rahel hatte schon unzählige Geschichten über den Siegelbewahrer gehört. In manchen war er ein Teufel in Menschengestalt, in anderen ein vom Hass zerfressener alter Mann, dem der Wahnsinn ins Gesicht geschrieben stand; in wieder anderen lediglich ein Hofbeamter mit der Tücke einer Natter. Als Guillaume de Rampillon auf den Platz trat, stellte sie fest, dass keine Geschichte ihn so beschrieb, wie er wirklich war – und doch schien jede auf ihre Weise zutreffend zu sein. Der

Siegelbewahrer war sehr groß, ging jedoch krähenhaft nach vorne gebeugt, und seine spindeldürre Gestalt schien in dem Gewand aus rotem Brokat regelrecht zu verschwinden. Weißes Haar umgab seinen Schädel wie einen Kranz; lediglich am Hinterkopf war es dicht und reichte sauber gekämmt zum Kragen der Amtsrobe. Sein Gesicht war so knochig und hager wie der Rest des mageren Leibs. Die Augen lagen tief in den Höhlen.

Als ein Herold vortrat und den Siegelbewahrer im Namen der Bürger Grenobles begrüßte, wurde die angespannte Stimmung der Juden zu offenem Unmut. Jemand rief: »Verschwinde! Wir wollen dich hier nicht!« Andere brüllten: »Fahr zur Hölle, *Amalek!*«

Der Siegelbewahrer lächelte dünn. Er winkte Saudic zu sich und reichte dem Krieger seine Börse. Saudic trieb sein Pferd rücksichtslos in die Menge und schüttelte die Münzen heraus. Mit Gier in den Gesichtern stürzten sich die Leute auf die Silberpfennige, und es kam zu Gerangel, das die Schmährufe der Juden übertönte.

»Dieser Hund«, knurrte Isaak. »Dafür werden die Christen ihn lieben.«

Rampillon verneigte sich vor der Gräfin und ihrem Sohn. Der Dauphin musterte ihn mit herablassender Miene, doch das Lächeln der Gräfin war überaus warmherzig.

»Die beiden scheinen sich ja gut zu verstehen«, sagte Rahel, und Isaak warf ihr einen besorgten Seitenblick zu.

»Hoffentlich nicht *zu* gut«, murmelte er.

Überall gab es Rangeleien um die Münzen, außerdem drängten die hinteren Reihen, die nicht leer ausgehen wollten, nach vorne. Rahel bekam einen Stoß in den Rücken und prallte gegen ihren Vordermann. Panik erfasste sie, als sie das Gleichgewicht verlor. Sie durfte nicht fallen! Wenn sie in diesem Gedränge stürzte, war es um sie geschehen. Sie klammerte sich am Kittel des Mannes fest, doch da war bereits Isaak zur Stelle. Er half ihr auf, legte den Arm um sie und schützte sie mit seinem Körper vor weiteren Stößen. Augenblicklich fühlte sie sich sicher.

Wie gut das tat …

»Alles in Ordnung?«

»Ja. Nichts passiert.« Sie lächelte ihn dankbar an. Ohne sie loszulassen, bahnte er sich einen Weg durch die Menge.

Am Rand des Platzes, wo es ruhiger zuging, trafen sie auf ihre Gefährten.

»Wir haben genug gesehen«, sagte Madora. »Lasst uns gehen.«

Unheil zog herauf, Isaak konnte es fühlen.

Bei seinen einsamen Streifzügen im Gebirge, wo es zahllose Gefahren für den Unachtsamen gab, hatte er ein untrügliches Gespür dafür entwickelt. Schon manches Mal hatte es ihn vor einer Lawine gerettet, vor einer unter dünnem Eis verborgenen Gletscherspalte oder einem plötzlich heraufziehenden Gewitter. Er konnte nicht erklären, warum er solche Dinge vorausahnte; es war ein Drängen, eine innere Rastlosigkeit, die als Unruhe in den Beinen begann und immer mächtiger wurde, bis sie schließlich den ganzen Körper ausfüllte. In der Nacht hatte es angefangen – er war davon aufgewacht –, sodass es ihn nicht sonderlich überrascht hatte zu hören, Rampillon sei aufgetaucht. Seit er den Siegelbewahrer mit eigenen Augen gesehen hatte, nahm die Unruhe stetig zu. Bisher war die Dauphiné von den Untaten dieses Mannes verschont worden, aber Isaak hatte genug Geschichten aus Frankreich gehört, um zu wissen, mit welch einem Teufel sie es zu tun hatten. Er mochte lediglich wegen des Schreins nach Grenoble gekommen sein; Isaak ahnte jedoch, dass es nicht dabei bleiben würde. Rampillon würde Leid über ihre

Stadt bringen. Das war so sicher wie der nächste Sonnenaufgang.

Auch sein Vater befürchtete Schlimmes. Gleich nach dem Tumult vor dem Palast hatte er den Judenrat einberufen, der aus Meir Ben Jehuda, Mose Ben Tomart und Yosef Kimchi bestand, dem Steuereinnehmer der Gemeinde, dem rituellen Fleischer und dem Vorsänger. Die vier Männer saßen mit düsteren Gesichtern im Kaminzimmer. Auch Madora war anwesend. Sie hatte jedoch nur ihren Leibwächter, den schweigsamen Polanen, mitgebracht. Rahel war mit Brendan zum *Miflat* zurückgekehrt – warum, wusste Isaak nicht genau. Sie hatte etwas von einem Streit zwischen ihr und Madora angedeutet.

Er konnte seine Enttäuschung darüber nicht verhehlen. Seit er sie zwei Tage zuvor das erste Mal gesehen hatte, ging sie ihm nicht mehr aus dem Kopf. Sie war so anders als alle Frauen, die er kannte. Sie kleidete sich wie ein Mann, und sie war darauf bedacht, unabhängig, stark und selbstsicher zu erscheinen. Er spürte jedoch, dass da noch mehr war, eine sanfte und verletzliche Seite, die sie allerdings gut zu verbergen wusste. Zu gerne hätte er den Grund dafür erfahren.

»Du hast uns nicht gesagt, dass du Gäste hast, Joshua«, sagte Meir Ben Jehuda mit Blick auf Madora und Jarosław, die mit ihnen am Tisch saßen.

Isaaks Vater beäugte den untersetzten Steuereinnehmer nicht sonderlich freundlich. Er hielt Meir für einen wichtigtuerischen Unruhestifter – eine Meinung, die Isaak teilte. »Das sind Madora und ihr Leibwächter Jarosław. Madora ist die Tochter meines Oheims Simon aus Avignon. Sie ist nach Grenoble gekommen, um mich vor Rampillon zu warnen.«

»Mir scheint, die Warnung kommt ein wenig spät«, bemerkte Meir.

»Wäre sie früher gekommen, hätte das nichts geändert.«

Die Augen des Steuereinnehmers funkelten angriffslustig. »Warum lässt du deine Mischpoke in der alten Ruine wohnen? Hast du keine Gästekammer für sie?«

Natürlich war es den Bewohnern des Judenviertels nicht verborgen geblieben, dass sich seit einigen Tagen jemand in Aaron Ben Ismaels Haus aufhielt. Isaak hatte geahnt, dass Meir dies zum Anlass nehmen würde, sich über seinen Vater lustig zu machen.

Dessen Gesicht verfinsterte sich, doch Madora kam ihm mit einer Erwiderung zuvor.

»Ich wohne dort auf eigenen Wunsch«, sagte sie freundlich. »Mein Vetter hat es nicht an Gastfreundlichkeit mangeln lassen.«

Der Steuereinnehmer lächelte spöttisch. »Ich verstehe. Ein bescheidenes Haus wie seines konnte Euch natürlich nicht die Behaglichkeit bieten, die Ihr von Avignon gewohnt seid.«

Sie saßen noch keine Viertelstunde zusammen, und schon lag Streit in der Luft – wie immer, wenn Meir dabei war. Glücklicherweise schritt Yosef Kimchi ein.

»Es soll nicht die Sorge des Rats sein, wo Joshuas Gäste wohnen«, sagte er versöhnlich. »Heißen wir also Madora willkommen und wenden uns wichtigeren Dingen zu. Davon gibt es wahrlich genug.«

Alle nickten, sogar Meir. Isaak mochte Yosef. Mit seiner Gabe, Streit zu schlichten, hatte der Vorsänger schon manchen Zwist im Rat beigelegt. Dabei sah er nicht gerade wie ein Friedensstifter aus. Eine Magenkrankheit verlieh seinem Gesicht eine ungesunde Farbe, die Augen blickten mürrisch drein, das schüttere Haar auf dem knochigen Schädel stand wirr in alle Richtungen ab. Allerdings machte seine wohlklingende Stimme das unansehnliche Äußere mehr als wett, und nicht selten genügte schon ihr sanfter Klang, dass sich ein erhitztes Gemüt beruhigte.

»Rampillon«, stimmte Mose Ben Tomart dem Vorsänger zu und wandte sich an Madora. »Woher wusstet Ihr, dass er nach Grenoble kommen würde?«

»Mein Vater ist ein Vertrauter des Erzbischofs von Avignon«, erklärte sie. »So erfuhr er von Rampillons Absicht, in die Dauphiné zu reisen.«

»Und Ihr habt den langen Weg auf Euch genommen, um Euren Vetter davon in Kenntnis zu setzen.«

Die kleine Frau nickte. Isaak bewunderte sie ein wenig dafür, wie leicht ihr die Lüge über die Lippen gekommen war. Er selbst war ein ausgesprochen schlechter Lügner.

»Hat Euer Vater auch den Anlass für Rampillons Reise erfahren?«, fragte Yosef.

»Leider nicht«, erwiderte Madora.

»Warum wird dieser Teufel wohl hier sein?«, polterte Meir. »Er ist der *Amalek!* Er möchte hier fortsetzen, was er in Frankreich begonnen hat!«

Mose nickte düster. Der Fleischer war ein ängstlicher Mann, der sich häufig jener Meinung anschloss, die am lautesten vorgetragen wurde.

»Das ist möglich, aber nicht wahrscheinlich«, widersprach Isaaks Vater.

»Woher willst du das wissen?«, brauste der Steuereinnehmer auf. »Du hast doch die Geschichten aus Paris und Amiens gehört. Rampillon hat nichts anderes als die Vernichtung unseres Volkes im Sinn. Sein Auftauchen beweist, dass er sein Werk nicht auf Frankreich beschränken will.«

Keiner der Ratsleute wusste vom Bund von En Dor, und Isaaks Vater und Madora hatten sich darauf geeinigt, sie nicht in die wahren Gründe für Rampillons plötzliches Erscheinen einzuweihen. Das war vernünftig, hatte allerdings den Nachteil, dass ihnen damit die einfachste Möglichkeit genommen war, die anderen von ihren Befürchtungen abzubringen.

»Selbst wenn das sein Wille wäre«, erwiderte Isaaks Vater, »könnte er ihn nicht so einfach verwirklichen. Außerhalb Frankreichs hat er keine weltliche Macht. Nicht einmal der geringste Ritter muss ihm folgen.«

»Joshua hat recht«, pflichte Yosef ihm bei. »Wir sollten uns davor hüten, voreilige Schlüsse zu ziehen.«

»Ich glaube, ihr unterschätzt die Gefahr«, sagte Meir. »Dieser Mann ist die schlimmste Bedrohung für unsere Gemeinde seit zwanzig Jahren. Wollt ihr warten, bis es zu spät ist?«

»Von warten war nicht die Rede«, entgegnete der Vorsänger. »Joshua und ich mahnen lediglich zu mehr Besonnenheit.«

»Besonnenheit!«, dröhnte der Steuereinnehmer. »Besonnenheit nutzt uns nicht das Geringste! Wir müssen *handeln!*«

»Was also schlägst du vor?«, fragte Isaaks Vater ruhig.

Meirs Faust landete krachend auf dem Tisch. »Wir haben Waffen! Jede Familie hat ein Schwert oder eine Armbrust, mag diese Schlampe von Gräfin sie uns noch so oft verbieten. Holen wir sie hervor und zeigen wir Rampillon, dass wir nicht wehrlos sind!«

»Ein vernünftiger Vorschlag«, stimmte Mose zu.

»Ein *törichter* Vorschlag«, hielt Isaaks Vater dagegen. »Die Gräfin wartet doch nur darauf, dass wir uns ihr widersetzen. Nur einer von uns müsste auf der Straße ein Schwert tragen, und schon würde es im Viertel von Kriegsvolk wimmeln.«

Der Steuereinnehmer stemmte die Hände auf den Tisch und starrte ihn aus zusammengekniffenen Augen an. »Ich wusste nicht, dass du die Gräfin fürchtest.«

»Ich fürchte sie nicht. Aber wir wollen uns vor Rampillon

schützen – und nicht die ganze Grafschaft gegen uns aufbringen.«

»Dazu müssen wir keine Waffen tragen«, warf Mose ein. »Wenn die Gräfin könnte, hätte sie uns schon vor Jahren verjagt.«

»Was sie mit Rampillons Hilfe jetzt nachholen wird!«, rief Meir. »Ihr habt doch alle gesehen, wie sie ihm vor lauter Ergebenheit die Stiefel geleckt hat. Endlich ist jemand da, der weiß, wie man mit den lästigen Juden umspringt!«

Isaak ertrug diesen Mann und sein aufgeblasenes Getue nicht länger. »Also gut, bewaffnen wir uns«, sagte er mit fester Stimme. »Ich habe eine Axt und eine Armbrust – und du?«

Meir starrte ihn an. Dass Isaak sich zu Wort meldete, obwohl er kein Mitglied des Rates war, passte ihm nicht. »Was soll das?«, fragte er ungehalten.

»Ich spreche mich für deinen Vorschlag aus. Stellen wir Wachen am Tor auf. Du und ich, wir übernehmen die erste Schicht.«

»Von Wachposten habe ich nicht gesprochen, nur davon, Waffen bereitzuhalten, falls es zum Schlimmsten kommt.«

»Dazu wird es nicht kommen, wenn mutige Männer wie wir zeigen, dass wir nicht wehrlos sind. Das waren deine Worte, richtig?«

Meirs Kopf fuhr herum. »Joshua!«, bellte er. »Dein Sohn hat kein Recht, die Sitzung zu stören!«

»Jeder darf vor dem Rat sprechen«, wehrte der Rabbi ab.

Der Steuereinnehmer wandte sich wieder Isaak zu. In seinen Augen blitzte die Wut. »Willst du behaupten, ich sei zu feige, um Wache zu stehen?«

»Wie könnte ich?«, sagte Isaak. »Gewiss bist du mit dem Schwert in der Hand genauso mutig wie damals, als der Rat vor der Gräfin gegen die neueste Steuer protestiert hat.« In gespielter Überraschung hielt er sich die Hand vor den Mund. »Ach, nein! Da lagst du ja mit Fieber im Bett.«

Die Ratsleute lachten. Meirs Gesicht glühte vor Zorn und Scham.

Zufrieden lehnte sich Isaak zurück. Madora lächelte ihn anerkennend an, woraufhin Stolz in ihm aufstieg. Er hatte einer *Talmida* des Bundes imponiert! Das konnten nicht viele von sich behaupten. Noch besser hätte es ihm allerdings gefallen, wenn es ihm gelungen wäre, Rahel zu beeindrucken.

»Die Gräfin oder Rampillon herauszufordern, macht alles nur noch schlimmer«, sagte sein Vater, und diesmal widersprach ihm niemand. »Stattdessen sollten wir uns Hilfe holen.«

»Wo? Beim Bischof?«, fragte Yosef.

Sein Vater nickte. »Er hat sich schon früher für uns eingesetzt.«

»Aber wird er es wagen, sich gegen Rampillon zu stellen?«

»Versuchen wir es. Ich spreche morgen mit ihm.«

Die Ratsleute waren einverstanden. Nur von Meir hörte man nichts. Der Steuereinnehmer brütete weiter zornig vor sich hin.

»Dennoch sollten wir uns auch auf die schlimmste Möglichkeit vorbereiten«, gab Mose zu bedenken.

»Du meinst einen Angriff auf das Viertel«, sagte Yosef.

»Wir haben schon einmal ein Pogrom erlebt. Wenn der Hass erst losbricht, wird uns kein bischöflicher Schutzbrief retten.«

Mose mochte ängstlich sein, aber er war kein Dummkopf. Isaaks Vater dachte über seine Worte nach und nickte dann. »Was schlägst du vor?«

»Vielleicht sollten wir die Stadt verlassen, bis Rampillon fort ist.«

»Und wohin sollen wir gehen?«, fragte Yosef.

»In die Berge.«

»Jetzt? Im Winter?«

Mit Bergen kannte Isaak sich aus. »Im Chartreuse gibt es Höhlen«, sagte er. »Ich habe mich dort im Sommer umgesehen. Sie bieten Platz für mehr als zweihundert Menschen.«

»Höhlen?« Yosef blickte ihn zweifelnd an. »Du glaubst, dort wären wir sicher?«

»Sie liegen auf halbem Weg nach Chambéry und sind leicht zu erreichen, wenn man den Weg kennt.«

»Ich kenne diese Höhlen«, sagte sein Vater. »Sie wären ein gutes Versteck. Aber wie willst du hundertsechzig Menschen dort hinführen, ohne dass es auffiele?«

Darüber hatte Isaak noch nicht nachgedacht. »Nun, sie müssten die Stadt in kleinen Gruppen verlassen. Zuerst die Frauen mit Säuglingen. Dann die Alten. Dann die größeren Kinder, die den Weg allein finden. Jeden Tag nur ein Dutzend Menschen, damit niemand etwas bemerkt.«

»Es würde zwei Wochen dauern, bis alle in Sicherheit sind«, sagte Yosef.

»Und wie sollen wir in den Höhlen überleben?«, fügte Mose hinzu. »Wir müssten Ochsenwagen voller Vorräte mitnehmen.«

»Ich weiß, dass der Vorschlag Schwächen hat«, räumte Isaak ein. »Aber dafür finden wir Lösungen. Rabbi Menachem von Chambéry könnte uns helfen. Er könnte Vorräte zu den Höhlen bringen, während wir –«

»Der Vorschlag ist Unfug«, knurrte Meir. »Wir vergeuden damit nur unsere Zeit.«

»Lass ihn ausreden«, erwiderte der Rabbi. »Seine Idee ist vernünftiger als alles, was wir heute von dir gehört haben.«

Zornig schlug der Steuereinnehmer auf den Tisch. »Ich verlasse meine Heimat nicht! Und wenn es zehnmal dein

Sohn ist, der es vorschlägt. Grenoble ist unsere Stadt. Ich verkrieche mich nicht in den Bergen, nur weil dieser Hund von Siegelbewahrer aufgetaucht ist!«

»Wenn ich mich recht erinnere«, bemerkte Yosef, »warst du es, der uns geraten hat, die Gefahr nicht zu unterschätzen.«

»Verschone mich mit deinen Spitzfindigkeiten!«, fuhr Meir ihn an. »Ich bin gekommen, um die Gemeinde vor Schaden zu bewahren. Dafür wurde ich verhöhnt und ausgelacht. Und jetzt verlangt man von mir, dass ich mich wie ein gemeiner Lump verstecke. Haltet ihr mich für einen Narren, der auch beim größten Unsinn nur artig mit dem Kopf nickt?«

»Niemand hält dich für einen Narren«, erwiderte Isaaks Vater. »Aber du machst dich selbst zu einem, wenn du so weiterredest. Jetzt setz dich wieder hin. Es geht um das Wohl der Gemeinde, nicht um deines.«

Aber Meir setzte sich nicht. Er begann, Isaaks Vater mit Beleidigungen zu überschütten. Yosef verlor daraufhin zum ersten Mal seit langer Zeit die Fassung und nannte ihn einen selbstgefälligen Dummkopf, was nur bewirkte, dass der Steuereinnehmer auch ihn beschimpfte. Wenig später brüllten sich alle vier Ratsleute gegenseitig an, und Isaaks Vorschlag war vergessen.

Nach einer Weile hörte er nicht mehr zu. Er wusste schon lange, dass er für den Rat nicht geschaffen war, und bereute, dass er an der Versammlung teilgenommen hatte. Seine Liebe gehörte den Wäldern des Chartreuse und des Vercors, den eisbedeckten Gipfeln unter dem endlosen Himmel, den weiten Tälern, in denen nichts und niemand die Stille störte. Dort wanderte er am liebsten allein, weit weg von den Bewohnern des Judenviertels und ihren kleinlichen Streitigkeiten.

Seine Gedanken kehrten zu Rahel zurück. Er wusste fast nichts über sie. Sie war eine Gauklerin, so viel hatte Madora verraten, aber nicht, warum sie mit der *Talmida* nach Grenoble gekommen war. Und was hatte es mit ihrem Gefährten auf sich, Brendan? Isaak hatte sich gefragt, ob die beiden ein Paar waren, doch schon am ersten Abend hatte er beobachtet, dass sie sich nicht wie eines verhielten. War Brendan ihr Bruder? Er würde sie fragen, wenn er endlich Gelegenheit bekäme, mit ihr zu sprechen. Er wollte sie vieles fragen: *Warum hilfst du Madora? Woher kommst du? Wie wurdest du eine Gauklerin? Warum hast du Augen wie eine Sarazenin? Hast du einen Mann?*

Nein, *das* würde er nicht fragen. *Das* nicht.

Aber warum eigentlich nicht? Was war schon dabei?

Hör auf damit!, dachte er. *Du kennst sie doch gar nicht. Außerdem weißt du überhaupt nicht, was sie von dir hält.*

Nun, sie schien ihn zu mögen, aber was hieß das schon?

Gar nichts. Und er wäre ein Narr, wenn er sich etwas anderes einredete.

Warum aber konnte er dann nicht aufhören, an sie zu denken?

Weil dir eine Frau wie sie noch nie begegnet ist. Weil sie so anders ist als die Mädchen im Viertel. Weil sie wunderschön ist.

Ja, das war sie: wunderschön, gewitzt und geheimnisvoll.

Wäre er nur mit ihr zum *Miflat* gegangen, anstatt hier seine Zeit zu vertun!

Im Keller des *Miflat* war es dunkel und kalt. Rahel entzündete eine Fackel und betrachtete in ihrem Schein die Schriftstücke, die verstreut vor der Feuerstelle lagen.

»Was machen wir jetzt damit?«, fragte Brendan.

»Wir tun sie wieder in die Kisten.«

»Und wenn Madora sie dann doch verbrennen will?«

»Sie hat jetzt andere Sorgen.« Vor dem Herd ging sie in die Hocke. Ein Teil einer verbrannten Rolle lag auf dem Kellerboden. Vorsichtig hob sie den Pergamentfetzen auf, der an den Rändern zu Asche zerbröckelte. Ein achtzackiger Stern war darauf abgebildet, eine schwarze, konturlose Spinne.

Dasselbe Symbol wie auf Madoras Hand.

Kapitel 10

Gräfin Beatrix schien nicht oft Bankette zu geben. Wie sonst ließ sich erklären, dass sich sämtliche Gäste – Ritter, Patrizier, der eine oder andere Kirchenmann – mit einer Inbrunst die Bäuche vollschlugen, als hinge ihr Leben davon ab? Die Diener kamen kaum nach, neue Speisen heranzuschaffen und die Krüge zu füllen. Die Männer und Frauen an der Tafel rissen ihnen die Platten und Schüsseln regelrecht aus den Händen und machten sich mit einer Gier darüber her, die Rampillon bisher nur bei Armenspeisungen erlebt hatte. Es war kein Geheimnis, dass Grenoble keine reiche Grafschaft war. Aber wenn man den Gästen zusah, hätte man meinen können, eine Hungersnot habe die Stadt heimgesucht.

Anfangs wurde die Schlemmerei noch von lebhaften Gesprächen begleitet. Mit der Zeit jedoch wurde es immer ruhiger im Saal, und nach etwa zwei Stunden war der Moment erreicht, an dem drei Dutzend Mägen so sehr mit Verdauen beschäftigt waren, dass die zugehörigen Münder nur noch geöffnet wurden, um einen zufriedenen Seufzer oder ein leises Rülpsen zu entlassen. Ein unbedeutender Edelmann, dessen Namen Rampillon längst wieder vergessen hatte, saugte mit letzter Kraft das Mark aus einem Kaninchenknochen, ehe er erschöpft in seinem Stuhl zusammensank. Sein Nachbar wäre nicht einmal mehr dazu fähig gewesen: Sein Kopf lag auf dem Tisch, in einer Lache aus Wein; gelegentlich schmatzte er leise vor sich hin. Der Haushofmeister lief Gefahr, jeden Moment unter die Tafel zu rutschen. Eine Hand umklammerte die Stuhllehne, während die andere nach der

Schale mit den Aprikosen tastete. Bevor der Mann die Früchte erreichte, schlief er ein und wurde nur von seiner Leibesfülle im Stuhl gehalten.

Fischgräten und die abgenagten Knochen von Rebhühnern, Wachteln und Kapaunen schwammen in Pfützen aus Fett. Von dem gewaltigen Käserad war ein letztes blau geädertes Stück übrig, das Brot hatte sich mit Wein vollgesogen. Sechs Gänge hatte das Festmahl gehabt, die Überreste des Hauptgangs trugen die Diener gerade zurück in die Küche: das blanke Gerippe eines gebratenen Ochsen, gefüllt mit Krebsen und französischen Bohnen.

Dabei hätte es eine Schale mit Gerstenbrei auch getan. Rampillon machte sich nicht viel aus Essen und noch weniger aus Festlichkeiten.

»Hat es Euch gemundet, Exzellenz?«, erkundigte sich die Gräfin, eine reizlose Frau mit langem Gesicht, stumpfem Haar und hängenden Mundwinkeln.

Der Siegelbewahrer ließ von dem Karpfen ab, in dem er seit einer halben Stunde herumstocherte. »Sehr. Richtet Euren Köchen aus, dass sie sich selbst übertroffen haben.«

Die Gräfin war geschmeichelt. »Das Festmahl ist noch nicht zu Ende. Vor der Nachspeise habe ich noch eine Überraschung für Euch.« Sie gab einem Diener einen Wink, der daraufhin in einem Durchgang verschwand.

Sie saßen im großen Saal des Palasts, an der Stirnseite der u-förmigen Tafel. Zwei Spielleute sorgten für musikalische Untermalung. Ihre Darbietung war, wie alles in dieser Stadt, provinziell; die Balladen, die sie vortrugen, waren in Paris seit Jahren aus der Mode, hin und wieder schlich sich gar ein schiefer Ton ein. Dennoch wusste er den herzlichen Empfang zu schätzen. In den meisten Städten ließ man ihn spüren, dass er nicht willkommen war. Viele Stadtherren hatten sich unter Ludwig IX. mit den Juden arrangiert; es gefiel ihnen nicht, dass er das für beide Seiten gewinnbringende Gleichgewicht störte. Die Gräfin jedoch hatte ihn überschwänglich begrüßt, als hätte sie sein Erscheinen herbeigesehnt. Rampillon hatte Erkundigungen über die Hauptstadt der Dauphiné eingeholt. Es gab eine jüdische Gemeinde, die unter ihrem jetzigen Rabbiner erheblich an Einfluss gewonnen hatte. Wie hieß der Mann noch? Joshua Ben Salomo, richtig. Ben Salomo hatte dem Vater des Dauphins Privilegien abgerungen, Steuervorteile und einen Schutzbrief. Die Gräfin war damit alles andere als einverstanden, aber es gelang ihr nicht, es rückgängig zu machen. Man musste ihr nur in die Augen sehen, um zu wissen, warum: Es fehlte ihr an Willen, an Stärke und Entschlossenheit. Offenbar hoffte sie nun, er, Rampillon, würde die Dinge in die Hand nehmen. Vielleicht würde er das. In jedem Fall aber würde ihm die Ergebenheit der Gräfin von Nutzen sein.

»Eine Überraschung?« Er tupfte sich den Mund mit einem Tuch ab. »Ihr macht mich neugierig, Euer Gnaden. Ich hoffe, Ihr spannt mich nicht zu lange auf die Folter.«

»Keineswegs. Da ist sie schon, Exzellenz.« Ein grobschlächtiger Mann in Lederkluft führte zwei Hunde herein – besser gesagt, die Tiere führten *ihn* herein. Die beiden zotteligen, wolfsähnlichen Geschöpfe zerrten an den Ketten, sodass der Mann sie nur mit Mühe halten konnte. Geifer tropfte von ihren Lefzen.

»Die beiden besten Jagdhunde meines Gemahls«, erklärte die Gräfin. »Er hat sie eigenhändig aufgezogen und beinahe so sehr geliebt wie seinen Sohn. Sie gehören Euch.«

»Ein großzügiges Geschenk«, sagte er. »Ich danke Euch, meine Liebe.«

Beatrix von Savoyen lächelte zufrieden. Der Hundeführer riss an der Kette, und die Tiere machten Platz. Nun denn, zwei Hunde. Ein Geschenk, das in seiner Plumpheit zur Gräfin passte. Rampillon hatte nicht die geringste Verwendung dafür. Er warf einen Kaninchenknochen über die Tafel, den die schnellere der Bestien aus der Luft fing und mit einem knirschenden Laut zerbiss. Vielleicht fand Saudic ja Gefallen an ihnen.

Die Gräfin nippte an ihrem Becher. Der Wein hatte ihre Wangen gerötet. »Erzählt mir von Eurer Pilgerfahrt. Wollt Ihr nach Rom?«

»Zu den Gräbern der Apostel«, bestätigte er. »Außerdem möchte ich den Heiligen Vater um eine Audienz ersuchen. Es gibt die eine oder andere theologische Frage, die ich mit ihm erörtern möchte.«

»Der Winter ist eine undankbare Zeit für eine Pilgerfahrt. Die Pässe sind bis März verschneit, wenn Ihr Pech habt.«

»Ich hatte ohnehin vor, in Grenoble zu überwintern. Eine Weile von Paris fort zu sein, wird mir gewiss guttun.«

Was er da erzählte, war blanker Unsinn, und eine kluge Frau hätte jetzt gefragt: Wie kann es sich der Siegelbewahrer, der Leiter der Kanzlei, der zweitmächtigste Mann Frankreichs erlauben, monatelang der Hauptstadt fernzubleiben, wenn der König tot und der Thronfolger außer Landes ist? Die Gräfin jedoch stellte diese Frage nicht. Stattdessen sagte sie: »In Grenoble werdet Ihr die Ruhe finden, die Ihr sucht. Vorausgesetzt, die Juden lassen sie Euch. Sie sind eine Bande von Aufrührern, wie Ihr heute Morgen gesehen habt.«

»Es war nicht das erste Mal, dass man mich so empfängt«, sagte er mit dünnem Lächeln.

»Es wird nicht noch einmal geschehen. Wenn sie sich wieder zusammenrotten, lasse ich ihren Rabbi in den Kerker werfen. Er ist der schlimmste Unruhestifter von allen. Ich bin sicher, dass er hinter dem Aufruhr steckt.«

Es war Rampillon ein Rätsel, wie man es so weit kommen

lassen konnte. Nachgiebigkeit den Juden gegenüber führte über kurz oder lang zu Schwierigkeiten. Man wusste das seit Jahrhunderten. Und doch wurde dieser Fehler immer wieder gemacht.

Lustlos nippte er an seinem Wein. Das Gespräch begann, ihn zu langweilen. Dem Dauphin, der zwischen der Gräfin und ihm saß, erging es offenbar genauso. Seit einer Weile rutschte der Junge auf seinem Stuhl hin und her. Wie viele Sprösslinge des Hochadels war er ein ewig unzufriedener Bengel, der von morgens bis abends eine griesgrämige Miene zur Schau trug.

»Ich hörte, Ben Salomo soll sehr einflussreich sein«, erwiderte Rampillon.

Dass er dies zur Sprache brachte, gefiel der Gräfin nicht. »Er genießt die Freundschaft von Bischof Sassenage. Andernfalls hätte ich seiner Unverschämtheit schon vor langer Zeit Einhalt geboten.«

Er ließ seinen Blick über die Anwesenden schweifen. Man hatte ihm jeden Einzelnen vorgestellt, aber er hatte sich nicht die Mühe gemacht, sich die Namen zu merken. An den Bischof hätte er sich jedoch zweifellos erinnert. »Wieso ist Sassenage heute Abend nicht hier?«

Die Gräfin machte ein säuerliches Gesicht, das sich nicht sehr von ihrer üblichen Miene unterschied. »Der Bischof und ich sind … Nun, lasst es mich so formulieren: Wir stehen nicht gerade auf bestem Fuß zueinander.«

Interessant, dachte er. Er wollte gerade eine weitere Frage an die Gräfin richten, als der Dauphin plötzlich mit mürrischer Stimme verkündete: »Ich will den Tanzbären sehen.«

»Sire«, erklärte seine Mutter, »das ist leider nicht möglich. Ihr wisst doch, dass der Bärenführer vor zwei Tagen abgereist ist. Er wird erst im Frühjahr wiederkommen.«

»Aber ich will ihn *jetzt* sehen!«

»Nach dem Essen zeigt uns ein Schwertschlucker seine Kunst. Ich verspreche Euch, das wird Euch weitaus besser gefallen.«

»Ich will keinen Schwertschlucker! Ich will den Tanzbären!« Die hohe Stimme übertönte die Musik und die wenigen Gespräche an der Tafel. Alle Köpfe waren dem Tischende zugewandt, einige Diener brachten sich hastig in Sicherheit. Die Wutausbrüche des Dauphins waren gefürchtet, Rampillon hatte davon gehört.

»Holt Klimperling, schnell!«, befahl die Gräfin einem Diener. Sie beugte sich zu ihrem Sohn herunter und flüsterte ihm etwas ins Ohr. Was auch immer es war, es zeigte keine Wirkung. Der Dauphin umklammerte einen Kupferbecher, schlug ihn auf die Tischplatte und schrie dabei: »Nein, den Tanzbären! Nein, den Tanzbären!«

Die Musik hatte aufgehört; die Spielleute wechselten ratlose Blicke. Unruhe war unter den Dienern ausgebrochen. Schließlich wurde ein Mann im Narrenkostüm hereingebracht. Er schien betrunken zu sein, dem roten Gesicht und dem schwankenden Gang nach zu schließen. Doch der Anblick des brüllenden Dauphins machte ihn schlagartig nüchtern. Mit verzweifelter Fröhlichkeit begann er mit seinen Possen, die im Wesentlichen aus Fratzen und der Nachahmung von Körpergeräuschen bestanden. Der Dauphin wohnte der Darbietung mit finsterer Miene bei, aber immerhin schrie er nicht mehr.

Die Erleichterung im Saal war mit Händen zu greifen. Die Musik begann von Neuem, und die Gespräche kamen wieder in Gang. Die Gräfin lächelte entschuldigend. »Der Dauphin hat das ungestüme Temperament seines Vaters. Nächstes Jahr wird er Page bei Baron Humbert. Der Baron ist der richtige Mann für diese Aufgabe. Er hat schon so manchen kleinen Hitzkopf zu einem anständigen Ritter gemacht.«

»Gewiss gelingt ihm das auch bei Eurem Sohn«, sagte Rampillon.

»Wo waren wir stehen geblieben? Bei den Juden, richtig. Was war das für ein Wort, das sie Euch zugerufen haben?«

»Meint Ihr ›*Amalek*‹?«

»Was bedeutet es?«

Der Siegelbewahrer kannte die alte Legende. *Amalek* war der ewige Feind des Volkes Israel, der seit Jahrtausenden in wechselnder Gestalt wiederkehrte, um Leid und Tod zu bringen. Unzählige Männer hatten den Namen *Amalek* bekommen, römische Kaiser, die Anführer des ersten Kreuzzugs – und nun auch er. »Es bezieht sich auf einen alten jüdischen Aberglauben. Nichts von Bedeutung.«

»Ihr lasst Euch nicht von ihnen einschüchtern«, sagte die Gräfin anerkennend.

»Warum sollte ich? Es sind nur Juden.«

»Aber Ihr kennt doch ihre Heimtücke. Habt Ihr keine Angst, sie könnten Rache nehmen?«

»Wenn Ihr eine Schabe zertretet«, erwiderte er, »fürchtet Ihr dann die Rache der übrigen Schaben?«

Wenig später bereute er, dass er das gesagt hatte, denn es bewirkte bei der Gräfin einen Redeschwall, in dem sie sich mit glühender Bewunderung über sein unerbittliches Vorgehen in Amiens und Orléans ausließ. Rampillon ließ es über sich ergehen und sah währenddessen Klimperlings traurigem Schabernack zu. Als die Nachspeise hereingetragen wurde – eine mehrstöckige Torte aus Zuckerguss, Kirschen und unendlich viel Sahne –, entschied er, dass es Zeit war, zu gehen.

»Ich danke Euch für die Gastfreundschaft, Euer Gnaden. Erlaubt Ihr, dass ich mich zurückziehe? Mein Rücken schmerzt von der Reise.«

»Natürlich, Exzellenz«, sagte die Gräfin. »Besucht Ihr die Morgenandacht mit mir?«

Er sagte, es wäre ihm ein Vergnügen. Dann endlich ging er.

»Exzellenz?«

Er wandte sich um.

»Eure Hunde«, erinnerte die Gräfin ihn.

»Gewiss.« Er lächelte. »Das muss der Wein sein.« Die beiden Wolfshunde starrten Klimperling an, der ihnen nervöse Blicke zuwarf, während er vor dem Dauphin wie ein Affe herumsprang. Rampillon dachte, dass es für sie alle das Beste wäre, sie von der Kette zu lassen. Er gab dem Hundeführer einen Wink, der die widerwilligen Kreaturen daraufhin aus dem Saal zerrte.

Der Siegelbewahrer hatte die gekrümmte Haltung eines Mannes, der zu viele Jahre auf nackten Steinböden gekniet oder sich bei schlechtem Licht über alte Folianten gebeugt hatte. Er konnte nicht mehr lange sitzen, ohne dass unerträgliche Schmerzen vom Steißbein zu den Schulterblättern hinaufkrochen. Nach den Stunden in dem holpernden Reisewagen und im Festsaal war es eine Wohltat, einige Schritte zu gehen. Über einen halbdunklen Flur und eine Treppe gelangte er in den fackelbeleuchteten Innenhof des Palasts. Die kalte Luft tat ihm gut. In seinem Kopf pochte es; die Gegenwart einfältiger Menschen laugte ihn stets aus.

»Exzellenz«, grüßte Saudic, der ihn bei den Soldatenunterkünften erwartete. Der Hauptmann stand dort allein, die Arme vor dem Brustpanzer verschränkt. Es war Abend, und auf dem Hof herrschte rege Geschäftigkeit. Diener, Knechte und Mägde eilten umher; vor den Ställen wurde ein Pferd beschlagen; im Ofen vor der Küche buk man Brot. Doch wer konnte, machte einen Bogen um den Missgestalteten.

»Nimm die Köter, und schaff sie weg«, befahl Rampillon.

»Wohin?«, fragte der Hauptmann.

»Das ist mir egal. Irgendwohin. Behalte sie von mir aus.«

Der Hundeführer warnte Saudic vor der Wildheit der Tiere,

als er ihm die Kette übergab. Unbeeindruckt nahm der Krieger sie entgegen. Die Hunde legten sich zu seinen Füßen hin. Der Hundeführer schüttelte fassungslos den Kopf, bevor er ging.

»Meine Männer haben das Judenviertel ausfindig gemacht«, sagte Saudic. »Sollen wir wie üblich vorgehen?«

»Nein. Verhaltet euch ruhig, bis du neue Anweisungen bekommst.«

Der Hüne verneigte sich und schritt davon.

»Ach, Saudic?«, rief Rampillon.

Der Hauptmann wandte sich um. »Exzellenz?«

»Zieh deinen Helm auf. Wir wollen doch nicht, dass die Leute deinetwegen böse Träume bekommen.«

Saudic stülpte den Helm über und ging seines Weges, gefolgt von den Hunden, die plötzlich überaus folgsam waren.

Rampillon blieb an der Treppe zurück und sah gedankenverloren dem Treiben auf dem Hof zu. *All diese Knechte, Hufschmiede und Diener stehen jeden Morgen auf und schuften von früh bis spät, damit sie nicht verhungern,* kam es ihm in den Sinn. *Dabei spielt es keine Rolle, ob sie leben oder nicht; ihre Existenz hat nicht die geringste Bedeutung. Sie wissen es nur nicht. Aber vielleicht liegt darin die Antwort: Glück ist nichts anderes als Ignoranz.*

Der Gedanke machte ihn noch niedergeschlagener, und er beschloss, die Kapelle aufzusuchen, bevor er zu Bett ging.

Sie befand sich in einem Palastflügel, in dem sich nach Einbruch der Dunkelheit keine Menschenseele mehr aufhielt. Eine einsame Fackel verströmte flackerndes Licht, und seine Schritte hallten. Er öffnete die eisenbeschlagene Tür, hinter der ein stilles Gewölbe lag. Es roch nach Weihrauch und feuchtem Gestein – ein vertrauter, willkommener Geruch, der ihn an die glücklicheren Jahre seiner Jugend erinnerte. Und doch verkrampfte sich etwas in seinem Innern, als er sich unter dem niedrigen Türsturz hindurchbückte.

Säulen trugen die Decke, zwei Spitzbogenfenster ließen Mondlicht herein. Der Altar war ein simpler Klotz mit einem kupfernen Kruzifix und zwei erloschenen Kerzen darauf. Es gab keine Bänke, keinen Wandschmuck, keinen Zierrat. Der Kaplan war nicht anwesend. Er hatte die Kapelle für sich allein.

An einem anderen Tag hätte ihn die Schlichtheit des Andachtsraumes angerührt; heute ärgerte sie ihn, denn er hatte sich Ablenkung erhofft. Es war falsch gewesen, hierherzukommen; inzwischen sollte er wahrhaftig besser wissen, dass er in keiner Kapelle, in keinem Gotteshaus mehr den Trost fand, den er so dringend brauchte. Doch er konnte nicht anders. Wäre er nicht hergekommen, würde er sich jetzt fühlen wie ein Feigling.

Ein zweites Kruzifix aus Stein zierte die Wand hinter dem Altar; Christus mit der Dornenkrone auf dem Haupt hing daran. Ächzend ging Rampillon auf die Knie, stützte sich mit den Händen ab und küsste die kalte, steinerne Erde. *Herr,* dachte er voller Furcht, *sprich zu mir, ich bitte dich.*

Als er den Kopf wieder hob, schien der Sohn Gottes höhnisch auf ihn herabzuschauen, als wollte er sagen: *Was starrst du mich so an? Mich gibt es doch gar nicht.*

Kapitel 11

Müde legte Rahel die letzte Rolle zurück in die Kiste. »Etwas gefunden?«, fragte Brendan.

»Nichts.« Sie schloss den Deckel. »Madora scheint alles verbrannt zu haben.«

Der Bretone betrachtete zum wiederholten Male den Stern oder die Spinne auf dem Stückchen Pergament, oder was auch immer es war. Er hatte ihr geholfen, die Schriftrollen durchzusehen. Er konnte kein Hebräisch, aber das war auch nicht nötig; schließlich hatten sie nur nach der Zeichnung auf dem Pergamentfetzen gesucht. »Was, glaubst du, bedeutet es?«

»Jedenfalls nicht das, was sie gesagt hat.« Sie streckte sich. »Lass uns etwas essen. Ich habe Hunger.«

Es gab noch Suppe von gestern. Sie wärmten sie auf und füllten ihre Schalen. Sie waren nach wie vor allein im *Miflat*. Am Nachmittag hatte Jarosław ihnen ausgerichtet, dass die Ratsversammlung länger dauern würde. Inzwischen war es Abend und Madora noch nicht zurück.

Rahel trank von der heißen, würzigen Suppe. Warum setzte die Wahrsagerin alles daran, vor ihr zu verbergen, was es mit dem Mal auf sich hatte? Wenn es kein Schandmal des Erzbischofs von Avignon war, wie sie am Abend in der Höhle erzählt hatte – was war es dann? Warum war es in den Schriften des Bundes von En Dor verzeichnet? Der spinnenförmige Stern auf dem Pergamentstück war kein Tintenfleck, der zufällig so aussah wie das Brandmal auf Madoras Hand – es handelte sich um eine Zeichnung, darin war sich Rahel mit Brendan einig. Aber eine Zeichnung von *was?*

»Was meinst du, soll ich Madora darauf ansprechen?«, fragte sie.

Brendan hielt die Schale in beiden Händen und pustete auf die dampfende Suppe. »Versuch es. Aber erwarte nicht, dass du eine ehrliche Antwort bekommst. Nicht von jemandem, der so einen Schatz vernichtet, nur um ein Geheimnis zu wahren.«

Ja, ein Schatz ... genau das waren die Schriftrollen, die zu Hunderten im Keller des *Miflat* lagerten: Aufzeichnungen des Bundes, womöglich jahrhundertealt und einzigartig in der Welt. Sie konnte es noch immer nicht fassen, was Madora getan hatte. Sie fragte sich, was Rabbi Joshua davon halten würde, wenn er es erführe.

Wenigstens ein Gutes hatte die stundenlange Suche in den Kellergewölben gehabt: Brendan ging es besser. Er aß etwas und wirkte nicht mehr ganz so hoffnungslos wie gestern noch. Die Arbeit hatte ihm gutgetan.

Als Rahel sich noch etwas Suppe holen wollte, hörte sie, wie jemand die Treppe herunterkam. Hastig steckte sie den Pergamentfetzen ein.

Doch es war weder Madora noch Jarosław. »Isaak«, sagte sie erstaunt, als dieser mit einer Lampe in der Hand den Kellerraum betrat. »Was machst du denn hier? Ist die Versammlung zu Ende?«

»Leider nicht. Ich habe euch Feuerholz gebracht. Madora meint, ihr habt kaum noch welches.«

»Das hat sie gesagt? Wir haben noch genug für zwei oder drei Tage. Sieh mal da.«

Isaak betrachtete den Stapel, auf den sie wies. Ratlos fuhr er sich mit der Hand durch das kurze Haar am Hinterkopf. »Nun ja. Vielleicht hat sie es vergessen ...«

Selten hatte Rahel einen schlechteren Lügner gesehen. Aber warum log er wegen Feuerholz? War es etwa ein Vorwand, um herzukommen – zu ihr? Aus irgendeinem Grund hellte sich ihre Stimmung bei diesem Gedanken auf. Sie beschloss, der Sache auf den Grund zu gehen.

»Nun, Feuerholz kann man nie genug haben. Komm, ich helfe dir damit.«

Es gelang ihm nicht, seine Erleichterung zu verbergen. »Die Kiste steht oben.«

Wirklich ein erbärmlicher Lügner, dachte sie, während sie ihm die Treppe hinauffolgte. Wann war ihr das letzte Mal ein Mann begegnet, der so von Grund auf ehrlich war wie Isaak? Sie konnte sich nicht erinnern. Vermutlich noch nie. Noch etwas, das ihr an ihm gefiel.

Nachdem sie das Holz nach unten gebracht hatten, warf Brendan einige Scheite ins Feuer, woraufhin es mit neuer Kraft brannte. Isaak setzte sich zu ihnen, und plötzlich herrschte betretenes Schweigen. Niemand schien zu wissen, was er sagen sollte. Rahel überlegte, wie sie ein Gespräch beginnen könnte, doch je mehr sie sich anstrengte, desto weniger fiel ihr ein. Schließlich brach Brendan das Schweigen, und sie atmete innerlich auf.

»Hat der Rat schon entschieden, was er wegen Rampillon unternimmt?«

»Noch nicht«, antwortete Isaak. »Sie haben den ganzen Tag gestritten. Ohne Madora hätte es womöglich Handgreiflichkeiten gegeben. Dank ihr reden sie wieder miteinander wie vernünftige Männer.«

»Was hat sie getan?«, erkundigte sich Rahel.

»Sie hat ihnen von den Pogromen in Frankreich erzählt. Das hat sie daran erinnert, warum sie zusammengekommen sind.«

»Dass man einer Fremden gestattet, am Rat teilzunehmen, ist ungewöhnlich. Dein Vater muss ihr sehr vertrauen.«

»Madora ist eine *Talmida* des Bundes. Er würde ihr sein Leben anvertrauen.«

Auch dann noch, wenn er wüsste, was sie getan hat?, dachte Rahel. Sie war froh, dass sie die Überreste der Schriftrollen beseitigt hatten, bevor Isaak gekommen war. Sie hatten schon genug Schwierigkeiten, auch ohne dass Rabbi Joshua ihnen misstraute.

Sie füllte ihre Schale mit Suppe und bot Isaak auch etwas an. Sie wollte, dass er blieb. Dankbar nahm er an.

»Warum begleitet ihr Madora?«, fragte er, während sie aßen. »Ihr seid doch Gaukler, oder?«

Rahel nickte. »Ich tanze und jongliere. Bren macht Musik.«

»Machte«, korrigierte Brendan sie.

Isaak sah ihn verwundert an. »Jetzt nicht mehr?«

Der Bretone nippte an seiner Suppe und gab keine Antwort.

»Es ist eine lange Geschichte«, sagte Rahel. »Und keine besonders schöne.«

»Erzähl es ihm schon«, forderte Brendan sie auf.

Sie blickte Isaak an. »Zwei unserer Gefährten wurden ermordet, bevor wir Madora begegneten. Schäbig und Joanna. Joanna war Brens Verlobte.«

Damit hatte Isaak nicht gerechnet. »Wer hat es getan?«

»Gewöhnliche Leute. Eine Meute, die von einem Prediger Rampillons aufgehetzt wurde.«

Isaaks Augen verdunkelten sich vor Zorn. »Dieser Teufel! Ist man denn nirgendwo vor ihm sicher?«

Sie zuckte mit den Schultern. »Sie brannten das Judenviertel von Bourges nieder. Danach überfielen sie unser Lager. Und seitdem … nun, seitdem macht Bren keine Musik mehr.«

Isaak stellte die Suppenschale auf den Boden; offenbar war ihm die Lust am Essen vergangen. »Das ist nicht richtig«, sagte er zu Brendan. »Gerade jetzt solltest du Musik machen.

Lass nicht zu, dass diese Bestien alles zerstören, wofür du lebst.«

»Vielleicht ist es falsch«, erwiderte Brendan. »Aber ich kann nicht anders.«

Isaak verfiel in Schweigen. Als Rahel schon befürchtete, die gedrückte Stimmung könnte ihn zum Gehen bewegen, öffnete er seinen Beutel. »Ich habe noch etwas für euch. Hier.«

Er holte einen prall gefüllten Weinschlauch hervor. Rahel zog den Pfropfen heraus und nahm einen Schluck. Es war guter Wein, süß und kräftig. Sie gab den Schlauch an Isaak zurück. »Erzähl uns von dir. Du führst Pilger über die Berge, richtig?«

Er trank und reichte den Schlauch an Brendan weiter. »Pilger, Fernhändler, Schmuggler. Eben jeden, der meine Hilfe braucht.«

»Schmuggler?«

Er grinste. Es war ein schönes Lächeln, fand sie. »Warum nicht? Sie zahlen gut. Und niemand kennt bessere Geschichten.«

»Was sagt dein Vater dazu?«

»Gar nichts. Er weiß es nicht.«

Bei ihrer ersten Begegnung hatte sie ihn für recht unbedarft gehalten. Sie hatte ihn unterschätzt. Er konnte vielleicht nicht lügen, aber er war niemand, dem man leicht etwas vormachte. »Wieso bist du kein Rabbi wie dein Vater?«

»Ganz einfach: Alle Männer meiner Familie waren Rabbiner, seit über hundert Jahren. Es wurde Zeit, dass jemand etwas Neues anfängt.«

»Das hat dein Vater zugelassen?«

Der Weinschlauch gelangte wieder zu Isaak. »Zunächst nicht. Er sperrte mich in meiner Kammer ein und drohte, mich zu züchtigen, wenn ich nicht aufhörte, ihm zu trotzen.

Nachts bin ich geflohen und habe mich in den Hügeln versteckt. Dort blieb ich, bis er fürchtete, ich sei verhungert. Bei meiner Rückkehr war er so erleichtert, dass er mir vermutlich sogar erlaubt hätte, Christ zu werden. Seitdem hat er nie mehr versucht, mich zu etwas zu zwingen.« Er grinste wieder und nahm noch einen Schluck.

Sie ließen den Weinschlauch kreisen und redeten. Rahel erzählte von ihren Wanderschaften, Isaak vom Leben in Grenoble und seinen Reisen nach Italien. Er war ein guter Geschichtenerzähler, bescheiden, klug und voller Witz. Es gelang ihm sogar, Brendan zum Lachen zu bringen. Es musste Wochen her sein, dass sie den Bretonen das letzte Mal lachen gehört hatte.

Er ist so anders als sein Vater, dachte sie, während Isaak erzählte, wie er einmal tagelang in einer Gletscherspalte festsaß. Der Rabbiner war besessen von seiner Aufgabe, das Vermächtnis des Bundes zu bewahren. Isaak hingegen liebte die Berge und das Leben, mehr wollte er nicht. Seine Gelassenheit wirkte ansteckend. Dank ihm konnte Rahel zum ersten Mal seit vielen Tagen ihre Sorgen und düsteren Gedanken für eine Weile vergessen.

»Warum habt ihr euch Madora angeschlossen?«, erkundigte sich Isaak neugierig.

Sie sah keinen Grund, ihm etwas zu verheimlichen. »Meine Mutter gehörte dem Bund von En Dor an. Bevor sie starb, vertraute sie mir den Vers an, von dem Madora gesprochen hat – der Vers, der zum Versteck des Schreins führt. Sie glaubt, dass ich die Einzige bin, die ihn kennt. Deshalb hat sie mich gesucht.«

»Habt ihr schon eine Vermutung, wo der Schrein versteckt ist?«

In diesem Moment hatte Rahel eine Idee. Isaak kannte sich bestens in Grenoble aus. Vielleicht konnte sie mit seiner Hilfe herausfinden, was die vierte Verszeile bedeutete, solange Madora noch fort war. Eine bessere Gelegenheit würde sich ihr so bald nicht wieder bieten. Ganz ungefährlich war das allerdings nicht: Seine Ehrfurcht vor Madora war groß. Was, wenn er der Seherin die Zeile verriet?

Nein, das würde er nicht tun. Nicht, wenn ich ihn darum bitte, es für sich zu behalten.

»Rahel?«, fragte er, als sie nicht antwortete.

Sie musste es versuchen. »Nein, wir wissen noch nicht, wo er versteckt ist«, sagte sie. »Wir haben alle Verszeilen entschlüsselt – bis auf eine. Wir kommen einfach nicht darauf, was sie bedeuten könnte.«

»Vielleicht kann ich euch helfen«, bot er an. »Wie lautet sie?«

Rahel gab vor zu zögern. »Der Vers ist geheim«, sagte sie schließlich. »Ich habe Madora mein Wort gegeben, mit niemandem darüber zu sprechen.«

»Du musst mir ja nicht den ganzen Vers verraten. Nur die Zeile, die ihr nicht versteht.« Wieder sein Grinsen. »Madora muss es ja nicht erfahren.«

Das war es, was sie hören wollte. Scheinbar Rat suchend sah sie zu Brendan. Der Bretone hatte begriffen, was sie beabsichtigte, und antwortete mit einem warnenden Blick. Sie deutete ein Nicken an – *ich weiß, was ich tue* – und wandte sich wieder Isaak zu. »Also gut. Aber kein Wort zu Madora. Versprochen?«

»Versprochen.«

Sie nahm einen weiteren Schluck aus dem Weinschlauch. Hoffentlich tat sie das Richtige. »Der Vers lautet ›Wo Oyand ruht‹. Wir glauben, mit Oyand ist der christliche Heilige gemeint. Aber mehr wissen wir nicht.«

Isaak nickte. »Oyand war ein Heiliger der Christen. Er liegt hier begraben.«

»In der Stadt?«

»Nein, außerhalb der Mauern. In einer Nekropole im Wald, auf der anderen Seite der Isère.«

Aufregung erfasste sie. »Das muss es sein! ›Wo Oyand ruht‹ – Oyands Grab! Kennst du den Weg dorthin?«

»Wieso? Wollt ihr dort etwa hingehen?«

»Ja. In den Gräbern muss ein Steinmetzzeichen sein, genau wie in der alten Taufkirche.«

Isaak nahm den Schlauch entgegen, trank aber nicht. »Aber danach zu suchen, dürfte schwierig werden.«

»Wieso?«

»Die Gräber sind bewohnt. Von Bettlern, Aussätzigen und Vogelfreien. Sie mögen Fremde nicht. Die einzigen Eindringlinge, die sie dulden, sind die Mönche von Saint Laurent, die ihnen manchmal Essen und Kleider bringen.«

Das überraschte Rahel nicht. Auf vielen Friedhöfen hausten Menschen, die anderswo nicht gern gesehen waren. Es war noch nicht lange her, da hatte sie selbst mit ihren Gefährten auf einem vergessenen Totenacker gelagert. »Sag mir trotzdem, wie wir sie finden.«

»Ganz einfach: Ihr geht über die Brücke bei Saint Laurent. Von der Straße zum Kloster zweigt ein Pfad in den Wald ab. Nach kurzer Zeit kommt ihr zu einer Lichtung. Da ist es. Aber ich warne euch, die Bewohner sind üble Gesellen. Manchmal streifen sie am Flussufer herum. Wer klug ist, geht ihnen aus dem Weg.«

»Kommt man in die Nekropole, ohne von ihnen gesehen zu werden?«

»Ich habe es noch nicht versucht.«

»Wie sieht es dort aus?«

»Genau weiß ich das nicht. Es heißt, es sei ein Labyrinth aus Kammern und Gängen. Die ersten Gräber stammen von den Kelten, dann kamen die Römer und haben sie ausgebaut. Und nach ihnen die frühen Christen. Irgendwann hat man die Nekropole aufgegeben.«

Sie musste zu dieser Nekropole. Und sie musste *jetzt* gehen, bevor Madora zurückkam. Mit den Bettlern wurde sie fertig. Schwieriger war, es so anzustellen, dass Isaak keinen Verdacht schöpfte. Sie lächelte ihn dankbar an. »Du hast uns sehr geholfen, Isaak. Es war richtig, dich einzuweihen.«

Bescheiden, wie er war, zuckte er nur mit den Achseln und trank aus dem Schlauch.

»Wann wird der Rat zu Ende sein?«, fragte sie beiläufig.

»Vielleicht bald, vielleicht erst in ein paar Stunden«, antwortete er. »Ich habe schon Versammlungen erlebt, die mittags begannen und weit nach Mitternacht endeten. Warum fragst du?«

»Ich wundere mich, dass Madora noch nicht zurück ist.«

»Ich wollte ohnehin neuen Wein holen. Dann kann ich auch gleich nachsehen, wo sie bleibt.« Er verschloss den leeren Schlauch und stand auf.

Sollten sie heimlich das *Miflat* verlassen, während Isaak fort war? Nein, zu auffällig. Er würde sofort darauf kommen, wohin sie gegangen waren. Schlimmer noch, er käme sich genarrt vor, und das hatte er nicht verdient. Sie brauchte einen Vorwand. »Für uns keinen Wein mehr. Bren und ich müssen gehen.«

»Wohin?«, fragte Isaak.

»Ja, wohin?«, meinte Brendan überrascht.

»Na, zu Philippe von Amiens!«, antwortete sie dem Bretonen. »Weißt du nicht mehr? Er erwartet uns in dieser Schenke, deren Namen ich immer vergesse.«

Der Spielmann starrte sie verständnislos an, und es dauerte einen endlosen Augenblick, bis er begriff. »Ach, Philippe von Amiens! Natürlich! Schon heute Abend?«

»Ja, heute Abend. Allmächtiger, Bren, was ist nur mit dir los?«

Isaak fragte: »Wer ist dieser Philippe?«

»Ein alter Freund«, erklärte Rahel. »Ein Spielmann. Er ist zufällig in der Stadt. Wir haben uns seit zwei Jahren nicht gesehen.«

»Nie von ihm gehört.«

»Kannst du auch nicht. Er ist das erste Mal in Grenoble.« Noch eine Lüge – schon die dritte, die List mit der Verszeile mitgerechnet. Sie bekam ein schlechtes Gewissen. Gerade hatte sie angefangen, ihn zu mögen, und schon hatte sie nichts Besseres zu tun, als ihn hinters Licht zu führen. Besser, sie ging, bevor sie es noch schlimmer machte. »Komm, Bren«, drängte sie, »wir sind schon spät dran.«

»Findet ihr den Weg zur Schenke?«, erkundigte sich Isaak, während sie die Treppe hinaufstiegen.

»Ja. Wir waren schon einmal dort.« Damit er gar nicht erst auf die Idee kam, er könnte sie begleiten, fragte sie rasch: »Sehen wir uns morgen wieder?«

Er lächelte – nein, er *strahlte.* »Gern. Zur Mittagsstunde?«

Beim Anblick seiner Freude kam sie sich noch schäbiger vor. Sie nickte. »Zur Mittagsstunde.« *Und dann mache ich alles wieder gut.*

Nachdem sie sich voneinander verabschiedet hatten, gingen sie und Brendan zügig zur Pforte des Judenviertels. Als Isaak außer Sicht war, sagte der Bretone: »Wir gehen also zu dieser Nekropole, ja?«

»Ja.«

»Hätte das nicht bis morgen warten können?«

»Wenn Madora da ist, können wir nicht einfach für ein paar Stunden verschwinden. Du weißt doch, wie wachsam sie ist.«

»Was, wenn der Rat endet, bevor wir zurück sind? Sie wird sich wundern, dass wir nicht da sind.«

»Und wennschon. Wir erzählen ihr einfach das Gleiche wie Isaak.« *Die gleichen Lügen,* dachte sie und verspürte wieder einen Stich. »Glaubst du, er weiß, dass ich ihn belogen habe?«

»Das macht dir zu schaffen, was?«

Er hatte es bemerkt, natürlich. Er wäre nicht Bren, wenn es anders wäre. »Es musste sein. Ich konnte ihm doch nicht sagen, was ich vorhabe.«

»Warum machst du dir dann Sorgen?«

Sie antwortete nicht.

»Er gefällt dir, nicht wahr?«, fragte Brendan.

Rahel warf ihm einen Seitenblick zu. »Ist es wirklich so offensichtlich?«

»Nun ja, wie du ihn ansiehst … Das Leuchten in deinen Augen, als er hereinkam … Man müsste schon blind sein, um es nicht zu bemerken.«

Das hatte sie befürchtet. »Meinst du, ihm ist es auch aufgefallen?«

»Da er dich die ganze Zeit anstarrt … vermutlich. Aber vielleicht hast du Glück, und er ist so von dir betört, dass er nicht einmal bemerken würde, wenn deine Nase grün wäre.«

Sie musste lachen. »Hör auf, Bren! Er starrt mich nicht an. Und betört ist er auch nicht.«

»Und *wie* er dich anstarrt. Mein Gott, Rahel, bist du schon so verliebt, dass du das nicht siehst?«

Verliebt – wie seltsam das klang, wenn Brendan es sagte: schön und … bedrohlich. Sie war noch nie verliebt gewesen, in keinen der Männer, mit denen sie das Lager geteilt hatte. Wozu auch? Sie brauchte keine Liebe, um glücklich zu sein, und glücklich war sie mit jedem Mann gewesen, wenigstens für eine Weile.

Und Isaak? Sie mochte ihn, sie mochte ihn sogar *sehr*. Aber verliebt?

Nein. Liebe ist zu schwierig – lass dich nicht darauf ein. Denk daran, was mit all jenen geschehen ist, die du geliebt hast, mit Vater, Mutter, Mirjam, Yvain, Sorgest …

Sie waren fort, für immer. Und jedes Mal war sie durch den Verlust schier verrückt geworden vor Schmerz. *Denn nur das bewirkt Liebe: Schmerz. Frag Brendan.*

Besser, sie schlug sich Isaak aus dem Kopf, solange sie noch konnte.

In Grenoble standen in Friedenszeiten die Tore auch nach Einbruch der Dunkelheit offen. Die Wächter waren vor der Eiseskälte ins Torhaus geflüchtet, wo sie schwatzend Wein tranken, sodass Rahel und Brendan unbemerkt nach draußen gelangen konnten.

Jenseits der Stadtmauer erstreckten sich verschneite Äcker und Wiesen, durch die eine schnurgerade Straße verlief. In der Dunkelheit hörte Rahel das leise Flüstern der Isère. Das Kloster Saint Laurent war nicht weit von der Stadt entfernt und über eine Holzbrücke zu erreichen; Schilf ragte wie das Lanzendickicht eines erstarrten Heeres aus den Eisschollen am Flussufer hervor. Jenseits der Brücke standen Kiefern, Tannen und Fichten auf dem Berghang, der steil bis zu seiner zerklüfteten Spitze anstieg. In einigen Fensterschlitzen des Klosters brannte Licht, in dem sich Schatten bewegten. Sonst war von den Mönchen nichts zu sehen.

Nach einigem Suchen fanden sie gegenüber den Klostermauern den Pfad, von dem Isaak gesprochen hatte: eine schmale Schneise durch das schneeverhangene Unterholz, die offenbar selten benutzt wurde, so zugewachsen, wie sie war.

Rahel ging voraus. Sie schob einen niedrigen Ast zur Seite und hielt ihn fest, bis Brendan daran vorbeigegangen war.

»Was machen wir, wenn wir auf die Bettler und Vogelfreien treffen?«, fragte der Bretone, während sie dem steilen Pfad folgten.

»Uns fällt schon etwas ein. Zuerst sehen wir uns um.« Sie hatte immer noch Isaaks Worte im Ohr, dass die Grabbewohner manchmal am Flussufer umherstreiften, und versuchte, so leise wie möglich zu sein.

Schließlich tat sich eine Lichtung vor ihnen auf. Felsen verschiedener Größen ragten aus dem Boden, als wäre ein gewaltiges Gebäude von innen heraus geborsten und hätte seine Trümmer weiträumig verteilt. Totes Holz hatte sich zwischen den Steinen verkeilt; Schnee bedeckte die Haufen von Geäst wie löchrige Zeltplanen.

»Hier muss es sein«, flüsterte sie.

»Ich sehe keine Gräber«, stellte Brendan fest.

Rahel suchte die Lichtung mit den Augen ab, aber es war zu dunkel, um Einzelheiten zu erkennen. Da erklang leises Husten in der Stille – ein rasselnder, hässlicher Laut. Die beiden Fahrenden gingen hinter einem umgestürzten Baum in Deckung. Durch das Gewirr der Äste konnte Rahel einen Mann erkennen, der oben am Hang erschienen war. Er trug zerlumpte Kleidung und eine löchrige Gugel auf dem Kopf; unter einem Auge prangte ein Geschwür, das im Licht seiner Fackel rot leuchtete wie eine aufgeplatzte Frucht. Er hustete wieder und leerte einen rostigen Soldatenhelm aus; Knochen und Unrat fielen in den Schnee. Dann machte er kehrt und schlurfte dahin zurück, wo er hergekommen war: zu einem Haufen Geröll, hinter dem er verschwand.

»Was machen wir jetzt?«, fragte Brendan leise.

Rahel beobachtete den Geröllhaufen. »Lass uns nachsehen, wie viele von seiner Sorte dort oben hausen.«

Furcht schimmerte in Brendans Augen, aber auch Neugier und Entschlossenheit. Sie verließen ihr Versteck und hasteten den Hang hinauf. Hinter dem Geröllhaufen duckte Rahel sich erneut und wartete, bis der Bretone zu ihr aufgeschlossen hatte. Er wollte sein Messer ziehen, doch sie schüttelte den Kopf. Wenn die Bewohner des Grabes sie entdeckten, wollte sie nicht feindselig erscheinen.

Vorsichtig schlich sie um den Steinhaufen herum, bis sie den Eingang des Grabes erblickte: eine dunkle Öffnung im Hang, die von zwei steinernen, verwitterten Pfosten und einem Türsturz eingerahmt wurde. Die Fläche davor war von abgenagten Knochen, verfaultem Obst und Exkrementen übersät. Es stank erbärmlich.

Der Mann mit dem Geschwür war nicht zu sehen. Rahel nahm all ihren Mut zusammen, huschte zur Öffnung und spähte hinein. Der Geruch von Moder und altem Mauerwerk strömte ihr entgegen … und noch etwas anderes: Rauch. Der Gang führte tief ins Erdreich hinein, schwarze Höhlen gähnten zu beiden Seiten. Fernab in der Dunkelheit konnte sie ein rötliches Glühen ausmachen.

Auch jetzt zeigte sich keiner der Grabbewohner. Sie winkte Brendan zu sich, und Seite an Seite betraten sie den Tunnel. Boden, Wände und Decke bestanden aus uralten Ziegelsteinen, die an unzähligen Stellen zerbröckelt waren, sodass der Fels bloßlag.

Der Gang passierte enge Kammern und Alkoven, in denen Knochen bleichten. Mal ging es einige Stufen hinauf, mal hinab, Schächte gähnten zu beiden Seiten, tiefer gelegene Gräber aus dem ältesten Teil der Nekropole. Sie schlichen auf das rötliche Glühen zu. Der Rauchgeruch wurde beißender.

Schließlich stießen sie auf eine Fackel, die in einer Felsspalte steckte. Flackerndes Licht lag auf Wänden und Decke einer größeren Kammer. Die Bauweise unterschied sich vom Eingangsbereich; der Raum war nicht ausgemauert, sondern in den Fels gehauen worden. Wasser glitzerte in einem kreisrunden Loch im Boden und verströmte fauligen Gestank.

Aus einem Durchgang drangen Stimmen.

Vorsichtig näherte sich Rahel ihm. Brüchige Stufen führten hinter der Öffnung in einen weiteren Raum hinab. Es schien sich dabei um das Herz der Nekropole zu handeln, denn er war weit größer als die anderen Kammern, und mindestens ein halbes Dutzend Durchgänge zweigten davon ab. In seiner Mitte brannte ein Feuer. Ein Teil des Rauchs zog durch ein Loch in der Decke ab; das meiste jedoch verteilte sich im Raum und machte die Luft zum Schneiden dick.

Gestalten kauerten um das Feuer, ein Dutzend oder mehr. Rahel sah vor Schmutz starrende Lumpen, verstümmelte Gliedmaßen, schwärende Wunden, missgestaltete Gesichter, Männer und Frauen, alt und jung. Ein unglaublich magerer Greis mit abstehenden Haaren ließ die Bruche herunter und urinierte in die Flammen, woraufhin ein bulliger Glatzkopf, dem beide Ohren fehlten, zu brüllen anfing und den Alten mit Tritten fortjagte. Bei zwei Frauen löste dies Heiterkeit aus, und aus ihren zahnlosen Mündern drang meckerndes Lachen. Ein junger Bursche, der direkt danebensaß, bekam von alledem nichts mit. Schauder durchliefen seinen schmächtigen Leib, und er schlug sich unentwegt selbst ins Gesicht.

»Was jetzt?«, flüsterte Brendan.

»Sing ihnen etwas vor«, erwiderte Rahel. »Vielleicht mögen sie dich.«

»Sehr witzig.«

Sie war ebenso ratlos wie er. Die verwinkelte Nekropole mit ihren Kammern, Nischen und Gängen nach einem Steinmetzzeichen abzusuchen, würde schon schwierig genug sein – dabei diese Horde nicht aufzuschrecken, war schlichtweg unmöglich. Doch der Gedanke, diese Leute höflich zu bitten, ein paar Stunden oder Tage ihr Heim durchsuchen zu dürfen, war völlig abwegig. Rahel schätzte, dass eine Hälfte von ihnen wahnsinnig war. Und die andere Hälfte würde in Brendan und ihr nur eine willkommene Gelegenheit sehen, an neue Kleider und Stiefel zu kommen.

Wenn es nur eine Möglichkeit gäbe, sie für eine Weile abzulenken …

Husten erklang dicht hinter ihr, und übel riechender Atem streifte ihre Wange. Sie fuhr herum. Ein Gesicht unter einer löchrigen Gugel grinste sie an.

»Gäste. Wie nett.«

Sie wich zurück, bis sie mit dem Rücken gegen die Wand stieß. »Wer bist du?«, platzte es aus ihr heraus.

Der Mann baute sich vor ihr auf. Eine Hälfte seines Gesichts war dunkel, die andere – jene mit dem Geschwür – leuchtete im Fackelschein. »Das ist aber nicht höflich«, sagte er mit einer hellen, fast kindlichen Stimme. »Hier herumschleichen und dann wissen wollen, wer wir sind. Ganz und gar nicht höflich, nein, nein.«

Rahels Mund wurde trocken. *Reiß dich zusammen,* dachte sie. *Du darfst ihm nicht zeigen, dass du dich fürchtest.* »Mein Name ist Rahel«, stellte sie sich vor. »Das ist Brendan. Wir sind Fahrende.«

»So, Fahrende. Was haben sie hier verloren, die fröhlichen Fahrenden?«

»Wir wollen mit Eurem Anführer sprechen.«

Aus der Kehle des Mannes drang ein Geräusch, das entfernte Ähnlichkeit mit einem Lachen hatte. »Mit unserem Anführer wollen sie sprechen. Wie nett sie sind, hört, hört. Aber wie wollen sie wissen, wer der Anführer ist, fragen wir uns?«

»Führ uns zu ihm.«

Der Bettler beugte sich herab und brachte sein missgestaltetes Gesicht nahe an ihres. Der käsige Gestank, der von ihm ausging, war so stark, dass sie kaum noch atmen konnte. »Zu ihm führen soll euch Odo? Und wenn Odo keine Lust hat? Wenn Odo lieber will, dass sie für ihn tanzen und singen, die netten Fahrenden? Tanzen und singen, ja, gefallen würde uns das.«

»Wir haben uns geirrt«, sagte Brendan. »Komm, Rahel, wir gehen.«

Sie wollten seitlich an dem Mann vorbeischlüpfen, doch der folgte ihnen blitzschnell und verstellte ihnen den Weg. »Gehen wollen sie? Schon? Wo sie doch gerade erst gekommen sind?«

Was waren sie nur für leichtsinnige Narren, ohne einen vernünftigen Plan hier hereinzuspazieren! Rahel erwog, den Bettler anzugreifen. Er war sehr groß, aber auch sehr dünn. Vielleicht konnte sie ihn mit einem gezielten Tritt niederstrecken.

»Was ist denn hier los?«, ertönte eine dröhnende Stimme. Es war der untersetzte Glatzkopf ohne Ohren. Sein von Narben übersäter Schädel schimmerte im Licht der Fackel. »Wen hast du da wieder angeschleppt, Odo?«

Odo leckte sich über die dünnen Lippen. »Nette Fahrende. Das sind sie. Wollen für uns singen und tanzen.«

»Was redest du da für einen Unsinn?« Der Glatzkopf kam auf seinen stämmigen Beinen näher. Seine Augen verengten sich zu Schlitzen, als er Rahel und Brendan musterte. »Sehen mir eher aus wie Eindringlinge. Wie Diebe.«

»Wir sind keine Diebe«, sagte Rahel. »Odo hat recht. Wir sind Fahrende. Bist du der Anführer?«

»Kann schon sein.« Der Glatzkopf starrte sie durchdringend an. »Warum willst du das wissen? Hat die Gräfin euch geschickt? Oder dieser aufgeblasene Wicht von einem Bischof?«

»Niemand hat uns geschickt.« Sie beschloss, ihm die Wahrheit zu sagen. »Wir sind hier, weil wir etwas suchen. Dafür brauchen wir eure Hilfe.«

»So? Was denn?«

»Lügen tun sie, glaubt Odo«, ließ sich der Schlaksige vernehmen. »Lügen und flunkern und schwindeln. Sollten sie mit Feuer und Messern piesacken, bis sie uns die Wahrheit verraten.«

»Das ist die Wahrheit«, erwiderte Rahel. »Mehr wollen wir nicht.«

»Das werden wir ja sehen«, sagte der Glatzkopf. »Odo, greif dir den Kerl und bring ihn zum Feuer. Bin gespannt, was sie zu sagen haben.«

Die Pranke des Glatzkopfs schloss sich um Rahels Arm. Etwas blitzte im Fackellicht, und Odo taumelte heulend von Brendan zurück, die Hand hoch erhoben. Blut floss über seine Finger.

»Lauf!«, schrie der Bretone und stach mit seinem Messer nach dem Glatzkopf. Der wich zurück und musste Rahel loslassen. Sie trat ihm in die Weichteile, und als er stöhnend auf dem Boden aufschlug, war sie schon beim Ausgang der Kammer.

»Diebe! Mörder! Schufte! Lumpenpack!«, kreischte Odo hinter ihnen. »Tod! Toooood!«

Brendan hatte die Fackel aus der Wand gerissen und rannte den Tunnel entlang; Rahel folgte seinem zuckenden Schemen. Sie sah sich nicht um, aber das war auch nicht nötig. Dem wilden Geheul nach zu schließen, hatte die gesamte Horde die Verfolgung aufgenommen. Auf freiem Feld hätten sie die Bettler mit Leichtigkeit abgehängt; hier drin aber hatte die Horde einen großen Vorteil: Sie kannte jeden Stein der Nekropole und jede Unebenheit im Boden, während Rahel und Brendan aufpassen mussten, nicht zu stolpern oder in einen Schacht zu stürzen. Ihr Vorsprung schrumpfte mit jedem Schritt.

Endlich erreichten sie den Ausgang. Brendan warf die Fackel in den Schnee, vergewisserte sich mit einem raschen Blick, dass Rahel dicht hinter ihm war, und lief den Hang hinab. Eine Hand griff nach ihrem Arm, Finger wie Krallen rissen an ihrem Wams. Sie wirbelte herum, erblickte ein schmutziges Gesicht mit fiebrigen Augen und aufgerissenem Mund. Mit dem Schwung der Drehung stieß sie ihren Ellbogen hinein. Ein schmerzvolles Keuchen, die Krallenhand ließ sie los, und sie setzte Brendan nach.

Am Rande der Lichtung stellte Rahel fest, dass die Bettler ihr nicht folgten. Sie waren ins Freie geströmt, zwei Dutzend Gestalten, eine schmutziger und missgestalteter als die andere. Aber sie entfernten sich nicht von dem Geröllhaufen vor dem Eingang ihrer Behausung, als fürchteten sie das Sternenlicht, die klare Luft, die Weite des Himmels. Sie schüttelten die Fäuste und brüllten Flüche und Beschimpfungen. Odo hob mit seiner unverletzten Hand einen Stein auf, warf ihn nach Rahel und kreischte: »Pest! Krätze! Schwund! Rattenblut!«

Sie nahm die Beine in die Hand. Vor ihr erschien wie aus dem Nichts ein schwarzer Umriss. »Vorsicht, Bren!«, keuchte sie, bevor sie mit der Gestalt zusammenstieß.

Hände fingen sie auf, packten sie an den Schultern. Starke Hände. Das war nicht Brendan. Die Gestalt war zu klein, ihre Schultern zu breit, die Haare waren zu kurz.

Es war Jarosław.

Kapitel 12

Der Polane war nicht allein. Hinter ihm kam Madora den Pfad herauf. Brendan war stehen geblieben. Sie beachtete ihn nicht und trat zu Rahel.

»Bist du in Ordnung?«

Jarosław ließ Rahel los, und sie nickte knapp. Madora spähte an ihr vorbei den Hang hinauf. Das Gebrüll der Bettler drang gedämpft durch das Unterholz.

»Was ist da oben los?«

»Gar nichts«, sagte Rahel »Komm, Bren.« Die beiden Fahrenden stapften den Pfad hinunter.

»Willst du mir nicht erklären, was ihr hier tut, mitten in der Nacht?«, rief die Wahrsagerin ihnen nach.

Rahel war wütend, aber weniger auf Madora, mehr auf sich selbst. Erst hatte sie mit ihrem Leichtsinn Brendan und sich in Gefahr gebracht – und nun das. »Nein, will ich nicht.« Dann kam ihr ein unangenehmer Gedanke, und sie blieb stehen. »Wie habt Ihr uns überhaupt gefunden?«

»Jarosław hat gesehen, dass ihr das *Miflat* verlassen habt. Er ist euch gefolgt.«

Rahel atmete innerlich auf. Sie hatte schon befürchtet, Isaak könnte ihnen gefolgt sein. Das hätte nicht zu dem Isaak gepasst, wie sie ihn kennengelernt hatte. Gleichzeitig wurde sie noch wütender. »Ach, so ist das. Ihr spioniert uns also nach.«

»Nein«, widersprach Madora ruhig. »Ich bin euch gefolgt, weil ihr mich angelogen habt.«

»Angelogen? Wieso angelogen?« Rahel stellte sich dumm.

»Isaak hat mir gesagt, ihr würdet euch mit einem alten

Freund treffen. Willst du mir weismachen, er wäre hier draußen im Wald?«

»Ich bin Euch keine Erklärung schuldig.«

»Ich denke schon. Du verbirgst etwas vor mir. Glaubst du, ich habe das nicht bemerkt?«

»Und wennschon«, gab Rahel zurück. »Wir haben alle unsere Geheimnisse, nicht wahr?«

»Was willst du damit sagen?«

Wortlos holte sie den Pergamentfetzen hervor und zeigte ihn der Seherin.

Madora starrte auf die Zeichnung der schwarzen Spinne. »Woher hast du das?«

»Es lag neben der Feuerstelle. Wenn Ihr schon Schriftrollen vernichtet, solltet Ihr wenigstens gründlich sein.«

Fühlte sich Madora ertappt? Rahel hätte zu gerne gesehen, was ihre Worte bewirkten, aber die Finsternis verbarg das Gesicht der kleinen Frau fast vollständig.

»Das hat nichts zu bedeuten.« Madora zerknüllte den Fetzen.

»Wieso dann die Handschuhe? Die verbrannten Schriftrollen? Die Geschichte mit dem Erzbischof von Avignon?«

»Du hast mir nicht vertraut. Wenn ich dir die Wahrheit gesagt hätte, hättest du mir noch weniger vertraut.«

»Wieso? Was ist denn die Wahrheit?«

Die Bettler hatten aufgehört zu schreien, und Stille lag über dem Wald. Die Wahrsagerin schob die Hände in die Ärmel ihres Gewands und verfiel in Schweigen. Schließlich sagte sie zu den beiden Männern: »Geht zurück zum *Miflat*. Rahel und ich kommen nach.«

Jarosław gehorchte wie immer wortlos und marschierte die Straße hinunter. Brendan rührte sich nicht von der Stelle. »Soll ich bei dir bleiben?«

»Geh schon«, antwortete Rahel.

Er warf Madora einen argwöhnischen Blick zu, bevor er dem Polanen folgte. Kurz darauf hatte die Dunkelheit die beiden Männer verschluckt. Rahel wartete, bis Madora das Schweigen brach.

»Das Feuermal auf meiner Hand ist die Spinne Baal-Sebuls«, sagte die Seherin nach einer Weile. »Es kennzeichnet die Ausgestoßenen, die Jochebeds Eid gebrochen haben.«

Rahel begann zu frieren, sie rieb sich die Arme. »Der Bund hat Euch gebrandmarkt?«

»Gebrandmarkt und geächtet. Ich habe dich angelogen, als ich sagte, ich sei eine *Talmida.* Ich *war* eine *Talmida,* aber seitdem ich das Mal trage, gehöre ich dem Bund nicht mehr an.« Sie zog den Handschuh aus. Trotz der Dunkelheit konnte Rahel das Spinnensymbol auf ihrer hellen Haut erkennen. Es war noch schwärzer als die Nacht, ein Knoten aus verdichteter Finsternis.

»Weshalb?«, fragte Rahel. »Was habt Ihr getan?«

»Ich lehnte mich gegen deine Mutter auf. Damals wurde jeden Monat eine andere Stadt von einem Pogrom heimgesucht. Wir wussten, es war nur eine Frage der Zeit, bis es auch Rouen treffen würde. Ich bedrängte sie, den Schrein zu holen und seine Macht gegen die Feinde unseres Volkes einzusetzen. Deine Mutter war dagegen; sie wollte nicht, dass der Schrein benutzt wurde, um Leid über andere zu bringen. Ich konnte mich nicht mit ihrer Entscheidung abfinden und durchsuchte das *Miflat* in Rouen – euer Haus – nach Hinweisen auf das Versteck des Schreins. Deine Mutter erwischte mich. Sie hätte mir verziehen, aber die Ältesten wollten über meinen Eidbruch nicht hinwegsehen und überstimmten sie. Noch am selben Tag wurde ich verstoßen.«

»Wann war das?«

»Zwei Jahre vor ihrem Tod.«

Deshalb dachte sie, mein Vater sei auch im Pogrom gestor-

ben, kam es Rahel in den Sinn. *Als er den Unfall hatte, war sie schon fort.* »Sucht Ihr deshalb den Schrein? Weil Ihr nachholen wollt, was Euch damals nicht gelungen ist?«

»Ich habe aus meinen Fehlern gelernt. Deine Mutter hatte recht. Der Schrein ist heilig; er darf nicht missbraucht werden, weder von Rampillon noch von mir. Ich werde ihn an einen Ort bringen, wo er sicher ist.«

Madoras Stimme klang müde, erschöpft. Es lag Schmerz darin – fünfzehn Jahre alter Schmerz. Rahel war nicht imstande, noch länger zornig auf sie zu sein. Allerdings wusste sie nicht, was sie stattdessen empfinden sollte. Mitleid? Ja, vermutlich wäre Mitleid angebracht; Mitleid mit dieser Frau, die ihr halbes Leben damit verbracht hatte, einen Fehler wiedergutzumachen, ohne jede Aussicht auf Vergebung.

»Wenn Ihr dem Bund schon lange vor dem Pogrom nicht mehr angehört habt«, fragte sie, »woher wusstet Ihr dann, dass ich den Vers kenne?«

Madora beantwortete die Frage nicht. »Ich habe genug geredet. Jetzt bist du an der Reihe. Was habt ihr hier im Wald gesucht?«

Es kam Rahel sinnlos vor, es noch länger zu verheimlichen. Madora würde es ohnehin herausfinden. »Ein Steinmetzzeichen. Es muss in den Gräbern sein, in denen die Bettler hausen.«

»Also gibt es eine Verszeile, von der ich nichts weiß.«

Die Seherin musste es die ganze Zeit geahnt haben. Rahel nickte.

»Wie lautet sie?«

»›*Hamakom bo kawur Oyand*‹. ›Wo Oyand ruht‹.«

»Und sie führt zu diesen Gräbern?«

»Oyand war ein Heiliger der Christen. Er liegt in einer Nekropole unter der Lichtung begraben.«

»Wie habt ihr das herausgefunden?«

Rahel wollte nicht, dass Madora erfuhr, wer ihnen geholfen hatte. »Wir haben uns in der Stadt umgehört. Es war nicht schwer.«

»Eine Nekropole«, sagte die kleine Frau. »Dort wart ihr eben.«

»Ja.«

»Habt ihr das Steinmetzzeichen gefunden?«

»Die Gräber sind bewohnt. Bettler haben uns verjagt, bevor wir uns umsehen konnten.«

»Das war gefährlich. Das hättest du wissen müssen.«

Rahel schwieg.

»Wie viele sind es?«, fragte Madora.

»Zwei Dutzend, schätze ich.«

Die Seherin verfiel abermals in Schweigen. »Hol Brendan und Jarosław«, sagte sie schließlich. »Ich warte hier.«

»Was habt Ihr vor?«

»Wir gehen zur Nekropole. Aber diesmal alle zusammen.«

»Und die Bettler?«

»Sie werden uns nicht im Weg sein«, versprach Madora leise.

Und wieder verhinderte die Dunkelheit, dass Rahel erkennen konnte, was in ihrem Gesicht vor sich ging.

Der Mond leuchtete ihnen den Weg, als sie wenig später durch den Wald stapften. Silbriges Licht sickerte durch den Schnee in den Baumkronen, gerade genug, dass sie den schmalen Pfad vor sich sehen konnten. Am Rand der Lichtung blieben sie im Schutz der Bäume. Von den Grabbewohnern war keiner zu sehen, aber das hatte nichts zu sagen. Wenn sie Wachen aufgestellt hatten – und Rahel ging fest davon aus, dass sie das nach den Ereignissen der Nacht getan hatten –, wären diese von hier unten aus nicht auszumachen, solange sie sich nur hinter dem Schutthaufen aufhielten.

»Der Eingang ist da oben, hinter dem Geröll«, erklärte sie flüsternd.

Madora gab Jarosław ein Zeichen. Der Polane zog Schwert und Dolch, lief den Hang hinauf, duckte sich hinter einigen Felsen und tauchte erst wieder oben am Geröllhaufen auf, wo er erneut verschwand. Es dauerte nicht lange, bis er zurückkam. Wie ein huschender Schatten erschien er zwischen den Felsen, rannte zu ihnen.

»Zwei Wachen«, meldete er. »Gleich hinter dem Eingang.«

Madoras Gesicht war angespannt. »Kümmere dich um sie.«

Jarosław hastete abermals über die Lichtung. Rahel horchte in die Finsternis, aber was auch immer der Polane tat, er tat es lautlos. Schließlich trat er hinter dem Geröllhaufen hervor und schwenkte den Arm. Madora, Rahel und Brendan schlossen zu ihm auf.

»Wo sind sie?«, fragte die Wahrsagerin, als sie den Eingang erreicht hatten.

»Drinnen«, sagte Jarosław.

»Gab es nur diese beiden?«

»Ja. Die anderen sind in einem großen Raum weiter hinten.«

Der Krieger ging voraus. In der ersten Kammer, durch die sie kamen, lagen zwei zerlumpte Gestalten. Eine davon war Odo. Der schlaksige Körper auf dem Boden erinnerte Rahel jäh an Graf Lang-und-Schäbig, wie er reglos im Schnee lag. Plötzlich hoffte sie, Jarosław habe die beiden Bettler nicht getötet. Sie ging neben Odo in die Hocke. Zu ihrer Erleichterung atmete er. Der andere Bettler auch.

»Was machst du da?«, fragte Madora.

»Nichts.« Rahel stand auf und bemerkte, dass Jarosław sie beobachtete, in den Augen ein Ausdruck, der alles bedeuten mochte oder gar nichts. Sie fragte sich, ob er dazu fähig wäre, jemanden kaltblütig aus dem Hinterhalt zu ermorden. Schon im selben Moment wusste sie die Antwort. Er würde alles tun, wenn Madora nur den Befehl dazu gäbe. Schaudernd wandte sie sich ab.

Die Seherin würdigte die beiden Bewusstlosen keines Blicks. Sie ging einige Schritte den Gang entlang, an dessen Ende rötliches Licht glühte, offenbar eine neue Fackel. Über den Rest ihres Plans hatte sie die anderen im Unklaren gelassen.

»Und jetzt?«, fragte Rahel, als sie neben Madora trat.

Die kleine Frau wirkte völlig in sich selbst versunken. »Ich bin schon lange nicht mehr an einem Ort wie diesem gewesen«, murmelte sie. »Die Wände zwischen Diesseits und dem *She'ol* sind dünn hier.«

She'ol – das Totenreich im Innern der Erde. Das war keine Antwort. Hatte Madora die Frage überhaupt gehört?

Die Seherin wandte sich zu Rahel um, als bemerke sie erst jetzt, dass sie nicht allein war. »Hast du das Seil mitgenommen?«

»Ja. Aber wozu –«

»Brendan und du, ihr versteckt euch da unten.« Wo sie standen, verbreiterte sich der Gang. Ein Teil des Bodens war weggebrochen; darunter klaffte ein Schacht.

»Da unten?«

»Tut, was ich sage. Es ist zu eurem Schutz.«

»Erst will ich wissen, was Ihr vorhabt.«

»Rahel«, begann Madora ungehalten, doch dann verstummte sie. Stimmen erklangen aus dem Innern der Nekropole, Schatten tanzten im Widerschein der fernen Fackel. »Das Seil, schnell!«

Jarosław nahm es Rahel aus der Hand und warf ein Ende in den Schacht. Brendan war an den Rand der Öffnung getreten und lugte hinein. »Ich steige da nicht hinunter«, verkündete er entschieden.

»Doch, das wirst du«, sagte Madora. »Es sei denn, dir ist es lieber, dass Jarosław dich herunterwirft.«

Die Stimmen kamen näher. Rahel beschloss, der Seherin zu vertrauen, und ergriff das Seil. »Komm. Madora weiß, was sie tut.«

Der Bretone erwiderte etwas, aber sie ließ sich bereits in die Finsternis gleiten. Weiter unten stemmte sie die Füße gegen die Wand. Als sie sich plötzlich der Leere unter ihr bewusst wurde, sah sie ein Bild vor sich: Der Schacht war keine zehn Ellen tief, auch keine zwanzig, er führte immer weiter nach unten, endlos, bis in die gewaltigen Höhlen des *She'ol,* wo es nichts gab als Stille, Dunkelheit und rastlose Seelen. Entsetzen drohte sie zu übermannen, und sie zwang sich, nur an das zu denken, was *wirklich* war: das raue Seil in ihren Händen, der Stein unter ihren Sohlen, Jarosław, der sie sicher hielt. Außerdem hatte sie gehört, wie das Ende des Seils aufgeschlagen war. Der Schacht konnte nicht bodenlos sein. Langsam ließ sie sich weiter hinab.

Kurz darauf erreichte sie den Grund und gab das Seil frei, damit Brendan sich an den Abstieg machen konnte. Als er unten aufschlug, hatten sich ihre Augen bereits an die Dunkelheit gewöhnt. Der Schacht war eigentlich eine Kammer, die offenbar zu einem älteren Teil der Nekropole gehörte. Eine Wand war eingestürzt und bildete eine steile Schutthalde; Durchbrüche befanden sich in den unversehrten Wänden.

Jarosław zog das Seil ein. Seine und Madoras Schritte entfernten sich.

»Ich weiß nicht, ob das so klug war«, bemerkte Brendan.

Rahel gab keine Antwort. Sie fror; hier unten kam es ihr kälter vor als oben im Gang. Sie rieb sich die Arme und ging zur Mitte der Kammer. Steine knirschten unter ihren Sohlen, sonst war es still. Die Schwärze in den drei Durchgängen war undurchdringlich. Rahel wurde das Gefühl nicht los, dass es klüger war, sich von ihnen fernzuhalten. Der Ewige allein wusste, was sich darin verbarg.

Sie wandte sich zu Brendan um – und vernahm Gesang.

Es klang, als käme er von weit her. Wie ein Windhauch strich er durch die Gänge und Kammern über ihren Köpfen, kaum mehr als ein Raunen, eine fremdartige Melodie und unverständliche Worte.

Es war Madoras Stimme.

»Allmächtiger«, flüsterte Brendan. Sie wusste genau, wie es ihm erging: Der Gesang war alles andere als misstönend, er war sogar von einer seltsamen Schönheit, aber er hatte etwas Beunruhigendes an sich, wie ein Flüstern in der Nacht, das unheilvolle Ahnungen weckt.

Worte und Melodie bildeten eine monotone Abfolge, die sich ständig wiederholte. Sie glaubte, hebräische Silben zu hören, aber sie war sich nicht sicher. Der Gesang war zu leise.

Plötzlich vernahm sie zwei Stimmen, die von oben in den Schacht drangen.

»Es kommt vom Eingang, hörst du?«

»Geh nachsehen, Gren.«

»Nein, geh du.«

»Feiges Lumpenpack!« Eine dritte Stimme – Rahel erkannte die des Glatzkopfs. »Ihr geht alle beide, oder ich schlage euch die Schädel ein.«

Die Drohung schien Wirkung zu zeigen. Das Flüstern erstarb, und Schritte entfernten sich in Richtung des Eingangs.

Der Gesang verstummte. Rahel fror plötzlich noch mehr als zuvor, als wäre all ihre Körperwärme in den Stein unter ihren Füßen gesickert. Sie schaute Brendan an. Bildete sie sich alles nur ein? Oder spürte er es auch?

Ein Schrei durchschnitt die Stille: ein Kreischen voller Entsetzen, gestammelte Worte, ausgestoßen von jemandem, der nicht mehr bei Sinnen sein konnte. Rahel hielt sich die Ohren zu, doch es half nichts; die Schreie waren durchdringend und markerschütternd, und vor Entsetzen konnte sie kaum noch atmen.

Was, bei allen Dämonen der Unterwelt, geschah da oben?

Geschrei erfüllte den Gang und hallte von den Wänden wider. Der Glatzkopf brüllte etwas, einen Befehl, eine weitere Drohung, dann entrang sich ihm ein Keuchen. Nackte Fußsohlen klatschten auf Stein, als die drei Bettler in wilder Flucht den Gang entlangrannten.

Alles in Rahel schrie danach, sich kleinzumachen, unsichtbar für das, was solches Grauen in den Bettlern geweckt hatte. Aber sie musste wissen, was dort oben geschah. Sie erklomm die Schutthalde und versuchte, in den Gang hinaufzuschauen.

Da war nichts. Nur Dunkelheit und ferner Fackelschein, den sie mehr erahnte als wirklich sah.

Wieder erklangen entsetzte Laute, diesmal aus dem Lager der Bettlerschar. Kurz darauf erfüllte Getöse den Tunnel. Die Bettler flohen, sie rannten, hinkten, krochen zum Eingang, hinaus in die verhasste Welt außerhalb ihres Schlupfwinkels, nur fort von dem, was sie aus ihrem Versteck vertrieben hatte. Ihr Geschrei war noch eine Weile zu hören, bevor es schließlich in der Ferne verklang.

»Was war das?«, flüsterte Brendan. »Was hat Madora getan?«

Erst jetzt bemerkte Rahel, dass er dicht bei ihr stand und sie seine Hand hielt … nein, sie *umklammerte*.

»Ich weiß es nicht«, sagte sie mit brüchiger Stimme. Die Furcht hatte ihre Kehle ausgedörrt.

Jarosław und Madora erschienen am Rand des Schachts. Der Polane hielt in einer Hand eine Fackel und warf mit der anderen das Seil herunter.

Rahel ergriff es. »Was ist passiert?«

»Die Bettler sind in den Wald geflohen«, antwortete Madora. »Kommt rauf. Suchen wir alles ab, bevor sie zurückkehren.«

Rahel kletterte nach oben, gefolgt von Brendan. Die Dunkelheit hatte ihr zu schaffen gemacht, und sie war dankbar für das Licht. Etwas an Madora war anders. Sie wirkte zerbrechlich, dünnhäutig, wie jemand, der an einer zehrenden Krankheit litt.

»Dieser Gesang – was war das?«

»Ein altes Geheimnis des Bundes«, antwortete Madora knapp.

»Hat er die Bettler vertrieben?«

»In gewisser Weise.« Die Seherin wies Jarosław an, Kienspäne zu verteilen.

Rahel zündete ihre Fackel an der des Kriegers an. Was auch immer Madora mit den Bettlern gemacht hatte, es war kein Taschenspielertrick wie beim Bischof gewesen. Sie hatte gezeigt, wozu sie *wirklich* fähig war. Ihr wurde bewusst, dass diese Frau über Kräfte verfügte, die aus einer Welt kamen, von der gewöhnliche Menschen nichts ahnten. Eine Welt der Schatten. *Die Wände zwischen Diesseits und dem She'ol sind hier sehr dünn …* Plötzlich wünschte sie, ihre Suche wäre schon vorbei und sie könnten in die Stadt zurückkehren, wo es Lärm und Licht gab.

»Es geht schneller, wenn wir uns verteilen«, sagte Madora. »Ich übernehme die Gräber beim Eingang, ihr seht euch im Lager der Bettler um. Jarosław steht Wache. Er warnt uns, wenn die Bettler zurückkehren. Ich glaube nicht, dass sich noch welche hier verstecken, aber seid trotzdem vorsichtig.«

»Bevor wir gehen, will ich wissen, was Ihr mit ihnen gemacht habt«, erwiderte Rahel.

»Es spielt keine Rolle. Sie sind fort, und das, was sie vertrieben hat, auch. Ihr habt nichts zu befürchten.«

»Immer nur diese Andeutungen. Warum könnt Ihr nicht einfach sagen, was geschehen ist?«

»Weil zu viel Wissen gefährlich ist.« Damit entfernte sich Madora, gefolgt von ihrem Leibwächter.

Wütend blieb Rahel zurück. Aber sie wollte keinen Streit – nicht schon wieder. »Komm«, sagte sie zu Brendan, und sie gingen in die andere Richtung.

Der Bretone war schweigsam, seit sie den Schacht verlassen hatten. Was geschehen war, machte ihm offenbar mehr zu schaffen als ihr.

»Alles in Ordnung?«

»Ich glaube allmählich, dass diese Geschichte ein böses Ende nehmen wird«, murmelte er.

»Wie meinst du das?«

Die Frage blieb unbeantwortet, denn in diesem Moment betraten sie den Raum, in dem Odo und der Glatzkopf versucht hatten, sie festzuhalten. Neben dem stinkenden Wasserloch lag einer der Bettler, ein Einbeiniger mit verwachsenem Rücken. Er regte sich nicht. Als Rahel ihn im Schein der Fackel genauer ansah, stellte sie fest, dass er nie mehr aufstehen würde. Offenbar war er niedergetrampelt worden, als sich zwei Dutzend Menschen durch den Gang gedrängt hatten. Was auch immer Madora mit ihrem Gesang heraufbeschworen hatte, es war nicht mehr hier, das konnte sie spüren. Aber beim Anblick der zerschundenen Leiche kehrte für einen Augenblick das Grauen zurück, das sie in der Dunkelheit des Schachts gepackt hatte. Sie wandte sich ab und stieg die kurze Treppe zu dem größeren Raum hinab.

Dort warteten keine weiteren bösen Überraschungen auf sie. Das Feuer brannte noch, und die Habe der Bettler – Decken, Lumpen, Essen, die eine oder andere Waffe – lag verstreut herum. Sie roch den Gestank von ungewaschenen Körpern und schwärenden Wunden und war froh, dass der Rauch ihr das Schlimmste ersparte.

Langsam drehte sie sich im Kreis. Die verschiedenen Epochen der Nekropole trafen in diesem Saal aufeinander. Manche Teile waren aus dem Fels gehauen worden, andere bestanden aus Mauerwerk. Das Ergebnis war ein verwinkeltes Durcheinander. Die Durchgänge in den Wänden waren mal rundbögig, mal rechteckig, mal hoch und schmal, mal niedrig und quadratisch; keiner glich dem anderen.

»Wo fangen wir an?«, fragte sie.

»Mit den christlichen Gräbern«, antwortete Brendan. »Oyand war ein christlicher Heiliger. Ich glaube nicht, dass die Tafel in einem keltischen oder römischen Grab versteckt ist.«

»Wie unterscheiden sich die christlichen Gräber von den anderen?«

Er ging zu einem Durchgang und hielt seine Fackel vor den Rundbogen. »Sie sind mit Zeichen versehen, so wie hier: mit einem Kreuz oder Fisch.«

Sie suchten zuerst den Saal ab und teilten sich dann die Durchbrüche auf. Insgesamt waren es neun; vier davon waren mit christlichen Symbolen gekennzeichnet. Rahel überwand ihr Unbehagen vor der Finsternis und nahm sich die erste Öffnung vor. Ihre Hoffnung, dahinter eine überschaubare Grabkammer vorzufinden, wurde enttäuscht. Sie führte zu einem Labyrinth aus Kammern. Dasselbe galt für die anderen Durchgänge. Die verwinkelten Grabgewölbe waren nicht so groß, dass man fürchten musste, sich darin zu verlaufen. Aber sie gründlich abzusuchen, dauerte lange. Sorge bereitete ihr außerdem, dass manche Kammern eingestürzt waren. Sie sah sich schon mit bloßen Händen den Schutt abtragen, weil die Suche in den übrigen Räumen nichts ergeben hatte.

Mehr als eine Stunde verging, in der sie nichts als Knochensplitter, gelbliche Schädel und längst geplünderte Steinsärge fand. Dann hörte sie, dass Brendan nach ihr rief.

Sie eilte in den Saal zurück.

»Hast du etwas gefunden?«

»Vielleicht«, meinte er. »Sieh es dir selbst an.«

Er führte sie zu einem schwer zugänglichen Winkel. Ein Teil der Decke war eingestürzt, und sie mussten über einen mannshohen Schutthaufen steigen. Dahinter lag eine leere Kammer. Brendan ging mit seiner Fackel nahe an die rückwärtige Wand. Anders als die anderen Mauern wies sie kaum Risse und Spuren von Alter auf. Ein Ziegelstein dicht unter der Decke war mit einer Markierung versehen: zwei ineinandergeschobene Halbmonde – das Zeichen Aaron Ben Ismaels.

Er hob einen Stein auf und klopfte erst gegen die Wand zu seiner Linken, dann gegen die neuere, bei der es dumpfer klang. »Dahinter ist ein Hohlraum.«

Brendans Entdeckung erfüllte Rahel mit neuem Tatendrang. »Können wir sie durchbrechen?«

»Ich habe es schon versucht; sie ist zu dick. Wir brauchen Werkzeug.«

»Jarosław hat welches!«

Sie kletterten erneut über den Schutthaufen und verließen den Saal. Im Hauptgang kam ihnen Madora entgegen. Sie hatte den vorderen Teil der Nekropole abgesucht und nichts gefunden. Rahel berichtete ihr, worauf Brendan gestoßen war. Gemeinsam gingen sie zu Jarosław, der sich im Eingang aufhielt und die Lichtung beobachtete.

»Ein Lebenszeichen von den Bettlern?«, fragte Madora.

»Nichts«, sagte der Polane. »Ich glaube nicht, dass sie noch in der Nähe sind.«

»Wir brauchen dein Werkzeug.«

Jarosław öffnete seinen Beutel. Er hatte eine Handaxt, einen Hammer und ein kurzes Brecheisen dabei, die Rahel und Brendan an sich nahmen. Zur Sicherheit blieb der Krieger weiterhin auf seinem Beobachtungsposten, während die anderen zur Kammer zurückkehrten.

Der Schutt ließ nicht genug Platz, dass sie zu dritt an der Mauer arbeiten konnten. Rahel und Madora sahen zu, wie Brendan den Putz von der Wand hackte und Ziegelsteine freilegte. Mit dem Beil schlug er den Mörtel aus einer Fuge, sodass er das Brecheisen hineintreiben konnte. Er ruckte es hin und her, bis sich der Stein lockerte und auf der anderen Seite der Wand zu Boden fiel, als er dagegen drückte. Ein schwarzes Rechteck klaffte in der Mauer.

»Siehst du etwas?«, fragte Rahel.

Er hob die Fackel auf und spähte hinein. »Nein. Zu dunkel.«

Er setzte die Arbeit fort, und nach einer Weile hatte er einen kleinen Durchlass geschaffen. Er leuchtete hinein. »Eine Kammer«, sagte er, und seine Stimme hallte dumpf in dem Hohlraum. »Nicht sehr groß. Auf dem Boden ist etwas. Knochen, glaube ich.«

»Lass mich vorbei!«, befahl Madora. Sie warf die Fackel in die Öffnung und kroch mit dem Kopf voran hindurch.

Rahel drückte Brendan ihre Fackel in die Hand und folgte der Seherin. Durchdringender Geruch von Moder und feuchtem Gestein empfing sie. Drinnen richtete sie sich auf. Madora hatte ihre Fackel aufgehoben, doch die Flammen wirkten auf einmal kraftlos, als kämen sie nicht gegen die Dunkelheit an, die seit so langer Zeit von keinem Lichtstrahl gestört worden war. Der Feuerschein beleuchtete Fresken an den Wänden, von denen Feuchtigkeit und Alter kaum mehr als einige Linien und Flecken übrig gelassen hatten. Rahel konnte einen Baum erkennen, einen Mann mit ausgebreiteten Armen, mehr nicht. Auf einem niedrigen Steinpodest in der Mitte der Kammer lagen die Knochen, die Brendan gesehen hatte – die sterblichen Überreste des heiligen Oyand. Nur der Schädel und ein Teil des Rippenkastens waren noch unversehrt, Arme, Beine, Becken und Rückgrat waren längst zu Staub und Splittern zerfallen. Rahel hatte sich gefragt, warum Aaron Ben Ismael ausgerechnet diesen Ort für ein Steinmetzzeichen gewählt hatte. Als sie die Gebeine vor sich sah, glaubte sie zu verstehen. Es verriet einen feinen Sinn für Ironie, dass der Baumeister, der allen Grund gehabt hatte, die Christen zu fürchten, sein Geheimnis im Grab eines christlichen Heiligen versteckte – im Grab des Mannes, der einst das Christentum nach Grenoble gebracht hatte. Mehr noch, Trotz sprach daraus, die Entschlossenheit, zu überleben, die Gewissheit, dass Witz und Klugheit stärker waren als Hass und Gewalt. Plötzlich war ihr, als höre sie Aaron Ben Ismaels Stimme über eine Spanne von hundertfünfzig Jahren, und ihr wurde klar, dass sie es nicht nur ihrer Mutter schuldete, den Schrein vor Rampillon zu finden, sondern Aaron Ben Ismael, Rabbi Joshua, Isaak und allen Juden.

Sie hörte ihren Namen und wandte sich zu Madora um, die ihre Fackel zur Decke hob, zu einem Steinmetzzeichen.

א

Es war das *Alef*, der erste Buchstabe des Alphabets, die Zahl Eins, und es befand sich genau über Oyands Schädel, sodass der Blick seiner toten Augen für alle Ewigkeit darauf ruhte.

Kapitel 13

Madora schlief lange. Was auch immer sie getan hatte, um die Bettler zu vertreiben, es hatte sie so viel Kraft gekostet, dass sie kaum in der Lage gewesen war, ohne Jarosławs Hilfe zur Stadt zurückzugehen. Mit jener seltsamen Fürsorglichkeit, die Rahel ihm anfangs nie zugetraut hätte, hatte der Polane den Arm um sie gelegt und sie zum *Miflat* gebracht, wo sie alsbald erschöpft einschlief. Sie erwachte erst kurz vor Mittag. Rahel fand sie nicht in ihrem Lager im Keller, sondern im Erdgeschoss des Hauses. Es war ein klarer Wintertag, und durch die beiden Fenster fielen die Sonnenstrahlen, strichen über die gesplitterte Tischplatte und die verschlungenen Intarsien unter dem Staub. Im Kamin brannte kein Feuer. Madora schien die Kälte nichts auszumachen. In eine Decke gehüllt, kauerte die Seherin vor dem gewaltigen Wandbild des Lebensbaumes, auf den Knien lagen ihre Aufzeichnungen.

Rahel setzte sich neben sie und gab ihr einen Becher heißen Würzwein. Madora legte die Pergamente weg und nahm den Becher in beide Hände. Dann kehrte ihr Blick zu dem Wandbild zurück.

Rahel sah sich die Aufzeichnungen an. In die Mitte der beiden obersten Blätter hatte Madora die Steinmetzzeichen geschrieben, die sie gefunden hatten, *Gimel* und *Alef*. Der freie Platz war mit Anmerkungen in ihrer gestochenen Handschrift bedeckt. Rahel verstand kaum etwas davon. Sie blickte zu dem Lebensbaum auf, von dem es eine Kopie in ihrem Elternhaus gegeben hatte. Er bestand aus zehn Kreisen, den Sephirot, zehn Urziffern, die ein unübersichtliches

Liniendickicht miteinander verband. Vier Sephirot waren an der Mittelachse aufgereiht, drei weitere jeweils links und rechts davon, und jede Linie trug Zweige und Blätter aus Buchstaben, sodass das Gebilde in der Tat an einen Baum erinnerte. Madora hatte vergeblich versucht, ihr seine Bedeutung zu erklären. *Schäm dich nicht dafür,* hatte sie gesagt. *Man braucht ein ganzes Leben, um die Sephirot zu studieren.*

»Die Steinmetzzeichen«, sagte Rahel, »haben sie etwas mit dem Lebensbaum zu tun?«

»Die Sephirot enthalten jeden Buchstaben und jede Zahl«, antwortete Madora. »Und jede Zahl enthält auf ihre Weise die Sephirot. Also lautet die Antwort auf deine Frage: Ja, sie haben etwas damit zu tun. Aber ich nehme an, das ist nicht das, was du hören wolltest.«

Sie weiß so wenig wie ich, was die Zeichen bedeuten, dachte Rahel. »Brendan glaubt, dass sie ein Schlüssel sind. Für ein chiffriertes Schriftstück.«

Madora warf ihr einen Seitenblick zu, in dem leichter Ärger lag. »Und weiß Brendan auch, welches Schriftstück das sein könnte?«

»Nein.«

Die Seherin schaute noch einmal zu dem Wandbild auf, aber die angespannte Konzentration war aus ihrem Gesicht verschwunden. Ihre Stimme wurde weicher. »Was wir hier haben, ist kein gewöhnliches Rätsel. Es ist der Schlüssel zum größten Geheimnis des Bundes. Es wäre dumm zu glauben, wir könnten es in ein paar Tagen verstehen.« Der Grübelei überdrüssig, setzte sie sich bequemer hin und trank von ihrem Wein. Der lange Schlaf hatte kaum etwas bewirkt. Ihre ebenmäßigen Züge waren kantig, als hätte sie tagelang nichts gegessen. In den Augen lag ein fiebriger Glanz.

Rahel hatte noch nicht aufgegeben, herauszufinden, was

sie so geschwächt hatte. »Heute Nacht in der Nekropole – was ist da geschehen?«

»Wieso fragst du?«, murmelte Madora. »Du warst doch dabei.«

»Ihr wisst genau, was ich meine. Die Bettler – was habt Ihr mit ihnen gemacht?«

Die Wahrsagerin pustete, sodass der Dampf des Weins zerstob, und nahm noch einen Schluck. Als Rahel schon nicht mehr mit einer Antwort rechnete, sagte sie: »Ich habe einen *Refa'im* gerufen. Eine rastlose Seele, die uns beobachtet hat, seit wir die Gräber betraten. Sie hat die Bettler verjagt.«

»Was heißt das, sie hat uns beobachtet?«

»*Refa'im* gibt es an jedem Ort, wo Tote begraben liegen. Meistens haben sie nicht genug Kraft, ins Diesseits zu gelangen. In der Nekropole war es anders.«

Madoras Worte kamen Rahel wieder in den Sinn: *Die Wände zwischen Diesseits und dem She'ol sind dünn hier.* »Das könnt Ihr spüren?«

»Jeder Totenbeschwörer kann das.«

Sie dachte an das Grauen zurück, das sie in der Nekropole erfasst hatte, und für einen Herzschlag kehrte das Gefühl der alles durchdringenden Kälte zurück. Sie schauderte.

Als hätte Madora ihre Gedanken gelesen, sagte sie: »Der *Refa'im* ist fort. Er kann niemandem mehr etwas anhaben.« Die Seherin stellte den Becher auf den Boden. Sie sank noch etwas mehr in sich zusammen, und in ihrem Gesicht zuckte ein Muskel.

»Seid Ihr sicher, dass es Euch gut geht?«, fragte Rahel.

»Ja. Jede Beschwörung kostet Kraft. Aber das geht vorbei.« Madora bog die Schultern nach hinten durch und setzte sich aufrecht hin. »Ich habe eine Bitte. Ich brauche bestimmte Kräuter für einen Aufguss. In der Grand Rue gibt es einen Händler, der sie verkauft. Kannst du sie für mich holen?«

Isaak würde frühestens in einer Stunde kommen. Sie hatte noch genug Zeit. »Gewiss.«

Die Seherin schrieb auf ein Stück Pergament, was sie brauchte, und gab ihr einen Beutel mit Silber. Als Rahel das *Miflat* verließ, traf sie Brendan. Der Bretone leerte im Innenhof gerade einen Eimer mit Abfällen und Herdasche aus.

»Ich gehe zur Grand Rue. Kommst du mit?«

Er stellte den Eimer auf die Treppe. »Da mir Jarosław gerade aufhalsen wollte, den Herd zu putzen – liebend gern.«

Als sie aus dem Torbogen des Hauses traten, fragte er: »Was willst du in der Grand Rue?«

»Madora hat mich gebeten, Kräuter zu kaufen.«

»Wozu?«

»Es sind Heilkräuter, nehme ich an. Sie ist immer noch sehr schwach.«

»Jarosław hat ihr doch heute Morgen erst einen ganzen Beutel gebracht. Wieso braucht sie schon wieder welche?«

»Vielleicht hat er etwas vergessen.«

Brendan war nicht überzeugt. Er ließ sich von ihr das Pergamentstück mit Madoras Wünschen geben. »Goldrute, Eibisch und echter Alant«, las er. »Ich verstehe ja nicht viel von Kräutern, aber ich bin sicher, dass Jarosław genau diese gebracht hat.«

Rahel blieb stehen. Eine ungute Ahnung stieg in ihr auf. »Warte hier.«

»Was soll das?«, rief er ihr hinterher.

»Warte einfach hier.« Sie lief zum *Miflat* zurück. Hatte Madora sie fortgeschickt, um für eine halbe Stunde ungestört zu sein? Es sah danach aus. Aber warum? *Weil sie dir nicht die Wahrheit gesagt hat. Weil sie immer noch etwas vor dir verheimlicht.* Das Misstrauen, das nach der nächtlichen Aussprache beinahe verschwunden war, kehrte mit aller Macht zurück.

Im Eingang zum Innenhof des *Miflat* verlangsamte sie ihre Schritte. Aus der Kammer mit dem Lebensbaum hörte sie eine Stimme.

»… den Palastwachen. Dann wird man dich zu ihm vorlassen«, sagte Madora gerade.

Rahel spähte um die Mauerecke. Jarosław nahm von der Seherin ein Pergament entgegen und schob es sich hinter den Gürtel. *Was, bei allen Höllen, will er beim Palast?* Sie wartete nicht, bis sich der Polane in Bewegung setzte, sondern schlich zum Eingang zurück und hastete zu Brendan zurück.

»Wir müssen uns verstecken!«

»Wieso denn?«

In dem Moment trat Jarosław aus dem Tor des *Miflat*. Anstelle einer Antwort zog Rahel Brendan in die schmale Lücke zwischen zwei Häusern. Er wollte protestieren, doch dann entdeckte auch er den Krieger.

»Wo geht er hin?«

»Zum Palast … glaube ich wenigstens. Madora hat ihm ein Schriftstück gegeben. Vielleicht eine Nachricht.«

»Eine Nachricht für jemanden im Palast?«, fragte Brendan verwundert.

»Wenn es so ist, wüsste ich zu gern, was drinsteht. Du nicht auch?«

Sie zogen die Köpfe ein, als Jarosław an ihnen vorbeiging. Er steuerte den Ausgang des Judenviertels an.

»Hinterher!«, flüsterte Rahel.

Sie verließen ihr Versteck und folgten dem Krieger. Rahel hatte kein gutes Gefühl dabei, denn mehr als einmal hatte Jarosław eine geradezu übersinnliche Wachsamkeit bewiesen. Dafür waren dank des schönen Wetters die Straßen voller Menschen, was ihnen ermöglichte, in seiner Nähe zu bleiben, ohne sofort aufzufallen.

Er verließ das Judenviertel und folgte einer belebten Gasse nach Norden. Auf der Grand Rue blieb er plötzlich stehen. Die beiden Fahrenden duckten sich hinter einem Karren voller Feuerholz, der herrenlos vor einem breiten Hoftor stand. Rahel spähte an der Ladefläche vorbei. Jarosław sah sich nach allen Seiten um. Sein Gesicht wirkte argwöhnisch.

»Wie willst du überhaupt an die Nachricht kommen?«, raunte Brendan ihr zu.

»Damit.« Rahel hob den Beutel mit Madoras Silber.

Der Bretone sah sie verständnislos an.

»Vertrau mir.« Sie sah sich nach jemandem um, der für ihren Plan infrage käme. Da! Vor einer Schenke auf der anderen Straßenseite standen zwei Männer, Arbeiter oder Tagelöhner, der schmutzigen Kleidung nach zu schließen. Sie lehnten an einem Fass, in den Händen Krüge mit Bier, und genossen die Sonne.

Genau die Art von Einfaltspinsel, die sie brauchte.

Jarosław ging weiter, schlug die Richtung zum Palast des Dauphins ein. Sie gab ihm einen kleinen Vorsprung, dann lief sie über die Straße zu den Tagelöhnern. Sie setzte eine empörte Miene auf. »Habt ihr gesehen, was dieser Mistkerl getan hat?«, rief sie. »Habt ihr's gesehen?«

Die Männer glotzten sie an. Beide waren mittelgroß, aber kräftig gebaut, und hatten breite, nicht sehr kluge Gesichter. Brüder vielleicht. Sie rochen nach Stall.

»Ich hab nichts gesehen«, sagte der eine. »Du?«

Der andere zuckte nur mit den Schultern.

»So ein widerwärtiger Hurensohn!«, fuhr Rahel fort. »Er wollte mich in die Gasse da zerren. Am helllichten Tag!«

»Wer?«

»Der da!« Sie deutete auf Jarosław, der eben die Kirche Saint André erreichte. »Er war schon drauf und dran, mir das Hemd über den Kopf zu ziehen. Dem Himmel sei Dank, dass ihr in der Nähe wart!«

Die Tagelöhner wechselten einen verwirrten Blick. Hatte ihre bloße Anwesenheit genügt, zu verhindern, dass einer Frau Gewalt angetan wurde? Stolz erschien in den tumben Gesichtern.

»Nun ja«, sagte der eine mit schiefem Lächeln. »Man tut, was man kann.«

»Ich wünschte, jemand würde diesem Schwein Manieren beibringen!«, sagte sie voller Abscheu.

Die Miene des anderen verfinsterte sich. »Sie hat recht, Gael. Wir können den Kerl nicht einfach davonkommen lassen.«

Sein Gefährte blickte Jarosław hinterher. »Ich weiß nicht recht …«

Der Polane hatte etwas an sich, das anderen Respekt einflößte, auch wenn er wie jetzt keine Waffen bei sich trug. Die beiden Männer brauchten noch einen zusätzlichen Anreiz. »Hier.« Sie knallte den Beutel mit dem Silber auf das Fass. »Mein Lohn für den, der diesem Hund eine Lektion erteilt.«

Vier Augen voller Gier gafften den Beutel an. Schließlich knurrte der eine Tagelöhner: »Wir holen dir den Bastard. Er wird dich gleich um Verzeihung anflehen.«

Die beiden Männer setzten Jarosław nach. Rahel steckte den Beutel ein und folgte ihnen unauffällig. Vor Saint André stellten sie den Polanen zur Rede. Das Zusammentreffen nahm den gewünschten Verlauf. Jarosław schüttelte den Kopf, woraufhin ihm ein Tagelöhner einen Stoß gab. Offenbar wollte der Polane eine Auseinandersetzung vermeiden, denn er ließ es sich gefallen, wandte sich ab und wollte weitergehen. Doch die Tagelöhner ließen nicht von ihm ab. Einer packte ihn am Arm, und der andere versuchte, ihn in den Schwitzkasten zu nehmen – und dann ging alles sehr schnell. Die Tagelöhner brüllten, als sie sich mit Jarosław im Schnee wälzten, und im nächsten Moment bildete sich um die Kämpfenden eine Menschentraube.

Rahel wusste, dass ihr nicht viel Zeit blieb, denn Jarosław würde nicht lange brauchen, um die Angreifer zu überwältigen. Immer mehr Männer, Frauen und Kinder strömten herbei, begierig auf das kostenlose Spektakel, und sie hatte Mühe, sich einen Weg durch den Ring aus Leibern zu bahnen. Als sie die vorderste Reihe erreichte, hatte Jarosław bereits einen Tagelöhner niedergestreckt. Blut troff dem Mann aus der Nase, der wimmernd auf allen vieren herumkroch. Sein Kumpan brüllte Flüche und Beschimpfungen, während er sich auf den Polanen stürzte. Dessen Miene war hart und angespannt, und er traf seinen Gegner mit zwei wohlgezielten Fausthieben im Gesicht. Das versetzte den Tagelöhner nur noch mehr in Raserei, und es gelang ihm, Jarosław zu umklammern. Beide fielen dabei zu Boden.

Die Gelegenheit war günstig. Als Jarosław auf dem Rücken lag und versuchte, den massigen Mann, der ihn unter sich begrub, von sich zu stoßen, sprang Rahel vor und zog das Pergament hinter seinem Gürtel hervor. Der Blick des Polanen traf sie, doch im nächsten Moment war sie schon wieder in der johlenden Menge verschwunden, machte von ihren Ellbogen Gebrauch und rannte wie der Teufel, als sie das Gedränge hinter sich gelassen hatte.

Auf dem Platz kam ihr Brendan entgegen. »Hast du sie?«, rief er.

Sie schwenkte das Pergament. Vom Stadttor näherten sich im Laufschritt drei Büttel der Stadtwache. Die beiden Fahrenden bogen in eine Gasse ein und liefen so lange, bis der Lärm des Tumults nicht mehr zu hören war.

Vor einem Tor machten sie halt. Es gehörte zu einem der Lagerhäuser, die die Gasse säumten. Weiter vorne beluden Arbeiter einen Ochsenkarren mit Körben und Fässern; sonst war niemand in der Nähe.

»Das war gut«, lobte Brendan grinsend.

Rahels Finger zitterten leicht, als sie das zerknitterte, vom Schnee feuchte Pergament auseinanderfaltete. Wie sie vermutet hatten, war es eine Nachricht in Madoras unverkennbarer Handschrift. Die Buchstaben waren ausladender als sonst, als seien sie im Zorn geschrieben worden.

Warum seid Ihr gekommen?, stand da. *Ich habe Euch doch gebeten zu warten. Wenn Ihr schon nicht auf meine erste Bitte hören wolltet, so hört wenigstens auf diese: Verhaltet Euch ruhig und vor allem unauffällig. Unternehmt nichts! Ich bin dem Schrein auf der Spur.*

»Rampillon«, flüsterte sie, und das Herz schlug ihr bis zum Hals. »Es ist eine Nachricht für Rampillon.«

»Das kann doch nicht sein«, sagte Brendan.

Rahel fand keine Worte. Das Pergament knisterte, als sie es zerknüllte. Sie spurtete los.

»Warte! Vielleicht bedeutet die Nachricht etwas ganz …«

Den Rest hörte sie nicht mehr. Sie rannte bereits die Gasse entlang, rempelte einen der Arbeiter an, lief einfach weiter.

Sie arbeitet für Rampillon. Sie dient ihm. Alles war von Anfang an gelogen, und ich Närrin habe ihr geglaubt!

Die beiden Türme, das Judenviertel, die Synagoge, all das zog wie hinter einem Schleier an ihr vorbei, flüchtig, unwirklich. Sie eilte durch den Innenhof des *Miflat,* hastete durch die halbdunklen Zimmer.

»Madora! Wo seid Ihr?«

Plötzlich stand die Seherin vor ihr, als wäre sie aus dem Nichts erschienen: eine helle Gestalt im Zwielicht des verfallenen Hauses. »Was ist denn los? Ist etwas geschehen?«

Ihr Herz schlug so heftig, dass jedes Wort zerstob, bevor es die Lippen erreichte.

»Hast du meine Kräuter?«

Rahel versuchte, ruhig zu atmen. Vergeblich. »Nein«, brachte sie hervor. »Aber ich habe das.«

Madora betrachtete das zerknitterte Pergament in ihrer Hand. »Woher hast du das?«

»Von Jarosław. Ich habe gehört, wie Ihr ihn zum Palast geschickt habt.«

»Du hast es ihm gestohlen«, stellte die Seherin fest.

Rahel ließ die Hand mit dem Pergament sinken. Sie wollte Madora anschreien, eine Erklärung von ihr verlangen, aber sie brachte nicht die Kraft dafür auf. »Sagt mir, dass ich mich irre«, sagte sie leise, beinahe flehend. »Dass es keine Nachricht für Rampillon ist.«

Sie erwartete Ausflüchte und neue Lügen, doch Madora erwiderte nur: »Du irrst dich nicht. Sie ist für Rampillon.«

Es dauerte lange, bis Rahel die Sprache wiederfand. »Warum?«, fragte sie schlicht.

»Es ist kompliziert. Ich weiß nicht, ob ich es erklären kann.«

Hastige Schritte erklangen. Brendan stürzte herein. »Jarosław!«, keuchte er. »Er ist auf dem Weg –« Als er Madora sah, verstummte er.

»Dient Ihr ihm?«, fragte Rahel. »Sucht Ihr den Schrein in seinem Auftrag?«

»Ich diene ihm nicht. Rampillon ist ein Werkzeug. Ich benutze ihn.«

»So wie Ihr mich benutzt?«

»Das ist doch Unsinn«, sagte Madora. »Glaubst du das wirklich?«

»Ich weiß nicht, was ich noch glauben soll.«

Jarosław kam herein. Obwohl er gerannt war, ging sein

Atem kaum schneller. Bis auf eine Schürfwunde am Wangenknochen schien er den Kampf unbeschadet überstanden zu haben. Mit einem Blick erfasste er, was gerade geschah.

Madora schaute flüchtig in seine Richtung, wie um sich seiner Anwesenheit zu vergewissern. Dann wandte sie sich wieder Rahel zu. »Solange Rampillon glaubt, dass ich mit ihm zusammenarbeite, habe ich ihn unter Kontrolle. Verstehst du? Ich tue das nur, um die Gefahr für uns zu verringern.«

»Habt Ihr vergessen, wozu er fähig ist? Einen Mann wie ihn könnt Ihr nicht kontrollieren. Niemand kann das.«

»Du unterschätzt mich«, sagte die Seherin.

Dieses Gespräch ist ein Fehler. Lass dich nicht darauf ein. Geh! Geh, solange du noch kannst … Aber sie konnte nicht. Sie musste mehr wissen. »Weiß Rabbi Joshua von Eurer Freundschaft zu Rampillon?«

»Rampillon ist nicht mein Freund.«

»*Weiß* es der Rabbi?«

»Natürlich nicht. Hör mir zu, ich –«

Sie durfte Madora nicht weiterreden lassen. Sie würde nur wieder alles verdrehen. Rahel hob die Nachricht hoch. »Was er wohl dazu sagen würde?«

Bisher war die Seherin ruhig geblieben. Doch jetzt wurde ihr Blick kalt. Er haftete an Rahel, schien sie mit gebündelter Kraft festhalten zu wollen. »Was hast du vor?«

»Ich werde ihm die Nachricht zeigen.«

»Es wäre sehr dumm von dir, das zu tun.«

»Wieso? Was würde dann geschehen?«

Madora kam langsam auf sie zu. »Gib mir die Nachricht.«

Rahel faltete das Pergament zusammen, spähte zum Eingang. Jarosław stand noch immer dort. Er schien abzuwarten. »Wir gehen«, sagte sie zu Brendan.

»Nimm ihr die Nachricht ab, Jarosław«, befahl Madora.

Bei dem Versuch, Madoras Befehl nachzukommen, machte Jarosław den Fehler, sich vom Eingang wegzubewegen. Flink entging Rahel seinen zugreifenden Händen, packte den Bretonen am Arm und zerrte ihn mit sich. Sie liefen nach draußen, rannten durch den Hof und das Tor. Jarosław war dicht hinter ihnen.

Der Polane war ein guter Läufer, ausdauernder als Brendan und sie. Bei einer langen Hatz durch die Straßen würde er sie eher früher als später einholen. Rahel bog in eine Gasse ein, die von der Synagoge wegführte, scheuchte dabei eine Hühnerschar auf, die gackernd auseinanderstob. Leute wichen erschrocken zur Seite, als die beiden an ihnen vorbeihasteten, riefen ihnen Beschimpfungen nach. Eine Tür ging auf, und eine feiste Frau schwang einen Kübel. Rahel schlug einen Haken und entging im letzten Moment einem Schwall stinkender Brühe. Brendan setzte mit einem Sprung über die Pfütze hinweg.

Die Gasse mündete in eine andere, die an der Stadtmauer verlief. Rahel blickte sich gehetzt um. Jarosław war ein Stück hinter ihnen. Seine massige Statur bewirkte, dass ihm die Leute bereitwillig Platz machten.

Sie liefen weiter. In der engen, verwinkelten Gasse konnten sie dem Polanen am ehesten entkommen.

Wohnhäuser drängten sich unter dem Wehrgang. Ein Mann mit breitem Schnurrbart scheuchte wütend eine Horde Ziegen aus seinem Hof, sodass die Tiere den Weg versperrten. Brendan und Rahel schoben sich durch das Hindernis aus Leibern, was ihren Vorsprung verringerte. Auch danach ging es kaum schneller voran. Sie stießen mit Leuten zusammen, mussten voll beladenen Karren und Müttern mit ihrer Kinderschar im Schlepptau ausweichen. Rahel hörte erschrockenes Geschrei und sah Jarosław mit gezogenem

Dolch in die Gasse einbiegen. Auch er wurde von den Ziegen aufgehalten, aber er hatte bereits merklich aufgeholt.

Sie mussten aus dem Judenviertel heraus. Allerdings schien es so bald keine Abzweigung zu geben. *Der Wehrgang,* dachte sie, *wir müssen auf den Wehrgang!* Weiter vorne erhob sich ein Turm über die Dächer. Sie wich einem Halbwüchsigen und seinem Esel aus und lief, so schnell es bei all den Leuten, Tieren und Karren möglich war, zur Tür.

Sie war nur angelehnt. Rahel stieß sie auf und fand sich in einem hohen Raum mit Regalen voller Tiegel, Flaschen, Krüge und Töpfe in hundert Farben wieder. Ein intensiver Geruch, eine Mischung aus süß und pfeffrig, schlug ihr entgegen. Ein Mann in purpurnen Gewändern kam auf sie zu. Sie hörte nicht, was er sagte – sie war bereits bei der Holztreppe und nahm auf ihrem Weg nach oben mit jedem Schritt mehrere Stufen.

Sie gelangte auf eine Galerie. Währenddessen hatte auch Brendan die Treppe erreicht. Brüllend versuchte der Mann, ihn festzuhalten, doch er griff ins Leere und fiel hin. Rahel entschied sich für eine der beiden Türen, klappte den Riegel zurück und riss sie auf. Vor ihr erstreckte sich der Wehrgang.

Von hier oben sah sie, dass Jarosław gerade den Turm erreichte. Sein Blick fand die beiden Fahrenden, und mit der blanken Klinge in der Hand stürzte er zur Tür. Sie liefen los. Auf dem Wehrgang kamen sie schneller voran als unten in der Gasse, aber nicht so schnell, wie Rahel sich erhofft hatte. Die Bretter unter ihren Füßen waren rutschig von Nässe und Schnee, sodass sie mehrmals beinahe ausglitten. Der klapprige Handlauf zur Gasse hin würde einen Sturz mit Sicherheit nicht aufhalten.

Sie hatten die Strecke zum nächsten Turm etwa zur Hälfte zurückgelegt, als dort eine in Blau gekleidete Gestalt im Durchgang erschien, ein Stadtbüttel mit einer Pike in der

Hand. Was er rief, verstand Rahel nicht, aber sein wütendes Gesicht besagte eindeutig, dass sie vom Wehrgang verschwinden sollten. Sie blieb stehen. Brendan war zurückgefallen. Ihn trennten bestenfalls zwanzig Schritte von Jarosław, den der rutschige Untergrund kaum zu behindern schien. Von der anderen Seite kam ihr der Büttel entgegen.

Ihr Atem dampfte; die eisige Luft stach ihr in der Lunge. Für einen Herzschlag erwog sie, über die Zinnen zu klettern und zu springen. Aber das war selbst für sie zu hoch. Es musste einen anderen Ausweg geben. Ihr Kopf fuhr herum. Da! Schräg unter ihr stand ein Schuppen, von der Mauer nur durch eine schmale Kluft getrennt.

Sie trat gegen den Handlauf. Das Brett löste sich und fiel in die Tiefe. Sie wich mit dem Rücken an die Zinnen zurück, nahm Anlauf und sprang. *Zu kurz!*, durchfuhr es sie in der Luft, *es reicht nicht!* Sie machte sich schon darauf gefasst, schmerzhaft auf dem gefrorenen Boden aufzuschlagen, als sie im Stroh des Schuppendachs landete. Blitzschnell wälzte sie sich herum. Sie hatte Schnee in die Augen bekommen und nahm eine verschwommene Gestalt auf dem Wehrgang wahr.

»Spring, Bren!«, rief sie. »Du musst springen!«

Er zögerte. Doch als er feststellte, wie nah Jarosław auf der einen und der Stadtbüttel auf der anderen Seite waren, nahm er so viel Anlauf, wie es der schmale Wehrgang zuließ, stieß sich an der Kante ab und segelte in hohem Bogen durch die Luft. Rahel rollte sich zur Seite und machte sich bereit, nach dem Bretonen zu greifen, falls dieser zu kurz sprang. Doch genau wie sie traf er auf der Mitte des Dachs auf – das im gleichen Moment unter ihnen wegbrach. Rahel fiel, schlug auf etwas auf, das berstend brach, fiel weiter, landete weich. Irgendwo schrie Brendan, dann wurde sie von Stroh und Schnee verschüttet.

Steh auf, befahl eine Stimme in ihr. Doch Schmerz hinderte sie am Aufstehen. Sie machte ihn in ihrem Rücken aus, der mit der Wucht eines Keulenschlags gegen ein Hindernis geprallt war. Sie konnte kaum atmen, und als sie es dennoch tat, geriet etwas in ihren Hals, das sie husten ließ. Mit panischen Bewegungen befreite sie sich aus dem Stroh.

Ein Ausschnitt des Winterhimmels befand sich über ihr – das Dach des Schuppens war fast vollständig eingebrochen. Ihres Halts beraubt, schwankten die Holzwände. Rahel ächzte vor Schmerz, als sie sich aufrichtete. Sie stand bis zur Hüfte in einem Heuhaufen. »Bren?«, rief sie ins Halbdunkel.

»Hier«, krächzte er. Nicht weit von ihr bewegte sich das Heu, und ein bunter Ärmel kam zum Vorschein, gefolgt von Brendans Kopf. Ihre Erleichterung hielt jedoch nicht lange an, denn im nächsten Moment fiel ihr Jarosław wieder ein.

Watend, als bewege sie sich durch Morast, kämpfte sie sich aus dem Heu. Jarosław starrte vom Wehrgang auf sie herab. Springen konnte er nicht, denn ohne das Schuppendach war es zu tief. Sein Kopf fuhr herum, als sich der Büttel ihm brüllend näherte.

Rahel packte Brendan am Arm und zog den benommenen Bretonen aus dem Heu. Der Büttel herrschte Jarosław an, sofort den Wehrgang zu verlassen. Zu ihrer Überraschung leistete der Polane Folge. Das verschaffte ihnen etwas Zeit.

»Kannst du gehen?«

»Ja. Ja. Ich glaube schon.« Brendan litt offenbar auch Schmerzen und hinkte. Doch als Rahel zum Schuppentor eilte, folgte er ihr.

Draußen sah sie sich einer Traube von Leuten gegenüber, Schaulustige, angelockt von der Verfolgungsjagd auf der Mauer und ihrem waghalsigen Sprung. Einige applaudierten, als sich die beiden Fahrenden durch die Menge schoben.

Dann rannten sie wieder los, an ärmlichen Hütten vorbei,

durch Gassen, die nicht breiter waren als ihre Schultern, bis Rahel sicher war, dass sie Jarosław abgehängt hatten. In einem dunklen Winkel, zwischen Unrat und huschenden Ratten, sackte Brendan auf die Knie und erbrach sich, bis nur noch Galle kam. Auch sie konnte sich kaum noch auf den Beinen halten, und doch wäre sie am liebsten weitergelaufen, nur fort von dieser Stadt, fort von Madoras Falschheit und ihren Lügen.

Kapitel 14

Sie versteckten sich in einem alten Schuppen mit Wänden aus lose aufeinandergeschichteten Feldsteinen und vernagelten Fenstern. In dem Gerümpel, das den halben Raum bis zur Decke ausfüllte, fanden sie Decken. Schmutzige, stinkende Decken zwar, in denen Ratten nisteten, aber gut genug, um die beißende Kälte fernzuhalten.

Es war Brendan, der auf dieses Versteck gestoßen war. Rahel wollte die Nacht nicht in einer Herberge verbringen, denn sie fürchtete, dass Madora sie dort zuerst suchen würde. Also waren sie ziellos durch die ärmeren Viertel im Süden der Stadt gewandert, auf der Suche nach einem Ort, der ihnen Schutz vor der Kälte bot, müde und hungrig und mit der ständigen Furcht, Jarosław könnte sie doch noch finden. Dabei waren sie an einem Zaun aus morschen Brettern vorbeigekommen, in dem Brendan zufällig eine Lücke entdeckte. Sie führte zu dem Schuppen, der allem Anschein nach niemandem gehörte oder dessen Besitzer schon seit Jahren keinen Fuß mehr hineingesetzt hatte.

»Was, glaubst du, wird Madora jetzt machen?«, fragte der Bretone. Obwohl er keine Armlänge von ihr entfernt saß, konnte sie von ihm nicht mehr als einen Schemen erkennen. Inzwischen war es Abend, und sie hatten nichts, mit dem sie Licht machen konnten.

»Wahrscheinlich läuft sie zu Rampillon und erzählt ihm alles. Jetzt muss sie ja niemandem mehr etwas vormachen.«

»Und dann machen sie Jagd auf uns«, fügte er leise hinzu.

Rahel schwieg. Sie war zu erschöpft und niedergeschlagen, um einen klaren Gedanken fassen zu können. Wie hatte sie sich nur so sehr in Madora täuschen können? Sie hatte ihr misstraut, hatte befürchtet, die Wahrsagerin könnte sie für ihre Zwecke benutzen, und Lüge um Lüge aufgedeckt, bis sie schließlich sicher gewesen war, sie habe sie durchschaut – nur um dann herauszufinden, dass Madoras Absichten noch weitaus niederträchtiger waren als in ihren schlimmsten Vermutungen. Eine Dienerin Rampillons … nein, darauf hätte sie nicht kommen können.

Ihre Gedanken wanderten zu Isaak. War er verletzt gewesen, als er zum *Miflat* gegangen war und sie dort nicht antraf? Wichtiger noch, welche Lügen hatte Madora ihm aufgetischt? *Dass du eine Betrügerin bist, die Madoras Vertrauen missbraucht hat. Dass du geflohen bist, als sie dir auf die Schliche kam. Dass Isaak froh sein solle, dass er nicht auch auf dich hereingefallen ist* … Ja, so musste es gewesen sein, Rahel konnte es förmlich vor sich sehen. Das erschien ihr plötzlich schrecklicher als alles andere.

Die Decke knisterte, als Brendan sich bewegte. »Hast du Madoras Silber noch?«, fragte er.

»Ja.«

»Gib mir den Beutel.«

Sie tat, was er verlangte, und hörte kurz darauf das Klimpern von Münzen. Er zählte das Geld.

»Zweiundzwanzig Deniers. Das reicht für ein paar Tage. Wenn wir morgen früh aufbrechen, können wir Ende der Woche in Frankreich sein. Und dann … mal sehen. Vielleicht sind Vivelin und Kilian noch in Limoges.«

»Wir werden nicht aufbrechen«, sagte Rahel.

Brendan stutzte. »Was?«

»Wir bleiben hier. Wir werden Grenoble nicht verlassen.«

Wieder das Knistern der Decke. Inzwischen hatten sich ihre Augen an die Finsternis gewöhnt, sodass sie seine Konturen erkennen konnte. Er setzte sich aufrecht hin. »Was willst du noch hier? Wir haben verloren. Ohne Madora können wir den Schrein nicht finden. Davon abgesehen … Es ist einfach zu gefährlich.«

»Natürlich ist es gefährlich. Aber willst du einfach so aufgeben? Nach allem, was geschehen ist?«

»Mir gefällt es ja auch nicht. Aber wir haben keine andere Wahl. Wir haben nicht das Wissen, um das Rätsel zu lösen. Dieses ganze Sephirot-Zeug, meine ich. Sogar Madora hat große Schwierigkeiten damit, und sie kennt sich aus.«

»Und wenn wir etwas hätten, ohne das sie das Rätsel nicht lösen kann?«

»Was sollte das sein?«

»Madora kennt immer noch nicht den ganzen Vers.«

»Aber du hast ihr doch die fehlende Zeile verraten«, sagte Brendan.

Rahel holte tief Luft. »Es gibt noch eine, die sie nicht kennt …«

Im Innenhof des Palasts sprach Madora einen Wachposten an. »Wo finde ich den Siegelbewahrer?«

»Seine Exzellenz ist irgendwo da drin.« Der Mann grinste lüstern. »Aber was willst du mit dem Alten, wenn du mich haben kannst, Schöne? Komm mit! Mein Quartier ist gleich dahinten.« Seine Kameraden, die auf der Treppe zum Durchgang herumlungerten, feixten anzüglich.

Madora lächelte. »Es wäre klüger von dir, darüber nachzudenken, wie du deiner Frau beibringst, dass du gestern zwei Monatssolde verspielt hast. Wie heißt sie gleich? Maeva, richtig? Ein hübsches Kind. Es wäre doch zu schade, sie wegen solch einer Lappalie zu verlieren, nicht wahr … Clement?«

Der Soldat erstarrte zu einer Salzsäule. Als er seine Sprache wiederfand, sagte er: »Woher zum Teufel –«, aber da war sie bereits weitergegangen.

Nach der Auskunft einer Dienerin hielt sich Rampillon in der Kapelle auf. Der lange Flur, durch den Jarosław und sie kurz darauf gingen, war wie der Rest des Palasts geschmückt. Weihnachten stand vor der Tür, überall hingen bunte Papierblüten und immergrüne Zweige. Sogar in diesem menschenleeren Flügel.

Nein, er war nicht ganz menschenleer. Saudic, Rampillons Hauptmann, stand vor dem Portal der Kapelle, die muskulösen Arme vor der Brust verschränkt. Sie dankte dem Allmächtigen, dass sein Helmvisier heruntergeklappt war. Der Anblick seines Gesichts – des *nicht vorhandenen* Gesichts, besser gesagt – konnte einen in den Schlaf verfolgen. Der Krieger trat zur Seite, als sie auf ihn zuschritt. »Seine Exzellenz ist drinnen.«

Er öffnete, und sie trat ein. Jarosław wartete draußen.

Auch die Kapelle war für das Fest vorbereitet worden: Dutzende Kerzen standen in Nischen und auf dem Boden. Im Moment brannten nur zwei, verformte Wachsstümpfe in einem angelaufenen Leuchter. Sie tauchten das Innere in flackerndes Zwielicht, das die Schatten in den Ecken noch vertiefte. Rampillon kniete vor dem Altar, berührte mit der Stirn den Steinboden. Beim Klang ihrer Schritte fuhr er auf, und für einen Augenblick, kürzer als ein Wimpernschlag, entdeckte sie in seinen Augen unermessliches Grauen, als sei ihm ein Blick in den tiefsten Kreis der Hölle gewährt worden.

»Exzellenz«, begrüßte sie ihn. »Ich muss mit Euch sprechen.«

Er hatte sich wieder in der Gewalt. Stöhnend, eine Hand auf dem schmerzenden Rücken, erhob er sich. Madora hatte einmal ihre seherische Gabe benutzt, um sein Inneres zu ergründen. Es war eine unangenehme Erfahrung gewesen, die sie keinesfalls wiederholen wollte. Hass, Furcht und Zweifel rangen in diesem Mann mit solcher Intensität miteinander, dass schon ein kurzer Blick auf seine zerrissene Seele sie mehr Kraft gekostet hatte als eine stundenlange Beschwörung.

»Euer Besuch ist riskant«, sagte er barsch. »Warum habt Ihr nicht Euren Leibwächter geschickt?«

»Wir können uns die Heimlichkeiten in Zukunft sparen. Rahel weiß Bescheid. Ich wollte Jarosław mit einer Nachricht zu Euch schicken. Es ist ihr gelungen, sie abzufangen.«

»Wo ist das Mädchen jetzt?«

»Geflohen«, antwortete Madora. »Ich weiß nicht, wohin.«

Rampillon ging einige Schritte auf und ab, und der Saum seiner Robe strich über den glatten Stein. »Also war alles umsonst.«

»Es war nicht Jarosławs Schuld, Exzellenz.«

Der Siegelbewahrer starrte sie an. »Ach, wirklich? Wessen Schuld dann?«

Ärger regte sich in ihr. »Ich habe Euch gebeten, mir nicht zu folgen. Wenn Ihr auf mich gehört hättet, wäre es nicht so weit gekommen.« Während der Wanderung zur Dauphiné hatte sie ihm heimlich eine Nachricht zukommen lassen, in der sie ihn in Kenntnis setzte, was sie von Rahel erfahren hatte und was das Ziel ihrer Reise war. Ein ärgerlicher Fehler. Es wäre einfacher gewesen, Rampillon über alles im Dunkeln zu lassen, bis sie den Schrein in den Händen hielt. Sie hätte wissen müssen, dass er es nicht lassen könnte, ihr nachzureisen.

»Ich wollte lediglich dafür sorgen, dass Ihr nicht versucht, mich zu hintergehen.«

»Wir haben einen Pakt. Ich werde mich daran halten.«

»Das solltet Ihr auch, meine Liebe. Ihr wisst, was auf dem Spiel steht.«

Ja, dachte sie, *im Gegensatz zu dir, du alter Narr.* Rampillon war so in seinen Zweifeln gefangen, dass er bei all seiner Gelehrtheit und Schläue nicht erkannte, welche Möglichkeiten der Schrein bot. »Wie dem auch sei, es spielt keine Rolle, dass Rahel Bescheid weiß. Ich kenne inzwischen die Bedeutung der restlichen Verszeilen.«

Der Siegelbewahrer schaute sie erneut stechend an. »Wieso sagt Ihr das nicht gleich? Na los, ich höre.«

»Der Vers allein reicht nicht aus. Die Verszeilen bezeichnen Orte in der Stadt, an denen Steinmetzzeichen versteckt sind. Sie sind es, die den Weg zum Schrein weisen.«

»Steinmetzzeichen«, wiederholte er. »Was stellen sie dar?«

»Hebräische Buchstaben oder Zahlen. *Alef* und *Gimel*. Ich bin noch nicht dahintergekommen, was sie bedeuten.«

»Und wann werdet Ihr das?«

»Bald«, sagte Madora.

Er stieß die Tür auf und trat auf den Flur. Sie folgte ihm, froh, dass sie die Kapelle verließen. Christliche Kirchen mit ihrer Düsternis, ihren Darstellungen von Marter, Leid und Tod waren ihr zuwider. Kein Wunder, dass diese Religion so viele Verrückte wie Rampillon hervorbrachte.

»Was unternehmen wir wegen Rahel?«, fragte sie, als sie den Flur entlanggingen.

»Warum sollten wir etwas unternehmen?« Rampillon setzte seine Kappe auf, eine kegelförmige Mütze in der Farbe seiner Robe.

»Sie wird weiter versuchen, den Schrein zu finden.«

»Sie ist nur ein einfaches Mädchen, und sie ist allein. Was soll sie schon gegen uns ausrichten?«

»Ihr tut gut daran, sie nicht zu unterschätzen, Exzellenz. Und sie ist nicht allein. Ihr Freund ist bei ihr, Brendan.«

»Hegt Ihr etwa Sympathien für sie?«

Sie hatte sich diese Frage schon selbst gestellt – und keine Antwort darauf gefunden. Rahel war die Tochter ihrer Todfeindin, und doch würde sie es bedauern, sollte ihr etwas zustoßen. Die Gauklerin erinnerte sie an eine jüngere, gütigere

Esther, die noch nicht die Hohe Hüterin gewesen war. An eine Gefährtin aus einer lange vergangenen Zeit. »Meine Sympathien gehen Euch nichts an. Alles, was ich will, ist, Schwierigkeiten zu vermeiden.«

»Na schön«, sagte der alte Mann mürrisch. »Saudic, deine Männer sollen die Stadt nach dem Mädchen durchkämmen. Und nach ihrem Freund, diesem Spielmann.«

»Ja, Exzellenz«, sagte Saudic. Sie erreichten den Burghof, wo sich der Hüne auf den Weg zu seinen Soldaten machte.

Draußen war es merklich kälter. Rampillon raffte seine Brokatrobe enger um den dürren Leib. »Lasst uns nach drinnen gehen. Bei dieser Kälte macht mir mein Rücken zu schaffen.«

Kurz darauf führte der Siegelbewahrer sie und Jarosław zu einem Gemach, das von Kerzen und einem Kaminfeuer erhellt wurde. Hinter einem halb zugezogenen Vorhang stand ein Bett mit einem Baldachin. Der restliche Raum wurde von einem Tisch beherrscht, der unter zahllosen Schriftrollen, Büchern und losen Pergamentseiten kaum zu sehen war.

Auf einen Wink von ihm schloss Jean, sein unauffälliger Leibdiener, die Fensterläden und entfernte sich. Jarosław wartete an der Tür, während Rampillon und Madora zu dem Tisch gingen. Der Siegelbewahrer wirkte gelöster als noch vor einigen Minuten. Sie sah ihm an, dass er wie sie froh war, nicht mehr in der Kapelle zu sein.

»Wein?«, fragte er.

»Danke, nein.«

»Wir sind kurz davor, unser Ziel zu erreichen. Das sollten wir feiern.«

»Noch haben wir den Schrein nicht«, erwiderte sie.

Rampillon hob eine Augenbraue. »Warum so verzagt, meine Liebe? Bedrückt Euch etwas?«

Sie betrachtete die Flammen des Kaminfeuers und die Glut zwischen den Holzscheiten. Manchmal glaubte sie, Gebilde darin zu sehen, Gesichter, Häuser, vertraute Landschaften. Dann war es wieder nichts als ein gewöhnliches Feuer, das zu schwach war, das geräumige Zimmer mit Wärme zu füllen. »Die Juden dieser Stadt … Was geschieht jetzt mit ihnen?«

Der Siegelbewahrer ergriff eine Kupferkaraffe und füllte sich einen Becher. Im Flammenschein glitzerte der Wein wie geschmolzener Rubin. »Warum fragt Ihr?«

»Wir haben alles, was wir brauchen. Es gibt keinen Grund mehr, etwas gegen sie zu unternehmen.«

Er drehte den Becher in seinen langen, knochigen Fingern, deren Anblick sie schon immer abgestoßen hatte. »Seit wann liegt Euch das Schicksal Eures Volkes so am Herzen?«

Ihr Zorn regte sich erneut. »Ich bin nicht wie Ihr, Rampillon. Blutvergießen bereitet mir keine Freude. Alles, was ich will, ist der Schrein.«

»Auch ich finde keinen Gefallen daran. Saudic vielleicht, aber ich gewiss nicht. Was ich in Frankreich getan habe, tat ich allein wegen unserer Suche.«

»Unsere Suche ist beendet.«

»Vielleicht. Ihr sagt selbst, der Vers war nur das erste Rätsel. Möglich, dass die hiesigen Juden und besonders ihr Rabbi etwas wissen, das uns von Nutzen sein könnte.«

»Dann holt Euch den Rabbi und lasst die anderen in Frieden!«

»Ich habe noch nicht entschieden, was mit ihnen geschehen soll«, sagte Rampillon.

Es klopfte, und Jean kam herein. »Die Gräfin erwartet Euch, Exzellenz. Es wird Zeit für Euer Bad.«

Der Siegelbewahrer stellte den Becher auf den Tisch. »Der Schrein ist wichtiger als das Leben von ein paar Menschen.

Denkt immer daran. Vergeudet Eure Zeit nicht mit Mitgefühl.«

Als er an der Tür war, sagte Madora: »Wisst Ihr, wofür mein Volk Euch hält?«

Er wandte sich um, sah sie an.

»Für den wiedergeborenen *Amalek.*«

Ein dünnes Lächeln erschien auf Rampillons Lippen. »Vielleicht bin ich es, wer weiß?«

Wenig später verließ Madora den Palast. Die Nacht war hereingebrochen, und das abendliche Zwielicht in den Gassen hatte sich zu Dunkelheit verdichtet. Ihr Zorn auf Rampillon war einem Gefühl vollkommener Einsamkeit gewichen. Jarosław ging neben ihr, wie immer schweigend. Sie war dankbar für seine Anwesenheit. Er hatte ihr Treue bis zum Tod geschworen, damals bei ihrer geheimen Reise durch die wilden Länder an der Baltischen See, als sie ihn vor heidnischen Pruzzen gerettet hatte. Er war ein Gesetzloser gewesen, ein junger Krieger ohne Heimat und Ehre, und jetzt kämpfte er für sie. Sein Name bedeutete Zorn, aber auch Mut und Ehre. Er würde sie niemals verlassen.

Erleichterung erfüllte sie, als der Palast hinter den Häusern verschwand. Sie brauchte Rampillon, aber das änderte nichts daran, dass sie bei jedem Zusammentreffen mit ihm tiefen Widerwillen empfand. Mehr als das: Ekel.

Weil er dich daran erinnert, was du getan hast. Weil du genau weißt, dass du nicht besser bist als er.

Unwillkürlich berührten ihre Finger das Mal auf ihrem Handrücken, das Zeichen Baal-Sebuls. Es schmerzte wieder, wie es manchmal geschah; alte Erinnerungen hatten den dunklen Zauber darin geweckt. Sie hatte Rahel belogen, was die Bedeutung des Mals anbelangte. Es war nicht nur das Zeichen der Ausgestoßenen, es war ein Fluch des Bundes, ein

Bann, der nur deshalb schlief, weil niemand mehr am Leben war, der ihn hätte vollenden können.

Sie stockte, als sich der Schmerz ins Handgelenk und von dort in den Arm fortpflanzte. Sie kannte das; es verging nach einer Weile.

»Geht es Euch gut?«, fragte ihr Leibwächter besorgt.

»Ja«, antwortete sie leise, »ja. Bring mir etwas Schnee.«

Am Straßenrand schöpfte er eine Handvoll der weißen Masse auf und brachte sie ihr. Sie tat etwas davon auf das Mal. Das linderte den Schmerz nicht, denn die Pein kam von innen, aus Blut und Knochen, aus ihrer Seele. Aber die Kälte vermittelte ihr wenigstens die Illusion von Linderung.

Während sie wartete, dass der Schmerz nachließ, spähte sie in die Finsternis zwischen den stillen Häusern. Sie befanden sich irgendwo zwischen der Grand Rue und dem Judenviertel, in einer engen Gasse, und weit und breit war niemand zu sehen. Und doch waren sie nicht allein. Der *Refa'im,* den sie in der Nekropole gerufen hatte, blieb stets in ihrer Nähe, unsichtbar, lautlos. Weniger als ein Schatten, vielleicht sogar weniger als ein Gedanke. Aber er war da, Madora konnte ihn spüren.

Er war da und wartete auf ihren Befehl.

»Noch eine Verszeile?«, fragte Brendan. »Wieso sagst du mir das erst jetzt?«

»Hätte es etwas geändert, wenn du sie schon früher erfahren hättest?«, erwiderte Rahel.

»Das kommt darauf an. Wie geht sie?«

Sie zog sich die muffige Decke enger um die Schultern. »›*Hamakom bo yischkon Gratyan*‹. Das heißt ›Wo Gratian Hof hält‹.«

»Und das ist die letzte Zeile vor ›Weist dir Aaron Ben Ismael den Pfad zum Licht‹?«

»Ja.«

Der Bretone verfiel in Schweigen. Schließlich sagte er: »Ich habe nicht die geringste Ahnung, was das bedeuten soll.«

»Siehst du.«

»Von Gratian habe ich schon gehört. Er war ein römischer Kaiser vor langer Zeit. Aber was er mit Grenoble zu tun hat …« Er verstummte wieder.

Rahel stopfte die Silberpfennige zurück in den Beutel, überzeugte sich davon, dass Madoras Nachricht an den Siegelbewahrer noch hinter ihrem Gürtel steckte, und streifte die Decke ab.

»Wo willst du hin?«, fragte Brendan.

»Zu Rabbi Joshua.«

»Das ist zu gefährlich. Was, wenn Madora bei ihm ist?«

»Er muss erfahren, dass sie gemeinsame Sache mit Rampillon macht.«

»Er wird uns nicht glauben. Madora hat ihm gewiss Lügen über uns erzählt.«

»Wenn er die Nachricht sieht, wird er uns glauben.« *Und wenn nicht er, dann Isaak,* dachte sie. Isaak würde sie anhören, egal, was man ihm erzählt hatte. Er würde sich nicht auf Madoras Seite stellen – nicht, wenn er wirklich etwas für sie empfand.

Und doch fürchtete sie sich davor, zu ihm zu gehen. Was, wenn sie sich seine angeblichen Gefühle für sie nur eingebildet hatte? Wenn sie ihm in Wahrheit gleichgültig war?

»Ich weiß nicht«, sagte Brendan zweifelnd. »Der Rabbi hält sie immer noch für eine … Wie heißt es? Für eine *Talmida* des Bundes. Und wir sind nur zwei Fahrende für ihn.«

»Wir haben keine Wahl. Ohne seine Hilfe finden wir den Schrein nicht. Jetzt komm. Je eher wir mit ihm sprechen, desto besser.«

Seufzend stand der Bretone auf und schlüpfte hinter ihr

durch die Lücke in der Schuppenwand ins Freie. Wind war aufgekommen und wirbelte feine Schneekristalle durch die menschenleere Gasse. Rahel wusste nicht genau, wo sie sich befanden. Sie verließ sich auf ihr Gefühl, bis sie eine Kreuzung erreichten, die ihr bekannt vorkam.

»Ich glaube, zum Judenviertel geht es da –«

Brendan packte sie am Arm und zog sie in ein Hoftor. »Leise!«, zischte er.

Im selben Moment hörte sie Stimmen und das Knirschen von Stiefelsohlen auf dem schneebedeckten Boden.

Kriegsknechte. Sie kamen genau auf sie zu.

Der Wind blies immer schärfer, doch Isaak war so niedergeschlagen, dass er es kaum spürte. Jede Straße hatte er abgesucht, vom Patrizierviertel am Fluss bis zu den ärmlichen Gassen im Süden, aber nirgendwo die kleinste Spur von Rahel und Brendan gefunden. Als er am frühen Nachmittag losgegangen war, hatte er noch die Hoffnung gehegt, sie könnten sich versteckt haben und er würde sie früher oder später finden. Nachdem er jedoch mehrere Stunden vergeblich gesucht hatte, wurde ihm allmählich klar, dass er sich etwas vormachte. Sie waren längst über alle Berge, genau wie Madora es gesagt hatte. Auf und davon, ohne jede Vorwarnung, wie es Fahrende eben tun. Nichts und niemand hielt sie lange an einem Ort, und wenn er erwartete, Rahel würde seinetwegen bleiben, wäre er ein Narr.

Wenn er nur begreifen könnte, *warum* sie so plötzlich verschwunden war … Als er zur Mittagsstunde zum *Miflat* gegangen war, um sie abzuholen, hatte er nur Madora angetroffen. Sie war überaus wütend gewesen. Sie erzählte ihm, Rahel habe ihr Silber gestohlen und sei mit ihrem Freund geflohen. Er war so verblüfft, dass er das für einen schlechten Scherz hielt, doch Madora blieb dabei: Rahel sei eine Lügnerin und

Diebin, sie habe ihr Vertrauen missbraucht, und es sei töricht gewesen, sich auf eine Gauklerin zu verlassen.

Er hatte ihr nicht geglaubt. Warum sollte Rahel so etwas tun? Warum sollte sie Madora bestehlen und fliehen, nachdem sie ihn erst am Abend vorher um Hilfe bei der Entschlüsselung des Verses gebeten hatte? Außerdem war sie keine Diebin. Er konnte zwar nicht gerade behaupten, sie gut zu kennen, aber er hatte ein untrügliches Gespür für Menschen. Rahel mochte eine gerissene Gauklerin sein, die den Leuten mit List und Schläue das Geld aus der Tasche lockte und es hin und wieder mit der Wahrheit nicht allzu genau nahm – aber stehlen? Nein.

Mit diesen Gedanken hatte er sich auf die Suche nach ihr gemacht, fest entschlossen, herauszufinden, was wirklich geschehen war. Doch inzwischen wusste er nicht mehr, wo er noch suchen sollte.

Du siehst sie nie wieder, dachte er düster, während er die abendlichen Gassen durchstreifte. *Besser, du findest dich damit ab.*

Er machte sich auf den Heimweg. Erst jetzt wurde ihm bewusst, wie sehr er fror, deshalb beschleunigte er seine Schritte. Zu Hause erwartete ihn heißer Würzwein, genau das Richtige für einen trostlosen Tag wie diesen. Er würde das tun, was immer noch am besten gegen närrische Hoffnungen und jämmerliches Unglück half: sich betrinken.

Zwei Soldaten kamen ihm entgegen. Es waren keine Stadtbüttel, sondern Waffenknechte des Siegelbewahrers in Kettenpanzern und blauen Röcken. Sie marschierten schon den ganzen Nachmittag durch die Stadt; immer wieder waren ihm Gruppen von zwei oder drei Mann begegnet, einmal hatte er sogar den gefürchteten Saudic gesehen. Offenbar suchten sie jemanden. Isaak hatte stets einen Bogen um sie gemacht.

Jetzt aber war er zu müde, um einen Umweg zu machen. Zügig ging er die Straße entlang, darauf hoffend, dass die Kriegsknechte ihn in Ruhe ließen.

»He du, Jude!«

Er stöhnte innerlich. Dieser verfluchte gelbe Gürtel! Selbst bei Nacht und Schneetreiben war er deutlich zu sehen. »Was wollt ihr?«, fragte er mürrisch.

Die Soldaten kamen auf ihn zu. Schnee hatte sich auf ihren breiten Helmrändern angesammelt, aus ihren vor Kälte bleichen Gesichtern sprach der Missmut darüber, dass sie durch die eisige Nacht irren mussten. Isaak ahnte, an wem sie sogleich ihre üble Laune auslassen würden.

»Du kannst uns einen Dienst erweisen«, sagte der linke Waffenknecht.

»Nein. Sucht euch einen anderen. Ich habe keine Zeit.«

Der Soldat nahm die Lanze in beide Hände und versperrte ihm den Weg. »Nicht so schnell, Jude. Du hast ja noch gar nicht gehört, was wir zu sagen haben.«

Es waren Männer, wie er sie hasste: dumm, gewalttätig, stets auf der Suche nach Schwächeren, die sie tyrannisieren konnten. Ein Teil von ihm wollte nichts lieber, als ihnen Schmerzen zuzufügen; der andere Teil jedoch mahnte zur Vorsicht. Sie waren schwer bewaffnet und gerüstet, während er nicht einmal ein Messer bei sich trug. Der Tag war zwar schlecht gewesen, aber nicht so schlecht, dass er sein Leben aus einem nichtigen Grund wegwerfen wollte.

»Na schön«, meinte er. »Was kann ich für die treuen Soldaten des Siegelbewahrers tun?«

In ihrer Einfalt bemerkten sie den versteckten Hohn nicht einmal. »Schon besser«, sagte der Sprecher der beiden. »Wir suchen jemanden. Eine Frau und einen Mann. Sie verstecken sich irgendwo in der Stadt. Hast du sie gesehen?«

Eine Frau und einen Mann? Isaak stockte der Atem. Suchten sie etwa …? Nein, unmöglich – oder? »Ihr müsst mir schon verraten, wie sie aussehen, bevor ich euch das sagen kann.«

»Die Frau hat kurze schwarze Locken und ein Gesicht wie ein Sarazenenweib. Der Kerl ist mager und bleich und hat lange blonde Haare. Es sind Fahrende, alle beide.«

Rahel und Brendan, kein Zweifel! Was ging hier vor? »Was haben sie denn auf dem Kerbholz?«

»Das geht dich nichts an, Jude. Hast du sie gesehen?«

Nichts anmerken lassen! Auf keinen Fall etwas anmerken lassen! »So jemanden kenne ich nicht.«

»Bist du ganz sicher?«

Wenn er nur besser lügen könnte … Hoffentlich reichte es wenigstens für diese beiden Dummköpfe. »Ja. Darf ich jetzt gehen?«

Mit einem Fluch auf den Lippen wandte sich der Soldat ab und schlurfte mit seinem Kumpan weiter. Erleichtert und verwirrt zugleich setzte auch Isaak seinen Weg fort.

Rampillon lässt nach Rahel und Brendan suchen – wieso, bei allen Dämonen? Weiß er, dass sie den Vers kennt? Wie hat er erfahren, dass sie hier ist?

»Isaak!«

Ein kaum hörbarer Ruf aus einem dunklen Winkel der Straße. Er erstarrte.

»Wir sind hier! Hier drüben!«

Bei der Allmacht Jahwes, er kannte diese Stimme! Er vergewisserte sich, dass die Waffenknechte fort waren, und lief zu dem Hoftor, aus dem der Ruf gekommen war. Jemand ergriff seinen Arm und zog ihn in die Dunkelheit hinter der Mauer, wo sich zwei Gestalten versteckten.

»Was machst du hier?«, flüsterte Rahel.

Sie war es, sie war es wirklich! »Ich habe euch den ganzen Tag gesucht!«, stieß Isaak hervor. »Madora hat mir gesagt, dass ihr sie bestohlen habt und geflohen seid. Warum sind Rampillons Leute hinter euch her?«

Die Worte sprudelten nur so aus ihm hervor, doch er verstummte, als sie ihn umarmte. Plötzlich spürte er ihre Lippen auf seiner Wange. Sie waren kalt und rau, trotzdem durchlief ihn bei der Berührung von Kopf bis Fuß ein heißer Schauer.

Rahel küsste ihn. Sie *küsste* ihn.

»Ich bin froh, dass du hier bist«, flüsterte sie.

Tausend Worte schwirrten ihm durch den Kopf, tausend mögliche Antworten. Doch alles, was er zustande brachte, war ein wohliges Brummen.

Die Wärme in seinem Innern verschwand auch dann nicht, als sie sich von ihm löste.

»Das hat Madora dir also gesagt?«, murmelte Rahel. »Dass wir sie bestohlen haben?«

»Sie sagte, ihr hättet ihr Silber genommen und seid auf und davon, wie es Fahrende eben tun.«

»Wie es Fahrende eben tun«, wiederholte sie bitter. »Hast du ihr geglaubt?«

»Natürlich nicht. Hätte ich euch sonst gesucht?«

Wortlos strich sie ihm über die Wange. Es war nur eine flüchtige Berührung, aber es lag Dankbarkeit darin.

»Aber wenn es nicht stimmt«, sagte er, »warum erzählt sie mir dann so etwas?«

»Bren und ich mussten fliehen, weil wir ihr auf die Schliche gekommen sind. Sie ist nicht das, wofür sie sich ausgibt.«

»Du meinst, sie ist keine *Talmida* des Bundes?«

»Das weiß ich nicht. Sie hat erzählt, sie sei verstoßen worden, aber vielleicht war auch das eine Lüge. Sie hat so oft gelogen … Das ist jetzt unwichtig. Wir haben herausgefunden, dass sie mit Rampillon zusammenarbeitet.«

»Rampillon?«, wiederholte Isaak. Er verstand kein Wort. »Der Siegelbewahrer? Wie meinst du das?«

»Wir können es beweisen. Wir haben eine Nachricht von ihr, die Jarosław ihm überbringen sollte …«

Die Tür des Hauses, zu dem der Hof gehörte, öffnete sich knarrend.

»Ich glaube, wir sollten verschwinden«, murmelte Brendan.

Kerzenschein fiel auf einen Mann in der Türöffnung. »Wer ist da?«, rief er barsch.

Rahels Hand schloss sich um seine. »Komm«, flüsterte sie. »Ich erzähle dir alles, wenn wir in Sicherheit sind.«

Bis zum Judenviertel war es nicht mehr weit. Isaak wählte einen Weg, auf dem sie keine Gefahr liefen, Kriegsvolk zu begegnen. In Sichtweite der Synagoge versteckten sie sich in einem leer stehenden Haus, wo Rahel ihm die ganze Geschichte erzählte: von dem Mal auf Madoras Hand, den verbrannten Schriftrollen, dem Fetzen mit dem Spinnensymbol und schließlich Madoras Nachricht an Rampillon. Nachdem Isaak das Schreiben mit eigenen Augen gesehen hatte, schwieg er lange Zeit.

»Und als ihr die Nachricht Jarosław gestohlen habt, seid ihr geflohen«, schlussfolgerte er.

Rahel schüttelte den Kopf. »Ich habe sie Madora gezeigt und eine Erklärung verlangt. Sie hat zugegeben, mit Rampillon unter einer Decke zu stecken. Als ich ankündigte, die Nachricht deinem Vater zu zeigen, befahl sie Jarosław, sie mir wegzunehmen. Erst dann sind wir geflohen.«

Isaak betrachtete abermals das Pergament. Rahel ahnte, wie sehr ihn die Geschichte erschütterte. Er empfand größte Ehrfurcht vor dem Bund von En Dor, und nun musste er erfahren, dass eine *Talmida* des Bundes den größten Verrat begangen hatte, den er sich vorzustellen vermochte. »Was hätte Jarosław getan, wenn er euch eingeholt hätte? Meinst du, er hätte euch getötet?«

»Ich weiß es nicht.«

»Und die Soldaten? Sie suchen euch in Madoras Auftrag?«

»Oder in Rampillons Auftrag. Vermutlich hat sie ihn benachrichtigt, nachdem wir geflohen sind.«

Er schaute sie an. »Warum tut sie so etwas? Rampillon ist der schlimmste Feind unseres Volkes. Wie kann eine Jüdin auch nur daran denken, mit ihm gemeinsame Sache zu machen?«

Rahel hatte sich diese Frage schon hundertmal, tausendmal gestellt, ohne eine Antwort zu finden. »Machtgier vielleicht, wer weiß?« Sie nahm die Nachricht wieder an sich. »Hör zu, wir müssen so schnell wie möglich mit deinem Vater sprechen. Er muss wissen, was geschehen ist. Er darf Madora nicht helfen, den Schrein zu finden.«

Isaak nickte. »Aber ich fürchte, es wird nicht leicht sein, ihn von Madoras Verrat zu überzeugen.«

»Und wenn er das Schreiben sieht?«

»Kannst du beweisen, dass es wirklich von ihr ist?«

»Es ist ihre Handschrift. Das ist Beweis genug.«

»Vielleicht nicht für meinen Vater. Er hat sein Leben lang die Hoffnung gehegt, der Bund könnte nach Grenoble zurückkehren. Es wird ihm nicht gefallen, zu hören, dass er auf eine Betrügerin hereingefallen ist.«

Entmutigt schwieg Rahel. Isaak hatte recht. Angesichts der Ehrfurcht seines Vaters vor Madora war die Nachricht ein jämmerlicher Beweis. Aber woher sollten sie einen besseren nehmen? Madora war zu gerissen. Was Rahel ihr auch vorwarf, sie würde es einfach mit einer Lüge entkräften – einer Lüge, der Rabbi Joshua nur allzu bereitwillig glauben würde. »Was schlägst du also vor?«

Isaak zuckte mit den Achseln. »Sprechen wir mit ihm. Mehr können wir nicht tun.«

Joshuas Haus war eines der wenigen im Judenviertel, in

denen noch Licht brannte. Im hell erleuchteten Rechteck eines Fensters bewegten sich Schatten.

»Madora«, sagte Brendan leise. »Sie ist bei ihm.«

Die Seherin erschien für einen Augenblick am Fenster, bevor sie wieder verschwand. Dann war der Rabbi zu sehen. Er schloss den Fensterladen.

»Sollen wir trotzdem reingehen?«, fragte Isaak.

Es wäre Rahel lieber gewesen, Rabbi Joshua allein anzutreffen. Sie wollte Madora keine Gelegenheit geben, sich herauszureden, bevor sie dem Rabbi berichtet hatte, was geschehen war. Dann aber hatte sie eine Idee, für die es von Vorteil sein konnte, im Beisein der Seherin mit dem Rabbi zu sprechen. »Ja.«

»Es ist zu gefährlich«, gab Brendan zu bedenken. »Jarosław ist bei ihr, ich habe ihn gesehen. Lasst uns warten, bis sie fort ist.«

»Er wird uns nichts antun. Nicht im Haus des Rabbis. Los, kommt.«

Ohne Brendans Einwand abzuwarten, eilte sie über den Platz, gefolgt von ihren Freunden. Isaak schloss die Haustür auf. Vor dem Kaminzimmer begegnete ihnen seine Mutter mit einer Weinkaraffe in den Händen.

»Wo warst du denn? Dein Vater hat dich –«

Dann erst bemerkte Ariel, wer bei ihm war, und in ihrem Gesicht zeigte sich Bestürzung. *Sie hat Madoras Lügen auch gehört und hält uns für Diebe,* dachte Rahel.

»Ich muss mit ihm reden«, erwiderte Isaak.

»Nicht jetzt«, sagte seine Mutter. »Er will nicht gestört werden.«

Er schob sich an ihr vorbei und zog den Vorhang zur Seite. Jarosław hatte sich vor dem Kamin niedergelassen und schaute in die Flammen. Madora und der Rabbi saßen am Tisch, über alte Schriftstücke gebeugt. Als Isaak, Rahel und

Brendan die Kammer betraten, schraken alle drei auf. Jarosław reagierte zuerst. Er stand auf und legte die Hand auf den Dolchknauf an seinem Gürtel, in den Augen ein lauernder Ausdruck.

»Rahel«, sagte Madora gedehnt. »Was hast du hier zu suchen?«

»Ich bringe Euch Euer Geld zurück. Wir sind keine Diebe, wie Ihr allen erzählt habt.« Sie warf ihr den Beutel entgegen. Als er auf dem Tisch aufprallte, löste sich der Knoten, der ihn verschloss, und Silbermünzen verteilten sich zwischen den Schriftstücken. »Zählt nach. Es fehlt kein einziger Denier.«

Stille herrschte im Zimmer. Joshuas Blick ruhte auf ihr – ob verärgert oder nur verwundert, konnte sie nicht sagen. Dann wandte sich der groß gewachsene Jude an Madora. »Was hat das zu bedeuten?«, fragte er mit seiner tiefen Stimme.

Die Seherin hatte ihre Überraschung schnell verwunden. Sie lehnte sich zurück, die Hände in den weißen Handschuhen schlossen sich um die Armlehnen. »Ich weiß es nicht. Dieses Mädchen ist eine verkommene Gauklerin, sittenlos und nur auf ihren Vorteil bedacht. Wenn Ihr meinen Rat hören wollt: Werft sie hinaus, ehe sie Euch Schwierigkeiten macht.«

Der Rabbi blickte seinen Sohn an. »Wieso hast du sie überhaupt hergebracht?«

»Sie hat dir etwas zu sagen, Vater«, erklärte Isaak. »Du solltest sie anhören.«

»Ich weiß, was sie zu sagen hat«, erwiderte Madora scharf. »Lügen und Verleumdungen. Sie ist wütend, weil ich sie nicht zu meiner Schülerin gemacht habe. Jetzt setzt sie alles daran, mir zu schaden.«

Da war sie, die nächste Lüge, genau wie Rahel erwartet hatte. Mit welcher Leichtigkeit sie der Seherin über die Lippen kam … »Ach ja, richtig. Zu gern wäre ich Eure Schülerin geworden. Gewiss hättet Ihr mir dann auch beigebracht, wie man vor Rampillon katzbuckelt.«

»Rampillon?«, wiederholte der Rabbi stirnrunzelnd. »Was soll das, Mädchen?«

»Es hat nichts zu bedeuten«, bemerkte Madora. »Wie ich schon sagte, wir werden von ihr nichts als Lügen hören.«

Er wird mir nicht zuhören, dachte Rahel. *Brendan hatte recht. Es war falsch, herzukommen. Falsch und gefährlich.* Doch zu ihrer Überraschung sagte der Rabbi: »Na schön. Sag, was du zu sagen hast. Aber fass dich kurz. Meine Geduld ist bald erschöpft.«

Sie ging an den Tisch heran und warf dabei einen flüchtigen Blick in Jarosławs Richtung. Der Polane ließ sie nicht aus den Augen und schien nur auf Madoras Befehl zu warten, sie zu ergreifen. Sie holte Luft. »Ich bin hier, um Euch vor Madora zu warnen«, begann sie. »Sie macht gemeinsame Sache mit Rampillon.«

Rabbi Joshuas Miene verfinsterte sich. »Das kann nicht dein Ernst sein.«

»Doch, das ist es. Sie hat Euch und uns getäuscht. Sie ist auch keine *Talmida* des Bundes. Man hat sie verstoßen, weil sie –«

»Was redest du da?« Der Rabbi schob seinen Stuhl zurück und erhob sich, und seine aufragende Gestalt erschien ihr nun noch ehrfurchtgebietender als bei ihrer ersten Begegnung. Sie hatte verloren. Er würde ihr niemals glauben – nicht ihr, einer Fahrenden, die alle Welt für Lügner und Betrüger hielt. »Isaak, schaff sie hinaus!«, dröhnte er. »Ich lasse nicht zu, dass eine *Talmida* des Bundes in meinem Haus beleidigt wird.«

Isaak stellte sich ihm in den Weg. »Lass sie ausreden, Vater. Bitte. Sie kann es beweisen.«

Sie wartete nicht ab, dass es ihm gelang, seinen Vater umzustimmen. »Ich sage die Wahrheit! Bitte hört mir zu.« Sie zog das Pergament hinter ihrem Gürtel hervor. »Das ist eine Nachricht von Madora an Rampillon, die Jarosław überbringen sollte. Darin steht, dass sie und Rampillon gemeinsam nach dem Schrein suchen. Außerdem ist er nur ihretwegen nach Grenoble gekommen. Sie hat ihm verraten, dass der Schrein hier versteckt ist und –«

Der Rabbi drängte Isaak mühelos beiseite und riss ihr das Pergament aus der Hand. Madora saß schweigend am Ende des Tisches, den Mund zu einem dünnen Lächeln verzogen. *Warum gibst du nicht auf?*, besagte es. *Siehst du nicht, dass es zwecklos ist?*

Mit einer tiefen Falte zwischen den Brauen las der Rabbi die Nachricht. »Habt Ihr das geschrieben?«, fragte er Madora.

»Nein. Ich sehe diesen Brief zum ersten Mal.«

»Aber es ist Eure Handschrift.«

»Jeder zweitklassige Fälscher könnte sie nachahmen«, erwiderte die Seherin ruhig.

Der Rabbi wandte sich zu Rahel um. »Aus der Nachricht geht nicht einmal hervor, an wen sie gerichtet ist.«

»Sie kann nur für Rampillon bestimmt gewesen sein«, sagte sie. »Jarosław war auf dem Weg zum Palast, als ich sie ihm abnahm. Madora kennt dort niemanden.«

»Das beweist gar nichts. Du erhebst schwere Anschuldigungen, und alles, was du vorzuweisen hast, ist *das?*«

Isaak hatte sie gewarnt, dass das geschehen würde. Nun blieb ihr nur noch ihre Idee. »Nein. Ich kann beweisen, dass der Bund Madora schon vor langer Zeit verstoßen hat.«

Der Hohn im Gesicht der Seherin wich Zorn. »Wir haben genug gehört«, zischte sie. »Rahel hat bekommen, was sie wollte. Werft sie endlich hinaus!«

Der Rabbi beachtete sie nicht. »Wie?«, fragte er Rahel.

»Ihre Handschuhe. Habt Ihr Euch nie gefragt, warum sie sie nie ablegt?«

»Drück dich deutlicher aus! Was ist damit?«

»Sie hat ein Brandmal auf der rechten Hand. Einen achtzackigen Stern, den man die ›Spinne Baal-Sebuls‹ nennt – das Zeichen der Ausgestoßenen.«

»›Die Spinne Baal-Sebuls‹?«, wiederholte der Rabbi scharf. »Bist du sicher?«

»Wieso bittet Ihr sie nicht, den Handschuh auszuziehen, damit Ihr Euch selbst überzeugen könnt?«

Ratlos runzelte der Gelehrte die Stirn. Schließlich wandte er sich an Madora. »Was sagt Ihr dazu?«

Es kostete die Seherin sichtlich Mühe, Ruhe zu bewahren. »Ich habe ein Brandmal auf der Hand, ja. Aber nicht die Spinne Baal-Sebuls, sondern das Zeichen des Erzbischofs von Avignon. Er strafte mich damit für etwas, das ich nicht getan habe.«

»Warum dann die Handschuhe?«

»Würdet Ihr aller Welt zeigen, dass Ihr gebrandmarkt worden seid wie ein Sklave?«

»Sie soll die Handschuhe ausziehen«, verlangte Rahel.

»Nein!«, herrschte Madora sie an. »Niemand bekommt es zu sehen!«

Jetzt war es Rahel, die lächelte. »Wieso, wenn es doch nur das Zeichen des Erzbischofs ist? Was ist schon dabei? Ihr seid doch hier unter Freunden.«

Rabbi Joshuas Kiefer mahlten, während er Madora finster anstarrte, hin- und hergerissen zwischen seiner Ehrfurcht vor einer *Talmida* des Bundes und dem Verlangen, die Wahrheit zu erfahren.

»Rahel hat recht, Vater«, sagte Isaak. »Was ist schon dabei?«

»Zeigt uns das Mal und räumt diesen abscheulichen Verdacht aus«, forderte der Rabbi Madora auf. »Ihr habt mein Wort, dass niemand außerhalb dieser Kammer von dem Mal erfahren wird.«

Madora stand ruckartig auf. Ihr zierlicher Körper schien ihren Zorn kaum noch fassen zu können. »Ich wiederhole mich nicht gern«, sagte sie mit bebender Stimme. »Niemand bekommt das Zeichen meiner Schande zu sehen. Niemand! Habt Ihr mich verstanden?«

Weder der Rabbi noch Isaak wagten es, ihr zu widersprechen. Rahel fasste den Entschluss, ihr den Handschuh mit Gewalt auszuziehen. Körperlich war ihr Madora nicht gewachsen. Wenn sie schnell genug handelte, war sie bei ihr, bevor Jarosław sie aufhalten konnte.

Sie warf Brendan einen Blick zu. Er hatte ihre Bitte um Hilfe verstanden und nickte.

Im selben Moment stieß Madora ein Keuchen aus. Ihr Gesicht wurde fahl. Sie fiel nach vorne und stützte sich mit den Händen auf dem Tisch ab. Ihr Atem ging schwer.

»Was hat das zu bedeuten?«, fragte der Rabbi verwirrt.

Eine List! Es konnte nur eine List sein! Jarosław stürzte zu ihr und legte ihr die Hände auf die Schultern. Rahel fluchte innerlich, schlüpfte an der massigen Gestalt des Rabbis vorbei und warf sich auf den Tisch. Ruckartig fuhr der Polane zu ihr herum, doch bevor er etwas unternehmen konnte, packte sie Madoras Rechte und riss den Handschuh herunter. Die Seherin keuchte erneut, diesmal voller Schmerz, als wäre der Handschuh mit dem Fleisch verwachsen gewesen. Das Mal kam zum Vorschein … und es pulsierte. Die Spinne war größer und dunkler, als Rahel sie in Erinnerung hatte, sie blähte sich auf und schrumpfte wieder zusammen wie ein pumpender Herzmuskel. Voller Entsetzen zog sie ihre Hand zurück.

»Bei der Gnade des Allmächtigen, das ist es!«, stieß Rabbi

Joshua hervor. »Die Spinne Baal-Sebuls. Das Brandmal der Geächteten.« Voller Abscheu starrte er auf die Hand. »Was habt Ihr getan, Madora? Was habt Ihr getan, dass Ihr diese Strafe verdient habt?«

Um Jarosławs Angriff zuvorzukommen, rollte sich Rahel vom Tisch herunter. Doch der Polane achtete nicht mehr auf sie. Behutsam schob er Madora in den Stuhl.

»Nein«, befahl sie mit schwacher Stimme. Sie stützte sich auf den Armlehnen ab und stemmte sich hoch, blieb unsicher stehen. Das Feuer in ihren Augen loderte wild und fiebrig. »Was heute hier geschehen ist, werde ich nicht so bald vergessen, Rabbi«, keuchte sie. »Mein Wort darauf.«

Jarosław legte den Arm um sie, und auf ihren Leibwächter gestützt schlurfte sie zum Durchgang, das Gesicht eine Grimasse der Qual, die Rechte angewinkelt vor der Brust und den Handrücken zum Boden gewandt, als würde ihr der bloße Anblick des Mals neue Schmerzen bereiten.

»Haltet sie auf!«, dröhnte der Rabbi. »Lasst sie nicht gehen!«

Isaak und Brendan verstellten ihnen den Weg, doch als der Polane seinen Dolch zückte, wichen sie zurück. Rabbi Joshua griff in eine Falte seines Gewands und hielt plötzlich ebenfalls ein Messer in der Hand.

»Nicht!«, rief Rahel.

Der Gelehrte hörte nicht auf sie. Er stürzte zum Ausgang der Kammer, stieß Brendan zur Seite und packte Jarosław mit seiner prankenhaften Hand an der Schulter. Der ließ von Madora ab und wirbelte herum, wich behände dem Messerstoß aus. Seine Klinge zuckte, mit einem schmerzerfüllten Keuchen riss der Rabbi seinen Arm nach hinten, sein Messer rutschte über den Boden. Er taumelte zurück, stieß gegen einen Stuhl und fiel hin.

»Vater!« Isaak stürzte zu ihm.

Rahel war vor ihm bei dem Rabbi. Der massige Mann lag auf dem Rücken, das Gesicht vor Zorn und Schmerz verzerrt. An seinem Oberarm klaffte ein Schnitt; Blut quoll aus der Wunde und tränkte den zerfetzten Ärmel.

»Haltet sie«, ächzte er und versuchte, sich am Stuhl hochzuziehen.

Rahel drückte ihn wieder zu Boden. Isaak ging neben ihr auf die Knie, streifte sein Hemd über den Kopf und zerriss es. Einen Tuchfetzen schlang er um den verletzten Arm und verknotete ihn.

Madora war während des Kampfs zusammengebrochen. Behutsam drehte Jarosław die kleine Frau auf den Rücken, schob ihr einen Arm unter die Schultern und den anderen unter die Beine und hob sie hoch, als wäre sie nicht schwerer als ein Kind. Mit der Seherin in den Armen ging er zur Tür, stieß sie mit einem Fußtritt auf und verschwand in der eisigen Nacht.

Der Schmerz erfüllte ihren Körper, brannte in jedem Muskel, jeder Sehne, jedem Fingerbreit der Haut. Die Welt verlor an Form, wurde zu einem nebulösen Farbengemenge, während Jarosław sie durch die Straßen trug. Manchmal nahte Rettung in Gestalt von wohltuender Schwärze, die sie zu umschließen begann, doch sowie ihr Bewusstsein fortschwebte, durchlief ein Krampf ihren Leib, und die Schwärze verschwand.

Die Spinne war zornig. Sie duldete keine Flucht und keine Linderung.

Jarosław trug sie zu einer Kammer im Palast, legte sie aufs Bett. Sie schrie vor Schmerz, als sie die Laken berührte. Heiß war das Tuch, es versengte ihre Haut und rieb sie wund. Jarosław verschwand. Verzweifelt rief sie seinen Namen, rief ihn, bis er wiederkam. Er presste einen Klumpen Schnee auf das Mal, wusch ihr Gesicht mit eisigem Wasser, schnitt ihr Gewand auf und öffnete das Fenster, bis Kälte die Kammer ausfüllte. Doch nichts davon betäubte die Qual. Im Takt ihres Herzschlags wogte der Schmerz durch ihren Körper, mal stärker, mal schwächer, und wenn sie glaubte, es sei überstanden, begann es von Neuem.

Sie flehte Jarosław an, ihr seinen Dolch ins Herz zu stoßen, und als er sich weigerte, zerschlug sie den Wasserkrug und griff nach einer Scherbe. Er entwand sie ihren kraftlosen Fingern und überließ sie den Qualen, woraufhin sie brüllend seinen Namen verfluchte, bis nur noch heisere Laute über ihre Lippen kamen.

Und irgendwann – irgendwann versank die Spinne wieder in Schlaf. Schweißgebadet blieb Madora zurück, entkräftet wie nach wochenlangem Fieber.

Lange blieb sie reglos liegen und starrte gegen die Zimmerdecke, aus Furcht, die kleinste Bewegung könnte das Mal wieder aufwecken. Erst jetzt bemerkte sie, dass sie vollständig nackt war und auf den zerschnittenen Resten ihres Gewands lag. Die Luft in der Kammer war eisig, und die Flamme der einzigen Kerze flackerte im Windhauch des offenen Fensters.

»Jarosław«, flüsterte sie schwach, »bist du da?«

»Ja.« Seine Stimme war nah. Sie drehte den Kopf. Er saß auf einem Schemel neben dem Bett. Sie hatte ihn verflucht und in die tiefste Hölle gewünscht, ihm den Tod durch ihre eigene Hand versprochen, trotzdem war er bei ihr geblieben. Guter, treuer Jarosław.

Er stand auf und brachte eine Decke. »Nein«, murmelte sie. Die Kälte tat ihr gut. Wärme und Schmerz, das eine war vom anderen nicht weit entfernt. Kälte dagegen brachte Taubheit und Empfindungslosigkeit. Beides war ihr hochwillkommen. Sie schämte sich nicht ihrer Nacktheit. Nicht vor Jarosław.

Nach einer Weile erinnerte sie sich, was geschehen war.

»Hast du … den Rabbi … getötet?«, murmelte sie.

»Nein. Soll ich es tun?«

Niemals zuvor hatte sie solche Schmerzen erlitten, nicht einmal an jenem Tag, als man ihr das Mal eingebrannt hatte. Dafür verdienten Joshua und Rahel den Tod. Aber wichtiger als ihre Rache war der Schrein. Sie würde nicht zulassen, dass irgendwer zunichtemachte, wofür sie so viel Leid auf sich genommen hatte. »Nein. Geh zu … Rampillon. Seine Männer sollen mir … den Rabbi bringen. Den Rabbi … und Rahel.«

Als Jarosław fort war, hob Madora die Hand, und im Schein der Kerze betrachtete sie das Mal, die Spinne Baal-Sebuls, ihren Fluch.

Kapitel 15

Rahel war zu keinem klaren Gedanken mehr fähig. Zu viel war in den letzten knapp anderthalb Tagen geschehen. Erst die Nacht in der Nekropole, dann die Entdeckung der Nachricht, die Flucht vor Jarosław und schließlich die Ereignisse in Rabbi Joshuas Haus.

Als sie daran dachte, was sich gerade in der Kammer abgespielt hatte, erfasste sie neues Grauen. Was war das für ein dunkler Zauber, der Madoras Mal zum Leben erweckt hatte? Warum fügte er der Seherin solche Qualen zu?

Was habt Ihr getan, Madora?, hallten die Worte des Rabbis in ihr nach. *Was habt Ihr getan, dass Ihr diese Strafe verdient habt?*

Ja, was? Nur ein Eidbruch, wie sie in der vergangenen Nacht erzählt hatte? Oder war auch das nur eine Lüge gewesen?

Rahel wünschte, sie könnte schlafen und dann über alles in Ruhe nachdenken. Aber möglich war weder das eine noch das andere – nicht, solange ihr Leben in Gefahr war. »Wir müssen gehen«, sagte sie.

Auch Brendan hatten die jüngsten Ereignisse zugesetzt. Sein Gesicht war noch blasser als sonst. »Wohin?«, fragte er müde.

»Irgendwohin, wo man uns nicht findet.«

Isaak half Ariel, seinen Vater zu versorgen. Er hatte ihr Gespräch mitgehört. »Ihr wollt gehen?«

Rahel nickte. »Wir haben keine Wahl. Madora wird Rampillon benachrichtigen, sowie sie dazu fähig ist. Wir sind eine Bedrohung für ihre Pläne. Das werden sie nicht einfach so hinnehmen.«

»Dann seid ihr hier am sichersten.«

»Wenn wir bleiben, bringen wir euch in Gefahr.«

»Das sind wir ohnehin. Mein Vater und ich kennen die Steinmetzzeichen und Teile des Verses. Madora weiß das.«

Damit hatte er recht. Doch letztlich lag die Entscheidung, ob sie bleiben durften, bei seinem Vater. Er war für die Sicherheit seiner Familie und der Gemeinde verantwortlich.

»Was meinst du, Vater?«, sprach Isaak ihn an.

»Ihr bleibt«, antwortete der Rabbi. »Ich lasse nicht zu, dass man euch etwas antut.«

Rahel empfand ungeheure Erleichterung. Sie mussten nicht wieder fliehen und sich verstecken. »Ich danke Euch.«

»Dank mir, wenn die Nacht überstanden ist.« Der massige Mann erhob sich. Ariel hatte seinen Arm sorgfältig verbunden. Er konnte ihn nur unter Schmerzen bewegen, aber Schlimmeres hatte Jarosławs Messerstich nicht bewirkt, dank Isaaks schnellem Eingreifen. »Geh zu den Mitgliedern des Judenrates«, wies er seinen Sohn an. »Sag ihnen, dass Madora uns verraten hat und dass ich mit einem Angriff Rampillons rechne. Stellt Wachen auf den Dächern auf. Rampillon soll sehen, dass wir uns zu wehren wissen.«

»Ich dachte, der Rat hat sich darauf geeinigt, dass wir keine Waffen benutzen.«

»Ja, und dabei bleibt es auch. Wir werden die Gräfin nicht herausfordern, indem wir Schwerter und Äxte schwingen.«

»Aber wenn Rampillon nun seine Soldaten schickt, was sollen wir gegen sie ausrichten?«

»Nehmt Schleudern. Sie lassen sich leicht verstecken.«

»Und wir?«, fragte Rahel. »Was sollen wir tun?«

Der Rabbi wandte sich Brendan und ihr zu. »Könnt ihr mit einer Schleuder umgehen?«

»Ich ja. Brendan nicht.«

»Dann bleibt er bei Ariel. Du kommst mit mir.«

Isaak sagte: »Ich postiere mich mit Benjamin und Simon auf dem alten Torhaus. Wenn wir etwas sehen oder hören, pfeife ich.« Er schaute in die Runde. »Passt auf euch auf.«

Sie sah ihm an, dass er sie gerne zum Abschied geküsst hätte. Doch er tat es nicht, vielleicht weil seine Eltern zusahen, vielleicht weil er nicht wusste, ob sie es zugelassen hätte.

Als er ging, betete sie, dass ihm nichts zustieß.

Der Rabbi holte einen Beutel mit Steinen und zwei Schleudern aus einer Kiste und gab eine Rahel. Sein Haus grenzte an die Synagoge an, sodass sie über eine Treppe auf das Dach des Kuppelbaus gelangen konnten. Der breite Sims um die Kuppel war zur Straße hin mit einer Brüstung versehen. Schnee lag auf der niedrigen Mauer und bildete Verwehungen in den Ecken. Es schneite leicht. Die winzigen Flocken wirbelten im eisigen Wind, der über die Dächer strich.

Rahel trug einen dicken Umhang von Ariel und hatte sich die Kapuze übergezogen. Die Dunkelheit war so vollkommen, dass sie kaum das *Miflat* und die benachbarten Häuser erkennen konnte. Probehalber tat sie einen Stein in die Schleuder und ließ die Lederschlinge wirbeln. Yvain hatte ihr beigebracht, mit einer Schleuder umzugehen, aber es war schon ein paar Jahre her, dass sie zuletzt mit einer geschossen hatte. Sie hoffte, sie hatte es nicht verlernt.

Sie rollte die Lederschlinge wieder zusammen. Der Rabbi beobachtete schweigend die Straße. Er sah erschöpft aus, und sie war sicher, dass das nicht allein an seiner Verletzung lag. Madoras Verrat machte ihm zu schaffen, vermutlich weit mehr, als sie ermessen konnte. Viele Jahre hatte er auf den Tag gewartet, dass der Bund in seine Stadt zurückkehrte. Und gerade als er dachte, seine Hoffnungen hätten sich erfüllt, musste er erfahren, dass er betrogen worden war.

»Madoras Mal«, sagte sie leise, »die Spinne Baal-Sebuls … woher kennt Ihr es?«

Er war so in Gedanken versunken, dass er nicht sofort antwortete. »Mein Vater hat mir davon erzählt. Es ist die höchste Strafe, die der Bund kennt. Er ermahnte mich, jeden zu meiden, der es trägt.« Er machte eine Pause. »Hat Madora dir gesagt, wofür man sie gebrandmarkt hat?«

»Sie hat gegen Jochebeds Eid verstoßen. Sie suchte nach dem Versteck des Schreins, obwohl man es ihr verboten hat.«

»Es muss mehr dahinterstecken.«

Also doch. Sie blickte den Rabbi fragend an.

»So schwer bestraft der Bund Eidbruch nicht«, erklärte er. »Madora muss etwas getan haben, das weitaus schlimmer ist.«

»Was könnte das sein?«

»Mord an einem Ältesten des Bundes. Oder Gebrauch von verbotener Magie.«

Mord, hallte es in ihr nach. Madora mochte eine Lügnerin und Betrügerin sein, die nicht davor zurückschreckte, mit einem Mann wie Rampillon gemeinsame Sache zu machen – aber war sie fähig, einen Menschen zu töten? Rahel wusste es nicht. Madora war ihr ein größeres Rätsel als jemals zuvor. »Was ist mit dem Mal geschehen? Es sah aus, als wäre es … erwacht, als wir davon sprachen.«

»Die Spinne Baal-Sebuls ist mehr als ein Feuermal«, sagte der Rabbi. »Sie ist wie eine Wunde, die niemals verheilt. Ein Quell ständiger Marter. Ein Fluch.«

Ein Fluch. Sie schauderte und versuchte, nicht mehr daran zu denken.

Unten auf dem Platz bewegte sich etwas: zwei Gestalten, die durch das Schneetreiben huschten und an Türen klopften. Isaaks Warnung zeigte Wirkung. Auf den Dächern des Tanzhauses, der *Mikweh* und der Schenke erschienen nach und nach Schemen, verstohlene Wachposten, von der Straße aus unsichtbar. Wessen Haus kein begehbares Dach hatte, der postierte sich an einem Fenster, sodass bald Dutzende von Augenpaaren die breite Gasse beobachteten, die durch das Judenviertel führte. Rahel bewunderte den Zusammenhalt der Bewohner und die Entschlossenheit, mit der sie auf die Bedrohung reagierten. Vielleicht waren sie Rampillon doch nicht hilflos ausgeliefert.

Sie blickte zu den beiden Türmen hinüber – das alte Torhaus, wie Isaak es genannt hatte. In der Dunkelheit war es nicht zu sehen. Sie stellte sich vor, wie Isaak auf einem der Türme stand, in einen Umhang gehüllt, die Schleuder in der Hand und den Blick wachsam auf die Dunkelheit jenseits der Pforte gerichtet. Freiwillig hatte er den gefährlichsten Platz gewählt, jenen Ort, wo ein Angriff beginnen würde. Er war kein Krieger, und doch war er mutiger als die meisten Männer, die sie kannte.

Sie dachte an den Kuss, den sie ihm gegeben hatte, als er sie in den Gassen der Stadt fand. Es war einfach geschehen – sie war so froh gewesen, ihn zu sehen, dass sie nicht gewusst hatte, was sie tat. Er hatte Madoras Lügen nicht geglaubt, hatte sie den halben Tag gesucht und sie vor seinem Vater verteidigt – und warum? Weil er etwas für sie empfand. Der Gedanke machte sie glücklich, und sie wünschte, er hätte sie geküsst, bevor er gegangen war.

Denk an deinen Vorsatz, sagte sie sich. *Du darfst dich nicht in ihn verlieben. Wenn du es tust, wirst du unglücklich.*

Aber war das wirklich ihre Entscheidung? Ihre Gefühle für ihn wurden von Tag zu Tag stärker. Wie lange konnte sie noch dagegen ankämpfen?

In diesem Moment erklang ein Pfiff in der Nacht.

Die Männer huschten lautlos auf das Torhaus zu, ein Dutzend oder mehr. Sie trugen Umhänge mit Kapuzen, die ihre Gesichter verbargen, doch Isaak zweifelte keinen Augenblick daran, dass es sich um Kriegsknechte handelte. Bei seinem Pfiff verharrten sie und schauten sich suchend um. Er war rechtzeitig hinter einer Zinne in Deckung gegangen und spähte durch die Aussparung im Mauerwerk. Als die Männer niemanden entdeckten, schwenkte die Gestalt an der Spitze den Arm, und die Gruppe lief weiter.

Saudic, dachte Isaak mit Blick auf den riesenhaften Anführer, der wie die anderen einen Umhang trug. *Das muss er sein.*

Sein Pfiff war laut gewesen – die anderen waren alarmiert. *Allmächtiger, gib mir Kraft,* betete er, und die vertrauten Worte erfüllten ihn mit Sicherheit. Er federte hoch und ließ die Schleuder wirbeln. Der scharfkantige Stein verschwand in der Nacht. Ein Schrei verriet ihm, dass er sein Ziel gefunden hatte.

Benjamin und Simon auf dem Turm gegenüber taten es ihm nach, und zwei weitere Soldaten keuchten vor Schmerz auf. Simon und Benjamin waren so alt wie er und Freunde seit seiner Kindheit. Er hatte gewollt, dass sie mit ihm auf dem Torhaus Wache standen, weil sie die besten Schützen der Gemeinde waren und so scharfe Augen und Ohren wie er besaßen.

Doch auch ihre Mitstreiter wussten mit der Schleuder umzugehen. Es war die Waffe ihrer Väter, und jeder Jude lernte von Kindesbeinen an, damit zu treffen. Isaak hatte noch kein neues Ziel anvisiert, da hagelte es bereits von allen Seiten Steine auf das Kriegsvolk herab. Geschrei erfüllte die Nacht, und die vermummten Eindringlinge suchten verzweifelt nach Deckung. Saudic befahl sie brüllend zu sich, doch kaum einer folgte.

Isaaks Anspannung wich wildem Triumph. Mit diesem Empfang hatten sie nicht gerechnet! Und das Beste daran: Niemand konnte ihnen vorwerfen, sie hätten gegen das Gesetz der Gräfin verstoßen. Waffen waren ihnen verboten – aber gab es hier irgendwo eine Waffe? *Nein, Euer Gnaden, wir haben die Soldaten nicht angegriffen. Wir haben nur ein paar Steine geworfen, um sie zu vertreiben.*

Er legte einen weiteren Stein in die Schleuder und ließ sie wirbeln. *Der ist für Rahel!,* dachte er, bevor das Geschoss durch die Luft sauste.

Rahel hatte nicht verlernt, mit der Schleuder zu treffen. Der Stein verließ die Lederschlaufe genau im richtigen Moment und schoss auf eine Gestalt zu, die über den Platz rannte. Es erfüllte sie mit tiefer Genugtuung, als der Mann taumelte und zu Boden stürzte. *Treffer!,* dachte sie und legte einen neuen Stein nach. Sie brauchte ihn jedoch nicht. Die meisten Soldaten kamen nicht bis zur Synagoge. Der Hagel setzte ihnen schon in der Gasse so sehr zu, dass sie irgendwo Deckung suchten oder gleich die Flucht ergriffen. Dem Gebrüll nach versuchte Saudic vergeblich, sie zu sammeln. Schließlich gab er auf und befahl den Rückzug. Jubel ertönte aus Dutzenden von Kehlen, als die vermummte Schar floh.

Sie hatten Rampillons Männer zurückgeschlagen. Sie hatten gesiegt.

Rahel gelang es jedoch nicht, sich dem allgemeinen Triumph anzuschließen. Der Sieg war leicht gewesen, weil der Hinterhalt Saudic und die Soldaten überrumpelt hatte. Wenn sie wiederkamen – und Rahel war davon überzeugt, dass sie das taten –, würden sie vorbereitet sein. Was dann geschehen würde, wagte sie sich nicht vorzustellen.

Vorerst jedoch hatten sie eine Atempause gewonnen – Zeit, die sie nutzen sollte, um sich auszuruhen. Sie wusste allerdings, dass sie keinen Schlaf finden würde, ehe sie nicht erfahren hatte, ob es Isaak gut ging.

Sie eilte zur Treppe, lief die Stufen hinab und durchquerte die Synagoge. Lautlos huschte sie die Gasse entlang, darauf bedacht, dass keiner der Männer auf den Dächern sie bemerkte. Man hätte sie womöglich für einen Soldaten gehalten, und sie war nicht erpicht darauf, die Wirkung der Schleudersteine am eigenen Leib zu erfahren.

Das alte Torhaus überragte die umstehenden Häuser und verdeckte die Sterne.

»Isaak!«, rief sie leise.

Sein Kopf erschien zwischen zwei Zinnen. »Rahel! Was machst du hier? Geh wieder zur Synagoge! Sie können jeden Augenblick zurückkommen.«

Dem Ewigen sei Dank, er war wohlauf! Sie betrat den Turm und stieg im Dunkeln die Treppe hinauf, sich an der Wand entlangtastend. Oben erwartete sie Isaak. Er war allein.

»Du solltest nicht hier sein«, sagte er. »Es ist zu gefährlich.«

Sie kam sich plötzlich fehl am Platz vor. »Ich wollte nur sehen, wie es dir geht«, murmelte sie verlegen. »Sei vorsichtig, ja?«

»Warte!«, sagte er, als sie sich abwandte. Er rieb sich mit der Hand über den Hinterkopf, wie immer, wenn er durcheinander war. »Danke, dass du gekommen bist. Das … das bedeutet mir viel.«

Und dann ging er zu ihr, nahm ihr Gesicht in seine Hände. Sanft berührten seine Lippen ihre.

»Nein, Isaak.« Sie nahm seine Hände fort und senkte den Blick. »Das ist nicht gut.«

Jeder andere Mann hätte jetzt um eine Erklärung gebeten oder sie gekränkt von sich gestoßen. Isaak aber schwieg, weder verletzt noch beleidigt. Er wartete nur ab, und das machte alles noch schwieriger.

»Es tut mir leid«, sagte sie leise und fühlte sich erbärmlich. Was, bei allen Dämonen, tat sie hier eigentlich?

Wieder hob er die Arme, doch diesmal versuchte er nicht, sie zu küssen. Er nahm sie in die Arme.

Es ist ein Fehler, dachte sie, *ein riesiger Fehler. Du bist für so etwas nicht geschaffen.* Doch sie brachte nicht die Kraft auf, ihn zurückzuweisen. Etwas in ihr war stärker als die Angst, sosehr sie auch dagegen ankämpfte.

Übellaunig nippte Rampillon an der warmen Milch. In der vergangenen Nacht hatte er kaum zwei Stunden geschlafen, was er in Kauf genommen hätte, wenn Saudic erfolgreich gewesen wäre. Aber dieser Dummkopf hatte versagt, hatte vor dem Judenpack den Schwanz eingezogen wie ein räudiger Köter. Rampillon hätte gerne von Madora erfahren, ob sie von dem Hinterhalt gewusst hatte, doch die Hexe war nicht zu sprechen. Sie verkroch sich in ihrer Kammer, und ihr Leibwächter ließ niemanden zu ihr vor. Legte sie es darauf an, ihn der Lächerlichkeit preiszugeben? Am liebsten hätte er Saudic schon vor langer Zeit befohlen, ihr den Kopf abzuschlagen. Aber er war auf sie angewiesen, er brauchte sie, und das machte ihn wütender als alles andere.

Zu allem Überfluss musste er das Morgenbrot mit der Gräfin einnehmen. Ihr geistloses Geschwätz hätte er vielleicht noch ertragen, aber der Dauphin setzte alles daran, mit seinem fortwährenden Quengeln seine Mutter um Längen zu übertreffen.

Rampillon schlürfte seine Milch und flehte den Herrn an, die Gräfin und ihren missratenen Sprössling mit einem Blitz zu erschlagen. Wie gewöhnlich geschah nichts dergleichen, stattdessen öffnete sich die Tür des großen Saals. Ein Diener kam herein, gefolgt von einem schwarzbärtigen Juden und einem dicken Mann in Bischofssoutane, einer wütender als der andere. Rampillon wusste ihre Namen, bevor der Diener sie ankündigte: Es waren Rabbi Joshua Ben Salomo und Bischof Guillaume de Sassenage.

»Bischof Sassenage«, sagte die Gräfin überrascht. »Was führt Euch in der Frühe hierher?«

»Er.« Der Bischof deutete auf Rampillon, während er durch den Saal walzte. »Euer hochgeschätzter Gast.«

Gräfin Beatrix bedachte ihren Tischnachbar mit einem fragenden Seitenblick. »Seine Exzellenz? Weswegen?«

»Das fragt Ihr noch?« Das feiste Gesicht des Bischofs war rot vor Zorn. »Seit fünfzehn Jahren leben wir mit der jüdischen Gemeinde in Frieden zusammen, und kaum ist er hier, gibt es Mord und Totschlag!«

Also hatte sich der Rabbi bei Bischof Sassenage beschwert. Er hätte sich denken können, dass es so kommen würde. Sassenage war ein Judenfreund, einer der schlimmsten Sorte. Der Siegelbewahrer stellte seine Schale ab. »Nun, Mord und Totschlag scheint mir ein wenig übertrieben. Wie ich hörte, wurde heute Nacht niemand ernstlich verletzt.«

»Heute Nacht?«, wiederholte die Gräfin argwöhnisch. »Was ist heute Nacht geschehen?«

»Ja, erklärt uns das, Rampillon!«, keifte der Bischof.

»Offenbar hat es vor einigen Stunden eine kleine Auseinandersetzung im Judenviertel gegeben, Euer Gnaden«, sagte Rampillon. »Nicht viel mehr als ein Handgemenge unter Betrunkenen. Ich weiß nicht viel darüber.«

»Und ob Ihr es wisst!« Sassenage trat so nah an die Tafel, dass sein Bauch beinahe eine Karaffe umstieß. »Es waren Eure Männer, die das Viertel angegriffen haben! Angeführt von Eurem Bluthund Saudic!«

»Saudic? Nun, wenn ich mich recht erinnere, hat er die Nacht im Palast verbracht. Er weicht nur ungern von meiner Seite, treu, wie er ist. Ihr müsst Euch irren.«

»Hört auf, mich zum Narren zu halten!«, brüllte der Bischof.

Der Blick der Gräfin wanderte von ihm zu Rampillon und wieder zurück, in dem Versuch zu verstehen, was hier vor sich ging. »Der Siegelbewahrer ist Gast im Haus des Dauphins«, sagte sie ungehalten. »Ich wünsche nicht, dass Ihr so mit ihm sprecht.«

»Dann haltet Euren Gast an, den Frieden unserer Stadt zu respektieren!«

»Gar nichts werde ich. Nun lasst uns in Ruhe unser Morgenbrot beenden, bevor ich mich gezwungen sehe, Euch zu entfernen.«

»Das wagt Ihr nicht!«, ächzte Sassenage.

Nun ergriff der Rabbi das Wort. Er hatte seinen Zorn besser in der Gewalt als sein Fürsprecher. Rampillon hatte schon viel von ihm gehört. Er war ein unbeugsamer Mann – einer von der Sorte, die unendlich viele Schwierigkeiten machen konnte. »Euer Gnaden«, begann er mit seiner tiefen Stimme. »Es besteht kein Zweifel daran, dass die Angreifer von Saudic angeführt wurden. Mehrere Mitglieder meiner Gemeinde haben ihn erkannt.«

»Worauf wollt Ihr hinaus?«, fragte die Gräfin kühl.

»Ich erinnere Euch daran, dass es Eure Pflicht ist, die Juden der Grafschaft zu schützen. Sollte ein Bewohner des Viertels durch die Hand eines Christen zu Schaden kommen, wird der König davon erfahren.«

Die Drohung war lächerlich. Zwar war die Dauphiné ein Lehen von König Richard von Cornwall und die Gräfin ihm gegenüber zu Gehorsam verpflichtet, doch befand sich der Herrscher des Deutsch-Römischen Reiches Hunderte Meilen weit entfernt – in Deutschland oder gar irgendwo in England. Wochen oder Monate würden vergehen, bis er von einem Ereignis in Grenoble erfuhr, und dann kümmerte es ihn vermutlich nicht einmal. Doch die Gräfin war nicht aus dem Holz geschnitzt, einem Mann wie Ben Salomo die Stirn zu bieten, und die Erwähnung des Königs schüchterte sie sichtlich ein.

»Keinem Juden der Stadt wird etwas geschehen«, versprach sie. »Seine Exzellenz der Siegelbewahrer befindet sich auf einer Pilgerfahrt. Er hat gewiss nicht die Absicht, seine Reise durch Blutvergießen zu entweihen. Jetzt geht, Rabbi. Ihr auch, Guillaume. Diese Angelegenheit beginnt, mich zu langweilen.«

Bevor sich der Rabbi abwandte, warf er Rampillon einen Blick voller Feindseligkeit zu, und er konnte in den dunklen Augen des Mannes förmlich die Silben *A-ma-lek* lesen.

Die Gräfin schwieg, als die beiden Männer endlich fort waren. Schließlich fragte sie: »Wieso habt Ihr mich nicht über Eure nächtlichen Machenschaften in Kenntnis gesetzt, Exzellenz? Es war überaus demütigend, es von diesen Unruhestiftern erfahren zu müssen.«

Eine Auseinandersetzung mit dieser Närrin war gewiss das Letzte, wonach es ihn verlangte. Demütig neigte er den Kopf. »Verzeiht, Euer Gnaden. Es war falsch. Ich hätte Eure Erlaubnis einholen sollen.«

»Allerdings!«, sagte sie, ihre Stimme klang jedoch nicht mehr ganz so säuerlich. Seine Untertänigkeit schmeichelte ihr, und sie schien keinen Herzschlag an seiner Aufrichtigkeit zu zweifeln. »Ihr hättet wenigstens darauf achten können, ein wenig unauffälliger vorzugehen.«

»Gewiss, Euer Gnaden.«

»Was hatte Saudic überhaupt dort verloren?«

»Eine geheime Angelegenheit, die die Interessen des französischen Throns betrifft.«

Neugier leuchtete in den Augen der Gräfin auf. Er tischte ihr eine Geschichte auf, die überaus haarsträubend war, sie jedoch zufriedenstellte. Schließlich bat er um die Erlaubnis, sich zurückziehen zu dürfen.

Der Weg zu seinem Gemach führte ihn durch den weihnachtlich geschmückten Palast. Weihnachten, noch ein Grund, warum seine Stimmung von Tag zu Tag schlechter wurde. Überall diese grässlichen Papierblüten! Kaum eine Kammer, wo sie nicht hingen.

Er hasste Weihnachten. Er hasste es mehr als jedes andere Fest.

»Jean!«, schrie er, als er die Tür zu seinen Gemächern aufstieß. »Bring mir Wein! Herrgott, wo bist du? Jean!«

Er musste sich betrinken. Andernfalls verlor er noch den Verstand.

Kapitel 16

Rahel und Brendan hatten die Nacht in Rabbi Joshuas Haus verbracht. Als Rahel aufstand, traf sie nur den Bretonen und Ariel an. Isaak war erst in den frühen Morgenstunden ins Bett gegangen und schlief noch, und der Rabbi befand sich bei Bischof Sassenage.

»Was macht er dort?«, fragte Brendan.

»Er hat dem Bischof berichtet, was heute Nacht vorgefallen ist«, antwortete Rahel. »Sie sind zum Palast gegangen, um sich bei der Gräfin über Rampillon zu beschweren.«

»Wird das etwas nützen?«

»Du meinst, ob es ihn davon abhält, uns noch einmal anzugreifen? Wir sollten uns besser nicht darauf verlassen.« Offenbar setzte auch der Rabbi keine allzu großen Hoffnungen in die Audienz bei der Gräfin. Beim Morgenbrot hatte Ariel erzählt, der Rat habe beschlossen, das Judenviertel von nun an Tag und Nacht bewachen zu lassen. »Hör zu, Bren. Wir müssen die letzte Zeile entschlüsseln, bevor Madora dahinterkommt, dass sie nicht den ganzen Vers kennt. Hast du Pergament?«

»Hier. Ariel hat mir welches gegeben. Und einen Kohlestift.«

Rahel schrieb die Verszeilen auf, die sie bereits entschlüsselt hatten, und daneben die Steinmetzzeichen aus der alten Taufkirche und der Nekropole. Darunter schrieb sie die fünfte Zeile, deren Bedeutung sie noch nicht kannten:

Hamakom bo yischkon Gratyan
Wo Gratian Hof hält

»Du bist sicher, dass Gratian ein römischer Kaiser war?«, fragte sie.

»Ziemlich sicher«, sagte Brendan. »Aber das ist alles, was ich weiß.«

Sie starrte auf ihre Aufzeichnungen. Es hatte keinen Zweck, sie brauchten den Rabbi.

In diesem Moment öffnete sich die Tür der Gästekammer, und Isaak kam herein. Rahel zuckte innerlich zusammen. Nach der letzten Nacht hatte sie sich davor gefürchtet, ihm zu begegnen. Wie sollte es mit ihnen weitergehen? Sie hatte noch lange wach gelegen und darüber nachgegrübelt, aber schließlich war sie vor Erschöpfung eingeschlafen, ohne eine Antwort zu finden.

Falls Isaak die gleichen Zweifel und Befürchtungen hegte, so zeigte er es nicht. Unbekümmert lächelte er sie an. *Er gibt einfach nicht auf,* dachte sie und wusste nicht, ob sie deswegen glücklich oder verzweifelt sein sollte.

Er setzte sich zu ihnen aufs Bett. »Was hast du da?«, fragte er mit einer Geste auf die Pergamente.

»Bren und ich versuchen, den Vers zu entschlüsseln.«

Nach der durchwachten Nacht hatte er nur wenige Stunden geschlafen, dennoch wirkte er ausgeruht. Er schien einer jener Glücklichen zu sein, denen Schlafmangel wenig anhaben konnte. »Also wollt ihr weiter nach dem Schrein suchen?«

Sie nickte. »Rampillon und Madora dürfen ihn nicht bekommen.«

»Darf ich das sehen?«

Sie sah keinen Grund, ihm den Vers zu verheimlichen – von dem er ohnehin bereits die meisten Zeilen kannte –, und gab ihm das Pergament.

»Welche Zeilen fehlen euch noch?«

»Nur diese.«

»›Wo Gratian Hof hält‹«, las Isaak.

»Brendan sagt, Gratian war ein römischer Kaiser. Mehr wissen wir noch nicht.«

»Er hat recht. Gratian war Kaiser des Römischen Reichs. Er herrschte vor neunhundert Jahren.«

»Was hat er mit dem Schrein zu tun?«, fragte Rahel.

»Nichts, soweit ich weiß. Aber Grenoble ist nach ihm benannt. Der alte Name war Gratianopolis.«

»Hat er hier auch Hof gehalten?«, fragte Brendan.

»Das finden wir heraus«, beschloss Isaak.

Er verließ das Zimmer und kam kurz darauf mit einem Bündel Schriftrollen zurück, die er auf dem Bett ausbreitete. Bei einer handelte es sich um die Stadtchronik, in der Rabbi Joshua nach Hinweisen auf die Taufkirche gesucht hatte.

»Die Verszeile deutet auf einen alten römischen Palast hin. Auf den Ort, in dem Gratian wohnte, wenn er nach Grenoble kam.« Die Pergamente raschelten, als Isaak sie überflog. »Grenoble ist voller Bauten aus der Römerzeit. In der Chronik heißt es, die Fundamente der Stadtmauer gehen auf die Römer zurück.«

»Wer hat all das geschrieben?«, wollte Brendan wissen.

»Die Chronik stammt von meinem Urgroßvater. Die anderen Schriftstücke gehen auf einen Mönch namens Balian den Älteren zurück. Er hat alte Urkunden und Dokumente zusammengetragen und Abschriften angefertigt. Sie sind recht neu; er starb, als Grenoble die Stadtrechte bekam, vor vierzig Jahren. Vater und ich haben sie erst letzten Winter geordnet, daher kann ich mich noch an vieles erinnern. Ich suche nach einem Brief ... hier.« Er holte ein Pergament hervor, das mit engen Zeilen in lateinischer Schrift bedeckt war.

»Was ist das?«, fragte Rahel.

»Die Kopie eines Briefs aus dem christlichen Jahr 376. Der kaiserliche Sekretär hat ihn dem Statthalter von Cularo geschrieben – so hieß Grenoble, bevor Gratian der Stadt seinen Namen verlieh. Darin kündigt Gratian eine Reise durch die gallischen Provinzen an. In Cularo wollte er beginnen.« Isaak vertiefte sich in den Brief. »Hier steht, dass der Statthalter aufgefordert wird, dem Kaiser für die Dauer seines Besuchs seinen Palast zur Verfügung zu stellen.«

»Das muss es sein«, murmelte Rahel mit wachsender Aufregung.

»Leider steht hier nicht, um welchen Palast es sich handelt.« Isaak legte den Brief zurück und ließ seinen Blick über die Schriftstücke gleiten. Er entschied sich für eines, das älter aussah als die meisten anderen. Das Pergament war brüchig, sodass er es behutsam in die Hand nahm. Die Schrift war stark verblasst; Wachsreste deuteten darauf hin, dass es einst ein Siegel getragen hatte. »Aber hier. Das ist eine Urkunde aus spätburgundischer Zeit. Darin tritt der Herr von Gratianopolis den alten römischen Palast an die Grafschaft Albon ab.«

»Von so einer Grafschaft habe ich noch nie gehört«, bemerkte Brendan.

»Es gibt sie nicht mehr. Aus ihr ging die Dauphiné hervor.«

»Was wurde aus dem Palast?«, fragte Rahel.

So vorsichtig, wie er das Schriftstück genommen hatte, legte Isaak es wieder hin. »Er befindet sich immer noch im Besitz der Herzöge. Heute wohnt der Dauphin darin.«

»Der große Palast am Flussufer?«

Er nickte.

Ihre Zuversicht sank. »Wir sollen wir da hineinkommen? Und selbst wenn uns das gelingt … Dort ein Steinmetzzeichen zu finden, dürfte unmöglich sein. Der Palast ist riesig.«

Schweigend ergriff Isaak eines der Schriftstücke. Diesmal nahm er eines in hebräischer Sprache. Er rollte es auf, bis er die gesuchte Stelle fand. »Ich wusste es«, sagte er lächelnd. »Aaron Ben Ismael hat den Palast erbaut.«

»Ich dachte, er stammt aus römischer Zeit.«

»Vom alten römischen Palast steht nur noch ein Flügel. Der Großteil des heutigen Palasts ist erst hundertfünfzig Jahre alt. Hier, lies selbst. Aaron Ben Ismael hat Tagebuch über den Bau geführt. Er schreibt, er habe viele der römischen Mauern abreißen lassen, weil sie baufällig waren, und durch neue ersetzt. Übrig blieben nur eine Halle und die Geschosse darüber.«

»Das heißt nicht, dass das Zeichen in diesem Flügel versteckt ist«, gab Brendan zu bedenken.

»Ich denke schon, dass es dort ist«, widersprach Isaak. »Schließlich verweist der Vers ausdrücklich auf den Ort, an dem Gratian Hof hielt.«

»Das erleichtert die Suche«, sagte Rahel. »Aber es ist immer noch der Palast des Dauphins. Viele Wachen. Diener, die Tag und Nacht auf den Beinen sind. Und Rampillon ist auch dort …«

Sie verstummte, als sich die Tür abermals öffnete. Es war Rabbi Joshua. Was auch immer im Palast geschehen war, es schien unerfreulich gewesen zu sein, denn seine Miene war finster – und verdüsterte sich noch mehr, als er die Schriftrollen auf dem Bett erblickte.

»Was macht ihr mit meinen Aufzeichnungen?«

»Wir entschlüsseln den Vers«, antwortete Isaak.

»Wozu? Madora hat ihn doch bereits entschlüsselt.«

»Sie kennt nicht den ganzen Vers«, erklärte Rahel. »Ich habe ihr eine Zeile verschwiegen.«

»Verschwiegen? Weswegen?«

»Zur Sicherheit. Ich habe ihr misstraut.«

Isaak lachte leise. »Klug von dir. Ich wünschte, wir wären auch so vorsichtig gewesen.«

Seinem Vater war nicht nach Heiterkeit zumute. »Und jetzt willst du den Schrein ohne Madora suchen«, stellte er fest.

»Wenn ich es nicht tue, fällt er Rampillon in die Hände.«

»Nein«, sagte der Rabbi. »Das erlaube ich nicht.«

Er sammelte seine Aufzeichnungen ein. Rahel spürte wieder den Zorn, der in ihm schlummerte und nie ganz zur Ruhe kam. »Der Schrein von En Dor ist heilig«, verkündete er. »Nur den Höchsten des Bundes ist es gestattet, ihn zu öffnen. Gewöhnliche Menschen dürfen nicht einmal in seine Nähe.«

Konnte das wahr sein? Nach allem, was geschehen war, verbot er ihr, den Schrein zu suchen? Ausgerechnet er, der Rabbi, der Hüter des *Miflat*? »Meine Mutter war eine Hohe Hüterin«, sagte Rahel. »Sie hätte gewollt, dass ich –«

»Was deine Mutter war, spielt keine Rolle«, unterbrach er sie. »Nur du bist hier, und du gehörst nicht dem Bund an.«

»Vater«, mischte sich Isaak ein. »Wenn Rahel den Schrein nicht fortbringt, findet Rampillon ihn. Das kann doch nicht dein Wille sein!«

»Ohne den vollständigen Vers wird er ihn nicht finden.«

Isaak stand auf. Seine Stimme bebte vor Wut. »Glaubst du wirklich, das hält ihn auf? Er ist der Siegelbewahrer! Er hat die Macht, alles zu tun, was er will.«

Auch der Rabbi wurde lauter. »Die Gesetze des Bundes sind eindeutig. Wenn wir sie auslegen, wie es uns gerade gefällt, sind wir nicht besser als Madora!«

Sein Sohn setzte zu einer zornigen Erwiderung an, sprach sie jedoch nicht aus. Er wandte sich an Rahel und Brendan. »Lasst uns allein«, bat er sie. »Es wird eine Weile dauern, meinen Vater zur Vernunft zu bringen.«

Sie stritten über zwei Stunden. Rahel und Brendan warteten unten am Kamin und hörten, wie sie sich in der Gästekammer anbrüllten.

»Was, wenn Isaak ihn nicht überzeugt?«, fragte Brendan.

»Es spielt keine Rolle. Wir suchen das Zeichen trotzdem. Wir wissen ja jetzt, wo es versteckt ist.« Das Verhalten des Rabbiners erschütterte Rahel immer noch. Wie konnte ein vernünftiger Mann wie er angesichts einer solchen Gefahr auf die Einhaltung überkommener Gesetze pochen?

»Und wenn wir das Zeichen haben, was dann? Wir können nichts damit anfangen. Wir werden seine Hilfe brauchen.«

»Isaak schafft es schon«, erwiderte sie, obwohl sie alles andere als sicher war.

Nach dem hitzigen Wortwechsel kam der Rabbi mit schweren Schritten die Treppe herunter. Isaak folgte ihm. Das Gesicht seines Vaters war gerötet von den Nachwirkungen des Zorns. »Ich erlaube dir, den Schrein zu suchen«, sagte er, »unter der Bedingung, dass Isaak oder ich dich begleiten.«

Innerlich atmete Rahel auf. »Einverstanden.«

Die beiden Männer setzten sich zu ihnen an den Tisch.

»Wie ich hörte, habt ihr bereits herausgefunden, wo sich das dritte Zeichen befindet«, meinte der Rabbi.

»Im Palast des Dauphins«, sagte sie.

»Wie wollt ihr unbemerkt danach suchen?«

»Das wissen wir noch nicht«, antwortete Isaak. Seiner Miene war anzusehen, dass es noch mehr Schwierigkeiten gab. »Mir ist wieder eingefallen, welcher Flügel das ist. Erinnerst du dich, wie ich Shmuel geholfen habe, seine Schwester zur Hebamme zu bringen? Sie war bei der Arbeit zusammengebrochen. Sie lag in den Gästeunterkünften, als die anderen Mägde sie fanden.«

Sein Vater nickte.

»Die Gästekammern befinden sich in dem alten Palastflügel, den Rahel meint«, fuhr Isaak fort. »Ich weiß noch, dass ich mich gefragt habe, warum die Kammern und Gänge anders aussahen als im restlichen Palast.«

»Das ist schlecht«, sagte der ältere Jude. »Sehr schlecht.«

»Was ist daran schlecht?«, wollte Brendan wissen.

»Das heißt«, sagte Isaak, »wir müssen in den Flügel, in dem Rampillon wohnt.«

Den ganzen Nachmittag schmiedeten sie Pläne, verwarfen sie wieder, legten sich neue zurecht. Ariel brachte ihnen frisches Brot, kräftigen Käse und Ziegenmilch. Die Fensterläden waren geschlossen, denn gegen Mittag hatte es heftig zu schneien angefangen. Schwache Helligkeit sickerte durch die Ritzen im Holz und vermischte sich mit dem Widerschein des Kaminfeuers, sodass blasses Licht auf ihren Gesichtern lag.

»Die beste Zeit, in den Palast zu gehen, ist nach Einbruch der Dunkelheit«, sagte Isaak. »Da ist ein Großteil des Gesindes schon fort, aber die Tore sind noch nicht verschlossen. Die Wachen haben gerade gegessen und sind nicht mehr sonderlich wachsam.«

»Heißt das, du kommst mit uns?«, fragte Rahel.

»Ja. Vater bleibt hier. Ihn würde man erkennen. Wir anderen können uns als Händler ausgeben, die ihre Waren abliefern.«

»Händler, die sich in Rampillons Gemächern herumtreiben?«

Er schien sich darüber im Klaren zu sein, wie lückenhaft sein Plan war. »Sowie wir in den Gästequartieren sind, darf uns eben niemand sehen.«

»Ich weiß, wie man nicht gesehen wird. Brendan auch. Aber du?«

»Ich komme schon zurecht.«

Er hatte von den Gefahren erzählt, die er bei seinen Wanderungen durch die Alpen überwunden hatte, von Lawinen, Räubern und launischem Wetter. Sie zweifelte nicht an seinem Mut und seiner Geschicklichkeit, aber der Palast war nicht das Gebirge. »Wäre es nicht besser, Bren und ich gingen allein?«

»Isaak geht mit euch«, beharrte der Rabbi. »So ist es vereinbart.«

Sein Sohn warf ihm einen warnenden Blick zu. Er wollte keinen neuen Streit. »Ihr braucht mich. Ich bin der Einzige, der den Palast von innen kennt.«

»Du warst *einmal* drin«, erwiderte Rahel.

»Das ist einmal mehr als ihr.«

Das war nicht von der Hand zu weisen. »Also versuchen wir es?«

Was in seinen Augen aufflackerte – war das Furcht?

»Haben wir eine andere Wahl?«, fragte er.

Bei Einbruch der Dunkelheit machten sie sich auf den Weg. Der Abschied von Isaaks Eltern fiel knapp aus. Mit harten Gesichtszügen versprach Rabbi Joshua, den Ewigen um Beistand für sie zu bitten. Auch Ariel bemühte sich, ihre Angst um Isaak zu verbergen, doch im Gegensatz zum Rabbi gelang es ihr nicht. Als sie Isaak umarmte, füllten sich ihre Augen mit Tränen. Beim Anblick der zierlichen Frau mit dem langen blonden Zopf, die ihren Sohn in die Arme schloss und mit aller Macht versuchte, nicht zu weinen, verspürte Rahel plötzlich eine Einsamkeit, die jede andere Empfindung auslöschte. Wer würde sie vermissen, wenn ihr etwas zustieße? Brendan … sonst niemand. Keine Familie, keine Nachbarn, keine Freunde. Sie war eine Fahrende. Sie hatte keine Heimat, keine Vergangenheit, sie hatte nichts.

Sie stapfte hinaus ins Schneegestöber. Die Gasse war menschenleer. Schneeflocken trafen ihr Gesicht, zerschmolzen auf der warmen Haut. Das *Miflat,* die Synagoge mit ihrem Kuppeldach, die Häuser und Läden um den Platz waren nichts als unscharfe Formen hinter einem weißen Schleier. Irgendwo leuchtete etwas, Kerzen oder Lampen hinter geschlossenen Läden – Irrlichter, die nah sein mochten oder auch fern, sie konnte es nicht sagen.

Die Stille und die Kälte waren wohltuend. Sie schloss die Augen und atmete gierig die Luft ein, bis das erstickende Gefühl der Einsamkeit von ihr abließ.

»Alles in Ordnung?«

Brendan war neben sie getreten.

Sie nickte knapp und ohne ihn anzusehen. In diesem Moment kam Isaak aus dem Haus. Er zog die Kapuze über. Wie Brendan hatte er sich einen Korb auf den Rücken geschnallt, der ihn zwang, sich beim Gehen nach vorne zu beugen.

»Du musst mir etwas versprechen, Bren«, sagte Rahel.

»Was denn?«

»Sei vorsichtig, wenn wir im Palast sind.«

»Natürlich bin ich das.« Im Schatten seiner Kapuze grinste er. »Warum sagst du das?«

Sie zuckte mit den Schultern. »Pass einfach auf dich auf, ja?« *Denn ich will dich nicht auch noch verlieren. Vater, Mutter, Mirjam, der alte Yvain, Sorgest, Joanna, Schäbig …* Zu viele hatte sie schon verloren.

»Seid ihr bereit?« Isaak holte einen kleinen Beutel hervor und löste die Schnüre. »Hier, reibt euch das ins Gesicht. Es soll aussehen, als hätten wir uns tagelang nicht gewaschen.«

Das Säckchen enthielt Staub und Erde. Als Rahel fertig war, musterte sie ihre Gefährten. Zerschlissene, vor Schmutz starrende Umhänge, durchgelaufene Stiefel, Wanderstäbe, an denen Beutel hingen, Huckelkörbe voller Plunder – ja, so sahen wandernde Hausierer aus. Ihre Verkleidung war zweifellos gut genug, um Palastwachen und Diener zu täuschen. Allerdings würde jemand, der sie kannte, kaum darauf hereinfallen. Wenn ihnen also Madora oder Jarosław über den

Weg liefen … *nein, denk nicht daran. Alles wird gut gehen,* sagte sie sich.

Auf dem Weg durch die Stadt begegnete ihnen kaum jemand. Wer konnte, blieb bei diesem Wetter zu Hause. Auch beim Palast herrschte nicht die übliche Geschäftigkeit. Die beiden Torwachen hatten sich in den Windschatten der Mauer zurückgezogen, und die wenigen Bediensteten, die ein und aus gingen, eilten mit tief ins Gesicht gezogenen Kapuzen an Rahel, Brendan und Isaak vorbei.

Als sie das Tor passierten, kam einer der Wächter auf sie zu, ein Bursche von höchstens siebzehn Jahren, dem der Waffenrock zu weit war. »Wer seid Ihr?«, fragte er. Die fehlende Kraft seiner Stimme versuchte er, mit einem übertrieben scharfen Ton auszugleichen.

Brendan war ihr Sprecher. Er war der beste Schauspieler von ihnen. Mit schwerem bretonischem Akzent sagte er: »Fahrende Hausierer aus Rennes. Lass uns rein, Freund. Wir ham ein lang'n Weg hinner uns. Wollen nur'n paar Sachen verkaufen.«

Der junge Soldat reckte den Kopf. »Was ist in dem Korb?«

»Wetzsteine. Fleischmesser. Töpfe. So Zeug eben.«

»Lass mich sehen.«

Der Eifer des Wächters kam nicht von ungefähr. Sein älterer Gefährte lehnte an der Wand und beobachtete das Geschehen argwöhnisch. Offenbar wollte sich der Junge später nicht vorwerfen lassen, er sei zu nachgiebig gewesen.

Seufzend murmelte Brendan etwas auf Bretonisch, setzte den Korb ab und klappte den Deckel auf. Der Wächter wühlte darin herum. Isaak warf Rahel einen Blick zu, der *»das fängt ja gut an«* besagte. Der Soldat gab sich nicht damit zufrieden, die oberste Schicht des Korbinhalts zu untersuchen; er arbeitete sich bis zum Grund hinunter. Kurz darauf lag die Hälfte der Sachen auf dem Boden verstreut.

Er wirkte enttäuscht, weil er nichts Verdächtiges gefunden hatte.

»Na schön. Geht hinein. Im Hof der Durchgang gegenüber, da geht's zur Küche. Fragt nach Fulk.«

»Fulk.« Brendan nickte. »Hab Dank, Freund.«

Sie stopften die Sachen wieder in den Korb und betraten den Innenhof. Mehrere Fuhrwerke hätten darin Platz gefunden, dennoch schufen die hohen Palastmauern ein Gefühl der Enge. Reihen regelmäßig angeordneter Spitzbogenfenster, einige erleuchtet, die meisten schwarz, wiesen auf die Vierung, von der Türen zu den angrenzenden Flügeln abgingen. In der Mitte befand sich ein Brunnen: ein quadratisches Loch mit einem Schieferdach, das von vier Balken getragen wurde. Dahinter stand der Backofen, der von Weitem wie ein zu groß geratener Bienenstock aussah. Gebacken wurde nicht mehr, aber der Ofen strahlte noch genug Wärme ab, dass der Schnee ringsherum geschmolzen war.

Es herrschte kaum Betrieb. Zwei halbwüchsige Jungen schleppten Eimer voller Unrat herbei und leerten sie auf einem Handkarren aus. Der Abfall lockte eine Ratte an. Das Tier huschte über den Schnee und kam einem Hund zu nahe, der es schnappte und schüttelte, bis sein Rückgrat brach. Zwei Knechte zerrten einen störrischen Hengst aus dem Tor der Stallungen. Das Pferd bockte und wurde auch dann nicht ruhiger, als einer der Männer leise auf es einredete. In einer breiten Einfahrt neben den Ställen entdeckte Rahel einen Vierspänner mit kreuzförmigen Fenstern: Rampillons Wagen.

»Wo sind die Gästequartiere?«, fragte sie Isaak flüsternd.

»Siehst du die Treppe? Sie führt zum großen Saal und den Gemächern der Gräfin und des Dauphins. Die Gästequartiere sind dahinter.«

Die Treppe kam für sie nicht infrage. Zum einen stand

dort eine weitere Wache, zum anderen ließ der Soldat am Tor sie nicht aus den Augen. Sie mussten den Weg nehmen, den er ihnen gewiesen hatte.

»Weißt du, wie man von der Küche hinkommt?«

Nach vorne gebeugt, trug Isaak seinen Korb. Er wandte sich ihr nicht zu, als er antwortete. »Es gibt einen Zugang für das Gesinde. Shmuel und ich sind damals auch diesen Weg gegangen.« Da war eine leichte Unsicherheit in seiner Stimme. Erinnerte er sich nicht mehr genau?

Als sie am Backofen vorbeigingen, öffnete sich die Tür am oberen Ende einer Freitreppe. Aus dem Augenwinkel sah Rahel, wer die Stufen hinunterstieg.

»Jarosław!«, zischte sie.

»Ich habe ihn gesehen«, erwiderte Isaak ebenso leise. »Geh einfach weiter. Lass dir nichts anmerken.«

Und sie hatte sich der Hoffnung hingegeben, Madora hielt sich vielleicht nicht im Palast auf! Sie wagte nicht, noch einmal hinzusehen, aus Furcht vor Entdeckung.

Doch niemand rief ihren Namen, niemand packte sie von hinten. Als sie nach Brendan und Isaak in den Durchgang trat, spähte sie verstohlen über die Schulter. Jarosław war zur anderen Seite des Hofs gegangen, öffnete eine Tür und verschwand darin. Sie waren in Sicherheit – vorerst zumindest.

»Die Körbe lassen wir hier«, sagte Isaak, und sie setzten die unhandlichen Behältnisse ab. Der kurze Gang, in dem sie sich befanden, war so mit Fässern und Säcken vollgestellt, dass in der Mitte nur eine schmale Gasse blieb. Zwei Körbe fielen nicht auf.

Bedienstete zeigten sich keine. Isaak führte sie zu einem dunklen Raum: die Küche. Es roch nach Rauch, erkaltetem Fett und gekochtem Kohl. Rahel sah einen gewaltigen Kessel an drei Ketten über einer Feuerstelle hängen.

Stimmen erklangen aus einem beleuchteten Gang.

»Da entlang?«, flüsterte Brendan.

Isaak nickte.

Rahel und Brendan fiel es nicht schwer, sich nahezu lautlos zu bewegen – Fahrende lernten früh, dass Unauffälligkeit über Leben und Tod entscheiden konnte. Zu Rahels Überraschung stand Isaak ihnen in dieser Hinsicht in nichts nach. Leise huschte er zum Durchgang, spähte hinein und winkte sie zu sich.

Der Korridor knickte nach einigen Schritten ab; im Winkel führte eine Treppe nach oben, die von einer Wandfackel beleuchtet wurde. Die Stimmen gehörten zwei oder drei Frauen, die sich hinter einer angelehnten Tür jenseits der Gangbiegung unterhielten. Eine der Frauen, vielleicht auch ein Mädchen, sagte glucksend: »Mit dem Löffel, versteht ihr?«, und die Gruppe brach in Gelächter aus.

Sie hasteten die Treppe hinauf. Sie wand sich um ihre eigene Achse und öffnete sich in einen verwinkelten Raum mit einer weiteren Fackel in einer eisernen Halterung. Ein Wandteppich hing an der Steinwand. Die grünrote Szenerie zeigte eine Schar von Edelleuten auf der Jagd.

»Und jetzt?«, fragte Rahel.

»Ich glaube, da entlang.« Isaak wies auf einen von drei Ausgängen.

»Du *glaubst?*«, wiederholte Brendan.

»Ich bin mir nicht sicher. Dass ich hier war, ist Jahre her.«

Sie folgten ihm durch einen dunklen Flur. Hinter der Biegung empfing sie Fackellicht. Isaak blieb so plötzlich stehen, dass Rahel beinahe mit ihm zusammenstieß.

Eine offene Tür führte in eine hell erleuchtete Kammer, in der ein Soldat saß. Er hielt ein Messer und einen Apfel in den Händen, von dem sich die Schale wie eine gelbgrüne Haarlocke ringelte. *Zurück,* formten Isaaks Lippen. So leise, wie sie gekommen waren, machten sie kehrt.

Der Soldat schien sie nicht bemerkt zu haben; er folgte ihnen nicht.

»Das ist einer von Rampillons Männern«, flüsterte Isaak, als sie vor dem Wandteppich stehen blieben. »Er bewacht den Gästeflügel.«

»Was machen wir jetzt?«, fragte Rahel.

»Es gibt noch einen anderen Zugang. Im großen Saal.«

»Würdest du ihn von hier aus finden?«

»Vielleicht.«

»›Vielleicht‹ reicht nicht. Wenn du ihn nicht auf Anhieb findest, ist es zu gefährlich.«

»Dann müssen wir den Wächter weglocken«, sagte Isaak. »Oder ihn überwältigen.«

»Wir überwältigen ihn«, entschied Brendan. »Ich weiß auch, wie.«

Sie lauschten seiner Idee und waren einverstanden. Rahel und Isaak verbargen sich hinter der Biegung, während der Bretone den Gang entlangtaumelte, in der Kammer in die Knie brach und aus vollem Hals hustete.

»Was soll das, Mann?«, hörte Rahel den Wächter sagen.

Brendan deutete ins Dunkel hinter sich, hustete wieder und krächzte etwas.

»Was, Rauch?«

Der Bretone schüttelte den Kopf, der inzwischen hochrot war. Sein zitternder Finger blieb auf die Gangbiegung gerichtet.

»Er ist gut«, flüsterte Isaak anerkennend.

Ein Fluch wurde gemurmelt, ein Hocker verschoben. Schritte näherten sich. Als der Kriegsknecht um die Ecke kam, sah er sich Isaak gegenüber. Der erste Fausthieb traf den Mann im Magen, sodass er sich krümmte, der zweite schmetterte gegen sein Kinn und warf ihn zu Boden. Wo er liegen blieb.

Rahel half den beiden Männern, den Bewusstlosen in die Kammer zu ziehen. Dort gab es eine Nische mit zwei Fässern voller Abfälle, hinter denen sie ihn versteckten.

»Er wird nicht lange schlafen«, sagte Isaak. »Beeilen wir uns!«

Er öffnete eine Tür, und sie liefen eine weitere Treppe hinauf, durch einen Korridor mit zwei Spitzbogenfenstern, die auf den großen Saal wiesen, von dem Isaak gesprochen hatte. Dessen Boden lag ein Stockwerk tiefer. Stimmen klangen herauf, und sie hasteten geduckt an den Fenstern vorbei. Rahel hob kurz den Kopf und sah Madora vor dem Kamin sitzen. Offenbar hatte sie sich von den Schmerzen erholt.

Bei ihr war eine andere Frau, die ihr vage bekannt vorkam: Gräfin Beatrix von Savoyen, erinnerte sie sich. Ein Diener füllte gerade die Becher. Eine dritte Person saß mit dem Rücken zu Rahel. Rampillon? Sie hoffte es. Wenn er sich im Saal aufhielt, kam er ihnen nicht in die Quere.

Kurz darauf erreichten sie einen fensterlosen Korridor, dessen Bauweise sich grundlegend vom Rest des Palastes unterschied. Decke und Boden bestanden nicht aus Holzbalken, sondern wie die Wände aus hellen Steinblöcken, die so sorgfältig vermauert waren, dass in die Fugen keine Messerklinge gepasst hätte. Risse und die Rußschatten eines lange zurückliegenden Feuers verrieten das hohe Alter des Mauerwerks. In der Wand zu ihrer Rechten befanden sich sechs halbrunde Nischen, in denen Fackeln brannten, und gegenüber sechs Türen.

»Wir sind da«, flüsterte Isaak.

Just in diesem Moment öffnete sich die hinterste der sechs Türen, und ein Mann mit einer Öllampe in der Hand erschien. Hastig zog sich Isaak hinter die Mauerecke zurück; Rahel und Brendan verbargen sich auf der anderen Seite. Der Mann trug eine einfache Hose, ein Leinenwams und Lederschuhe. Rahel hatte ihn schon einmal gesehen. Am Tag von Rampillons Ankunft war er aus dessen Wagen gestiegen. Offenbar der Leibdiener des Siegelbewahrers.

Der grauhaarige Mann tauschte eine heruntergebrannte Fackel durch eine neue aus und verschwand dann im Durchgang am Ende des Flurs. Rahel atmete auf.

»Geh ihm nach«, bat Isaak Brendan. »Warne uns, wenn er zurückkommt. Rahel und ich durchsuchen die Räume.«

Bren nickte und eilte los.

»Welche zuerst?« Isaak wies auf die Türen.

Langsam schritt Rahel den Gang entlang. Bei der vierten Tür fand sie, wonach sie suchte: zwei ineinandergeschobene Halbmonde. Das Steinmetzzeichen war nicht größer als ihr Handteller und befand sich neben dem Türsturz, unauffällig genug, dass man Tag für Tag daran vorbeigehen konnte, ohne es zu bemerken. Sie machte Isaak darauf aufmerksam.

»Aaron Ben Ismaels Zeichen«, murmelte er ehrfürchtig. Er ergriff den eisernen Ring, doch die Tür war verschlossen.

»Versuchen wir es nebenan«, flüsterte Rahel. »Vielleicht gibt es dort einen Zugang zu dem Raum.«

Die benachbarte Tür öffnete sich in ein dunkles Gemach. Schwacher Feuerschein fiel durch zwei rechteckige Fenster. Sie wiesen auf den Innenhof.

Leise traten sie ein, ließen die Tür hinter sich offen. Pergamente und ein aufgeschlagenes Buch bedeckten den Tisch; ein Gewand hing über der Stuhllehne. Die Kaminasche verströmte Wärme, es roch nach schwerem süßem Wein.

Isaak packte Rahel am Oberarm, schmerzhaft fest, und deutete mit den Lippen ein »Da« an.

In der Richtung, in die er wies, erahnte sie ein Bett mit Baldachin, eine weiße Decke, unter der sich ein Mensch abzeichnete. Sie legte ihre Hand auf Isaaks, woraufhin er sie losließ. Mit pochendem Herzen schlich sie zu dem Bett. Trotz der Kälte war die Decke dünn, mehr ein Laken, und sie schmiegte sich wie die Bandagen einer Mumie um knochige Gliedmaßen.

Auf dem Bett lag Rampillon, nackt. Die Decke klebte an seinem bleichen Leib, feucht von seinem Schweiß, die Brust hob und senkte sich heftig. In seinem Gesicht arbeitete es, Lippen formten Worte ohne Kraft, es klang wie das Rascheln von Herbstlaub im Wind. Seine Finger umklammerten ein Kruzifix aus Silber, und Rahel war überzeugt, dass man sie ihm brechen müsste, wollte man das Kreuz nehmen.

Ihr Fuß stieß gegen ein Hindernis, und ein Becher rollte unter das Bett. Rampillon wachte nicht auf. Er stank nach Wein. Offenbar schlief er einen Rausch aus.

»Such das Zeichen«, sagte Isaak leise. »Ich passe auf ihn auf.«

Sie ging zur Wand, die an den verschlossenen Raum angrenzte. Wie sie vermutet hatte, waren die Kammern des Gästetrakts miteinander verbunden. Ihr Herz schlug schneller, als sich die Tür öffnen ließ. Sie brauchte Licht. Sie huschte nach draußen auf den Flur, nahm den Kienspan aus der Halterung und betrat den Raum.

Es war eine Gästekammer wie die des Siegelbewahrers. Doch hier wohnte niemand. Sie schritt die Wände ab, leuchtete in jede Ecke, jeden Winkel. Es dauerte nicht lange, bis sie das Steinmetzzeichen fand. Diesmal waren es zwei Zeichen, *Alef* und *Kof*, dicht nebeneinander auf einem Steinblock neben dem Bett:

אק

Hätte man Rampillon diese Kammer statt der benachbarten gegeben, hätte er das Zeichen früher oder später bemerkt. Aber das Schicksal hatte einen anderen Lauf genommen, und so hatte der Siegelbewahrer Tage und Nächte hier verbracht, ohne auch nur zu ahnen, dass sich der letzte Schlüssel zum Schrein von En Dor unmittelbar in seiner Nähe befand.

Aber konnte sie sich darauf verlassen, dass es so blieb? Was, wenn Rampillon durch irgendeinen Zufall schon in der nächsten Stunde diese Kammer betrat?

Sie zog ihren Dolch und schabte damit über das Zeichen. Der Stein war nicht sonderlich hart. Staub rieselte herab, und bald waren die beiden Schriftzeichen verschwunden.

Sie betrachtete die Stelle, die sich hell von der Wand abhob. Nun war der geheime Pfad unterbrochen. Wenn sie versagte und das Geheimnis mit ins Grab nahm, war der Schrein für immer verloren. Beklemmung stieg in ihr auf, als ihr bewusst wurde, welche Schuld sie damit auf sich geladen hatte. Was hatte Madora einmal gesagt? In gewisser Weise war der Schrein alles, was den Bund ausmachte. Wenn er in Vergessenheit geriet, war der Bund endgültig vernichtet.

Ruckartig stand sie auf, schob den Dolch in die Lederhülle und verließ das Zimmer. »Ich habe das Zeichen. Lass uns verschwinden!«

Isaak bewegte sich nicht von der Stelle. Als sie mit der Fackel zu ihm trat, sah sie das Kissen in seinen Händen.

»Was machst du da?«

Seine Finger kneteten das Daunenkissen. Er starrte den schlafenden Siegelbewahrer an, und in seinen Augen, in seiner Miene spiegelte sich der Kampf wider, der in seinem Innern tobte.

»Das kannst du nicht tun!«

Er sah Rahel nicht an. »So eine Gelegenheit bietet sich uns nie wieder.«

Zögernd hob er das Kissen über Rampillons Gesicht.

Irgendwo im Palast, weit entfernt von Brendans Wachposten, spielte jemand Laute. Die Musik war so leise, dass schon die kaum hörbaren Geräusche von Rahel und Isaak sie manchmal übertönten. Dennoch wusste Brendan vom ersten Takt an, welches Lied es war: »Ein Reiter in Silber und Weiß, ein Mädchen so schön wie der Morgen …« Joannas Lieblingslied. Es war eine einfache Ballade mit schlichter Melodie. Die Verse erzählten davon, wie der Ritter verbannt wurde und sich die Grafentochter in eine Taube verwandelte, um ihm zu folgen. Er hatte es Hunderte Male gesungen, aber niemals vor einem Publikum, denn es gehörte Joanna allein.

Joanna … Jeder Ton brachte neue Erinnerungen. Erinnerungen voller Schmerz. Wie er sie das erste Mal gesehen hatte, ein Mädchen auf einem hoch aufgespannten Seil, unter einem Himmel blau wie Kornblumen. Wie der Saft von Erdbeeren ihre Lippen rötete. Wie sie im Schlaf flüsterte. Wie sie lachte, als er ein Ferkel durch die Gassen jagte. Und wie sie ihn verließ, ohne Warnung, ohne Abschied. In den vergangenen Tagen hatte er nicht oft an sie gedacht, er hatte sich von Rahels Aufgabe ablenken lassen. Doch ein Lied genügte, den Schmerz zurückzuholen.

Wut regte sich in ihm, Wut auf den fernen Lautenspieler. Es gab so viele Lieder, warum musste er ausgerechnet dieses spielen? Wollte er ihn quälen? Brendan wusste, wie abwegig dieser Gedanke war. Doch das half nichts. Die Wut blieb.

Er konnte hier nicht stehen bleiben. Er musste Rahel oder Isaak bitten, mit ihm zu tauschen. Als er losging, hörte das Lied plötzlich mitten in der Strophe auf. Irgendetwas hatte den Lautenspieler unterbrochen. Er dankte dem Allmächtigen und kehrte auf seinen Posten zurück.

Im gleichen Moment vernahm er Geräusche. Trampelnde Schritte, Rufe aus der Richtung, aus der sie gekommen waren. Man hatte den bewusstlosen Wächter gefunden und

Alarm geschlagen! Soldaten waren auf dem Weg hierher! Wenn das Lied nicht gewesen wäre, hätte er sie schon früher gehört. Mit seinem Selbstmitleid hatte er sie alle in Gefahr gebracht.

Du Narr, du verdammter Narr!, dachte er, als er in das Zimmer stürzte. »Wir müssen fort! Sie wissen, dass wir –« Er verstummte, als er sah, wer in dem Bett lag, an dem seine Gefährten standen.

Isaak, der ein Kissen in den Händen hielt, starrte den Bretonen an. »Was?«

Brendan hatte laut gerufen. Warum wachte Rampillon davon nicht auf? Da bemerkte er den durchdringenden Weingeruch. »Soldaten!«, keuchte er. »Sie kommen her!«

Fluchend warf Isaak das Kissen fort. Sie stürzten auf den Korridor, wollten in die Richtung laufen, aus der sie gekommen waren.

»Nicht da entlang!« Brendan lief zum Durchgang, in dem Rampillons Diener verschwunden war. Sie eilten die Wendeltreppe hinab, in einen weiteren Gang, in dem sich weder Soldaten noch Diener aufhielten.

»Warte«, sagte Rahel, als Brendan die erstbeste Tür öffnen wollte. »Wo sind wir?«

»Ich weiß es nicht.« Isaaks Brust hob und senkte sich. Sein Blick war unruhig, aber frei von Furcht. »Irgendwo hinter dem großen Saal, schätze ich.«

»Welcher Weg ist der schnellste nach draußen?«

Schritte ertönten aus dem Treppenschacht. Die Soldaten hatten den Gästetrakt erreicht. Isaak spähte den Korridor entlang, überlegte. »Da!« Er lief zu einer Tür auf der linken Seite. Er stieß sie auf, und sie platzten in einen gewölbeartigen Raum. Zwei Mägde trugen gerade eine Kiste herein. Eine stieß einen erschrockenen Schrei aus und ließ die Kiste los, die auf den Boden donnerte und umkippte. Geschirr rollte über den Boden, Becher, Platten, Karaffen. Brendan setzte mit einem Sprung darüber hinweg und rannte weiter.

Eine offene Tür, eine kurze Treppe nach unten, eine Galerie hoch über dem großen Saal. Lichtschein schimmerte auf gekreuzten Schwertern an den Wänden, ließ die Schatten zucken. Brendan hörte einen überraschten Ruf und erblickte zwei Frauen beim Kamin. Eine war aufgesprungen: Madora.

Sie erreichten das Ende der Galerie und rannten eine enge Treppe hinab, immer drei oder vier Stufen auf einmal nehmend. Unten stieß Isaak gerade den Flügel eines Portals auf. Ein Soldat stellte sich ihm entgegen, den Lanzenschaft mit beiden Händen gepackt. Isaak trat ihm in den Bauch. Der Mann taumelte zurück, fiel mit einem Schrei von der Freitreppe.

Der Wind wehte Schneeflocken herein. Die Treppe führte in den Innenhof. Auf den verschneiten Stufen mussten sie langsamer machen, um nicht wie der Wächter abzustürzen.

Niemand hielt sich auf dem Hof auf. Die Jungen mit dem Abfallkarren und die Pferdeknechte waren fort. Der Wächter lag im Schnee und regte sich nicht mehr. Möglich, dass er sich bei dem Sturz alle Knochen gebrochen hatte.

Isaak hob die Lanze auf. »Nimm dir die Armbrust«, forderte er Brendan auf.

Brendan fielen die Wachposten am Tor wieder ein. Ohne Waffen würde es ihnen niemals gelingen, den Palast zu verlassen. Er drehte den Reglosen auf die Seite und streifte ihm mit zitternden Fingern den Ledergurt über den Kopf. Wo waren die Bolzen? Normalerweise bewahrte man sie in einem Köcher am Gürtel auf. Er fand den Lederbehälter, doch der war leer. Beim Sturz waren die Bolzen herausgerutscht. Seine Hand tastete durch den Schnee. Da! Er legte den Bolzen ein und spannte die Sehne.

»Schneller!«, drängte Rahel.

Da hörte auch er die stampfenden Schritte aus dem Saal. Er richtete sich auf und folgte seinen Gefährten.

»Ergreift sie!«, dröhnte eine Stimme. Kettenrüstungen rasselten, als Soldaten die Treppe hinunterstürmten.

Endlich erreichten sie das Tor. In dem kurzen Tunnel kamen ihnen die beiden Wächter entgegen. Der Vordere zückte das Schwert. Ohne nachzudenken, riss Brendan die Armbrust hoch und schoss, ohne zu zielen. Der Bolzen traf das Schlüsselbein, durchschlug Kettenpanzer, Fleisch, Knochen und schleuderte den Mann zurück. Ohne einen Laut fiel er zu Boden.

Brendan ließ die Waffe sinken. *Er ist tot!*, durchfuhr es ihn. *Du hast ihn getötet!* Die Leiche verschwamm vor seinen Augen. Nein. Er durfte nicht darüber nachdenken. Nicht jetzt.

Der andere Wächter – der Bursche, der seinen Korb durchsucht hatte – wich zurück. Isaak packte die Lanze mit beiden Händen, stieß ein wortloses Brüllen aus und stürmte auf den Soldaten zu. Voller Entsetzen floh der Junge in die Wachkammer und warf die Tür hinter sich zu.

Ihre Verfolger, eine Schar von sechs oder sieben Soldaten, erreichten das Tor. Brendan warf die Armbrust fort, Isaak die Lanze, und sie stürmten los. Rannten hinaus ins Schneegestöber, über den Platz, auf die Grand Rue, hinein ins Gassengewirr.

Die Soldaten fächerten auf und wollten sie einkreisen, doch die schweren Rüstungen machten sie langsamer als die drei Flüchtenden. Sie fielen zurück, und bald waren sie hinter den wirbelnden Schleiern aus Schnee verschwunden. Die Befehle, die ihr Hauptmann brüllte, wurden leiser und leiser.

Auf einer Straßenkreuzung hielten sie an.

»Wir haben sie abgehängt«, sagte Rahel.

Schwer atmend lehnte Brendan sich an die Wand eines Schuppens und schloss die Augen. Aus der Dunkelheit hinter seinen Lidern tauchte das Bild des toten Soldaten auf. Der Mann würde nie wieder atmen, nie wieder essen, schlafen, lachen. Er war gestorben, durch Brendans Hand.

Warme Fingerspitzen berührten ihn an der Wange. »Alles in Ordnung?«, fragte Rahel behutsam.

Er öffnete die Augen, und ihm war, als befände er sich inmitten eines weißen Nichts. Die Häuser waren fort, es gab nur noch die Schuppenwand und das Schneegestöber. »Ja«, antwortete er mit brüchiger Stimme.

Wie immer spürte sie, was in ihm vorging. »Du hast das einzig Richtige getan, Bren. Er hat dir keine Wahl gelassen.«

Wortlos nickte er und rieb sich mit der Hand über das Gesicht. Er hatte das Bedürfnis, sich zu waschen, in heißem Wasser einzutauchen und sich zu reinigen.

»Lasst uns gehen«, sagte Isaak.

Es kostete Brendan Kraft, seinen Gefährten zu folgen. Plötzlich wurde ihm kalt. Zuerst dachte er, Wind wäre aufgekommen, und er zog sich den Mantel enger um den Leib. Aber dann spürte er, dass es eine andere Art von Kälte war. Eine Kälte, die aus dem Erdboden aufzusteigen schien, einem durch Fleisch, Blut und Knochen drang und selbst die Seele erstarren ließ. Eine Kälte wie in der Nekropole, als Rahel und er sich in dem Schacht versteckt hatten.

Der Frosthauch verdichtete sich zu einem Schatten, zu einem Schemen wie ein Spiegelbild auf trübem Wasser. Die Luft wurde zu Eis. Er taumelte zurück, prallte gegen ein Hindernis. Das Phantom hatte Joannas Gesicht. Brendan sah Qual in ihren Augen, Qual, Verzweiflung, Hass.

»Joanna«, flüsterte er. »Meine Joanna …«

Sie hob die Hand und berührte sein Herz.

Kapitel 17

Madora starrte ins Dunkel. Die Begrenzungen des Gewölbes verloren sich darin, und bald erschien ihr die Schwärze wie ein Tunnel, unendlich tief, unendlich weit, eine Verbindung zu Orten, die nicht für Menschen bestimmt waren. *Geh,* sagte sie lautlos, legte all ihren Willen in das Wort. *Ich entlasse dich.*

Der *Refa'im* gehorchte. Erleichtert spürte sie, wie er von ihr abließ, wie seine Präsenz schwächer und schwächer wurde, bis er schließlich fort war. Verschwunden aus der Welt, in die er nicht gehörte. Ihr war, als hätte sie ein zu enges Kleidungsstück abgestreift. *Refa'im* bedeutete »Kraftloser«, und das waren sie auch – zu Anfang. Gestalt- und gewichtslos, ohne Verstand, mit nichts als einem Funken Willen, der sie antrieb. Doch sie wurden stärker mit der Zeit, und es hatte Madora Kraft gekostet, ihn an sich zu binden. Einige Tage länger, und er hätte sich gegen sie gewandt … *weil du schwach bist,* flüsterte eine Stimme in ihren Gedanken. *Er hat gespürt, dass deinen Kräften Grenzen gesetzt sind. Mit der Macht des Schreins in deinen Händen hätte er das nicht gewagt.*

Allmählich kehrte sie ins Hier und Jetzt zurück. Die Schwärze in den Ecken des Gewölbes wurde zu gewöhnlicher Dunkelheit. Es prickelte in ihren Gliedern, als die Kälte daraus wich.

Ja, der Schrein … Sie brauchte ihn. Er hob alle Begrenzungen des Fleisches und des Geistes auf, verlieh das Wissen von Jahrtausenden, machte Sterbliche zu Göttern.

Nur befürchtete sie, dass er jetzt ferner denn je war.

Müde erhob sie sich. Jarosław stand am Eingang und beobachtete sie. Wer ihn nicht kannte, vermochte in seiner Miene nicht zu lesen; Madora jedoch spürte seine Sorge um sie … und noch etwas anderes: Unbehagen. Sein Volk fürchtete das Jenseits mehr als alles andere. In den Jahren an ihrer Seite war seine Furcht vor ihren Kräften schwächer geworden, aber ganz abgelegt hatte er sie nie.

»Der *Vila* ist fort«, sagte sie. »Er kommt nicht mehr zurück.« *Vila* – so nannte sein Volk die Kraftlosen.

Er nickte nur und reichte ihr den Wasserschlauch. Wie immer spürte er, wenn sie erschöpft und niedergeschlagen war.

In der Nähe eines *Refa'ims* fühlte sie sich auf seltsame Weise unrein, und sie wusch sich Gesicht und Hände, ehe sie an der Seite ihres Leibwächters die Treppe hinaufstieg. Der Raum, in dem sie den *Refa'im* gerufen hatte, lag im hintersten Winkel des Palastkellers, denn nur dort hatte sie die nötige Ruhe gefunden. Der Palast selbst war in Aufruhr. Überall standen Knechte und Mägde herum und redeten über die Eindringlinge, die den Wachen entkommen waren. Inzwischen schienen sich alle darüber einig zu sein, was geschehen war. Juden hatten versucht, den Siegelbewahrer zu ermorden. *Dummköpfe,* dachte Madora.

In Rampillons Kammer traf sie nur Jean an, der gerade aufräumte. Die Bestürzung über den Vorfall stand dem Diener deutlich ins Gesicht geschrieben. »Wo ist dein Herr?«

»Im Nebenraum. Bitte stört ihn nicht. Es geht ihm nicht … Halt, wartet!«

Sie ignorierte ihn und trat durch die offene Tür. Rampillon kauerte neben dem Bett, in der Hand einen Kerzenleuchter, und betastete die Wand.

»Sie hat das Zeichen zerstört, nicht wahr?«

Sein Kopf fuhr herum. Das Haar stand ihm wirr vom Schädel ab, die Augen waren verschleiert. Wie er da auf dem Boden hockte, mit der schwarzen Robe und dem krummen

Rücken, erschien er ihr wie eine boshafte, alte Krähe. »Woher wisst Ihr, dass das Mädchen nach einem Zeichen gesucht hat?«

»Weshalb soll sie sonst hier gewesen sein?«

Ächzend erhob sich der Siegelbewahrer. Er stank nach Wein. Es war nicht das erste Mal, dass sie ihn in diesem Zustand antraf. Wenn seine Zweifel unerträglich wurden, betäubte dieser sonst so asketische Mann seinen Schmerz, indem er Unmengen trank. In der Weihnachtszeit musste es besonders schlimm sein, hatte sie gehört.

»Hat man sie gefangen?«, fragte er mit belegter Stimme.

»Sie ist geflohen. Aber es ist mir gelungen, sie zu schwächen. Sie wird nicht weit kommen.«

»Wie habt Ihr das angestellt? Mit einem Eurer jüdischen Zaubertricks?«

»Meine Zaubertricks haben mehr bewirkt als ein ganzes Banner Eurer Männer«, erwiderte Madora kühl.

»Lasst meine Männer aus dem Spiel. Sie haben ihr Bestes getan.«

»Ach, das ist ihr Bestes? Sich von einer Gauklerin übertölpeln zu lassen?«

»Euch hat sie zuerst übertölpelt«, erinnerte Rampillon sie. »Oder wie konnte es sein, dass sie von dem Zeichen wusste und Ihr nicht?«

Rahel musste ihr noch eine Verszeile verschwiegen haben. Eine andere Erklärung gab es nicht. Wenigstens wusste sie jetzt, warum es ihr nicht gelungen war, die Bedeutung der Zeichen zu entschlüsseln: Ohne das dritte ergaben die anderen keinen Sinn. »Rahel ist klug«, sagte sie. »Ich habe Euch gewarnt, sie nicht zu unterschätzen.«

Rampillon war der Auseinandersetzung überdrüssig. Er schlurfte in sein Gemach, wo er sich aufs Bett setzte und von Jean ein feuchtes Tuch verlangte. Madora ließ sich am flackernden Kamin nieder und rieb ihre rechte Hand. Unter dem Stoff des Handschuhs brannte die Haut. Seit dem Vorfall in Rabbi Joshuas Haus war das Mal nicht mehr zur Ruhe gekommen. Etwas geschah damit, etwas Neues, Erschreckendes. Erwachte es? *Das kann nicht sein,* dachte sie. *Es ist niemand mehr da, der es aufwecken könnte.*

Rahel?

Nein. Unmöglich. Es musste einen anderen Grund haben.

»… das Mädchen jetzt?«, fragte Rampillon.

Sie tauchte aus ihren Gedanken auf. »Verzeiht. Was habt Ihr gesagt?«

Der Siegelbewahrer presste sich das kühle Tuch auf die Stirn. »Ich habe Euch gefragt, wo das Mädchen jetzt hingehen wird«, wiederholte er mürrisch.

»Zu Rabbi Joshua. Sie wird Hilfe brauchen, und außer ihm kennt sie niemanden in Grenoble.«

Rampillon wandte sich an Jean. »Ruf Saudic. Er soll unverzüglich herkommen.«

»Sehr wohl, Exzellenz.«

Als der Diener gegangen war, fragte Madora: »Was habt Ihr vor?«

»Das Mädchen holen lassen, was sonst?«

»So wie letzte Nacht? Wollt Ihr Euch unbedingt wieder demütigen lassen?«

»Diesmal sind wir vorbereitet.«

»Was ist mit der Gräfin? Ein zweites Mal wird sie sich nicht übergehen lassen.«

»Die Gräfin kümmert mich so viel wie der Dreck an meinen Schuhsohlen.«

Madora verzichtete auf weitere Einwände. Sollte der alte Mann tun, was er für richtig hielt. Und was den Rabbi und seine Familie betraf … Vorgestern noch hätte sie alles darangesetzt, Rampillon davon abzubringen, ihnen Leid zuzufügen. Aber da hatte der Rabbi sie auch noch nicht gedemütigt und seinen Teil dazu beigetragen, dass das Mal erwachte. Sollte er doch zugrunde gehen! Sollten sie alle zugrunde gehen.

Sie ballte die Rechte zur Faust, als der Schmerz von Neuem aufflammte und sich durch Fleisch und Knochen den Arm hinauf fortpflanzte.

Am Tor des Judenviertels konnte sich Brendan nicht mehr aus eigener Kraft auf den Beinen halten. Rahel und Isaak stützten ihn, die letzten Schritte zu Rabbi Joshuas Haus mussten sie ihn tragen. Alle Wärme hatte seinen Leib verlassen, seine Lippen waren blau, Schauder durchliefen ihn in Schüben.

Isaaks Mutter empfing sie mit einem erleichterten Lächeln, das jedoch verschwand, als sie Brendan sah. »Ist er verletzt?«

»Er braucht Wärme!«, stieß Rahel hervor.

»Ins Kaminzimmer mit ihm.«

Ariel brachte Decken, in die sie den Bretonen hüllten, nachdem sie ihn vor das Feuer gelegt hatten. Er befand sich auf der Schwelle zwischen Wachsein und Schlaf. Immer wieder rief er Joannas Namen, bäumte sich auf. Rahel ließ nicht zu, dass er die Decken abschüttelte. Sie ahnte, dass es sein Tod wäre, wenn es ihnen nicht gelang, die Kälte aus seinem Leib zu vertreiben.

Rabbi Joshua gesellte sich zu ihnen. »Wer hat ihm das angetan?«

»Ein *Refa'im* hat ihn angegriffen.«

Offenbar kannte er dieses Wort. »Wo kam er her? Hat Madora ihn gerufen?«

»Ja.« Die Seherin hatte gesagt, sie habe den *Refa'im* fortgeschickt, nachdem er die Bettler aus der Nekropole vertrieben hatte. Doch das war eine weitere Lüge gewesen. Sie hatte ihn nur versteckt, um ihn bei der richtigen Gelegenheit gegen ihre Feinde einzusetzen.

Die ganze Zeit war dieses Geschöpf in ihrer Nähe gewesen, während sie nicht das Geringste geahnt hatten. Bei dem Gedanken daran wurde Rahel übel.

»Kischuf«, murmelte der Rabbi. *Verbotene Magie.* Seine Augen unter der zerfurchten Stirn waren dunkel, fast schwarz. »Was ist im Palast geschehen?«

»Wir mussten fliehen, nachdem wir das Zeichen gefunden hatten«, berichtete Isaak, dessen Gesicht immer noch fahl vor Entsetzen war. »Dabei haben wir zwei Soldaten getötet. Die anderen haben uns verfolgt, aber wir konnten entkommen. Dann geschah ... das«, fügte er mit Blick auf Brendan hinzu.

»Woher wusste Madora, dass ihr es seid? Hat sie euch gesehen?«

»Sie war im großen Saal, als wir über die Galerie flohen.«

Rahel schaute den Rabbi an. »Was geschieht mit Bren?«

»Refa'im kommen aus dem Totenreich. Ihre Berührung ist wie Gift. Der Lebensodem verlässt ihn.«

»Was heißt das?«

»Wenn er stark ist, wird er es überstehen. Wenn nicht ...« Er verstummte.

Rahel wandte sich wieder Brendan zu. Der Schüttelfrost hatte nachgelassen. Seine Brust hob und senkte sich gleichmäßig; er war eingeschlafen. Aber es war ein unruhiger, von fiebrigen Träumen durchsetzter Schlaf. »Wir müssen etwas unternehmen«, sagte sie. »Einen Arzt holen ... oder einen Priester.«

»Er kann das Gift nur aus eigener Kraft abschütteln. Dabei kann ihm niemand helfen.«

Brendans Lippen bewegten sich und entließen ein lautloses Wort. Sein Arm zuckte. Sie schob ihn zurück unter die

Decke. Nicht er sollte hier liegen – der Angriff hatte ihr gegolten. Sie streifte das Lederband über den Kopf und zog das kupferne Dreieck aus dem Hemdkragen: das Amulett, das sie im *Miflat* gefunden hatte. Hatte der Davidschild sie geschützt? So musste es gewesen sein. Sie legte es Brendan auf die Brust. Seine Hand tastete nach dem Kupferdreieck und schloss sich darum, vielleicht weil er die wohltuende Wirkung des Davidschilds spürte.

Rabbi Joshua richtete sich auf. »Ihr seid hier nicht sicher. Madora und Rampillon werden sich denken können, warum ihr im Palast gewesen seid. Sie werden herkommen und nach dem Zeichen fragen.«

»Sie wissen nichts von dem Zeichen«, wandte Isaak ein. »Madora glaubt, dass sie das Rätsel gelöst hat.«

»Unsere Spuren«, widersprach Rahel. »Wir haben die Tür offen gelassen. In der Kammer liegen Steinsplitter. Dann ist da noch die abgeschabte Stelle. Nur ein Narr würde nicht begreifen, was es damit auf sich hat.«

Isaak schwieg. »Was machen wir mit Bren?«

Sie schaute den Bretonen an. Sie kannte die Antwort, aber sie war nicht in der Lage, sie auszusprechen. Ihre Augen brannten.

»Ihr müsst ihn hierlassen«, sagte der Rabbi an ihrer Stelle. »Alles andere wäre sein Tod.«

Der Schnee auf Isaaks Mantel war geschmolzen. Wasser troff zu Boden, als er sich aufrichtete. »Du kennst doch den Unterschlupf, den ich vor zwei Sommern gebaut habe«, sagte er zu seinem Vater.

»Die Hütte flussaufwärts.«

»Dort verstecken wir uns. Ihr kommt nach, wenn es Brendan besser geht.«

Der Rabbi nickte. »Packt eure Sachen. Euch bleibt nicht viel Zeit.«

Als Rahel aufstand, löste sich Brendans Hand vom Amulett, rutschte an seinem Oberkörper herunter und kroch über den Boden in ihre Richtung, als wollte er ihr sagen: *Geh nicht. Lass mich nicht zurück.* Ihre Kehle verengte sich. Sie hatte all ihre Gefährten verloren. Erst Joanna und Schäbig, dann Vivelin und Kilian – und nun verlor sie auch noch Brendan.

Eine Hand berührte sie behutsam an der Schulter. »Komm«, sagte Isaak. »Meine Eltern passen auf ihn auf.«

Tränen rannen über ihr Gesicht. Bren war ihr einziger Freund, ihr Bruder. Sie konnte nicht ohne ihn gehen. Nicht, wenn er sie so sehr brauchte wie jetzt.

Rufe ertönten von draußen. Wie aus großer Ferne hörte sie jemanden »Kriegsvolk!« brüllen.

Rabbi Joshua stieß die Fensterläden auf. »Sie sind schon da«, sagte er mit harter Stimme.

Aus tränenverschleierten Augen sah Rahel eine Gestalt mit einer Fackel über den Platz rennen. Es war einer der beiden Männer, die am Tor des Judenviertels Wache gestanden hatten. Wieder und wieder schrie er seine Warnung.

Waffenknechte verteilten sich auf dem Platz, Fackelschein gloste auf Helmen, Lanzenspitzen und Schilden und lag dunkelrot auf den furchtsamen Gesichtern der Männer und Frauen, die sich an den Fenstern drängten. Diesmal waren es mehr Soldaten als in der vorherigen Nacht, und niemand wagte, die schwer gerüsteten Männer anzugreifen. Nur ein einziger Mann ließ seine Schleuder wirbeln. Der Waffenknecht, auf den er zielte, wehrte den Stein jedoch mühelos mit dem Schild ab und lief mit einem Gefährten zum Haus des Mannes, wo sie die Tür eintraten und den Schützen auf die Straße zerrten.

Ein gepanzerter Krieger lenkte sein Schlachtross durch die bewaffnete Schar: Saudic. In einer Hand hielt er einen Rundschild, in der anderen einen Morgenstern. Langsam pendelte die Kette mit der dornenbewehrten Eisenkugel vor und zurück.

Der Rabbi schloss das Fenster. »Ihr müsst über die Dächer fliehen«, sagte er zu Isaak.

»Und was tut ihr?«

»Wir kümmern uns um Brendan. Ariel, hilf mir, ihn in den Keller zu tragen.«

Rabbi Joshua und seine Frau hoben den Bewusstlosen hoch.

Rahel strich Brendan über die Wange. Kalt war sie, eiskalt. »Ich bleibe bei ihm.«

»Nein!«, sagte Isaak. Er packte sie bei den Schultern, zwang sie, ihm in die Augen zu sehen. »Wenn du bleibst, werden sie dich töten.«

Sie hörte seine Worte, sah die Verzweiflung in seinem Gesicht, wusste, dass er recht hatte. Aber sie konnte nicht mit ihm gehen. Sie hatte schon einmal einen Gefährten zurückgelassen, Schäbig. Das würde sie nicht noch einmal tun.

Seine Rechte schloss sich unnachgiebig um ihr Handgelenk, und er zog sie zur Treppe. Im gleichen Moment hämmerte jemand dröhnend gegen die Tür. »Aufmachen!«, ertönte Saudics Stimme.

Das Gebrüll riss Rahel aus ihrer Erstarrung. *Es ist wie bei Schäbig – du kannst nichts für ihn tun. Wenn du bleibst, bringst du dich nur in Gefahr. Und anders als Schäbig hat er jemanden, der ihm hilft.*

Sie folgte Isaak die Treppe hinauf. Oben angekommen, warf sie einen letzten Blick zurück. Joshua und Ariel stiegen mit Brendan die Kellertreppe hinunter. *Er ist in Sicherheit, so gut es eben geht. Jetzt lauf!*

Sie rannten an den Gästekammern vorbei in einen anderen Raum, fensterlos, muffig und vollkommen dunkel. Isaak erklomm eine Leiter. Rahel hörte das Knirschen eines Metallriegels, dann ein Knarren.

»Komm!«

Schneeflocken umwirbelten sie, als sie durch die enge Öffnung auf das Dach des Hauses kletterte. Die Kälte durchdrang schneidend ihre Kleider, und zum ersten Mal spürte sie, dass sie bis auf die Haut durchnässt war. Sie befanden sich auf der schmalen Fläche zwischen dem Giebel des Hauses und der Synagoge.

»Jetzt da entlang«, sagte Isaak und deutete auf den Sims, der die Kuppel umlief.

Plötzlich veranlassten ihn laute Stimmen vom Platz, in die entgegengesetzte Richtung zu laufen. Rahel eilte ihm nach, so rasch es der knöcheltiefe Schnee zuließ. Isaak blieb nah an der Dachkante stehen. Drei, vier Mannslängen unter ihm erstreckte sich der Platz, der im Licht der Fackeln beinahe taghell war.

Saudic und seine Männer drängten sich vor dem Haus. Ein Waffenknecht schlug mit einer Axt auf die Tür ein. Plötzlich flog sie auf, und der Mann stürzte zu Boden. Rabbi Joshua stürmte ins Freie, in der Hand eine Streitaxt. Als der Waffenknecht sich aufrappeln wollte, zog der Gelehrte ihm die Axt durchs Gesicht.

Auf seinem gepanzerten Schlachtross hob Saudic wortlos den Schildarm, woraufhin zwei Soldaten den Rabbi zu packen versuchten. Einen streckte der Rabbi mit seiner Axt nieder, den anderen schleuderte er mit einem Schwung seines muskulösen Arms von sich.

»Ergreift ihn!«, dröhnte Saudic – und dann ging alles sehr schnell.

Bevor weitere Soldaten ihn angreifen konnten, sprang der Rabbi nach vorne und griff Saudic an. Der schwang den Morgenstern und traf den Gelehrten am Kinn, riss seinen

Kopf zurück. Ein roter Schweif folgte der Dornenkugel, und Joshua fiel mit dem Rücken voran in den Schnee.

»Nein!«, brüllte Isaak, aber sein Schrei war nur einer von vielen, die in diesem Augenblick ertönten. »Mörder!«, rief eine Frau, andere griffen den Ruf auf, brüllten »Mörder! Mörder!«, und die Furcht, die eben noch in Dutzenden von Gesichtern gestanden hatte, wich Hass. Die Juden drängten ins Freie, und plötzlich kamen überall Messer, Sicheln, Hämmer, Äxte und Knüppel zum Vorschein.

Rahel schwankte. Das Fackellicht floss vor ihren Augen zusammen und bildete einen einzigen hellen Fleck. *Er ist nicht tot,* dachte sie, *er kann nicht tot sein!* Sie wusste, sie musste fliehen, um ihr Leben laufen, aber alles, was sie tun konnte, war reglos dazustehen.

»Da oben, auf dem Dach!«, brüllte Saudic. »Holt sie euch!«

Das brach den Bann. Sie fuhr zu Isaak herum, doch er war fort. Da bemerkte sie eine Bewegung bei der Luke. »Wo willst du hin?«

»Zu meinem Vater!«

»Er ist tot.«

Keine Antwort. Er verschwand in der Öffnung.

Sie konnte ihn nicht gehen lassen – er lief geradewegs in den Tod. Sie hastete über das Dach, während Schreie durch die Nacht gellten, stieg die Leiter hinunter und rannte durch den Korridor. Was sie tat, war bar jeder Vernunft, dennoch verspürte sie eine seltsame Erleichterung. Sie konnte zu Brendan. Sie musste ihn nicht zurücklassen.

Als sie die Treppe zum Kaminzimmer hinunterlief, verschwand Isaak gerade hinter einem der Vorhänge. Rahel nahm die letzten Stufen mit einem Sprung.

Die Tür vor der Kellertreppe war geschlossen. Sie zog am Ring. Abgesperrt. Gut. Brendan brauchte sie vorerst nicht. Sie wirbelte herum und wollte Isaak nachlaufen, doch dort, wo sie hinwollte, stand ein Soldat, ein bulliger Kerl mit blondem Schnurrbart, dessen Finger eine Streitaxt knapp unter dem Blatt umschlossen. Er erblickte sie und rief über die Schulter: »Hier ist sie!«

Sie schlug einen Haken und rannte zurück zur Treppe. Der Mann sprang nach vorne und verstellte ihr den Weg, streckte die Hand nach ihr aus. Sie wich zurück, prallte gegen ein Hindernis und stolperte. Der Soldat schritt auf sie zu – und blieb plötzlich stehen. Ein gefiederter Schaft ragte aus seiner Hüfte. Er taumelte zur Seite, suchte vergeblich nach Halt am Treppengeländer und brach zusammen.

Isaak erschien in einem Durchgang, in den Händen eine Armbrust, die er hektisch spannte. Weitere Soldaten drängten in den Raum. Er konnte die Armbrust nicht mehr rechtzeitig laden und schleuderte sie dem vorderen Mann ins Gesicht. Dann verschwand sein blonder Schopf hinter den Bewaffneten.

Es gab nur noch einen Ausweg: die Fenster. Rahel spurtete zur anderen Seite des Raums, ergriff den Fenstersims, zog sich hoch. Gleich! Gleich hatte sie es geschafft und war draußen, konnte fliehen.

Hände schlossen sich um ihren Fußknöchel, zogen. Sie rutschte ab. Fand am Fensterrahmen Halt und klammerte sich daran fest.

»Nein!«, schrie sie und trat nach hinten. »Ihr Hunde! Bastarde! Hurensöhne!«

Noch ein Ruck. Ihre Finger lösten sich, ihr Kinn schlug auf dem Fenstersims auf. Schmerz schoss heiß durch ihren Kopf und löschte ihr Bewusstsein aus.

Kapitel 18

Blinzelnd öffnete Rahel die Augen. Schwärze umgab sie. Sie lag auf einer rauen Oberfläche. Ein Arm war unter ihrem Körper begraben und taub; den anderen konnte sie bewegen. Vorsichtig tastete sie über den Untergrund. Holz. Sie lag auf einer Pritsche oder etwas Ähnlichem.

Ihr Gesicht, der ganze Kopf pochte. Sie hatte Schmerz empfunden, erinnerte sie sich, von einem Schlag gegen das Kinn. Eine Ahnung sagte ihr: *Beweg dich nicht. Wenn du dich bewegst, kehrt der Schmerz wieder.*

Ihre Augen gewöhnten sich allmählich an die Dunkelheit. Nicht weit vor ihr verlief eine Reihe paralleler Linien. Gitterstäbe. Sie war gefangen.

Du wolltest fliehen. Aus dem Fenster. Da waren Männer … Rampillons Männer. Sie wollten dich mitnehmen, dich und Bren und Isaak. Aber es gab Kämpfe im Judenviertel, und der Rabbi … Allmächtiger, Rabbi Joshua ist tot!

Sie fuhr auf, als die Erinnerung zurückkehrte. Schmerz durchbohrte ihren Schädel. Übelkeit stieg in ihr auf; alles begann zu schwanken.

Sie hielt die Augen geschlossen und atmete tief und gleichmäßig durch die Nase, bis die Übelkeit zurückging. Ihr linker Arm kribbelte, als das Blut in das taube Fleisch zurückfloss. Irgendwann ließ auch der Schmerz nach. Sie setzte sich aufrecht hin und berührte vorsichtig ihren Kiefer, während sie mit der Zungenspitze die Zähne betastete. Nichts gebrochen, alle Zähne noch da. Da war ein Brennen am Kinn und überall trocknendes Blut, aber kein frisches. Sie schien mit einer Platzwunde davongekommen zu sein.

Nur das Schwanken hörte nicht auf. Sie öffnete die Augen. Boden und Gitterstäbe schwankten tatsächlich; außerdem erklang ein rostiges Knarren. *Ein Schiff,* dachte sie, *man hat mich auf ein Schiff gebracht.* Dann stellte sie fest, dass das, was sich hinter dem Gitter befand, die schwingenden Bewegungen nicht mit vollzog.

Durch eine runde Öffnung fiel mattes Licht auf Mauerwerk. Da waren Wände und ein Boden, der sich zwei Mannslängen unter ihr befand. Diese Hunde hatten sie in einen Käfig gesteckt, in einen Kasten aus Eisenstäben, mit einem Boden und einer Decke aus Brettern. Gerade breit und hoch genug, dass sie zusammengekauert darin liegen und sich aufsetzen konnte. Stehen – unmöglich.

Der Käfig hing dicht unter der Gewölbedecke, an einer Kette, die über eine Rolle lief. Bei jeder Bewegung schwankte ihr Gefängnis, und die Rolle knarrte. Die Kette führte zu einer Winde am Boden.

Sie setzte sich in die Mitte des Käfigs und wartete, bis er zur Ruhe kam. Das Gewölbe war außer der Winde und dem Käfig leer. Es gab eine Tür und einen Haken für einen zweiten Käfig, aber keine Wachen, keine anderen Gefangenen, keine Menschenseele.

Brendan!, durchfuhr es sie. Hatten die Soldaten ihn und Ariel im Keller gefunden? Hatten sie ihn ebenfalls gefangen? Oder hatten sie gar nicht nach ihm gesucht, nachdem sie ihnen in die Hände gefallen war?

Und Isaak? Sie hatte ihn aus den Augen verloren, als die Waffenknechte hereingestürmt waren. Hatten sie ihn erschlagen, aus Rache für den Soldaten, den er erschossen hatte? Oder war ihm die Flucht gelungen?

Ihre Hände schlossen sich um das kühle Metall der Gitterstäbe. »Bren! Bist du hier irgendwo? Kannst du mich hören? Isaak! Antwortet mir!«

Laut hallte der Ruf in dem Gewölbe. Als er verklang, herrschte wieder Stille.

»Ist hier überhaupt *irgendwer?*«

Da – das Schaben eines Riegels! Die Tür öffnete sich, und ein Mann kam herein. Er hatte einen unförmigen Leib – schmale Schultern und einen Torso, der zur Hüfte hin immer breiter wurde –, lange, sehnige Arme und einen ovalen Schädel, auf dem vereinzelte Haare sprossen. Die schmutzigen Hosen waren zu den Knien hochgekrempelt, die Füße steckten in ausgetretenen Lederschuhen, das Lederwams spannte am Bauch, unter dem der Gürtel nicht zu sehen war.

Wässrige Augen glotzten Rahel an.

»Wo bin ich?«, fragte sie.

Keine Antwort. Der Mann machte kehrt und verließ den Raum.

»Komm zurück, du hässlicher Zwerg! Ich will wissen, wo ich bin, bei allen Höllen!«

Er kam zurück. Er hatte eine Stange und einen Eimer dabei, den er an der Stange befestigte und zum Käfig hochhob. »Dein Essen«, nuschelte er.

»Ich will nichts essen! Ich will wissen, wo Brendan und Isaak sind.«

»Ich weiß nix von einem Brendan. Auch nix von einem Isaak. Jetzt iss.«

Ihr war danach, den Eimer vom Haken zu reißen und ihn nach dem Kerl zu werfen. Aber wenn sie nichts aß, kam sie nicht zu Kräften. Und wenn sie schwach war, kam sie niemals hier heraus.

Sie griff durch die Gitterstäbe und holte sich ihr Essen: ein trockenes Stück Brot. »Was ist mit Wasser? Ich habe Durst.«

Der Kerl zog die Stange zurück, füllte den Eimer mit Wasser aus einer Schweinsblase und hob ihn wieder hoch zum Käfig. Sie presste ihr Gesicht gegen die Eisenstäbe und trank, so gut es ging. Dann benetzte sie ihre Hände und wusch sich das getrocknete Blut ab.

Der Eimer schwebte zurück zum Boden.

»Halt, ich war noch nicht fertig.«

Mit der Stange in der einen und dem Eimer in der anderen Hand ging der Mann und schloss die Tür hinter sich.

Wusste er wirklich nichts von Bren und Isaak? Oder hatte er die Anweisung bekommen, ihr nichts zu sagen? Sie kroch zur Mitte des Käfigs zurück und versuchte, eine einigermaßen bequeme Position zu finden, bei der ihr Gefängnis nicht wieder zu schaukeln anfing.

Das Brot war steinhart, sie musste jeden Bissen ewig kauen, bevor sie ihn schlucken konnte. In der Decke des Käfigs befand sich eine Luke, die, als sie dagegen drückte, keinen Fingerbreit nachgab. Riegel oder ein Vorhängeschloss, vermutete sie. Von innen konnte sie nichts dagegen ausrichten. Auch nicht gegen die Gitterstäbe. Selbst wenn es ihr gelänge, aus dem Käfig herauszukommen – da waren immer noch die Kerkerwände und die eisenbeschlagene Tür.

Sie kam hier nicht heraus. Nicht ohne Hilfe von außen. Und die Einzigen, die ihr helfen würden, waren Brendan und Isaak, von denen sie nicht einmal wusste, ob sie noch lebten.

Bren hatte von Anfang an recht: Diese Reise war ein Fehler gewesen. Ein einziger, großer, dummer Fehler, für den wir jetzt bezahlen. Wir … und Isaak. Isaak, den sie in all das hineingezogen hatte. Der sein Leben für etwas riskiert hatte, das ihn nicht das Geringste anging … *nur weil er dich liebt.* Wenn ihm etwas zugestoßen war, war das allein ihre Schuld.

Sie verschränkte die Arme auf den Knien und vergrub ihr Gesicht darin.

Irgendwann knarrte die Kerkertür erneut. Rahel hob den Kopf. »Weißt du jetzt, wo Brendan und Isaak sind?«, rief sie.

»Man hat sie zu einer anderen Zelle gebracht.«

Das war nicht der missgestaltete Kerkermeister. Es war Madora.

Die kleine Frau stand in ihrem sahnefarbenen Gewand und mit zurückgeschlagener Kapuze bei der Tür und blickte zu ihr hinauf. Hinter ihr wartete der Kerkermeister.

»Was wollt Ihr?«

»Sehen, ob du wohlauf bist«, antwortete Madora.

»Wie fürsorglich. Ich bin gerührt.«

Der Saum der Robe strich leise über den Boden, als die Seherin in den Raum hineinging. »Wie geht es dir?«

»Dumme Frage!«

»Beantworte sie mir.«

»Lasst mich überlegen … Ich sitze in einem Käfig. Der Kiefer wurde mir fast gebrochen. Rabbi Joshua wurde ermordet. Ich muss mit einer Lügnerin und Verräterin sprechen, und ich weiß nicht, ob meine Freunde noch leben. Man könnte auch sagen: bescheiden.«

War das Besorgnis in Madoras Blick? Nein, abwegig; diese Frau hatte versucht, sie zu töten. Es war Erstaunen. »Deine Freunde leben«, sagte die Seherin. »Rampillons Männer haben sie heute Morgen zum Palast gebracht.«

»Ich will sie sehen.«

»Das wirst du. Wenn du mir sagst, was du im Palast gefunden hast.«

Das Zeichen, natürlich. Nur darum ging es Madora. »Was soll ich denn Eurer Meinung nach gefunden haben?«

Die Seherin seufzte. »Sei doch nicht kindisch. Ich habe die abgeschabte Stelle gesehen. Da war ein Steinmetzzeichen.«

»Und wennschon. Jetzt ist es weg.«

»Aber du kennst es, nicht wahr?«

Rahel hüllte sich in Schweigen.

Nun erschien wirklich Bedauern in Madoras Miene; Bedauern darüber, dass sie sich wie ein trotziges Kind benahm. Nach allem, was geschehen war, gab sie immer noch vor, dass ihr etwas an Rahel lag. »Glaubst du wirklich, du kommst damit durch? Rampillon wird deine Freunde töten lassen. Und es wird kein schneller Tod sein. Seine Männer sind sehr erfindungsreich darin, Schmerzen zuzufügen.«

Mit einem Mal verschwand Rahels Zorn. Sie fühlte nur noch Verachtung für diese Frau, die alle belog, am meisten sich selbst. »Es ist immer nur Rampillon, nicht wahr? Es ist Rampillon, der foltert und tötet. Ihr habt damit nichts zu tun. Ihr seid unschuldig. Ihr versucht nur, das Richtige zu tun. Wenn Ihr nicht wärt, wäre niemand da, der Rampillon bändigt. Beim Allmächtigen, wie lange habt Ihr eigentlich gebraucht, um Euch das einzureden?«

Madora schwieg lange. Als sie sprach, war ihre Stimme beherrscht wie immer. Etwas *zu* beherrscht. »Die Dinge sind nicht so einfach, wie du denkst.«

»Doch, das sind sie.«

»Ist das dein letztes Wort?«

»Ja.«

Madora wandte sich ab. An der Tür drehte sie sich noch einmal um. »Ich gebe dir eine Stunde Bedenkzeit. Wenn du dann immer noch schweigen willst, stirbt Isaak.«

Und dann war sie wieder allein.

Rahel setzte sich mit dem Rücken gegen die Gitterstäbe und lauschte dem Knarren der Rolle, bis der Käfig zur Ruhe kam. Es gab keinen Beweis, dass sich Bren und Isaak in Rampillons Gewalt befanden; womöglich hatte Madora erneut gelogen. Aber war sie abgebrüht genug, es darauf ankommen zu lassen?

Wenn du dann immer noch schweigen willst, stirbt Isaak.

Stirbt Isaak.

Stirbt Isaak …

Wieder und wieder hallten diese Worte durch ihren Kopf. Schon bei ihrer ersten Begegnung hatte sie gespürt, dass er kein gewöhnlicher Mann war. Er war selbstsicher, klug und voller Güte und wusste stets, was richtig war. Er hatte sich in sie verliebt und sie in ihn – warum es noch leugnen? Und was hatte sie getan? Ängstlich gezaudert und dagegen angekämpft, statt ihm ihre Gefühle zu zeigen. Wie dumm sie gewesen war! Wie kleinmütig und verzagt. Und jetzt – jetzt war es zu spät.

Nein, sie konnte nicht mit seinem Leben spielen. Sie hatte verloren. Sie konnte nur noch versuchen, ihn und Brendan zu retten. Und vielleicht sich selbst.

Die Stunde kam ihr quälend lang vor, bis die Tür endlich knarrte.

»Hast du deine Meinung geändert?«, fragte Madora.

»Ich verrate Euch das Zeichen«, antwortete Rahel. »Aber vorher will ich Euer Wort, dass Bren, Isaak und mir nichts geschieht.«

Die Seherin nickte. »Wenn wir den Schrein gefunden haben, könnt ihr gehen.«

Wie viel war das Versprechen einer Frau wert, die schon so oft gelogen hatte? Nichts. Aber was hatte sie für eine Wahl? »Ich will sie sehen.«

»Zuerst das Zeichen.«

Rahel schob alle Erinnerungen an ihre Mutter fort. Sie verbot sich, an sie zu denken, und doch klang jedes Wort wie ein Verrat an ihr. »Es war ein zusammengesetztes Zeichen. *Alef* und *Kof*.«

»Das ist alles?«

»Ja.«

Madoras Blick war bohrend. »Es gibt keine weiteren Verszeilen? Nichts, das du ›vergessen‹ hast?«

»Das Zeichen ist das letzte. Mehr gibt es nicht.«

»Ich warne dich. Sollte sich herausstellen, dass du mich betrogen hast, wird es deine Gefährten teuer zu stehen kommen.«

»Ich habe Euch nicht betrogen. Jetzt will ich Bren und Isaak sehen.«

»Du wirst sie sehen. Später.« Madora ging zur Tür zurück.

»Wartet! Ihr könnt nicht einfach gehen. Ihr habt es mir versprochen!«

»Mein Versprechen hat nicht beinhaltet, *wann* du sie sehen wirst.« Damit schloss sich die Tür hinter der Seherin.

»Verfluchte Lügnerin!«, schrie Rahel. »Komm zurück!«

Aber Madora kam nicht zurück, sosehr sie auch tobte. Sie hatte wieder gelogen, natürlich. Und Rahel war eine Närrin, ihr zu glauben. Eine dumme Närrin, die ihr Schicksal verdiente.

Die Kerze war fast heruntergebrannt. Die Flamme flackerte über dem Talgstummel, der ihr kaum noch Nahrung bot, und ihr trüber Schein reichte gerade noch zur Kante des Tisches. Madora rieb sich mit Daumen und Zeigefinger die schmerzenden Augen. Wo hatte Jarosław die Kiste mit den Kerzen hingetan? Unter das Bett. Müde stand sie auf und sah nach. Da war sie nicht. Leise fluchend nahm sie den Kerzenhalter und ging vorsichtig, um die Flamme nicht zu löschen, durch die Kammer. Da, die Kerzen lagen auf dem Stuhl. Nun erinnerte sie sich wieder, wie Jarosław hereingekommen war und die Kiste hingestellt hatte. Was war nur los mit ihr?

Du musst schlafen, dachte sie, während sie die neue Kerze an der alten anzündete. *Schlafen, ein Bad nehmen und einen Tag nicht an die Zeichen denken. Sonst verlierst du noch den Verstand.*

Aber sie wusste, sie würde keinen Schlaf finden, ehe sie nicht herausgefunden hatte, was die Zeichen bedeuteten.

Sie presste die neue Kerze auf den Talgstummel, stellte den Kerzenhalter in die Mitte des Tisches und setzte sich. Hell und kraftvoll brannte die Flamme, und endlich konnte sie ihre Aufzeichnungen wieder ohne Mühe lesen. Was nichts daran änderte, dass sie nicht den geringsten Sinn ergaben. Vor ihr lagen Dutzende von Pergamenten voller Annahmen, Überlegungen und loser Gedankenfetzen, die ihr zunehmend wirrer vorkamen, je länger sie sie betrachtete.

Madora seufzte. Noch einmal von vorne. Sie legte ein neues Pergamentstück vor sich, tauchte die Feder in das Tintenfass und schrieb die drei Zeichen untereinander, in der Reihenfolge, in der sie sie gefunden hatten:

ג

א

אק

Die ersten beiden Zeichen waren Buchstaben des hebräischen Alphabets, *Gimel* und *Alef,* die auch für die Zahlen Drei und Eins standen. Das dritte war ein zusammengesetztes Zeichen aus *Alef* und *Kof,* was nicht für einen Buchstaben stand, aber den Zahlenwert hunderteins besaß. Dies legte den Schluss nahe, dass auch die ersten beiden Zeichen nicht als Buchstaben, sondern als Zahlen gesehen werden mussten.

Drei, eins und hunderteins. Drei Zahlen mit einer machtvollen Symbolik. Doch was, bei allen Namen des Ewigen, hatten sie mit dem Schrein von En Dor zu tun?

Also vielleicht doch Buchstaben. Las man das dritte Zeichen nicht als ein doppeltes, sondern als zwei einzelne, ergaben sich vier Buchstaben: *Gimel, Alef, Kof, Alef.* Doch egal in welcher Reihenfolge man sie zusammensetzte, sie ergaben kein sinnvolles Wort. Das musste nichts heißen; die Prophetenbücher und die fünf Bücher der Thora waren voller rätselhafter Worte, deren Bedeutung sich nur dem erschloss, der in die Schriftdeutung des *Sefer Jezirah* eingeweiht war: Zahlenmystik, *Gematria* genannt, die Erklärung eines Wortes durch ein anderes mit demselben Zahlenwert.

Auch dies hatte sie schon versucht; die Pergamente auf dem Tisch waren voll von ihren Ergebnissen. Die vier Buchstaben hatten einen addierten Zahlenwert von hundertfünf, und es gab im Hebräischen Dutzende Worte, die nach den Gesetzen der *Gematria* als Erklärung infrage gekommen wären. Doch kein einziges gab einen Hinweis auf den Schrein.

Nach zwei Tagen, in denen sie ununterbrochen nach einer Lösung gesucht hatte, war Madora so klug wie am Anfang.

Inzwischen glaubte sie, dass weder *Gematria* noch eine andere Form der Schriftdeutung aus den kabbalistischen Schriften zum Ziel führten. Eine übergeordnete Bedeutung verband die drei Zeichen, ein höherer Zusammenhang, den ein menschlicher Verstand nicht einfach so erfassen konnte.

Das – oder ich werde verrückt, dachte Madora. Sie stellte die Feder in das Tintenfass, nahm das Pergament und hielt es in die Kerzenflamme. Ein dunkler Fleck breitete sich auf dem Blatt aus, und die Glut fraß sich tiefer in das Pergament. Als es zu brennen begann, öffnete sie ein Fenster und warf es hinaus. Es landete auf der schneebedeckten Dachschräge und schwelte vor sich hin.

Sie zog ihren Stuhl zum Fenster und setzte sich. Ihr Atem dampfte in der Kälte. Ein Gutes hatte die fruchtlose Grübelei der letzten zwei Tage gehabt. Sie hatte sie von dem Brennen in ihrer rechten Hand abgelenkt. Zwar war der Schmerz auf ein erträgliches Maß zurückgegangen, aber völlig verschwunden war er nicht. Tückisch, wie das Mal war, ließ es ihn hin und wieder auflodern, als wollte es verhindern, dass sie sich daran gewöhnte. Am schlimmsten war es vor zwei Tagen gewesen, als sie gerade Rahels Zelle verlassen hatte. Seitdem hielt sie es nicht mehr für gänzlich ausgeschlossen, dass die Gauklerin etwas damit zu tun hatte. Nur was? Madora würde nicht so weit gehen, das Mal als ein lebendiges Geschöpf anzusehen. Ganz sicher aber war es in der Lage, auf Menschen in ihrer Nähe zu reagieren. Spürte es die Verbindung zwischen Rahel und ihrer Mutter – jener Frau, die es erschaffen hatte? Wenn dem so war, ging von Rahel eine größere Gefahr aus, als sie bisher angenommen hatte.

Es hatte aufgehört zu schneien, die Dunkelheit wich allmählich grauem Dämmerlicht. Auf der anderen Seite des Platzes konnte sie die Umrisse des Palasts sehen. Die Gräfin hatte ihr und Jarosław angeboten, in den Gästequartieren zu wohnen, aber sie hatte abgelehnt. Rampillons ständige Gegenwart, seine Launen, seine Angewohnheit, ohne Vorwarnung plötzlich neben einem zu stehen – all das ertrug sie nicht. Also hatte sie zwei Zimmer in einer Herberge angemietet.

Als sie die dunklen Palastmauern betrachtete, fragte sie sich, was sie würde tun müssen, sollte ihre Vermutung zutreffen. Angenommen, Rahel hatte das Mal aufgeweckt, und angenommen, sie war auch unwissentlich dafür verantwortlich, dass es nicht mehr zur Ruhe kam, dann gab es darauf nur eine Antwort: Sie musste sterben.

Wenn der Refa'im nicht versagt hätte, müsste ich mir darüber nicht den Kopf zerbrechen. Dann wäre sie schon so gut wie tot. Das war noch so ein verdammtes Rätsel. Irgendwie war es dem Mädchen gelungen, den Angriff des Kraftlosen abzuwehren. Auch darüber hatte Madora lange nachgedacht. Es gab nur eine Erklärung: Rahel musste das Amulett bei sich gehabt haben, das sie im *Miflat* entdeckt hatte. Zwar hatte man kein Amulett bei ihr gefunden, als man sie zum Palast gebracht hatte, aber das hieß nichts. Sie konnte es im Handgemenge mit den Soldaten verloren haben.

Sie griff in den Kragen ihres Gewandes und holte ihr Amulett hervor. Niemand wusste besser als sie, welche Macht darin wohnte. Ohne das Amulett hätte das Mal sie schon vor Jahren getötet. Das Zahlenquadrat mochte reine Symbolik sein, eine Meditationshilfe, aber der Davidschild war mehr als das. Seine schützenden Kräfte verminderten sogar die zersetzende Wirkung der Spinne Baal-Sebuls.

Und doch wanderte ihr Blick fort von dem sechszackigen Stern zum Zahlenquadrat. Wann hatte sie sich das letzte Mal richtig damit beschäftigt? In ihrer Zeit als *Talmida,* vor vielen Jahren, als ihre Lehrer ein genaues Studium des Zahlenquadrats vorschrieben. *Es ergibt überhaupt keinen Sinn,* hatte Rahel gesagt. Madora hatte ihr widersprochen, obwohl sie ihr insgeheim recht gab. Ein *richtiges* Zahlenquadrat bestand aus dreimal drei, viermal vier oder fünfmal fünf Zahlen, deren Quersummen immer gleich waren, waagrecht wie senkrecht. Das Quadrat auf dem Amulett jedoch … Keine einzige Quersumme kam zweimal vor, außerdem wies es Lücken auf und enthielt obendrein ein Schriftzeichen, das es im hebräischen Alphabet gar nicht gab: die Null, dargestellt in der alten sumerischen Schreibweise mit zwei schräg stehenden Balken:

צז	ב	//	קא
א	א	א	
א	//		//
	ג	//	רצו

»*Kami'ah* der Unvollkommenheit« wurde es genannt, und die gängige Erklärung für seine Bedeutung lautete, *dass es gar nichts bedeutete*. Es symbolisierte die Unvollständigkeit des Wissens eines jeden Menschen und sollte den Träger des Amuletts immer daran erinnern, dass sein Streben größerer Erkenntnis gelten solle. Jeder Schüler des Bundes lernte dies am Anfang seiner Lehrjahre, doch bald schon zeigte sich, dass es für die täglichen Pflichten im *Miflat* oder an der Seite des Meisters keine Bedeutung hatte, weshalb man es wieder vergaß. Nach einigen Jahren war einem der Anblick des seltsamen Zahlenquadrats auf dem Kupferdreieck dann derart vertraut, dass man nicht mehr darüber nachdachte.

Auch Madora war es so ergangen. Nun kam ihr jedoch eine kleine Einzelheit mit solcher Schärfe zu Bewusstsein, dass Erschöpfung und Mutlosigkeit schlagartig von ihr abfielen.

Das Zahlenquadrat wies drei Lücken auf.

Drei Lücken.

Sie hatten *drei* Steinmetzzeichen gefunden.

Sie stürzte zum Tisch, zog sich dabei das Lederband über den Kopf und knallte das Amulett auf die Tischplatte. Keine Zeit, ein neues Pergament zu suchen! Sie drehte ein beschriebenes um, tauchte die Feder ein und zeichnete das Zahlenquadrat mit hastigen Strichen auf. In die leeren Felder schrieb sie die Steinmetzzeichen, in der Reihenfolge, die der Vers vorgab:

צז	ב	//	קא
א	א	א	ג
א	//	א	//
אק	ג	//	רצו

Ihre Hand zitterte, als sie die neuen Quersummen errechnete. Waagerecht kam sie auf zweihundert, sechs, zwei und vierhundert. Wieder gab es keine zwei gleichen Quersummen.

Und senkrecht?

Zweihundert, sechs, zwei und vierhundert.

Zwei gleiche Zahlenreihen – das konnte kein Zufall sein.

Sie starrte auf das Pergament. Normalerweise schrieb sie auf Französisch. Aber jetzt hatte sie unabsichtlich hebräische Schriftzeichen verwendet, sodass die Zahlenreihen auch so gelesen werden konnten: *Resch*, *Waw*, *Beth*, *Taw*.

RWBT. Die alte Schreibweise von Tabor.

Der Berg in Palästina. Madora sank auf den Stuhl. Konnte das wirklich die Lösung sein? Hatten die Höchsten des Bundes den Schrein nach über zweitausend Jahren dorthin zurückgebracht, wo er erschaffen worden war?

Es wäre nur folgerichtig. Kriege und Pogrome hatten ihnen keine andere Wahl gelassen, als ihn weit fortzubringen.

Aber … *nach Israel?* Es ergab einfach keinen Sinn. Wozu der Vers, wozu die ganzen Rätsel um die Steinmetzzeichen, wenn es schlussendlich nur darauf hinauslief, dass sich der Schrein am Ende der Welt befand?

Sie schloss die Augen, versank in Dunkelheit. Sie musste sich geirrt haben. Es musste noch eine andere Lösung geben.

Tabor. Jeder Schüler des Bundes kannte diesen Berg. Nicht weit davon lag En Dor, wo Jochebed den Bund gegründet, wo der Untergang des verfluchten Königs Saul seinen Anfang genommen hatte. Es war einer der heiligsten Orte des Bundes, ein Berg voller Höhlen und alter Tempel, die auf die Kanaanäer zurückgingen. Der Ewige habe sich dort offenbart, hieß es in den alten Legenden, und ein Funken ungeschaffener göttlicher Kraft werde seitdem im Schrein aufbewahrt.

Tabor. Sie erinnerte sich, dieses Wort vor nicht allzu langer

Zeit gehört zu haben – aus dem Mund von jemandem, bei dem sie nicht damit gerechnet hatte, deshalb war es ihr aufgefallen.

Isaak. Ja. Bei ihrem ersten Besuch in Rabbi Joshuas Haus. Isaak war hereingekommen, und als sein Vater ihn gefragt hatte, warum er sich verspätet habe, hatte er gesagt: *Auf dem Rückweg war der Pass verschneit. Ich musste einen Umweg über den Tabor machen.*

Nein, er hatte nicht Tabor gesagt. Er hatte es französisch ausgesprochen: Thabor.

Also gab es einen Berg in den Alpen, der genauso hieß wie der heilige Berg in Israel.

Thabor.

Und dort war der Schrein.

Kapitel 19

Das Knarren der Tür weckte Rahel. Sie war sofort hellwach und setzte sich auf. Der Kerkermeister kam mit einer Fackel herein. Es musste früh am Morgen sein, denn das trübe Licht, das durch die Fensteröffnung fiel, kam kaum gegen die Finsternis in dem Gewölbe an. Aber was spielte das schon für eine Rolle? Seit ungezählten Stunden gab es für sie nur noch zwei Tageszeiten: Tag und Nacht. Hell und dunkel.

»Du bist früh dran«, sagte sie mürrisch. »Wenn du mich schon nicht ausschlafen lässt, hätte ich zum Morgenbrot gerne gebratene Wachteln, Honiggebäck, jungen Käse und einen Becher Würzwein, wenn es keine Umstände macht. Ein Bad wäre auch nicht schlecht. Schön heiß, bitte sehr.«

Wie üblich gab der Mann keine Antwort. Er machte zwei Soldaten Platz. Einer von ihnen war Saudic. Beim Anblick des albtraumhaften Gesichts wurde ihr Mund trocken.

»Den Käfig runterlassen«, befahl der Hüne.

Der Kerkermeister steckte die Fackel in eine Wandhalterung, ergriff die Holme der Winde und trat gegen den Keil, der die Kettenrolle blockierte. Als das Eisenstück zu Boden polterte, begann sich die Winde zu drehen. Der Käfig sackte ab, und Rahel fürchtete, mitsamt ihrem Gefängnis auf dem Boden zerschmettert zu werden. Doch der Kerkermeister war Herr der Lage. Er hielt den Holm fest, stemmte sich mit seinem ganzen Gewicht gegen die Winde und ließ den Käfig langsam herunter. Dennoch krachte es ohrenbetäubend, als das Konstrukt aus Eisen und Holzbalken aufsetzte. Der Mann holte einen Schlüsselring hervor, presste seinen Wanst gegen die Gitterstäbe und streckte sich nach der Luke in der Käfigdecke.

»Rauskommen«, forderte er Rahel auf.

»Wohin bringt ihr mich?«

»Halt den Mund und tu, was man dir sagt!«, schnarrte Saudic.

Es war eine Wohltat, nach so langer Zeit wieder aufrecht stehen zu können, und sie kostete es einen Moment aus, bevor sie aus der Luke kletterte.

»Leg sie in Eisen«, befahl Saudic seinem Begleiter.

Die Ketten in seiner Hand klirrten, als der Soldat zu ihr ging.

»Das ist nicht nötig«, sagte Rahel. »Ich laufe euch schon nicht weg.«

»Du sollst den Mund halten«, wiederholte Saudic und gab dem Waffenknecht mit einem Wink zu verstehen, dass er weitermachen solle.

Eiserne Reifen schlossen sich um ihre Handgelenke. Rahel stolperte, als der Mann sie an den Ketten zur Tür zerrte. Ihre Beine waren steif, ihr Rücken schmerzte. Auf dem Weg durch den von Fackeln beleuchteten Gang versuchte sie zu erkennen, was sich hinter den vergitterten Durchgängen befand, an denen sie vorbeikamen. Saßen in irgendeiner dieser Zellen Brendan und Isaak? Doch sie sah nichts als Schwärze, hörte nichts als die schweren Schritte der beiden Soldaten und das Klirren der Ketten.

Man brachte sie in den Innenhof des Palasts. Zwei Knechte spannten gerade die Pferde vor Rampillons Wagen. Die Soldaten des Siegelbewahrers standen ungeordnet herum; ihr Atem dampfte in der Kälte. Als Saudic auf den Hof trat, nahmen sie Haltung an. Rampillon war nicht zu sehen, dafür entdeckte Rahel Madora. Die Seherin kam gerade die Freitreppe herunter, gefolgt von Jarosław.

»Madora!«, rief Rahel. »Was hat das zu bedeuten? Was habt Ihr –«

Der Waffenknecht riss so heftig an der Kette, dass sie glaubte, ihre Handgelenke würden brechen. Sie glitt auf dem festgetretenen Schnee aus, und da sie ihren Sturz nicht mit den Händen abfangen konnte, fiel sie der Länge nach hin.

»Du sollst das Maul halten!«, bellte der Soldat. Mit einem Ruck an der Kette zerrte er sie auf die Füße. »Rauf auf den Karren!«

Säcke, Weidenkörbe und Fässer, die säuerlichen Biergeruch verströmten, standen auf der Ladefläche. Rahel kletterte hinauf, was ihr wegen der Fesseln nur mit Mühe gelang. Der Soldat zog die Ketten zwei Mal durch ein Loch in der Karrenwand und holte einen hufeisenförmigen Nagel hervor, den er durch zwei Kettenglieder schob und mit dem Knauf seines Dolchs in das Holz schlug. Bevor er ging, bedachte er sie mit einem Blick, der besagte, dass schon der Gedanke an Flucht äußerst dumm wäre.

So, wie die Kette befestigt war, konnte sie sich nur mühsam bewegen. Sie kauerte sich mit dem Rücken gegen ein Fass und zog die Knie an die Brust. Blut tropfte auf ihr Hemd. Durch den Sturz war die Wunde am Kinn wieder aufgeplatzt. Sie merkte sich das Gesicht des Kerls, dem sie das zu verdanken hatte, um es ihm bei passender Gelegenheit heimzuzahlen.

Dann entdeckte sie Madora, die sich dem Karren näherte.

»Was wollt Ihr?«, fauchte Rahel.

»Dir einen Rat geben. Verhalte dich ruhig, dann geschieht dir nichts.«

»Ein großartiger Rat. Da wäre ich nie von selbst draufgekommen.«

»Rampillon glaubt, dass du erneut gelogen hast. Deshalb will er dich mitnehmen.«

»Mitnehmen wohin?«

»Zum Versteck des Schreins.«

»Und wo ist das?«

»Das erfährst du noch früh genug.«

Rahel rückte weiter an die Karrenwand heran. Die Ketten klirrten. »Was ist mit Bren und Isaak? Wo sind sie?«

»Sie bleiben hier. Rampillon hat nicht genug Männer, um auf sie aufzupassen.«

»Wieso darf ich sie nicht sehen?«

»Wir haben unsere Gründe«, erwiderte Madora.

»Eure Gründe, ja? Wisst Ihr, was ich glaube? Sie sind nicht hier im Palast. Sie sind geflohen, und Ihr habt nicht die geringste Ahnung, wohin.«

»Glaub, was du willst.« Unter den Waffenknechten brach Unruhe aus. Rampillon, Gräfin Beatrix und der Dauphin an ihrer Hand kamen die Freitreppe herunter. Madora ging zu ihnen.

Es fiel Rahel schwer, ihre Freude zu verbergen. Madora konnte noch so oft das Gegenteil behaupten, sie wusste jetzt, dass Brendan und Isaak entkommen waren. Sie hatte die letzten beiden Tage über nichts anderes nachgedacht. Warum war Madora bei ihrem ersten Besuch im Kerker so erstaunt gewesen, dass es ihr gut ging? Weil sie davon ausgegangen war, dass der *Refa'im* sie angegriffen hatte. Die Fragen nach ihrem Befinden hätte sie nicht gestellt, wenn sie gesehen hätte, in welchem Zustand Brendan war. Und jetzt die mehr als dürftige Ausrede, Rampillon habe nicht genug Männer.

Ihre Gefährten waren frei. Also gab es doch noch Hoffnung.

Rampillon verabschiedete sich von der Gräfin und dem Dauphin, dann schritten er und Madora zum Wagen. Sein Diener öffnete ihnen die Tür und stieg nach ihnen ein; Jarosław nahm neben dem Fahrer Platz. Saudic bestieg sein Schlachtross und brüllte die Waffenknechte an, hinter dem

Vierspänner in Zweierreihen Aufstellung zu nehmen. Rahels Karren bildete den Schluss der Kolonne. Der Soldat, der ihr die Ketten angelegt hatte, kletterte auf den Karrenbock und nahm die Zügel des Zugpferds.

Kurz darauf setzte sich der Tross in Bewegung und verließ den Palast. Die Menschen auf der Grand Rue blieben am Straßenrand stehen und begafften ihn neugierig. Ihre Aufmerksamkeit galt vor allem Rahel. Sie deuteten auf sie und ergingen sich in Mutmaßungen, ob sie die Gauklerin sei, die vor drei Tagen versucht habe, den Siegelbewahrer zu ermorden. Rahel setzte eine abweisende Miene auf und starrte stur geradeaus.

Sie war froh, als sie kurz darauf durch das Stadttor fuhren und die Blicke ein Ende fanden. Es war einer der wenigen Tage, an denen auf der Place Grenette kein Markt abgehalten wurde, sodass ihnen außerhalb der Stadt kaum jemand begegnete. Der Trupp folgte eine Weile der Straße, auf der sie und ihre Gefährten vor über zwei Wochen nach Grenoble gekommen waren. Dann zog er über die verschneiten Felder, der aufgehenden Sonne hinter den Berggipfeln entgegen. Trotz allem war sie gespannt, wohin die Reise ging. Offenbar hatte Madora das Rätsel der Steinmetzzeichen gelöst; zumindest schien sie sich ihrer Sache sicher zu sein.

Rahel vergewisserte sich, dass der Soldat ganz auf den Weg achtete, und prüfte ihre Fesseln. Sie konnte den Nagel mit den Fingerkuppen erreichen, doch er war so tief in die Karrenwand getrieben worden, dass sie ihn nicht würde herausziehen können. Blieben noch die Reifen um ihre Handgelenke. Sie waren eng, aber nicht *zu* eng. Sie hatte sich schon einmal aus ähnlichen Fesseln befreit – zwar nur zur Erheiterung von Jahrmarktgästen, doch im Grunde machte das keinen Unterschied. Sie klemmte den Reifen zwischen den Knien ein, machte ihre Hand so schmal wie möglich und zog. Es ging. Es würde lange dauern und wehtun, aber es würde ihr gelingen, ihre Hand zu befreien – wenn der richtige Zeitpunkt dafür gekommen war.

Die eisbedeckten Berggrate in der Ferne glühten im Licht der Morgensonne. Der Himmel war wolkenlos und kündigte einen klaren, schönen Tag an. Der Tross hatte das Schwemmland von Drac und Isère verlassen, und der Karren rumpelte gemächlich hinter den Soldaten her, durch die Hügel, die sich östlich von Grenoble erhoben und in die ersten Ausläufer der Alpen übergingen.

»He, du!«, rief Rahel.

Der Soldat auf dem Karrenbock drehte den Kopf.

»Ich brauche eine Decke. Mir ist kalt.«

Der Mann schien in Erwägung zu ziehen, sie für diese Unverschämtheit zu schlagen; dann griff er hinter sich, zerrte zwischen den Säcken eine Decke hervor und warf sie ihr zu.

»Danke«, murmelte sie und wickelte sich ein.

Der Soldat grunzte nur.

Sie machten erst zur Mittagsstunde halt, an einem zugefrorenen Bach vor der Ruine eines alten Gehöfts. Das Tal hatte sich zu einem Kessel verbreitert, auf dessen Hängen schneebeladene Kiefern wuchsen. Der Lärm der Männer scheuchte zwei Rehe auf. Die Tiere liefen die Böschung hinauf und verschwanden zwischen den Bäumen.

Der Fahrer des Karrens öffnete ein Fass und zwei Säcke und verteilte Brot, Hartkäse und Bier an die Soldaten, die Rahel anzügliche Bemerkungen zuriefen, als sie ihre Ration abholten. Sie tat jedes Mal so, als habe sie nichts gehört.

Rampillon und Madora waren aus dem Wagen ausgestiegen. Sie redeten mit einem älteren Mann, der Rahel bisher nicht aufgefallen war. Er war bullig gebaut, beinahe fassförmig, hatte ein gerötetes Gesicht mit platter Nase und trug gewöhnliche Kleidung: ein Einheimischer, der ihnen den Weg wies, vermutete sie und versuchte, das Gespräch zu belauschen. »… hier … drei Tage … Osten«, war jedoch alles, was sie verstehen konnte.

Sie wollen tiefer ins Gebirge, dachte Rahel. Als sie nach kurzer Rast den Weg fortsetzten, bestätigte sich ihr Verdacht. Die Kolonne folgte einem Weg, der stetig bergauf führte, sodass der Talkessel und das verfallene Gehöft bald weit unter ihnen lagen.

Am späten Nachmittag lichtete sich der Wald und gab die Aussicht auf eine Felswand frei, die dunkel und Ehrfurcht gebietend vor ihnen in den Himmel ragte. Sie kamen nur noch mühselig voran, denn der Weg war schmal und steinig und fiel zu ihrer Rechten steil ab. Immer wieder mussten die Waffenknechte Steine zur Seite räumen, damit Rampillons Wagen und der Karren weiterfahren konnten.

Der Pfad führte in einem weiten Bogen um die Felswand herum. Kurz vor Sonnenuntergang erreichten sie eine Hochebene vor einem Bergrücken. An den zerklüfteten Formationen hatten sich Schneeverwehungen gebildet, wodurch die Felsen wie zu Eis erstarrte Sturmwellen aussahen. Es kam zum Streit zwischen Rampillon und dem Bergführer, der es für zu gefährlich hielt, in der Abenddämmerung den Bergpfad zu benutzen. Rampillon jedoch wollte erst dann rasten, wenn die Dunkelheit sie dazu zwang. Seine Sturheit ließ den Bergführer jeglichen Respekt vergessen. Er nannte den Siegelbewahrer einen lebensmüden Narren und drohte, seine Hilfe zu verweigern und nach Grenoble zurückzukehren. Schließlich griff Madora ein. Sie brachte Rampillon zum Einlenken, woraufhin die Soldaten im Schatten einer haushohen Klippe ein Nachtlager aufschlugen.

Rahels Magen knurrte. Ihr Bewacher warf ihr etwas Brot zu und lachte sie aus, als sie den Kanten mit den Füßen von der anderen Seite der Karrenpritsche zu sich holte. Trinken konnte sie mit den Ketten nur mit Mühe. Ihre Bitte, sie zu lockern, beantwortete der Soldat mit einem Schnauben. So musste sie das Wasser aus der Schale schlürfen wie ein Hund.

Ein Großteil der Männer legte sich nach dem Essen erschöpft schlafen. Eine Handvoll ließ am Feuer einen Weinschlauch kreisen. Etwas abseits saßen Madora, Jarosław und der Bergführer, mit dem die Seherin in ein Gespräch vertieft war. Rampillon schien in seiner Kutsche zu nächtigen, denn seit dem Streit hatte Rahel ihn nicht mehr gesehen.

Saudic befahl ihrem Bewacher, sie nicht aus den Augen zu lassen. Mürrisch nahm der Mann auf dem Karrenbock Platz, schlug sich eine Decke um die Schultern, schnitzte an einem Ast herum und glotzte hin und wieder sehnsüchtig zu seinen Gefährten mit dem Weinschlauch. Sie stellte sich schlafend. Nach einer Weile erschütterte ein leichter Stoß den Karren. Sie öffnete die Augen einen Spalt und sah den Soldaten zu den Feuern schlendern. Die Antwort auf die Frage, woher er den Mut nahm, sich Saudics Befehl zu widersetzen, fand sie im gleichen Augenblick: Der Hauptmann lag neben Rampillons Wagen und schnarchte dröhnend.

Der Waffenknecht setzte sich zu den anderen, nahm grinsend den Weinschlauch entgegen und trank. *Du armer Narr,* dachte Rahel. Sie rutschte nach unten, sodass die Karrenwand sie vor Blicken schützte, und begann, den Reif abzustreifen.

Den Daumen auf den Handteller legen, die Finger eng zusammen – und dann ziehen, drehen, wieder ziehen. Die Metallkante schabte schmerzhaft über den Knöchel, nach jedem Ruck erwartete sie, rohes Fleisch zu sehen. Unendlich langsam glitt ihre Hand heraus – und dann, plötzlich, war sie frei. Sie presste sie auf den Bauch, bis der Schmerz vergangen war.

Die andere Hand. Sie atmete mehrmals tief ein und aus,

dann auf ein Neues: ziehen, drehen, ziehen, Stück für Stück. Der Schmerz war noch schlimmer als bei der rechten Hand, aber schließlich hatte sie auch die linke befreit.

Es klirrte leise, als sie die Reifen auf den Karrenboden legte. Die Decke dämpfte das Geräusch. Vorsichtig rutschte sie nach vorne, bereit, loszulaufen, sowie ihre Füße Schnee berührten. *Bren und Isaak,* dachte sie, *habt Geduld. Ich komme …*

Plötzlich stand ihr Bewacher vor ihr, als wäre er aus dem Nichts erschienen. Er riss die Decke weg, seine Augen verengten sich, als er die beiden Reifen sah. Rahels Füße setzten auf dem Erdboden auf, sie stieß sich ab, wollte sich an ihm vorbeidrängen, doch sein Faustschlag schleuderte sie auf die Pritsche zurück. Hart schlug ihr Hinterkopf auf. Sie versuchte, sich aufzurichten. Es gelang ihr nicht. Der Schmerz raubte ihr den Atem. Ihre Glieder wurden schlaff.

»Verfluchte Schlampe! Räudige Gauklerratte!« Die Säcke neben ihr gerieten in Bewegung, Hände drehten sie grob auf die Seite, etwas presste ihre Beine zusammen, schnitt in ihr Fleisch.

»Komm mal her, Cyril. Sie dir an, was die kleine Hure gemacht hat. So ein Scheißdreck! Da, nimm. Hilf mir, sie festzubinden.«

Der Schleier vor ihren Augen verschwand. Sie schmeckte Blut und musste husten. Hände zerrten an ihr, sodass sie wieder auf den Rücken rollte. Ihr Bewacher hatte ihre Beine mit einem Seil zusammengebunden, so fest, dass ihre Füße taub wurden. Ein zweites schlang er um ihre Unterarme. Ein paar Waffenknechte sahen ihm dabei zu. Einer bemerkte: »Du kannst von Glück sagen, dass der Herr das nicht mitgekriegt hat.«

»Jaja«, knurrte ihr Bewacher gereizt.

Das Seil um ihre Arme war noch straffer als das um ihre

Füße. Das Ende zog der Soldat durch das Loch und band es an der Karrenwand fest.

Madora trat zu der Gruppe. »Was ist hier los?«

»Gar nichts«, brummte der Waffenknecht.

»Hat sie versucht zu fliehen?«

»Versucht, ja. Aber wie Ihr seht, ist sie nicht weit gekommen.«

Madoras Stimme wurde schärfer. »Hast du deinem Hauptmann nicht zugehört? Man darf sie nicht aus den Augen lassen. Sie ist zu schlau für euch Dummköpfe.«

»Ist ja nichts passiert«, murmelte der Mann.

»Jarosław wird von jetzt an bei ihr bleiben.«

»Ich bewache sie. So will es der Hauptmann.« Die Worte wurden schroff gesprochen, aber es lag auch die Bitte darin, ihn nicht vor Saudic bloßzustellen.

»Dann sieh zu, dass du ihn nicht enttäuschst.« Die Seherin ging zurück zum Feuer.

Sichtlich erleichtert wandte sich der Soldat Rahel zu. »Ich warne dich. Wenn du das noch mal versuchst, kostet es dich dein hübsches Gesicht. Hast du verstanden?«

Sie schwieg.

»Hast du verstanden?«

»Ja«, murmelte sie.

»Geht endlich schlafen!«, fuhr der Mann seine Gefährten an, ehe er wieder auf den Karren kletterte. Diesmal setzte er sich nicht auf den Bock, sondern auf die Ladefläche zwischen die Körbe, damit er Rahel im Blick hatte.

Sie kauerte sich wieder in den Winkel zwischen Karrenwand und Fass, und es gelang ihr sogar, sich zuzudecken. Es half kaum etwas. Nach Einbruch der Nacht war es so kalt geworden, dass selbst der dicke Stoff so gut wie keinen Schutz bot. Zusätzlich wurden ihre Füße und Hände immer gefühlloser, und ihr kam der unangenehme Gedanke, sie könnten absterben. Sie bewegte Finger und Zehen, bis das Leben in sie zurückkehrte – was sie kurz darauf bereute, denn nun fror sie auch an den Stellen, die zuvor taub gewesen waren.

»Die Fesseln sind zu eng«, beschwerte sie sich. »Sie schnüren mir alles ab.«

»Dein Pech«, erwiderte der Soldat.

»Wenn ich nicht mehr laufen kann, halte ich euch auf.«

»Wer sagt, dass du laufen sollst? Es reicht, wenn du brav auf dem Karren sitzt.«

Verdammter Hurenbock, dachte sie. Sie musste hier weg, so schnell wie möglich. Nur wäre ein neuer Fluchtversuch in dieser Nacht aussichtslos – und sicher auch in der nächsten. Sie musste ihren Bewacher in Sicherheit wiegen, ihm den Eindruck vermitteln, dass sie aufgegeben hatte. Vielleicht würde seine Wachsamkeit dann nachlassen.

Sie versuchte zu schlafen, wachte jedoch immer wieder auf: mal, weil die Decke verrutscht war und sie erbärmlich fror; mal, weil dunkle Traumbilder sie heimsuchten und sie erschrocken auffuhr.

Irgendwann weckte sie ein Geräusch. Zumindest dachte sie das. Doch als sie die Augen öffnete, war alles still. Die Feuer waren niedergebrannt, die Soldaten schliefen. Klarer Sternenhimmel wölbte sich über der Hochebene. Rahel spähte zu ihrem Bewacher. Der Kopf war ihm auf die Brust gesunken. Da hatte dieser Narr versichert, er werde sie nicht mehr aus den Augen lassen, und jetzt schlummerte er. Hatte er sich im Schlaf bewegt? Oder hatte sie nur geträumt?

Etwas regte sich in ihrem Augenwinkel. Ein Schemen huschte auf sie zu, kletterte lautlos auf die Karrenpritsche. Sie konnte kräftige Arme erkennen, zerzauste Haare, eine gerade Nase.

»Ich bin's«, flüsterte Isaak. »Sei leise.«

Isaak! Es war kein Traum, keine Einbildung, er war es

wirklich! Sie presste die Lippen zusammen, denn andernfalls hätte sie freudig seinen Namen gerufen.

Er hatte ein Messer und säbelte an ihren Fesseln herum.

Ein solches Glücksgefühl durchströmte sie, dass sie die Hoffnungslosigkeit, die Schmerzen und die Demütigungen der letzten Tage schlagartig vergaß. Aber sie durften nicht unvorsichtig sein. Nur ein Laut, und alles wäre verloren.

»Dahinten sitzt ein Soldat«, warnte sie Isaak.

»Ich weiß. Er schläft tief und fest.«

»Hast du ihn –«

»Ja. Sei lieber still.« Das Seil lockerte sich, kurz darauf waren ihre Hände und Füße frei.

»Kannst du gehen?«, fragte er leise.

»Ich glaube schon.«

Sie hatte sich geirrt. Als sie vom Karren rutschte und loslaufen wollte, gab ihr linkes Bein nach. Isaak fing sie auf.

»Es geht schon. Es ist nur etwas taub.«

Er nahm ihre Hand, und sie hinkte hinter ihm her, zu einem abfallenden Hang. Isaak blieb stehen, als Rahel nicht weiterging. »Soll ich dich tragen?«

Ein verlockendes Angebot. Aber jetzt war ganz gewiss nicht die richtige Zeit für romantische Tändeleien. »Ich komme schon zurecht.«

»Wirklich?« Deutlich hörte sie die Enttäuschung in seiner Stimme.

»Wirklich.« Mit unerträglichem Kribbeln kehrte das Gefühl in ihr Bein zurück. Sie nahm wieder seine Hand – besser als nichts – und stieg vorsichtig den Hang hinab.

Unten stand ein Waffenknecht. Er fummelte gerade an seiner Bruche herum und glotzte sie schlaftrunken an. »Was, bei allen Dämonen –«

Isaak zückte sein Messer und holte zum Stoß aus. Im gleichen Moment ertönte ein Sirren, ein dumpfes Pochen, und der Kopf des Mannes ruckte nach vorne. Er brach in die Knie und fiel mit dem Gesicht voran in den Schnee. Ein Armbrustbolzen ragte ihm aus dem Nacken.

Rahel starrte die Leiche an und versuchte zu begreifen, was soeben geschehen war. Da packte Isaak ihre Hand fester und rannte los. Er zog sie zu einer Felsformation, die sich wie ein natürlich gewachsener Wall bis zum Bergrücken erstreckte. Beim Näherkommen stellte sie fest, dass er sie zu einer Spalte in der Felswand führte. Dort, verborgen in der Dunkelheit, erwartete sie eine Gestalt. Sie lud gerade eine Armbrust nach.

»Bren!«, stieß Rahel hervor. Sie schlang die Arme um ihn und presste ihr Gesicht an seine Wange. Dem Ewigen sei Dank, er lebte, er war wohlauf! Tränen der Erleichterung traten ihr in die Augen, bis sie bemerkte, wie kalt er war. *Eis*kalt. Mit seiner freien Hand erwiderte er die Umarmung, aber zögernd und seltsam steif. Plötzlich löste er sich ruckartig von ihr.

»Was ist denn?«, fragte sie verwirrt.

Ohne ihre Frage zu beantworten, wandte sich der Bretone an Isaak. »Wo ist der Kerl auf einmal hergekommen?«

»Ich weiß es nicht.«

»War er allein?«

»Ich glaube schon. Kommt, wir müssen hier weg.«

Isaak übernahm die Führung und folgte der schmalen Schlucht tiefer in den Berg hinein. Sie gingen zügig. Laufen wäre zu gefährlich gewesen, da der Boden von scharfkantigen Steinen und vereistem Schnee bedeckt war. Rahel hielt sich neben Brendan. Offenbar hatte er sich vom Angriff des Kraftlosen erholt. Aber etwas stimmte nicht mit ihm; etwas stimmte ganz und gar nicht. *Diese Kälte,* dachte sie schaudernd.

Alsbald erreichten sie den Ausgang der Spalte und marschierten den Bergrücken hinauf, der zerklüfteten Kuppe entgegen. Hier war die Schneeschicht so dünn, dass sie kaum den steinigen Boden bedeckte.

»Wohin gehen wir?«, fragte Rahel.

»Zu einem Unterschlupf«, antwortete Isaak.

»Ist er sicher?«

»Ja.«

Sie drehte sich um. Sogar in der Dunkelheit konnte sie ihre Spuren erkennen: eine Furche im Schnee, die sich in der Nacht verlor. »Es wird Rampillon nicht schwerfallen, uns zu finden.«

»Da vorne ist ein Tal, in dem kaum Schnee liegt. Dort wird er unsere Spur verlieren. Komm jetzt. Lass uns später reden.«

Die Schneeschicht wurde alsbald zu weißem Flaum und verschwand schließlich ganz, als sie ein geröllübersätes Becken zwischen drei Gipfeln erreichten. Isaak hatte recht: Hier Fußspuren zu verfolgen, war nahezu unmöglich. Der Boden war aus hartem Fels, in den Schmelzwasser tiefe Rinnen gegraben hatte, und es gab nichts, in dem Stiefelsohlen Abdrücke hätten hinterlassen können.

Sie war gerettet, in Sicherheit, Rampillon konnte ihr nichts mehr anhaben. Doch die Sorge um Brendan machte Rahel zu schaffen. Warum zeigte er keine Freude über ihre Rettung? Warum war er so schweigsam, so leblos?

Stunden später erreichten sie das Versteck. Es handelte sich um eine Hütte aus Steinbrocken mit einem Dach aus Ästen, die zwischen drei großen, von Wind und Wetter rundgeschliffenen Felsen stand. Während Isaak die abgestorbenen Büsche vom Eingang wegnahm und sie ins Innere führte, erzählte er, die Hütte sei einer von einem guten Dutzend Unterständen, die er an verschiedenen Stellen in den Bergen angelegt habe, abseits der bekannten Wege. Das Innere war für drei Menschen recht eng, dafür fanden sie Feuerholz, Decken, Felljacken und Vorräte vor: Honig, Salz, Rüben, ein versiegelter Krug mit Nüssen.

Brendan zog sich in eine Ecke zurück. Rahel glaubte, er sei eingeschlafen, doch als Isaak ein Feuer entzündete, stellte sie fest, dass der Bretone vor sich hinstarrte. Er war noch bleicher als sonst.

Sie setzte sich neben ihn. »Was ist los?«

»Nichts. Es geht mir gut.«

»Erzähl mir, wie ihr entkommen konntet«, bat sie ihn sanft.

Anstelle einer Antwort schlang er sich eine Decke um den Leib und legte sich mit dem Gesicht zur Wand hin. Hilfe suchend schaute sie zu Isaak, der nur ratlos den Mund verzog.

Sie durchquerte mit eingezogenem Kopf die Hütte und ließ sich neben dem Feuer nieder. Isaak bot ihr eine Rübe an. Sie hatte keinen Hunger und schüttelte den Kopf.

»Bren und ich hatten großes Glück«, berichtete Isaak. »Ich konnte mich verstecken, nachdem die Soldaten in unser Haus eingedrungen waren. Sie haben nicht nach uns gesucht. Draußen lieferten unsere Leute ihnen harte Kämpfe, deshalb sind sie abgezogen, um ihren Gefährten beizustehen, sowie sie dich in ihrer Gewalt hatten. Wir sind geflohen, bevor sie zurückkommen konnten.«

»Bren konnte laufen? War er nicht mehr ohnmächtig?«

»Er war wach, als ich ihn holte. Dein Amulett scheint ihm geholfen zu haben.«

Rahel sah ihm an, dass er ihr nicht alles sagen konnte. Sie beschloss, nachzufragen, sowie Brendan eingeschlafen war. »Und deine Mutter?«

»Als ich sie das letzte Mal sah, weinte sie um meinen Vater. Mehr weiß ich nicht. Es wäre zu gefährlich gewesen, bei ihr zu bleiben.«

Isaak war einer jener Menschen, die sich Schmerz, Furcht und Verwirrung niemals anmerken ließen, weil sie anderen nicht zur Last fallen wollten. Doch sie spürte die Angst um seine Mutter, die Trauer um seinen Vater: Gefühle, die ihn schier innerlich zerreißen mussten.

»Wie habt ihr mich gefunden?«, fragte sie.

»Wir versteckten uns. Wir wussten, dass sie dich zum Palast gebracht hatten, also haben wir ihn Tag und Nacht beobachtet und nach einem Weg gesucht, dich herauszuholen. Als wir kurz davor waren, aufzugeben, kamst du auf dem Karren heraus.«

»Ihr seid uns heimlich gefolgt.«

»Das war nicht besonders schwer. Rampillon hatte es so eilig, dass er sich nicht damit aufhielt, auf Verfolger zu achten.«

»Wer ist der Kerl, der ihn führt?«

»Bayard, ein ehemaliger Soldat. Er steht in den Diensten der Gräfin.«

»Hast du eine Vermutung, wohin Rampillon will?«

Isaak stocherte mit einem Ast in der Glut. »Nicht nur eine Vermutung. Ich *weiß* es.«

Die Erschöpfung, die Müdigkeit, die Kälte in den Gliedern – all das spürte Rahel plötzlich nicht mehr. »Du weißt es? Woher?«

»Bevor Rampillon das Lager aufschlagen ließ, hat er sich mit Bayard gestritten. Es war so laut, dass es wahrscheinlich das ganze Tal mitbekommen hat. Bren und ich lagen hinter den Felsen und haben jedes Wort gehört. Er will zum Thabor in der Nähe des Mont-Cenis-Passes.«

»Hier gibt es einen Berg namens Thabor? Wie der Tabor aus der Thora?«

»Es ist derselbe Name.«

Rahel kannte die Geschichten, die sich um den heiligen Berg in Israel, die Gründung des Bundes und Sauls Untergang rankten. Madora hatte sie ihr alle erzählt. Der Schrein war zu einem Berg gebracht worden, der denselben Namen trug wie der bedeutsamste Ort des Bundes. Ein würdiges Versteck. »Wie weit ist es bis dorthin?«

»Sechs bis zehn Tagesmärsche«, antwortete Isaak. »Das hängt vom Wetter ab. Er ist nicht leicht zu erreichen.«

»Können wir Rampillon zuvorkommen?«

»Ich denke schon. Bayard ist ein erfahrener Führer, aber mit so einer großen Gruppe ist er gezwungen, sich an die Hauptwege zu halten, während wir auch unwegsame Pfade benutzen können.« Er zögerte. »Zumindest solange es Bren nicht schlechter geht.«

Sie betrachtete den alten Freund. Der Bretone lag auf dem Rücken, seine Augen waren geschlossen, der Brustkorb hob und senkte sich gleichmäßig. Sie senkte die Stimme. »Du hast gesagt, mein Amulett hat ihm geholfen. Aber es geht ihm nicht gut. Er war noch nie so abweisend. Und seine Haut … sie ist eiskalt.«

»Ich weiß nicht, was mit ihm geschieht«, flüsterte Isaak. »Seit unserer Flucht hat er nichts gegessen. Er spricht kaum noch. Alles ist ihm gleichgültig. Wenn es nicht um dein Leben gegangen wäre, hätte er mich allein gehen lassen und wäre in Grenoble geblieben.«

Sie erinnerte sich an Rabbi Joshuas Worte: *Refa'im kommen aus dem Totenreich. Ihre Berührung ist wie Gift. Der Lebensodem verlässt ihn.* »Der *Refa'im* hat ihm das angetan«, murmelte sie, und das Grauen griff mit eisigen Krallen nach ihrem Herzen.

Isaak zog sich die Decke enger um die Schultern, und für einen kurzen Moment zeigte sich maßlose Erschöpfung in seinem Antlitz. Die letzten Tage mussten hart für ihn gewesen sein, auch wenn er es nicht zugab. Erst der Tod seines Vaters, dann die Flucht vor Rampillons Soldaten, die Sorge um seine Mutter, Rahels Rettung – und all das Seite an Seite mit Brendan, der sich auf unheilvolle Weise veränderte. »Es ist besser, wenn wir ihn nicht allein lassen. Manchmal sagt er Dinge, die mir Sorgen machen.«

»Was für Dinge?«, fragte sie alarmiert.

»Dass er müde ist … und dass er zu Joanna will.«

»Hat er das Amulett noch?«

Isaak nickte. »Er wollte es wegwerfen, aber ich habe darauf bestanden, dass er es behält.«

Sie setzte sich neben Brendan. Seine Wangenknochen stachen hervor, als leide er an einer zehrenden Krankheit. Hinter den geschlossenen Lidern bewegten sich die Augen, der Kiefer mahlte. Zögernd legte sie ihm die Hand auf die Wange. Es sollte eine zärtliche Berührung sein, von der sie sich erhoffte, sie könnte sein Leid lindern. Doch sie ertrug die Kälte seiner Haut nicht und nahm die Hand bald wieder fort.

»Es ist, als würde man einen Toten berühren, nicht wahr?«, murmelte Isaak.

Sie konnte den Blick nicht von dem Gesicht nehmen, das einst so gern gelächelt hatte und das nun nur noch eine Regung zu kennen schien: Qual. »Wir müssen ihm helfen«, wisperte sie.

»Du hast doch meinen Vater gehört«, erwiderte Isaak behutsam. »Niemand kann ihm helfen. Entweder schafft er es auch eigener Kraft … oder er ist verloren.«

»Kann der Schrein ihn retten?«

»Ich weiß es nicht.«

Brendans Arm zuckte. Sie verbot sich ihren Widerwillen und nahm seine Hand. Wenn sie sie nur lange genug hielt, ging vielleicht etwas von ihrer Körperwärme auf ihn über. *Wir versuchen es*, sagte sie im Stillen zu ihm. *Wir versuchen alles. Ich lasse dich nicht im Stich, Bren.*

Kapitel 20

Rahel erwachte, als jemand sie sanft an der Schulter anstieß. Es war Isaak, der in der Hocke neben ihr kauerte.

»Wir müssen fort. Rampillons Männer suchen nach uns.«

Ein Schlag ins Gesicht hätte die Schlaftrunkenheit nicht schneller vertreiben können. Sie setzte sich auf und streifte die Decke ab. Unwillkürlich fiel ihr Blick auf das Schlaflager neben ihr, und ein Schreck durchzuckte sie. »Wo ist Bren?«

»Draußen. Nimm nur das Nötigste mit.«

Hastig schlüpfte sie in die Stiefel, streifte das Fellwams über und stopfte ein Messer, ihre Decke und einige Rüben in einen Beutel, den sie sich an einem Ledergurt umhängte. Isaak war bereits draußen, als sie mit eingezogenem Kopf aus der Hütte in die Morgendämmerung trat. Er kauerte hinter einem Felsen und spähte ins Tal. Gebückt ging sie zu ihm.

»Siehst du? Da.« Er deutete zur anderen Seite des Beckens, das sie in der Nacht durchquert hatten. Undeutlich konnte sie winzige Gestalten ausmachen, die den Berghang herunterkamen. Sie bewegten sich nicht zielstrebig in eine Richtung, sondern schienen auszuschwärmen, in der Hoffnung, auf dem felsigen Boden den Ansatz einer Spur zu finden.

»Heute Nacht waren sie schon einmal da«, fuhr Isaak fort. »Ich habe Fackeln gesehen, die kurz darauf wieder verschwunden sind. Offenbar haben sie die Suche wegen der Dunkelheit abgebrochen.«

»Heißt das, du hast nicht geschlafen?«, fragte Rahel.

»Ich habe Wache gehalten.«

»Warum hast du mich nicht geweckt? Ich hätte dich abgelöst.«

»Du hast höchstens zwei Stunden geschlafen. Die wollte ich dir lassen.«

»Und was ist mit dir?«

»Ach, ich konnte ohnehin nicht einschlafen.« Er beendete das Gespräch, indem er über die Felsenkuppe zu einem Abhang huschte. Sie wusste, dass er gelogen hatte; er brauchte dringend Schlaf. Aber er dachte immer nur an andere, nie an sich. *Nur wie lange noch, bevor er zusammenbricht?*, fragte sie sich, während sie ihm folgte.

Der Hang ging in eine zerklüftete Hochebene über, die wie das Becken weitgehend frei von Schnee war. Brendan stand vor einem Felszacken. Rahel lächelte ihm zur Begrüßung zu. Er antwortete lediglich mit einem Nicken. Sie wusste, dass er nichts dafür konnte. Trotzdem tat es weh, von ihm wie eine Fremde behandelt zu werden.

Der Weg über die Hochebene war beschwerlich. Mal führte er über ebene Flächen, mal über karstige Kämme und durch labyrinthische Klüfte, manche nicht viel breiter als eine Armlänge. Rahel fragte sich, wie Isaak es schaffte, sich nicht heillos zu verirren. Doch er schien stets zu wissen, wo sie sich befanden. Am späten Nachmittag erreichten sie den Fuß jener Bergspitze, die er ihnen als Tagesziel genannt hatte.

Weit und breit waren keine Menschen zu sehen.

»Haben wir sie abgehängt?«, fragte Rahel.

Isaak wirkte erschöpft. »Vermutlich. Aber sicher können wir uns nicht sein. Wenn Rampillon klug ist, lässt er seine Männer in kleinen Gruppen nach uns suchen.«

»Aber er weiß doch gar nicht, wo er anfangen soll.« Sie machte eine Geste, die das gesamte Gebirge einschloss. »Wir könnten überall sein.«

»Unsere Spur führt eindeutig zum Becken unter dem Belledonne. Von dort aus gibt es nur drei Wege, und Bayard wird sich denken können, dass wir den über die Hochebene genommen haben.«

»Warum sind wir dann nicht in eine andere Richtung gegangen?«

»Auf der Hochebene ist es am einfachsten, Verfolger abzuschütteln. Und es ist der kürzeste Weg.«

Rahel verschränkte die Arme vor der Brust und schob die Hände unter die Achseln. Durch den Marsch hatte sie die Kälte nicht gespürt; jetzt aber fror sie. »Du hast gesagt, wir können vor ihnen am Thabor sein.«

Er nickte. »Wenn wir bereit sind, Mühen auf uns zu nehmen.«

»Bin ich.«

»Unterschätze die Berge nicht.«

»Das ist weder mein erster Winter noch meine erste Wanderung durch ein Gebirge. Glaub mir, ich *weiß*, was uns bevorsteht.«

Die Zweifel in seinen Augen konnte er nicht verbergen. Er deutete den Bergrücken hinauf. »Unser Weg führt da hinauf.«

Etwa eine Bogenschussweite entfernt konnte Rahel den Pfad noch erahnen, dann verlor er sich im Schnee. Der Berghang war äußerst steil und ging weiter oben in schiefergraue, aufgefaltete Felshänge über, turmhohe Klippen, die von ewigem Eis gekrönt waren. »Da oben soll ein Weg sein?«, meinte sie zweifelnd.

»Morgen zeige ich ihn euch. Jetzt rasten wir.«

Der Unterschlupf befand sich ganz in der Nähe, eine Höhle am Ende einer Einbuchtung, versteckt zwischen Felsbrocken, sodass Rahel den Eingang erst entdeckte, als sie davorstand. Eine Seite der Einbuchtung bestand ganz aus Eis, auf dem sich das Licht der Abendsonne gleißend hell spiegelte. Wieder fanden sie Vorräte und Feuerholz vor. Beides, so erklärte Isaak, fülle er regelmäßig auf, was ihm und den Reisenden, die er nach Italien führte, schon oft das Leben gerettet habe.

Er verstand sich darauf, Feuer zu machen, das nicht mehr als eine dünne, kaum sichtbare Rauchfahne erzeugte. Nachdem sie eine Suppe aus geschmolzenem Schnee und Gerstenkörnern gegessen hatten, kümmerte er sich um Rahels Verletzung am Kinn.

»Du hast Glück, dass sie nicht brandig geworden ist. Sie verheilt gut.«

»Autsch!«

»Ich muss das getrocknete Blut abwaschen. Du siehst furchtbar aus.«

»Geht das vielleicht etwas vorsichtiger?«

»Ja, wenn du endlich still hältst.«

Sie ließ es über sich ergehen und betrachtete währenddessen die Wand aus Eis. Jetzt, da die Sonne hinter den Berggipfeln versunken war, konnte sie Schatten in der milchigen Masse erkennen. Dunkle Konturen, die zu klar umrissen waren, als dass es sich um Lichtspiegelungen handeln konnte.

»Was ist das?«, fragte sie, als Isaak fertig war.

»Was?«

»Da. Im Eis.«

Die Andeutung eines Lächelns erschien in seinem Gesicht. »Schau es dir an.«

Sie stand auf und ging von der Feuerstelle vor der Höhle zur Eiswand. Mit jedem Schritt spürte sie deutlicher die Kälte, die sie abstrahlte. Auch die Schatten traten klarer hervor. Ein Schauder lief ihr über den Rücken. »Das sind Knochen!«

»Sieh genauer hin.«

Da war ein gewaltiger Schädel mit höckerähnlichen Knochenwülsten über den Augenhöhlen und zwei geschwungenen Stoßzähnen, dahinter ein Rippenkorb, in dem ein Eselkarren Platz gefunden hätte. Bei allen Dämonen, wie hieß dieses Geschöpf? Vor vielen Jahren hatte sie ein Bild davon gesehen, in einem Buch ihrer Mutter. »Das ist das Skelett eines Elefanten!«

»Ja.« Isaak trat neben sie.

»Wie kommt es hierher? In Frankreich gibt es keine Elefanten.«

»Sie leben in den Ländern jenseits des Meeres, wo es das ganze Jahr warm ist. Vor vielen Zeitaltern hat ein Kriegsherr eine Schar von ihnen über die Alpen geführt. Einige sind dabei gestorben.«

Ihr Unbehagen wich Ehrfurcht – Ehrfurcht vor diesem mächtigen Geschöpf, das gezwungen worden war, seine Heimat zu verlassen und durch diese unwirtlichen Berge zu ziehen, und das seit vielen Menschenleben über diese Höhle wachte. »Wie hast du es gefunden?«

»Mein Vater hat es gefunden. Er hat es mir gezeigt, als ich noch ein Kind war.«

»Dein Vater kannte sich in den Bergen aus?«

»Sehr gut sogar.« Isaak wischte den Schnee von einem Felsen und setzte sich. »Meine Mutter und er lebten eine Weile in den Bergen, bevor ich geboren wurde. Der Judenhass hatte sie dazu gebracht, sich von der Welt zurückzuziehen. Aber lange hielten sie es nicht aus. Mein Vater ist … war nicht für die Einsamkeit geschaffen.«

Sie setzte sich neben ihn. »Er fehlt dir sehr, nicht wahr?«

Isaak betrachtete das eingeschlossene Skelett. »Ich versuche, nicht an ihn zu denken.«

»Das ist nicht gut. Du musst dich von ihm verabschieden, nicht dich von ihm abwenden.«

»Vielleicht sollte ich das«, murmelte er.

Eine Weile saßen sie schweigend nebeneinander. Schließlich sagte Rahel: »Ich habe meine Eltern auch verloren, schon vor langer Zeit. Meine Mutter starb, als ich sechs war. Sie wurde von Christen ermordet.«

»Und dein Vater?«

»Er starb noch früher. Ich kann mich kaum noch an ihn erinnern.«

»Was wurde dann aus dir?«

»Ein Gaukler namens Yvain nahm mich bei sich auf. Bei ihm lernte ich Bren kennen. Als Yvain starb, zogen wir allein weiter. Bis sich uns andere anschlossen.«

»Vivelin und Kilian, von denen du erzählt hast?«

Sie nickte. »Es ist seltsam. Yvains Tod hat mehr wehgetan als der meiner Mutter. Als der meines Vaters sowieso. Wenn man ein Kind ist, kann man leichter und schneller vergessen. Ohne Madora hätte ich mich vielleicht an vieles nie mehr erinnert.«

Sein Blick kehrte zu dem Schädel im Eis zurück. »Ich werde nie vergessen, wie mich mein Vater das erste Mal hierherbrachte. Ich muss sechs oder sieben gewesen sein. Er dachte, ich würde mich ängstigen. Aber ich empfand nicht die geringste Furcht vor dem Elefantenskelett. Im Gegenteil, ich fand es wundervoll. Ich glaube, damals habe ich begonnen, die Berge zu lieben.«

Sie lächelte. »Eine schöne Erinnerung.«

»Ja«, sagte er leise, und sie hörte ein Zittern in seiner Stimme. Ruckartig stand er auf; der Schnee knirschte unter seinen Stiefelsohlen. »Wir sollten schlafen. Die nächsten Tage werden hart.«

»Vor allem *du* solltest schlafen«, erwiderte Rahel.

»Irgendjemand muss Wache halten.«

»Das kann ich machen.«

»Bist du sicher?«

»Wenn ich morgen müde bin, ist das nicht so schlimm. Aber du brauchst einen klaren Kopf, wenn du uns führst.«

Widerwillig nickte er. »In ein paar Stunden löse ich dich ab.«

Isaak ging zur Höhle zurück. Sie schaute ihm nach, und plötzlich wurde das Verlangen, ihm zu folgen, ihn in die Arme zu schließen und die Wärme seines Körpers zu spüren, schier übermächtig … und gleichzeitig kehrte die Angst zurück – die Angst und die warnenden Stimmen, die sie so gut kannte: *Tu das nicht!*, flüsterten sie. *Wenn ihm etwas zustößt, was dann? Dann bist du allein, noch einsamer als jetzt.*

Hör damit auf!, befahl sie sich. Im Kerker, als sie Isaak verloren glaubte, hatte sie sich geschworen, nie mehr gegen ihre Gefühle anzukämpfen. Hatte sie denn gar nichts gelernt? Sie durfte nicht zulassen, dass ihre Angst sie beherrschte. Was sie für ihn empfand, war keine Bedrohung – es war ein Geschenk. Sie mochte den Schrein nicht bekommen, sie mochte sogar sterben, aber wenigstens hatte sie dank Isaak gelernt, was es hieß, einen anderen Menschen zu lieben. Wenn sie weiter dagegen ankämpfte, warf sie vielleicht den einzigen Lohn weg, den diese wahnwitzige Suche am Ende einbrachte.

Aber es war so schwer. Die Angst verschwand nicht einfach durch einen guten Vorsatz und erst recht nicht, indem sie unentwegt darüber nachgrübelte.

Warum konnte sie nicht sein wie Isaak, so unbekümmert und voller Gewissheit, dass sie schon das Richtige tun würde, wenn sie nur auf ihre Gefühle hörte?

Es wurde allmählich dunkel, und der Feuerschein vertiefte die Schatten zwischen den Felsen. Rahel war so in Gedanken versunken, dass sie die Gestalt erst bemerkte, als sie fast bei ihr war. »Brendan!«, stieß sie erschrocken hervor. »Warum schleichst du dich denn so an?«

Der Bretone blieb direkt vor ihr stehen, ein schwarzer

Schemen mit menschlichen Umrissen. Sie versuchte sich darüber zu freuen, dass er ihre Nähe suchte. Es gelang ihr nicht. Sie fröstelte in seiner Gegenwart.

»Was ist los? Ich dachte, du schläfst schon.«

Es war das erste Mal an diesem Tag, dass er mit ihr sprach. Aus seiner Stimme war jegliche Wärme verschwunden. »Als ich angegriffen wurde«, wisperte er, »was hast du da gesehen?«

»Kaum etwas. Es war dunkel, es hat heftig geschneit. Warum fragst du?«

Seine Augen lagen im Dunkeln, aber sie konnte seinen stechenden Blick förmlich spüren. »Es war Joanna, die mich angegriffen hat, nicht wahr?«

»Was?« Sie stand auf. »Das ist doch Unsinn. Wie kommst du darauf?«

»Ich habe sie gesehen. Ihr Gesicht, ihr Haar … Sie war es.«

»Es war das Geschöpf, das Madora in der Nekropole gerufen hat. Der *Refa'im*. Ich weiß nicht, warum er aussah wie Joanna. Vielleicht ein böses Blendwerk.«

»Woher willst du wissen, dass sie nicht Joanna gerufen hat?«

»Madora hat es gesagt. Es war eine ruhelose Seele, die uns in den Gräbern beobachtet hat. *Irgendeine* Seele.«

Sie spürte, er glaubte ihr kein Wort.

»Geh jetzt schlafen. Du musst wieder zu Kräften –«

Seine Finger schlossen sich um ihr Handgelenk, grob und schmerzhaft. »Diese Qual in ihren Augen«, flüsterte er. »Dieser Hass … Sie ist in der Hölle. Durch meine Schuld. Ich habe sie im Stich gelassen.«

Sie wollte ihre Hand zurückziehen, doch er war stärker. »Hör auf damit! Sie ist nicht in der Hölle. Bren, du tust mir weh!«

Er ließ sie los, trat einen Schritt zurück. »Doch, das ist sie, und du weißt es. Uns allen wird es ergehen wie ihr. Wir können nicht gewinnen.« Damit schlich er zum Feuer zurück.

Rahel sank auf den Felsen, rieb sich das Handgelenk. Der Schmerz ließ nach, nicht aber das Entsetzen.

O Bren, dachte sie, *was geschieht nur mit dir?*

Es war klug gewesen, auf Rahel zu hören. Isaak hatte nur zwei oder drei Stunden geschlafen, aber er fühlte sich dennoch ausgeruht genug, um den nächsten Tag zu überstehen. Die vergangenen Tage waren härter gewesen als alles, was er je erlebt hatte. Er war im Begriff gewesen, die Grenzen seiner Kräfte zu überschreiten, und was dann geschehen wäre, wollte er sich lieber nicht vorstellen. In den Bergen konnte eine falsche Entscheidung den Tod bedeuten, und wer übermüdet war, machte Fehler. Wenn seinetwegen Rahel oder Brendan zu Schaden kommen würden, könnte er sich das nie verziehen.

Er legte Holz nach und rückte näher an das Feuer. Rahel war in die Höhle gegangen und hatte sich neben Brendan gelegt, nachdem sie ihn geweckt hatte. Anfangs war ihr Schlaf unruhig gewesen, inzwischen aber schlief sie tief und fest. Auch von ihr forderte die Erschöpfung ihren Tribut.

Er ertappte sich dabei, dass er sie anstarrte. Seine Sehnsucht nach ihr wurde so stark, dass es schmerzte. Er wünschte, er hätte über das nachdenken können, was zwischen ihnen geschah – oder *nicht* geschah –, doch die jüngsten Ereignisse hatten ihm keine Gelegenheit gegeben. Zu viel war geschehen, so viel Schreckliches. Für zärtliche Gefühle war da kein Platz gewesen.

In der Nacht auf dem alten Torhaus hatte sie ihn zurückgewiesen, trotzdem hatte er gespürt, dass sie etwas für ihn empfand. Aber da war noch etwas anderes gewesen: Angst. Angst vor ihm, vor der Macht ihrer Gefühle. Er versuchte, sie nicht zu drängen. Sie brauchte Zeit.

Mehr konnte er nicht tun.

Er zog die Decke enger um die Schultern und betrachtete ihr Gesicht, ihre Lippen, die Lider, die sich bewegten, während sie träumte.

Rahel erzählte Isaak nichts von ihrem Gespräch mit Brendan, weder in der Nacht noch am nächsten Morgen, als sie aufbrachen. Er trug den größten Teil der Verantwortung für ihre kleine Gruppe, und sie wollte nicht, dass er sich auch noch damit plagte.

Der Pfad erwies sich als so mühselig, wie er ausgesehen hatte. Er verlief unterhalb der Gipfel und war mitunter so steil, dass sie beim Klettern die Hände zu Hilfe nehmen mussten. Die Furcht, abzustürzen, wurde ihr ständiger Begleiter. Nicht selten fiel der Hang an einer Seite nahezu senkrecht viele Klafter tief ab, während der Pfad gleichzeitig so schmal war, dass sie hintereinander gehen mussten.

Brendan schwieg beharrlich. Rahels Befürchtung, seine Kräfte könnten für die mühevolle Wanderung nicht ausreichen, bewahrheitete sich nicht; der Bretone hatte nichts von seiner Ausdauer eingebüßt. Die rätselhafte Krankheit, die ihn befallen hatte, schien nicht körperlicher Natur zu sein. War das ein gutes Zeichen? Sie gestattete sich nicht zu hoffen.

Doch bald darauf war nicht mehr zu übersehen, dass es ihm besser ging. Er aß regelmäßig, seine Haut war nicht mehr ganz so bleich. Zwei Tage nach ihrer Übernachtung in der Höhle redete er wieder mit ihnen. Er sprach nicht viel – aber immerhin. Er verlor kein Wort mehr über Joanna. *Vielleicht*, dachte Rahel, *schafft er es doch aus eigener Kraft.* Zum hundertsten Mal betete sie darum, dass es so wäre.

Etwa zur gleichen Zeit wurde der Weg unbeschwerlicher. Sie stiegen ins Tal hinab, durch das ein schmaler Fluss strömte, die Romanche. Es sei dasselbe Tal, durch das auch Rampillon wandere, erklärte Isaak, nur sei er ein oder zwei Tagesmärsche hinter ihnen.

Von nun an gab es keine schneefreien Schluchten oder Hochebenen mehr. Sie waren bereits zu hoch im Gebirge, wo alles weiß war, so weit das Auge reichte. Die einzigen Ausnahmen bildeten Felswände, die sich dunkel und schroff hoch über dem Tal erhoben. Das Wetter blieb sonnig und klar. Einsame Höfe und winzige Bergdörfer, meist nicht mehr als ein halbes Dutzend gedrungener Hütten, lagen an ihrem Weg. Die Bewohner begrüßten Isaak freundlich, ließen sie unter ihrem Dach nächtigen verbringen und versorgten sie mit Proviant. Isaak warnte sie vor Rampillon und nahm ihnen das Versprechen ab, dem Siegelbewahrer nicht zu verraten, dass er und seine Gefährten das Tal durchquert hatten.

Je tiefer sie ins Gebirge vorstießen, desto seltener wurden die Ansiedlungen. Nach einigen Tagen erreichten sie eine halb verfallene Festung, in der ein Bauer mit seinen Ziegen lebte. Nachdem sie mit dem Alten Bier getrunken und steinhartes Brot mit Ziegenkäse gegessen hatten, machten sie sich wieder auf den Weg. Kurz darauf erklärte Isaak, das Gehöft sei das letzte gewesen; weiter östlich lebe niemand mehr. Erst jenseits des Mont-Cenis-Passes, mehrere Tagesmärsche von hier, gebe es wieder Menschen: Italier, deren Herr weder der Dauphin noch der französische König sei, sondern der Herrscher des Heiligen Römischen Reichs.

Das Tal verengte sich zu einer Schlucht. Der Weg wurde so schmal wie der Bergpfad, tief unter ihnen zwängte sich die Romanche durch ein enges Bett, rauschte schäumend um hausgroße Felsen. Abgestorbene Bäume ragten aus den steilen Uferböschungen. Gegen Abend erreichten sie eine Hängebrücke, die zur anderen Seite der Schlucht führte, wo der Pfad weiter bergauf verlief. Sie schien in den letzten Tagen nicht benutzt worden zu sein, denn frischer Schnee bedeckte sie. Rahel wollte vorausgehen, doch Isaak hielt sie zurück. Er ergriff die Seile und brachte die Brücke mit einem kräftigen Ruck zum Schwingen. Schneefladen fielen in den Fluss. Dabei knarrte die Konstruktion wenig Vertrauen erweckend.

»Jetzt ist es sicherer«, sagte er und übernahm die Führung, sowie das Schwingen aufgehört hatte. »Immer nur einer auf einmal.«

Rahel wartete, bis er die andere Seite erreicht hatte, bevor sie einen Fuß auf die Brücke setzte. Sie klammerte sich an den Seilen fest und ging langsam, Schritt für Schritt. Obwohl sie schon auf einem Seil zwischen zwei Kirchtürmen balanciert war, begann ihr Herz heftig zu klopfen. Bei dem Seil hatte sie gewusst, woran sie war. Dieser Brücke hingegen vertraute sie kein bisschen.

Wider Erwarten kam sie wohlbehalten bei Isaak an. Er grinste, dann forderte er Brendan auf, ihnen zu folgen.

Der Bretone stand bei den Pfosten, an denen die Seile befestigt waren, und zögerte. *Seit wann hat er Angst vor Höhen?*, dachte Rahel. Doch im selben Augenblick betrat Brendan die Brücke.

Er ging bis zur Mitte – und blieb plötzlich stehen.

»Was ist los?«, rief sie.

»Geht ohne mich weiter.«

»Was redest du da? Jetzt komm!«

Seine Brauen zogen sich zusammen, und in seinem Gesicht erschien ein Ausdruck der Entschlossenheit, der ihr nicht gefiel. »Geht schon. Ich falle euch nur zur Last.«

»Das hört sich nicht gut an«, murmelte Isaak.

»Du fällst uns nicht zur Last«, rief Rahel. »Komm endlich auf die andere Seite!«

Brendan wandte sich von ihr ab, hielt sich mit beiden Händen an einem Seil fest und starrte in die rauschende Tiefe. Da begriff sie mit entsetzlicher Klarheit, was er vorhatte.

»Das kannst du nicht tun!«

Er beugte sich nach vorne. Die Brücke antwortete mit einem Knarren. Sie stürzte zu den Pfosten, doch sie wagte nicht, die Brücke zu betreten.

»Wir müssen etwas unternehmen!«, schrie sie mit überschlagender Stimme.

Angespannt behielt Isaak den Bretonen im Auge. »Lenk ihn ab. Ich gehe zu ihm.«

Brendans Arme zitterten, seine Hände krampften sich um das Tau. Er schien nichts wahrzunehmen außer dem lockenden Abgrund. Rahel versuchte, ihr Entsetzen niederzukämpfen. Sie musste ihn beruhigen. Das konnte sie nicht, wenn sie selbst von Grauen überwältigt wurde.

»Bren!« Ihre Stimme klang ganz und gar nicht beherrscht, sondern schrill. »Ich brauche dich, hörst du? Wenn du springst, habe ich niemanden mehr. Du kannst mich nicht im Stich lassen. Nicht jetzt!«

Ein flüchtiger Blick in ihre Richtung. Sie las keine Furcht darin, keine Trauer, keinen Schmerz – nur Sehnsucht. Sehnsucht nach Joanna und der übermächtige Wunsch, bei ihr zu sein. *Es ging ihm nicht besser*, erkannte sie. *Er hat uns getäuscht und nur auf den passenden Moment gewartet.*

Nur noch wenige Schritte trennten Isaak von Brendan, als dieser ihn bemerkte. Der Bretone fuhr herum. Knarrend schwankte die Brücke. »Er soll mich in Ruhe lassen!«, rief er. »Sag ihm, dass er zurückgehen soll!«

»Er will dir helfen. Tu, was er sagt. Bitte!«

»Ich will keine Hilfe. Lasst mich einfach in Ruhe!«

Nur noch zwei Schritte. Isaak hob die Hand und sagte etwas, das vom Rauschen des Wassers übertönt wurde. Brendans Wangen waren fleckig vor Zornesröte. Er wich zurück und fingerte fahrig an seinem Gürtel herum. Plötzlich hielt er ein Messer in der Hand.

»Zurück!«, brüllte er Isaak an und stocherte mit dem Messer in der Luft herum.

Isaak bewegte sich so flink wie eine Natter. Seine Hand schnellte nach vorne, packte Brendan am Handgelenk und drehte es, sodass der Bretone vor Schmerz aufkeuchte und das Messer losließ. Es fiel in die Schlucht. Mit der anderen Hand packte er Brendans Wams. Doch der Spielmann gab sich nicht so leicht geschlagen. Seine freie Hand schloss sich um Isaaks Hals, und im nächsten Moment rangelten die beiden Männer auf dem schmalen Plankenweg.

Rahel hielt den Atem an. Bei jedem Schwanken der Brücke sah sie einen ihrer Gefährten – oder alle beide – in den Abgrund stürzen. Brendan riss sich los und versetzte Isaak einen Faustschlag, der den Juden zur Seite schleuderte. Nur das gespannte Seil verhinderte, dass er in die Tiefe fiel. Doch durch Isaaks Gewicht dehnte es sich gefährlich weit über den Rand der Brücke aus. Isaak trat mit einem Fuß ins Leere und umklammerte das Tau. Der kurze Augenblick, den er außer Gefecht war, nutzte Brendan, um unter dem Seil auf der anderen Seite hindurchzuschlüpfen. Er hielt sich mit einer Hand fest, lehnte sich nach vorne – und ließ sich fallen.

Isaak bekam seine Felljacke zu fassen. Er lag auf den Holzplanken, seine freie Hand suchte verzweifelt nach Halt, während er von Brendan stückchenweise über den Rand gezogen wurde. Er schrie nach Rahel. Bevor sie wirklich begriff, was sie tat, war sie beim ihm.

Das Ächzen der Brückentaue überlagerte jedes andere Geräusch, sogar das Wasserrauschen. Sie warf sich neben Isaak auf den Bauch. An seinem Arm traten Sehnen und Muskeln hervor, sein Gesicht glühte. Brendan strampelte; die Jacke rutschte ihm allmählich über den Kopf. Als er nach Isaaks Arm schlug, packte Rahel seine Hand und zog daran. Im gleichen Moment biss Isaak die Zähne zusammen, stemmte sich mit der Linken hoch und kam auf die Knie, sodass Brendan mit dem Oberkörper auf den Planken lag. Ohne die Jacke loszulassen, ergriff Isaak seinen Gürtel und zerrte ihn vollständig auf die Brücke.

Brendans Finger schlossen sich um die Plankenkanten. Doch es gelang ihm nicht, sich über den Brückenrand zu ziehen. Isaak schlug ihm ins Gesicht. Brendan erschlaffte. Der Jude packte ihn am Wams und schleifte ihn zum Pfad. Nun war es Zorn, der sein Gesicht rötete, maßloser, sengender Zorn. Als sie festen Boden unter den Füßen hatten, wollte Brendan sich aufrichten. Isaak versetzte ihm einen Tritt, der ihn in den Schnee beförderte, setzte sich auf seinen Brustkorb und schlug zu. Ein zweites Mal, härter.

Dann, endlich, war es vorbei.

Alle Muskeln in Isaaks Körper schienen auf einen Schlag zu erschlaffen. Er ließ sich neben Brendan in den Schnee fallen und blieb schwer atmend liegen.

Rahel stürzte zu dem Spielmann. Er war bei Bewusstsein. Blut lief ihm aus der Nase.

»Dieser Sauhund«, stöhnte er, »er hat mich geschlagen.«

»Du hättest tausend Schläge verdient!«, schrie sie. »Verdammt, was ist in dich gefahren? Du Narr, du Dummkopf, du bretonischer Steinschädel …« Ihre Stimme versagte, und sie fing an zu schluchzen.

Ihre Tränen versiegten bald. Brendan und Isaak hatten sich aufgesetzt. Wie sie da saßen, zwei Männer im Schnee, der eine vollkommen entkräftet, der andere mit blutender Nase, gaben sie ein komisches Bild ab, über das sie unter anderen Umständen gelacht hätte. Aber ihr war nicht nach Lachen zu Mute. Sie fühlte auch keine Wut oder Entsetzen oder Angst, sie fühlte gar nichts mehr. Alles, was sie wollte, war schlafen.

»Wir bleiben die Nacht über hier«, murmelte Isaak. »Ich kann keinen Schritt mehr laufen.«

»Ein glänzender Vorschlag«, stimmte Brendan ebenso leise zu.

Ein kleines Stück hangaufwärts befand sich neben dem Pfad eine Einbuchtung in der Böschung. Dort machten sie Feuer. Niemand hatte großen Hunger. Isaaks Gerstensuppe aßen sie lustlos und schweigend.

Die Nacht brach herein. Gleich nach dem Essen legte sich Isaak schlafen. Brendan kauerte so weit von den anderen entfernt, wie es die Einbuchtung zuließ. In seine Decke gehüllt, starrte er in die Dunkelheit. Rahel wollte zu ihm gehen, doch es dauerte lange, bis sie die Kraft dazu aufbrachte. Er bedachte sie mit einem flüchtigen Blick, als sie sich neben ihn setzte.

Es war schon schwierig gewesen, zu ihm zu gehen. Das Schweigen zu brechen, gelang ihr nicht.

Brendan begriff, dass der nächste Zug an ihm war. Er sagte: »Das Leben war einfacher, als wir noch mit Schäbig und den Zwillingen umhergezogen sind, nicht wahr?«

»Ja«, murmelte Rahel.

»Ich vermisse sie.«

»Ich vermisse sie auch.«

»Weißt du noch, wie wir in dieser Schänke bei Tours gespielt haben? Wie hieß sie gleich? ›Der krähende Gockel‹?«

»›Der güldene Gockel‹.«

»Schäbig lässt den Hut herumgehen und fordert die Leute auf, reichlich Deniers hineinzuwerfen, und was tut dieser Prediger? Legt eine Hostie in den Hut und sagt Schäbig, er soll sein Leben überdenken. Weißt du noch?«

Sie musste lächeln. »Wie könnte ich das vergessen?«

»Da nimmt Schäbig die Hostie, klebt sie sich mit Spucke an die Stirn, torkelt durch die Schänke und schreit: ›Der Herr sei gepriesen, ich bin geläutert, seht ihr das Wundmal, liebe

Leute, seht ihr es?‹ Die Kerle von der Mühle haben so gelacht, dass ich Angst hatte, sie ersticken an ihren Bärten.«

»Der Wirt fand es aber nicht so lustig.«

»Allerdings. Ich glaube, ich bin noch nie in meinem Leben so gerannt.«

»War das eine Rübe, die er nach Schäbig geworfen hat?«

»Eine Rübe, ja. Aber er hat nicht Schäbig getroffen, sondern den Prediger.«

Sie lachten leise. Doch die Heiterkeit währte nicht lange. Die Erinnerung an die Geschehnisse auf der Brücke kehrte zurück, und sie verfielen erneut in Schweigen.

»Bren, was vorhin passiert ist –«, begann sie.

»Was ich vorhin machen wollte, war nicht –«, sagte Brendan gleichzeitig.

Beide verstummten.

Sie holte tief Luft. »Tu das nie wieder. Versprich mir das.«

Er scharrte mit dem Stiefelabsatz im Schnee. »Ich weiß nicht, was über mich gekommen ist. Es war plötzlich da. Ich … Ich konnte nichts dagegen tun.«

»Du wolltest zu Joanna, nicht wahr?«

»Ja.«

»Sie hätte das nicht gewollt. Sie hätte gewollt, dass du lebst.«

Sein Adamsapfel bewegte sich. Als er weitersprach, war seine Stimme voller Schmerz. »Wie kann ich leben, wenn ich weiß, dass ihre Seele keine Ruhe findet?«

Er glaubte immer noch, dass es Joanna gewesen war, die ihn angegriffen hatte. Sie konnte tun und sagen, was sie wollte, es war sinnlos. Sie würde ihn nicht davon abbringen. »Das bist nicht du. Der Brendan, den ich kenne, würde so etwas nicht sagen.«

Es kam kein Widerspruch, keine Rechtfertigung, nichts. Er schwieg einfach, und das war schlimmer als alles andere.

Müde sagte sie: »Mit etwas Glück finden wir in ein paar Tagen den Schrein. Ich habe die Hoffnung, dass seine Macht dir helfen kann.«

»Du weißt doch gar nicht, worin seine Macht besteht. Wenn es ihn überhaupt gibt.«

»Ich will es wenigstens versuchen. Aber das kann ich nur, wenn du es auch willst.«

»Was erwartest du von mir? Dass ich verspreche, mir nichts anzutun, bis wir den Schrein gefunden haben?«

»Genau das.«

»Das ist lächerlich.«

»Dann ist es das eben. Aber ich will, dass du es mir versprichst.«

»Ich weiß nicht, ob ich so ein Versprechen halten kann, wenn … wenn es mir wieder so ergeht wie an der Brücke.«

»Dann versprich mir wenigstens, dass du alles dafür tust, dass es nicht mehr so weit kommt.«

Er wartete lange mit einer Antwort. »Ich verspreche es«, sagte er schließlich.

Das Schweigen, das darauf folgte, war so erdrückend, dass Rahel am liebsten davongelaufen wäre.

Nach einer Weile räusperte sich Brendan. »Wir sollten schlafen.«

»Geh ruhig. Ich bleibe noch wach.«

Für einen Moment erschien es ihr, als wollte er noch etwas sagen, doch dann stand er auf und ging zu seinem Lager.

Kurz darauf war alles still. Rahel schaute hinauf zu den Sternen über den gezackten Gipfelkämmen. Die Welt, die sie kannte, ihre Freunde, all die Menschen in den Städten und Dörfern, erschienen ihr plötzlich unerreichbar fern. Sie war allein, ein winziger Funken Leben in dieser endlosen Einöde aus Stein und Eis.

Ihre Beine bewegten sich wie von selbst, trugen sie am

Feuer vorbei, zu dem Deckenbündel auf der anderen Seite. Lange saß sie neben Isaak und betrachtete sein Gesicht, die sanften Züge und das zerzauste Haar. Sie berührte seine Schultern, und dann, zögernd, seinen Hals und die Wange. »Rahel«, murmelte er schlaftrunken und verwirrt. Seine Hand schloss sich um ihre. »Du bist eiskalt.« Er schlug die Decke zur Seite, und sie legte sich zu ihm, vergrub das Gesicht in seiner Halsbeuge. Seine Finger fuhren durch ihr Haar, wischten die Tränen fort. Ihre Lippen fanden seine, sie roch seinen Duft, spürte seine Wärme, und die Kälte ließ ein wenig nach.

Kapitel 21

Zwei Tage später sahen sie zum ersten Mal den Mont Thabor.

Sie standen auf einem Berggrat über einem Gletscher, der wie eine gewaltige Zunge zwischen den Felsmassen lag. Zugefrorene Seen glitzerten in der Wintersonne, winzige Silberspiegel zwischen den weißgeäderten Gipfeln. Rahel kniff die Augen vor der Helligkeit zusammen. Die Berge hießen Pic de la Moulinière, Pointe de Cerces oder Rocher Blanc, Isaak kannte jeden einzelnen. Der Thabor überragte sie alle. Der Bergrücken türmte sich zu einer massigen, abgeflachten Kuppe auf, die vollständig von Schnee bedeckt war und nach Norden hin zu einer schiefergrauen Spitze aufstieg. Ein Keil aus zerklüfteten Felszacken und Geröll begann unterhalb des Gipfels und reichte bis zur Talsohle.

Hier oben pfiff der Wind eisig. Rahel schob die Hände in die Fellärmel. »Es sieht nicht mehr weit aus.«

»Noch ein oder zwei Tagesmärsche«, sagte Isaak.

»Du nimmst mich auf den Arm.«

An seiner Nase hatte sich ein Tropfen gebildet. Er wischte ihn mit dem Handrücken weg. »In den Bergen ist es immer weiter, als es aussieht. Wir müssen hinunter ins Tal, am Roche Château vorbei und durch das nächste Tal. Und das ist schon die Abkürzung. Der übliche Weg ist noch länger.«

»Der Weg, den Rampillon nehmen wird?«

»Wenigstens hoffe ich das.«

Sie kehrten zum Pfad zurück, der die Bergspitze umlief und im Süden auf die Gletscherfront traf. An der Wegkehre blieb Brendan stehen und deutete ins Tal.

»Da. Seht ihr das?«

Dort, wo der Pass verlaufen musste – der Weg war bei all dem Schnee nicht zu erkennen –, bewegte sich eine lang gezogene Reihe winziger Gestalten den Hang hinauf.

»Sind sie das?«, fragte Rahel.

»Vermutlich«, antwortete Isaak.

»Warum sind sie so nah?«

Er lächelte im Schatten seiner Kapuze. »Was habe ich eben gesagt?«

»›In den Bergen ist es immer weiter, als es aussieht‹«, zitierte Brendan ihn mürrisch.

»Wir haben einen Vorsprung von knapp zwei Tagen«, erklärte Isaak. »Unser Weg führt da entlang« – er deutete auf den Bergkamm südlich des Gletschers –,»während Rampillon den leichteren, aber längeren Weg durch die Täler nimmt.«

Rahel spähte in die Richtung, in die er gezeigt hatte. Da waren nichts als scharfkantige Felsgrate, Abgründe, Eis und Schnee. Sie seufzte. »Sehen wir zu, dass wir unseren Vorsprung halten.«

Sie kamen gut voran. Gegen Abend hatten sie das Gletschertal hinter sich gelassen, wanderten über eine wellige Hochebene und zogen an einem Bergsee vorbei. Brendans Zustand schwankte seit dem Zwischenfall an der Brücke. Mal war er einigermaßen gesprächig, machte sogar hin und wieder einen Scherz und aß mit der gleichen Lust wie früher. Dann wieder brütete er den ganzen Tag schweigend vor sich hin, lehnte jedes Essen ab und schlief, wann immer er konnte. Rahel glaubte ihm, dass er alles versuchen würde, sein Versprechen zu halten. Er mochte vielleicht nicht er selbst sein, aber sein Wort war immer noch viel wert. Dennoch ließ sie ihn nicht aus den Augen. Sie wollte zur Stelle sein, wenn seine Sehnsucht nach Joanna übermächtig wurde.

Dabei verstand sie ihn so gut. Kein Augenblick verging, in

dem sie sich nicht nach Isaak sehnte, nach einer Berührung von ihm, einem Lächeln, einem zärtlichen Wort. Doch weder sie noch Isaak wagten es, ihrem Verlangen nachzugeben. Sie verheimlichten Brendan ihre Zuneigung zueinander nicht, aber sie vermieden es, sie allzu offen zu zeigen. Es hätte nur neuen Schmerz für ihn bedeutet. So wartete Rahel jede Nacht, bis er eingeschlafen war, bevor sie zu Isaak unter die Decken kroch.

Als wäre all das nicht schwer genug, schlug am nächsten Tag das Wetter um. Während sie sich dem Roche Château näherten, färbte sich der Himmel grau, und es fing an zu schneien, wodurch es bald unmöglich war, weiter als ein paar Schritte zu sehen. Sie suchten Schutz unter einem vorspringenden Felsen.

»Was machen wir jetzt?«, fragte Rahel.

»Weitergehen, wenigstens bis zur Hütte am Château«, antwortete Isaak. »Umkehren können wir nicht. Hierbleiben auch nicht.«

»Wieso nicht?«

»Dieser Berg ist berüchtigt für seine Lawinen. Irgendwann ist da oben kein Platz mehr für den ganzen Schnee.«

»Aber man sieht kaum den Boden unter den Füßen,«

»Ich weiß. Doch hierzubleiben ist noch gefährlicher.«

Wie um seine Warnung zu unterstreichen, ertönte aus dem Schneegestöber ein tosendes Grollen. Rahel konnte nicht einschätzen, wie weit es entfernt war; nicht weit genug, für ihren Geschmack.

»Hörst du das?«, meinte Isaak düster. »Die nächste Lawine bricht vielleicht über unseren Köpfen los.«

Sie vermochte nicht zu sagen, wie lange sie unterwegs waren. Auf dem schmalen Pfad, umwirbelt von Schneemassen, konnte jeder Fehltritt den Tod bedeuten. Zeit spielte keine Rolle mehr, während sie auf jeden ihrer Schritte achtete. Sie ging so nah an der Felswand zu ihrer Linken, dass ihre Schulter am Gestein entlangschrammte, um nicht von einem plötzlichen Windstoß in den Abgrund geweht zu werden, der in Armeslänge rechts von ihr gähnte. Der dichte Schneefall machte es ihr unmöglich, seine Tiefe anzuschätzen. Es konnten fünf Ellen sein – oder fünfhundert.

Es blieb nicht bei einer Lawine. Beständiges Grollen verriet, dass vor und hinter ihnen Schneemassen ins Tal stürzten. Rahel wagte nicht daran zu denken, dass sie jeden Moment von einer Lawine getroffen werden konnten. Isaak hatte ihr erzählt, dass jedes Jahr Dutzende Menschen in den Bergen verschüttet wurden. Einen qualvolleren Tod konnte sie sich kaum vorstellen.

Eine Lawine kam ihnen gefährlich nah. Tosend rauschte sie über eine Windung des Pfads, die sie erst vor wenigen Herzschlägen hinter sich gelassen hatten. Beim Anblick des Schnees, der sich anschließend auf dem Weg türmte, wurde Rahel bewusst, dass sie doppeltes Glück gehabt hatten. Wäre die Lawine vor ihnen niedergegangen, wäre ihnen jetzt der Weg abgeschnitten gewesen.

Schließlich erreichten sie die Hütte unter dem Roche Château – wohlbehalten, was ihr wie ein Wunder erschien. Von dem Berg war kaum etwas zu sehen. In unbestimmter Ferne erhob sich ein schattenhafter Steilhang. Bei der Hütte handelte es sich um einen Verschlag ähnlich dem, in dem sie die erste Nacht verbracht hatten. Er war fast vollständig unter Neuschnee begraben, sodass Isaak den Eingang erst freischaufeln musste, bevor sie eintreten konnten. Sie konnten kein Feuer anzünden, der Schnee verstopfte den Rauchabzug. Doch in der Enge sorgten ihre Körper bald für ausreichend Wärme.

Der Marsch hatte sie bis an die Grenzen ihrer Kräfte erschöpft. Nachdem sie sich eine Weile ausgeruht hatten, kroch Isaak zum Eingang und drückte die Tür einen Spalt auf. Er hatte Mühe damit, denn vor der Hütte hatte sich neuer Schnee angesammelt.

Die Flocken fielen noch dichter und bildeten eine weiße, wirbelnde Wand.

Er schloss die Tür wieder. »Wenn es so weitergeht, werden wir hier drin begraben«, murmelte er.

»Wie lange müssen wir hierbleiben?«, fragte Rahel.

»Bis es aufgehört hat. Wir müssen hinunter ins Tal. Das schaffen wir nicht bei diesem Wetter.«

»Aber dadurch verlieren wir unseren Vorsprung.«

»Wenn wir Glück haben, war Rampillon gerade dabei, den Pass am Claréesee zu überqueren, als das Wetter umschlug. Dann sitzt er jetzt genauso fest wie wir.«

»Und wenn er ihn schon überquert hat?«

»Dann ist er bereits im Tal, wo ihm der Schnee nicht allzu viel ausmachen wird.«

Sie konnten nichts tun, als zu warten. Rahel und Isaak wechselten sich ab, nach draußen zu gehen und mit einem kurzen Brett den Schnee vom Hüttendach zu beseitigen, damit es nicht unter der Last einbrach. Irgendwann schliefen sie jedoch vor Erschöpfung ein. Als Rahel einige Stunden später aufschreckte, stellte sie fest, dass das Schneegestöber in der Nacht sogar noch schlimmer geworden war. Es gelang ihr erst mit Isaaks Hilfe, die Tür zu öffnen. Auf dem Dach türmte sich der Schnee zwei Ellen hoch.

Ein voller Tag verstrich, bevor das Wetter endlich besser wurde. Sie drängte zum Aufbruch, doch Isaak bestand darauf, abzuwarten, ob es sich nicht doch wieder verschlechterte. Erst als nur noch vereinzelte Schneeflocken fielen, wagte er den Weg ins Tal.

Der Marsch durch den tiefen Schnee war äußerst kräftezehrend und machte die erzwungene Erholung rasch zunichte. Von Rampillon und seinen Männern war weit und breit nichts zu sehen, was Isaaks Vermutung bestätigte, dass sie das Tal auf der anderen Seite der Bergkette durchquerten oder immer noch festsaßen. Rahel schöpfte Hoffnung, das Versteck des Schreins doch noch vor ihnen zu erreichen.

Weiter im Osten hatte es nicht so stark geschneit. Der Thabor wirkte zum Greifen nah. Mit ihrem Ziel vor Augen erhöhten sie das Marschtempo. Gegen Mittag, als die Sonne den eisbedeckten Gipfel wie ein funkelndes Juwel erstrahlen ließ, machten sie sich an den Aufstieg. Da sich der einzige Pfad auf der anderen Seite des Berges befand, wo er zu einer alten Kapelle führte, blieb ihnen nichts anderes übrig, als den Westhang zu erklimmen. Er war vollständig von Schnee bedeckt. Nur selten boten Felsen Halt.

Keiner von ihnen wusste, wonach genau sie suchten. Sie hatten in den vergangenen Tagen oft darüber gesprochen und vermuteten, dass man den Schrein an einem Ort versteckt hatte, wo er vor Witterung geschützt war. Das einzige Gebäude weit und breit war die Kapelle, doch sie schied als Versteck aus. Isaak war mehrmals dort gewesen und hatte nie Spuren des Bundes gesehen. Das kleine Gotteshaus wurde Monat für Monat von Pilgern besucht, weshalb er davon ausging, dass man den Schrein zur schwer zugänglichen Westseite gebracht hatte. Auf die zerklüfteten Hänge unterhalb des Gipfels verirrte sich kein Mensch, der bei klarem Verstand war – und genau dorthin gingen sie.

Nach mehreren Stunden gelangten sie zum höchsten Punkt der abgeflachten Kuppe. Der eigentliche Gipfel ragte in Bogenschussweite vor ihnen auf. Eine breite Kluft trennte ihn vom Bergrücken. Rahel blickte über das weitläufige Schneefeld. Seine makellose Schönheit hätte sie unter anderen Umständen berührt; jetzt weckte sie nichts als Mutlosigkeit in ihr.

»Und wenn er hier irgendwo vergraben ist?«, rief sie den

anderen zu. »Wie sollen wir ihn finden, unter all dem Schnee?«

Isaak schloss zu ihr auf. »Dann hätte der Vers weitere Hinweise enthalten. Aber er führt nur zum Thabor. Das Versteck muss so beschaffen sein, dass man es findet, wenn man gründlich genug sucht.«

Müde folgten sie und Brendan Isaak, der zur Kluft unter dem Gipfel stapfte. Sie hatte die Form eines Sattels. Isaak blieb auf einem Felsvorsprung stehen, von dem aus er die Täler zu beiden Seiten des Berges überblicken konnte. Er hielt nach Rampillon Ausschau, während sie und Brendan zum Grund der Kluft hinabkletterten.

Von dort aus wirkte der Gipfel noch bedrohlicher. Das Licht des Sonnenuntergangs umriss ihn scharf und vertiefte die Schatten in den Schründen. Ehrfürchtig betrachtete Rahel ihn, bis Brendans Stimme sie aus ihren Gedanken riss.

»Was machen wir jetzt?«

»Wir suchen alles ab«, antwortete sie.

»Wonach?«

»Irgendein Zeichen. Eine Spur des Bundes.«

»Du glaubst, das bringt etwas?«

»Such einfach«, erwiderte sie gereizt und schritt in eine beliebige Richtung.

Nach einer Stunde wurde es dunkel. Gefunden hatten sie nichts.

Isaak fand sie in einer Vertiefung in der Felswand, wo sie entmutigt und erschöpft kauerten. »Da drüben ist eine kleine Höhle, in der wir die Nacht verbringen können«, sagte er. »Morgen suchen wir weiter.«

»Und wenn wir wieder nichts finden?«, fragte Rahel.

»Wir finden den Schrein. Ich weiß es.«

Auf dem Weg zur Höhle ergriff sie seine Hand und hätte sie am liebsten nie mehr losgelassen.

Bei Sonnenaufgang brachen die Männer die Zelte ab. Madora stieg derweil auf eine kleine Anhöhe am Ufer des Lac Blanc. Die Schneemassen der vergangenen Tage hatten den gefrorenen See unter sich begraben, sodass sich vor ihr nur eine weiße Ebene erstreckte. Über der Bergkette im Osten lag ein flammender Streifen.

Sie fror. In keiner Nacht seit ihrem Aufbruch von Grenoble hatte sie gut geschlafen, in der vergangenen so gut wie überhaupt nicht. Das Mal machte ihr zu schaffen, aber das war nicht alles. *Längst* nicht alles.

»Ich fürchte, der Thabor ist noch nicht zu sehen«, sagte Rampillon hinter ihr.

Madora fuhr herum. »Müsst Ihr Euch immer so anschleichen?«

Der Schnee knirschte unter seinen Schuhsohlen, als er neben sie trat. Mit der Hand schirmte er die Augen ab. »Frühestens in zwei Stunden, sagt Bayard. Aber dann ist es nicht mehr weit. Wir sind am Ziel, meine Liebe. Kaum zu fassen, nach allem, was geschehen ist, nicht wahr?«

»Noch sind wir nicht da«, erwiderte sie missmutig.

Rampillon trug wie immer seine hochgeschlossene Robe aus schwarzem Tuch. Das Haar stand ihm wirr vom Hinterkopf ab. Er schlief noch weniger als sie, doch im Gegensatz zu ihr schien ihm die Mühsal nichts anzuhaben. Im Gegenteil, je näher sie dem Thabor kamen, desto lebendiger und entschlossener wurde er. »Macht Ihr Euch etwa immer noch Sorgen wegen der Gauklerin?«

»Ja. Ihr solltet das auch.«

»Was soll sie tun? Uns auflauern?«

»Uns zuvorkommen. Wie schon so oft.«

»Sie hat keine Ahnung, wohin wir gehen«, erinnerte er sie.

»Da wäre ich mir nicht so sicher«, sagte Madora.

»Und wennschon. Dann findet sie den Schrein eben vor

uns. Fortbringen kann sie ihn nicht. Zerstören wird sie ihn nicht. Saudic tötet sie, und damit hat es sich.«

»Sie kann ihn benutzen.«

»Niemand kann das. Wann begreift Ihr das endlich?«

Sie zog es vor zu schweigen und schaute wieder zu den Felskämmen, die im Licht der Morgensonne scharfe Schatten auf die Schneefläche zeichneten. Der Schrein von En Dor beherbergte unvorstellbare Macht. Sie wagte nicht sich vorzustellen, was geschah, wenn Rahel sie sich zu Nutze machte. Ihre Mutter hatte gezögert, den Schrein gegen ihre Feinde einzusetzen, aber Rahel war aus einem anderen Holz geschnitzt. Das Leben als Fahrende hatte sie hart gemacht. Sie würde kämpfen, wenn es darauf ankam.

Sie war in ihrer Nähe, Madora spürte es. Die Schmerzen, die das Mal ihr bereitete, waren ein deutlicher Hinweis. Seit Rahels Flucht hatten Rampillons Soldaten den Befehl, alles zu melden, was darauf hindeutete, dass man sie verfolgte oder beobachtete. Bisher hatte keiner von ihnen etwas gesehen, aber was hieß das schon? Isaak war bei Rahel. Er kannte sich ausgezeichnet in den Bergen aus, und es gab mehr als einen Weg zum Thabor. Bayard hatte das bestätigt.

Wenig später brach der Trupp auf. Bayard führte sie um den See herum zu einem weiteren Tal. Madora und Rampillon mussten wie die anderen zu Fuß gehen. Den Wagen und den Karren hatten sie schon vor Tagen zurückgelassen, sie waren für das Hochgebirge nicht geeignet. Die Zelte und den Proviant trugen zwei Pferde. Wenigstens blieb der Himmel sonnig und klar. Madora war nicht sicher, ob sie einen weiteren Marsch durch einen zweitägigen Schneesturm überstanden hätte, müde und erschöpft wie sie war.

Dann, endlich, kam der Thabor in Sicht. Seine beiden Gipfel – der eine breit und abgeflacht, der andere spitz und steil – erhoben sich vor ihnen. Eine Stunde später entdeckte sie die

Kapelle, von der Bayard gesprochen hatte. Sie war winzig, ein Gebäude aus lose aufeinander geschichteten Steinen, das an einem flachen Hang unter dem verschneiten Bergrücken stand. Bei ihrem Anblick verspürte sie zum ersten Mal seit Tagen einen Anflug von Zuversicht.

Unvermittelt blieb Jarosław stehen. Seine Augen verengten sich zu Schlitzen, als er zur Gipfelkuppe spähte.

»Was ist da?«, fragte Madora alarmiert.

»Ein Mann.«

Sie folgte seinem Blick. »Wo?«

»Ganz oben. Auf den Felsen.«

Sie sah nichts außer Schnee und Stein, aber das bedeutete nichts. Jarosławs Augen waren weitaus schärfer als ihre. »Rampillon!«, rief sie.

Der Siegelbewahrer, der den Trupp gemeinsam mit Saudic anführte, wandte sich zu ihr um.

»Jarosław hat etwas gesehen. Da oben ist jemand.«

Rampillon überzeugte sich selbst davon, gab jedoch nicht zu erkennen, ob er etwas gesehen hatte. »Nimm vier Männer und geh voraus«, befahl er Saudic. »Wenn dort oben jemand ist, tötet ihn.«

Der Hauptmann rief vier Waffenknechte zu sich und marschierte los. Er zog den Morgenstern hinter dem Gürtel hervor. Die dornenbewehrte Kugel pendelte im Takt seiner Schritte.

»Geh mit ihnen«, sagte sie zu Jarosław. »Sie werden deine Hilfe brauchen.«

Rahel suchte gerade eine Geröllhalde unter der Felswand ab, als sie Brendans Stimme hörte.

»Rahel, komm her! Hier ist etwas!«

Mehr rutschend als kletternd und begleitet von einer kleinen Lawine aus Schnee und Steinen gelangte sie zum Fuß der

Halde. Brendan stand in der Mitte der Kluft und suchte die Felswand mit den Augen ab.

»Hast du etwas gefunden?«, fragte sie atemlos.

»Da oben.«

Er deutete zu einer Stelle, wo der Fels in drei bis vier Klaftern Höhe eine schmale Stufe bildete. Eine Spalte führte in den Fels hinein. Ihr Ende verlor sich im Schatten. Sie waren mindestens zwei Dutzend Mal an dieser Stelle vorbeigegangen, doch gestern und in den frühen Morgenstunden hatte sie im Dunkeln gelegen. Jetzt fiel Sonnenlicht darauf und enthüllte einen Felsen an der Seite.

Der glatte Stein war mit zwei ineinander verschobenen Halbmonden versehen.

»Das ist es!«, schrie Rahel. »Du hast es gefunden! Du verrückter, ausgekochter Bretone!« Lachend fiel sie ihm um den Hals, sodass sie beide in den Schnee stürzten. Sie rappelte sich auf und zog ihn auf die Füße. »Schnell, holen wir Isaak. Er muss sich das selbst ansehen. Wenn er da oben nicht schon festgefroren ist.«

Zu ihrer Überraschung war Isaak bereits auf dem Weg zu ihnen. Er kletterte die Felsen unter seinem Aussichtspunkt herunter und winkte heftig mit den Armen.

»Irgendetwas stimmt nicht«, sagte Brendan.

Dass Isaak seinen Posten verließ, konnte nur eines bedeuten. Sie liefen ihm entgegen.

Er blieb auf halber Höhe zwischen der Gipfelkuppe und dem Grund der Kluft stehen.

»Was ist los?«, rief sie zum ihm hinauf.

»Rampillon! Er ist unten im Tal!«

Natürlich. Ausgerechnet jetzt. Hätte sich der alte Hurenbock nicht noch einen halben Tag Zeit lassen können? »Wann ist er hier?«

»In einer Stunde, spätestens.«

»Bren hat das Versteck des Schreins gefunden. Komm mit uns. Wir bringen ihn fort.«

»Dafür reicht die Zeit nicht. Geht ohne mich.« Isaak kletterte wieder nach oben.

»Was machst du da? Warte!«, rief sie entsetzt.

Er hielt sich an einem Felsen fest, während seine Füße auf dem zerklüfteten Stein Halt suchten. »Ich versuche, sie aufzuhalten.«

»Allein? Bist du verrückt geworden?«

»Sucht den Schrein. Ich verschaffe euch so viel Zeit, wie ich kann.«

Bevor Rahel bewusst wurde, was sie tat, hatte sie nach der Felskante gegriffen und sich hochgezogen.

Isaak bemerkte, dass sie ihm folgte. Er fand festen Stand. »Was hast du vor?«

»Dir helfen«, erwiderte sie gepresst, während sie den nächsten Felsen erklomm.

»Ich will nicht, dass du das tust.«

»Und ich will nicht, dass du dein Leben wegwirfst. Bei allen Höllen, sei doch nicht so ein sturer Hammel!«

»Ich werfe mein Leben nicht weg. Ich weiß, was ich tue.«

»Das glaube ich nicht.« Noch ein Felsen. Sie befand sich jetzt zwei Mannslängen unter ihm.

»Da oben ist ein Schneebrett. Ich bringe es zum Absturz. Aber dafür brauche ich dich nicht.«

»Das ist mir egal«, keuchte sie.

In einer hilflosen Geste hob er die Arme und ließ sie wieder sinken. »Bren, sag ihr, dass sie umkehren soll!«

Sie erreichte die nächste Stufe. Dort verharrte sie auf allen vieren und wandte sich zu Brendan um, der am Fuß der Felsen stand. »Untersteh dich, dich einzumischen!«

»Er hat recht«, sagte der Bretone. »Du hilfst ihm am besten, indem du den Schrein findest.«

»Dafür reicht die Zeit nicht. Das hat er selbst gesagt.«

»Sie reicht, wenn du mich tun lässt, was ich tun will.« Isaaks Stimme wurde flehend. »Geh zu Bren. Bitte, Rahel.«

»Du musst den Schrein benutzen und Rampillon aufhalten«, sagte Brendan.

Die Angst in den Gesichtern der beiden Männer zu sehen, machte Rahel nur noch wütender. »Ich habe nicht die geringste Ahnung, wie man diesen verdammten Schrein benutzt!«

»Versuch es wenigstens«, erwiderte der Bretone.

»Warum versuchst *du* es nicht?«

Er schwieg, doch sie konnte die Antwort an seinem Gesicht, seinen hängenden Schultern, an seiner ganzen Körperhaltung ablesen: *Weil ich es ohne dich nicht schaffe.* Er brauchte sie noch mehr als Isaak. Isaak würde das Richtige tun. Sie musste einfach darauf vertrauen.

»Ihr seid zwei verfluchte Sturköpfe!«, stieß sie hervor. »Einer so schlimm wie der andere!« Sie kletterte nach unten.

»Ich komme so schnell wie möglich zu euch«, rief Isaak ihr nach und machte sich wieder an den Aufstieg.

Als sie am Boden der Kluft ankam, sagte Brendan: »Du hast richtig entschieden. Ich dachte schon –«

»Halt den Mund und lauf!«, fauchte sie.

Sie rannten zur Felswand. Das Sonnenlicht fiel jetzt noch weiter in die Spalte hinter dem Steinmetzzeichen und enthüllte einen Tunnel. Der Fels unter der Stufe stieg schräg auf und wies zahllose Ritzen und Vorsprünge auf. Rahel fiel es nicht schwer, ihn zu erklimmen. Oben angekommen, ergriff sie Brendans Hand und zog ihn hinauf.

Die Spalte war nicht tief und verjüngte sich zum Ende hin. Der Höhleneingang war gerade so breit, dass ein Mensch hindurchpasste.

»Wir brauchen Licht«, sagte Brendan.

»Ich glaube, es geht auch so.« Am Ende des Tunnels erblickte Rahel schwaches Tageslicht.

Gemeinsam gingen sie auf den Lichtschein zu. Nach zehn, fünfzehn Schritten weitete sich der Gang zu einer Höhle.

Der Anblick war so Ehrfurcht gebietend, dass Rahel trotz ihrer Anspannung und ihrer Sorge um Isaak eine Weile reglos stehen blieb. Welches Wissen, welche Macht war erforderlich, um solch einen Ort zu schaffen? Ihre letzten Bedenken, ob sie wirklich auf dem richtigen Weg waren, lösten sich in Nichts auf.

Dies war das Versteck des Schreins. Daran gab es nicht den kleinsten Zweifel.

Es war eine Kaverne von gewaltigen Ausmaßen, ein Felsendom, in dem das mehrstöckige *Miflat* zu Grenoble mit Leichtigkeit Platz gefunden hätte. Der Tunnel endete an einem Vorsprung dicht unter der Decke, der Boden lag so tief unter ihnen, dass Rahel ihn im schwachen Licht kaum ausmachen konnte. Eine in den Fels gehauene Treppe führte an der Wand entlang in die Tiefe. Die Helligkeit war eindeutig Tageslicht, das durch Spalten und Ritzen in der Decke fiel. Vier geschickt angebrachte Spiegel, Platten aus poliertem Obsidian, fingen es auf und warfen es in jeden Winkel der turmhohen Grotte.

Sie machten sich an den Abstieg. Die Stufen waren schmal, sodass sie hintereinander gehen mussten. Ihre Schritte hallten. In regelmäßigen Abständen ragten eiserne Halterungen aus der Wand. Von den Fackeln war jedoch nichts mehr übrig außer den Rußspuren auf dem Fels.

Die Treppe umlief die halbe Höhle und endete gegenüber dem Eingang, nur etwa zwanzig Mannslängen tiefer. Der Boden war eben. Ein Dutzend Nischen befand sich in den Wänden, quadratische Alkoven voller Truhen, vielarmiger Leuchter und seltsamer Apparaturen, die Gestirne darstellten oder

Zwecken dienten, die Rahel verschlossen blieben. Außerdem erblickte sie Statuen aus schimmerndem Obsidian: Geschöpfe mit Tierköpfen und gänzlich unmenschliche Wesenheiten, Abbilder vergessener Götter, Geister und Dämonen, die sich Totenbeschwörer und Nekromanten einst dienstbar gemacht hatten.

Die Schätze des Bundes, dachte sie überwältigt angesichts solcher Pracht. *Sie haben alles hergebracht, was sie retten konnten.* Ob auch ihre Mutter hier gewesen war, in den Monaten vor ihrem Tod? War sie vielleicht der letzte Mensch gewesen, der vor ihnen die gewaltige Treppe hinabgestiegen war?

In der Mitte der Kaverne befand sich ein sechseckiges Podest. Kurze Treppen führten an vier Seiten hinauf.

Langsam gingen sie darauf zu.

Obwohl die Höhle ein Wunderwerk der Baukunst darstellte, waren die Jahrhunderte nicht spurlos an ihr vorübergegangen. Von der Decke gefallene Steine lagen verstreut herum. Eine hauchdünne Schicht gefrorener Feuchtigkeit bedeckte den Boden, das Mauerwerk des Podests war rissig. Es knirschte laut in der Stille, als etwas unter ihrer Sohle zerbrach. Sie hob einen Splitter auf. Gebrannter Ton.

Sie warf ihn weg und ging weiter. Ein Relief umlief den Podestsockel, kunstvoll in den Stein gemeißelt. Es erzählte von Sauls Begegnung mit Jochebed, von dem Fluch, den die Wahrsagerin über den verhassten König sprach, von seinem Niedergang und Freitod. Von der Gründung des Bundes und seiner Verbreitung über die Grenzen Israels hinaus. Bilder aus glücklicheren Tagen, Erinnerungen an eine Zeit, in der eine geheime Zuflucht wie diese noch nicht notwendig gewesen war.

Stufe für Stufe stiegen sie die Treppe hinauf.

In der Mitte des Podests stand der Schrein von En Dor.

Er hatte die Form einer kleinen Truhe und bestand vollständig aus Obsidian. Die Oberflächen schimmerten wie stilles schwarzes Wasser. Die Teile des kostbaren Steins waren so geschickt zusammengefügt worden, dass der Schrein aussah, als sei er aus einem einzigen Stück herausgeschnitten worden. Seraphim mit ausgebreiteten Schwingen bedeckten die Seitenwände. Die Deckelplatte war beschaffen wie ein Giebeldach.

Die Haare an ihren Armen richteten sich auf. Rahel wagte nicht, näher heranzugehen. Sie verspürte das überwältigende Gefühl, fehl am Platz zu sein. Allein den Schrein zu *sehen*, war schon weit mehr, als einer unbedeutenden Sterblichen wie ihr erlaubt war.

»Du musst ihn öffnen«, sagte Brendan. Seine Stimme bebte.

Ja, dachte sie. *Deshalb sind wir hergekommen. Du darfst jetzt nicht aufgeben.*

Zögernd trat sie an den Schrein, legte ihre Hände auf den kühlen Stein und schob mit all ihrer Kraft den Deckel auf.

Es waren sechs Krieger. Als sie die Kapelle an der Bergflanke erreichten, stellte Isaak fest, dass Saudic sie anführte. Er erkannte auch den Mann an Saudics Seite: Jarosław. Der Polane hatte eines seiner Schwerter gezogen und hetzte neben Rampillons Hauptmann den Hang hinauf.

Saudic und Jarosław. Die Furcht dörrte seine Kehle aus. Weder dem einen noch dem anderen war er ihm Zweikampf gewachsen. Und jetzt hatte er beide gegen sich, ganz zu schweigen von den vier schwer bewaffneten Soldaten. Nicht einmal ein Krieger mit der gewaltigen Kraft Shimshons konnte gegen eine solche Übermacht bestehen.

Aber du bist nicht Shimshon, du bist Dawid, rief er sich ins Gedächtnis. *Dawid, der mit Flinkheit und Schläue einen über-*

mächtigen Feind bezwungen hat. Und Dawid hatte nur eine Schleuder. Du hast mehr.

Mit klammen Fingern griff er nach der Armbrust, legte einen Bolzen ein und spannte sie.

Er kauerte zwischen den Felsen, die sich am höchsten Punkt des Bergrückens auftürmten. Er wartete, bis die Krieger den steilen, schneebedeckten Hang erklommen. Dort waren sie weniger beweglich und boten ein leichteres Ziel.

Er schoss.

Blitzschnell, kaum wahrnehmbar für das Auge flog der Bolzen den Männern entgegen. Saudic riss seinen Schild hoch, Metall schlug auf Metall. Der Hüne brüllte etwas, und die Waffenknechte fächerten auf, während sie weiter vorrückten, die Schilde erhoben.

Mit einem Fluch auf den Lippen legte Isaak den nächsten Bolzen ein. Wieder zielte er auf Saudic. Doch der Krieger war vorsichtig geworden. Er ließ die Felsen nicht aus dem Auge und hielt den Schild so, dass er seinen Oberkörper und den Unterkiefer abschirmte.

Der Soldat neben ihm glitt aus, stolperte. Isaaks Armbrust schwenkte herum, und er drückte den Auslöser. Der Mann wurde herumgerissen, als der Bolzen am Schlüsselbein das Panzerhemd durchschlug. Eine Blutfontäne schoss empor.

Für einen dritten Schuss hatte Isaak keine Zeit mehr. Er ließ die Armbrust fallen und rannte geduckt hinter den Felsen entlang. Inzwischen hatten zwei Waffenknechte auf ihn angelegt. Die Bolzen pfiffen dicht über ihm durch die Luft. Als sie nachluden, hastete er über die freie Fläche zur nächsten Gruppe von Felsen. Dort lehnte er sich gegen einen hoch aufragenden Brocken und schöpfte Atem.

Nur noch fünf. Er war Dawid. »Ich bin gespannt, wie euch das gefällt«, murmelte er und stemmte sich mit seinem ganzen Gewicht gegen den Felsen.

Knirschend gab er nach. Isaak spähte an dem Stein vorbei. Seine Gegner standen genau richtig. Er blies die Backen auf und verdoppelte seine Anstrengungen. Der Brocken neigte sich nach vorne – und kippte.

Mit dumpfem Poltern stürzte er den Hang hinab. Brüllend liefen die Männer auseinander. Mit der Wucht von zehn fallenden Mühlrädern schlug der Felsen in eine hausgroße Schneeverwehung ein. Die weiße Masse löste sich, rutschte talwärts und riss Geröll und noch mehr Schnee mit sich. Das Getöse übertönte die Schreie.

Die Lawine walzte über die Krieger hinweg, zermalmte sie, begrub sie unter sich.

Schwer atmend kniete Isaak neben den Felsen. Unten im Tal kamen die Schnee- und Geröllmassen zur Ruhe. Rampillon, Madora und die restlichen Soldaten waren stehen geblieben; leise hörte er ihre entsetzten Rufe. So bald würden sie es nicht wagen, sich den Gipfeln zu nähern. Von seinen Gegnern war nichts mehr zu sehen. Die Lawine hatte sie ausgelöscht.

Erschöpft rappelte er sich auf. Er musste zu Rahel und Brendan. Er hatte nicht zu hoffen gewagt, dass es ihnen gelingen könnte, Rampillon zu bezwingen. Doch jetzt durchströmte ihn neue Zuversicht. Wer Saudic und Jarosław besiegt hatte, konnte alles erreichen.

Gerade als er die Stelle erreichte, wo seine Armbrust lag, bemerkte er eine Gestalt auf dem Hang.

Jarosław. Mit dem Schwert in der Hand kämpfte er sich durch den kniehohen Schnee.

Isaak verbarg sich hinter den Felsen. Wie war das möglich? Wie konnte jemand eine Lawine von solcher Zerstörungskraft unbeschadet überstehen? Nur ein Mann mit übermenschlicher Schnelligkeit wäre dazu fähig.

Wie auch immer. Meiner Armbrust entkommt er nicht!

Isaak spannte die Waffe und wollte einen Bolzen einlegen. Seine Hand zitterte, und er ließ ihn fallen. Jarosław war bis auf einen halben Steinwurf an die Felsen herangekommen. Die zweite Klinge glitt aus der Lederscheide.

Isaak presste die Lippen zusammen. Er hatte nur einen Schuss. Er zwang sich, seine Hand ruhig zu halten, als er den Bolzen einlegte, die Waffe hob und zielte.

Sirrend flog der Bolzen los. Jarosław ließ sich fallen, und das Geschoss verfehlte ihn. Isaak zog sein Messer und stürzte sich auf den Polanen, wollte ihn töten, bevor er sich aufrappeln konnte. Doch der Krieger war schneller, stärker, geschickter. Isaak war noch nicht bei ihm, da federte Jarosław hoch und rammte ihm den Kopf in den Magen. Er fiel auf den Rücken und verlor das Messer. Eine raue Hand presste sich auf seine Wange, drückte sein Gesicht in den Schnee. Blind trat er nach vorn und traf etwas Weiches. Die Hand gab ihn frei. Keuchend fuhr er auf und wischte sich den Schnee aus den Augen.

Jarosław war zurückgetaumelt. Ein Muskel zuckte in seinem Gesicht, seine Lippen formten eine dünne Linie. Er hob die kurze Klinge auf und kam langsam auf ihn zu.

In diesem Moment öffnete sich der Berg und gab Licht frei, gleißendes, schönes, schmerzhaftes Licht. Es floss über die Felsen und die Schneehänge und strahlte bis zum Himmel, es tilgte jeden Gedanken, jedes Gefühl und löschte die Welt aus.

Kapitel 22

Licht umströmte Rahel, hüllte sie ein, durchdrang sie, bis sich ihr Körper verflüchtigte und sich ihr nichts als ihre reine, nackte Seele offenbarte: ein winziger Funken aus Erinnerungen, Gedanken, Gefühlen und der rätselhaften Kraft des Lebens in einem schimmernden Ozean voller Güte, Geborgenheit … und Grausamkeit.

Das Licht ließ keine Lüge zu. Jeder Selbstbetrug, jede Selbsttäuschung löste sich darin auf, und sie musste erkennen, wie sie wirklich war: einsam, kleinlich, furchtsam, rechthaberisch. Die schützenden Hüllen schmolzen dahin. Sie erblickte all ihre kleinen gedankenlosen Gemeinheiten, ihre Selbstsucht, ihre Ängste, vor allem ihre Ängste. Alles innerhalb eines Wimpernschlags, während sie ohne Halt und Rettung in dem Ozean aus Licht dahintrieb.

»Aufhören«, flüsterte sie, »bitte.«

Doch es hörte nicht auf. Schicht um Schicht ihres Wesens trug das Licht ab, unerbittlich und erbarmungslos, legte alles frei. Jede niedrige Regung, jedes gemeine Wort, das sie gesprochen, jede feige und ungerechte Tat, die sie vollbracht hatte. Sie widersetzte sich, kämpfte gegen Scham, Schmerz und Reue an und flehte um Gnade.

Vergebens.

Das Strahlen verglühte erst, als sie die Wahrheit hinnahm: *Ja, so bin ich*, dachte sie zu Tode erschöpft. Was sie gesehen hatte, war ein Teil ihres Wesens. Es gehörte genauso zu ihr wie ihre Großzügigkeit, ihre Tapferkeit, ihre Liebe zum Leben. Sie trug beides in sich, ob es ihr gefiel oder nicht. So war die Wahrheit beschaffen. Die Wahrheit ihrer Seele.

Die Angst, der Schmerz und die Reue verschwanden. Sie kam zur Ruhe und war bereit.

Bereit für die Erinnerungen.

Bilder, Gefühle, Gerüche und Geräusche flossen durch sie hindurch, neue und alte, gegenwärtige und vergessen geglaubte, verständliche und rätselhafte, wichtige und belanglose. Die tröstende Berührung ihrer Mutter, der Einarmige Saladin, das brennende Judenviertel in Rouen. Yvains raue Hände, Brendans Lächeln, der harzige Duft eines Lagerfeuers. Das erste Wort, das ihren Kindermund verließ, Mirjams gewaltige Brüste, eine schnurgerade Straße durch verschneite Hügel. Die Hitze des Liebesaktes, ihre Geburt, Gewitterwolken an einem schwefligen Himmel. Ihr Vater, aufgebahrt in seinem Gemach, schmutzige Verse aus einem Spottlied Graf-Lang-und-Schäbigs, der süße Geschmack von Honig, Sorgests meckerndes Lachen … und immer wieder Isaak. Sein zerzaustes blondes Haar, sein Lächeln, seine Fingerkuppen auf ihrer Wange, seine Lippen auf ihrer Haut, seine Hingabe an alles, was er tat. Er war bei ihr, spürte sie, und das half ihr, sich in diesem wahnwitzigen Bilderreigen nicht zu verlieren, für den ihr kleiner Menschenverstand nicht geschaffen war.

Das Licht zeigte ihr die Wahrheit.

Und sie verstand.

Kapitel 23

Als Brendan zu sich kam, fand er sich auf der Treppe des Podests wieder. Er blinzelte. Das gleißende Strahlen war fort. In der Kaverne herrschte wieder das gleichmäßige, von den Obsidianspiegeln geschaffene Zwielicht.

Er setzte sich auf. Eine seltsame Leichtigkeit erfüllte ihn. Das Licht hatte ihm Joanna gezeigt und den Ort, an dem sie jetzt war. Sie wanderte nicht durch die Hölle. Sie hatte Frieden gefunden. Das Geschöpf, das ihn angegriffen hatte, hatte sich seine schlimmsten Ängste zu Nutze gemacht, hatte ihn das sehen lassen, was er am meisten fürchtete. Eine Täuschung, die nichts mit Joanna zu tun hatte und die doch machtvoll genug gewesen war, ihn beinahe zu Grunde zu richten. Das Licht jedoch duldete keine Lügen, und so hatte er sie als das erkannt, was sie war: Zauberwerk, ein Trugbild.

Die Kälte in seinen Gliedern, in seinem Herzen, die Dunkelheit in seinem Innern waren verschwunden. Er sah, hörte, roch und fühlte alles mit einer Klarheit, als hätte ihn tagelang eine unsichtbare Glocke umgeschlossen, die dank des Lichts zerbrochen war. Sein Gesicht war feucht. Viel zu lange schon wartete er auf diese Tränen. Nach Joannas Tod hatte er sich nicht gestattet, um sie zu trauern; und später war er dazu nicht mehr fähig gewesen. Jetzt konnte er endlich Abschied von ihr nehmen.

Seine Finger berührten das Amulett unter seinem Wams. Er streifte sich das Kupferdreieck über den Kopf. Er brauchte es nicht mehr.

Ein leises Seufzen erklang. Er sprang auf und lief zu Rahel.

Sie lag neben dem offenen Schrein und regte sich. Er half ihr, sich aufzusetzen.

»Bist du in Ordnung?«

Sie nickte. Ihr Gesicht war bleich, aber die Augen waren klar. »Du weinst ja.«

»Es geht mir gut. Das Licht … Es hat mich geheilt.«

Sie legte ihm eine Hand auf die Wange und lächelte schwach. »Das ist gut«, murmelte sie.

Er nahm ihre Hand in seine. Während ihrer Wanderung durch das Gebirge war sie Tag und Nacht in seiner Nähe gewesen, hatte sich um ihn gekümmert und ihn nicht aufgegeben, obwohl er sich selbst längst aufgegeben hatte – und doch war er einsamer gewesen als an dem Tag, als seine Eltern starben. Ihm wurde klar, wie sehr sie ihm gefehlt hatte, es gab so vieles, das er ihr sagen wollte. Aber ihre Lage war gefährlicher denn je. »Glaubst du, Rampillon hat das Licht gesehen?«

»Jeder im Umkreis von vielen Meilen hat es gesehen.« Rahel stand auf.

»Kannst du es benutzen, um ihn aufzuhalten?«

»Niemand kann das.«

Jetzt erhob sich auch Brendan. »Wo willst du hin?«

»Zu Isaak. Er braucht uns.«

Er folgte ihr zur Felsentreppe. »Was ist mit dem Schrein? Wir sind doch hergekommen, um ihn vor Rampillon zu schützen.«

Sie schritt zügig aus, sodass er Mühe hatte, ihr zu folgen. »Rampillon kann ihn haben.«

»Was?«, stieß er hervor.

»Der Schrein wird ihm nichts nutzen. Madora auch nicht.«

»Sie hat doch gesagt, wer den Schrein besitzt, verfügt über unvorstellbare Macht.«

Sie erreichten die Treppe. Rahel ging voraus. »Sie hat sich

geirrt. Der Schrein verleiht Macht, aber nicht von der Art, wie sie es sich erhofft.«

Verwirrt folgte er ihn. Etwas an Rahel war anders, etwas, das sich nur schwer fassen ließ. Ihre Bewegungen waren geschmeidiger, ihre Stimme war einen Hauch kraftvoller, der Ausdruck in ihren Augen älter. Ja, das war es. Sie erschien ihm, als hätte sie die Weisheit und Erfahrung vieler Jahre hinzugewonnen, während ihr Äußeres immer noch das einer zwanzigjährigen Gauklerin war.

»Woher weißt du diese Dinge?«, fragte Brendan.

»Das Licht«, antwortete sie. »Es hat sie mir gezeigt.«

Wieder schwieg er. Da war noch eine andere Frage, eine, die er kaum zu stellen wagte. »War das, was wir gesehen haben – das Licht –, war das *Gott*?«

»Nein. Nur ein winziger Teil von ihm.«

»Wo ist es jetzt hin?«

»Es ist immer noch im Schrein.«

»Ich habe hineingeschaut. Er ist vollkommen leer.«

Rahel gab keine Antwort. Sie blieb abrupt stehen.

Auf dem Sims am oberen Ende der Treppe erschien Rampillon, gefolgt von Madora. Zwei Waffenknechte hinter ihnen hielten Isaak fest. Er schien nicht verletzt zu sein. Als er sie bemerkte, rief er: »Lauft! Lasst ihnen den Schrein! Ihr dürft nicht –« Einer der Waffenknechte schlug ihm ins Gesicht. Sein Kopf wurde zur Seite geworfen, und er ächzte vor Schmerz.

»Ergreift sie«, befahl Rampillon. Zwei weitere Soldaten eilten die Treppe hinab.

Brendan wollte sich umdrehen und weglaufen, doch im gleichen Moment sagte Rahel: »Nicht. Es hat keinen Sinn.«

Panzerhemden rasselten leise, während die Männer auf sie zuschritten. Die Augen des vorderen verengten sich. Mit einem schleifenden Geräusch glitt sein Schwert aus der Scheide.

Fünfzehn Jahre hatte Madora nach diesem Ort gesucht, ihr halbes Leben lang. Kein Tag war vergangen, an dem sie ihn sich nicht ausgemalt hatte, sodass er im Lauf der Zeit in ihrer Vorstellung immer großartiger und wundersamer geworden war. Und doch übertraf der Anblick all ihre Erwartungen, als sie hinter Rampillon die Treppe in den gewaltigen, von grünlichem Dämmerlicht erfüllten Felsendom hinabstieg.

Eine von Menschenhand geschaffene Kaverne, die allen Naturgesetzen zum Trotz nicht in sich zusammenfiel. Obsidianspiegel, größer und prachtvoller als in jedem Palast des Abendlandes. Alkoven voller Wissen und unermesslicher Schätze – und in der Mitte: der Schrein.

Ihre Finger berührten das Mal, eine Bewegung, die ihr in den letzten Tagen zur Gewohnheit geworden war. Der Schmerz hatte aufgehört, als das Licht aus dem Innern des Berges gestrahlt hatte, obwohl Madora noch weit entfernt gewesen war. Hatte das bloße Wahrnehmen des Lichts genügt, den Fluch Baal-Sebuls zu brechen? Hatte der Schrein wirklich solche Macht?

Ja, dachte sie. *Keine Macht auf Erden ist größer.*

Nicht mehr lange, und sie gehörte ihr.

Sie und Rampillon gingen an der Spitze der fünfzehnköpfigen Gruppe, die wie eine Prozession die Felsentreppe hinabstieg, dem Grund der Höhle entgegen. Auf keinen von ihnen war das Licht ohne Wirkung geblieben. Sie sah Ehrfurcht in den Gesichtern der Männer, ängstliches Erwarten, mühsam unterdrücktes Entsetzen, Glückseligkeit. Bei Jarosław, den das Licht berührt hatte, war die Wirkung am größten gewesen. Er hatte sich geweigert, auch nur einen Fuß in die Höhle zu setzen – das erste Mal, dass er ihr die Gefolgschaft verweigert hatte. Er war draußen geblieben, wo er sich um den verletzten Saudic kümmerte. Sie fragte sich, was er im Licht des Schreins gesehen hatte.

Das Licht: ein Funke der göttlichen Herrlichkeit, eingefangen von den Kanaanitern in den Höhlen des Tabor, bewahrt von den Höchsten des Bundes über mehr als zweitausend Jahre in einem Schrein aus unvergänglichem Obsidian. Heiliger als die alten Gesetzestafeln. Wahrhaftiger als der brennende Dornbusch. Machtvoller als das erste Wort des Ewigen bei der Erschaffung der Welt. Wer den Schrein besaß, gebot über Könige und Päpste.

Rampillon, dieser Narr, wollte das nicht glauben. Es genügte ihm, einmal hineinzusehen. Bitte, sollte er. Sie würde ihn nicht daran hindern. Danach wäre ihr Teil des Paktes erfüllt, sie konnte den Schrein an sich nehmen und brauchte nie mehr einen Gedanken an den alten Dummkopf zu verschwenden.

Sie erreichten das Ende der Treppe.

»Wartet hier«, befahl Rampillon seinen Männern. »Wenn die Gefangenen Ärger machen, tötet sie.« Er wandte sich zu dem Podest um, und für einen winzigen Augenblick sah Madora einen Anflug von Demut in seinen Augen, bevor die übliche Gier und Ungeduld zurückkehrten. Er ging mit jedem Schritt schneller, ohne die Erhabenheit dieses Ortes zu würdigen. Sie empfand nur Verachtung für ihn.

Gemächlich folgte sie ihm. Sollte er sich holen, was er wollte. Sie hatte alle Zeit der Welt. Vor dem Podest ging sie in die Hocke und hob einen absonderlich geformten Stein auf. Er zerbröckelte in ihrer Hand. Was sie für ein Stück Felsen gehalten hatte, war gebrannter Ton. Mehrere Stücke davon lagen vor der Treppe, zu der sie gehen wollte. Ein Bruchstück hatte die Form einer Hand, ein anderes die einer Gesichtshälfte. *Ein Golem*, dachte sie. Ein Mann aus Ton. Einer der mächtigsten Zauber des Bundes. Offenbar hatte er den Schrein bewacht, bis ihn im Lauf der Jahrhunderte die künstliche Lebenskraft verlassen hatte und er daraufhin zerfallen war.

Sie warf den Brocken weg und beobachtete Rampillon. Der alte Mann stand auf dem Podest und beugte sich über den offenen Schrein.

Es geschah – nichts.

Die Sehnsucht in seinem Gesicht wurde erst zu Verwirrung, dann zu Zorn. Sein Kopf fuhr zu Madora herum. »Wo ist das Licht?«, fragte er scharf.

»Im Schrein. Wo denn sonst?«

»Da drin ist gar nichts!«

Das war in der Tat merkwürdig. »Rahel hat den Schrein gerade erst geöffnet. Vielleicht zeigt es sich nicht zweimal kurz hintereinander.«

Er schaute noch einmal hinein, als fürchte er, etwas übersehen zu haben. Dann hieb er mit den Handflächen auf die Kanten des Schreins und richtete sich ruckartig auf. »Es hat den Schrein verlassen. Sie hätte ihn nicht öffnen dürfen.«

»Das ist doch Unsinn. Er wurde schon früher geöffnet. Das Licht ist an ihn gebunden, solange er existiert.«

Er schien sie gar nicht zu hören. Er stieg mit seltsam eckigen Bewegungen die Stufen herunter und rauschte an ihr vorbei, seine Robe ein flatterndes Banner aus Dunkelheit.

Madora folgte ihm zu den Soldaten. Furchtsam wichen die Männer vor ihm zurück. Rahel und ihre Gefährten kauerten auf den Boden vor der Höhlenwand, bewacht von vier Waffenknechten. Als Rampillon auf sie zukam, stand die Gauklerin auf.

»Was hast du mit dem Licht gemacht?«, herrschte der Siegelbewahrer sie an.

Keine Furcht lag in ihren Augen, nicht einmal Anspannung. »Gar nichts. Es ist so, wie Madora sagt. Es ist immer noch im Schrein.«

»Du hast es gelöscht!«

»Ihr wisst, dass ich das nicht kann.«

»Wieso zeigt es sich mir dann nicht?«

»Wer in den Schrein blickt, sieht nur das, was bereits in ihm ist.«

»Ich habe gar nichts gesehen!«, rief Rampillon, und seine Stimme überschlug sich. »Nichts! Nicht das kleinste Glühen!«

Rahel sagte nichts.

»Deine Hinterlist wird dich teuer zu stehen bekommen«, kreischte der Siegelbewahrer. »Schafft sie nach oben! Den verdammten Kasten auch!«

Die Männer kamen seinen Anweisungen eiligst nach. Drei Waffenknechte packten die Gefangenen und zerrten sie zur Treppe. Die Übrigen rannten zum Podest. Rampillon eilte die Felsenstufen hinauf. Jean, sein Diener, lief ihm nach und redete beruhigend auf ihn ein, bis der Siegelbewahrer ihn mit einem schneidenden Wort zum Schweigen brachte.

Nur Madora verharrte reglos am Fuß der Treppe und blickte Rahel nach. Das Mädchen hatte sich verändert. Um zu ergründen, was mit ihr geschehen war, hatte Madora einen Blick auf ihre Seele geworfen. Was sie gesehen hatte, hatte sie zutiefst verwirrt. So viel Wissen, so viel Weisheit. Mehr, als sie je bei einem einzelnen Menschen angetroffen hatte.

Schmerz durchzuckte ihre Hand, schlimmer als jemals zuvor.

Kapitel 24

Obwohl der Schrein nicht sonderlich schwer war, bereitete es den Waffenknechten erhebliche Mühe, ihn auf der schmalen Treppe nach oben zu bringen. Es wurde Abend, bis es ihnen endlich gelang, ihn ins Freie zu schaffen. Auf einer Trage aus Holzstangen schleppten sie ihn zur Stufe in der Felswand und ließen ihn mit Tauen langsam hinab. Trotz ihrer Vorsicht schrammte der Obsidiankasten einmal am Fels entlang, woraufhin Rampillon einen solchen Zornesausbruch erlitt, dass er den verantwortlichen Soldaten anschließend mit einer Reitgerte blutig prügelte.

Rahel fiel auf, dass einige Waffenknechte fehlten. Auch Saudic war verletzt; er trug den Arm in einer Schlinge. »Warst du das?«, raunte sie Isaak zu, der neben ihr kauerte.

Er nickte. »Eigentlich sollte er tot sein. Aber dieser Kerl ist zäher als eine Küchenschabe.«

»Maul halten!«, bellte der Soldat, der sie bewachte.

Das war das letzte Mal für längere Zeit, dass sie reden konnten. Als sie aufbrachen, stellte Saudic jedem von ihnen einen Aufpasser zur Seite. Man fesselte sie nicht, aber die Männer verboten ihnen, miteinander zu sprechen, und sorgten dafür, dass sich Brendan an der Spitze des Trupps befand, Rahel in der Mitte und Isaak am Ende.

Einem Gespräch zweier Soldaten entnahm sie, dass Rampillon den Schrein nach Grenoble bringen wollte. Die Rückkehr zur Stadt gestaltete sich wegen des Schreins langwierig und mühsam. Aus Furcht, ihn zu beschädigen, befahl Rampillon Bayard, jeden Bergpfad, jeden schmalen Pass zu umgehen, was weite Umwege durch die Täler bedeutete. Außerdem verschlechterte sich das Wetter. Tief hängende Wolken bedeckten den Himmel bis zum Horizont, und es schneite ohne Unterlass – nicht so stark wie vor einigen Tagen, aber stark genug, um ihr Vorankommen zu behindern. Rampillons Wutausbrüche trugen ihren Teil dazu bei, dass die Moral der Soldaten zusehends sank. Während sie rasteten, kauerte der Siegelbewahrer brütend neben dem Schrein und fuhr jeden an, der ihn aus seinen Gedanken riss.

Madora wanderte meist neben Bayard und hielt sich vom Rest fern. Das Mal setzte ihr zu. Mehrmals blieb sie mit verzerrtem Gesicht stehen, die Faust auf den Bauch gepresst. Manchmal war der Schmerz so stark, dass sie nur mit Jarosławs Hilfe weitergehen konnte. Rahel entging nicht, dass die Seherin sie beobachtete. Sie ahnte, was mit ihr geschehen war, allerdings hatte sie noch nicht die richtigen Schlüsse daraus gezogen. Sie versuchte, mehr zu erfahren, indem sie in Rahels Seele schaute. Wenn Rahel die tastenden Finger von Madoras Verstand spürte – ihr Vorgehen war so schrecklich plump, dass es unmöglich war, es *nicht* zu bemerken –, gewährte sie der Seherin einen Blick auf Nebensächlichkeiten, während sie alles Wichtige sorgsam vor ihr verbarg. Jedes Mal zog sich Madora schon nach kurzer Zeit zurück, noch verwirrter als zuvor.

Rahel wusste, was in ihr vorging. Sie wusste es auch bei Rampillon, bei Saudic, bei jedem einzelnen Soldaten. Sie konnte nicht in sie hineinsehen wie Madora, es war mehr wie ein zusätzlicher Sinn. Das Licht hatte ihre Wahrnehmung geschärft, ihr Gespür für die Gefühle anderer. Sie erkannte, was andere fühlten, bevor sie selbst es begriffen. Sie sah voraus, wenn Streit zwischen zwei Waffenknechten ausbrach oder sich Bayard mit dem Weg irrte. Sie spürte, wenn Isaak an sie dachte oder Brendan in Gedanken bei Joanna war. Saudics dumpfer, immerwährender, zielloser Hass schlug ihr entgegen wie ein Rammbock. Rampillons wachsender Wahnsinn hinterließ in ihr die Beklemmung eines Albtraums.

Nur Jarosław blieb ihr ein Rätsel. Äußerlich war er derselbe wie vor den Ereignissen am Thabor. Er kümmerte sich um Madora, gab sich nicht mit den anderen ab und sprach keine fünf Worte am Tag. Innerlich dagegen … Sie kam nicht dahinter, was mit ihm geschehen war. Aber etwas *war* geschehen. Das Licht hatte auch ihn verändert.

Es dauerte zwei Tage, bis sich endlich eine neue Gelegenheit ergab, mit Isaak zu reden. Bayard führte sie durch ein Tal, das sich nach Süden hin verengte, wo ein steiler Pfad hinauf zu einem Pass zwischen den Felshängen verlief. Die Waffenknechte mit dem Schrein auf den Schultern versanken knietief im Neuschnee. Auf dem Pfad glitt einer der Männer aus, sodass die anderen den Schrein nicht mehr halten konnten. Sie ließen ihn los, um nicht darunter begraben zu werden, die Lade polterte den Hang hinunter und rutschte in eine Felsspalte. Rampillon schrie, bis seine Stimme versagte. Saudic brüllte Flüche und Beschimpfungen und hämmerte dem gestürzten Soldaten die Faust ins Gesicht. Die anderen schlitterten zu den Felsen hinab, wo der Schrein verschwunden war. Saudic befahl die übrigen Männer des Trupps, die ratlos herumstanden, zu sich. Der Soldat bei Rahel war hin- und hergerissen zwischen dem neuen Befehl und seiner Aufgabe, auf sie aufzupassen. Schließlich siegte seine Furcht vor Saudic, und er lief zu seinen Gefährten.

Rahel hielt Ausschau nach Brendan und Isaak. Der Bretone war bereits auf der anderen Seite des Passes und nicht zu sehen. Isaak saß am Fuß des Hangs auf einem Felsen. Der Mann, der ihn bewachte, Benoit, war dick und gemütlich und dachte nicht daran, sich an der Bergung des Schreins zu beteiligen. Als sie sich zu Isaak gesellte, brummte er halbherzig: »Ihr wisst, dass ihr das nicht dürft.«

»Es sieht doch niemand«, erwiderte sie grinsend.

Benoit umklammerte mit beiden Händen den Lanzenschaft und verlagerte sein Gewicht auf ein Bein. »Aber nicht weglaufen.«

»Ehrenwort.«

Isaak lächelte, als sie sich zu ihm setzte. »Geht es dir gut?«

»Ich bin in Ordnung.«

»Wir sitzen ganz schön in der Klemme, was?«

»Es war schon schlimmer. Du fehlst mir.« Sie strich ihm über die Wange, nahm sein Gesicht in die Hände und küsste ihn. Unsicher erwiderte er die Berührung ihrer Lippen.

»Stimmt was nicht?«

»Ich weiß es nicht. Du bist so *anders*.«

Rahel musste lachen. »Ich bin immer noch dieselbe.«

»Wirklich?«

»Vielleicht ein bisschen klüger. Aber das ist alles, versprochen.«

Sie spürte seine Erleichterung. »Erzähl mir, was in der Höhle geschehen ist«, bat er sie.

Benoit stand keine zehn Schritte entfernt. Rahel wollte nicht, dass er etwas hörte, das ihn nichts anging. »Nicht jetzt. Sag mir lieber, was mit Jarosław los ist.«

»Ich habe gehofft, du könntest mir das erklären«, erwiderte er.

»Warum?«

»Ich habe ein Schneebrett zum Absturz gebracht. Jarosław hat es irgendwie überlebt und mich angegriffen. Er hätte mich töten können, aber dann kam das Licht. Als es fort war, wollte er nicht mehr kämpfen.«

»Er *wollte* nicht mehr?«

»Er sagte, wenn ich mich ruhig verhalte, würde mir nichts geschehen. Dann kamen Rampillon und die anderen.«

Sie dachte an ihre erste Begegnung mit dem Polanen. Der

Jarosław, den sie kannte, hätte nicht gezögert, ihn zu erschlagen. »Was hast du im Licht gesehen?«, fragte sie leise.

Isaaks Blick war auf die Schneehänge auf der anderen Seite des Tals gerichtet. »Es ist schwierig zu beschreiben. Ich habe etwas gespürt. Güte. Liebe. Die Gewissheit, dass alles, was wir tun, einen Sinn ergibt.« Er zuckte mit den Schultern.

Natürlich, dachte sie. *Du weißt bereits alles. Das Licht musste dir nichts zeigen. Wie sehr Rampillon dich beneiden würde, wenn er das wüsste.*

Sie schob ihre Hand in seine. Sie war rau und warm und kräftig. Das Licht hatte ihr geholfen, ihre Angst zu besiegen. Es hatte ihr gezeigt, dass es nichts gab, wovor sie sich fürchten musste, wenn sie ihn liebte. Wenn nur schon alles vorbei wäre und sie zusammen sein konnten, ohne all die Dummheit und Grausamkeit um sie herum.

Er fragte: »Stimmt das, was du zu Rampillon gesagt hast? Dass das Licht immer noch im Schrein ist und er es nur nicht sehen kann?«

»Es stimmt.«

»Er wird dich zwingen, es ihm zu zeigen.«

»Ich kann ihm nicht helfen.«

»Er wird nicht aufgeben, bis er es gesehen hat. Vielleicht tötet er dich sogar.« Seine Hand schloss sich fester um ihre. »Wir müssen etwas tun«, flüsterte er. »Überlass ihm den Schrein und flieh. Warte nicht, bis er vollends den Verstand verloren hat.«

»Ich lasse dich nicht im Stich. Bren auch nicht.«

»Bren und ich kommen schon zurecht. Rampillon schert sich nicht um uns. Er braucht nur dich …« Er verstummte. Seine goldgesprenkelten Augen weiteten sich eine Winzigkeit. Er ahnte, was in ihr vorging. »Das ist nicht alles, richtig? Du willst Rampillon aufhalten.«

»Nicht nur ihn. Auch Madora. Sie ist viel gefährlicher als er.«

Er holte scharf Luft und wollte etwas sagen, dann bemerkte er, dass Benoit in ihre Richtung blickte. Er zwang sich, leise zu sprechen. »Wie willst du das anstellen?«

»Ich warte ab, bis der richtige Moment gekommen ist.«

»Das ist verrückt. Das ist viel zu gefährlich. Das ist … einfach dumm!«

Freudige Rufe erklangen. Die Waffenknechte hatten den Schrein aus der Spalte befreien können, schoben das Tragegestell darunter und hoben ihn hoch. Sie stand auf. »Vertrau mir.« Sie küsste ihn auf die Wange und lief den Hang hinauf.

Kurz darauf kam ihr Bewacher zurück. Er war zu Tode erschöpft und hatte nicht bemerkt, dass sie fort gewesen war. Endlich erreichten die Männer, die den Schrein trugen, den Pass, sodass sich auch der Rest des Trupps in Bewegung setzte. Mit müder Stimme befahl der Soldat Rahel, weiterzugehen.

Die nächsten Tage verliefen ohne Zwischenfälle. Sie erreichten Berge und Täler, die ihr vage bekannt vorkamen, und schließlich die einsame, halb zerfallene Grenzfestung, in der der alte Ziegenhirte lebte. Die Männer schlugen in den Resten des Wohntraktes ein Nachtlager auf. Rampillon beanspruchte den Turm für sich, weshalb Saudic den Hirten zwang, ihn zu räumen und in den Stall zu ziehen. Ängstlich fügte sich der Alte. Als die Männer sich anschickten, vier Ziegen zu schlachten, flehte er Saudic weinend und auf Knien um Gnade an. Auf dessen Wink wurde er von zwei Waffenknechten weggezerrt.

Was mit dem Schrein geschah, bekam Rahel nicht mit, denn ein Soldat führte sie eine enge Treppe hinab, zu einer aus dem Fels gehauenen Gewölbekammer unter dem Turm. In der Mitte des Bodens gähnte ein schwarzes Loch. Der

Mann gab ihr einen Stoß, und sie fiel in die Öffnung, landete auf stinkendem Stroh. Kurz darauf folgten ihr erst Isaak, dann Brendan. Der Bretone stöhnte bei der Landung vor Schmerz auf und verfluchte den Waffenknecht lautstark. Zur Antwort kam ein dumpfes Dröhnen, und der Kreis aus schwachem Licht über ihren Köpfen erlosch. Die Soldaten hatten das Loch mit einer Platte abgedeckt.

»Was, zum Teufel, stinkt hier so?«, knurrte Brendan.

»Fauliges Stroh«, antwortete Isaak.

»Ich glaube eher, dass der Alte jeden Morgen seinen Nachttopf über dem Loch ausleert. *Ihr Schweinehunde!*«, brüllte der Bretone zur Öffnung hinauf. »Ihr könnt uns nicht in eine verdammte Jauchegrube werfen! Saudic, hörst du mich? Lass mich sofort hier raus, wenn du nicht willst, dass man bald überall Spottlieder über dein hässliches Gesicht singt!«

»Hör auf damit«, sagte Rahel. »Das hilft uns nicht weiter.«

»Und was hilft uns weiter? Vielleicht herumsitzen und abwarten?«

»Ja.«

»Das ist nicht dein Ernst.«

Isaak sagte: »Erzähl uns von deinem Plan.«

»Es gibt keinen Plan«, erwiderte sie.

»Was? Du hast doch gesagt, du wartest nur auf den richtigen Moment. Was willst du tun, wenn es so weit ist?«

»Das weiß ich noch nicht.«

»Irgendeine Idee musst du doch haben. Sonst wärst du nicht so gelassen.«

Rahels Augen gewöhnten sich allmählich an die Finsternis. Das Loch war nicht groß und hatte die Form eines Trichters, der sich nach oben hin verjüngte. Isaak und sie kauerten an den Wänden aus unebenem Fels. Brendan schlurfte unruhig herum.

»Ich kann euch das nicht erklären«, sagte sie.

»Aber du *hast* eine Idee, nicht wahr?«

»Keine Idee. Aber ich weiß etwas, das uns helfen könnte. Etwas, das mir das Licht gezeigt hat.«

Brendan setzte sich zu ihnen. »Versuch wenigstens, es zu erklären.«

»Bren und ich haben ohnehin gerade nichts anderes vor«, sagte Isaak. »Nicht wahr, Bren?«

»Nein. Es sei denn, dieses gastliche Haus überrascht uns plötzlich mit gebratenem Kapaun, lieblichen Schankmaiden und Wein aus Aquitanien.«

Sie lächelte. »Also gut. Aber ich fürchte, es ist nicht leicht zu verstehen …«

Eine einzelne Kerze brannte in der Turmkammer. Ein kleines Licht, viel zu schwach für so viel Dunkelheit.

»Jean!«, schrie Rampillon. »Wo bleibst du, Herrgott noch mal?«

Der Diener erschien in der Türöffnung, in den Händen ein Bündel Kerzen. »Das ist alles, was ich gefunden habe, Exzellenz. Sie sind aus Ziegenfett. Ich fürchte, sie riechen nicht sehr gut …«

»Es ist mir egal, wie sie riechen. Jetzt zünde sie schon an.«

Jean tat wie geheißen. Die sechs Kerzen machten den Raum kaum heller. Die Finsternis war zu hartnäckig, sie schien zu diesem Gemäuer zu gehören wie der Gestank von Moder und Ziegendreck.

»Kann ich noch etwas für Euch tun, Herr? Die Männer haben eine Ziege über dem Feuer. Vielleicht wollt Ihr etwas davon –«

»Sehe ich hungrig aus?«

»Nun, um ehrlich zu sein, Herr –«

»Scher dich einfach zum Teufel!«

Der Diener verneigte sich und verschwand geräuschlos im

Dunkel. Rampillon sank wieder vor dem Schrein zusammen, legte die Hände auf die Schläfen und grub die Fingerkuppen in sein Haar.

Sechs Tage waren vergangen und immer noch keine Spur des Lichts. Der Schrein war so leer wie ein neu gezimmerter Sarg. Er hatte davor gesessen und gewartet, er hatte gebetet, dutzendmal, hundertmal, er hatte den Obsidian mit Weihwasser gereinigt und einen Segen darüber gesprochen – vergebens. Das Licht zeigte sich nicht, obwohl es da sein musste. Er hatte gesehen, wie die Gipfel des Thabor in seinem Schein erstrahlten. Wenn er nur nicht so weit weg gewesen wäre! Dann hätte er vielleicht seine Heiligkeit erfahren, wenigstens eine Ahnung davon.

Aber nun erschien es, als wäre das Licht für immer erloschen. Wie sein Glaube vor so langer Zeit.

Er wusste nicht mehr, wann es geschehen war. Als Novize in der winzigen Abtei in den Vogesen hatte er die Gegenwart des Herrn jeden Tag gespürt, auch später noch, als er längst Abt geworden war. Seine Güte, Seine Liebe, Seine gerechte Strenge waren allgegenwärtig gewesen. Er hatte sie in den Gesichtern seiner Brüder gesehen, in den ehrfürchtigen Mienen der Bettler und Aussätzigen, wenn sie durch die Klosterpforte traten und die Almosen aus seinen Händen empfingen. Zweifel? Niemals. Gott war bei ihm, hatte er gedacht, Er würde es immer sein.

Rampillon ging nach Paris, studierte, wurde Beamter der Heiligen Römischen Kirche, arbeitete hart und galt bald als einer der bedeutendsten Kirchenmänner Frankreichs. Seine Abhandlungen lasen Studenten der Theologie in Bologna, Cambridge, Salamanca, wurden sogar im Lateranpalast in Rom diskutiert. Die Jahre vergingen, er stieg in der Kirchenhierarchie auf, wurde Erzdiakon von Paris, beriet Herzöge und Könige, war mächtiger als mancher Kardinal. Er bekämpfte Ketzerei und Häresie, wies die Juden, die Seinen Namen für ihren Götzendienst missbrauchten, in ihre Schranken, alles zum Ruhme des Herrn.

Und eines Tages bemerkte er, dass Gott fort war.

Wie hatte das geschehen können? Hatte er nicht sein Leben in den Dienst des Allmächtigen gestellt? Hatte er nicht alles dafür getan, Macht und Ansehen Seiner Kirche zu mehren?

Mit dem Alter kommen die Zweifel, dachte er anfangs. *Du bist nicht der Erste, dem es so ergeht. Der baldige Tod – daran liegt es. Ungewissheit hat schon so manche feste Burg des Glaubens erschüttert.*

Ja, das musste es sein. Aber gegen Ungewissheit gab es ein zuverlässiges Mittel.

Er nahm sich mehr Zeit für die stille Zwiesprache mit Seinem Schöpfer, die er vernachlässigt hatte, während er mit seinen Gegnern in den Fürstenhäusern und Bischofspalästen rang, gelehrte Aufsätze schrieb und im Auftrag von Papst und König durch die Reiche des Abendlandes reiste. Zweifel befielen den, der Gottes Stimme nicht klar und deutlich vernahm, aber wie sollte er sie in diesem Getöse aus Intrigen, Machtkämpfen und theologischen Debatten auch hören? Er zog sich eine Weile von seinen Ämtern zurück, rief sich ins Gedächtnis, dass er bei all seiner Macht nur ein gewöhnlicher Sterblicher war, der am Abend seines Lebens Trost benötigte wie jeder andere auch. Er bat den Allmächtigen um Verzeihung für seinen Hochmut und seine Nachlässigkeit und wartete geduldig, dass der Herr ihm vergab und sich ihm wieder zeigte, wie Er es früher getan hatte.

Doch nichts geschah. Seine Gebete waren ein Flüstern in der Finsternis, ohne Echo, ohne Antwort.

Warum nur? Warum strafte Gott ihn derart? Welcher Sünden hatte er sich schuldig gemacht, dass der Allmächtige sich von ihm abwandte?

Seine Gebete wandelten sich zu einem Flehen um Erklärungen. Er kehrte in die Abtei in den Vogesen zurück, wo der Herr ihm einst so nah gewesen war. Hoffte, dass ihm die vertraute, geliebte Umgebung des Kreuzganges und seiner alten Zelle dabei half, seine Fehler zu erkennen. Welch ein Irrtum! Der Anblick der jungen Mönche mit ihrem reinen Glauben machte alles nur noch schlimmer, denn er führte ihm vor Augen, wie fremd ihm diese schlichte Frömmigkeit geworden war.

Als er nach Paris zurückkehrte, war der Herr ferner denn je.

War Gottes Schweigen ein Zeichen, dass er sich auf einem Irrweg befand? Dass er die Aufgabe, die der Allmächtige für ihn vorgesehen hatte, nicht gewissenhaft genug ausfüllte? Er arbeitete härter, war unerbittlich gegen sich selbst, gestattete sich keine Schwäche, keinen Moment der Ruhe. Richtete all sein Streben darauf, die Macht der Kirche zu festigen, ihre Lehre zu verbreiten und ihre Feinde zu vernichten. Eines Tages, so dachte er, wäre ihm der Lohn für seine Mühen gewiss, würde der Herr zu ihm zurückkehren, würden sich all die Zweifel, die Leere und die Einsamkeit als Prüfung erweisen: *Guillaume, mein Sohn, du hast Treue und Entschlossenheit bewiesen, und ich habe es dir wahrlich nicht leicht gemacht. Nun ist es genug. Hier ist meine Hand. Ich lasse dich nie mehr los.*

Jahr um Jahr verstrich, und Gott blieb stumm.

Sein Inneres verdorrte, seine Gedanken verdunkelten sich, überall sah er nichts als Verfall und eine von Zufälligkeiten gelenkte Welt. War der Glaube seiner früheren Jahre eine Illusion gewesen? Die Einbildung eines jungen Mannes, der in seiner Schwäche und Haltlosigkeit ordnende Kräfte sehen wollte, wo es nichts als Chaos gab? Hatte er etwas verloren, das er in Wahrheit niemals wirklich besessen hatte?

Existierte Gott überhaupt?

Gebete waren etwas für leichtgläubige Narren, die sich mit einer vagen Ahnung von der Gegenwart des Allmächtigen zufrieden gaben. Er war ein Gelehrter, er brauchte mehr.

Er brauchte einen Beweis.

Er erfuhr vom Schrein von En Dor. Der Schrein sollte einen Funken göttlicher Macht enthalten, eingefangen auf dem Berg Tabor in Israel, bei einer Offenbarung des Herrn. Wer ihn öffnete, so hieß es, erblickte das Angesicht des Schöpfers, Seine Wahrheit, Seine Herrlichkeit. Es war Zufall, dass er davon erfahren hatte, denn weder die Bibel noch die apokryphen Schriften erwähnten ihn mit einem Wort. Handelte es sich nur um eine Legende? Oder hielten die Juden ihn versteckt, als Teil eines heimtückischen Plans mit dem Ziel, die Wahrheit über Gottes Allmacht vor der Welt zu verbergen?

Er forschte nach, reiste nach Rom, Konstantinopel und Granada und studierte die Aufzeichnungen frühchristlicher Mystiker, Manuskripte, von denen es im ganzen Abendland kein halbes Dutzend Abschriften gab. Die Hinweise auf den Schrein waren äußerst spärlich und oft verschlüsselt, aber die Mühe zahlte sich aus. Bald zweifelte er nicht mehr daran, dass der Schrein mehr war als nur ein Gleichnis. Er existierte wirklich, eifersüchtig behütet von – wie konnte es anders sein? – einer geheimen Bruderschaft jüdischer Zauberer.

Mit all seiner Kraft suchte er nach dem Schrein, nutzte seine neu erworbene Macht als Siegelbewahrer der französischen Krone, um den Juden jenes Geheimnis zu entreißen, dass sie der Christenheit so lange vorenthalten hatten. Wie mühsam das war und wie gewaltig die Hindernisse! Doch er überwand sie alle: verschlagene Rabbiner, Bischöfe und Barone, die sich in törichter Nächstenliebe schützend vor das jüdische Pack stellten, die Schwäche seines Alters, die immer wiederkehrenden Zweifel, ob das, was er tat, nicht ein weiterer Irrweg war, der neue Enttäuschungen für ihn bereithielt. Jedem noch so kleinen Hinweis ging er nach, und als er seinem Ziel nicht näher kam, schloss er sogar einen Pakt mit einer jüdischen Wahrsagerin, obwohl ihn der Selbstekel dabei schier übermannte.

Er scheute keine Mühe, keine Gefahr. Er brachte jedes Opfer, das von ihm verlangt wurde, nur um die Antworten zu finden, die er schon so lange suchte.

Und was geschah, als der Schrein endlich vor ihm stand?

Nichts. Er blieb dunkel und stumm und war so leer wie ein geplündertes Grab.

Rampillon hob den Kopf. Er begann zu zittern, als er den Schrein betrachtete. Es fing in den Schultern an und durchlief seinen Oberkörper, ein fiebriger Schauder, heiß und kalt zugleich. Schwankend stand er auf, ergriff einen Hocker und schleuderte ihn gegen die Obsidianlade. »Zeig dich endlich!«, schrie er. »Zeig dich! Warum verhöhnst du mich so?«

»Erwartet Ihr allen Ernstes eine Antwort?«, fragte jemand.

Er fuhr herum. Madora stand in der Tür, die Arme vor der Brust verschränkt. Natürlich war auch ihr Schatten nicht fern. Der Polane hielt sich unauffällig im Dunkel des Durchgangs auf.

»Wie lange steht Ihr schon da?«, fragte Rampillon scharf.

»Nicht lange. Wieso, habe ich etwas verpasst?«

»Wie seid Ihr an Saudic vorbeigekommen?«

»Ein paar freundliche Worte haben genügt. Der arme Kerl hat so viel Angst vor mir, er würde vermutlich alles tun, wenn ich ihn darum bäte.«

Das Zittern wollte nicht aufhören, so sehr er auch dagegen

ankämpfte. »Verschwindet!«, herrschte er die Seherin an. »Eine jüdische Hexe ist wahrhaftig das Letzte, was ich heute Nacht in meiner Nähe haben will.«

Langsam betrat sie den Raum. »Ihr habt mir den Schrein lange genug vorenthalten. Jetzt bin ich an der Reihe.«

»Wir haben einen Pakt!«

»Richtig«, erwiderte Madora. »Ihr habt den Schrein gefunden, also habe ich meinen Teil erfüllt. Wie steht es mit Eurem Teil?«

Er ertrug die Nähe dieser Frau nicht und wich zurück. »Gar nichts ist erfüllt. Das Licht hat sich nicht gezeigt.«

»Von dem Licht war niemals die Rede. Einmal nur wolltet Ihr in den Schrein hineinschauen, und das habt Ihr getan, nicht wahr?«

Er stieß mit der Ferse gegen den Obsidiankasten. »Bleibt, wo Ihr seid«, befahl er. »Ich warne Euch.«

»Ich will den Schrein. Den Schrein und die Schriften, die Ihr zusammengeraubt habt.«

»Ihr wisst genau, dass sie noch in Grenoble sind. Ihr könnt sie haben, sobald wir zurück sind.«

»Es gibt kein ›wir‹ mehr. Ich ertrage Eure Gegenwart keine weitere Stunde. Ich gehe noch heute Nacht – mit dem Schrein. Und wenn ich Euch dafür töten muss.«

Das hatte er nun von seinem Pakt. Er könnte Saudic rufen, aber würde der Hauptmann rechtzeitig da sein, um ihn vor Jarosław zu beschützen? Nein. Er wäre tot, ehe Saudic auch nur den Turm betreten hätte. »Lasst mich mit der Gauklerin sprechen«, sagte er. »Sie soll mir erklären, was mit dem Licht geschehen ist. Danach könnt Ihr den Schrein haben.«

»Ich glaube Euch kein Wort.« Madora winkte Jarosławs zu sich, woraufhin der Polane aus dem Dunkel trat.

Wieder durchlief ein heißkalter Schauder seinen Leib. Er durfte nicht sterben – nicht, bevor er nicht das Licht gesehen hatte. »Wartet. Das Mädchen weiß etwas. Es könnte sich für Euch als nützlich erweisen, es zu erfahren.«

Madoras Lippen zuckten, und ihre linke Hand schloss sich um die rechte. Unter dem weißen Tuch des Handschuhs befand sich das seltsame Mal. Es bereitete ihr gelegentlich Schmerzen – warum, hatte er nicht aus ihr herausbekommen.

»Holt sie her«, sagte die Seherin mit gepresster Stimme. »Aber wenn sie uns alles gesagt hat, stirbt sie.«

»Anschließend könnt Ihr mit ihr machen, was Ihr wollt«, erwiderte Rampillon.

Er rief nach Saudic.

»Dass ich dich geschlagen habe, tut mir leid«, sagte Isaak. »Ich war wütend. Ich hätte das nicht tun sollen.«

»Schon gut«, erwiderte Brendan. »Du hast mir das Leben gerettet.«

Sie saßen nebeneinander in der Finsternis.

»Heißt das, du trägst es mir nicht nach?«

»Natürlich trage ich es dir nach. Sowie wir hier raus sind, brate ich dir eins über. Darauf kannst du dich verlassen.«

Isaak nickte bedächtig. »Einverstanden.«

»›Einverstanden‹?«, wiederholte Brendan. »Was soll das heißen? Einverstanden womit?«

»Dass du mir eins überbrätst. Ich habe dich geschlagen, da ist es nur gerecht, dass du mich schlägst.«

»Du meinst, du schlägst nicht zurück?«

»Das habe ich nicht gesagt. Nur, dass du mich einmal schlagen darfst. Was danach geschieht – mal sehen.«

Jetzt schwiegen sie beide.

»Du willst dich also mit mir schlagen«, stellte Brendan fest.

»Ich will nicht«, meinte Isaak. »Aber es scheint die einzige Möglichkeit zu sein.«

»Wir können es auch jetzt gleich austragen. Hier drin. Rahel ist Kampfrichter. Rahel, bist du unser Kampfrichter?«

»Meinetwegen«, sagte sie.

Isaak zuckte mit den Schultern. »Also gut.«

Die beiden Männer stellten sich gegenüber auf. Rahel ließ sie. Dass sie sich schlagen wollten, hatte nichts mit gegenseitiger Abneigung zu tun – sie mochten sich, sehr sogar. Aber es war ihr Weg zu vergessen, in welcher Lage sie sich befanden. Dass zwei Männer allein mit einer Frau eingesperrt waren, spielte gewiss auch eine Rolle.

Brendan hob die geballten Fäuste vors Gesicht. »Nicht vergessen – ich habe den ersten Schlag.«

»Ich bin bereit«, sagte Isaak.

»Und wir kämpfen nach bretonischen Regeln.«

»›Bretonische Regeln‹? Was soll denn das sein?«

»Das weißt du nicht? Hast du die letzten zwanzig Jahre in einem Keller ohne Fenster verbracht?«

»Ich bin Jude. Woher soll ich wissen, was bretonische Regeln sind?«

»Na schön. Ich erkläre es dir …«

Brendan kam nicht dazu. Das Schaben von Holz auf Stein erklang, und Licht fiel auf sein Gesicht. Die beiden Männer machten der Leiter Platz, die in das Loch geschoben wurde.

Ein bärtiger Waffenknecht hielt die Holme fest. Ein zweiter leuchtete mit der Fackel.

»Du«, sagte der Bärtige zu Rahel, »raufkommen.«

»Was ist mit Bren und Isaak?«

»Nur du allein.«

»Ohne sie gehe ich nirgendwo hin.«

»Komm rauf, oder ich mach dir Beine«, knurrte der Mann.

»Geh«, sagte Isaak. »Mach dir keine Sorgen um uns.«

Was blieb ihr anderes übrig? Sie küsste Isaak und erklomm die Sprossen.

Oben erwartete sie Saudic. Durch die Lawine war sein Gesicht noch zugerichteter als vorher, falls das überhaupt möglich war. Er trug den Arm noch immer in einer Schlinge.

Die beiden Soldaten zogen die Leiter aus dem Loch und verschlossen es, dann folgten sie Saudic die Treppe hinauf. Rahel nahmen sie in die Mitte. Die Stufen mündeten in eine Turmkammer.

Der Schrein stand in der Mitte, überall brannten Kerzen. Rampillon, Madora und Jarosław waren anwesend. Gefühle schlugen ihr mit solcher Wucht entgegen, dass sie nicht genau feststellen konnte, von wem sie stammten. Es war ein verwirrendes Gemisch aus Furcht, Verzweiflung, Ungeduld, Hass und Neugier. Das Meiste schien von Rampillon auszugehen, aber einiges auch von Madora. Jarosław dagegen blieb weiterhin undurchschaubar für sie.

Die Soldaten zwangen sie, stehen zu bleiben. Saudic baute sich hinter ihr auf, versperrte mit seinem massigen Körper den Durchgang.

Rampillons stechender Blick ruhte auf ihr. Sie vermied es, ihm in die Augen zu sehen. Es kostete sie große Mühe, nicht von dem Inferno in seinem Innern überwältigt zu werden.

»Sag mir, wie du das Licht gerufen hast«, befahl ihr der Siegelbewahrer mit leiser Stimme.

»Ich habe es nicht gerufen. Es hat sich mir einfach gezeigt.«

»Du lügst. Irgendeine Teufelei hast du mit dem Schrein angestellt. Du wirst sie rückgängig machen.«

»Ich kann Euch nicht helfen.«

Rampillon kam auf sie zu. Sie wollte zurückweichen, doch die Soldaten hielten sie fest. Ihr Gesicht wurde heiß, als der alte Mann vor ihr stand. In ihren Schläfen pochte es schmerzhaft.

»Du solltest tun, was ich von dir verlange. Saudic kann dir Schmerzen zufügen, wie du sie noch nie in deinem Leben erfahren hast.«

»Das wird das Licht auch nicht zurückholen«, sagte sie.

»Wir werden sehen. Saudic!«

Saudic löste sich von der Türöffnung und ballte die gesunde Hand zur Faust. Rahel machte sich auf den Schmerz gefasst.

Als der Hüne zum Schlag ausholte, sagte Rampillon: »Warte. Ich habe eine bessere Idee. Hol ihren Freund aus dem Loch.«

Saudic ließ die Faust sinken. »Welchen?«

»Am besten beide.«

Der Hauptmann verließ den Raum.

Rahels Magen zog sich zusammen. Bisher hatte sie nur Angst um sich selbst gehabt; damit war sie fertig geworden. Doch jetzt musste sie um Bren und Isaak fürchten, und das war viel schlimmer. »Lasst sie in Ruhe!«, stieß sie hervor. »Sie wissen nichts über den Schrein.«

»Natürlich nicht«, erwiderte Rampillon. »Aber wenn du sie leiden siehst, erfahre ich vielleicht endlich, was *du* weißt.«

Wieder dieses Pochen in den Schläfen. Diesmal so stark, dass ihr davon übel wurde. »Ich weiß nur, dass Euch das Licht Gott nicht zurückbringen wird. Ihr habt Ihn für immer verloren. Der Schrein zeigt Euch nur das, was in Euch ist: Leere.«

Rampillon presste die Lippen zusammen, so fest, dass das Blut aus ihnen wich. Seine Hand schnellte hoch, traf sie im Gesicht. Tränen schossen ihr in die Augen.

»Kein Wort mehr«, flüsterte der Siegelbewahrer.

»Ihr glaubt, Ihr seid am Leben«, sagte sie, »dabei seid Ihr längst tot.«

»Das reicht!«, schrie Rampillon. »Bringt sie zum Schweigen!«

Einer der Soldaten trat ihr in die Kniekehle, sodass ihre Beine einknickten. Ein Stoß schleuderte sie zu Boden, eine

Stiefelspitze traf sie in der Magengegend. Keuchend vor Schmerz krümmte sie sich zusammen.

Verschwommen nahm sie wahr, wie Isaak und Brendan hereingeführt wurden.

»Rahel!« Der Bretone wollte zu ihr laufen, doch Saudic hielt seinen Arm wie einen Schraubstock fest.

Sie spürte warmen Atem auf dem Gesicht. Rampillon beugte sich zu ihr herunter und flüsterte: »Rede. Oder einer der beiden stirbt.«

»Ich habe Euch … schon alles gesagt«, brachte sie hervor.

Ruckartig richtete sich Rampillon auf. »Fang mit dem Juden an!«

Saudic packte Isaak am Nacken und stieß ihn in die Mitte des Raumes. Der gebrochene Arm behinderte ihn, und Isaak gelang es, den ersten Faustschlägen auszuweichen. Aber dann erwischte ihn die Pranke mit voller Wucht am Kopf, und er prallte gegen die Wand, wo er Saudic nicht mehr entgehen konnte. Schlag um Schlag traf ihn im Gesicht.

Rampillon grub seine Hand in Rahels Haare, presste ihr die knochigen Finger auf die Schläfen und zwang sie, alles mit anzusehen. »Hast du deine Meinung geändert?«, zischte er. »Ein Wort von dir kann es beenden.«

Tränen rannen über ihre Wangen. Bei jedem Schlag, der Isaak traf, schien ein Stück ihres Herzens abzusterben. Sie hätte alles getan, um seine Qualen zu beenden. Sie hätte das Licht für Rampillon gerufen, wenn sie dazu fähig gewesen wäre. Aber sie konnte nichts tun, gar nichts. »Hört auf«, flüsterte sie, »bitte …«

Der Siegelbewahrer ließ sie los. »Töte ihn«, befahl er. »Dann nimm dir den anderen vor.«

Isaak lag auf dem Boden; Blut troff aus seiner Nase und einer Platzwunde am Kieferknochen. Er war noch bei Bewusstsein und versuchte, sich aufzurichten. Niemand hielt sie auf, als sie zu ihm lief. Sie kniete sich neben ihn und drehte ihn auf den Rücken. Wenn Saudic ihn erschlagen wollte, würde er zuerst sie töten müssen. Ihr eigenes Leben war ihr gleichgültig. Sie wollte nur, dass Isaak nichts geschah.

Saudic zog den Morgenstern hinter seinem Gürtel hervor und baute sich über ihnen auf. »Geh zur Seite!«, dröhnte er.

In diesem Moment sagte Madora: »Das reicht jetzt. Sie weiß nichts.«

»Wartet, bis ich mit ihr fertig bin«, erwiderte der Siegelbewahrer.

»Ihr hattet Euren Versuch. Jetzt gehört der Schrein mir.«

»Der Schrein ist wertlos für Euch, wenn sich das Licht nicht zeigt. Warum begreift Ihr das nicht?«

»Ihr seid derjenige, der nicht begreift, was hier vor sich geht. Ihr seid ein armer, alter Narr. Töte ihn, Jarosław.«

Der Polane legte die Hände auf die Schwertgriffe – und ließ sie wieder los. Er rührte sich nicht von der Stelle.

»Hast du nicht gehört?«, sagte Madora schärfer. »Ich habe dir einen Befehl gegeben.«

»Er hat den Tod nicht verdient«, entgegnete Jarosław mit seiner tiefen, gleichförmigen Stimme. »Er soll weiterleben. Das ist Strafe genug.«

»Wer redet hier von Strafe? Ich will den verfluchten Schrein, und du wirst ihn mir holen.«

Rampillon hatte sich von seiner Überraschung erholt. »Worauf wartet ihr noch?«, schrie er Saudic und die beiden Soldaten an. »Erschlagt die jüdische Hexe, bei allen Dämonen!«

Die Waffenknechte rissen ihre Schwerter aus den Scheiden und stürzten sich auf den Polanen. Dieser rührte seine Klingen nicht an; trotzdem kam der bärtige Soldat nicht einmal zum ersten Schlag. Behände huschte Jarosław an ihm vorbei und rammte ihm den Ellbogen gegen die Schläfe, sodass er lautlos zu Boden ging. Der andere führte einen Streich gegen seinen Kopf, unter dem der Polane hindurchtauchte. Er hieb dem Waffenknecht die Handkante in den ungeschützten Nacken zwischen Helm und Panzerhemd, woraufhin auch dieser zusammenbrach. Im nächsten Moment rettete sich Jarosław mit einem Sprung vor Saudics Morgenstern, der krachend vor ihm auf den Boden schmetterte. Nun zog der Polane doch seine Schwerter und ging zum Angriff über. Rampillon hatte sich währenddessen hinter dem Schrein in Sicherheit gebracht und kreischte, Saudic solle Jarosław endlich töten.

Rahel achtete nicht auf den Fortgang des Kampfes. Sie legte Isaak die Hände auf die Wangen. »Hörst du mich? Bitte sag etwas.«

Seine Augen waren trüb; das linke schwoll allmählich zu. Er lächelte schief, und seine Lippen formten einige Silben, von denen sie nur »… lebe noch« verstand. Sie küsste ihn auf die Stirn und wandte sich an Brendan, der zu ihnen gekommen war. »Bring ihn nach unten in den Keller. Dort ist er einigermaßen sicher.«

»Was ist mit dir?«

»Ich komme zu euch, wenn das hier vorbei ist.«

Sie spürte seine Angst um sie. Doch er widersprach ihr nicht. Er legte Isaak einen Arm um die Hüfte, half ihm auf und stützte ihn beim Hinausgehen.

Saudic hatte Jarosław zur anderen Seite des Raumes gedrängt. Sein Morgenstern fegte über den Tisch, riss Kerzen und Geschirr mit sich, jedoch ohne den Polanen zu treffen. Rahel hastete zu den reglosen Waffenknechten. Mit den Schwertern konnte sie nichts anfangen, aber die beiden Männer hatten noch andere Waffen. Sie drehte einen auf die Seite, damit die Dolchscheide freikam, und zog das lange Messer.

Gleichzeitig hörte sie Saudic brüllen und blickte auf. Der Hüne wich vor Jarosławs zuckenden Klingen zurück und schwang den Morgenstern in einem weiten Bogen vor sich, um den Polanen auf Abstand zu halten. Rahel lief zu einer Kiste, aus der die Habseligkeiten des Hirten quollen, und duckte sich dahinter. Rampillons und Madoras ganze Aufmerksamkeit galt dem Kampf. Beide hatten sie nicht bemerkt.

Unter normalen Umständen wäre Saudic Jarosław vielleicht ebenbürtig gewesen. Mit dem gebrochenen Arm aber war er dem Polanen nicht gewachsen. Der Hüne mochte doppelt so viel Kraft wie sein Gegner haben, dafür war dieser flinker und führte zwei handliche Waffen anstelle einer schweren wie dem Morgenstern, die keinen gezielten Schlag erlaubte. Jarosław hatte ihm schon ein halbes Dutzend Wunden beigebracht. Keine war lebensbedrohlich, doch der Blutverlust schwächte Saudic. Seine Bewegungen wurden langsamer.

Die Dornenkugel zerschmetterte einen Stuhl, die Kette verhedderte sich in den Trümmern. Rampillons Hauptmann brauchte weniger als einen Herzschlag, um die Waffe freizubekommen, aber dieser kurze Augenblick genügte Jarosław. Als der Morgenstern hochschnellte, schlug er mit der längeren Klinge zu und trennte Saudics Arm am Ellbogen ab. Blut schoss aus dem Stumpf, und die Mundspalte öffnete sich zu einem tierhaften Heulen. In Saudics gesundem Auge blitzte eine Regung auf, von der Rahel geglaubt hatte, Saudic wäre dazu nicht fähig: Entsetzen. Er taumelte zurück, brach auf die Knie. Jarosław stieß ihm das kurze Schwert ins Brustbein, die Spitze trat zwischen den Schulterblättern wieder aus. Mit aufgerissenem Auge umklammerte Saudic die Klinge. Der Polane stellte ihm einen Stiefel auf die Brust und riss die Waffe heraus. Der Hüne fiel nach vorne aufs Gesicht, unternahm einen vergeblichen Versuch, sich aufzurichten, sackte zusammen – und erschlaffte.

Schwer atmend betrachtete Jarosław den Toten. Rampillon stand mit hängenden Schultern da. Er bebte am ganzen Körper, seine Lippen öffneten sich, doch kein Laut verließ den Mund. Flackerndes Fieberglühen erfüllte seine Augen.

»Jetzt ihn«, befahl Madora.

»Nein.« Jarosław wischte seine Schwerter an Saudics Wams ab und schob sie in die Scheiden.

Zorn glitzerte in den Augen der Seherin. Sie zog ein Messer aus der Falte ihres Gewandes und ging auf Rampillon zu.

»Habt Erbarmen«, krächzte der Siegelbewahrer.

Madora zog ihm die Klinge über die Kehle. Blut sprudelte aus dem klaffenden Spalt, Rampillon machte einen Schritt nach hinten, dann gaben die Beine unter ihm nach, und er fiel zu Boden.

Madora warf das Messer in die Blutlache, die sich um den Leichnam ausbreitete. »Widerwärtig«, sagte sie voller Abscheu.

Auch Rahel warf ihren Dolch weg. Sie brauchte ihn nicht mehr. Sie stand auf, sodass Madora sie erblickte.

»Dieser alte Dummkopf hat bis zum Ende nicht verstanden, was es mit dem Schrein auf sich hat«, sagte die Seherin. »Nun denn, die Welt ist ohne ihn ein besserer Ort.«

Rahel kam hinter der Kiste hervor. »Habt Ihr es verstanden?«

Madora wirkte vorsichtig, als fürchtete sie, Rahel könnte ihr zu nahe kommen. »Was meinst du damit?«

»Die Macht, die Ihr Euch erhofft, kann Euch der Schrein nicht geben.«

Ein unsicheres Lächeln huschte über Madoras Gesicht. »Was soll das? Rampillon ist tot. Mich brauchst du nicht zu belügen.«

»Ich habe Rampillon nicht belogen.«

»Sag mir nicht, du hast diesen ganzen Unfug ernst gemeint, ›Der Schrein zeigt nur das, was man in sich hat‹ und so weiter. Du hast doch das Licht gesehen und erlebt, wie es wirkt.«

»Ja, das habe ich.«

»Und da willst du mir weismachen, es hätte keine Macht? Was ist mit Brendan? Es hat ihn von der Berührung des Kraftlosen geheilt, nicht wahr? Oder das, was es mit dir gemacht hat. Ist das etwa nichts?«

»Es hat Brendan lediglich die Wahrheit gezeigt. Mir auch.«

Madora ballte die Rechte zur Faust und spannte den ganzen Körper an, als Schmerz sie durchzuckte. »So, du hast also die Wahrheit gesehen. Worüber denn?«

»Über meine Mutter«, antwortete Rahel. »Und was damals in Rouen geschehen ist.«

»Das wusstest du schon vorher. Wir haben darüber gesprochen.«

»Nicht ganz. Das Wichtigste habt Ihr mir wie so oft verschwiegen.«

»Ich weiß nicht, wovon du redest«, erwiderte Madora gedehnt.

»Ihr habt das Pogrom angezettelt. Ihr wolltet, dass meine Mutter gezwungen wird, den Schrein zu holen, um die Gefahr abzuwenden. Aber dann ist Euch alles entglitten. Die Leute, die Ihr aufgehetzt habt, hörten nicht mehr auf Euch. Sie brannten die Judenviertel von Rouen, Barentin und einem halben Dutzend anderer Städte nieder. Hunderte von Juden wurden ermordet, auch meine Mutter. Aber vorher hat sie Euch verflucht – damit.« Rahel wies auf Madoras rechte Hand. »Rabbi Joshua hatte recht, als er sagte, ein Eidbruch wäre ein zu geringes Vergehen für eine solche Strafe. Er wusste, dass mehr dahintersteckt.«

Bleich und reglos stand Madora neben dem Schrein. Sie machte keinen Versuch, ihre Worte abzustreiten. »Deine Mutter war eine Närrin«, sagte sie nur. »Sie war nicht in der Lage zu erkennen, zu welcher Macht sie dem Bund hätte verhelfen können, wenn sie sich den Schrein zu Nutze gemacht hätte.«

»Dem Bund ging es niemals um Macht.«

»Es geht immer um Macht. Die ganze Welt dreht sich nur darum. Wer das nicht wahrhaben will, ist ein Schwächling.«

Rahel hatte genug von dieser Unterhaltung. »Wie dem auch sei – überlasst mir den Schrein, und Ihr dürft gehen.«

»Drohst du mir etwa?«

»Ich mache Euch ein Angebot: Euer Leben gegen den Schrein. Das ist alles.«

»Du bist wohl kaum diejenige, die Forderungen stellen kann.« Madora wandte sich an Jarosław. »Ergreif sie.«

In diesem Moment spürte Rahel, was in dem schweigsamen Krieger vorging. Es war nicht mehr als eine Ahnung, ein flüchtiger Gedanke, der sie durchzuckte. Jarosław hatte seine Gefühle so sehr in der Gewalt, dass es ihr nur mit Mühe gelang, die aufblitzende Regung zu verstehen.

Er will nicht mehr töten. Er hat so viele Leben genommen, vielleicht Hunderte, und immer geschah es auf Befehl. Niemals stand er für seine Taten ein, immer hat er sich hinter seiner Treue und seinem Gehorsam versteckt. Aber das Licht hat ihm gezeigt, dass er das nicht kann. Er weiß jetzt, dass er für seine Sünden allein verantwortlich ist. Er will nicht mehr gehorchen. Er will frei sein.

»Nein«, verweigerte er den Befehl.

»Warum gehorchst du mir nicht mehr?«, herrschte Madora ihn an.

»Es ist genug«, erwiderte Jarosław mit ruhiger Stimme. »Wir sollten gehen.«

»Ich habe dir das Leben gerettet! Ist das dein Dank?«

»Das ist viele Jahre her. Meine Schuld ist längst hundertfach beglichen.«

»Hört auf Jarosław«, sagte Rahel. »Geht, und ich vergesse, was Ihr getan habt.«

»Ich gehe nicht ohne den Schrein«, beharrte die Seherin und hob das Schwert eines bewusstlosen Soldaten auf.

Rahel lächelte. »Damit wollt Ihr mich angreifen? Wieso ruft Ihr keinen *Refa'im* wie in der Nekropole?

Madora gab keine Antwort. Die Schwertspitze zitterte, als sie sich vor Rahel aufbaute.

»Ihr könnt es nicht, nicht wahr? Die Totenbeschwörung hat Eure Kraft verbraucht. Es wird lange dauern, bis Ihr wieder dazu fähig seid.«

»Mit dem Schrein kann ich es!«, fauchte Madora. Sie warf die Klinge weg und ging zu der Obsidianlade.

»Das solltet Ihr nicht tun«, sagte Rahel.

»Wieso? Fürchtest du seine Macht?«

»Ich will Euch davor bewahren, etwas zu sehen, das Euch nicht gefallen wird.«

Die Seherin schnaubte verächtlich. Sie legte die Hände auf den Schrein und blickte hinein.

Das Licht erwachte mit sanftem Glühen, wurde zu gleißendem Strahlen, hüllte die kleine Frau ein und erfüllte die Kammer.

Madora begann zu schreien.

Ich wollte nicht, dass es so kommt!, rief Madora hinaus in den schimmernden Ozean. *Ich wollte dem Bund nur Angst einjagen. Ich konnte nicht wissen, dass der Hass der Christen so groß ist.*

Doch kaum waren die Worte verhallt, zeigte ihr das Licht, was sie wirklich waren: Ausflüchte und Lügen, die sie so oft wiederholt hatte, bis sie irgendwann anfing, selbst daran zu glauben. Sie hatte *gewusst*, was geschehen würde, als sie die Christen Rouens gegen ihre jüdischen Nachbarn aufhetzte. Und hatte es billigend in Kauf genommen.

Aber wenn ich es nicht getan hätte, hätte es ein anderer getan. Die Christen haben doch nur darauf gewartet, endlich ihrem Hass freien Lauf zu lassen.

Noch eine Lüge. Die Christen mochten die Juden fürchten, sie mochten sie sogar hassen, und trotzdem lebten sie jahrzehntelang friedlich zusammen – bis jemand kam, der ihren Hass schürte und für seine Zwecke benutzte. Jemand wie sie. Sie trug die Schuld an den Pogromen von Rouen und Barentin. Sie und niemand sonst.

Es war ein notwendiges Opfer. Mit dem Schrein hätte ich dafür gesorgt, dass meinem Volk niemals wieder Leid angetan wird.

Die größte Lüge von allen. Ihr Volk kümmerte sie nicht. Sie wollte den Schrein nur für sich allein, zur Mehrung ihrer Macht, um endlich zu werden wie die größten Seher und Totenbeschwörer des Bundes: allwissend, unbesiegbar, gefürchtet und verehrt von Fürsten und Königen.

Keine Lüge hielt dem Licht stand, jede Selbsttäuschung löste sich darin auf, bis sie nur noch eine winzige, nackte, von Grauen erfüllte Seele war, die angesichts der übermächtigen Wahrheit um Erbarmen flehte. Doch damit war es nicht zu Ende. Das Licht zeigte ihr die Folgen ihrer Taten, ließ die Ermordeten vor ihr aufmarschieren. Sie erblickte jedes Gesicht, hörte jeden Namen, erfuhr jedes einzelne Schicksal, in einer schier endlosen Reihe zogen sie an ihr vorbei und flüsterten: *Du bist schuld. Du allein.*

Nein!, schrie sie.

Nein, nein, nein …

Dieses Mal war Rahel auf das Licht vorbereitet gewesen. Das machte es leichter, seine Wirkung zu ertragen, aber nicht viel. Wie vor einigen Tagen in der Höhle unter dem Thabor fand Rahel sich auf dem Boden liegend wieder, nachdem das Licht verschwunden war, zitternd und von dem Gefühl erfüllt, nackt, ausgeliefert und schutzlos zu sein. Die Wahrheit zu schauen war etwas, woran sie sich niemals gewöhnen würde, befand sie. Liebend gerne hätte sie auf eine Wiederholung dieser Erfahrung verzichtet.

Sie setzte sich auf. Es war dunkler in der Turmkammer, als hätten die Kerzenflammen an Kraft verloren, eingeschüchtert von dem übernatürlichen Licht aus dem Schrein. Jarosław lag neben ihr. Sie glaubte schon, er habe das Bewusstsein verloren, als er die Augen öffnete und sich aufrichtete. Nun spürte sie seine Erschütterung überdeutlich. Unmittelbar nach dem Erscheinen des Lichts konnte nicht einmal er seine Gefühle vor ihr verbergen. Was sie eben nur vermutet hatte, wusste sie jetzt sicher: Er würde ihr nichts tun.

Sie hörte das Rascheln von Tuch und wandte sich um. Madora war vor dem Schrein zu Boden gestürzt. Sie versuchte aufzustehen, war jedoch zu schwach dafür. Selbst noch schwankend auf den Beinen, ging Rahel zu ihr. Die Seherin zitterte am ganzen Körper, als sie sich mit ihrer Hilfe aufsetzte. Ihre Augen waren stumpf, das Gesicht war bleich und schweißbedeckt.

»Ihr hättet auf mich hören sollen«, sagte Rahel.

Es dauerte einen Moment, bis Madora begriff, wen sie vor sich hatte. »Was hast du mit mir gemacht?«, wisperte sie.

»Gar nichts. Es war das Licht. Es hat Euch die Wahrheit gezeigt.«

»Du lügst. Du hast mir das angetan.« Madora packte ihr Handgelenk mit einer Kraft, die sie der Seherin nicht zugetraut hätte. Hass loderte in ihren Augen auf, und sie griff nach dem Messer in der Blutlache.

Rahel sagte nur ein Wort, *Hit'orer*, woraufhin die kleine Frau erstarrte.

»Woher kennst du dieses Wort?«, flüsterte sie mit brüchiger Stimme.

»Das Licht hat es mir offenbart.«

»Das ist nicht möglich. Alle, die es kannten, sind tot.« Madora ließ das Messer fallen. Ihre Rechte begann zu zittern.

»Alle bis auf Euch«, sagte Rahel. »Ihr habt versucht, es zu vergessen, aber es ist Euch nicht gelungen. Jeden Tag denkt Ihr daran. Es ist so sehr mit Eurem Namen verbunden, dass Ihr es ebenso gut herausschreien könntet.«

»Du weißt nicht, was du getan hast«, ächzte die Seherin.

Rahel schwieg. Sie wusste genau, was sie getan hatte.

Hit'orer. Erwache.

Madora starrte auf ihre bebende Hand, riss den Handschuh herunter. Das Mal pulsierte, wie damals in Rabbi Joshuas Haus. »Du bekommst den Schrein. Aber mach, dass es aufhört!«

»Das kann ich nicht.«

»Natürlich kannst du! Wer den Fluch ausspricht, kann ihn auch beenden!«

»Ich habe ihn nicht ausgesprochen. Es war meine Mutter.«

Das Mal wuchs, breitete sich auf der weißen Haut aus wie ein Tintenfleck auf feuchtem Pergament. Schwarze Linien krochen da, wo die Adern verliefen, den Arm hinauf. Madora schob den Ärmel ihres Gewandes hinauf. Die Linien hatten die Armbeuge erreicht und krochen weiter. Sie versuchte aufzustehen, doch ihre Kraft reichte nicht aus. »Jarosław«, schrie sie, »tu doch etwas!«

Der Polane rührte sich nicht von der Stelle; sein Gesicht verriet keine Regung.

Madora krümmte sich und fiel auf die Seite. Krämpfe schüttelten ihren Körper. Ihre Finger fanden das Messer. Ihre Unterlippe bebte. Sie presste das Handgelenk auf die Schneide und zog es ruckartig darüber. Blut sprudelte aus dem Schnitt. Madora rollte auf den Rücken und atmete flach, während ihr Arm ausgestreckt auf dem Felsboden lag, in einer Pfütze, die rasch wuchs.

Sie hörte auf zu atmen, lange bevor der Blutstrom versiegte.

Rahel wusste nicht, wie lange sie auf dem Boden neben der toten Seherin kauerte. Sie wollte aufstehen und zu Bren und Isaak gehen, doch es gelang ihr nicht. Sie war müde. Müde und niedergeschlagen. Erst beharrliches Pochen holte sie in die Wirklichkeit zurück.

Rampillons Männer. Die Kampfgeräusche aus dem Turm mussten sie geweckt haben. Nun wollten sie nach dem Rechten sehen und machten sich an der Tür zu schaffen.

»Versteck dich im Keller«, sagte Jarosław. »Ich kümmere mich um sie.« Er hatte in der Kiste des Hirten eine Decke gefunden, die er über Madora breitete. Die Tür dröhnte, als sich die Soldaten dagegen warfen. Der Polane setzte sich mit untergeschlagenen Beinen neben die Tote und legte die Hände auf die Oberschenkel.

»Was ist mit dir?«, fragte Rahel.

»Ich bleibe hier. Sie werden mir nichts tun.«

Erschöpft stand sie auf. An der Türöffnung blieb sie stehen und drehte sich zu ihm um. »Das, was du im Licht gesehen hast – was war es?« Sie musste es von ihm selbst hören.

Der Krieger wandte ihr sein kantiges Gesicht zu. »Sünden«, antwortete er. »Zu viele Sünden.«

Plötzlich empfand sie nichts als Mitgefühl für diesen schweigsamen Krieger, der so viel erlebt hatte, so viel Schreckliches, von dem er niemals sprach.

Im nächsten Augenblick erklang das Bersten von Holz, und Soldaten mit blanken Schwertern in den Händen drängten herein. Rahel hatte keine andere Wahl, als sich in die Turmkammer zurückzuziehen. Offenbar rechneten die Männer mit einem Kampf. Die grimmige Entschlossenheit in ihren Gesichtern wich Verwirrung, als sie Saudic und Rampillon auf dem Boden erblickten.

»Was ist hier geschehen?«, fragte der dicke Benoit.

»Das siehst du doch«, antwortete Rahel müde.

Benoits Blick wanderte von Saudic zu Rampillon. Sein Schwertarm sank herab. »Wer hat sie getötet?«

»Ich«, sagte Jarosław.

Die Soldaten wussten um seine überlegenen Fähigkeiten als Schwertkämpfer, und niemand war darauf erpicht, es mit ihm aufzunehmen, nur um zwei ungeliebte Anführer zu rächen. Ratlos standen die Männer herum. Benoit war der Erste, der seine Waffe in die Scheide schob. Zögernd taten es ihm die anderen nach.

»Es gibt hier nichts mehr für euch zu tun«, sagte Rahel. »Geht nach Hause.« Die Waffenknechte machten ihr Platz, als sie zur Treppe ging. Sie ahnten, dass sie etwas mit den Schrecken zu tun hatte, die sich hier abgespielt hatten. Manch einer musterte sie mit derselben abergläubischen Ehrfurcht, die er zuvor Madora entgegengebracht hatte. Auf dem Weg nach unten hörte sie noch, wie einer der Männer sagte: »Das Mädchen hat recht. Lasst uns verschwinden.«

Das Kerzenlicht aus der Turmkammer drang nicht bis in den Keller. Aus der Finsternis erklang Brendans Stimme. »Wer ist da?«

»Ich bin's.«

»Bist du in Ordnung?«

»Mir fehlt nichts.«

Sie sah von dem Bretonen nichts als eine Bewegung in der

Dunkelheit. Er schloss sie in die Arme, sein Herz pochte heftig vor Sorge um sie. »Was, bei allen Dämonen, war da oben los?«

»Rampillon und Saudic sind tot. Madora auch.«

»Und Jarosław?«

»Er lebt. Aber er wird uns nichts tun. Wo ist Isaak?«

»Ich bin hier«, antwortete der Jude mit belegter Stimme.

Er lehnte sitzend an der Wand. Sie kniete sich vor ihm hin. Seine Hand berührte sie am Ellbogen, tastete sich an ihrem Arm nach oben und legte sich auf ihre Wange. »Wir haben gewonnen«, sagte er, und sie hörte, dass er dabei lächelte.

»Ja«, murmelte sie, »das haben wir.«

»Allerdings befürchte ich, dass ich nicht gerade wie ein Sieger aussehe.«

»Nein, wirklich nicht. Zum Glück ist es dunkel. So müssen wir deinen Anblick nicht ertragen.« Auch sie versuchte zu lächeln. Stattdessen verengte sich ihre Kehle, und sie begann zu schluchzen. Isaak nahm sie in die Arme und strich ihr über das Haar.

Er ist derjenige, der halb tot geschlagen wurde. Du solltest ihn trösten. Nicht er dich. Aber es brach einfach aus ihr heraus, sie konnte nichts dagegen tun. Sie grub die Finger in seinen Rücken und weinte, bis die Tränen versiegten. Danach fühlte sie sich zum ersten Mal seit vielen Tagen wieder wie eine ganz normale Frau. Wie gut das tat.

»Erzähl uns, was nach dem Kampf zwischen Saudic und Jarosław geschehen ist«, bat Isaak sie.

»Ich will nicht darüber reden. Später vielleicht.«

Schweigend saßen sie nebeneinander. Sie legte den Kopf auf Isaaks Schulter und ergriff Brendans Hand. Die Nähe der beiden Männer gab ihr die Geborgenheit, die sie so dringend brauchte.

Stille erfüllte den Turm, nachdem die Soldaten ihn verlassen hatten. Plötzlich erklang Gesang, leise und rau, der Gesang eines Mannes, der seine Stimme selten gebrauchte, in einer Sprache, die Rahel noch nie zuvor gehört hatte.

Jarosław sang eine Totenklage.

Seine Totenklage für Madora.

Die Soldaten machten ihnen keine Schwierigkeiten. Die Männer beschlossen, nach Paris zurückzukehren; die Leichen von Rampillon und Saudic nahmen sie mit. Sie bauten zwei Särge und verstauten sie im Wagen, die sie vor zwei Wochen in der Festung zurückgelassen hatten. Am nächsten Morgen waren sie fort.

Rahel, Isaak und Brendan saßen vor dem Turm in der Sonne und schauten Jarosław zu, der draußen vor dem Torhaus Madora beerdigte. In dem gefrorenen Boden konnte er nicht tief graben, weshalb er den Leichnam mit Steinen bedeckte. Als er fertig war, kam er zu ihnen herauf.

»Zeit zum Abschiednehmen?«, fragte Rahel.

Der Polane nickte.

»Wohin wirst du gehen?«

»Ich weiß es noch nicht. Vielleicht zurück in meine Heimat. Ich war lange fort.«

Da stand er nun, der Mann, der mehrmals versucht hatte, sie zu töten. Aber sie brachte es nicht fertig, ihn zu hassen. Er war jetzt sein eigener Herr, vielleicht zum ersten Mal in seinem Leben. Sie wünschte ihm nur, dass er damit zurecht kam. »Leb wohl, Jarosław.«

»Leb wohl.«

Damit ging er.

Sie schaute ihm nach, bis er unten im Tal verschwand. *Warum hat er seine Fehler erkannt und Madora nicht?*, fragte sie sich. *Warum war er zu Reue fähig, während sie bis zum Ende ihre Schuld leugnete? Warum war er stark und sie schwach?*

Sie fand keine Antwort, würde wohl nie eine finden.

»Und wir?«, fragte Brendan nach einer Weile. »Wohin gehen wir?«

»Ich hätte nie gedacht, dass ich das einmal sage«, erwiderte Isaak, »aber ich habe die Berge satt. Wir gehen nach Hause.«

Ja, dachte Rahel und nahm seine Hand. *Nach Hause.*

Zum ersten Mal wusste sie, wo das war.

EPILOG

Es war ungewöhnlich warm für Anfang Februar. Die Isère war aufgetaut und schlängelte sich durch eine fast schneefreie Ebene. Rauchfahnen stiegen schnurgerade von den Kaminen der Stadthäuser zum wolkenlosen Himmel auf. Wie bei ihrer Ankunft vor mehreren Wochen wurde auf der Place Grenette Markt abgehalten. Diesmal wurde kein Geflügel feilgeboten, sondern Töpfe, Werkzeuge, Wundertinkturen, Gewürze, Stoffe, Kleidung, billiger Schmuck und allerlei Plunder, der an Nutzlosigkeit kaum zu übertreffen war. Die Bewohner Grenobles liebten es. Lärmend schoben sich die Menschenmassen durch die engen Gassen zwischen den bunten Zelten. Die Händler brüllten bis zur Heiserkeit gegen das Getöse an.

Rahel und Brendan saßen auf einem Hügel vor der Stadt. Sie warteten auf Isaak, der mit seiner Mutter zum Grab seines Vaters gegangen war, und vertrieben sich die Zeit damit, Walnüsse zu essen. Jeder hing seinen Gedanken nach, während sie das Markttreiben beobachteten. Es war ein friedlicher Anblick, beinahe zu friedlich für das, was vor wenigen Wochen hier geschehen war, und wie so oft in den vergangenen Tagen dachte Rahel daran, wie knapp sie mit dem Leben davongekommen waren.

Andere hatten nicht so viel Glück gehabt. Außer Rabbi Joshua waren drei weitere Juden von Rampillons Kriegsknechten getötet worden. Drei Männer, die trauernde Ehefrauen, Kinder, Geschwister und Eltern hinterließen. Das war ein hoher Preis für den Widerstand gegen Rampillon, doch Rahel wusste, dass es noch viel schlimmer hätte kommen können.

Es war Bischof Sassenage zu verdanken, dass den Juden Grenobles nicht noch mehr Leid widerfahren war. Als er von den Kämpfen im Judenviertel erfuhr, hatte er noch in derselben Nacht einen Eilboten zu König Richard geschickt und Gräfin Beatrix gedroht, er werde alles dafür tun, dass sie Titel und Lehen verliere, sollte sie nicht ihrer Pflicht nachkommen, die Juden der Grafschaft zu schützen. Eingeschüchtert hatte die Gräfin Rampillon aufgefordert, seine Soldaten zurückzurufen. Der Siegelbewahrer hatte gehorcht – jedoch nicht aus Furcht vor dem König, dem Bischof oder der Gräfin, sondern weil sich Rahel inzwischen in seiner Gewalt befand. Und das war alles, was er wollte.

Nach den Ereignissen in der alten Bergfestung hatten Rahel und Brendan den Schrein mit der Hilfe des Ziegenhirten ins Tal gebracht. Währenddessen war Isaak auf dem schnellsten Weg nach Hause gegangen, um sich endlich zu vergewissern, dass es seiner Mutter gut ging. Er traf sie in der Synagoge an, besinnungslos vor Schmerz, denn sie glaubte, nicht nur ihr Mann sei getötet worden, sondern auch ihr Sohn. Als Isaak vor ihr stand, weinte sie vor Glück, und kurz darauf strömte die ganze Gemeinde zusammen, um seine unverhoffte Rückkehr zu feiern.

Ariel half ihnen, den Schrein heimlich zum *Miflat* zu bringen. Dort stand er seitdem. Keiner von ihnen hatte noch einmal versucht, das Licht heraufzubeschwören. Sie alle hatten gesehen, was sie sehen mussten. Das war genug.

Sie saßen eine Weile schweigend auf der Hügelkuppe, als Brendan plötzlich fragte: »Das Spinnenmal … Wenn du wusstest, wie man es aufweckt, warum hast du es nicht schon viel früher getan?«

Rahel knackte eine Nuss und warf die Schalen auf den Haufen. »Ich musste in Madoras Nähe sein. Außerdem wollte ich sie vorher zur Rede stellen.«

»Aber du wusstest doch, was sie getan hat. Du hast gesagt, das Licht hat es dir gezeigt.«

»Ich musste es von ihr hören. Aus ihrem Mund. Ich wollte, dass sie es zugibt, verstehst du?«

Der Bretone kaute auf einem Halm herum. Er nahm ihn aus dem Mund und drehte ihn nachdenklich zwischen den Fingern. »Sie hat bis zum Ende geglaubt, das Licht würde ihr unermessliche Macht gewähren, nicht wahr?«

»Ich glaube schon.«

»Wie ist sie darauf gekommen? Ich meine, sie wusste alles über den Bund und den Schrein. Wie konnte sie sich so sehr irren?«

Rahel zuckte mit den Schultern. »Sie hat sich ihr Leben lang nach Macht gesehnt und hat alles dafür getan, noch mehr Macht zu bekommen, bis sie nur noch diesen einen Wunsch kannte. Sie war wie besessen davon. Dass der Schrein einen ganz anderen Zweck hat, ist ihr vermutlich gar nicht in den Sinn gekommen.«

»Sie hätte auf Rampillon hören sollen.«

»Das hätte sie. Er war verrückt. Aber was den Schrein betrifft, hatte er recht.«

Wieder schwiegen sie. Sie beide wussten, dass sie über etwas anderes sprechen mussten. Aber keiner wagte, den Anfang zu machen.

Schließlich gab sich Rahel einen Ruck. »Wann willst du aufbrechen?«

Brendan betrachtete die zerfaserte Spitze des Halms und warf ihn weg. Es dauerte eine Weile, bis er antwortete. »Morgen, schätze ich. Ich schiebe es schon viel zu lange vor mir her. Und das Wetter ist günstig zum Wandern.«

»Willst du immer noch nach Norden?«

»Ja. Ich suche Vivelin und Kilian. Wie ich die beiden kenne, wird es nicht schwierig sein, sie zu finden. Ich muss nur den wütenden Wirten und den Jungfrauen mit Liebeskummer folgen.«

Rahel lächelte, obwohl ihr nach Weinen zu Mute war. »Du willst es dir nicht noch einmal überlegen? Isaaks Haus ist groß genug. Er hat bestimmt nichts dagegen, dass du bleibst.«

»Ich bin ein Fahrender. Ich gehöre auf die Straße, nicht in ein Haus in einer Stadt.«

Stumm nickte sie. Sie konnte nicht erwarten, dass er sein Leben aufgab, nur weil sie beschlossen hatte, ihres zu ändern. Nicht einmal *sie* konnte das von ihm verlangen.

»Was ist mit dir?«, fragte Brendan. »Du kannst es dir auch noch überlegen.«

»Ich muss hierbleiben. Wir haben doch schon darüber gesprochen.«

Nun war er es, der nickte. »Isaak.«

»Nicht nur seinetwegen. Ich habe hier eine Aufgabe.«

Brendan verzog den Mund. »Der Bund. Und der Schrein.«

Das Licht hatte ihr viel mehr enthüllt als Madoras Schuld am Tod ihrer Mutter und das Geheimnis des Spinnenmals. Es hatte ihr gezeigt, dass es in ihren Händen lag, den Bund neu zu gründen. Sie hatte versucht, ihm das zu erklären, aber sie war nicht sicher, ob er es verstanden hatte. Sie war nicht einmal sicher, ob *sie* es verstanden hatte. Und ob sie jemals in der Lage sein würde, diese Aufgabe zu bewältigen. »Ja«, murmelte sie.

»Aber wie willst du das anstellen? Du bist eine Gauklerin, keine Seherin wie Madora.«

»Nicht alle Bundleute sind tot. Manche sind nach Afrika geflohen, hat Madora erzählt. Vielleicht kann ich sie finden. Und dann sind da noch die Schätze im Thabor. Isaak und ich werden sie holen, sowie die Pässe frei sind. Wenn ich die Aufzeichnungen studiere, kann ich vieles lernen.«

»Und der Schrein? Rampillons Männer haben ihn gesehen. Er ist kein Geheimnis mehr. Es wird nicht lange dauern, bis Leute auftauchen, die ihn haben wollen. Mächtige Leute. Männer wie Rampillon.«

»Deshalb müssen wir ihn verstecken. Den Schrein zu hüten, war immer die Aufgabe des Bundes.«

Zum ersten Mal erschien in Brendans Augen jene Ehrfurcht, die sie in den Gesichtern der Soldaten gesehen hatte. »Du bist wirklich dazu entschlossen, was?«

»Ich kann nicht anders.«

»Was ist mit Vivelin und Kilian? Du hast ihnen versprochen, zurückzukommen.«

Ja, das hatte sie. Es machte sie unendlich traurig, wenn sie daran dachte. »Ich kann dieses Versprechen nicht halten. Es geht einfach nicht. Ich gehöre jetzt hierher, zu Isaak.«

»Das werden sie nicht gerne hören.«

»Sie werden mich trotzdem wiedersehen. Sag ihnen das.« Sie stieß ihn mit dem Ellbogen an. »Jetzt mach nicht so ein Gesicht. Ihr könnt mich besuchen, wann immer ihr wollt.«

Er grinste und war plötzlich wieder der alte Bren, wie sie ihn liebte. »Bist du sicher, dass du das willst?«

»Natürlich!«

»Und wenn wir uns benehmen wie früher? Wir sind Fahrende, vergiss das nicht. Wo wir auftauchen, gibt es verwüstete Schänken, gebrochene Herzen und Ärger mit den Stadtbütteln.«

»Ach, so ist das.« Rahel tat, als denke sie darüber nach. »Weißt du was? Kommt lieber doch nicht.«

Er rupfte einen Grasbüschel aus und warf ihn ihr ins Gesicht. Sie fand irgendwo einen Rest Schnee und formte einen Ball, der ihn in der Magengegend traf. Sie schrien und alberten herum, sodass sie Isaak nicht bemerkten, der plötzlich vor ihnen stand.

»Was ist denn hier los?«

»Du bist auf einem Schlachtfeld!«, kreischte Rahel. »Vorsicht, in Deckung!« Sie zielte mit einem Schneeball auf sein Gesicht. Flink zog Isaak den Kopf ein.

»Ein Anschlag am helllichten Tag? Behandelt man so einen Überbringer von Geschenken?«

»Geschenke?«, wiederholte Brendan. »Lass mich mal sehen.« Er griff nach dem Beutel, doch Isaak zog ihn zurück.

»Nicht so hastig. Die Dame zuerst.«

Rahel wischte sich das Gras aus dem Haar und ging zu ihm. »Wieso hast du Geschenke für uns?«

»Ich war auf dem Markt und habe zwei Dinge gefunden, bei denen ich einfach nicht widerstehen konnte.« Er griff in den Beutel und holte eine Puppe heraus. Eine hölzerne Gliederpuppe, die einen Sarazenen in purpurnem Rock darstellte. »Für dich. Er hat noch beide Arme. Ich hoffe, es macht dir nichts aus.«

Sie stand stocksteif da, und ihre Hände zitterten, als sie ihr Geschenk entgegennahm. »Oh Isaak, das ist … das ist so …« Ihre Stimme versagte. Die Puppe glich dem Einarmigen Saladin aufs Haar, und hätte er nicht noch beide Arme gehabt, wäre sie davon überzeugt gewesen, es handele sich um dieselbe Puppe, die Brendan ihr vor vielen Jahren geschenkt hatte. Sie drückte das Spielzeug an sich und brachte nur ein leises »Danke« heraus.

Isaak lächelte glücklich.

»Was hast du für mich?«, fragte Brendan ungeduldig.

Schweigend griff Isaak in den Beutel. Mit zusammengepressten Lippen starrte der Bretone sein Geschenk an.

Es war eine Laute.

»Rahel hat erzählt, deine alte sei entzwei. Ich dachte, du könntest eine neue gebrauchen.«

Zögernd nahm Brendan das Instrument in die Hand. Mit

den Fingerkuppen strich er über das zerkratzte Holz des Klangkörpers, den Hals, die Saiten. »Es kommt mir vor, als wäre es Jahre her«, murmelte er.

Rahel setzte sich auf einen Baumstumpf und nahm den Zweiarmigen Saladin auf den Schoß. »Spiel uns etwas«, bat sie ihn.

Furcht flackerte in seinen Augen auf, und sie dachte schon, er würde Isaak die Laute zurückgeben. Dann aber hängte er sich den Lederriemen um, griff einen Akkord und strich behutsam über die Saiten. Klar und perlend erklangen die Töne. »Ich glaube, ich kann es noch.«

Er begann zu spielen.